Michael R. Baier

CORUUM

Volume I

CORUUM

CORUUM

Michael. R. Baier

CORUUM

Volume I

1. Auflage: Juni 2005

Deutsche Erstveröffentlichung

© Copyright 2005 bei Michael R. Baier

Druck bei DIP/Witten

Printed in Germany

ISBN 3-00-016257-7

Besuchen Sie WWW.CORUUM.COM

Der Preis dieses Bandes versteht sich einschließlich der gesetzlichen Mehrwertsteuer.

CORUUM

CORUUM

Für Claudia und Laurine ...

CORUUM

Standard Gilden Calender (SGC)

1 SGC Jahr	→	8 SGC Monate
1 SGC Monat	→	40 SGC Tage
1 SGC Tag	→	20 SGC Stunden
1 SGC Stunde	→	60 SGC Minuten
1 SGC Minute	→	100 SGC Sekunden

Transition*

1 SGC Sekunde	→	1 Erd-Sekunde
1 SGC Jahr	→	1,217656 Erd-Jahre

Initiale Calender Synchronisation* (ICS)

01. 01. 2014 (Tag. Monat. Jahr) 00:00:01 (CET)
→
30396/4/9 (Jahr/Monat/Tag) 00:00:01 (SGC)

*Nach Young/MacAllon, Kalenderannäherung, Mai 2015.

CORUUM

CORUUM

I Prolog

Guatemala, Region um Tikal
17. August 2014
30396/8/5 SGC

Die letzten roten Strahlen der untergehenden Sonne kratzten an den verwitterten Überresten des in Kalkstuck geformten Bildnisses von Jasaw Chan K'awiil, dem 26. und letzten großen Herrscher der einstigen Maya-Metropole Tikal.

Seine 19 Meter hohe Reliefdarstellung im Schmuckkamm auf der Spitze der Tempelpyramide I, dem höchsten Gebäude Tikals, blickte seit mehr als eintausend Jahren wehmütig über den Großen Platz hinweg auf ein nahezu spiegelbildliches Bauwerk, das in der Spitze das Relief seiner damaligen Geliebten trug.

Dr. Pete Williams hatte heute keinen Sinn für Romantik. Er hatte seit langem aufgehört, den äußerlichen Aspekten der Ruinenstadt viel Aufmerksamkeit zu widmen.

Er wischte sich mit dem Handrücken den Schweiß von der Stirn, der ihm trotz der buschigen Brauen immer wieder in die Augen lief.

Seit einer knappen halben Stunde stocherte er in zwölf Metern Höhe auf der Südseite der Mundo-Perdido-Pyramide mit einem kleinen Spachtel in einer zwei Finger breiten, regelmäßigen Fuge, die um einen kopfgroßen Kalkquader herumlief.

Es wäre nichts Besonderes an der Fuge um den leicht trapezförmigen Quader – und dem Quader selbst – gewesen, schließlich gab es Zehntausende von ihnen allein in diesem Bauwerk, wären beide nicht so außergewöhnlich gleichmäßig gewesen.

Normalerweise hätte er sie niemals entdeckt. Es war wie so oft in solchen Fällen Glück im Spiel gewesen.

Während der letzten Monate war der Pyramidenkomplex aufwendig von seiner Moos- und Geröllschicht gereinigt worden. Pete hatte die im Sonnenlicht hell strahlende Veränderung seit seinem letzten Besuch erfreut zur Kenntnis genommen. Die sintflutartigen Niederschläge der letzten Nacht hatten danach leichtes Spiel gehabt, die nach der Reinigung verbliebenen Wurzel- und Geröllreste aus den breiten Fugen zu waschen. Im schräg stehenden Licht der Spätnachmittagssonne war Pete die wie mit einen Laser geschnittene Fuge in der sonst riefigen und unregelmäßigen Oberfläche des Bauwerkes nach mehrmaligem Hinsehen aufgefallen.

Er war die Südtreppe bis zur dritten Gebäudestufe hinaufgeeilt und hatte sich in einem akrobatischen Akt fünf Meter über die schräge und raue Fassade wieder auf die zweite Gebäudestufe hinuntergehangelt.

Schwer atmend hatte er minutenlang vor der exakten Fuge gestanden, bevor er sich seines Archäologie-Spachtels erinnerte und mit ihm die Tiefe der Fuge zu erforschen begann. Seine anfängliche Überraschung steigerte sich zur Fassungslosigkeit, als er außer einzelnen Wurzelfäden und Steinchen nichts zu Tage förderte und er an keiner Seite des Quaders mit dem Spachtel auf ernstzunehmenden Widerstand stieß. Der zentnerschwere Kalkquader konnte nicht einfach berührungslos zwischen den anderen schweben, gehalten von Pflanzenresten. Er musste irgendwo in der dicken Mauer ein Widerlager haben.

Er strich mit der Hand vorsichtig über die Kanten des Quaders. Sie sahen so exakt aus, als könnte er sich leicht die Finger daran abschneiden. Wieder wischte er sich mit dem Ärmel den Schweiß von der Stirn und rückte seine Brille zurecht. Die Luftfeuchtigkeit war im Windschatten der Pyramide drückend geworden. Die Kalkquader schienen die während der Mittagshitze aufgesogene Wärme direkt auf Pete zurückzustrahlen. Das allgegenwärtige Sirren der hungrigen Mücken nahm er nur noch am Rande zur Kenntnis.

Er unterbrach seine Untersuchungen und setze sich erschöpft für einen Moment auf den zwei Meter breiten, von Kalksedimenten überzogenen Absatz. Sein Blick schweifte ab und glitt über die neun am Fuße der Pyramide aufgereihten Stelen der Terrasse zu dem zehn Meter breiten – die gesamte Struktur umgebenden – Rasenstreifen in den direkt dahinter beginnenden, tiefgrünen Regenwald.

Die schwüle Luft des Tages hatte den Nachmittag genutzt, sich weiter mit Wasser voll zu saugen, während das Blau des Himmels sich nach Süd-Osten hin immer mehr im Dunst hoher Wolken verlor. Innerhalb weniger Jahre würde die durch das feuchte Klima begünstigte Vegetation sich diese Strukturen wieder einverleibt haben, wäre nicht der ununterbrochene Kampf der Park-Ranger mit ihren großen Rasentraktoren gewesen.

Wieso war dieser Quader dann so regelmäßig?

Pete erhob sich. Seine Hand umfasste beim Aufstehen etwas Festes.

»Was?«

Überrascht zog er den Gegenstand unter dem Kalkschutt hervor. – Ein Stück Draht, vermutlich ein Überbleibsel der Gerüstkonstruktionen, welche in unregelmäßigen Abständen zur Instandhaltung dieser Gebäude errichtet wurden.

Genau das Richtige!

Er bog den Draht einigermaßen gerade und fuhr mit ihm um den Quader herum. Das ungefähr einen Meter lange Metallstück verbog sich bereits durch sein Eigengewicht. Pete richtete den Draht mehrfach und wollte schon nach einem anderen Hilfsmittel suchen, als er tief in der Fuge an der Unterseite des Quaders einen Widerstand spürte.

Er tastete gezielt danach und war sich nach ein paar Minuten sicher, unter der Mittelachse des Steins einen Mechanismus gefunden zu haben. Er stieß den Draht ein weiteres Mal kraftvoll nach hinten.

Der Quader verschwand vor seinen Augen. Er glitt nicht nach innen oder nach außen – er löste sich förmlich auf.

Erstaunt taumelte er einen Schritt zurück und wäre beinahe rückwärts von der Pyramidenstufe gefallen. Ein trapezförmiges, dunkles Loch befand sich vor ihm in der Wand. Schwer atmend trat er heran und sah hinein. Ein paar Käfer hingen überrascht im Freien. Sonst *nichts als Schwärze!* Mit der rechten Hand tastete er sich voran. Er hatte den Arm fast ganz ausgesteckt, als seine Finger in eine unregelmäßig geformte, handtellergroße Mulde griffen. Impulsiv drückte er die Fingerspitzen in die Mulde.

Nichts.

Pete zog seinen Arm heraus und sah in die Öffnung. Er wartete, bis sich seine Augen dem Dämmerlicht angepasst hatten. *Da war etwas!*

An der rechten Seite der Öffnung glaubte er eine gleichmäßige dreieckige Gravur zu erkennen. – Genau genommen waren es vier gleichschenkelige Dreiecke, die wie Strahlen an einer Spitze miteinander verbunden waren.

Von der linken Seite der Öffnung, etwa einen halben Meter im Innern, beobachtete ihn jemand. Pete blinzelte irritiert. Wind strömte ihm aus dem Inneren der Pyramide entgegen und trieb ihm Tränen über die Wangen.

»*Professor!*«

Er ignorierte den Rufer. Es war eine weitere Gravur! Sie glich einem lidlosen Auge mit zwei übereinanderstehenden Pupillen, von denen eine nach oben und die andere nach unten sah.

»*Professor!*«

Pete drehte sich gereizt um.

»*Was?*«

Eine hübsche junge Frau, in den traditionell bunten Farben des Landes gekleidet, stand am Fuße der Pyramide, die Hände in die Hüften gestemmt, und sah fragend zu ihm auf.

»Hier stecken Sie! Wir suchen Sie seit einer Stunde. Der Bus wartet. Kommen Sie, Professor.«

»Sinistra, ich habe hier etwas *entdeckt!*«

Ihr dunkles, glattes Haar hatte die Mitarbeiterin des archäologischen Instituts von Guatemala modisch kurz geschnitten. Zwei Haarsträhnen umspielten ihr leicht ovales Gesicht auf

Höhe der Nasenspitze. Ihr Lächeln entblößte weiße, perfekte Zähne.

Ihre kohlschwarzen Augen funkelten Pete spitzbübisch an und ließen keinen Zweifel daran aufkommen, wer hier das Sagen hatte.

»Da sind sie nicht der Erste, Professor. Sie stehen auf der ältesten Struktur in dieser Stadt, abseits der erlaubten Wege, und wenn ich ein Ranger wäre, würde ich Sie jetzt dafür zur Kasse bitten, dass sie darauf herumturnen.«

Pete gestikulierte herum. »Nein, nein. Das verstehen Sie falsch. Hier ist etwas.«

»Kommen Sie, Professor. Es wird dunkel. Sie brechen sich noch den Hals, wenn sie weiter da oben bleiben. Lassen Sie uns fahren.«

Hilflos sah sich Pete um. Aber die junge Frau hatte Recht. Das Tageslicht wurde zusehends schwächer. Er würde heute hier nichts mehr ausrichten können. Er warf einen letzten Blick in die dunkle Öffnung und setzte sich dann resignierend auf den Stufenabsatz, hängte die Beine über den Rand auf die schräge Wand zur unter ihm liegenden Stufe, überwand ein kurzes Angstgefühl und rutschte über den rauen Kalkbelag die fünf Meter bis zum nächsten Absatz hinunter.

Seine Jeans würde er wohl nicht noch einmal anziehen können. Von der untersten Stufe führte ihn eine über die gesamte Südseite der Pyramide reichende Treppe zu seiner Führerin.

Er bleib stehen und sah die mittlerweile vollkommen im Schatten liegende, steil ansteigende Schräge der Absätze hinauf. Die Öffnung war bereits von hier aus nicht mehr zu erkennen. Sinistra hakte sich bei ihm unter und zog ihn auf dem kürzesten Weg um die Pyramide herum, über die kurz gemähten Rasenflächen zurück zum Großen Platz, wo seine Studenten auf sie warteten, um gemeinsam die Rückfahrt nach Flores anzutreten.

Die Luft war weiterhin drückend. Noch fehlten die letzten Anzeichen für eine Wiederholung der täglichen sintflutartigen

Niederschläge, aber Pete war sich sicher, dass er auch in dieser Nacht wieder ein eindrucksvolles Gewitter der einsetzenden Regenzeit erleben würde.

Er war am Morgen mit seinen Studenten unter der Führung von Sinistra aus ihrem Hotel in Flores zu der eintägigen Besuchstour nach Tikal aufgebrochen. Sie hatten für die Herfahrt mit dem klapperigen Bus fast zweieinhalb Stunden benötigt. Das war eine Stunde mehr als gewöhnlich und den unverhältnismäßig starken Regenfällen der letzten Tage zu verdanken. Die Schotterpiste, die hier den stolzen Namen Hauptstraße trug, war auf weiten Strecken aufgeweicht und teilweise auch überschwemmt gewesen.

Tikal lag im guatemaltekischen Bundesstaat Petén, dem zweitgrößten Regenwaldgebiet auf dem amerikanischen Kontinent. Obwohl sie bereits vor dem Morgengrauen losgefahren waren, hatten sie viel Zeit verloren und waren bei weitem nicht die ersten Besucher bei den Ruinen der vor gut eintausendeinhundert Jahren untergegangenen Stadt gewesen.

Die Kalksteinstufen der Tempelpyramiden waren im Laufe der Jahrhunderte zum Teil stark verwittert und es bedurfte des Geschicks einer Bergziege und hoher Konzentration, um die Kletterei hinauf - und vor allem wieder herunter - heil zu überstehen. Seine Beine hatten am Nachmittag leisen Protest angemeldet, noch weitere Strukturen zu erklimmen, und so hatte er sich der Mundo Perdido zugewandt – mit dem bekannten Ergebnis.

Ihre junge Führerin hatte die Ersteigung der westlichen Tempelpyramide, des Tempels der Masken, gleich als Erstes nach ihrem Eintreffen vorgeschlagen. Ihr bildhaft, von der in knapp fünfzig Metern Höhe über dem Dach des Regenwaldes liegenden Altarplattform, gehaltener Einführungsvortrag über Tikal hatte die Ruinen und die großen Plätze in ihren Köpfen wieder zum Leben erweckt.

Pete und die Studenten hatten einen ausgezeichneten Ausblick über das gesamte Areal der Stadt gehabt, die in ihrer zweiten Blütezeit um 700 nach Christus auf einer Fläche von mehr als fünfzig Quadratkilometern weit über fünfzigtausend Einwohner beherbergte und in der auch die beiden Tempelpyramiden, die das heutige Wahrzeichen der Mayakultur bilden, von Yik' In Cham K'awiil, dem Sohn des Königs Jasaw Chan K'awiil als Beerdigungsstätten für seine Eltern erbaut wurden.

Eine Besonderheit in der Geschichte von Tikal war das Ende der ersten Blütezeit der Stadt im Jahr 562, wo es der benachbarten, feindlichen Metropole Calakmul zum ersten Mal gelang, aus bis heute ungeklärten Gründen, Tikal zu erobern.

Pete kannte die Diskussionen um einen wirtschaftlichen Kollaps, ohne ihn wirklich überzeugend zu finden. Für ihn war die Argumentation eines Zusammenbruchs der Nahrungsmittelversorgung infolge der intensiven Landwirtschaft, gefolgt oder begleitet durch lang anhaltende, verzehrende Kriege gegen Nachbarkönigreiche, nicht schlüssig. Wie konnte eine über Jahrtausende auf Landwirtschaft spezialisierte Kultur von zurückgehenden Bodenerträgen überrascht werden? Das geschah schließlich nicht von heute auf morgen.

Die Pyramide der Masken, wie die Tempelpyramide II auch genannt wurde, lag fast im Zentrum des ausgegrabenen Tikal. Sie wurde eingerahmt von der Struktur Mundo Perdido im Südwesten, welche die ältesten Gebäude Tikals beherbergte, dem Tempel IV im Nordwesten, der Nordakropolis im Norden und der Gruppe G oder dem Palast der senkrechten Riefen im Süden, benannt nach der prägnanten Verzierung der Palastaußenwände.

Am gegenüberliegenden Ende des Großen Platzes, am südlichen Rand der östlichen Tempel-Pyramide, befand sich der ausgegrabene Ballspielplatz. Die Hauptmerkmale der Maya-Ballspielplätze waren ihre Zielsteine, den heutigen Toren entsprechend, nur mit dem Unterschied, dass es sich entweder um in den Boden eingelassene Steinscheiben von knapp einem Meter Durchmesser oder um massive, mit reichen Verzierungen versehene Steinringe handelte, welche in zwei bis drei Metern Höhe an den gemauerten Seitenwänden der Ballspielplätze befestigt waren.

Die Abgrenzung der Spielfelder erfolgte üblicherweise durch Mauern oder Treppen, welche gleichzeitig als Sitzfläche fürs Publikum dienten und die oft fließend in die Architektur angrenzender Bauten übergingen.

Pete holte seine Gedanken zurück. Dies war die beste Aussicht, die Tikal zu bieten hatte, und sie erleichterte die Orientierung für die anschließenden Besichtigungen des restlichen Tages.

Seit Jahren besuchte er Tikal mindestens zweimal mit Studenten seiner Universität, dem California Institute of Applied Science (CIAS). Er war jedesmal aufs neue fasziniert von der Geometrie der Stadt, ihrer Gebäude und Straßen und der exakten Ausrichtung jedes Steins nach den Himmelsrichtungen.

Jetzt am Abend hatte sich die Stadt um sie herum weitestgehend geleert. Seine Studenten empfingen ihn mit Anspielungen auf sein Zeitgefühl, als er mit Sinistra bei ihnen eintraf. Gemeinsam gingen sie zum altersschwachen Bus, der sich sofort in den abebbenden Strom der heimfahrenden Besucher einordnete.

Die Straße war nach wie vor durch den Regen in schlechtem Zustand, und ihr Bus tat sich schwer mit den schlammigen Schlaglöchern. Der Abstand zu den vor ihnen fahrenden Fahrzeugen vergrößerte sich ständig, was die hinter ihnen Fahrenden zu teilweise waghalsigen Überholmanövern veranlasste.

Pedro, ihren Fahrer, einen ergrauten Indio weit über die Fünfzig, schien das nicht zu stören. Es machte ihm sichtlich Spaß, den nachfolgenden Fahrzeugen den Überholvorgang so schwer wie möglich zu machen. In der schnell heraufziehenden Dunkelheit waren sie schließlich die Letzten auf dem Weg in Richtung Stadt. Die Busscheinwerfer blinzelten in die Dunkelheit, in der Pete kaum etwas erkennen konnte. Er hatte sich auf den freien Platz neben Pedro gesetzt und starrte in Gedanken über seine Entdeckung gleichgültig aus dem Fenster. Hinter ihm wurde es ruhiger, als seine Studenten nach und nach einnickten. Im sanften Geschaukel des Busses gab auch Pete den eigenen Kampf gegen die Müdigkeit schnell auf.

CORUUM

Ein harter Schlag und ein lautes metallisches Geräusch, gefolgt vom scharfen Bremsen des Busses, warfen ihn beinahe von seinem Sitz. Pedro sah überrascht aus seinem Seitenfenster und brachte den Bus endlich quietschend und polternd zum Stehen.

»Was ist los?«, knurrte Pete verstimmt in Richtung des Fahrers. Er rieb sich die Schulter, mit der er gegen die Frontscheibe geprallt war, und schob sich die Brille zurecht.

Pedro strich sich mit der faltigen Hand über müde Augen und sah ihn verlegen an. » Nichts, gar nichts, Señor, ich bin ein wenig von der Straße abgekommen und über einen Stein gefahren.«

»Lassen sie mich raus, ich sehe mir das an.« Pedro öffnete die Tür und Pete sprang auf den Schotter der Straße.

Die Luft war immer noch sehr feucht, aber leicht abgekühlt und erfrischte ihn ein wenig. Er ging um den Bus herum. Der stand halb neben der Schotterpiste und war über zwei fußballgroße Felsenstücke gerumpelt, die Pete ein paar Meter hinter der zerbeulten Stoßstange fand.

Er besah sich das linke Vorderrad. Es hatte unter einer hellen Kalkschlammkruste unzählige Dellen, die jedoch älter zu sein schienen. Der Reifen war in einem bedauernswerten Zustand, fast ohne Profil, schien jedoch noch ausreichend Luft zu haben.

Pete atmete durch. *Glück gehabt!* Damit sollten sie eigentlich weiterfahren können.

Hinter sich hörte er Schritte. »Ah, Señor, wie ich gesagt habe, nichts passiert. Pedro hat nur ein Auge zugemacht. Ab jetzt geht es besser. Wir können sofort weiterfahren.« Der grauhaarige, alte Indio grinste ihn um Vergebung heischend an und machte ein paar Schritte Richtung Straßenrand, um sich zu erleichtern.

Einige Studenten waren ausgestiegen und folgten dem gleichen Drang. Sie verteilten sich hinter Felsen und vereinzelt stehenden Kiefern und ein leises Stimmengeplapper hing in der Luft, während ihre Kommilitoninnen die passenden Bemerkungen dazu machten.

Pete zündete sich eine Zigarette an und schlenderte über die Straße auf eine größere Felsenformation zu, möglichst allen pinkelnden Studenten weiträumig ausweichend. Mittlerweile hatten sich seine Augen an die Dunkelheit gewöhnt und das Licht des aufgehenden Vollmondes reichte zwischen den schnell dahinziehenden Wolkenfetzen aus, die Umgebung leidlich gut zu erkennen.

Der Boden war hier von einer Schicht Kalkkiesel und Felsgeröll bedeckt. Er musste aufpassen, wohin er trat. Er stieg einen kleinen Vorsprung hinauf und bleib vor einem ungefähr zwei Meter breiten Spalt im Fels stehen, der wie ein Schnitt mit einem schartigen Messer den Felsvorsprung durchzog. Er war bis zur Hälfte mit kleinem Geröll aufgefüllt. Vereinzelt funkelten große Pfützen im Mondlicht. Zu seiner Rechten verschwand der Spalt nach einigen Metern im Felsen, zu seiner Linken flachte er sich Richtung Straße ab.

Ein Geräusch ließ ihn herumfahren. Almond, einer seiner Studenten, stolperte den Spalt von der Straße kommend unter ihm entlang.

»Oh, hallo, Professor. Ich wollte nur mal eben für kleine Jungs, Sie wissen schon - die ganze Rüttelei im Bus.« Er winkte ihm zu und folgte vorsichtig dem Verlauf des Spalts.

»Pass auf, du kannst dir da leicht den Fuß verdrehen – oder Schlimmeres!« Almond grinste zurück und beeilte sich, weiter zu kommen.

Pete schlenderte Richtung Bus. So weit er im schimmernden Innenlicht der Kabine sehen konnte, waren alle bis auf Almond wieder da.

Er schnippte den Zigarettenstummel weg und lehnte sich an die geöffnete Tür. Aus der Richtung Tikals näherte sich ein Paar Scheinwerfer und verlangsamte seine Geschwindigkeit, als es die Stelle mit dem Bus passierte. Pete winkte dem Sargento zu, als dieser stoppte und das Fenster seines Pick-ups herunter ließ.

»Alles in Ordnung bei Ihnen, Señor?« Dunkle Augen musterten Pete und den Bus. Als der Polizist Pedro erkannte, winkte er ihm mit einem Zigarillo zu.

»Ja, vielen Dank. Wir machen nur eine kurze Pause.« Der Sargento nickte Pete zu und beschleunigte wieder Richtung Flores.

»Wir müssen weiterfahren, Professor, sonst bekommen wir im Maya International nichts mehr zu essen.« Sinistra steckte ihren Kopf aus der offenen Tür und sah ihn an.

»Almond fehlt noch. Er muss gleich kommen.«

»Was haben Sie denn gefunden, Professor?«, fragte sie mit einem Lächeln. Pete wandte sich zu ihr um und bemerkte erneut, was für eine schöne junge Frau sie war. Er vergegenwärtigte sich ihre Frage und wurde ernst.

»Eine sehr merkwürdige Hieroglyphe, Señorita. Ich dachte, ich würde die meisten Handschriften hier in der Gegend kennen, aber dieser Stil ist mir vollkommen unbekannt.«

Sinistra runzelte die Stirn. »Beschreiben Sie sie mir bitte, Professor!«

Pete sah sich um und ging ein paar Schritte zu einer grasfreien Stelle neben dem Bus. Er kniete nieder und zeichnete mit einem abgebrochenen Kiefernzweig das lidlose Auge mit den zwei übereinander stehenden Pupillen in den Sand, wie er es in der Öffnung gesehen hatte.

Sinistra betrachtete das Bild eine Zeitlang und schüttelte dann entschieden den Kopf. »Kenne ich nicht, Professor. Die Typologie zeigt auch keinerlei Verwandtschaft zu den hiesigen Hieroglyphen.«

Er erhob sich wieder. »So sah sie aus.« Pete zuckte mit den Schultern. »Wir können sie uns jederzeit wieder ansehen.«

Sinistra kräuselte ihre Nase und kleine Grübchen erschienen auf ihren Wangen. »Sind Sie sicher, dass es nicht erst kürzlich – so in den letzten zwanzig Jahren – von Touristen hinzugefügt wurde?«

»Auf keinen Fall, es – «

»*Professor!*«

Er drehte sich um. Ron, einer seiner Studenten, kam außer Atem auf ihn zugerannt.

»Kommen Sie schnell, ich glaube, Almond ist in einer Höhle eingeklemmt.«

»Ich komme mit Ihnen, Professor«, sagte Sinistra und schloss sich Pete an.

Zu dritt liefen sie den Felsspalt hinab, in dem Pete Almond zuletzt gesehen hatte. Vorsichtig tasteten sie sich auf dem Geröll in den im Schatten liegenden Teil vor.

»Hier habe ich ihn rufen hören und dann hat er einmal aufgeschrieen.«

Pete sah Sinistra beunruhigt an. »Gehen Sie bitte zum Bus zurück und fragen Sie Pedro nach einer Taschenlampe.«

»Ich hole eine«, unterbrach Ron und verschwand.

Pete griff nach seinem Feuerzeug und leuchtete mit ausgestrecktem Arm in den Schatten. »Warten Sie hier auf Ron«, sagte er zu Sinistra und untersuchte die vor ihm liegende Öffnung.

Soweit er im flackernden Licht der kleinen Feuerzeugflamme sehen konnte, setzte sich die Felsspalte leicht abfallend fort. Dem Müll im Eingangsbereich nach zu schließen, wurde dieser Ort wohl des Öfteren als Toilette benutzt.

Die Nase rümpfend und jeden Schritt sorgfältig wählend, trat er langsam tiefer in die Öffnung hinein. Ein schwacher aber stetiger Luftzug kam ihm aus dem Felsspalt entgegen und er musste die zweite Hand zu Hilfe nehmen, um die Flamme des Feuerzeugs vor dem Wind zu schützen.

Pete war ungefähr zehn Meter vorangekommen, als Sinistra mit Ron hinterherkam. Sie trug zwei Taschenlampen, von denen eine allerdings nur noch eine Handvoll Glühwürmchen beeindrucken konnte. Die andere war glücklicherweise eine leistungsstarke LED-Lampe, die sie ihm reichte.

Pete leuchtete den Felsspalt in der Umgebung ab. Im weißblauen Lichtstrahl konnte er weitere zwanzig Meter in die Höhle hineinsehen, die sich verstärkt nach unten neigte und deren zerklüftete Decke sich nach hinten zuschnürte. Spuren von Fledermauskot bedeckten die vorspringenden Wände, aber nicht den Boden.

»Hier läuft nach dem Regen viel Wasser durch, Professor«, sagte Sinistra und deutete auf die relativ freien Stellen des Bodens zu ihren Füßen. Sie ging einige Schritte vor und Pete richtete den Strahl der LED-Lampe vor ihre Füße. Tatsächlich war der Boden tiefer im Spalt auch vom feinen Geröll wie leergefegt, während sie am Eingang und davor über Mengen davon hatten klettern müssen.

»Es kann gut sein, dass das ein Abfluss ist, den sich das Regenwasser der letzten Jahrhunderte durch den weichen Kalkfelsen gewaschen hat. In diesem Gebiet gibt es weite unterirdische Flüsse und Seen, die sich aus dem Oberflächenwasser speisen.« Sinistra deutete in die Höhle hinein. »Wir sollten aufpassen, Professor, nicht irgendwo einzubrechen. Diese Höhlen sind teilweise sehr tief und können in natürliche Cenotes münden.«

Pete beschlich ein ungutes Gefühl. Wenn Almond in ein solches unterirdisches Wasserreservoir gefallen war, würden sie ihn nur schwer finden. Er ging vorsichtig an Sinistra vorbei und näherte sich schrittweise dem sich absenkenden, tieferen Teil der Höhle. Er musste sich bereits ziemlich weit zurücklehnen, damit er nicht das Gleichgewicht verlor. Als er sich umsah, standen Sinistra und Ron gut zwei Meter über ihm.

Pete stützte sich auf einen unebenen Wandvorsprung ab und leuchtete in die Tiefe der Höhle. Es war sehr schwer, konkrete Konturen auszumachen, da jede Bewegung seiner Hand die Schatten auf der zerklüfteten Decke und den Wänden wild hin und her tanzen ließ und jegliche klaren Formen unkenntlich machte. Er wollte sich schon umdrehen, als ihm ein dunkler Fleck auf einem Felsen etwa fünf Meter unter ihm auffiel.

»*Da unten ist etwas!*« Er sah kurz in die besorgten Gesichter von Ron und Sinistra. »Das sehe ich mir noch an!«

Pete suchte sich an den Wandvorsprüngen Halt und ließ sich zu der Stelle hinab. Im direkten Licht der LED erkannte er das angetrocknete, dunkelrote Blut sofort.

»Er war hier und ist weiter runtergerutscht. Ich habe hier frisches Blut entdeckt.« Pete hörte, wie hinter ihm Sinistra zu ihm hinabstieg.

Als sie sich wackelig neben ihm festhielt, bemerkte er ihren ernsten Gesichtsausdruck.

Sie drehte sich zu Ron um, der im Licht der schwachen Taschenlampe nur als Silhouette zu erkennen war.

»Ron, geh zurück zum Bus und sage Pedro, er soll die Policia und das Institut informieren. Wir brauchen hier Höhlenbergsteigergerät und Taucheranzüge. Ich bleibe beim Professor.«

Ron nickte, drehte sich um und kletterte polternd wieder aus der Höhle, wobei ein paar Kiesel zu ihnen hinabregneten.

Sinistra nahm Pete die LED-Lampe aus der Hand und leuchtete in die tiefere Höhle hinein. Der Höhlenboden senkte sich auf der folgenden Strecke bedrohlich und der Durchmesser des Hohlraums schnürte sich weiter zu. Es kam Pete vor, als stünde er in einem überdimensionierten, nach unten gedrehten Rinderhorn.

»Sehen Sie, Professor! Dort hinten sieht es aus, als wäre die Höhle zu Ende. Aber davor!« Im Licht der Lampe war, wie ein ovaler Schatten, ein schwarzer Ausschnitt auf dem hellen Fels zu sehen. Als Sinistra etwas ihre Position veränderte, um den Einfallwinkel des Lichtes zu variieren, erkannte auch Pete das Loch. Es befand sich im Boden der Höhle und hatte etwa einen Meter Durchmesser.

Die Oberfläche des Kalksteins um das Loch herum sah aus wie poliert. Er erinnerte sich mit Grauen an die Worte Sinistras bezüglich des eindringenden Regenwassers, als er sich vorstellte, wie tief es in dem Loch wohl hinabgehen konnte.

»*Mein Gott!*«, entfuhr es ihm. »Wie lange wird es dauern, bis die Polizei mit der Ausrüstung hier ist?«, fragte er, Sinistra zugewandt.

»Vielleicht zwei Stunden, bestenfalls. Wir sind ungefähr noch eine halbe Wegstunde von Flores entfernt. Wenn dort die Ausrüstung nicht vorhanden ist, kann das alles viel länger dauern.« Sie wirkte niedergeschlagen. »Wenn er tief abgestürzt ist, können wir ihm ohnehin nicht mehr helfen.«

Über ihnen rumpelte etwas und taghelles Licht fiel in die Höhle. Ein Motor erstarb. Kleine Kiesel rieselten zu ihnen hinab, als der Sargento ein paar Meter zu ihnen herunterkam.

»Pedro hat mich über Funk gerufen, Señor. Ich habe fünfzig Meter Stahlseil auf der Seilwinde und diesen Trapezgurt, vielleicht hilft Ihnen das weiter.« Der Polizist wedelte mit dem Nylongurt.

Pete atmete erleichtert auf. »Lassen Sie uns hochgehen, Sargento, hier ist es für uns alle zu eng!«

Vor der Höhle überprüfte Pete die Seilwinde. Sinistra reichte ihm den Trapezgurt, den sie mit dem Ende des Stahlseils verbunden hatte.

»Seien Sie vorsichtig, Professor.« Ihre schwarzen Augen sahen ihn ernst an. »Das Loch kann sehr tief sein. Wir haben noch keine Antwort vom Institut oder vom Militär. Wenn Ihnen auch noch etwas zustößt, können wir nichts zu Ihrer Rettung unternehmen.«

»Wenn Almond noch lebt, zählt jede Minute. Ich muss da runter und nach ihm sehen«, entgegnete Pete.

Er stieg in den Trapezgurt und verriegelte die Karabiner vor seiner Brust.

»Ich werde meine Kommandos laut rufen. Wenn Ihr mich nicht mehr hören solltet, zieht mich langsam zurück.«

Er nahm die LED-Lampe und kletterte vorsichtig die Höhle hinab. Als er den Punkt mit den Blutspuren erreichte, drehte er sich und kletterte von da an mit den Füßen voran. Pete versuchte, nicht daran zu denken, was alles schief gehen könnte.

CORUUM

Als er den polierten Boden um das Loch herum erreichte, überprüfte er den Karabiner des Trapezgurtes, der ihn hielt, ein letztes Mal und schwang seine Beine über den Rand. Mit der Lampe leuchtete er in den Tunnel hinein, der fast senkrecht im Boden unter ihm verschwand. Überrascht sah er, dass die Tunnelwand nach ungefähr sieben bis acht Metern abrupt endete und der Strahl der LED-Lampe sich im Nichts verlor.

»Der Schacht ist nicht sehr tief«, rief er den beiden zu. Er nahm einen Kiesel und warf ihn in den Schacht.

Pete schloss die Augen, um sich ganz auf sein Gehör zu konzentrieren. Leise kam aus der Tiefe ein plätscherndes Geräusch, als die Kiesel irgendwo unter ihm ins Wasser fielen.

»Da unten ist *Wasser*!« Er atmete auf. Das erhöhte die Chancen für Almond, sich nicht zu schwer bei einem Sturz verletzt zu haben. »Lasst mich langsam hinunter!«

»Achten Sie auf eine mögliche Strömung, Professor!«, rief Sinistra ihm zu. Er nickte und schwang sich in die Öffnung.

Der Schacht führte fast senkrecht nach unten. Pete achtete darauf, sich mit den Füßen von der Schachtwand, die hinter der Öffnung wieder rauer geworden war, abzudrücken. Die Kalksteinschicht, durch die er hinabgelassen wurde, war gut zehn Meter dick.

Plötzlich stießen Petes Füße ins Leere.

»*HALT!*«, schrie er nach oben. Das Seil ruckte, als es anhielt, und die Karabiner zogen sich schmerzhaft vor seinem Brustkorb zu.

»*Emmpfffff!*« Ein Stöhnen entwich seinen zusammengebissenen Zähnen.

Seine Füße berührten die Wasseroberfläche. Er leuchtete mit der LED-Lampe umher. Verblüfft hielt er die Luft an.

Ein Cenote.

Die Luft war kühl und feucht. Der Strahl seiner Lampe suchte die Wasseroberfläche ab. Der Raum zwischen der Decke und der Wasseroberfläche war vielleicht sechs bis sieben Meter hoch.

Es gab eine leichte Strömung, die ihn bereits etwas unter der Schachtöffnung wegzog und durch eine leichte Wellenbildung verhinderte, dass er irgendetwas unter Wasser erkennen konnte.

Pete stutzte, als der Lichtstrahl der Lampe über eine regelmäßige, aus großen Quadern gemauerte Wand strich. Er versuchte sich am Seil hängend etwas zu drehen, was ihm aber nur teilweise gelang. Der Lichtstrahl folgte der türkis schimmernden Wasserlinie an der Mauer entlang in die Höhle hinein.

Das war kein Cenote. *Diese Wände waren gemauert!*

»Professor!«

Eine schwache Stimme ließ ihn zusammenzucken.

»Almond!«

Nicht weit von der Stelle entfernt, an der der Strahl seiner Taschenlampe die vorzeitlichen Kalkquader beleuchtete, kauerte im Halbdunkel eine Gestalt auf einem Mauervorsprung, knapp einen halben Meter über Wasser. Pete sah nach oben.

»*Lasst mich runter!*«, rief er in den Schacht.

Das Seil gab mit einem Knirschen ruckartig eine Körperlänge nach. Pete, der mit einem gleichmäßigen Nachgeben gerechnet hatte, wurde überrascht und tauchte unter. Prustend kam er wieder an die Oberfläche und tastete mit der freien Hand erschrocken nach seiner Brille.

Verloren! Das über seinem Kopf zusammenschlagende Wasser hatte sie abgestreift.

Die Strömung hatte ihn bereits einige Meter in Richtung Almond getrieben und er stieß mehrfach mit den Schienbeinen schmerzhaft gegen unter der Wasseroberfläche liegende Felsen. Reaktionsschnell hakte er einen Fuß unter eine Felskante und stoppte sein Dahintreiben in der Strömung.

Er leuchtete senkrecht zu seinen Füßen hinab und sah das Licht der Lampe tiefer durch die leicht gekräuselte Wasseroberfläche eindringen. Hoffnungslos, auf diese Art seine Brille wiederzufinden. Er kniff seine Augen zusammen, um wenigstens ein paar Dioptrien auszugleichen. Mit Mühe erkannte er unter Wasser den Kalkquader, auf dem er stand. Das Wasser reichte ihm bis zur Brust.

Er richtete den Strahl der Taschenlampe wieder auf die verwischte Gestalt von Almond, der sich noch gut zehn Meter von ihm entfernt auf dem dünnen Mauervorsprung festgeklammert hatte.

Die aus den überdimensionalen Quadern zusammengesetzte Wand schien an der Stelle, an der Almond hockte, in intaktem Zustand zu sein. Pete konnte die geraden Linien der Fugen über mehrere Meter weit zu beiden Seiten verfolgen, bevor sie unter zerstörten Mauerabschnitten verschwanden. Bis zur Decke gab es sechs Reihen Quader, die versetzt aufeinander gefügt waren. In der Ferne, wo optisch die zerklüftete Decke fast mit der Wasseroberfläche verschmolz, meinte er breite, aus dem Wasser emporsteigende Stufen zu erkennen.

Der Schmerz in seinem Schienbein ließ etwas nach. Die Spannung des Stahlseiles war erschlafft und das Seil war unter der Wasseroberfläche versunken. Mit einem Schauder erkannte Pete die Gefahr, dass es sich in dem Schutt auf dem Boden verheddern konnte. Er müsste jetzt eigentlich umkehren. Ohne Brille war er selbst in Gefahr.

»*Professor! Helfen Sie mir!*«

Sein Blick fuhr zu Almond. Er musste seinen Studenten retten.

Pete zog das Stahlseil, wackelig in der Strömung auf dem Quader balancierend, mit großer Anstrengung langsam zu sich heran und legte es in Schlaufen, die er sich über die Schulter hängte. Das Gewicht war beachtlich.

Er würde quer zur Strömung schwimmend die Wand erreichen müssen, um zu dem Vorsprung zu gelangen, auf dem Almond hockte.

Pete stieß sich kraftvoll von dem Quader ab und schaffte ungefähr die Hälfte der Strecke, bevor das Gewicht des Seils ihn nach unten zu ziehen begann. Er ließ es von seiner Schulter rutschen und versuchte mit ein paar kräftigen Schwimmzügen die Mauer doch noch zu erreichen, bevor die Strömung ihn am Vorsprung vorbeitragen würde. Pete verfehlte den Mauervorsprung knapp, wobei er sich erneut schmerzhaft die Beine an unter der Wasseroberfläche liegenden Felsen blutig stieß. Beinahe verlor er die Taschenlampe, konnte sie gerade im Reflex noch mit zwei Fingern erreichen, bevor sie in den grünen Fluten versinken konnte.

Der Mauervorsprung mit Almond befand sich jetzt drei Meter hinter ihm. Das war angesichts der Umstände gut genug, dachte Pete.

Auf dem Felsen unter seinen Füßen balancierend, klammerte er sich mit einer Hand in einer breiten Fuge zwischen zwei mächtigen Quadern fest. Sein Brustkorb schmerzte unter dem Druck des Gurtes und des kalten Wassers. Keuchend rang er ein paar Minuten nach Luft.

»Almond?« Pete leuchtete gegen die Strömung zu dem Mauervorsprung, der aus der Nähe wie ein in die Mauer gedrehter Halbkreis aussah.

Ein Torring!

Er kniff die Augen zu Schlitzen zusammen und erkannte reiche Verzierungen in Form üppiger, plastisch modellierter Hieroglyphen auf den Seiten des Halbkreises, in dem – wie der Mann im Mond – sein verloren gegangener Student hing.

»Almond, ich bin hinter dir! Kannst du dich bewegen?«

Pete tastete sich vorsichtig auf dem Vorsprung gegen die Strömung in Richtung Almond voran. In der Ferne glaubte er irgendwelche Stimmen rufen zu hören – wahrscheinlich Sinistra oder der Sargento – aber das war jetzt nicht wichtig für ihn. Er musste sich beeilen, seine letzte Kraft sickerte fühlbar im kalten Wasser unter der ungewohnten Anstrengung aus ihm heraus.

»Professor, gut, Sie zu sehen!« Almond presste jedes Wort heraus. Er hatte sich zu Pete umgedreht und sah aus, als würde er jeden Moment von dem Torring herunterfallen. »Meine Beine – sie tun so schrecklich weh! Professor, helfen Sie mir!«

Pete wollte etwas Beruhigendes erwidern, stellte jedoch erschreckend fest, dass sich das Seil leicht gespannt hatte. Offenbar waren Sinistra und die anderen unruhig geworden, weil sie nichts von ihm gehört hatten, und begannen jetzt langsam das Seil einzuholen, wie er es mit ihnen besprochen hatte.

Seine Augen weiteten sich, als er erkannte, dass sich das Seil nicht in Richtung Höhlendecke zu spannen begann, sondern ihn zurück in die Mitte des Wassers zog.

Es hatte sich verheddert!

Mit beiden Händen versuchte er fieberhaft den Karabiner seines Trapezgurtes zu öffnen. Vergeblich. Seine Finger waren klamm und der Zug auf dem Seil bereits zu groß.

»*Stopp!*«, schrie er, doch das halbe Wort ging bereits im Wasser unter, als das Seil ihn mit brutaler Gleichmäßigkeit von der Wand wegriss und seinen Kopf Sekunden später unter Wasser zog. Die Taschenlampe hatte er nahe der Panik fallen lassen. Sie erzeugte eine diffuse Lichtblase unter Wasser, auf die Pete langsam zugezogen wurde.

Dann sah er im trüben Licht der Lampe den Schatten des Felsens, auf den ihn das Seil zuzog. Er ragte schräg aus dem Boden und war äußerst gleichmäßig geformt. Das Seil verschwand unter dem Felsen im Schlamm. Es musste passiert sein, als er mit letzter Kraft versucht hatte, die Mauer zu erreichen.

Eine wahnwitzige Erkenntnis offenbarte sich ihm.

Er hatte es selbst dort eingefädelt. Die Zugrichtung des Seils unter dem Felsen hindurch und zurück zur Höhlendecke würde ihn wie einen Keil dort unten festklemmen.

Pete versuchte sich mit den Füßen auf dem Felsen abzustützen, rutschte jedoch sofort daran ab. Mit beiden Händen drückte er ihn von sich. Seine Finger strichen über ein glattes, reliefiertes Material, keine raue Kalkoberfläche.

CORUUM

Glatt, warm, Hieroglyphen, sicher die fehlende Hälfte des Mauervorsprungs, schossen ihm Gedankenfragmente durch den Kopf.
Wärme?

Er spürte seine Sinne schwinden. Der Drang zu atmen wurde übermächtig. Das Seil zog in mit brutaler Kraft unter den Felsen und presste die letzte Luft aus seinen Lungen. Pete saß fest, Brust und Gesicht dicht an dem warmen Felsen geschmiegt. Mit letzter Kraft ruderten seine Arme umher, wühlten Jahrhunderte alten Schlamm auf und verdunkelten seine Sicht.

Eine Hand ertastete die versunkene LED-Lampe. Im Reflex riss er sie zu sich.

Nein!

Wenige Zentimeter vor sich erkannte er eine Form, die er heute schon einmal entdeckt hatte.

Die zwei übereinander stehenden Pupillen aus dem lidlosen Auge starrten ihn gefühllos an.

Ich hab' was entdeckt!, waren seine letzten, vernebelten Gedanken.

CORUUM

2 Donavon

Schottland, Apholl Castle
5. - 6. September 2014
30396/8/26 SGC

Die Warnlampe der Traktionskontrolle blitzte kurz auf, und bevor ich irgend etwas tun konnte, hatte die Elektronik ein Hinterrad des ausbrechenden Hecks unmerklich abgebremst und den Wagen stabilisiert.

»*Ayyye!*« Ich pfiff durch die Zähne. Dieses Auto fuhr man wirklich mehr mit dem Hintern als mit dem Verstand.

Ich sah im Rückspiegel den Kies auf die Fahrbahn spritzen und ging etwas vom Gas. Schottische Landstraßen sind keine Autobahnen und die A 93, auf der ich bei Sonnenschein in Richtung Braemar unterwegs war, war nur eine sehr mittelmäßige Landstraße.

Es war kurz nach fünf Uhr nachmittags und ich wollte in zwei Stunden in Apholl Castle, dem Sitz des MacAllon-Clans, sein, um den Evening Speaker, der traditionell das Familienabendessen eröffnete, nicht zu verpassen.

Es herrschte lebhafter Verkehr; vor allem Touristenbusse und Privatfahrzeuge, auf dem Weg zu den wie in jedem Jahr am ersten Samstag im September stattfindenden Highland Games, machten zusätzlich zu den am Straßenrand grasenden Schafen die Straße dicht.

Mit meinem alten BMW Z4 hatte ich unter guten Bedingungen die Strecke von Edinburgh zum Apholl Castle in knapp drei Stunden geschafft. Doch das war die Vergangenheit.

Die A 93 wand sich hinter Blairgowrie aus Perth kommend ins schottische Hochland. Die Grampian Mountains lagen dunkel im Nordwesten und ich konnte auf der gewundenen Straße immer nur einzelne Fahrzeuge überholen. Nach einiger Zeit und einer Reihe adrenalinfördernder Überholmanöver gab ich es auf, und rollte eingereiht in der Karawane mit.

Ich war kurz nach Mittag von meiner Wohnung im Dean Village an den Ufern des Leith aus Edinburgh aufgebrochen.

Über die nüchterne Brücke des Forth hatte ich Edinburgh nach Norden, Richtung North Queensferry und Dunfermline, verlassen. Das erste Stück auf der M-90 bis Perth verging im Handumdrehen, der Porsche hatte Spaß an der Strecke, und der Verkehr war mäßig. Auf der A 93 von Perth Richtung Highlands wurde es schon voller, und hinter Blairgowrie war die Kapazität der Straßen erschöpft.

Ich lebte seit ungefähr acht Jahren in Edinburgh, wo ich an der Universität von Schottland einem Lehrstuhl für antike Sprachen und Kalendersysteme vorsaß. Meine Begeisterung für die astronomischen und mathematischen Kenntnisse alter Kulturen hatte meinem Lebensweg – nach sechs Pflichtjahren bei der Navy, (mein Vater war sein Leben lang Soldat gewesen) – ein frühes Ziel gegeben.

Den hohen Anteil an theoretischem Stoff und Zahlenwerk hatte ich durch archäologische Reisen und Beteiligungen an historischen Grabungen in Griechenland und der Türkei sowie in Lateinamerika ausgeglichen. Aus der Kombination von neuer Archäologie in Verbindung mit den Methoden der modernen Mathematik und Sprachforschung ließ sich eine Vielzahl progressiver Ansätze erzeugen, die durch die Überlagerung der mit Fakten belegbaren Datumsangaben zum Teil überraschende Erkenntnisse über den Wert von sogenannten allgemein anerkannten Theorien erlaubten.

Die Vorliebe alter Kulturen, wichtige Ereignisse zu dokumentieren, und dies nach Möglichkeit auf eine unvergängliche Art und Weise in Stein gemeißelt, war meine größte Leidenschaft. Durch die Funde und Analysen von antiken Dokumenten, die nur mit einem Datum im entsprechenden Kalendersystem des jeweiligen Volkes versehen sein mussten, konnte ich die herausragenden Ereignisse in voneinander weit entfernten Kulturen, durch Umrechnung der lokalen Kalender in einen gemeinsamen Weltkalender, in eine chronologische Reihenfolge bringen und somit sichere Ereignisbrücken herstellen.

Selbst in der gegenwärtigen Zeit waren weit über zwanzig Kalendersysteme auf der Welt im Einsatz, die zum Teil noch um Tausende von Jahren voneinander abwichen. Die in eine chronologische Reihenfolge gebrachten Ereignisse verschiedener Kulturen erlaubte neue Rückschlüsse auf Berührungspunkte (durch Krieg oder Handel) oder gab Hinweise auf Naturkatastrophen, die gemeinsam erlebt wurden.

Die allein manchmal märchenhaft klingenden Geschichtsbruchstücke gewannen auf diese Weise an Glaubwürdigkeit, wenn sie aus unterschiedlichen Quellen dokumentiert wurden.

Für mich tat sich hier ein Feld ohne Einschränkungen auf. Meine Art, in die von hohen Erdwällen geschützten Fachgebiete von Kollegen einzudringen, wenn ich mir dort Erklärungen für meine eigenen Problemstellungen erhoffte, gab einigen meiner Kollegen der alten Schule einen immerwährenden Anlass zu angeregten Streitgesprächen.

Dieses Wochenende und die nächste Woche hatte ich mir vorgenommen, davon auszuspannen, und es hatte mir daher gut gepasst, dass mein neuer Porsche am Morgen abholbereit beim Händler auf mich gewartet hatte. Mit Wehmut ließ ich meinen alten Z4 dort stehen und verwandelte mich auf dem Weg von Edinburgh nach Apholl Castle von einem Hobby-Sportfahrer mit gelegentlichen Anfällen zum Schnellfahren in einen Hobby-Rennfahrer mit gelegentlichen Anfällen von Wahnsinn.

Die Einweisung des Verkäufers war kurz gewesen und hatte sich darauf beschränkt, mir zu erklären, dass die Kupplung vollautomatisch betätigt wurde und ich die neuen Carbon-Bremsen sehr behutsam einfahren müsse. Mehr Informationen konnte er mir nicht geben, er hatte dieses Modell auch noch nie verkauft. Ich wählte den mir eigenen, pragmatischen Weg des Erlernens neuer Themen – ich fuhr los.

Darüber, dass ich jetzt wahrscheinlich das schnellste Auto im vereinigten Königreich fuhr, konnte ich mich auf den ersten Kilometern in Edinburgh noch nicht richtig freuen. Ich war bemüht, keinen Unfall zu verursachen und heil aus dem Stadtverkehr rund um Princess Street herauszukommen. Alles war anders, die Fahrt eher ein permanenter Kampf Mensch gegen Maschine. Die Pedale waren steinhart, die Lenkung direkt und die Reaktion des Motors auf jegliche Bedienung meinerseits kam überraschend schnell und kompromisslos.

An das gequälte Wimmern des V10-Heckmotors, der sich permanent über mein untertouriges Schalten beschwerte, (was mir auf den ersten zwanzig Kilometern mehrfach das Leben rettete), konnte ich mich noch gewöhnen.

Das hohe Singen der neuen Carbon-Bremsscheiben klang für mich wie eine angezogene Handbremse in der Phase der Weißglut und erzeugte das eine oder andere Mal echte Gänsehaut.

Ich ging mit der Schaltwippe einen Gang runter und nahm die Kurve und die zwei vor mir fahrenden Autos mit einem kurzen Antippen des Gaspedals, gefolgt von einer harten Bremsung, um das dritte Fahrzeug nicht anzuschieben. Den hektischen Lichthupenprotest des hinter mir Fahrenden winkte ich freundlich entschuldigend grinsend zur Seite. Mittlerweile ging das Fahren schon ganz gut, und mein Ehrgeiz wuchs mit der Zahl der überholten Fahrzeuge.

Glücklicherweise kam meine Abzweigung Richtung Apholl Castle rechtzeitig, um mich vor einem Unfall zu bewahren.

Apholl Castle lag in den Ausläufern der Highlands über den Ufern des Clunies, mit dem Rücken an einer Abbruchkante des Felsens, der hier bereits um die tausend Meter hoch war und mit der Front ausgerichtet in Richtung eines sehr alten und knorrigen Lindenhains. Nicht weit hinter dem Devils Elbow, der Grenze zwischen Grampian und Tayside, bog ich schließlich nach links von der Hauptstraße ab und folgte dem sich die Berge hochwindenden Schotterweg.

Ich rollte hier eher dahin, vorsichtig den Schlaglöchern ausweichend, um die nachtblaue Metalliclackierung des Porsche nicht zu ruinieren. Nach ungefähr zwei Kilometern durch hohen, dunkelgrünen Wald mit dichtem Unterholz, kam ich an ein weiß in der Abendsonne strahlendes Torhaus, dessen zweiflügeliges, schmiedeeisernes Gitter geschlossen war. In seinem geschwungenen Bogen, unter einem dunkelbraunen Schindeldach war das Motto des MacAllon-Clans in den Stein gemeißelt:

Fear no Fear!

An dieser Stelle begann der innere Kreis des Apholl-Castle-Refugiums. Das Tor öffnete sich langsam bei meinem Näherkommen, und beim Durchfahren grüßte mich der Wachmann, den ich in seinem dunkelgrünorangen Tartan vor dem Hintergrund des Waldes nicht gesehen hatte.

Hinter dem Torhaus ging der Weg für weitere zehn Minuten wieder in eine asphaltierte Straße über und führte durch einen Restbestand des ursprünglichen, kaledonischen Scots-Pine-Waldes, der früher große Teile der Highlands bedeckt hatte.

Inmitten dieses Waldstücks befanden sich die über einhundert Jahre alten Gebäude der MacAllon-Whisky-Brennerei mit ihrem charakteristischen, holzschindelgedeckten Turm, in dem die Gerste getrocknet wird. Zusammen mit den Wassern des Clunie, die über einen kleinen Seitenarm hier hergeleitet wurden, verwandelte sich das Gerstenmalz in ein kleines Label MacAllon-Whiskys, der hier von nicht mehr als fünf Mitarbeitern gebrannt wurde. Der Ausschank erfolgte ausschließlich im Kreise der Familie und ihrer Freunde.

Meine Vorfahren hatten Apholl Castle 1852 von Queen Victoria für treue Dienste erhalten. Mein Vater, Kenneth MacAllon, war seitdem der siebte Chieftain der MacAllons, und ich hatte gute Aussichten, wenn ich weiterhin heil von allen archäologischen Grabungen zurückkehrte, einmal der achte zu werden.

Kenneth war über fünfundvierzig Jahre beim britischen Militär gewesen, zuletzt als General des schottischen Regiments der Marineinfanterie. Lange Zeit war er als Verbindungsoffizier des Britischen Marine Corps in allen Krisengebieten der Welt mehr zu Haus gewesen als hier, was seiner Familie nicht sehr gefallen hatte. Der Tod meiner Mutter an Krebs hatte diese Abwesenheitszeiten von Kenneth noch verlängert.

Nach der letzten Kurve der Singletrack-Road rumpelte ich über ein metallenes Cattle-Grid auf eine kleine Steinbrücke, die über einen Seitenarm des Clunie führte. Auf der Brücke thronte eine kleines Brückenhaus mit zwei – eher der Dekoration dienenden – Fallgittern. Die Bäume traten zurück, und ich erreichte auf der anderen Seite ein Zwischenplateau, auf dem sich die jetzt dunkle Silhouette von Apholl Castle mit dem zentralen Rundturm gegen den abendroten Himmel abzeichnete. Einige Fenster waren erleuchtet, und in mehreren aufgestellten schmiedeeisernen Gitterkörben brannten gespaltene Baumstämme und versprühten im leichten Wind ihre Funken.

Apholl Castle war im typisch schottischen Stil der Highlands aus Granitblöcken errichtet, die an einigen Gebäudeteilen mit weißen Putzflächen ergänzt worden waren. Das Haupthaus und die zwei angrenzenden, größeren Nebengebäude hatten mächtige, graue Schieferdächer. Mit der Hälfte seines Durchmessers in das Haupthaus hineingebaut, ragte der einzige zinnenbewehrte Rundturm von Apholl Castle hoch in den Abend.

Hier hatten niemals kriegerischen Auseinandersetzungen stattgefunden, dazu war es zu spät erbaut worden und hätte wohl auch einen anderen Entwurf erhalten. Im Vordergrund der Architektur hatten vielmehr ästhetische Gesichtspunkte gestanden, und so war aus Apholl Castle eine der schönsten Wohnburgen in den Highlands, mit einer eigenen kleinen, in die Anlage integrierten Kapelle, geworden.

Es war kurz nach sieben Uhr und der Evening-Speaker hatte wohl gerade begonnen. Niemand war außerhalb der Gebäude zu sehen und so parkte ich den Porsche neben einem schwarzen Jaguarcabriolet, das bereits vor dem Haupthaus stand. Der Motor verstummte.

Ich genoss für ein paar Sekunden die wie eine Welle über mich hereinbrechende Stille, bevor ich meine Reisetasche, die meine Tartans für den morgigen Wettkampftag enthielt, vom Beifahrersitz nahm und ausstieg.

Um nicht mitten in die Rede zu platzen, wählte ich die schwere beschlagene Tür des Nebeneingangs. Auf halbem Weg dorthin wurde sie nach innen aufgezogen, und zwei weißbraun-schwarz gefleckte Hunde rannten auf mich zu. Ich bekam gerade noch rechtzeitig beide Hände frei, um die stürmischfeuchte Begrüßung der beiden Border Collies meines Vaters abzuwehren.

»Donavon!« Mein Vater stand in der Tür. »Komm rein, wir warten nur noch auf dich!«

»Aye!« Ich registrierte den leicht tadeligen Unterton, gab den beiden Collies einen Klaps und nahm meine Tasche wieder auf. Sie begleiteten mich tanzend und bellend auf meinem Weg ins Haus. Mein Vater, Sir Kenneth MacAllon, Duke von Apholl, drückte mich an seine breite Brust, grinsend über das ganze Gesicht, und klopfte mir auf den Rücken.

»Schön, dass du da bist, Junge. Brian ist heute der Evening Speaker, und wir sollten uns jetzt beeilen, damit er vorher nicht so viel Whisky trinken kann, dass er seinen Text vergisst.«

Er führte mich Richtung Burgsaal. Auf dem Weg dahin begrüßte ich Gordon, der mit seinen mittlerweile fast siebzig Jahren zum lebenden Inventar von Apholl Castle gehörte und meinem Vater geholfen hatte, mich und meine Schwester nach dem Tod der Mutter aufzuziehen.

Gordon nahm meine Tasche und meinen Mantel, während ich Kenneth in den Saal folgte, aus dem die Geräusche angeregter Unterhaltung drangen.

Das Wachs der schweren Holzbohlen im Saal schimmerte im Licht der Wandkerzen, und ein mächtiges Feuer im Kamin an der Querseite des Saales verwandelte die Atmosphäre in ein tanzendes Spiel aus Licht und Schatten. Es war angenehm warm im Burgsaal, wo sich ungefähr fünfundzwanzig Personen stehend oder sitzend in kleinen Gruppen aufhielten. Meine Schwester Megan bemerkte mein Eintreten sofort und erhob sich vom Tisch, um mir mit Marie, ihrer fast einjährigen Tochter und meinem Patenkind auf dem Arm, entgegenzukommen.

»Donavon,« begrüßte sie mich, drückte mir einen Kuss auf die Wange und Marie in die Arme. »Schön, dass du es geschafft hast, ich kenne jemanden, der gleich ins Bett muss und dich vorher noch sehen wollte.« Mit einem Lächeln trat sie einen Schritt zurück, um die Gelegenheit zu nutzen, ohne den kleinen Quälgeist im Arm einen Schluck aus ihrem Champagnerglas zu trinken. »Bevor ihr euch nachher ins Herrenzimmer zurückzieht, muss ich noch mit dir reden. Karen hat angerufen und aufgeregt versucht, dich zu erreichen.« Sie zwinkerte mir zu.

Ich fühlte, wie ich rote Ohren bekam. Karen war eine Studienkollegin von mir an der California State University gewesen, war Amerikanerin und lebte heute in San Diego. Wir hatten es mehrfach miteinander versucht, nur um wiederholt an den ausgeprägten Ecken und Kanten unserer Dickköpfe aufeinander zu prallen.

Megan und Karen hatten sich kennen gelernt, als Megan mich in den Semesterferien in Kalifornien besuchte, und die beiden waren sofort auf einer Linie gewesen.

Wenigstens verlor ich so die Jahre nach dem Studium Karen nicht aus den Augen, da meine Schwester wenigstens ab und zu mit ihr telefonierte und mich auch über Karens Entwicklung als angesehene Archäologin für die Kulturen Mittelamerikas auf dem Laufenden hielt. Obwohl Karen und ich somit in sehr verwandten Gebieten tätig waren, hatte es seit dem Studium keine beruflichen Kontakte mehr gegeben. Wir hatten uns zuletzt zu dritt vor Jahren in Naples, Florida, getroffen, als Megan an einem Kongress für Kinderärzte teilnahm, bei dem sie sich am Rande mit Karen getroffen hatte und ich als drittes Rad am Wagen für ein paar Tage dort mit Urlaub machte.

Meine Überraschung war entsprechend groß, als Megan mir jetzt von Karens Anruf berichtete. Bevor ich weiter nachfragen konnte, nahm sie mir Marie wieder aus dem Armen, hielt sie mir demonstrativ vors Gesicht, damit ich ihr einen Gute-Nacht-Kuss geben konnte, und stieg die große Rundtreppe an der Kopfseite des Saales empor, die in den großen Turm führte.

Ich verdrängte die Gedanken an Karen zunächst und ging tiefer in den Saal hinein, um die übrigen Familienmitglieder zu begrüßen. Es waren Onkel und Tanten, Cousins und Cousinen, Nichten und Neffen. Alles in allem eine sehr liebenswerte schottische Familie, die sich ihre raue Herzlichkeit auch in der modernen Zeit bewahrt hatte. Brian, der Sohn von William, dem Bruder meines Vaters, umarmte mich und presste mir dabei spielerisch die Luft aus den Lungen.

Er war mit Abstand der Stärkste von allen MacAllons, und das konnte er nicht verbergen. Ich befreite mich mit einigem Kraftaufwand und schlug ihm zum Dank mit aller Kraft auf die Schulter. Brian grinste, als er meinen Hieb nur mit dem kurzen Anspannen seiner Muskeln abfing.

»Aye, mein Guter! Lass uns etwas trinken, Don. Ich habe den Eindruck, du kannst noch etwas Stärkung für morgen gebrauchen.«

Brian war unser Joker beim Tossing-the-caber, dem schottischen Weitwurf eines gut fünfundsechzig Kilogramm schweren und knapp sechs Meter langen Baumstammes, bei dem er seit zwei Jahren den Rekord bei den Highland Games in Braemar hielt.

So weit ich sehen konnte, hatten alle ihre Tartans aus handgewebtem Harristweed angelegt, die Männer ihre Kilts, die Frauen in der Mehrzahl lange Wollkleider. Nur mein Vater und ich waren noch nicht im traditionellen Stil gekleidet.

Obwohl ich das breite Kreuz meines Vaters geerbt habe und mit sechseinhalb Fuß recht stattlich bin, hätte der Schneider aus dem Tartan für Brian gut zwei Plaids und Kilts für mich anfertigen können. Seine Waden hatten in etwa den Umfang meiner Oberschenkel und er ließ die Menschen seiner Umgebung immer wie im Schatten einer besonders großen Pinie erscheinen.

Trotz seiner mächtigen Statur war er eine Seele von Mensch und einer der wenigen nachhaltig erfolgreichen Börsenmakler schottischer Herkunft in London.

Brian schob mich wie einen Keil vor sich her durch die Versammelten bis an den Kopf des großen, massiven Holztisches, wo er mir den Platz neben meinem Vater zuwies. Anschließend ging er um den Tisch herum und setzte sich auf den Platz gegenüber, neben seinen Vater, Sir William.

Kenneth erhob sich bei unserem Eintreffen und deutete auf einen mir unbekannten Gast an seiner linken Seite, der mit einer kontrollierten Bewegung aufstand, als liefe in seinem Inneren ein präzises Programm zur Bewegungskoordination ab.

»Ich würde dir gern einen alten Freund vorstellen, Donavon.« Mein Vater legte mir seine Hand auf die Schulter und führte mich zu seinem Gast.

»Das ist George Mason, mit dem ich in den Neunzigern sehr viel zu tun hatte.«

Bei mir klingelte etwas. In den Neunzigern war Kenneth Verbindungsoffizier der Navy gewesen – und fast nie zu Hause. Wenn er dann überraschend doch einmal gekommen war, hatte er aus seinem Job immer ein riesiges Geheimnis gemacht.

Ich war einigermaßen gespannt auf eine Bekanntschaft aus jener Zeit.

George Mason machte einen drahtigen Eindruck. Seine große, schlanke Figur hielt er aufrecht. Trotzdem sah man ihm sein Alter an. Er musste weit über die Sechzig sein. Seine schütteren, weißgrauen Haare waren kurz geschnitten und sorgfältig nach hinten gekämmt. Hinter seiner kleinen Designerbrille sahen mich wasserblaue Augen aus einer Vielzahl kleiner Fältchen fest an. Fast meinte ich, seine Wimpern seien gefärbt, so dunkel erschienen sie im Gegensatz zu den hellen Haaren und Augenbrauen.

Ich ergriff seine dargebotene Hand, welche einen kurzen und trocken Händedruck verabreichte und in einer dem Aufstehen nicht unähnlichen, geschmeidigen Bewegung wieder an seine Seite zurückfuhr, als führe sie ein Eigenleben.

»Sehr erfreut, Donavon. Kenneth hat mir immer viel von Ihnen erzählt.«

»Die Freude ist ganz meinerseits, Sir. Mein Vater war seiner Familie gegenüber allerdings immer sehr zugeknöpft, was seinen Beruf anging.«

Ich betrachtete Mason aufmerksam. Er erwiderte meinen Blick und versuchte ein dünnes Lächeln.

»George ist auf meine Einladung hin hier. Ich habe es schon immer vorgehabt, ihn einzuladen. Ich denke, die Highland Games sind die richtige Gelegenheit, die Schotten und besonders die MacAllons einmal bei ihren Wurzeln kennen zu lernen.«

Mason hatte seinen Blick von mir gelöst, um ihn über die angeregt plaudernde Menge hinter uns streichen zu lassen.

Nach ein paar Sekunden sah er mich erneut an und nickte abwesend.

»Ich habe mit Kenneth lange zusammengearbeitet. Wir haben uns prima verstanden, aber es trotzdem nicht hinbekommen, einander einmal anders als dienstlich zu begegnen. Ich bin Kenneth für seine Einladung sehr dankbar.«

Brian winkte uns von seiner Seite des Tisches aus zu, Platz zu nehmen und Mason und mein Vater folgten der Aufforderung, während ich mir aus einer mintgrünen Chinabone-Porzellanflasche noch ein Glas MacAllons 36jährigen einschenkte, Brian zuprostete und genüsslich daran nippte.

»Don, ich habe gehört, du hast dir ein neues Auto gekauft.« Brians Augen leuchteten. »Damit müssen wir morgen unbedingt eine Probefahrt machen.«

»Und wo soll *ich* sitzen, Brian? Es ist nur ein Zweisitzer,« erwiderte ich lachend, und stellte das leere Glas vor mich auf den Tisch.

»Wir werden sehen!«

Er wandte seine Aufmerksamkeit der Gesellschaft im Burgsaal zu und forderte sie mit seiner durchdringenden Stimme zum Platznehmen auf.

Nachdem alle am großen Holztisch Platz genommen hatten und auch Megan wieder am Tisch saß, hielt Brian seine Rede, die er sorgfältig auf einem Blatt Papier vorbereitet hatte, vom der er sich jedoch durch die traditionell aufkommenden Zurufe schnell löste.

Je länger es dauerte, bis Brian zum Ende fand, um so ungeduldiger wurden die Zwischenrufer. Schließlich hatte er ein Einsehen mit uns und erhob sein Glas zum abschließenden Toast auf die Anwesenden.

»*Fear no Fear*!« Seine Worte gingen im einstimmigen Chor der versammelten MacAllons unter, die das ausgerufene Motto lautstark wiederholten und ihre Gläser klingen ließen.

»Gut gesprochen, Sohn!« Sir William nickte Brian zu, und gemeinsam klopften wir mit dem leeren Gläsern auf den Tisch, das Zeichen für Gordon, das Auftragen des Essens beginnen zu lassen.

Ich hatte Kenneth das letzte Mal zu Ostern gesehen, und entsprechend hatten wir einige Neuigkeiten auszutauschen. Während wir als ersten Gang unseren Scottish-Broth aßen, einen herzhaften Eintopf aus Hammelfleisch und Graupen, wurde es draußen vollkommen dunkel, und ein frischer Wind ließ die Feuer in den Eisenkörben auf dem Vorplatz stoben.

Dem Eintopf folgte der Hauptgang, bestehend aus Filet vom Angus-Rind mit Kartoffeln und Bohnen. Dazu hatte Gordon tiefroten Burgunder ausgesucht. Es handelte sich dabei um das Lieblingsgericht von wenigstens der Hälfte der am überladenen Tisch sitzenden Personen, und entsprechend oft wurde nachgelegt.

Ich stieß wiederholt mit Brian und den anderen Verwandten an, bis nach dem dritten oder vierten Glas das Klingen der schweren Burgundergläser gefährlich eindringliche Töne annahm. Megan sah uns vom unteren Ende des Tisches tadelnd an, schüttelte lächelnd den Kopf und prostete uns zu.

Der Abend verstrich, und George Mason verabschiedete sich, ohne mehr als ein Glas Wein getrunken zu haben. Er bedankte sich bei meinem Vater für das vorzügliche Essen und den angenehmen Abend.

Sein Händedruck für mich war formal wie zuvor bei der Begrüßung. Ohne die übrigen Anwesenden weiter zu beachten, verschwand er durch die große Tür zum Gästetrakt.

Kenneth machte über seinen Gast keine weiteren Angaben und ich zog es vor, ihn nicht danach zu fragen.

Das Mahl war beendet. Die Gesellschaft zerstreute sich in der unteren Burgetage und ich erinnerte mich an Megans Eingangsbemerkung über Karen. Ich schenkte mir von dem Burgunder nach, nahm eine Handvoll Shortbread und machte mich auf die Suche nach meiner Schwester.

Ich fand sie zusammen mit unserer Cousine Debra in einem Nebenzimmer des Burgsaales, welches durch eine gekachelte gemeinsame Wand mit dem großen Kamin entsprechend gut geheizt war. Die beiden Frauen hatten ihren Tartan geöffnet und tranken Mineralwasser aus Flaschen. Megan spielte mit ihren Haaren, wie sie es auch als kleines Mädchen schon gemacht hatte, indem sie die braunroten Strähnen um einen Finger wickelte.

»Soll ich Gordon bitten, euch etwas Wein zu bringen?«, fragte ich beim Hereinkommen, um sie nicht zu überraschen. Megan sah auf und nahm mir beim Näherkommen zwei Shortbreads ab, wovon sie eines an Debra weitergab.

»Nein, Wasser ist genau das Richtige. Setz dich, Don.« Sie rutschte etwas zur Seite, so dass ich auch noch halb auf dem mit schwerem Brokat bezogenen Sessel Platz fand. Ich legte meine Füße auf einen gefliesten Absatz des Kamins und lehnte mich langsam zurück.

»Ich habe Debra gerade die Geschichte von dir und Karen aus eurer Studentenzeit erzählt.« Megan kuschelte sich an mich. »Karen war heute am Telefon ziemlich aufgeregt.«

Ich schloss die Augen und nahm langsam einen Schluck Burgunder.

Ich ließ den Wein langsam in meinem Hals versickern. »Was hat sie denn gewollt?«, fragte ich möglichst teilnahmslos.

»Sie hatte es sehr eilig und sprach von einer tragischen Entdeckung von Teilen einer neuen Maya-Stadt in Guatemala. Einen großen Fund hätte es gegeben.«

So weit, so gut, dachte ich. Was hatte ich damit zu tun?

»Sie sagte außerdem, sie hätte eine sehr gut erhaltene« – Megan suchte nach einem Wort – »so ähnlich wie eine Steinsäule.«

»Stele«, warf ich ein.

»Ja, sie hätte eine Stele entdeckt, die über und über mit Hieroglyphen versehen wäre. Davon könnte sie einige entziffern, aber – « Megan beugte sich zu mir rüber, »die meisten hätte sie noch nie gesehen, und sie wäre sich sicher, dass diese auch nicht von den Maya stammen könnten.«

Ich setzte mich unbeholfen auf. Der Burgunder wirkte bereits.

»Kannst du das bitte noch einmal wiederholen?«

Megan sah mich überrascht an. »Eine Stele mit unbekannten Schriftzeichen!«

Mein Gesichtsausdruck schien sie zu irritieren. Megan fuhr fort.

»Karen erwähnte, sie hielte es für möglich, dass die unbekannten Hieroglyphen ein Datum bezeichnen könnten.«

Megan blinzelte mich an. »Na, interessiert?«

Debra hatte die gesamte Unterhaltung bis hierher wortlos verfolgt. Jetzt stand sie auf.

»Donavon, was sind Hieroglyphen?«

Ich war zu aufgeregt, um jetzt diese Frage zu beantworten. Ich ignorierte sie daher und sah Megan an. »Wie kann ich Karen erreichen?«

»Der Zettel mit ihrer Telefonnummer liegt in deinem Zimmer.«

Ich war schon fast aus der Tür, da fiel mir noch etwas ein. »Megan«, sie sah mich an, »hat Vater dir heute seinen Gast George Mason vorgestellt?«

»Ja, hat er. Ist ein alter Arbeitskollege von ihm. Warum?«

»Habt ihr Euch unterhalten?« Ich ging langsam zu ihr zurück.

»Nein. Er hat sich nur kurz nach Marie erkundigt, das war alles. Er ist den ganzen Nachmittag auf seinem Zimmer geblieben. Warum?«

Wenn es eine Eigenschaft von Megan gibt, die sie von allen anderen Menschen auf der Welt unterscheidet, dann die, niemals auf die Antwort auf eine einmal gestellte Frage zu verzichten.

»Oh, nichts Besonderes. Vater hat ihn mir heute beim Abendessen vorgestellt. Mich hätte dein Eindruck von ihm interessiert.« Ich sah sie an.

Megan winkte mich weg. »Er hat *keinen* Eindruck auf mich gemacht.«

Die Notiz in Megans sauberer Schrift lag auf meinem Nachttisch. Ich öffnete meine Reisetasche und nahm mein Computertelefon heraus. Als ich es einschaltete, ertönte ein kurzes Signal und ich sah, dass ich am Abend noch zwei Anrufe aus der Universität erhalten hatte.

Na ja, jetzt war Wochenende und danach Urlaub. Die Nummer war aus der Verwaltung. War es wichtig, würde der Anrufer sich am Montag noch einmal melden.

Ich setzte mich aufs Bett und wählte die Satellitentelefonnummer von Karen. Am anderen Ende klingelte es, bis sich der Anrufbeantworter meldete.

Ich unterbrach die Verbindung und wählte neu. Wieder nur der Anrufbeantworter.

Nach dem dritten Versuch hinterließ ich eine kurze Nachricht und legte auf.

Guatemala war sechs Stunden hinter uns her, dort war es also kurz vor fünf Uhr nachmittags. Sie würde die Nachricht mit hoher Wahrscheinlichkeit heute noch abhören. Ich steckte das Computertelefon in meine Hemdtasche, machte mich kurz frisch und ging wieder in den Burgsaal hinunter.

Dort traf ich nur noch Gordon und das Hauspersonal beim Abräumen. Ich bat um einen schwarzen Tee und nahm ihn mit in Richtung Herrenzimmer, welches im mittleren Turmgeschoss lag. Als ich eintrat, schlug mir eine dicke Wolke aus Pfeifen- und Zigarrenqualm entgegen. Brian entdeckte mich als erster und winkte mich zu sich in eine Gruppe genieteter Ledersessel, die er allein belegt hatte.

»Don, für welche Wettkämpfe wirst du dich morgen anmelden?« Er gab mir eine kleine Havanna, die ich vorsichtig auf der breiten Sesselarmlehne ablegte. Die Frage erinnerte mich an meinen Trainingsrückstand im Joggen.

Normalerweise laufe ich jeden Tag wenigstens eine Meile und einmal in der Woche zehn. Den Zehn-Meilen-Lauf hatte ich in den letzten Monaten ausgelassen. Das würde ich morgen merken.

»Nun, natürlich nehme ich an der Verteidigung unserer Clan-Ehre teil, und wenn ich genügend Reserven habe, am Mountain-Run«.

Er grinste verständnisvoll.

Bei der Verteidigung der Clan-Ehre ging es um Tug-o-War - das klassische Tauziehen zweier Mannschaften, bestehend aus jeweils acht erwachsenen Männern.

Für uns war es der traditionelle Clan-Wettkampf. Mit Brian hatten wir erst zweimal verloren. Gegen die Mannschaft des Königs im letzten Jahr, und gegen die McDonalds vor drei Jahren bei Dauerregen. Das war eigentlich kein Tauziehen mehr gewesen, sondern eher eine Schlammschlacht. Die Mannschaft des Königs hatte uns im letzten Jahr nur vom Platz gezogen, da Brian zeitgleich seinen Baumstamm werfen musste und nicht bei uns mitmachen konnte. Das hatte deutlich nach Absprache gerochen, und der Clan war sehr erbost gewesen. Der König hatte unsere Mannschaft daraufhin zur Versöhnung nach Balmoral-Castle eingeladen, etwas, was er sich ein zweites Mal bestimmt überlegen würde. Seine Whisky-Bestände hatten sehr gelitten.

»Ich denke, Don«, Brian entließ andächtig eine Zigarrenwolke in Richtung Decke, »wenn du noch etwas trinkst, werden wir morgen alle vom Platz ziehen.«

Ich nickte zustimmend. »Aye!«

Er setzte sich auf die Vorderkante seines Sessels und schlug die Stiefel übereinander.

»Sag mal, dieser George Mason, hat Kenneth dir etwas über ihn erzählt?«

Ich blickte ihn interessiert an. »Nein, nicht wirklich. Nur, dass sie in den Neunzigern zusammengearbeitet haben.«

Brian lächelte mich an. »William hat ihn erkannt. Mason war der Sicherheitsberater des letzten US-Präsidenten.«

Ich pfiff leise durch die Zähne. »Nicht schlecht. Vielleicht kann ich mal seine Kontakte brauchen.«

»Genau das ist es, Don. Er ist jetzt allerdings schon eine Zeitlang im Ruhestand, nimmt nur noch an irgendwelchen Sonderveranstaltungen teil.«

»Gut zu wissen, ich werde morgen mit Kenneth noch einmal drüber sprechen.«

Ich stand auf und klopfte ihm leicht auf die Schulter. »Brian, wir müssen morgen früh raus. Ich hatte einen langen Tag. Treib es nicht zu lang!«

Er winkte mir mit einem Arm zu und drehte sich meinen Sessel herum, um eine Unterlage für seine Füße zu haben. Ich war sicher, ich würde ihn am Morgen in genau dieser Position wiederfinden, steckte ihm zum Abschied meine Zigarre in die Brusttasche und klopfte ihn fest auf die Schulter.

Zurück auf meinem Zimmer rief ich erneut erfolglos bei Karen an. Ich legte mich ins Bett, las noch in ein paar Studienarbeiten und wartete auf den Rückruf.

Das Fiedeln des Computertelefons holte mich aus dem Schlaf. Es war noch dunkel und die Leselampe tauchte mein Bett in eine diffuse Insel des Lichts. Der Vibrationsalarm ließ das Telefon auf dem Nachttisch herumskaten.

Ich tippte verschlafen auf die Freisprechtaste. »Hallo?«

»Don? Bist Du es? Hier ist Karen!«

Ich war schlagartig wach.

»Karen! Wie geht es dir?« Ich hatte ihr Bild von unserem letzten Treffen in Naples vor Augen. Sonnengebräunt, schulterlange braune Haare, grüne Augen, leichtes Make-up und eine tadellose Figur.

»Don«, sie klang etwas außer Atem, »hier ist einiges los. Hat Megan schon mit dir gesprochen?«

»Vorhin. Sie sagte, du hättest in Guatemala eine Maya-Stadt entdeckt. Gratulation!«

»Danke. Leider habe nicht ich sie gefunden, sondern ein amerikanischer Professor bei einer missglückten Rettungsaktion für einen seiner Studenten,« antwortete sie betrübt.

»Oh.«

»Den Studenten konnte ich noch retten – der Professor ist leider ertrunken.« Sie machte eine kurze Pause.

»Kurz vor seinem Tod hat er allerdings eine sehr bemerkenswerte Stele gefunden.«

Die Verbindung klickte ein wenig.

»Wie kann ich dir helfen Karen? Megan sprach von unbekannten Hieroglyphen auf der Stele.«

»Ich denke, das beschreibt es, Don« antwortete sie wieder zügiger – froh das unglückliche Thema des toten Professors verlassen zu können. »Es sind allerdings nicht unbedingt Hieroglyphen, sondern es sind auch Zeichen dabei, die eher eine

Ähnlichkeit mit Bildern oder Piktogrammen aufweisen. Das ist zur Zeit die Sensation, und einer der Gründe für die Aufregung hier und meinen Anruf.«

Sie machte eine kurze Pause, in der die Leitung rhythmisch aussetzte.

»Du ... wissen, der Ballspielplatz ist noch vollkommen ...üttet. Er liegt jetzt sozusagen in einer Höhle, in der drei .... das Wasser steht. Der Grund ist mit Geröll und Schlamm übersät, und wir hatten ... große Pumpen vor Ort, um das Wasser ...saugen. Das hat sich allerdings sehr schnell als ein un... Unterfangen herausgestellt.

Das Wasser ist aus dem Kalkgestein schneller nach..., als wir es hochpumpen konnten. Seit drei Tagen arbeiten jetzt Taucher in der Höhle, um die Trümmer auf dem Boden zu untersuchen. Und dabei haben wir die Stele ...den.«

Vor lauter Begeisterung geriet ihr letzter Satz etwas schrill.

»Die Stele liegt noch zum großen Teil ... Schlamm und ... ungefähr sechs Meter hoch ... . Ihr Gewicht schätze ich ...rer Größe auf ungefähr fünfundzwanzig To... . Sie muss in der Mitte des Ballspielplatzes gestanden haben und wurde mit ihm verschüttet. Sie ist nur sehr ...sam mit Hieroglyphen überzogen und für ihr Alter in ... Zustand.

Mir gefallen nur zwei Sachen nicht.«

Sie machte eine kurze Pause. Die Leitung setzte nach wie vor rhythmisch aus.

»... einen sind an der Stele die Bild...glyphen zur Verzierung nur sehr spärlich vorhanden. Etwa fünf Pro... der Oberfläche sind graviert. Normal sind Werte zwischen fünfzig und fünfund... Prozent. In den Augen der klassischen Maya eine ungeheure Verschwendung.

Zum anderen ... acht Zeilen Zeichen, die keine Hieroglyphen sind und auch keiner Schrift der anderen mittelam...en Kulturen ähneln, mit denen die Maya Handelsbeziehungen pflegten, oder feindliche Auseinandersetzungen. Ich bin daher der

CORUM

Ansicht, dass sie nicht von den Maya oder ... mittel- oder südamerikanischen Kulturen stammen.«

»Megan sagte mir, du würdest sie möglicherweise als Datum interpretieren,« warf ich ein.

»Don?« Die Verbindung wurde schlechter. »..kann dich nur schwer ...steh...«

Die Leitung setzte ein paar Sekunden komplett aus.

»... rekonstruieren. Das ... ich nur daraus vermu..., das sie direkt auf ein Datum in ... Schreibweise der großen Kalenderrunde der Maya folgen.« Megans Stimme klang jetzt erschöpft.

»Don, ich rufe dich an, weil ich damit nicht weiterkomme. Es ist d... ...biet und ich ..., dass von der richtigen Deutung dieser Inschriften sehr viel abhängen ... .«

Meine Gedanken liefen auf Hochtouren. Die Möglichkeit einer Datumsangabe auf einer Maya-Stele, die nicht in Maya verfasst war? Das wäre so interessant wie einzigartig.

»Konntest du die Stele oder die Inschrift darauf datieren?«

»Don? ...ch nicht. Wir haben ... bis jetzt nicht bergen können. Dazu muss erst der ... erweitert werden, damit wir mit dem schweren G... da rein kommen. Das Hieroglyphendatum bezeichnet umgerechnet ein Er... um 560 nach unserer Zeitrechnung. Nach Christi Ge....

So viel zur Eigenaussage der Stele.«

Die Leitung klickte laut. Danach war die Übertragung schlagartig besser.

»Wann die Inschrift gemacht wurde oder die fremden Zeichen ergänzt wurden, ob das nachträglich oder zeitgleich geschah – ich habe wirklich keine Ahnung.« Sie schwieg und ließ mir Zeit, das Gehörte zu verarbeiten.

»Beunruhigt bin ich über die Machart und das Material der ganzen Stele. Ihre Oberfläche - sie ist extrem regelmäßig, als wenn sie aus einer Form gegossen wäre. Das Material sieht aus wie Granit. Aber wenn es Granit ist, wäre das der feinste Granit, den ich je gesehen habe. Er ist regelrecht poliert und hat die Jahrhunderte im Wasser ohne sichtbare Schäden oder Verunreinigungen überstanden. Und am sonderbarsten finde ich die Wärme, die von dem Material ausgeht.«

Ich kramte meine Konzentration wieder zusammen. »Wärme?«

»Ja, sie hat genau sechsunddreißig Grad - und liegt seit - wenn das Datum stimmt – fast 1500 Jahren in fünfzehn Grad kaltem, fließendem Wasser!« Karen klang ratlos.

»*Warm?*« Ich brummelte ratlos vor mich hin. »Was meinst du mit warm, Karen. Ist sie etwa radioaktiv?« Ich fühlte meine innere Unruhe ansteigen.

»Nein. Das haben die Taucher sofort überprüft. Außer der konstanten Wärme gibt es keinerlei andere Strahlung an der Stele.«

»Wann kann ich sie sehen, Karen?« Ich musste da hin, dass war mir schon länger klar geworden.

»Sobald du hier sein kannst, Don. Du musst sie vor Ort untersuchen. Die Behörden verhalten sich sehr sonderbar und verweigern jegliche Ausfuhrgenehmigung. Sie haben das Areal großräumig abgesperrt. Die Wärmestrahlung hat uns eine unangenehme Aufmerksamkeit der Regierung beschert. Du solltest dich beeilen. Ich vermute, dass sie die Stele abtransportieren werden, sobald sie sie bergen können, um sie selbst zu untersuchen. Dann ist sie für uns möglicherweise unerreichbar.«

Mein Gehirn arbeitete fieberhaft. »Was ist die nächste größere Stadt in der Nähe?«, fragte ich sie.

»Mexiko City. Von dort kannst du dich mit einem Miethubschrauber nach Flores rüberbringen lassen. Sag mir vorher Bescheid, wenn du weißt, wann du ankommst, damit ich das hier mit den Behörden vorbereitend klären kann. Wie lange wirst du brauchen?«

Ich dachte angestrengt nach.

»Weiß ich nicht. Morgen habe ich eine wichtige Veranstaltung, die ich nicht absagen kann. Sonntag komme ich dazu, alles an der Uni und für meine Reise zu organisieren, und Montag könnte ich abfliegen.« Ich sah auf den Kalender des Computertelefons. »Was meinst du, wie lange werde ich wegbleiben müssen?«

»Das hängt davon ab, wie tief du dich in diese Ausgrabung reinhängen willst.« Ich fühlte ihr Lächeln. »Ich denke, ich kann dich nicht einfach wieder wegschicken, falls du eines der wichtigsten Teile des Puzzles für mich gelöst hast.«

Da hatte sie verdammt recht. Das klang wirklich sehr interessant, und meine letzte Feldarbeit lag bereits zwei Jahre zurück.

»Ich melde mich in zwei Tagen. Wenn du ein Foto von der Inschrift machen und es mir an meine Telefonnummer schicken könntest, hätte ich die Möglichkeit, bereits im Flugzeug zu beginnen. Geht das?« Ich brannte darauf, die Schrift zu sehen.

»Das kann ich hinbekommen. Wobei ich damit gegen die Regeln hier verstoße. Aber ich denke, das ist es wert.«

»Gut. Dann bis Sonntag.« Ich überlegte kurz. »Ich freue mich, Karen,« brachte ich noch hervor.

»Ich freue mich auch Don,« sagte sie sanft und legte auf.

Ich sah auf die Uhr. Es war sechs Uhr fünfzehn. In zwei Stunden würden die Teilnehmer der Highland Games im Burgsaal frühstücken. An Schlaf war für mich jetzt nicht mehr zu denken. Ich entschloss mich kurzerhand für einen Trainingslauf und suchte im Schrank nach Sportsachen. Gordon hatte wie immer an alles gedacht.

Auf dem Weg zur Tür fingen mich die beiden Border Collies ab. Ich fröstelte leicht, als ich mit den Hunden anschließend die Burg durch den Nebeneingang verließ und durch das Brückenhaus Richtung Plateau loslief.

Die Dämmerung hatte gerade eingesetzt und ein violetter Lichtstreifen, intensiv wie ein dicker Pinselstrich, verwandelte die Hügel der östlichen Grampian Mountains in einen leuchtenden Scherenschnitt. Das Licht reichte aus, um den steinigen, durch Schiefer- und Granitfelsen führenden Pfad am

Steilufer des Nebenarms vom Clunie gut laufen zu können. Die Collies sprinteten locker voraus und scheuchten ab und zu ein paar Hühner und Vögel auf. Nach einer Viertelstunde leichter Lauferei bergauf erreichte ich die Stelle, wo der Nebenarm des Clunie sich vom Hauptstrom trennte, und setzte mich auf die natürliche Steinformation, von der man beide Flüsse und die Täler, in die sie hinabflossen, gut sehen konnte. Mein Puls war immer noch recht ruhig. Die Collies hechelten um mich herum, ihre Atemfahnen in der kühlen Luft anbellend. Die ersten Nebelschwaden begannen in die Täler zu sickern und deckten die Natur wie mit einem grauweißen Laken zu.

Hinter den Hügeln der Grampians im Osten lag in gut 800 Metern Höhe Loch Muick. Es waren etwa zwölf Meilen dorthin, acht drum herum und zwölf zurück – früher eine meiner Laufstrecken. Ich sah hinüber, wo sich der violette Lichtstreifen jetzt in kräftiges Dunkelrot verwandelte.

Die Collies hatten sich allein auf den Weg zurück gemacht, und ich beeilte mich, hinter ihnen her zu kommen.

Das Banner auf dem Spitzdach des Rundturms hing schlaff in den ersten Sonnenstrahlen. Ich wollte mich noch nicht zu einer Prognose über das Wetter des Tages hinreißen lassen und lief zum Haupthaus. Die Eisenkörbe enthielten nur noch die rauchende Asche vom Vorabend, und ich hörte beim Näherkommen beruhigendes Topfgeklapper aus einem der Küchenfenster.

Ich beeilte mich mit dem Duschen, zog meinen MacAllon-Tartan an und checkte routinemäßig das Computertelefon. Erneut war ein Anruf von einer Verwaltungsnummer des Instituts darauf. Ich vermerkte mir den Rückruf gleich als Erstes für Montag. Das Frühstück verlief im wesentlichen ruhig. Einige Familienmitglieder sahen noch sehr mitgenommen vom gestrigen Abend aus, und sicherlich würde es heute noch schlimmer kommen. Highland Games sind nichts für zimperliche Gemüter.

CORUUM

Kenneth oder George Mason waren noch nicht zu sehen, dafür aber Megan mit einer herausgeputzten Marie, die unter ihrem maßgefertigten Tartan kaum zu erkennen war, aber fröhlich in die Runde quakte. Wir aßen unseren Porridge zusammen, tranken dazu schwarzen Kaffee und fütterten Marie abwechselnd von unseren Tellern. Ich erzählte Megan von meinem nächtlichen Telefonat mit Karen. Sie enthielt sich jeglichen verbalen Kommentars, strahlte mich jedoch offen an, als ich meine bevorstehende Reise erwähnte.

Vater, George Mason, Sir William und Brian begegneten uns beim Herausgehen. Wir verabredeten uns um halb neun zur Abfahrt vor dem Hauptgebäude. Brian sah gut aus wie immer. Keine Spur von Kopfschmerzen oder Ähnlichem. Er war einfach zu gut im Training.

Die Fahrt nach Braemar schafften wir in fünfunddreißig Minuten, da wir vor den Touristen, die sich üblicherweise erst gegen zehn Uhr einfanden, dort sein konnten.

Mein Vater trennte sich von uns direkt nach der Ankunft, um zum Treffen der Chieftains zu gehen. Wir hatten daher noch reichlich Zeit, und ich schlenderte mit Brian langsam über den weiten Grasplatz, wobei George Mason sich uns unverhofft anschloss und uns in ein paar Schritten Entfernung folgte.

In einer Stunde würde sich die Stätte in eine tosende Wettkampfarena verwandelt haben. Wir trafen auf einige bekannte Gesichter des McDonald- und MacDuff-Clans, mit denen wir ein paar Worte wechselten. Es war relativ viel Polizei vor Ort, ein sicheres Zeichen dafür, dass sich die königliche Familie heute zeigen würde.

Der Wind strich frisch über den Platz, erste herbstliche Düfte lagen in der Luft. Wir beendeten unsere Runde hinter der Holzplattform für die Tanzwettbewerbe und gingen in eines der weißgrünen Zelte, die am nördlichen Rand der Wettkampfarena für die Teilnehmer aufgebaut worden waren. Die erste Piperband des Tages kam in Formation die Straße von Braemar herauf, und weckte mit dem Stück »*Zu den Fahnen, Clans!*« auch die letzten Langschläfer im Ort.

Im Zelt hatte das Volksfest schon begonnen, und ich lief diesmal in Brians Kielwasser bis zum Tresen vor. Wir genehmigten uns ein Pint Ale zum zweiten Frühstück. George Mason hatte unsere Einladung ins Zelt dankend abgelehnt.

Ein lautes Brimborium läutete den Beginn der Wettkämpfe ein. Der älteste Chieftain, Malcolm McDonald, eröffnete den ersten Wettkampf, den Wettbewerb der Piper Bands, die den ganzen Tag einander abwechselnd das Teilnehmerfeld der Athleten anfeuern würden.

Erster echter Wettkampf des Tages war das Hammerwerfen. Hier wollte Brian auch teilnehmen, hatte jedoch keine Favoritenrolle. Das Tug-o-War streckte sich über den ganzen Tag, mein Mountain-Run war gegen Mittag angesetzt.

Der Tag hatte sich entschieden, sehr spätsommerlich zu werden. Die Temperatur war angenehm, und ich trennte mich rechtzeitig von meinem Plaid.

Unsere ersten Gegner des Tages waren die McDonalds.

Nachdem die Chieftains der beiden Clans zusammen mit den Schiedsrichtern zu der Überzeugung gekommen waren, dass das Tau ausreichend geprüft worden sei, gingen wir in die Startaufstellung.

Brian stand ganz vorn am Tau, drei Meter von der markierten Mittelposition entfernt, welche die Schiedsrichter keine Sekunde aus den Augen ließen. Ich hielt mich mehr im Mittelfeld. Insgesamt traten acht MacAllons gegen genauso viele McDonalds an. Die Zuschauer johlten bereits, als wir in die Knie gingen, die Hacken fest in den Boden keilten und uns in Erwartung des Startschusses zusammenkauerten.

Pro Durchgang gab es wenigstens zwei Matches und ein drittes, wenn es nach den beiden ersten unentschieden stand.

Der Schuss fiel, und wir waren bereits die Gewinner, bevor es richtig angefangen hatte.

Obwohl Tug-o-War überwiegend durch Kraft gewonnen wird, ist es eben nicht nur die Kraft, die den Ausschlag gibt. Wir hatten die McDonalds überrascht, als alle MacAllons sich im gleichen Sekundenbruchteil nach dem Startschuss mit äußerster Kraft aus den Knien heraus aufrichteten, sich nach hinten warfen und am Tau rissen.

Die McDonalds waren einen kleinen Moment zu spät, selbst noch nicht ausreichend in Bewegung, als unser gemeinsamer Impuls sie über die Mittellinie purzeln ließ.

Wir rissen die Arme hoch. Eins zu Null!

Nach dem Seitentausch ging es weiter. Diesmal waren die McDonalds schnell genug in Position, um unseren ersten Angriff abzuwehren und beide Mannschaften verharrten fast unmerklich kämpfend, mit tief in den Rasen gerammten Absätzen, dicht über dem Boden zusammengekauert, das dicke Tau zum Zerreißen gespannt.

Der Schlachtruf von Kenneth, der neben der Mannschaft stand und uns mit einem Teil der Zuschauer anfeuerte, weckte unsere Geister.

Sein lautes »Feeeeaaaaarrr!« wurde von unserem einstimmigen »No Feeeeeaaaar!!!« beantwortet, worauf wir uns wie ein Mann erhoben und einen halben Schritt zurückwarfen und wieder niederhockten, wobei wir die McDonalds genauso weit hinter uns herzogen.

Nach viermaliger Wiederholung hatten wir das zweite Match gewonnen und waren ein Runde weiter.

Die McDonalds beschwerten sich sofort pflichtschuldig bei den Schiedsrichtern wegen Frühstarts im ersten Match. Als das alles nichts half, gingen wir gemeinsam ins nächste Zelt, um die Revanche fürs nächste Jahr zu verabreden.

Ich wechselte das Getränk Richtung Guinness, um wenigstens noch bis zum Mittag durchzuhalten.

Der Lauf startete traditionell mit einem stehenden Massenstart. Ich wurde schließlich Fünfter – was nicht schlecht ist – in gefütterten Halbschuhen, Wollsocken und -rock.

Zum Glück hatte jeder von uns Wechselbekleidung dabei, was den restlichen Tag wieder erträglich machte. Ich ruhte mich etwas abseits der Zuschauer unter einem schönen Baum aus, ein weiteres Ale in der Hand, und beobachtete das Highland Dancing in einiger Entfernung. Die Zuschauer schoben sich an den Absperrungen unter mir entlang, als ich ein allzu bekanntes Gesicht unter ihnen entdeckte.

Ich sprang auf.

»Fergus!«

Mein Freund und Dekan der Universität von Schottland drehte sich zu mir um. Sein angespannter Gesichtsausdruck löste sich schlagartig, als er mich entdeckte. Mit ein paar Schritten war ich bei ihm.

»Das ist eine Überraschung. Du warst der Letzte, den ich hier zu sehen erwartete.« Ich war ehrlich erfreut, Fergus hier zu sehen. Er wirkte bedrückt, als wir uns die Hände schüttelten. Ich war der Meinung er hätte mir am Freitag auf dem Campus noch gesagt er wollte ein paar Tage an die Küste fahren.

»Don, gut dass ich dich finde. Wir müssen uns dringend unterhalten.« Fergus klang gepresst. »Ich hatte mehrfach versucht, dich anzurufen, hatte aber kein Glück.«

Ich fühlte, wie Verlegenheit in mir hochstieg.

»Tut mir leid, Fergus. Ich sah nur eine Telefonnummer aus der Verwaltung. Ich dachte, es hätte mit dem Rückruf Zeit bis Montag. - Komm mit.«

Ich schob ihn durch die Absperrung in eines der Verpflegungszelte und holte uns zwei Gläser Ale. Ich bemerkte ein leichtes Schwanken meiner Umgebung und setzte mich. Das Schwanken hörte auf.

Fergus war knapp um die Fünfzig. Im Jahr seiner Berufung war er der jüngste Dekan in der Geschichte der Universität seit ihrer Gründung in 1583 gewesen. Er gehörte zu den intelligentesten Burschen, die ich kannte, und war ein Genie im Bereich der Experimentalphysik. Er beschäftigte sich mit Themen, von denen ich nicht einmal wusste, dass es sie gab. Mit Sechsunddreißig erhielt er als jüngster Physiker überhaupt den Nobelpreis in seinem Fach für die Definition des Bildungsgesetzes und die Lieferung der größten Primzahl.

Zu seiner Verteidigung muss ich hinzufügen, dass er außerdem der loyalste und beständigste meiner Freunde war. Außerdem besaß er größtes Verhandlungsgeschick, meine archäologischen Funde meistbietend an Museen in aller Welt zu verleihen.

Wir setzten uns ans Ende eines langen Holztisches, mit nur wenig Sicherheitsabstand zu einer Gruppe Macintoshs.

»Ich bekam gestern Abend einen Anruf von einem Freund in Mexiko. Er arbeitet dort in einer durch Spenden finanzierten Gesellschaft zum Schutz der Indianerkulturen in Mittelamerika.« Fergus beugte sich über den Tisch zu mir, um nicht so schreien zu müssen. Die Macintoshs nebenan grölten lauthals über einen Witz.

»Dieser Freund erzählte von einer dramatischen Rettungsaktion für einen amerikanischen Studenten und dessen Professor aus einer Höhle im Nordosten Guatemalas vor zwei Wochen. Für den Professor kam leider jede Hilfe zu spät. Er hatte jedoch vor seinem Tot noch Teile einer vor Jahrhunderten verschütteten Maya-Stadt gefunden.«

Bei dem Wort Maya-Stadt hatte Fergus auf einen Schlag meine volle Aufmerksamkeit. Er bemerkte meinen veränderten Gesichtsausdruck sofort.

»Was ist, Don, hast du schon etwas davon gehört?«

»Ja -, nein. Das sage ich dir hinterher«, warf ich lächelnd ein. »Erzähle mir erst den Rest.«

Fergus sah mich zweifelnd an, fuhr dann aber fort:

»Rate, wer ihn gerettet hat, Don, und wer die Stadt entdeckt hat?« Er zog die Augen zu Schlitzen zusammen und sah mich prüfend an.

Als ich nichts sagte, sondern nur vorsichtig die Schultern hob, ergänzte er:

»Eine alte Bekannte von dir, von der California State University, die zur Zeit für das archäologische Institut von Guatemala tätig ist. Sie hörte über Funk den Notruf und war rechtzeitig zur Stelle. Sie war es auch, der in der Höhle die Ähnlichkeit der Wände mit einem historischen Ballspielplatz der Maya auffiel, die nach der Rettung noch einmal in die Höhle stieg und konkrete Spuren fand.«

Fergus schwieg herausfordernd.

»Du meinst Karen Whitewood,« platzte ich heraus.

Er nickte zufrieden. »Du hast in letzter Zeit von ihr gehört?« Wieder der prüfende Blick.

»Wir haben letzte Nacht zusammen telefoniert.«

Ich genoss es jetzt, ihn verblüfft zu sehen.

»Sie hat mich eingeladen, ihr bei der Entzifferung einiger Hieroglyphen zu helfen.« Fergus fiel der Unterkiefer herunter.

»Und Montag fliege ich hin.«

Er lehnte sich zurück, nahm einen kräftigen Zug aus dem Bierglas und sah mich über den Tisch hinweg an. Langsam machte sich ein Lächeln unter seinem Oberlippenbart breit.

»Wann kann ich dich mal überraschen, Don?« Er kam wieder näher an den Tisch. »Was hat sie erzählt?«

»Das, was ich dir bereits gesagt habe. Sie hat eine Stele gefunden, auf der Hieroglyphen eingemeißelt sind, die ein Datum um 560 nach Christus enthalten. Zusätzlich sind dort unbekannte Hieroglyphen und Zeichen eingraviert, mit denen sie nichts anfangen kann. Karen vermutet aus der Position im Gesamttext heraus, dass es sich zum Teil auch um Datumsangaben handeln könnte. Sie bat mich, so schnell es geht zu kommen.«

Fergus rutschte unruhig auf der Holzbank umher.

»Wie klang sie? Erwähnte sie einen Roman Marquez?«

»Nein, warum? Wer soll das sein?« fragte ich.

Es hielt ihn nicht mehr auf der Bank. Die Macintoshs hatten mittlerweile die Lautstärke noch einmal erhöht. Fergus stand auf und winkte mir, ihm nach draußen zu folgen.

»Dr. Whitewood hat dir nicht alles erzählt,« sagte Fergus vor dem Zelt.

»Sie ist seit gestern nicht mehr allein für die Ausgrabung verantwortlich. Roman Marquez, ein Wissenschaftler von sehr zweifelhaftem Ruf, wurde ihr von der guatemaltekischen Regierung als Berater zur Seite gestellt. So ist die Sprachregelung. Es bedeutet aber, dass sie ab sofort nichts mehr allein entscheiden kann und in allem, was sie tut, beaufsichtigt wird.«

Auf der gegenüberliegenden Seite der Arena setzte eine Piperband mit der geballten Luft ihrer Dudelsäcke zu einem »*Hurra!*« für die Königsfamilie an. Wir gingen unter ein paar großen Bäumen in die Richtung des Hügels, mit dem ich am Vormittag beim Halbmeilen-Lauf bereits Bekanntschaft geschlossen hatte.

Fergus fuhr fort: »Mein Anrufer deutete an, bei der Ausgrabung der Stele seien Anomalien aufgetreten.«

»Anomalien?« Jetzt dämmerte mir, was Karen mit der Aussage, die Stele sei warm, zum Ausdruck bringen wollte. Ich sagte es Fergus.

»Genau! – und das rief unverzüglich die Regierung auf den Plan. Wenn es sich bei der Stele um ein besonderes Material handelt, werden sie es untersuchen wollen, um herauszufinden, ob sich damit Geld verdienen lässt. Was auf der Stele geschrieben steht, und was sie für die Archäologie oder für dich als Datumsforscher bedeutet, wird dann ohne Wert sein.«

Ich blieb stehen. »Nun gut. Aber - Fergus! Es ist nur eine Stele. In anderen Maya-Städten gibt es fünfzig und mehr davon. Wichtig ist, die Größe der verschütteten Stadt zu ermitteln und sie nach Möglichkeit auszugraben. Wir würden da sicherlich weitere Stelen finden« erwiderte ich.

»Vielleicht. Aber Sie übersehen da etwas, Dr. MacAllon.« Er ging langsam weiter, steckte seine Hände in die Hosentaschen und warf mir einen kritischen Blick über seine randlose Brille zu.

»Wenn tatsächlich etwas anders ist - mit dem Material der Stele meine ich, wirst du nicht dabei sein, und Dr. Whitewood oder ein anderer guter Archäologe auch nicht, wenn die Stadt oder Teile von ihr ausgegraben werden!« Er ging weiter, ohne darauf zu achten, ob ich ihm folgte. »Es wird überhaupt keine Öffentlichkeit dabei sein, und es wird auch keine weitere Stele geben, oder einen Altar oder sonst etwas!« Fergus blieb stehen, drehte sich um und sah mich angriffslustig an. »Es wird nichts an die Oberfläche dringen, bevor nicht klar ist, ob das eine neue Legierung oder ähnliches ist – oder nur eine große Ente. In beiden Fällen dürften die Inschriften jedoch zerstört sein.«

»Aye!« Seine Worte hieben in die Kerbe, die Karen bei unserem Telefonat am frühen Morgen gehauen hatte. Auch sie war beunruhigt über einen möglichen Ausschluss von dem Fund, sollte sich der Verdacht bezüglich des Stelenmaterials erhärten.

»Ich werde es mir ansehen, Fergus – wie immer.«

Das Lächeln auf seinem Gesicht war zurück.

»Wenn irgend etwas nicht stimmt mit dem Material der Stele, will ich sie in unserem Institut haben und selbst untersuchen, bevor sie in irgendwelchen Regierungslaboratorien auf Nimmerwiedersehen verschwindet.«

»Und die Hieroglyphen sind in dem Fall nicht so wichtig?« Er wischte den Einwand mit einer Handbewegung weg.

»Kein Problem. Wir machen vorher einen dreidimensionalen Oberflächenscan der gesamten Stele. Damit geht uns nichts verloren, und wir verlieren trotzdem keine Zeit.« Fergus schien die Angelegenheit bereits weiter als ich durchdacht zu haben. »Du kannst die Analysen der Zeichen im Rechner machen, während das Institut sich das Material ansieht.«

»Sag mal, Fergus. Ich habe den Eindruck, du forderst mich auf, ein unter Umständen weit über tausend Jahre altes Artefakt zu stehlen, aus an den Haaren herbeigezogenen Gründen. Und das nur, weil ein alter Freund dir sagt, dass der von der Regierung abgestellte Begleiter für Karen möglicherweise ein Spion ist?

Weißt du, dass ich möglicherweise nicht mehr aus Guatemala zurückkomme, wenn das bekannt wird, und du den Lehrstuhl neu besetzen musst?«

Passend zu meiner Ausführung beendeten die Piper Ihren Auftritt mit einem weiteren Tusch, der vom Wind zu uns rüber geweht wurde. Aus der Richtung der Arena sah ich Brian winkend auf uns zukommen.

»Don. Die Universität wird dafür sorgen, dass es in den Medien bekannt gemacht wird, wer zu der sensationellen Ausgrabung bei Tikal zu Hilfe gerufen wurde. Sie werden sich nicht trauen, den berühmten Dr. MacAllon in seiner Arbeit zu behindern. Und wenn die entsprechenden Geräte für die fachgerechte Untersuchung nur in Schottland in deinem Labor zur Verfügung stehen – «, er machte eine rhetorische Pause, »wer kann etwas dagegen haben? – Natürlich, nachdem du öffentlich gelobt hast, die Stele nach Abschluss der Arbeiten wieder zurückzugeben.«

Fergus strahlte und ich war sprachlos. Das war fertig durchdacht. Es würde mich nicht wundern, wenn er bereits ein Flugzeug für den Rücktransport vorausgeschickt hätte.

Glücklicherweise rettete mich Brian vor weiteren dubiosen Aufforderungen und wir gingen gemeinsam Richtung Arena, wo das Tug-o-War in einer halben Stunde beginnen sollte.

»Ich veranlasse die Organisation deines Fluges. Die Universität wird sich darum kümmern.« Fergus winkte mir vom Arena Rand zu.

»Alice kümmert sich um dein Visum und schickt dir die Details auf dein Telefon. Sie wird auch Dr. Whitewood informieren. Alles Gute.«

Ich gab mich geschlagen. Fergus hatte eine unbeschreibliche Art, seine Vorstellungen umzusetzen. Ich sah ihm nach, wie er sich einen guten Aussichtsplatz auf dem höheren Gelände suchte, und folgte Brian durch die anderen teilnehmenden Clan-Mannschaften zu unserem Sammelpunkt.

»Wie flog der Baumstamm?«, fragte ich ihn.

Zur Antwort bekam ich ein Brummen.

»Zweiter. Klare Schiebung. Der Baum war verhext.« Das Grinsen in seinem Gesicht verriet mir, das er trotzdem nicht unzufrieden mit seiner Leistung war.

Hast Du bei deinem Gespräch mit Fergus George Mason bemerkt?« Brian sah an mir vorbei in die Richtung, wo ich mich mit Fergus unterhalten hatte.

»Nein!« Ich drehte mich überrascht um und sah gerade noch den Rücken des Amerikaners in einem der Verpflegungszelte verschwinden.

»Er stand nur ein paar Meter hinter euch.« Brian leckte sich mit der Zungenspitze über die Mundwinkel und zog die Augenbrauen hoch – ein Zeichen dafür, dass er Masons Verhalten sonderbar fand.

Ich schüttelte den Kopf. »Zufall!«

In der zweiten Runde der Tug-o-War Wettkämpfe traten wir gegen die Macintoshs an, die wir nach zwei kräftezehrenden Runden erst im dritten Match von den Füßen rissen.

Danach sahen meine Hände schon ziemlich übel aus, aber wir standen immerhin im Halbfinale, wo unser Gegner die Ehrenmannschaft des Königs war, die ihrerseits vorher die MacGuffs besiegt hatte.

Hier erging es uns so, wie zuvor den McDonalds beim ersten Match. Wir kamen ein kleines bisschen zu spät, um unsere Kraft auf den Boden zu bekommen, und gerieten ins Laufen. – Leider in die falsche Richtung.

Im zweiten Match verkeilten wir uns mit dem Gegner - ein Unentschieden, was selten vorkommt.

Im dritten Match – mittlerweile waren alle anderen Wettkämpfe in der Arena unterbrochen worden und wir hatten die ungeteilte Aufmerksamkeit der Zuschauer – versuchte Kenneth uns mit unserer Schlachtruf-Taktik zum Sieg zu treiben, was misslang. Die Mannschaft des Königs konterte geschickt und wir mussten uns geschlagen geben.

CORUM

Jetzt war es an uns, den vermeintlichen Frühstart der Gegner im ersten Match zu reklamieren. Doch bevor es zu ernsteren Handgreiflichkeiten, sehr zur Belustigung der Zuschauer, kommen konnte, intervenierte der König persönlich, indem er vorschlug, dieses Jahr bei uns auf Apholl Castle vorbeizukommen, da sein Whiskyvorrat immer noch erschöpft sei. Mein Vater zeigte sich sehr geehrt, und so konnten wir diese Niederlage akzeptieren, während um uns herum das letzte Band Mass Display die Luft erzittern ließ.

3 Ashia
Roter Nebel, Zentrum, Farmplanet Xee
30396/8/22 SGC
30. August 2014

Meine Truppen waren am Aufräumen. Landungsboote sammelten die letzten schweren Antigrav- und Repulsionseinheiten ein und flogen sie zurück zum Flaggschiff.

Ich hatte mir mit den vier Offizieren meines *Rodonns* einen Aussichtsplatz auf einem der letzten unverbrannten Hügel, im Westen der einstigen Hauptstadt *Zerbala* ausgesucht. Über uns surrten von Zeit zu Zeit Jagddrohnen auf der Suche nach versprengten Exemplaren, die sich noch nicht ergeben hatten.

Meine Rodonn-Offiziere in ihren blau-schwarzen Exor-Panzeranzügen beobachteten aufmerksam das Gelände um uns herum. Das schwache Glühen der Exor-Kraftverstärker an ihren Anzügen hatte sich in den letzten Tagen in die Augen der rebellischen Extraktionskultur eingebrannt.

Die Dämmerung brach an. Es war das letzte Kapitel der Geschichte von der gescheiterten Extraktion des Planeten Xee.

Der Wind trieb Funken aus brennenden Ruinen der geschliffenen Stadt in die wenigen Strahlen der aufgehenden Sonne, die sich durch die trübe Luft aus Rauchschwaden und Resten der nächtlichen Regenwolken bohren konnten. Mit dem Regen war auch die Asche aus der Luft gewaschen worden und hatte die Landschaft um die Ruinen der Hauptstadt herum mit einem derben Tuch aus grauem Staub bedeckt.

Endlose Reihen der letzten Exemplare der Extraktionskultur, immer noch mehrere Zehntausend, zogen am Fuß des Hügels in matschigen Spuren an Bergen von Gefallenen vorbei – ihren Gefallenen. Ein unseliger Gestank mischte sich unter die frische Luft des Morgens. Ihr Extraktionsziel hatte sich durch den sinnlosen Kampf nicht geändert: Meine Landungsboote würden sie von Xee weg zu den Extraktionstransportern – und in diesen – hin auf ihren vorbestimmten Platz in unserer Gesellschaft bringen.

Ich hatte das Visier meines Exors hochgefahren und lauschte auf dem offenen Kommunikationskanal dem leisen Befehlsgemurmel der Offiziere des Extraktionscorps, die unten bei den Schiffen den Verladevorgang überwachten. Nach drei Tagen Kampf waren die Überlebenden der Kultur endlich bereit gewesen, sich zu ergeben und den Extraktionsrichtlinien zu folgen. Ihre Verluste waren sehr hoch gewesen – zu hoch auch für mich und das Corps.

Ich würde nur schwer rechtfertigen können, warum ich mehr als die Hälfte der Kultur nicht abliefern konnte.

Wie ein aufgebrachter Pöbel waren sie bei der Landung über meine Protokoll-Truppen hergefallen, die lediglich auf eine standardisierte Extraktion vorbereitet waren.

Die Konditionierung des Zivilisationswächters in Zerbala hatte kläglich versagt. Er hatte sich auf die Seite seines Volkes stellen und ihnen alle Geheimnisse der bevorstehenden Extraktion verraten können.

Ich betrachtete den handtellergroßen, goldfarbenen Schlüssel in meiner Hand. Er hatte dem abtrünnigen Zivilisationswächter Zugang zum Extraktionsdepot des Corps verschafft – und ihm den Zeitpunkt meiner Rückkehr verraten.

Leider war er unter den Gefallenen. Ich hätte gerne herausgefunden, wie ihm das Durchbrechen der Konditionierung gelingen konnte.

Anschließend war so ziemlich alles schief gelaufen. Die Kultur hatte sich in den vergangenen dreitausend Jahren schneller entwickelt, als es der Zivilisationsplan des Corps für sie vorgesehen hatte. Auf diese Art war sie technologisch in der Lage gewesen, meine Landungsboote beim Anflug zu orten und zu überraschen.

Ich schloss meine Hand und der Panzerhandschuh folgte ihrer Bewegung und zerdrückte den Schlüssel, als handelte es sich um ein vertrocknetes Blatt.

Ein Planetentag war seit der Kapitulation vergangen. Durch die Kämpfe und die vorgetäuschten Kapitulationsverhandlungen hatten wir sieben Tage verloren. Genützt hatte es der Kultur von Xee nichts. Das Corps verhandelt nicht.

Durch die Kämpfe und die der Kapitulation folgenden Hinrichtungen hatte sich die Anzahl der verfügbaren Exemplare deutlich reduziert. Mit Sicherheit waren außerdem die Tapfersten im Kampf gefallen.

Unter uns, auf der Mitte des Weges hinab zum Fuß des Hügels, machten sich große Ratten an den Kadavern der Gefallenen zu schaffen. Die in Lumidors Exor integrierte IXUS-Railcannon summte kurz auf, entsandte einige hundert Mikroprojektile in die Rattenkörper und verwandelte sie in roten Schleim, der zäh auf dem Gras des Hügels hockte.

Er wandte entschuldigend seinen gepanzerten Kopf in meine Richtung.

»Die Kultur hat tapfer gekämpft, Ashia. Das haben sie nicht verdient. Ich schlage vor, dass wir die Gefallenen bestatten.«

Lumidor, erster Offizier meines Rodonns, litt manchmal unter unerklärlichen Anfällen von Sentimentalität.

Ich sah ihn mit gerunzelten Augenbrauen an der Stelle an, an der sich hinter dem blau-schimmernden Visier des Exors seine Augen befanden.

»Wir werden sie bestatten, mein erster Krieger. Alle zusammen, unter einem einzigen Grabstein.«

Ich sah mich zu Sabbim um. »Wie lange noch bis zum Einschlag?«

Seine Antwort ging unter in der Frage eines Corps-Offiziers, die über den offenen Kanal kam und die Rufkennung von Lumidor hatte.

»Toreki, ich habe hier ein Exemplar, das behauptet, ein hoher Vertreter der Regierung von Zerbala zu sein, und Euch zu sprechen wünscht.«

Lumidor antwortete nicht, und aus der Art, wie er seinen gepanzerten Kopf in meine Richtung drehte, las ich seinen fragenden Blick ab.

Ich nickte ihm zu.

»Bringt ihn hoch, Bootsmann!« Lumidor wandte sich zu den langen Reihen der Wartenden unten am Fuß des Hügels um. Ich folgte seinem Blick und sah, wie sich ein Exor aus der unüberschaubaren Menge der Exemplare in die Luft erhob und sich mit seinen Anti-Gravs zügig auf uns zu bewegte.

Ein älterer Mann klammerte sich krampfhaft am Panzeranzug des Corps-Offiziers fest und sprang panikerfüllt vor uns ins Gras, sobald die Höhe für ihn akzeptabel erschien.

Er richtete sich langsam auf und betrachtete stöhnend und mit schmerzerfülltem Gesicht seine durch den Kontakt mit dem Schutzfeld des Exors verbrannten und blutenden Hände.

»Ein hoher Vertreter der Regierung von Zerbala bist du, Alter.«

Beim Klang meiner durch den Übersetzter entfremdeten Stimme drehte er sich zu mir um. Seine von unzähligen Falten umgebenen Augen weiteten sich, als er in mein geöffnetes Visier blickte.

»Etwas spät für eine Vorstellung, meinst Du nicht?«

Er ließ seinen Blick hastig über meinen Anzug gleiten und verharrte unruhig in Betrachtung der dreieckigen Mündung der IXUS-Railcannon an meinem linken Unterarm.

»Soweit ich weiß, waren alle Regierungsvertreter auch hohe Mitglieder des Widerstandes und damit direkt verantwortlich für die Vorfälle der letzten Tage.«

Der Klang der Worte lenkte seine Aufmerksamkeit wieder auf mein Gesicht.

»Ihr seid die Zentrumshexe, die wir bei der Landung leider nicht erwischt haben!« Seine Augen glühten vor Hass. »Wart Euch wohl zu fein, beim ersten Besuch der Sklavenkultur dabei zu sein?«

Lumidor trat neben ihn und schlug ihm mit einer beiläufigen Bewegung den Handrücken seines Panzerhandschuhs ins Gesicht.

»Gewöhn Dir einen schöneren Ton an, Alter, oder ich fange an zu überlegen, warum Du den Hinrichtungstermin der übrigen Regierungsmitglieder verpasst hast.«

Der Alte hielt sich mit beiden Händen die gebrochene Nase, aus der hellrotes Blut lief. Über seine Finger warf er Lumidor einen vernichtenden Blick zu.

»Was weißt Du über das Zentrum, Alter?«, brachte ich mich bei ihm in Erinnerung.

»Alles!«

Meine Rodonn-Offiziere lachten leise vor sich hin. Weniger aus Belustigung über seine Antwort, als über die Art, wie er sich gleichzeitig vor mir aufbaute. Der Mann war eher kleinwüchsig und hatte seine Arme wieder vor der Brust verschränkt. Seine Augen befanden sich in etwa auf Nabelhöhe meines Exors.

Sein schmutziger Anzug war zerrissen und blutverschmiert. Trotzdem glühten seine Augen vor Trotz und Unbeugsamkeit. Aus einer Hosentasche zog er ein zusammengeknülltes Tuch, das er sich vorsichtig an die Nase hielt.

»Was genau ist *alles*?«, fragte ich ihn, steil auf ihn hinabblickend.

Er legte den Kopf in den Nacken und grinste mich an. Seine Hände drückten auf das Tuch.

»Auf Wiedersehen, Zentrumshexe!«

Danach schien sein Körper aus sich heraus zu explodieren.

Die Druckwelle ließ meinen Exor einen Ausfallschritt nach hinten machen, mit dem er das Gleichgewicht wieder herstellte.

»ZIIT!« Der Corps-Offizier hatte sich zur Seite geduckt.

»Was für eine einfallsreiche Schweinerei!« Lumidor ließ leichte Bewunderung in seiner Stimme durchklingen. »Vollkommen sinnlos – aber ein gelungener Abgang.«

Ich schwieg ein paar Sekunden. Die Explosion war viel zu schwach gewesen, um den aktivierten Schutzfeldern der Anzüge auch nur geringste Schäden beibringen zu können. Der alte Mann hatte das nicht wissen können und ohne Schutzfeld hätte er mich mit geöffnetem Visier vielleicht auch erwischt.

Ich sah zu Sabbim hinüber.

»Wie lange noch bis zum Einschlag, sagtest Du?«

»Einen Planetentag und vier Planetenstunden, Ashia. Das entspricht neun Standardstunden.«

Ich atmete langsam durch.

Sabbim fügte hinzu: »Die Stadt wird im Umkreis von zehn Flugminuten verdampfen.«

Ich nickte. Verdampfen war gut. Es würden keine Spuren bleiben, die an meine Beinahe-Niederlage durch eine primitive Kultur der fünften Stufe erinnern würden.

Ich ließ meinen Blick ein letztes Mal über die Spuren der Vernichtung streichen. Zeit zu gehen.

»Sabbim, sage den Bodentruppen, sie sollen bis Mitternacht weitermachen und danach das alte Depot zerstören. Dies war die letzte Extraktion für diesen Planeten.«

Ich lächelte bitter vor mich hin. Hoffentlich beendete sie nicht auch meine Karriere.

CORUUM

Roter Nebel, Zentrum, Ankatarh, Cap del Nora, Hauptstadt der Gilde
30396/8/39 SGC
22. September 2014

»*Ashia!*«

Der Ruf meines Namens riss mich aus der Erinnerung zurück. Ich hätte im Unterbewusstsein die Nähe von *Kamir* fühlen müssen, lange bevor er mich sehen konnte. Ich hob den Blick und erkannte ihn im weichen Gegenlicht der aufgehenden Sonne auf der anderen Seite des Marktwagens. Eine Chuvi-Frucht in der Rechten, zwei in der linken Hand, betrachtete er mich nachdenklich. Kamirs markantes Profil, mit der kräftigen Nase und den in seinen Kinn- und Wangenbart eingeflochtenen Perlenriemchen hob sich vor dem hellen Sonnenlicht ab. Er musste mich als Erster entdeckt haben, denn er zeigte keinerlei Überraschung, mich hier zu sehen. Wie lange hatte er mich schon beobachtet? Ein kurzer Moment des Unbehagens überschattete meine Freude. Ich werde nicht gerne überrascht - eine Eigenheit meines Berufsstandes - nehme ich an.

Nach dem Misserfolg meiner letzten Extraktion von Xee war ich mit meinem Rodonn noch während des Rückflugs beurlaubt worden. Ohne Befristung. Das war kein gutes Zeichen gewesen, obwohl ich etwas in der Richtung erwartet hatte.

Nach der Übergabe der Extraktionskultur von Zerbala hatte sich mein Rodonn auf den Weg nach *Risidor II* gemacht, der wohl exklusivsten Vergnügungswelt im Zentrum.

Ich war auf dem Rückweg auf *Ankatarh*, dem Heimatplaneten der Gilde, ausgestiegen. Vielleicht würde ich Lumidor und den anderen noch folgen. Mir waren keinerlei Reisebeschränkungen vom Corps auferlegt worden und so hatte ich mir vorgenommen, die Verkündung eines Termins für mein Verfahren in der angenehmen Atmosphäre von *Cap del Nora*, der Hauptstadt der Gilde auf Ankatarh, abzuwarten.

Kamir war mein ältester Freund, ich kannte ihn seit meiner Kindheit auf *Regelion*. Er hatte meinem aussichtslosen Leben als Waise auf einem durch endlose Kriege zerrissenen Planeten im Alter von acht Jahren eine Richtung gegeben, als er mich in ein Qualifikationszentrum für die Akademie der Gilde aufnahm.

Seitdem war er mein Mentor gewesen und immer zur Stelle, wenn ich wegweisende Entscheidungen für mein weiteres Leben zu treffen gehabt hatte. Kamir hatte mich von der Akademie der Gilde auf *Es'Seteer* in das Extraktionscorps des Zentrums gebracht, dem ich bis heute angehörte.

Ein Anflug von schlechtem Gewissen sagte mir, dass sein plötzliches Erscheinen im direkten Zusammenhang mit Xee stehen musste. Für Kamir war es nie schwer gewesen, mich zu finden, wenn er es wollte.

Er hatte die Früchte auf den Wagen zurückgelegt und sich seinen Weg um den Stand herum, durch den morgendlichen Strom der Marktbesucher, zu mir gebahnt.

Es blitzte aus seinen eisblauen Augen, als er vor mir stand und unsere Blicke sich trafen. Sein goldener Haarkranz aus dichten Korkenzieherlocken zeigte erste Spuren von Grau und seine Umarmung schien mir nicht mehr ganz so kraftvoll wie früher – wir hatten uns einige Jahre nicht gesehen.

Er war mittlerweile einen guten Kopf kleiner als ich, trug ein großzügig bemessenes helles Stoffgewand mit schreienden Blumenmotiven, das am unteren Ende über einem Paar lederner Sandalen endete und oben ausreichend Platz ließ für die ebenfalls löckchenübersäte Brust. Eine ausgeblichene Ledertasche baumelte an einem Riemen über seiner Schulter, aus der Teile seines morgendlichen Einkaufs heraushingen.

Die eingeflochtenen Perlen in Kamirs Bart schaukelten bei jeder Kopfbewegung. Sie zeugten deutlicher als alle Geschichten von seinem Leben als Gildenkapitän. Jede Perle hatte ihre eigene Geschichte und nicht zwei von ihnen waren aus dem gleichen Sektor. Wäre nicht der ernste Blick in seinen Augen gewesen, ich hätte ihn mit seiner gebräunten Hautfarbe für den zufriedensten Händler des Zentrums gehalten.

Kamir war in seiner aktiven Zeit eine Legende unter den erfolgreichen Händlern der Gilde gewesen. Als wir uns bei unserem letzten Treffen verabschiedeten, hatte er sich gerade zurückgezogen – sofern das bei ihm überhaupt möglich war. Er brauchte schon damals nicht wirklich zu arbeiten. Es war mehr eine Sucht – neue und seltene Waren zu finden – wie er gern scherzhaft ergänzte.

Ich kannte ihn seit mehr als zwanzig Jahren und für mich hatte er immer im Dienst seines Ehrgeizes gestanden, sich jedoch durch seine angenehme äußere und umgängliche Art den Ruf eines zwar harten, aber fairen Händlers erworben.

Er lebte hier in Cap del Nora, der Hauptstadt der Gilde - dem einzigen Ort, wie er sagte, an dem ein echter Händler sich zu Hause fühlen konnte.

Wir hatten in der Vergangenheit eine Reihe von Aufträgen gemeinsam ausgeführt - ich hatte oftmals während meiner Ausbildung und auch in den Jahren danach den Eindruck - er agiere eher wie ein sehr hoher Offizier des Extraktionscorps, denn als Mitglied der Gilde.

Kamir behielt die Gewissenbisse aus diesen gegensätzlichen Tätigkeiten – sofern er welche hatte – für sich. Die Gilde wahrte ihren Ehrencodex über allem, vor allem die Unantastbarkeit fremder, wenig entwickelter Kulturen war ein geschriebenes Gesetz. Die Interessen und Handlungsdirektiven eines Offiziers des Extraktionscorps waren naturgemäß davon unterschiedlich bis gegensätzlich.

Wir sprachen nie über seine Tätigkeiten für das Corps, selbst auf unseren gemeinsamen Aufträgen nur über die direkt vor uns liegenden Aufgaben.

Wenn er mich heute auf Xee ansprechen würde, wäre dies das erste Mal, dass er diesen Grundsatz brach.

Kamir bestand darauf, meinen Einkauf zu bezahlen. Ich verstaute alles in meinem Rucksack, hakte mich mehr aus Gewohnheit als aus aktuellem Anlass bei ihm unter und er führte mich eilig in sein - wie er es nannte - »Frühstückscafé« am Hafen in der Unterstadt.

Dafür, dass wir uns eine lange Zeit nicht gesehen hatten, zeigte er sich auf dem Weg relativ wortkarg und mein schlechtes Gewissen kam zurück.

Das Café war natürlich Teil des Gilden-Trading-Centers auf Ankatahr und lag noch unterhalb des Marktes, direkt über der filigranen, Wasserüberspannenden Anlegerkonstruktion, die den schimmernden Privatjachten reicher Händler einen repräsentativen Anlegeplatz bot. An einem Ende des Hafens herrschte reger Flugbootbetrieb, das übliche Verkehrmittel für Besucher der Stadt über die Bay.

Wir betraten das Trading-Center durch einen Seiteneingang der formal von einem bewaffneten und uniformierten Flottenoffizier bewacht wurde. Ohne ihm und seinem Gruß weitere Beachtung zu zollen, führte Kamir mich über eine verborgene Treppe am exklusiven Eingang zum Hotelkomplex des Trading-Center vorbei auf die Holzveranda des Cafés, welches wie das Hotel nur den herausragenden Händlern der Gilde zugänglich war. Er ging zu einem etwas abseits stehenden Tisch mit herrlichem Ausblick auf die gut zehn Kilometer breite Bay.

»Der ist immer für mich reserviert, Ashia,« erklärte Kamir mit einem knappen Lächeln, als er meinen erstaunten Blick bemerkte.

Aus der Luft betrachtet, verläuft die Küstenlinie Cap del Noras hier schnurgerade von Osten nach Westen mit einen gewaltigen Einschnitt in Form einer tiefen Kerbe, wie von der schartigen Axt eines vorzeitlichen Riesen geschlagen. An der Stelle der Kerbe verbindet sich die Bay mit dem Meer.

In der Entstehungszeit von Ankatahr schoben sich an dieser Stelle unter erheblicher vulkanischer Aktivität zwei tektonische Platten übereinander und schufen ein parallel zur Küste verlaufendes Gebirge enormer Höhe. Über und unter dem Wasserspiegel ragen die Felswände noch heute mehrere Kilometer fast senkrecht empor. In den folgenden Millionen von Jahren erodierten die leichteren Bestandteile der Abbruchkante, und die vier größten Flüsse des Kontinents schliffen in beeindruckenden Canons, aus Nordwesten kommend, die Kerbe zu einem riesigen Delta auf. Dieses Delta bildet heute um die mächtige Halbinsel der Konnega herum die Bay.

Die von den Flüssen mitgeführten Sedimente lagerten sich an der Übergangsstelle der Bay zum Meer ab, wo sie im Laufe der Zeit eine unterseeische Landzunge bildeten, die, aus der Luft betrachtet, wie ein Negativ zur Kerbe der Bay aussieht. Gemeinsam mit der im Zentrum der Bay liegenden Halbinsel erzeugen die Formationen den Eindruck eines ununterbrochen aufmerksam in den Himmel blickenden Auges, was Cap del Nora den Beinamen »*el atete*«, *die Wachsame*, eingebracht hat.

In der südlichen Flanke dieser Kerbe liegt heute die Terrassenstadt, eingebettet in eine natürliche Felsenlandschaft, kilometertief, fast senkrecht zur Bay und zur See abfallend. Am gegenüberliegendem Ufer der Bay befinden sich die Unter- und Oberstadt, seichter ansteigend, auf hügeligem Gelände in großzügige Besitztümer aufgeteilt. Die legendären Sandstrände der Unterstadt ziehen sich von der Bay bis ins Meer und herum nach Osten einige Kilometer die ansteigende Küste entlang.

Die Zitadelle auf der felsigen Landzunge der Halbinsel inmitten der Bay kontrollierte früher den Zugang zum Festland und war mit ihren Zöllen der Quell des Wohlstandes für die Stadt gewesen. Das lag jetzt ungefähr fünfundzwanzigtausend Jahre zurück. Eine Gedenkplatte auf der Halbinsel zeigt eine schöne Ansicht der damaligen Befestigungsanlagen.

Wir hatten einen fantastischen Blick von der Terrasse über die Bay auf die in der Mitte liegende Konnega, mit dem zentralen Areal des Haupthauses für den Rat der Gilde, der Universität, dem Komplex der Botschafter und den berühmten Gildenarchiven. Hinter der Halbinsel erhob sich aus dem Dunst des morgendlichen Nebels am südwestlichen Ufer der Bay ein Funkeln, als würde sich ihre wellengekräuselte Wasseroberfläche bis zum Himmel erstrecken. Die unzähligen Glasfronten der bis zum Plateau hinaufreichenden Terrassenstadt mit ihren in den Felsen gebauten Wohn- und Geschäftsanlagen reflektierten das Sonnenlicht und schufen die Ansicht einer flimmernden Feuerwand.

Die Temperatur war so früh am Tag noch sehr angenehm. In ein paar Stunden, wenn die Sonne den Trichter über der Bay aufheizte, würde es im Freien nur noch im Schatten mit leichtem Seewind auszuhalten sein. Cap del Nora lag fast auf dem Äquator, nur ungefähr fünf Grad nördlich davon. Das ganze Jahr herrschte hier ein gleichmäßig warmes Klima, mit hoher Luftfeuchtigkeit. Ihrer Lage am zentralen Flussdelta und am Südrand des größten Kontinents verdankte es schon seit Jahrtausenden den Rang der bestimmenden Handelsmetropole von Ankatarh.

Ein aufmerksamer Diener kam auf einen Blick Kamirs zu uns an den Tisch und ich wählte einen Quinpin, der die durchschnittlichen Nährstoffe für einen Urlaubstag in einem geschmackvollen Cocktail vereinte. Kamir bestellte für sich ein vollständiges Frühstück und eine Flasche Tocsera für uns beide.

Das exklusive Café war zu dieser Zeit fast leer. Die hochrangigen Händler, die sich zur Zeit in Cap del Nora aufhielten würden nicht vor Mittag erscheinen – zum Frühstück und für die ersten Geschäfte.

Touristen bekamen einen Platz im unteren Café, innerhalb des Trading-Center, wo sie sich vom stöbern und feilschen nach Waren aus dem gesamten Roten Nebel erholen konnten und von einer der unteren Terrassen die malerische Aussicht genossen.

Neben unserem war nur ein weiterer Tisch am anderen Ende der Terrasse besetzt. Es waren zwei Gildenhändler – erkennbar durch ihr Gildenabzeichen am Hutaufschlag und den Bartperlen, sowie ein freier Händler, dessen Abzeichen ich nicht kannte. Ihre Diener standen in respektvollem Abstand hinter ihnen. Die Händler waren in ein angeregtes Gespräch vertieft und hatten uns nur beim Heraufkommen kurz mit den Blicken gestreift.

CORUUM

Die Tradition der Gilde reicht weit zurück. Sie begann kurz nach der Gründung von Cap del Nora. Die Gilde in der heutigen Form entstand den Überlieferungen zufolge aus einer Vereinigung der ersten raumfahrenden Zivilisationen - und Cap del Nora wird allgemein als ihre Wiege akzeptiert. Die Händler sehen sich als das verbindende Glied im Roten Nebel - zumindest in den Regionen des Zentrums und der Nebelwelten.

Sie versorgen jeden Punkt mit lebenswichtigen Gütern und Informationen, übernehmen Ordnungsaufgaben in Gebieten, wo sie den Handel bestimmen, und schützen die vertraglich an sie gebundenen Welten – wenn nötig mit militärischer Gewalt. Die *Unsichtbare Flotte* trägt ihren Namen nicht ohne Grund. Ihre Handlungszentren bilden die Trading Depots auf kleinen, die Trading Points auf mittleren Planeten und die Trading-Center auf großen Welten. Sie bieten niemals die Waren des eigenen Planeten an, sondern ausschließlich Produkte aus anderen Systemen.

Die Zivilisationen des Roten Nebels verdanken der Gilde die Standardsprache *Proc*, die sich aus der großen Händlersprache abgeleitet hat, die dazugehörige Schrift sowie den Standard-Gildenkalender, der das Jahr in acht Monate zu vierzig Tagen mit jeweils zwanzig Stunden einteilt und als Basisdatum auf jedem Schiff im Nebel gilt, unabhängig von der Region, aus der es stammt.

Trotz der Verdienste der Händler der Gilde sind nicht alle Händler in ihr organisiert. Die überwiegende Mehrheit ist vielmehr selbständig oder in kleineren Gruppen zusammengeschlossen. In den Sieben Königreichen gibt es vollkommen eigene Händlerorganisationen, deren größte, die Heratis, ein ernstzunehmender Konkurrent der Gilde ist, und ihr in einigen Bereichen des Zentrums und der Nebelwelten arg zusetzt.

Allen Händlern gemein ist der traditionelle Ehrenkodex, der, basierend auf der Ursprungsformulierung der Gilde, die Grundsätze und Grenzen des Handels bestimmt.

CORUUM

Natürlich war es im Einzelfall Auslegungssache, und die Kulturbehörde der Sieben Königreiche kam nur in den wenigsten Fällen zu den gleichen Ergebnissen, was die Einschätzung neuer Welten betraf, wie die Händler der Gilde oder das Expeditionscorps der Sieben Königreiche.

Dennoch gab es unzählige Dokumente für den Erfolg der Gilde. Ich konnte den Ort ihrer Aufbewahrung sehen - in der Mitte der Konnega – das Archiv der Gilde unter der großen verzierten Kuppel, deren goldfarbene Beschichtung in der Sonne funkelte.

Kunstvoll errichtet vom Reichtum erfolgreicher Händler, war das Archiv ein Zeugnis für die Zivilisationen des Roten Nebels, eine einzigartige Sammlung der Erkenntnisse über neue Welten und Völker, über entdeckte Schätze und Handelsrouten.

Der größte Teil des Archivs war unterirdisch angelegt, geschützt vor klimatischen und sonstigen Einflüssen, zugänglich für alle Händler der Gilde oder autorisierte Personen – wie mich.

Ich hatte - vor meiner Beurlaubung - geplant, in den Archiven einige Informationen für meine nächste Extraktion einzuholen. Ich hätte zwar noch mehr als ein Jahr Zeit gehabt, aber ich bin immer gut vorbereitet - gerade jetzt, nach meinen Erfahrungen auf Xee.

Der Diener brachte unsere Bestellung, und Kamir schenkte jedem ein gutes Glas Tocsera ein. Wir tranken auf das Leitfeuer der Gilde, und der prickelnde Geschmack des veredelten Alkohols der am Cap heimischen Toca Blume erfrischte mich.

Mein Quinpin war ebenfalls sehr gut. Er hatte eine dicke, gerade noch flüssige Konsistenz und ein weiches, fruchtiges Aroma. Das Microdisplay im Glasrand zeigte 32 Grad und 5032 Nahrungseinheiten an. Der Diener hatte gut eingeschenkt. Ich lehnte mich, ein zweites Glas Tocsera in der rechten Hand, etwas entspannter zurück und wartete darauf, dass Kamir die Unterhaltung begann.

Mittlerweile war die Sonne auf der Hälfte ihres Weges zum Zenith angekommen und tauchte unsere Veranda in weiches Licht. Ein leichter Wind war aufgekommen, der die Nebelschwaden über der Bay in tänzerische Bewegungen versetzte. Das Funkeln der Terrassenstadt war verschwunden, die steile Formation der Felsen versank langsam im eigenen Schatten. Ich verdunkelte meine Augenschilde ein wenig, um mehr Kontrast gegen das Sonnenlicht zu bekommen.

Mit einem sauberen Schnitt, als gelte es ein Blatt Papier in möglichst gerade Streifen zu schneiden, trennte Kamir die letzten Gräten seines Fisches vom rosafarbenen Fleisch und sah mich dabei sehr nachdenklich an.

Nachdem nur noch die Blauschimmernde Fischhaut neben den Gräten auf dem Teller lag, wischte er sich vorsichtig, ohne an die Perlen zu kommen, den Mund ab, schenkte sich den letzten Rest Tocsera ein und schüttete ihn in einem Schluck hinunter.

Er stellte das Glas etwas zu heftig auf den Tisch.

»Ashia, ich wünschte, ich hätte Dich zu einer angenehmeren Angelegenheit treffen können.« Seine Stimme klang unglaublich enttäuscht, sein Blick ließ mich mit meinem Tocsera innehalten.

»Die Ergebnisse deiner letzten Extraktion auf Xee waren katastrophal und haben die wichtigsten deiner Fürsprecher in Deckung gehen lassen.« Sein Tadel klang schwer im Wind.

»Kamir -,« eine Handbewegung seinerseits unterbrach mich.

»Ich weiß Bescheid, Ashia. Bitte keine Rechtfertigung. Ich bin nicht der richtige Adressat dafür.« Er sah mir in die Augen. Seine Lider flackerten nicht.

»Ich musste meinen ganzen Einfluss investieren und was das Schlimmste ist unter Händlern – offen Dank einfordern – um zu ermöglichen, dass wir uns noch hier unterhalten können und dich nicht längst ein Seriifen-Killer in irgendeiner Seitenstraße erledigt hat.« Sein Blick war jetzt unerbittlich, seine Stimme eindringlich wie selten. Ich erstarrte.

»Niemand verliert eine Million Exemplare einer hoch entwickelten Kultur und überlebt das, Ashia!« Er beugte sich leicht aus dem Stuhl.

»Du hattest den Auftrag für eine *Finale* Extraktion auf Xee. Das bedeutet, dass die Exemplare nicht auf neue Farmplaneten umgesiedelt werden sollen – sondern dass sie ihr Ziel erreicht haben und in unsere Zivilisation überführt werden.«

Ich wollte ihm sagen, dass mir das bekannt war, aber er schnitt mir das Wort ab.

» – eine Finale Extraktion heißt *nicht*, dass möglichst keine Exemplare mehr extrahiert werden sollen.« Er funkelte mich an.

Ich schwieg. Die Diener der Händler am anderen Tisch sahen unauffällig zu uns herüber.

»Du kannst dir den angerichteten Schaden nicht vorstellen, Ashia. Es ist in der fast fünftausend Jahre alten Geschichte des Extraktionscorps erst *viermal* vorgekommen, dass die zu extrahierende Kultur durch Widerstand bei der Extraktion vernichtet wurde.«

Ich zog es vor, im Moment nichts zu erwidern.

»Es gibt niemanden, Ashia, der im Moment noch einen *Ziit* auf dich gibt. Welcher Grund auch immer der Auslöser für Dein Fehlverhalten war, für die Kultur des Farmplaneten wäre es besser gewesen, der Meteorit hätte sie alle im Schlaf überrascht.«

Ich erstarrte. »Was willst du damit sagen, Kamir?«

»Nun, deine Reaktion zeigt, dass du es möglicherweise annähernd begreifst.«

»Kamir – « mir stockte der Atem. »Aber ich habe sie extrahiert. Ich habe sie übergeben!«

Er sah mich kalt und emotionslos an. »Du hast sie extrahiert. Ja – und du hast sie übergeben, Ashia – die, die übrig waren. Nur wem?«

Er ließ die ungeheuerliche Frage ein paar Sekunden in der Luft schweben.

»Sie waren fertig, Kamir, sie sollten ihren Platz einnehmen«, ich stotterte ein wenig, aus der Fassung geraten.

Er fuhr fort. »So von Hass erfüllt, wie sie nach der Niederlage - der Vernichtung von mehr als sechzig Prozent ihrer Landsleute - gewesen sind?« Er atmete langsam und kontrolliert aus.

»Sie wurden direkt auf den nächsten Farmplaneten gebracht, Ashia. Du hast diese Zivilisation um eintausendzweihundert Jahre zurückgeworfen – und die Region des Zentrums, für die die Xee-Kultur vorgesehen war.

Sie werden die letzten Zyklen ihrer Entwicklung erneut durchmachen, Jahrhunderte von Kriegen und Leid.«

Kamir drehte sich um. Die Händler warfen uns verstohlene Blicke zu. Er sah sie solange an, bis sie die Köpfe einzogen und schlagartig das Interesse an uns verloren.

Sein Blick kehrte zu mir zurück. »Soweit sind alle Spuren beseitigt und die von Dir geschaffenen Probleme gelöst worden. Aber für Dich ist es noch nicht vorbei. Du wirst eine winzige Chance bekommen Deinen Kopf zu retten Ashia, und zwar Heute.«

Ich blickte ihn entsetzt an.

»Du triffst heute Abend den Cektronn. Ich habe ihn in eine schwierige Lage gebracht, indem ich von ihm die Begleichung einer offenen Schuld einforderte um dein Leben zu retten. Nur er kann entscheiden, wie es für dich weitergeht. Ich kann jetzt nichts mehr für dich tun.«

Mein Puls raste. Ich versuchte ihn in den Griff zu bekommen und wusste dabei nicht, worüber ich mehr überrascht sein sollte – dass Kamir den Cektronn, die oberste Instanz des Zentrums-Geheimdienstes, Z-Zemothy, persönlich kannte, oder dieser ihm einen Gefallen schuldete, der wenigstens vom Wert eines kümmerlichen Menschenlebens – nämlich meines – war.

»Mach jetzt keine Dummheiten, Ashia. Komme am Abend zu mir.«

Mir wurde kalt. Den Cektronn trifft man nicht einfach. Als oberster Kommandeur von Z-Zemothy war er eine Institution ungeheurer Macht. Wie die meisten Mitglieder des Extraktionscorps hatte ich ihn noch nie gesehen.

Kamir schwieg und mir fiel nichts Kluges ein, was ich im Moment sagen konnte.

Die plötzlich Unruhe, die entstand, als die Händler am anderen Tisch sich bereitmachten, aufzubrechen, schien auf ihn überzugreifen.

»Wir sehen uns heute Abend, Ashia. Mach' keine Dummheiten, versuche nicht zu fliehen, sei einfach vor Sonnenuntergang da.«

Sein Blick hielt mich für zwei Sekunden fest. Er nickte mir ernst zu und verließ die Terrasse.

Ich war mit meinen Gedanken allein. Ich hatte meine Situation offenbar falsch eingeschätzt. Es war noch viel schlimmer. Im Hintergrund war sehr viel mehr abgelaufen, als an der Oberfläche zu bemerken war. Meine Beurlaubung war der einzige für mich sichtbare Hinweis auf Aktivitäten. Kamir hatte offensichtlich sein Äußerstes geben müssen, um mein Leben zu bewahren. Bis jetzt. Er war an eine Stelle gekommen, wo er sich nicht weiter für mich verbürgen konnte.

Ich atmete durch und entspannte mich aktiv.

Der Abend versprach aufregend zu werden. Ich dachte nicht im Ernst daran, nicht zu erscheinen. Ich war lange genug beim Extraktionscorps, um zu wissen, dass niemals jemand entkam. Nicht auf Dauer.

Ich bestellte mir noch ein paar reife *Ramova*-Früchte und überlegte wie ich den Rest meines kurzen Lebens verbringen konnte.

Es war kurz vor Mittag. Die Temperatur stieg langsam in den unangenehmen Bereich und würde diesen auch erst wieder am Abend verlassen, wenn die warme Luft über dem Land aufsteigen und kühlere Meeresluft nachfolgen würde. Ich wollte mich ablenken, der Strand kam aus dem Grund zur Zeit nicht in Frage, dort würde ich nur rumgrübeln und vielleicht wirklich auf die Idee kommen, zu verschwinden.

Ich beschloss daher, direkt in die Archive zu gehen und mich bis zum Abend mit der Suche nach Antworten auf ein paar offene Fragen bezüglich Xee zu beschäftigen. Mit viel Glück würde der Strand auch morgen noch auf mich warten.

Ich aß die letzte Ramova-Frucht und verließ den exklusiven Bereich des Gilden-Trading-Centers. Ich würde es mir merken für meinen nächsten Besuch unter glücklicheren Umständen am Cap. Der Diener nickte mir höflich zu und räumte dann schnell meinen Tisch ab. Ein Sensor irgendwo im Gang las meine Körper-Identifikation, und sorgte für die Abbuchung des korrekten Betrages von meinem Konto – sofern nicht Kamir bereits dafür aufgekommen war.

Ich ging hinunter ans Ufer der Bay und schlenderte im Schatten hundertjähriger Mendeego-Bäume in Richtung des Flugboot-Anlegers.

Ein ausgedehnter Fußmarsch hätte mich ebenso ans Ziel gebracht, doch wäre nach dem Weg vom Hafen in der Unterstadt am Ostufer der Bay entlang bis zu den Ausläufern des Deltas und von dort über eine der zahlreichen Brücken hinüber auf die Halbinsel und wieder zurück ins Zentrum der Konnega nicht viel Zeit für den eigentlichen Besuch der Archive übrig gewesen.

Mittlerweile waren viele Touristen unterwegs, und ich war dankbar über die Abwechselung durch die entspannt umherblickenden Besucher, die sich die Wartezeit auf das Ablegen des nächsten Bootes mit dem Konsum leichter alkoholischer Getränke verkürzten.

Ich nahm ein Boot, das mich in direkter Linie an den Anleger zu Füßen des sandfarbenen Gebäudekomplexes der Universität auf der Konnega übersetzte. Der Fahrtwind war erfrischend, und der Kontrast der zu Füßen des dunklen Massivs im Binnenland liegenden, sandstein- und terracottafarbenen Bauten der Konnega überwältigend.

Ein mächtiger Vulkankegel, der das ganze Jahr an der Spitze mit Schnee bedeckt war, ragte als Kennzeichen aus der Gebirgskette vor dem tiefpurpurnen Himmel hervor. Die Gilde hatte diesen Berg das »Leitfeuer« getauft - was nur zu verstehen war, wenn man das ungeheure Alter der Gilde in Betracht zog. Es gab Überlieferungen aus der Zeit, als der Vulkan noch aktiv war und damit den heimkehrenden Schiffen bei jedem Wetter ein untrügliches Signal für die Position des Heimathafens gab. Später, als die Schiffe nicht mehr nur das Wasser befuhren, sondern zwischen den Sternen reisten, reiste das Leitfeuer als Symbol der Gilde mit.

Die Überfahrt dauerte nur ein paar Minuten und ich beeilte mich, vom Anleger in den Schatten des ersten Universitätsgebäudes zu kommen.

Ich betrat den Campus durch einen hohen, sandsteinfarbenen Torbogen. Der Anblick war fantastisch.

Der Campus war ein Sammelsurium von Bauten aus unterschiedlichen Epochen und Stilen. Kuppelbauten jeder Größe reihten sich, verbunden durch wunderschöne Säulengänge, aneinander. Die Wände der Gebäude reflektierten das Licht der grellen Mittagssonne durch ihre hellen Sandfarben in die im Schatten liegenden Straßen.

Ich beschloss, dem Campus wenn möglich einen extra Tag zu widmen, und versuchte in Anbetracht der fortgeschrittenen Zeit einen möglichst direkten Weg zum Hauptgebäude des Archivs einzuschlagen.

Der Zufall wollte es, dass ich an der Portalseite der Universität der Gilde vorbeiging, deren überhängendes Dach von vier mächtigen, parallelen Säulenreihen getragen wurde. Einzelne Personen oder Gruppen, Studenten oder nur Besucher wie ich, schlenderten durch das schattige Säulenfeld. Soweit ich sehen konnte, war jede der Säulen individuell ausgeprägt, sowohl von der Art der Verzierungen wie auch von der Wahl des Materials her. Eine kleine Tafel auf Augenhöhe erklärte in der

CORUUM

Händlersprache die Herkunft des Materials sowie die Bedeutung der Verzierungen und das Jahr der Entstehung. Nach der dritten Säule verstand ich, dass das Jahr der Entstehung dem Jahr der Entdeckung entsprach und dass jede Säule ein von der Gilde erschlossenes System repräsentierte. - Ich blieb stehen. Die Portalseite der Universität erstreckte sich mehrere hundert Meter vor mir. Die Säulenreihen standen in ungefähr zwanzig Meter Abstand. Ich war beeindruckt und ich war sicher, das das bei weitem nicht alle Systeme waren, welche die Gilde entdeckt und erschlossen hatte.

Mit Mühe riss ich meine Gedanken von den herrlichen Bauten los und setzte meinen Weg in Richtung des hohen, kuppelgekrönten Gebäudes, welches den Eingang zu den Archiven markierte, fort.

Der Eingang unter einem mächtigen Baldachin aus blauem Tuch führte mich in das Innere des kühlen Gebäudes. Nach der grellen Helligkeit der Mittagssonne auf dem Campus benötigten meine Augenschilde einige Millisekunden, um sich an das gedämpfte Licht des Archivs anzupassen.

Ich ging einige Schritte in den kreisrunden Raum und hielt unwillkürlich die Luft an, als ich die weit aufspannende Kuppel über und vor mir sah.

Sie zeigte den Himmel bei einer klaren Sommernacht von Ankatahr aus gesehen. Jedes erkundete System war rot eingefärbt. Ich musste genau hinsehen - und hätte beinahe das Zoom meiner Augenschilde benutzt -, bis ich einzelne Punkte fand. Sie waren dichter im Zentrum und den Nebelwelten. Die Sieben Königreiche waren größtenteils nicht zu sehen, sie befanden sich bei dieser Darstellung auf der anderen Planetenseite. Es hätte auch bei weitem nicht so viele Punkte gegeben, die Gilde konnte dort keine Entdeckungen machen, lediglich klassischen Handel betreiben.

An den runden Wänden waren die Namen und Positionen der entdeckten Systeme mit ihren wichtigsten Daten, mit den Namen der Entdecker und ihrer Schiffe säuberlich aufgeführt. Besucher standen überall unter der Kuppel und betrachteten schweigend oder leise flüsternd die Decke, ihre holografischen Hilfsdisplays schwebten vor ihnen in der Luft.

In der Mitte des Raumes befand sich eine kreisrunde Vertiefung im Boden, zu der ringförmige Stufen hinabführten. Da sonst an keiner Stelle im kreisrunden Gebäude eine weitere Tür zu sehen war, nahm ich an, dort den eigentlichen Eingang zu finden.

Hinter einer ebenfalls ringförmigen Tischplatte aus einem transparenten, Blauschimmernden Material, das nirgendwo aufgelegt zu sein schien, saßen zwei junge Frauen in hellen Gildeuniformen, deren Abzeichen sie als Schifferinnen, die jüngsten Angehörigen der Gilde, auswiesen. Ich war der einzige Besucher im abgesenkten Bereich, was mir erst auffiel, als ich direkt vor der schwebenden Tischplatte angekommen war. Die zwei Schifferinnen schenkten mir ihre volle Aufmerksamkeit.

»Ich möchte ein paar Informationen in den Archiven nachsehen, Schifferin. Wo kann ich hier Zugang bekommen?« wandte ich mich an eine von ihnen.

»Bitte haltet Eure ID über den Sensorring, Dawn.« Ich war überrascht über die formale Anrede. Dawn ist die höfliche Anrede für ranghohe Frauen im Dienst der Gilde und der Unsichtbaren Flotte. Ich trug jedoch zur Zeit keinerlei äußerliche Kennzeichen meines Ranges an mir und die Flotte würde ihren Mitarbeitern niemals ein Kennzeichen in die Körper-ID schreiben. Die Schifferin musste meine Überraschung von meinem Gesicht abgelesen haben.

»Ihr habt den Gang eines Gildenoffiziers, Dawn. Entschuldigt bitte,« ergänzte sie lächelnd, »habe ich mich geirrt?«

Ich erwiderte ihr Lächeln. »Nein, Schifferin, Ihr habt gut beobachtet. Hier ist sie.«

Wenn sie mich für einen Gildenoffizier hielt, gut. Ich bewegte meinen rechten Arm über eine Stelle der Tischplatte, auf welche die Schifferin deutete, und hoffte, dass ich nach meiner Beurlaubung noch irgendwelche Rechte besaß. Auf einem

Bildschirm in der Tischplatte erschienen neue Autorisierungsdaten, die sie offenbar zufrieden stellten.

»Ich danke euch, Dawn. Bitte begebt euch auf die Transportscheibe dort drüben. Sie wird Euch ein Stockwerk tiefer zum Index-Archiv bringen. Dort wird man euch weiterhelfen. Ich wünsche eine sichere Heimreise.«

Mit dem formellen Gruß und einer leichten Verbeugung, die ein dezentes Handzeichen in die Richtung der Transportscheibe einschloss, verabschiedete sie sich.

Ich nickte ihr dankend zu und ging in die angedeutete Richtung. Die Scheibe schloss so perfekt mit dem Boden ab, dass ich sie erst beim Näherkommen bemerkte.

Mit der Aussage *ein Stockwerk tiefer* verband ich intuitiv eine gewisse Entfernung. Die Transportscheibe brachte mich nach dieser Intuition in gleichmäßiger Geschwindigkeit ungefähr zwanzig Stockwerke tiefer.

Unten angekommen, stand ich an einem Ende eines länglichen, mit indirektem Licht beleuchteten Raumes. Vom entgegengesetzten Ende führten drei Öffnungen wahrscheinlich in weitere Archivbereiche. Davor befanden sich die angekündigten Helfer hinter ihrem Tisch. Diesmal waren es zwei Schiffer und ein Korvettenkapitän, die mich alle erwartungsvoll ansahen, während ich zügig den Raum durchquerte.

»Dawn, es freut mich, dass Ihr den Weg zu uns gefunden habt. Würdet Ihr mir sagen, in welche Richtung Eure Informationswünsche gehen, damit ich Euch die Suche erleichtern kann?«

Der Korvettenkapitän lächelte mich - wie er meinte, verführerisch – an, beugte sich vor und deutete auf endlose Datenketten in der Oberfläche des Tisches, die mich beeindrucken sollten.

Die beiden Schiffer hielten sich respektvoll zurück und ich war mir sicher, dass der Kapitän in der Zeit, die ich brauchte, um mit der Transportscheibe nach unten zu fahren, durch eine der Türen gerufen wurde, um mich hier zu empfangen und mir diese Frage zu stellen.

»Ich habe ein paar diskrete Aufgaben zu erledigen, Kapitän, über die ich keine Angaben machen kann.

Ihr könnt mir helfen, indem Ihr mir die Handhabung Eurer Datenbanken und Instrumente erklärt.«

Er nickte geschäftsmäßig, seine Enttäuschung darüber, dass ich ihm nichts verraten wollte, nur schlecht verbergend.

»Könnt Ihr etwas genauer auf Eure Aufgaben eingehen, Dawn? Ich muss Euch darauf hinweisen, dass alle Zugriffe aufgezeichnet werden, – natürlich streng vertraulich – aber sie werden aufgezeichnet, um im Falle eines Verdachts auf Missbrauch der Informationen dieses dokumentieren zu können«, spulte er seinen Vortrag ab, sichtlich verlegen.

»Diesen Hinweis müssen wir gegenüber jedem Besucher aussprechen, Dawn, ich bitte um Nachsicht.« Ich erwiderte sein Lächeln nicht, und er wusste, dass er einen Fehler gemacht hatte.

»Bringt mich an einen freien Platz, wo ich in Ruhe arbeiten kann, Kapitän.«

Er nahm Haltung an und wies auf den linken Durchgang hinter ihm. Ich kam der Aufforderung nach und umrundete den Tisch mit den beiden Schiffern, die mich mit verdeckter Neugierde anglotzten. Der Kapitän schritt voraus und wir gelangten in den angrenzenden Raum, der eigentlich ein langer Gang war, indirekt beleuchtet wie der Raum zuvor. Auf beiden Seiten befanden sich in regelmäßigen Abständen Automatiktüren, die alle bis auf eine geöffnet waren. Die Räume dahinter waren leer. Er führte mich in den Raum neben dem mit der geschlossenen Tür.

»Dawn, der Zugriff ist einfach.« Er deutete auf ein in der Luft schwebendes Holodisplay, welches im Moment nur das langsam rotierende, dreidimensionale Logo der Gilde, ein stilisiertes Leitfeuer, zeigte. Davor stand eine sehr bequem aussehende Liege mit gepolsterten Armlehnen.

»Ihr bedient das Holodisplay mit der Synchro-Steuerung der Liege.«

CORUUM

Ich legte meinen Rucksack neben dem Sitz auf den Boden und nahm Platz. Der Sitz brachte sich unter mir in Position. Ich legte den Arm auf die Armlehne. Als der dort integrierte Sensor meine ID entdeckte, wurde meine rechte Hand vom weichem, blauen Licht der Synchro-Steuerung umspielt.

Es war vergleichbar mit der Bedienungseinheit der Pilotensitze von Gildenschiffen. Ich ließ die Finger spielen und das Logo wurde durch den Hauptindex abgelöst. Ich wählte den Sektor von Ankatarh aus und rief anschließend Systeminformationen über geringfügige Bewegungen meiner Finger im Lichtstrahl ab.

»Ich sehe, Ihr kennt euch mit diesem System bereits aus, Dawn. Darf ich fragen, ob Ihr weitere Hilfe benötigt?«

Er hätte mir sicher gern noch mehr darüber erzählt, aber ich kannte das System durch meine Flugerfahrung im Schlaf.

»Vielen Dank, Kapitän, ich denke, ich komme jetzt allein zurecht.« Ich sah ihn an.

Er verbeugte sich leicht, drehte sich um und verließ den Raum. Ich schloss die Tür mit einer Bewegung meines Daumens und schaltete das Licht aus.

Zeit mir zu überlegen, was ich wissen wollte.

Ich schloss die Augen und atmete ein paar mal tief durch. Sofort erschien mir Kamir und seine unheilvolle Verkündung des abendlichen Treffens. Ich öffnete meine Augen wieder. *Xee.*

Das System erschien, und mit ihm seine Sektoreninformationen und der Stand seiner Entwicklung.

Ein Sektor beschrieb ursprünglich einen würfelförmigen Raumausschnitt mit der Kantenlänge von fünfzehn Lichtjahren. Seit der Entdeckung der Sprungtechnologie im Artefakt von Tektor wurde die Würfeldarstellung durch eine komplexere Darstellung abgelöst, welche den Würfel an den Ecken und Kanten so abrundete, das er flächige Kontaktstellen zu allen seinen 26 umgebenden Nachbarn im Raum bekam. Die Tatsache - die man sich leicht verdeutlichen kann, wenn man versucht, das Ganze nur zweidimensional auf ein Blatt Papier zu zeichnen - dass so ein Körper erst recht nicht dreidimensional ohne weiteres darzustellen ist, wird von der Navigationsphysik berücksichtigt, die es ermöglicht, einen Punkt im Raum mehreren Instanzen gleichzeitig zuzuweisen.

Der Sektor, in dem das Xee-System lag, besaß nur einen einzigen bewohnten Planeten – Xee. Dieser hatte gerade einen Teil seiner Bewohner eingebüßt und einen anderen abgegeben.

Die Statusinformationen des Displays lauteten:

>*Gesamtstatus: Final extrahiert.*
>*Leitender Geheimdienstoffizier: Ashia ad Asdinal*
>*Sektor 305/2235/832, System 1-85, Xee*
>*Extraktionszeit: 30396/8/22*
>*Extraktion: 995000 Exemplare*
>*Technologie Level: unbekannt*
>*Empfänger: Information erfolgt nach Extraktion*

Nun, diese Informationen waren jetzt zumindest teilweise überholt.

Mich interessierten die eigentlichen Hintergründe über den ursprünglichen Empfänger der Exemplare. Ich programmierte einen Schwarm Suchanfragen, hängte ihnen den halbintelligenten Standard-Rumpf des Archivprogramms an und erhöhte die Bearbeitungspriorität auf das Maximum, indem ich den Standard-Rumpf im Rahmen des Legalen etwas modifizierte wodurch die gesamte Suchanfrage sehr illegal wurde.

Dann wartete ich. Die ersten Ergebnisse waren ermutigend. Ich erhielt eine ganze Reihe von Antworten, wer nicht der Empfänger sein konnte. Na ja.

Dann kam der Teil, der durch Verteidigungsprogramme gestoppt worden war, denen meine Autorisierung nicht ausgereicht hatte.

Und dann kam der Hauptgewinn.

>*Xee:*

C O R U U M

>*Kriegerprogramm zur Begegnung der Bedrohung durch die Organisation.*
>*Sektoreninformation: 305/2235/832, System 1-85*
>*Zuchtbeginn: 29225*
>*Zuchtende (geplant): 30402*

Ein Kriegerprogramm! Das erklärte mir, warum ich auf diesen verbissenen Widerstand gestoßen war. Warum hatte mir das keiner gesagt? Hinter dem Wort Organisation blinkten weitere Verweise. Ich rief sie ab.

>*Organisation:*
>*Konsolidierte Schutzmacht der Sieben Königreiche*
>*Sektoreninformation: -*
>*Zuchtbeginn: -*
>*Zuchtende: -*

Das erstaunte mich richtig. Was bedeutete dieser Eintrag? Reichte allein sein Vorhandensein aus, um anzudeuten, dass die Organisation ebenfalls dem Ausleseprogramm des Extraktionscorps entstammte? Mir graute. Das würde bedeuten, dass wir uns unseren größten Widersacher selbst geschaffen hätten.

Allerdings war das nicht sehr wahrscheinlich. Alle wesentlichen Informationen waren nicht vorhanden. Was bedeutete also der Eintrag?

Ein Zischen ließ mich zum Display sehen. Die Zeichen begannen sich aufzulösen. Offenbar hatten meine Suchprogramme ein paar Wächter auf den Fersen. Ich speicherte die Daten in meinen Augenschilden und löschte die Suchanfragen mit einer Fingerbewegung.

Das Display wurde dunkel.

Ich schloss die Augen, verschränkte die Hände hinter meinem Kopf und sah mir die Kopien der Bilder auf den Augenschilden an.

Kriegerprogramm. Die Daten des Zuchtbeginns und der Extraktion passten mit den 1200 Jahren zusammen, die Kamir mir beim Frühstück genannt hatte. Dass es sich um ein Kriegerprogramm handelte, hatte er mit keinem Wort erwähnt – wenn er es überhaupt gewusst hatte.

Ich schaltete auf das nächste Bild und erstarrte, als ich die Analysedaten abrief. Der Querverweis zur Organisation war nicht über den Textteil *Bedrohung durch die Organisation* entstanden, sondern ebenfalls durch den Suchbegriff *Kriegerprogramm*.

Ich aktivierte mit wenigen Handbewegungen das Holodisplay. Das folgende Suchprogramm musste sehr geschickt sein, ich war sicher, die Profile der Programme von vor fünf Minuten waren mittlerweile vollständig wirkungslos.

Nach zehn Minuten hatte ich es. Ich erstellte mit einer Fingerbewegung einhundert Kopien des neuen Programms mit zufälligen Suchbegriffen, um meine Spuren oberflächlich zu verwischen. Dann schickte ich sie los.

Nach ein paar Sekunden wurde ich unruhig. Nicht passierte. Vor meinem inneren Auge konnte ich bereits den Kapitän mit gezogener Waffe auf meinen Raum zu rennen sehen.

Mit einem leisen Surren erschien ein Ergebnis. Es begann sich sofort wieder aufzulösen, kaum dass ich es mit meinen Augenschilden abspeichern konnte. Ich hatte nicht einmal lesen können, was dort nur für Millisekunden gestanden hatte, es war mehr ein Reflex gewesen.

Gleichzeitig hörte ich, wie sich die Tür hinter mir öffnete, und mehrere Personen in den Raum gestürmt kamen.

Einer riss meine Hand aus dem Licht der Synchro-Steuerung, bevor er mit dem Rücken gegen die dahinterliegende Wand krachte. Ein anderer krümmte sich stöhnend am Boden. Mein Tritt in seinen Unterleib hatte gut getroffen.

»*Und Stop!*«

Die Relix-PF-Autocannon des Kapitäns klebte auf meiner Brust und die Hände von zwei weiteren Männern zogen mich unnachgiebig an den Armen zurück auf die Liege.

Sein Grinsen war nicht zu übersehen. Ich beendete meinen Verteidigungsstatus und wartete ein paar Sekunden, bis die in meinem Blut schwimmenden Botenfabriken mit der Ausschüttung des Reflexbeschleunigers aufgehört hatten. Ein leichtes Zittern durchlief meinen Körper.

»So ist es gut, Dawn, wir wollen uns alle beruhigen.«

Die Stimme des Kapitäns war besänftigend. Die Mündung der Relix bewegte sich dabei keinen Millimeter von meinem Brustbein fort. Fluchend erhoben sich die beiden Offiziere vom Boden und rieben sich die Stellen, an denen ich sie mit den gesteigerten Kampfreflexen getroffen hatte.

»Ich will Euch nicht verletzen, Dawn, aber es führt kein Weg an Eurer Festnahme vorbei. Ihr habt Euch unberechtigten Zugang zu geschützten Informationen verschafft. Werdet Ihr Euch ergeben und widerstandslos mit uns kommen oder muss ich Euch betäuben?«

Er sprach im Plauderton zu mir und ich war sicher, er würde beim kleinsten Anzeichen von Gegenwehr leidenschaftlich gern abdrücken.

»Ich würde Euch sehr gerne verletzen, Kapitän, aber ich akzeptiere den gegenwärtigen Vorteil, den Ihr unter Zuhilfenahme dieser Prachtkerle und der Artillerie auf Eurer Seite habt. Ich werde keine Gegenwehr leisten.« Ich zwinkerte ihm zu.

Sein Grinsen wurde breiter, als er die Relix von meinem Brustbein abhob und ein paar Schritte zurücktrat. »Sehr schön. Folgt mir.«

Er ging vor mir aus dem Raum. Als ich mich erhob, traf mich etwas am Hinterkopf und ich verlor das Bewusstsein.

⌒

Das Plätschern von Wassertropfen weckte mich. Mein Kopf dröhnte furchtbar. Das Bewegen der Augen schoss kleine feurige Schmerzblitze durch mein Gehirn.

CORUUM

Ich tippte auf einen Neuronenstripper. Mit sehr schwacher Ladung, sonst könnte ich mich jetzt nicht mehr an meinen Namen erinnern.

Sehr vorsichtig prüfte ich meine Augenschilde. Die Aufnahmen waren noch da. Sie hatten sie entweder nicht entdeckt oder aber für wertlos erachtet. Gebannt starrte ich auf die letzte Kopie. Mein Suchprogramm hatte funktioniert und einen weiteren Eintrag gefunden.

>*Cetna:*
>*Kriegerprogramm zur Begegnung der Bedrohung durch die Organisation.*
>*Sektoreninformation: -*
>*Zuchtbeginn: 30402*
>*Zuc*

Der Eintrag war unvollständig.

Cetna. Das sagte mir gar nichts. Über das Datum ließ sich nachweisen, dass es sich mit hoher Wahrscheinlichkeit um die geplante Fortsetzung der Zucht von Xee handelte, möglicherweise in einer anderen Umgebung und unter anderen Bedingungen.

Also doch keine finale Extraktion, entgegen den Äußerungen von Kamir – sondern ein weiterer Schritt im Reifeprozess.

Die Schutzprogramme waren sehr schnell gewesen. Sie hatten die Nachricht bereits auf dem Transport zum Holodisplay zersetzt. Ich überprüfte die Analysedaten. Es gab noch einen weiteren Verweis. Als ich ihn aufrief, stellte er sich als Hülle dar, der Inhalt war komplett gelöscht.

Immerhin hatte ich ein Fragment. Zu gegebener Zeit konnte ich Fragen stellen oder weitersuchen.

Meine Kopfschmerzen ließen nach. Ich setzte mich langsam auf und blinzelte durch die Augenschilde.

Gedämpftes Licht schimmerte durch dichte farbenfrohe Vorhänge. Das Bett, in dem ich lag, hätte einer ganzen Familie und all ihren Liebespartnern ausreichend Platz geboten.

CORUUM

Eine Tür gab es nicht, nur einen runden Durchgang, der mit leichten, hellen Tüchern verhängt war und ebenfalls etwas Sonne einließ.

Ich robbte an den Rand des Bettes, stellte fest, dass ich unbekleidet war und stand vorsichtig auf. In der Mitte des Raumes plätscherte ein kleiner Brunnen in eine große Badefläche. Das war jetzt genau das Richtige. Ich ging die Stufen zum kühlen Wasser hinunter, setzte mich, hielt die Luft an und tauchte eine Weile unter. Als mein Herzschlag meinen Kopf zu sprengen drohte, kam ich wieder hoch und fühlte mich schon deutlich entspannter.

Ich ließ mich ein paar Minuten treiben und lauschte dem beruhigenden Plätschern des Brunnens.

Eine schöne, dunkelhäutige Frau mit unendlich langen Beinen trat in mein Blickfeld. Ich erhob mich. In ihre schwarzen Haare eingeflochtene Glöckchen klingelten leise, als sie einen Stapel Handtücher neben den Rand der Badefläche und etwas zum Anziehen auf mein Bett legte.

»Kamir und sein Gast erwarten Euch an der Steilküste, Dawn. Etwas zu Essen findet Ihr im Garten auf dem Weg dorthin. Beeilt Euch bitte.« Sie verbeugte sich leicht und verschwand durch die Türöffnung.

Ich trocknete mich ab und besah mir die Kleidungsstücke. Es war leichte, ankatarhsche Kleidung. Ein Gewand, wie es Kamir heute auf dem Markt getragen hatte, Sandalen und Wäsche. Ich schlüpfte hinein. Das Gewand zog sich automatisch über meiner Brust und Taille zur idealen Passform zurecht.

Jetzt würde es losgehen. Ich spürte, wie sich die den ganzen Tag lang unterdrückte Anspannung ihren Weg hinaus bahnte. Entschlossen schob ich den Vorhang zur Seite und verließ den Raum.

Die Dienerin erwartete mich. Wir gingen durch einen tunnelartigen Gang, in dem sich rechts und links mittig jeweils eine Tür befand. Am seinem Ende öffnete sie einen mit einem kräftigen, blauen Tuch verhängten Durchgang in einen Lichtdurchfluteten Innenhof.

CORUUM

Ich war sprachlos. Wir standen in der Spitze eines schiefwinkeligen Dreiecks, dessen Seiten sich vor uns weit öffneten. Eine Vielzahl von kleinen Terrassen unterschiedlicher Höhe und Größe unterbrach die sonst gleichmäßig aus groben Steinen gemauerten Wände des Innenhofes. Torbögen und hohe Fenster führten in kleine Nachbarhöfe.

Im freien Innenraum befanden sich mehrere kleine Springbrunnen mit Statuetten auf Podesten unterschiedlichsten Materials. Bunte Zelte mit im Wind schwingenden Stoffbahnen beschatteten große Kissenlager, die zum Ausruhen einluden. Der ganze Innenhof war übersät von unterschiedlichsten Pflanzen und Blumen, die direkt aus dem Boden oder aus irdenen Kübeln wuchsen. Auf den Terrassen standen Stühle und bequem aussehende Liegen, mit Decken und Kissen überhäuft, im Schatten großer Stoffsegel, von deren Rändern bunte Fransen im Wind wehten. Der Boden war mit einem kurzen, festen Rasen bewachsen, durch den gewundene Steinwege liefen. Ein künstlicher Bach, gespeist aus dem größten Brunnen im Innenhof, plätscherte nach hinten aus der offenen Seite des Dreiecks Richtung Meer.

Meine Begleiterin reichte mir ein Tablett mit einer Auswahl von Getränken. Dankend nahm ich ein – wie ich hoffte – Fruchtgetränk und wandte mich wieder dem schönen Innenhof zu.

Sie wies mit ernstem Blick auf das Funkeln des Wassers in der Ferne. »Sie erwarten Euch dort hinten, Dawn, geht jetzt bitte.«

Ich kniff die Augen zusammen und sah in die angegebene Richtung. Am äußersten Ende zog sich wie eine dünne Linie ein Geländer über die Felsen.

Langsam und widerstrebend setzte ich mich in Bewegung. Auf der Höhe des großen Springbrunnens blieb ich stehen. Kamir hatte seine Vinta ungefähr zweihundert Meter hinter die Klippen der Steilküste gebaut. Ich konnte jetzt das leicht abfallende Land Richtung Meer sehen.

Etwas in mir sträubte sich dagegen, weiterzugehen.

An der Kante der Steilküste sah ich eine weit auseinander gezogene Gruppe von Personen, von denen einige an der unheilvollen Silhouette ihrer matten Exor-Panzeranzüge sofort als Truppen der Unsichtbaren Flotte zu erkennen waren. Nur zwei von ihnen trugen normale Kleidung. Einer davon hob einen Arm und winkte mich heran.

Ich spürte, wie mein Puls sich beschleunigte. Bewusst unterdrückte ich den Reiz, in den Kampfstatus zu wechseln. Ich brauchte jetzt geistige Beweglichkeit, keine körperliche Schnelligkeit.

Ich holte tief Luft und ging möglichst ungezwungen auf die Gruppe zu, wobei ich unauffällig die Soldaten durchzählte. Sechzehn Offiziere und noch ein paar am Rande meiner Sichtweite. Eine beachtliche Leibwache.

Zwei der Offiziere in vollem Exor kamen mir entgegen und ich fühlte das Kribbeln ihrer Scanner, als sie mich nach Waffen durchleuchteten. Sie hielten mich nicht auf. Alle Offiziere des Rodonns trugen ihre Helme mit heruntergefahrenen Visieren. Ich erkannte schwere Laser, IXUS-Railcannons, Luftabwehrraketen und Radareinheiten an ihren Exor-Panzeranzügen.

Kamir kam mir auf halbem Weg entgegen, legte seinen Arm um mich und drückte - wie zur Ermahnung, als wenn das bei der Begrüßung noch notwendig gewesen wäre - fest meine Schulter. Er führte mich zu seinem Besucher, ohne mich anzusehen.

»Cektronn, darf ich dir Ashia ad Asdinal vorstellen?«

Kamir sah sein Gegenüber angespannt an. Ich versuchte die geballte Feuerkraft um uns herum zu ignorieren und mich auf den höchsten Offizier des Gilden-Geheimdienstes zu konzentrieren.

»Ashia, das ist Ten O'Shadiif, Cektronn von Z-Zemothy.«

Ten O'Shadiif reichte mir nicht die Hand. Er war groß, so groß wie ich, nur viel kräftiger gebaut. Der Wind drückte sein helles, weites Gewand an einen straffen Bauch. Er trug seinen Bart so wie Kamir und hatte zusätzlich ein paar Perlenschnüre in die dunkleren Barthaare an den Wangenknochen geflochten. Seine Hautfarbe glich meiner, ein heller Bronzeton mit einem leichten Stich ins Blaue, die ihn als Bewohner des inneren Zentrums identifizierte.

Sein ernstes, längliches Gesicht erschien auf den ersten Blick sehr sympathisch. Klare, grüne Augen fixierten prüfend mein Gesicht und ich hatte kurz das Gefühl, er würde durch meine Augenschilde hindurchsehen, die, durch die direkte Sonneneinstrahlung schwarzgefärbt, meine Augen vor seinem direktem Blick verbargen. Er trug den typischen, kastenförmigen Gildenhut mit dem Leitfeuer als Abzeichen am Hutaufschlag.

»Ich kann nicht sagen, dass ich erfreut bin, Dawn,« sagte er nach einem Moment. Er verbeugte sich leicht, der Etikette entsprechend, ohne jedoch den Blickkontakt abreißen zu lassen. Ich atmete leicht auf. Für mich war das ein erstes positives Zeichen.

»Nur meine langjährige Verbundenheit meinem Freund Kamir gegenüber verschafft Euch diese Gelegenheit. Er forderte die Begleichung einer Schuld ein, was für ihn so untypisch ist, dass ich beschloss, mich persönlich um die Sache zu kümmern.«

Sein Blick ruhte fest auf mir.

»Schaltet Eure Schilde ab, Ashia. Ich schätze keine Maskerade bei solchen Themen.« Ten O'Shadiif drehte sich dem Meer zu.

Ich deaktivierte die Schilde und kniff die Augen gegen das über mich einbrechende Sonnenlicht zu. Schweigend blickten wir auf das zwei Kilometer unter uns ruhende Meer hinab.

Ein gutes Stück entfernt schwebte ein Antigravitationspanzer. Er befand sich knapp oberhalb der Schattengrenze der Steilküste, welche die in meinem Rücken untergehende Sonne auf die dunkelgrüne Wasseroberfläche warf. Dort, wo die Sonne auf das Wasser traf, warfen die Wellenberge funkelndes Licht zurück. Dünne, weiße Linien deuteten auf Schaumkronen hin. Vereinzelte Punkte von unter uns vorbeiziehenden Ausflugsschiffen zogen Gischtstreifen hinter sich her. Darüber, leicht unter der Steilküste, aber in respektvollem Abstand zum Antigrav-Panzer, zischten kleine Flugboote durch die Abendstimmung.

»Was habt Ihr heute in den Archiven gesucht?« Seine Frage war direkt und sein Ton war unmissverständlich.

»Ich habe versucht, herauszufinden, warum meine Extraktion auf Xee schief gelaufen ist.«

Kamir rührte sich nicht und betrachtete mit äußerer Gelassenheit die umher fliegenden Boote.

»Ihr glaubt, es könnte weitere Gründe neben Eurem dilettantischen Versagen geben?« Die Stimme des Cektronns war messerscharf. Er sah mich von der Seite an.

Als ich darauf nicht sofort antwortete, blickte er wieder über das Meer.

»*Was* habt Ihr gefunden, Dawn?«

Ich zögerte einen Moment. Als er mich erneut ansah, antwortete ich ihm: »Warum stand in meinen Extraktionsbefehlen nichts von einer Kriegerkultur, die auf Xee herangezogen wurde, Toreki?«

Einen Moment lang passierte nichts. Kamir zeigte mit keiner Regung, ob ihm die Frage überraschte. Ten O'Shadiif blickte weiter teilnahmslos über das Meer. Der Antigrav-Panzer flog Schleifen und verscheuchte ein paar neugierige Touristenboote.

»Ich bewundere Eure Zielstrebigkeit, Dawn!« Er sprach, ohne mich anzusehen.

»Es wurde in Euren Befehlen nicht erwähnt, weil es niemand mehr wusste.«

Er machte eine Pause, um das Unglaubliche wirken zu lassen.

»Die Informationen, die Ihr im Archiv gefunden habt, waren vorher nicht auffindbar gewesen. Der Farmplanet Xee galt als Arbeitskolonie, die Extraktion sollte die Kultur in die Tektor-Region zur Erforschung von zwei neuen Planeten bringen, die wir gerne unter unsere Kontrolle bringen würden.«

Ich sah ihn fassungslos an. Er erwiderte den Blick eisig. Die Bartperlen an seinen Wangen zuckten, als er die Zähne zusammenpresste.

»Wie Ihr festgestellt habt, sind die Kopien in Euren Augenschilden gelöscht worden. Unsere Spezialisten haben in den Kopien einen verschlüsselten Hinweis gefunden, der eine Querverbindung zu einer Nachricht herstellt, die das Corps gestern empfangen hat.«

Ich ließ mir meine Überraschung nicht anmerken. Sie hatten den Speicher meiner Augenschilde *nicht* gelöscht. Was ging da vor?

»Von was für einer Nachricht sprecht Ihr, Toreki?«

»Es handelt sich um einen weiteren Farmplaneten, über den wir ebenfalls – so hat es zumindest den momentanen Anschein – Informationen verloren haben.«

Er presste die Worte zwischen seinen Zähnen hervor, als wären es ungenießbare Früchte.

Kamir begann langsam auf und ab zu gehen. Ich blieb bei Ten O'Shadiif stehen. Er sah Kamir nach, wie er sich ein Stück von uns entfernte.

»Die Absenderinformationen dieser Nachricht decken sich mit den verschlüsselten Informationen Eurer Suchergebnisse im Archiv.«

Sein Blick verfolgte Kamir, der langsam zurück in Richtung der Vinta ging.

»Der Fund dieser Informationen sollte Euch nicht darüber hinwegtäuschen, dass Ihr und euer Rodonn auf Xee jämmerlich versagt habt, Dawn.« Sein Ton wurde wieder schärfer. Ich blickte ihn kurz an.

»Ich verlor bei ihrem ersten Angriff siebenundsechzig Mann und vier Landefähren. Die Kultur konnte zwei weitere Fähren erobern und versuchte mit ihnen das Flaggschiff anzugreifen. Als meine Verstärkung kam, bombardierten sie die Landezone mit taktischen Atomwaffen. Wir hatten weitere Verluste. Ich

drohte die Kontrolle zu verlieren. Ich musste zurückschlagen.«
Ich brach meine spontane Verteidigung ab und verstummte.

Ten O'Shadiif schwieg eine Zeitlang.

»Ich bin mit allen Details vertraut. Es ändert nichts an Eurem Versagen. Ihr wurdet daraufhin ausgebildet, in allen Situationen die Kontrolle zu behalten. Ihr wart zu leichtgläubig, was den Zivilisationswächter angeht, und Ihr habt den schweren Fehler begangen, ihn nicht an Bord Eures Schiffes zu befragen, sondern auf dem Planeten, wo er in seiner Umgebung war und Ihr den Zustand seiner Konditionierung nicht ausreichend überprüfen konntet.«

Er wischte meinen Ansatz einer weiteren Verteidigung mit einer ungeduldigen Handbewegung zur Seite.

»Schweigt!«

Er hatte Recht. Es war mein größter Fehler gewesen, dem Zivilisationswächter zu vertrauen.

Stille trat ein, in der nur das leise Rauschen unserer weiten Gewänder im Wind zu hören war. Nach endlosen Minuten drehte sich Ten O'Shadiif wortlos um und folgte Kamir in Richtung der Vinta.

Ich stand mit meinen Gedanken allein. Was kam nun? Die Offiziere seines Rodonns hatten sich unbemerkt bis auf wenige Meter genähert und sahen mich bewegungslos durch die Außensensoren ihrer geschlossenen Visiere an.

Ich versuchte, sie nicht zu beachten und mir nicht vorzustellen, was ihre Railcannons mit mir machen könnten. Ich beobachtete den Cektronn.

Auf der Hälfte der Strecke blieb er stehen und drehte sich um. Er winkte mir, ihm zu folgen.

Etwas löste sich in mir, ich hatte es überstanden.

Ich musste mich zusammenreißen, um nicht zu rennen. Er ging in die Richtung einer der vielen Terrassen, auf der bereits drei Offiziere seines Rodonns warteten und auf der sich auch Kamir befand. Die übrigen Angehörigen seiner Leibgarde umringten uns mit Abstand, auch aus der Luft. Wir gingen – jeder seinen Gedanken nachhängend - langsam über den Rasen in den windgeschützten Bereich der Vinta.

Ein großer runder Tisch war für zwei Personen mit vielfältigem kostbarem Geschirr sowie Schalen voller Obst gedeckt. Ten O'Shadiif nahm an der einen Seite Platz. Kamir saß bereits auf der anderen. Ich blieb stehen.

Ten O'Shadiif nahm sich mit einer bedächtigen Bewegung eine reife, dunkelrote Traube von einer Obstschale, die auf einer kleinen Säule in seiner Reichweite stand. Mehrere schwere Ringe an seiner Hand brachen das schräg einfallende Licht der untergehenden Sonne in das gesamte Farbspektrum. Sie wirkten an seiner großen Hand nicht übertrieben und fügten sich in sein üppiges Gesamtbild ein.

Ein Diener schenkte ihm ein geringe Menge Wein in ein großes Glas. Der Cektronn probierte wie abwesend und der Diener füllte das Glas knapp zu einem Drittel.

»Wisst Ihr, Ashia,« er nannte mich jetzt zum ersten Mal bei meinem Namen meldete mir mein Unterbewusstsein, »ich kann Euch nicht für Euer Versagen auf Xee bestrafen, wenn auch nur die geringste Möglichkeit besteht, dass ich selbst einen Fehler gemacht habe.« Er stellte das Glas mit einer konzentrierten Bewegung wieder auf den Tisch.

»Auf der anderen Seite seid Ihr im Archiv durch nicht – autorisierte Recherche auf etwas gestoßen, was Ihr nie hättet finden dürfen.« Er sah mich an. Kamir blickte abwesend vor sich hin.

»Das Kriegerprogramm des Zentrums ist eines der größten Geheimnisse unserer Zeit. Ihr habt jetzt einen Blick darauf geworfen und das bedeutet, Ihr gehört dazu oder Ihr werdet sterben.«

Hinter mir hörte ich ein Geräusch, das mir das Blut gefrieren ließ. Das charakteristische Aktivierungssummen einer Railcannon. Ich drehte meinen Kopf langsam nach rechts, bis ich in die dreieckige Mündung sah, die oberhalb des Panzerhandschuhs eines der Rodonn-Offiziere aus dem Anzug ragte.

»Wollt Ihr sterben, Ashia?«

So standen wir eine halbe Ewigkeit, in der die wildesten Szenen von Flucht und Entkommen vor meinem inneren Auge abliefen. Ich machte mir keine Illusionen.

Es bestand keine Chance. O'Shadiif meinte es ernst. Der Rodonn-Offizier stand so zu mir, dass das Gewebe meines platzenden Kopfes nicht die Gewänder von Kamir oder des Cektronns beflecken würde.

Ich fügte mich meinem Schicksal. Kamir blickte mit zum Zerreißen angespannter Kiefermuskulatur starr geradeaus.

»Nein, Toreki, das habe ich noch nicht vor!«, brachte ich heiser hervor.

Eine unmerkliche Handbewegung von Ten O'Shadiif ließ die Railcannon verschwinden.

»Dann habe ich jetzt einen Auftrag für Euch, Dawn.«

CORUUM

4 Donavon

Guatemala, Region um Flores
9. - 17. September 2014
30396/8/29 SGC

Mein Flug landete mit zwei Stunden Verspätung in Mexiko-City. Der Kapitän hatte uns vor dem Landeanflug darauf aufmerksam gemacht, dass die dunkle Bewölkung, die wie eine graue Metallplatte über der Stadt lag, nicht aus Wasserdampf, sondern aus Russpartikeln bestand.

Ich war dadurch ein wenig besser vorbereitet auf die schmutzige, feuchtwarme Luft, die schmeckte, als wäre sie bereits einige Male von großen Industrieschloten geatmet worden. Trotzdem konnte ich einen leichten Reizhusten nach den ersten paar Atemzügen nicht unterdrücken. Nach dem Aufenthalt in der klimatisierten, sauberen Kabinenatmosphäre des Airbus 380 widerstand ich beim Heraustreten auf die Gangway dem Impuls, die Luft anzuhalten. Die Sonne hatte größte Mühe, durch den Smog hindurch den Boden zu erreichen, obwohl sie fast senkrecht über dem Rollfeld stand. Ein diffuses, graurotes Dämmerlicht erzeugte das Bild einer gedämpften Endzeit-Stimmung.

Ich beeilte mich, mit wenigen Atemzügen der schwülwarmen Luft ein bereits am Fuße der Gangway wartendes Taxi zu erreichen und schloss schnell hinter mir die Tür, während das Bodenpersonal noch nach meinen Koffern suchte.

Ich schaltete mein Computertelefon ein und erhielt als erstes eine Empfangsbestätigung von Karen. Das Sekretariat der Universität hatte während meines Fluges ganze Arbeit geleistet und ihr meine Reiseplanung übermittelt.

Karen bat mich in ihrer Mail, schnellstmöglich nach Flores zum derzeitigen Stützpunkt des Ausgrabungsteams zu kommen. Alles weitere sei bereits organisiert.

Das Flughafen-Taxi brachte mich ohne Umwege zu einer startbereiten Gulfstream auf einer Parkposition am Rand des Rollfeldes, neben der ein offiziell aussehendes Fahrzeug parkte. Ich ging zügig an Bord, wo mich der Zollbeamte erwartete. Er stellte mir ein paar Standardfragen, stempelte meinen Pass und hatte es anschließend sehr eilig, zurück in sein Fahrzeug zu kommen.

Fergus' Institut – oder Karen – musste eine Menge Druck erzeugt haben, denn der gesamte Transfer dauerte nicht einmal zehn Minuten. Außer mir war nur die Besatzung im Flugzeug. Ein kühlendes Mineralwasser in der Hand, starteten wir, kaum dass der Zollbeamte davongefahren war.

Fergus' Informationen hatten einige Details zur Stadt mitgeliefert. Demnach war Flores ein kleiner Ort, auf einer durch eine schmale Brücke mit dem Festland verbundenen Insel inmitten des Sees Petén Itzá. Als Ausgangspunkt für Touristenausflüge zu den in der Umgebung liegenden Maya-Metropolen, vor allem Tikal, besaß er die erforderliche Infrastruktur, um auch als Basis für die möglicherweise neue Ausgrabung zu dienen.

Flores lag im Bundesstaat Petén in Guatemala, von allen Seiten vom Regenwald umgeben. Von dort waren es ungefähr 180 Kilometer ostwärts bis zur karibischen Küste.

Auf einem beiliegenden Digitalfoto war die schmale Brücke zu erkennen, welche die Stadt mit dem umliegenden Festland verband. Der kleine Flughafen lag fast mittig zwischen der Stadt und Karens Ausgrabungsstätte.

Der Flug nach Flores dauerte keine Stunde.

Die Luft bei meiner Ankunft war deutlich besser und der strahlend blaue Himmel zeigte die heruntergekommenen Flughafengebäude wenigstens in einem gutem Licht. Die Gulfstream war das größte Flugzeug auf dem Rollfeld und erhielt die entsprechende Behandlung. Mein Gepäck und ich wurden ohne Verzögerung in einen wenigstens fünfundzwanzig Jahre alten Ford Taurus unbestimmter Farbe verladen, der sich als Taxi zu erkennen gab und sich zügig auf der Hauptstraße in Richtung Inselstadt in Bewegung setzte.

Trotz der langen Reise fühlte ich mich entspannt und frisch. Eine große Befriedigung, das Büro hinter mir gelassen zu haben und wieder an die Feldarbeit gehen zu können, erfüllte mich. Mittelamerika war zwar nicht meine bevorzugte Gegend für Ausgrabungen, doch war das Thema diesmal außergewöhnlich spannend, und die Aussicht, Karen zu treffen, hätte mich auch motiviert, in der Antarktis mit ihr zusammen zu arbeiten.

Ich war ein wenig enttäuscht, als das Taxi nicht über die Brücke auf die Insel fuhr, sondern vorher in eine Uferstraße einbog und nach einigen hundert Metern vor einem schmucklosen Komplex aus mehreren kleinen und einem vierstöckigen Gebäude anhielt.

An der Hotelrezeption des Maya International, die in dem großen Gebäude untergebracht war, hatte Karen eine Nachricht für mich hinterlegt. Darin bat sie mich, gegen 17 Uhr abfahrbereit in der Hotellobby auf sie zu warten. Ich sah mich um. Die Lobby war nicht besonders groß. Etwa vier Sessel, ein kleiner Tisch und die Rezeption teilten sich einen mittelgroßen Raum. Ich würde sie nicht verfehlen.

Ich bestellte mir etwas zu essen aufs Zimmer und zog ein.

Mein Zimmer lag im vierten Stock des Hauptgebäudes und bot mir einen schönen Ausblick auf die Inselstadt und einen bequemen Ledersessel. Ich sprang unter die Dusche und zog mich anschließend um.

Als meine Bestellung kam, stellte ich sie auf den Tisch, rückte den Ledersessel so, dass ich beim Essen aus dem Fenster sehen konnte und sichtete das weitere Material, welches Fergus mir über das Institut zugeschickt hatte. Es war eine aktuelle Zusammenstellung der verfügbaren Informationen über die Umgebung der Fundstätte, inklusive eines auf den ersten Blick sehr vollständig erscheinenden Kartensatzes hoher Auflösung. Um kurz vor fünf schob ich alles auf dem Tisch zusammen und ging hinunter.

Karen wartete bereits.

In ihrer dem Klima angepassten Arbeitskleidung sah sie einfach hinreißend aus. Sie trug kein Gramm zuviel mit sich herum, hatte eine gleichmäßig braune Haut und eine tadellose Figur. Sie war einen guten Kopf kleiner als ich und stellte sich zur Begrüßung auf die Zehenspitzen, um mir einen Kuss auf die Wange zu geben.

»Ich bin so froh, dich zu sehen, Donavon!«

»Aye!«

Verschmitzt lächelnd wie ein Teenager bei der ersten Verabredung, zog sie mich an der Hand aus der Lobby in Richtung eines alten VW Passat, den sie neben dem Hotel geparkt hatte.

Dort ließ sie meine Hand los, um den Wagen an der Fahrerseite aufzuschließen. »Steig ein. Wir fahren ins Institut.«

Ich öffnete die Beifahrertür und hob einige Pappkartons und etikettierte Beutel vom Sitz auf die zu einer Fläche mit dem Kofferraum umgelegte Rückbank, die mit weiteren beschrifteten Päckchen und Beuteln gefüllt war, und stieg ein.

Ich sah sie an. »Ich platze vor Neugier, Karen. Wie geht es dir? Wie läuft die Ausgrabung?«

Mit einem Seufzen verzog sie die Mundwinkel und startete den Wagen.

»Insgesamt gut, Don. - Du weißt, wenn ich etwas ausgraben kann, geht es mir meistens gut.« Ein Lächeln huschte über ihr Gesicht.

»Allerdings hatten wir die letzten Tage große Schwierigkeiten. Wir kamen mit der Lösung des Wasserproblems nicht so recht voran. Es hat stark geregnet und der Wasserspiegel in der Höhle ist wieder gestiegen. Wir konnten die Stele zwar vermessen, aber noch nicht bergen. Morgen machen wir den nächsten Versuch, wenn alles klargeht.«

»Und was ist dein Eindruck. Was habt ihr gefunden?«, fragte ich sie gespannt.

Karen lächelte vor sich hin. »Eine gute Frage, Don.« Sie bog schwungvoll auf die Hauptstraße Richtung Brücke ein.

»Ich kann es dir noch nicht hundertprozentig sagen. Es ist für mich klar, dass es sich um einen sehr alten und sehr großen Ballspielplatz handelt. Die gefundenen Überreste von zwei Torringen sind ein deutlicher Beweis dafür.

Solche Plätze hatten bei den Maya immer eine hohe religiöse Bedeutung. Daher vermutete ich von Beginn an sehr stark, dass dieser Platz nicht isoliert in der Landschaft existierte, sondern von einer Stadt umgeben war.«

»Und wir haben in der Höhle um den Ballspielplatz herum tatsächlich die Ansätze großer Fundamente gefunden – im wesentlichen breite Treppenansätze – aber durchaus vergleichbar mit der Anordnung, wie in Tikal der große Platz von den Tempelpyramiden der zentralen Akropolis umgeben ist.«

Karen warf mir einen kurzen Blick zu und konzentrierte sich auf die Brücke, die jetzt direkt vor uns lag. Die Brücke war ursprünglich einspurig gebaut worden. Mittlerweile war sie, um dem zunehmenden Verkehr gerecht zu werden, auf zwei Fahrspuren erweitert worden, welche aus breiten Holzbohlen bestanden, von denen etliche zum Teil oder vollständig fehlten. Ich versuchte die Wassertiefe abzuschätzen und vergewisserte mich, dass mein Seitenfenster geöffnet war, um im Notfall die Tür unter Wasser schnell aufstoßen zu können.

Karen hing ihren Gedanken nach, nahm meine vorübergehende Beunruhigung nicht zur Kenntnis.

»Die Umgebung der Grabungsstelle ist hügelig und bewachsen, wie alles hier um den See herum, mit Ausnahme des Flughafens. Die Treppenansätze könnten durchaus zu verschütteten Gebäudestrukturen gehören. Platz ist da genug.

Irritierend ist nur die unmittelbare Nachbarschaft zu Tikal – es sind nur knapp dreißig Kilometer bis ins Stadtzentrum. Das wäre für damalige Verhältnisse relativ dicht zusammen gewesen. Normalerweise siedeln nur verbündete Städte im gleichen Königreich so nah beieinander.«

Sie schwieg nachdenklich und ich hielt kurz die Luft an, als uns ein alter LKW aus der Gegenrichtung fast von der Brücke gedrängt hätte.

Fear no fear! Dachte ich bei mir an den Schlachtruf meines Clans.

»Warum sollten sie nicht verbündet gewesen sein?«, fragte ich sie.

»Die Inschrift auf der Stele, die wir in der Höhle gefunden haben. Es sind zwar Emblemhieroglyphen dargestellt – die haben bei den Maya der Klassik Städte und ihre Herrscher identifiziert – jedoch ist die dargestellte Hieroglyphe für die Stadt vollkommen unbekannt.

Es ist einfach sehr unwahrscheinlich, Don, dass wir mitten in Petén auf eine neue Stadt stoßen, auf die es vorher keinerlei Hinweise in anderen Städten gegeben hat, vor allem, wenn sie so nahe bei Tikal gelegen hat.«

Wir erreichten die Insel und Karen beschleunigte das Tempo. Die Häuser am Straßenrand waren alt, aber farbenfroh. Die Bürgersteige waren mäßig belebt, überwiegend von älteren Leuten. Läden gab es kaum, ein paar Cantinas mit dürren Holzstühlen auf dem Bürgersteig davor, gruppierten sich locker an einer Kreuzung, mit den entsprechenden Machismos besetzt, die der attraktiven Gringa am Steuer mit klickenden Augäpfeln hinterher sahen.

Wir bogen einige Male ab und fuhren durch die mit Schlaglöchern übersäten Seitenstraßen. Karen bremste etwas schärfer, um einem vor uns abbiegenden Kleinlaster auszuweichen, und rief ihm auf spanisch einen Fluch hinterher.

»Natürlich besteht immer die Möglichkeit,« riss sie mich aus meinen Gedanken, »dass es wirklich eine neue Stadt ist. Die Querverweise auf den entzifferten Stelen anderer Städte verweisen überwiegend auf Städte, die zur gleichen Zeit existiert haben. Es besteht die Möglichkeit, das diese neue Stadt älter oder jünger ist als zum Beispiel Tikal.«

Karen bog erneut ab, und das Straßenpflaster wurde abermals rauer und glich jetzt eher einem Feldweg mit vereinzelten Steinen.

Wir kamen auf einem kleinen, von einem baufälligen Holzzaun beschützten Parkplatz zum Stehen. Einige Fahrzeuge aus unterschiedlichen Zeitaltern hockten hier herum, passend zum Gebäude. Es war im spanischen Kolonialstil erbaut und musste ursprünglich sehr beeindruckend gewesen sein, sicher eines der größten Häuser in der Stadt. Jetzt war es notdürftig erhalten und bedurfte neben massiven Reparaturen wenigstens eines neuen Anstrichs. Meterlange Risse zogen sich durch Teile des Mauerwerks, und etliche Glasscheiben waren blind oder fehlten.

»Das ist der *momentane* Außenposten des Archäologischen Instituts.« Karen sah mich entschuldigend an. »Allerdings glaube ich nicht, dass sich das in naher Zukunft ändern wird. Ich habe hier immerhin in zwei Räumen unser derzeitiges Ausgrabungsbüro mit unterbringen können.«

Wir betraten das Gebäude durch einen Seiteneingang und stiegen eine Treppe mit ausgetretenen Stufen in den dritten Stock empor. Es schien relativ verlassen am frühen Abend.

Am Ende eines Flures betraten wir einen großen Raum, der hell erleuchtet war und dessen Wände förmlich mit Papier tapeziert waren. In der Mitte standen drei Schreibtische in einer Gruppe zusammen, auf denen altmodische Bildröhrenmonitore wie Gipfel aus Papierbergen herausragten. Vor einem der Monitore saß ein drahtiger, junger Mann mit zerzausten braunen Haaren, indianischen Gesichtszügen und durchtrainierter Statur. Er trug eine abgeschnittene Jeans und ein braunes T-Shirt, und tippte eifrig auf seiner Tastatur herum.

»Hallo Raymond,« begrüßte Karen ihn, »darf ich dir Dr. MacAllon vorstellen?«

Raymond sprang auf und kam mir mit zwei großen Schritte entgegen, wobei ich auf seinem T-Shirt eine boshaft grinsende Mayahieroglyphe erkannte, welche das Konterfei des Regengottes Chaak darstellte.

»Ich freue mich, Sie kennen zu lernen, Monsieur,« sagte er, wobei er tadellose Zähne entblößte und mir die Hand reichte. »Wir alle haben schon viel von Ihnen gehört. Besonders Ihre Abhandlungen über die Zahlen- und Ziffernsysteme der mittelamerikanischen Kulturen sind hier Standardwerke.« Mit einer Geste fasste er alle Arbeitsplätze des leeren Raumes zusammen. Er strahlte mich an, als hätte ich ihm gerade die

Nachricht über den Hauptgewinn der staatlichen Lotterie überbracht.

Ich nickte ihm zu. »Raymond, die Freude ist ganz meinerseits. Ich kann im Moment gut eine Zeitlang ohne die Abhandlungen und den Vorlesungssaal auskommen.«

»Das wird uns helfen, Don.« Karen sah Raymond an. »Raymond ist uns vom Archäologischen Institut Toulouse ausgeliehen worden. Er leitet das Taucherteam in der Höhle und hilft mir, wo es nur geht. Ich wüsste nicht, was ich ohne ihn tun sollte. Er hat beim ersten Tauchgang auch die Stele im Schlamm entdeckt und damit erst richtig für Aufregung gesorgt.«

Raymond grinste mich an. Karen war sonst wohl nicht so großzügig mit ihren Komplimenten.

Sie winkte mich zu ihrem Schreibtisch, der Kopf an Kopf mit dem von Raymond stand. Aus dem Nachbarraum holte sie einen langen, dünnen Kunststoffzylinder, von dem sie eine Seite aufschraubte. Heraus zog sie ein großes, leicht bläuliches Kunststoffpapier, das sie auf ihrem Schreibtisch zu DIN A0 ausrollte und mit der abgegriffenen Computermaus, einem Locher und dem Fuß einer gusseisernen Schreibtischlampe aus den zwanziger Jahren des vorherigen Jahrhunderts beschwerte, um es am Zusammenrollen zu hindern.

»Sieh hier. Das ist der aktuelle Lageplan des Ballspielplatzes im Gelände.« Sie fuhr mit dem Zeigefinger über ein zentral gelegenes, lang gezogenes Rechteck. »Er ist vollständig verschüttet, besitzt aber einen großen Hohlraum, der wiederum zur Hälfte mit Regenwasser gefüllt ist, das nur sehr langsam in den knapp darunter liegenden Grundwasserspiegel ablaufen kann.

Den Platz haben wir in der Höhle vermessen. An diesen beiden Seiten sind Reste von Fundamenten großer Strukturen, hier an der Nordseite sogar Treppenstufen zu erkennen. Die vierte Seite, Süden, war wie es scheint ursprünglich offen. Die Höhlendecke erreicht hier den Boden.« Karen deutete auf die jeweiligen Seiten des Rechtecks. »Ein sehr gut erhaltender

Torring aus massivem Kalkstein befindet sich hier an der Westseite in einer über vier Meter hohen, leicht nach außen geneigten Mauer aus ebenfalls großen Kalksteinblöcken, die gleichzeitig die Funktion einer Tribüne hatte. Genau gegenüber vor der Ostwand liegen Teile eines identischen Torrings zerbrochen im Schlamm.«

Karen deutete auf ein Oval in einer Hälfte des Rechtecks.

»Auf der Längsachse des Platzes, etwas seitlich der Mitte, haben wir die Stele im Schlamm gefunden. Etwa dreißig Meter vom einzigen Zugang zur Höhle entfernt, der hier in der Decke liegt. Diese dicke Linie kennzeichnet den Verlauf der Straße von Flores nach Tikal, die genau über den nördlichen Rand des Ballspielplatzes verläuft. Innerhalb dieses Kreises wird zur Zeit der Boden abgetragen, um eine größere Öffnung zu bekommen, durch die wir die Stele heben können. Hier hinten versuchen wir ein Loch in den Boden zu bohren, um einen weiteren Abfluss für das Höhlenwasser nach unten in das Grundwasser zu bekommen.«

»Den Ansätzen der Ausmaße dieser Gebäudestrukturen folgend, kommen wir in einer Hochrechnung - zugegeben sehr grob - auf eine Stadt, die von der Größe her Tikal durchaus entsprechen kann.« Raymond drehte seinen Monitor so, dass wir die Grafik auf dem Bildschirm sehen konnten. Dort waren die Eckpunkte des Platzes und seiner umgebenden Fundamentreste digital erfasst und mit Vergleichsstrukturen anderer Mayastädte ergänzt worden.

»Wo immer ein Ballspielplatz dieser Größe und Anordnung gefunden wurde, gab es weitere Gebäude in der unmittelbaren Umgebung. Die Maya haben immer in Komplexen gebaut«, erklärte er.

»Zwillingspyramiden waren bedeutende Gebäudekomplexe, die von den Maya nur alle zwanzig Jahre für einen vollendeten Kalenderumlauf des Katuns errichtet wurden. Wo es eine Zwillingspyramide gab, gehörten auch immer große, rechteckige Basisterrassen dazu.

Wo eine Akropolis gefunden wurde, gab es wenigstens einen Zwillingspyramidenkomplex, usw. Alle Strukturen waren rechtwinkelig und hatten quadratische oder rechteckige Grundrisse. Selbst die konservativste Hochrechnung ergibt für diesen Komplex eine Stadt mit wenigstens fünfzigtausend Einwohnern. Ihre Ausläufer müssen sich bis zu den Ufern des Petén Itzá erstreckt haben.« Raymond verschob das Computerdiagramm auf dem Bildschirm bis zum See.

»Was wir zur Zeit überhaupt noch nicht verstehen, ist der Grund und die Ursache ihrer Zerstörung und Verschüttung.« Er trat wieder zu uns an den Plan und deutete auf einen eingezeichneten Hügel an der Ostseite des Ballspielplatzes.

»Ich würde zu gern hier graben, um festzustellen, ob darunter noch Gebäudereste zu finden sind. Ich bin sicher, dort stand eine mächtige Tempelpyramide, vergleichbar mit der Zentralakropolis in Tikal, möglicherweise sogar größer, wenn wir, wie in der Computersimulation, die Längsseite des Platzes als Ausgangslinie nehmen, wo sie nach der üblichen Analogie der Tempelanordnungen beginnen müsste. Einen quadratischen Grundriss zugrunde gelegt, entspräche das genau den Proportionen des Hügels hier.«

»Das Sonderbare an dem Fund ist, dass die Gebäudereste regelrecht verschüttet wurden. Alle anderen Maya-Städte, die in den letzten hundertfünfzig Jahren gefunden wurden, waren vom Regenwald verschluckt worden, nachdem die Bevölkerung sie verlassen hatte. Nicht eine lag unter der Erde, so wie diese.« Karen deutete auf die skizzierten Umrisse der Hügel.

»Hinzu kommt, dass diese Hügel - sofern wir einmal unterstellen, dass sie andere Strukturen verbergen - viel zu flach sind im Verhältnis zur ursprünglichen Grundfläche ihrer Gebäude. Diese hätten fast bis auf die Grundmauern abgetragen worden sein müssen, um sich in diesen Hügeln zu verstecken«, sagte sie mit einem Seitenblick auf Raymond.

»Wenn du mich fragst, was da passiert ist,« - fing sie meine auf den Lippen liegende Frage ab - »entweder wurde die Stadt Stein für Stein abgebaut - wovon ich noch nie zuvor in dieser Größenordnung gehört hätte – oder eine gewaltige Explosion hat sie regelrecht weggeblasen.«

Ich runzelte die Stirn und Raymond blickte unter heruntergezogenen Augenbrauen hervor.

»Eine Explosion? Wodurch hervorgerufen? Es gibt keine vulkanischen Aktivitäten in dieser Region«, sagte Raymond. »Und warum hat dann Tikal davon nichts abbekommen?«

»Das können wir nicht wissen. Möglicherweise hat es was abbekommen, nur wurde Tikal im Gegensatz zu dieser Stadt wieder aufgebaut.« Karen wollte noch nicht von ihrer Idee loslassen.

»Ich glaube, wir lösen dieses Rätsel nicht, bevor wir ein paar weitere Strukturen untersucht haben, und vor allem nicht, bevor wir die Analysen der Bodenproben haben.« Raymond holte sich seinen Kaffeebecher.

Karen sah mich an. »Und du? Wie weit bist du mit den Abschriften der Stelenhieroglyphen gekommen, Don?«

Ich zog mir den Stuhl vom dritten Schreibtisch heran und setzte mich neben Karen. Raymond kam mit seinem Stuhl zu uns rüber. Aus meiner Jackentasche holte ich einen Umschlag mit zwei gefalteten Faxkopien hervor und breitete sie auf dem Lageplan aus. Die Hieroglyphen auf dem Papier waren in der für Maya typischen zweispaltigen Schreibweise übereinander angeordnet. Durch die Übertragung hatten sie an Detailtiefe verloren, waren für meine Zwecke jedoch noch ausreichend gewesen.

»Waren das alle Hieroglyphen auf der Stele?«, schickte ich als Gegenfrage vorweg.

Karen nickte. »Alle, die in ihrer jetzigen Position sichtbar waren. Wie gesagt, sie liegt schräg im Schlamm. Was für ein Glück, dass sie nicht zerbrochen ist. Ich habe nie eine schmucklosere Stele gesehen. Wir deuten das für ein Zeichen größter Eile bei ihrer Errichtung.«

»Oder für ein Zeichen größter Bedeutung der auf ihr dargestellten Informationen!«, warf ich ein.

Karen sah mich mit offenem Mund an. »Wieso? Hast du etwas entdeckt?

Ich lächelte: »Gut, dann will ich euch meine Hypothesen – so weit sie gediehen sind – einmal vorstellen.«

Ich nahm das erste Blatt mit der oberen Hälfte der Hieroglyphen zur Hand und deutete mit dem Zeigefinger auf die relevanten Stellen.

Die Hieroglyphen der Maya bestanden aus zusammengesetzten Bildchen, die, jedes für sich, in eine meist quadratische Form hineinpassten und eine eigene Aussage hatten. Besonders wichtige Bildchen wurden von mehreren kleineren Bildchen am linken und oberen Rand eingerahmt, zu verstehen als kleine Erläuterungen zum Hauptbild. Jedes Bildchen erzählte sozusagen einen Teil einer Kurzgeschichte. Die gesamte Geschichte ergab sich aus der richtigen Übersetzung aller großen und kleinen Bildchen.

Gegenüber unserer alphabetischen Zeichensprache, in welcher der einzelne Buchstabe überhaupt keine Bedeutung hat, sondern diese erst aus dem Zusammensetzen von einzelnen Buchstaben zu Worten und aus Worten zu Sätzen entsteht, enthielt jede Glyphe der Maya eine eigene Aussage.

Diese konnte durch die Kombination mit anderen Glyphen variieren, was ihre Entzifferung deutlich erschwerte. Aufgrund der geringen Anzahl verfügbarer Übersetzungen und erhaltener Originalaufzeichnungen (die Spanier waren auf ihren Eroberungszügen in Mittelamerika bei der Vernichtung von Schriftgut sehr gründlich vorgegangen) war die Übersetzung der Hieroglyphen lange Zeit nur sehr schleppend vorangekommen.

Die Hieroglyphen-Paare auf dem Papier waren zeilenweise untereinander geschrieben.

»Wenigstens haben sie sich die Zeit genommen, die Stele zu unterschreiben,« fuhr ich fort.

»Die Typographie der Maya beginnt auf den gefundenen Inschriften von Stelen mit einer Einführungshieroglyphe, die den Stadtstaat und seinen höchsten Würdenträger oder König bezeichnet, sozusagen als Absender und Unterzeichner.« Mein Zeigefinger ruhte auf der ersten Zeile.

»Wie ihr behauptet, ist sie bis dato unbekannt.«

Die Einführungshieroglyphe setzte sich aus zwei Hieroglyphen zu je fünf einzelnen Bildchen zusammen, von denen sich das große Bildchen – die Hauptglyphe – rechts unten befand und an seiner linken und oberen Seite von jeweils zwei kleineren Bildchen eingerahmt wurde.

»Konntet ihr Bestandteile der ersten Emblemhieroglyphe entziffern?«

Raymond schüttelte den Kopf. »Sie ist definitiv neu. Auf den ersten Blick erinnert sie stark an die Einführungshieroglyphe von Tikal. Das überrascht nicht, auf Grund der geographischen Nachbarschaft muss es irgendeine Beziehung zwischen beiden Städten gegeben haben.«

Er zeigte auf das Blatt. »Wir sehen das hier an der fast vollkommenen Übereinstimmung der großen Hauptglyphen.« Er deutete auf das große Bildchen, das aussah wie ein Heuballen, vor dem sich zwei Hände trafen, und das als Handelspunkt oder Markt interpretiert werden konnte.

»Alle Nebenglyphen sind dagegen vollkommen unterschiedlich,« fuhr Raymond fort. Er zeigte auf die kleineren Bildchen. »Das bedeutet für uns ein klares Indiz für eine weitere selbständige Stadt.«

»Das bringt uns zur zweiten Glyphe der Einführungsserie.« Ich deutete auf das zweite Zeichen in der ersten Zeile. »Hierbei müsste es sich um die *Ajaw*-Glyphe handeln, die Königsglyphe, oder die des höchsten Würdenträgers des Stadtstaates zum Zeitpunkt der Errichtung.

Auffällig ist nur, dass diese zweite Hauptglyphe nicht von vier, sondern von fünf Nebenglyphen eingerahmt wird.« Ich sah Karen fragend an.

Sie nickte. »Das ist uns auch aufgefallen. Die Hauptglyphe zeigt den Jaguargott. Über seinem Kopf fliegt ein prunkvoller

Vogel mit sehr betonten Schwanzfedern. Wir tippen hier auf den heute nahezu ausgestorbenen Quetzal. Wie du siehst, erscheint diese Hauptglyphe auch als Nebenglyphe der Emblemhieroglyphe.« Sie deutete ein auf der Kopie nur schwach zu erkennendes kleines Bildchen der ersten Hieroglyphe.

»Wir gehen durch die Abbildung des Jaguars, einem der wichtigsten Götter der Maya, davon aus, dass der Herrscher wirklich ein König war. In unseren Berichten nennen wir ihn Q-Jaguar von Quetzal-Jaguar, oder Herrn Q-Jaguar, wie es die Maya tun«, ergänzte Raymond.

Ich legte das Blatt wieder auf den Lageplan.

»Mit den übrigen Nebenglyphen haben wir auch so ein Problem.« Raymond zeigte auf die zwei kleinen Bildchen über der Q-Jaguar-Hauptglyphe. Auf meiner Faxkopie konnte ich nur ein paar unzusammenhängende Linien erkennen. Raymond ging zu seinem Schreibtisch hinüber und kam mit einer Zeichnung wieder.

»Das ist eine Umzeichnung, die ich gestern auf Basis der Fotos gemacht habe. Darauf sind die Nebenglyphen besser zu erkennen. Mit etwas Phantasie sieht die linke aus wie ein ausbrechender Vulkan. Doch die nächstgelegenen Vulkane befinden sich im Hochland, mehr als 350 Kilometer südlich von hier. Ich halte es für ausgeschlossen, dass die Maya aus Petén ihnen eine solche Bedeutung beimaßen, sie in ihrer Königsglyphe zu erwähnen.

»Die rechte sieht aus wie drei senkrechte Striche mit i-Punkten in einer Schleife,« er sah uns an. »Ich habe ehrlich keine Ahnung. Das alles sind vollkommen neue Bilder, die niemals vorher dokumentiert wurden.«

»*Und sie weichen stilistisch sehr von allen anderen Maya-Hieroglyphen ab!*«, erklang eine neue Stimme.

Wir drehten uns zur Seite, wo unbemerkt eine hübsche junge Frau mit schwarz schimmernden, kurzen Haaren durch die Tür eingetreten war. Als sie mich mit ihren mandelförmigen, dunklen Augen erblickte, verharrte sie kurz in ihrer Bewegung.

»Komm rein, Sinistra. Du hast Dr. MacAllon noch nicht kennen gelernt.« Karen winkte sie zu uns heran. »Wir sehen uns gerade seine Auswertungen bezüglich der Hieroglyphen an.«

»Donavon, das ist Sinistra. Sie arbeitet für das Institut und hat die Höhle mit entdeckt. Sie begleitete die Studenten auf ihrer Tour.«

»Ich hätte sie lieber unter glücklicheren Umständen entdeckt.« Ein Schatten fuhr über ihr strahlendes Lächeln. »Professor Williams ist dabei ums Leben gekommen und es ist irgendwie meine Schuld, weil ich ihn nicht von der waghalsigen Tour abhalten konnte,« fuhr sie niedergeschlagen fort.

Karen ging zu ihr hin und legte einen Arm um sie. »Mach' Dir bitte keine Vorwürfe. Er wollte seinem Studenten helfen. Du konntest ihn nicht davon abhalten!«

Sie drehte sich zu mir um und versuchte die junge Frau vom Thema abzulenken.

»Sinistra ist unsere Expertin für Tikal. Sie hatte die Emblemhieroglyphe zuerst interpretiert und hat für mich alle Vorarbeiten am Vermessungscomputer gemacht«, erklärte Raymond.

»Setz dich zu uns, ab jetzt wird es spannend.« Karen zwinkerte mir zu. Sinistra setzte sich auf die Schreibtischplatte und ließ ihre makellos braunen Beine baumeln.

Ich konzentrierte mich wieder auf das Papier.

»Lassen wir die Bedeutung der Nebenglyphen im Moment auf sich beruhen, ich werde im letzten Teil darauf zurückkommen.« Ich sah Karen an.

»Du hattest natürlich Recht mit der Bestimmung des Datums.« Ich zeigte auf die folgenden Zeilen des Blattes.

»Die Initialserie setzt sich mit der Beschreibung des Datums fort. Wir sehen hier die über beide Spalten geschriebene Einführungsglyphe, gefolgt von den Hieroglyphengruppen für die unterschiedlichen Kalenderschreibweisen der Maya.

Sie sind hier wirklich auf Nummer Sicher gegangen. Zuerst die lange Zählung mit 9 Baktun, 6 Katun, 6 Tun, 6 Uinal und 12 Kin.«

Ich zeigte auf die folgenden Hieroglyphen.

»Hier kommt der Kalender des Tzolk'in mit 13 Eb, gefolgt von 0 Xul im Jahreskalender Haab. Die Darstellung ist soweit nicht ungewöhnlich für wichtige Ereignisse, wenn wir von der protzigen Schreibweise des Schöpfungsdatums mit fünfzehn Stellen einmal absehen.« Mein Finger verharrte auf den letzten Hieroglyphen.

»Da haben Sie Recht, Doktor.« Sinistra zeigte auf die fünfzehn Gruppen des Wertes 13, der für die Maya eine Würdigung Ihrer dreizehn Götter darstellte, und im mathematischen Sinne mit Null gleichzusetzen war. »In Tikal gibt es zwei Funde neueren Datums, auf denen das Schöpfungsdatum sogar mit zwanzig Stellen notiert wurde, in der Stadt Cobá tauchte ein solcher Fund schon vor über vierzig Jahren auf.«

»Was aus meiner Sicht eher ungewöhnlich ist, steht am unteren Ende der Datumsnotation.« Ich zeigte auf den oberen Teil des zweiten Blattes. Hier waren weitere Schmuckhieroglyphen dargestellt, die sich deutlich von den eher nüchternen Zahlhieroglyphen darüber abhoben.

»Ich denke, es handelt sich hier um eine Supplementärserie, die neben den Konstellationsdaten des Mondes, weitere mythologische Informationen beinhaltet, die ich jedoch nicht entziffern kann, gefolgt vom 819-Tage Zyklus der Himmelsrichtungen.«

»Sicher eine der vollständigsten Kalendernotationen, die ich kenne«, sagte Sinistra vor sich hin.

Ich sah mich in den drei Gesichtern um.

»Das kommt meines Wissens nicht sehr häufig vor«, stellte ich die Frage offen in den Raum. Alle nickten.

»Nun zu den Umrechnungen in unseren Kalender,« fuhr ich fort.

»Die Umrechnung der Hieroglyphengruppe der großen Kalenderrunde ergibt das Datum des 30. Juni 560 nach Christus.« Ich sah wieder alle aufmerksam an. Ich hörte keinen Widerspruch. Soweit waren wir also unabhängig voneinander gekommen.

»Wie sah es zu der Zeit in Tikal aus?«, fragte ich Sinistra.

Sie lehnte sich in Gedanken versunken kurz zurück. »Mmh,« sie rümpfte ihre Nase.

»Es gibt nicht viele Informationen. Unbekannt ist, welcher Herrscher dort gerade auf dem Thron saß. Die dokumentierte Dynastie wurde erst gut einhundert Jahre später gegründet. Alle heute bekannten Strukturen, zum Beispiel das Areal des Großen Platzes wurde erst deutlich später um 695 bis 730 erbautet. Das einzige Datum, das mir in dieser Zeit einfällt, ist 562, wo Tikal von dem Nachbarstaat Calakmul überfallen und erobert wurde, was auf einer Stele in Calakmul dokumentiert ist.«

»Tikal war also deutlich kleiner, als es heute aussieht?« Sinistra nickte.

»Damit gehen wir davon aus, dass die entdeckte Stadt und Tikal zu gleicher Zeit existierten.« Ich sah Raymond an. »Ließe sich eine Aussage treffen, ob diese neue Stadt um 560 nach Christus größer oder kleiner war als Tikal?«

»Nur untermauert durch die Hochrechnung, wäre Tikal damals kleiner gewesen«, antwortete er.

Ich sah die Drei der Reihe nach an. »Die geografische Größe einer Stadt war damals gleichbedeutend mit Bevölkerungsgröße. Wenn Tikal weniger groß war als diese von euch entdeckte Stadt, hätte es weniger Einwohner, Steuerzahler und Soldaten besessen als sie. Und damit weniger Einfluss gehabt.

Die Wahrscheinlichkeit, dass Siegesstelen in Tikal zu finden sind, die über eine gewonnene Schlacht über diese neue Stadt berichten, ist somit gering. Es müsste vielmehr hier etwas über Tikal zu finden sein – oder nicht?«

Karen dachte nach. Sinistra sagte nichts. Ich versuchte ihre wippenden Beine zu ignorieren. Raymond sah mich eindringlich an.

»Gut, soweit stimmen wir überein. Zurück zum Text. Ich denke, die Supplementärserie ist auch wichtig, kann aber im Moment warten. Richtig interessant werden die nächsten Zeilen.« Ich machte eine kurze Pause und suchte auf Karens Schreibtisch nach einem Bleistift.

»Eine Sache kann ich beweisen.« Ich nahm das zweite Blatt wieder zur Hand und zeigte auf den unteren Teil.

»Es sind definitiv keine Hieroglyphen aus dem mittel- oder südamerikanischem Raum. Sowohl ihre Geometrie als auch die Schmucklosigkeit differenzieren sie deutlich von den klassischen Maya-Hieroglyphen.« Ich zeigte mit dem Stift auf die entsprechenden Passagen.

Sinistra nickte. »Wie ich sagte.«

Ich grinste sie an. »Ich bin daher der Meinung, es handelt sich hier um eine zeichenorientierte Schrift aus Buchstaben und Ziffern, so wie wir sie verwenden.« Sie hörten mir wortlos zu.

»Was können wir also sagen?« Ich machte es unnötig spannend und fuhr daher ohne weitere Unterbrechung fort. »Folgen wir der inhaltlichen Logik der Maya-Hieroglyphen davor, die in drei unterschiedlichen Kalendersystemen das gleiche Datum darstellt, ergeben sich für mich drei Hypothesen.

»Erstens: Die Zeichen zeigen eine Darstellung des Datums vom 30. Juni 560 nach Christus in einer uns unbekannten Sprache.

Zweitens: Die Zeichen stellen das Datum in einem weiteren und erweiterten – dem vierten – Kalenderformat dar.

Drittens – und das widerspräche den beiden ersten Hypothesen – handelt es sich nicht um ein Datum, sondern möglicherweise um die Initialen des Erbauers und erklärt, was mit der Stadt vor über eintausendfünfhundert Jahren geschehen ist.

CORUM

Denken wir an die zwei unbekannten Nebenglyphen in der Einführungsserie.«

Ich lehnte mich zurück.

»Und *darüber* können wir jetzt trefflich diskutieren.« Ich blickte Raymond herausfordernd an, der regungslos seinen Becher in der Hand hielt. »Gibt es hier eigentlich irgendwo Kaffee?«

»Du willst sagen, Donavon,« Karen formulierte ihre Gedanken nach einigem Nachdenken sehr präzise und überhörte meine Frage vollständig, »dass dieses Datum, 30. Juni 560 n.C. hier in vier unterschiedlichen Notationen dargestellt ist, wovon drei den Maya entstammen und die vierte nicht?«

Ich lächelte sie breit an. »Das ist mit meinen Hypothesen eins und zwei vereinbar.«

»Und du behauptest ferner, dass die Notation der großen Kalenderrunde, die wir hier mit fünfzehn Stellen vom Ursprungsdatum sehen, was einem Zeitraum von,« sie rechnete kurz im Kopf »von mehr als einigen Billiarden Jahren gleichkommt, noch erweitert wurde?« Sie sah mich ungläubig an.

»Ich weiß, es klingt unwahrscheinlich, aber meine Hypothese zwei sagt das aus.«

»Karen, wir müssen bedenken, dass die Maya oft mit ihrer Kenntnis der Mathematik prahlten und teilweise hoffnungslos übertriebene Darstellungen von Zahlen ablieferten, um ihren Landsleuten zu imponieren.« Sinistra blickte sie ruhig an.

»Und drittens hältst du es für möglich, dass hier ein Grund für den Untergang der Stadt geschrieben steht – möglicherweise mit den Initialen der Verursacher. Nur können wir das leider nicht lesen, da wir die Sprache nicht beherrschen. Und das Ganze in Stein gemeißelt zu einer Zeit, als die Stadt noch in ihrer vollen Pracht dastand.« Jetzt sah Karen mich mit gerunzelter Stirn an.

Ich beugte mich vor und nahm die Faxkopien zur Hand.

»Aye! - Zugegeben. Es klingt unwahrscheinlich. Mein Favorit ist deshalb auch die Hypothese mit dem Datum.«

Ich sah in die Runde. »Doch wir haben bis jetzt einen Punkt noch nicht berücksichtigt, der mich bewog, die dritte Hypothese zu formulieren.«

Die Spannung im Raum war fühlbar. »Ich spreche von der Wärmeentwicklung der Stele. Karen hat mir davon am Telefon berichtet und ich halte es für selbstverständlich, diese Besonderheit bei der Interpretation der Hieroglyphen und Zeichen zu berücksichtigen.«

Sinistra und Raymond blickten sich schweigend an.

»Ich halte es für möglich - nicht unbedingt für sehr wahrscheinlich – dass es sich bei den Zeichen um das Autogramm des Erbauers dieser Stele handelt, zusätzlich zur Emblemhieroglyphe, und dass es uns zusätzliche Informationen oder Hinweise auf den Grund des Untergangs der Stadt geben könnte. Ich denke, der Grund dafür, dass es verhältnismäßig wenig Zeichen sind, die in die Stele graviert sind, ist nicht in übertriebener Eile zu suchen, sondern in der überwältigenden Bedeutung eines Ereignisses, das wir nicht kennen. Die Zerstörung der Stadt ist möglicherweise eine Folge davon.«

Ich hielt das zweite Blatt hoch.

»*Und:* Fakt ist, es bleiben weiterhin Zeichen, die wir nicht zuordnen können, die in keiner überlieferten Schrift der Erde vorkommen, soweit sie in den Computern meines Instituts gespeichert sind. Ich habe das digital prüfen lassen und das Ergebnis schließt auch Verwandtschaften mit möglichen nicht entdeckten neuen Dialekten bekannter Sprachen und Schriften aus.«

Ich machte eine kurze Pause und sah Karen an.

»Und das bedeutet, es handelt sich hier um die Schriftzeichen einer neuen Sprache, die nie zuvor auf irgendeinem Dokument der Erde gefunden wurde, zusammen mit den Nebenhieroglyphen, die nie zuvor dokumentiert wurden.« Ich legte das Blatt auf Karens Schreibtisch.

»Was eine Sensation an sich ist.«

Keiner sagte etwas. Sie verdauten die Informationen und überlegten, wie sie in ihr eigenes Bild passen konnten. Ich hatte mir auch schon den Kopf darüber zerbrochen, die Problemlösung aber erst einmal vertagt. Ich wollte die Stele und die Ausgrabungsstätte mit eigenen Augen sehen.

»Möchte vielleicht jemand außer Dr. MacAllon noch einen Kaffee?« Sinistra sah mich lächelnd an. Raymond betrachtete seinen leeren Kaffeebecher und blickte mich dann erschrocken an. »Entschuldigung, Doktor. Ich war in Gedanken.« Wir lachten und Sinistra verließ kurz den Raum, um Kaffee für alle zu holen.

»Wann kann ich die Stele sehen?«, fragte ich Karen.

Sie blickte hinüber zu Raymond, der sich wieder an seinen Schreibtisch gesetzt hatte.

»Morgen, Doktor. - Können Sie tauchen?« Als ich nickte, fuhr er fort. »Großartig, denn wir können die Höhle noch nicht trockenen Fußes betreten.«

»Außerdem solltest du den Rest vom Team kennen lernen,« Karen legte mir die Hand auf die Schulter. »Nachdem du etwas geschlafen hast.«

Sinistra kam mit Kaffee in vier unterschiedlichen, abgestoßenen Bechern auf einem kleinen Tablett zurück, das sie auf Raymonds Schreibtisch abstellte.

»Besonders Señor Marquez wird sicher Ihr Herz erfreuen, Doktor«.

Auf meinen fragenden Blick hin erklärte Karen. »Señor Marquez wurde uns freundlicherweise von den Behörden zur Seite gestellt. Wir dürfen nichts machen, ohne dass er seinen Segen dazu gibt. Raymond hat die Aufgabe übernommen, ihn entsprechend zu motivieren, nachdem ich am Anfang einige Male mit ihm aneinandergeraten bin.«

»Wie habt ihr die Wärmeentwicklung der Stele bemerkt?«, fragte ich in die Stille hinein.

Raymond beugte sich vor und stützte sich mit den Unterarmen auf dem Schreibtisch ab, während er am heißen Kaffee nippte.

»Es ist uns zuerst nicht aufgefallen, da wir unter Wasser zur Sicherheit Handschuhe tragen. Die Sicht ist aufgrund der Schwebstoffe fast Null – so tasten wir uns voran.

Zufällig ist Miguel, ein weiterer Kollege aus dem Team, im Gegenlicht einer Lampe bei der Untersuchung der Stele aufgefallen, dass die Lichtbrechung unmittelbar über der Oberfläche der Stele anders ist als normal. So – als wenn Sie knapp über die Spitze einer Kerzenflamme hinwegsehen.

Die Interferenzen waren nur aus bestimmten Blickwinkeln erkennbar. Der Temperaturunterschied ist nicht sehr groß. Die Temperatur an der Oberfläche der Stele beträgt genau achtunddreißig Grad Celsius. Das Wasser hat in der Höhle ungefähr sechzehn Grad. Man muss den Handschuh schon eine Weile an der Stele lassen, damit man die Wärme bemerkt.«

»Das hat große Aufregung gegeben, und dem Institut standen dadurch erst die finanziellen Mittel in dem Ausmaß zur Verfügung, um richtig voranzukommen.« Karen wies auf einen kleinen Berg Papier auf ihrem Schreibtisch.

»Vorher hätten wir niemals den Boden abtragen oder die Ausrüstung zum Heben der Stele aufbringen können.«

»Nur hat es uns auch die Aufsicht von Señor Marquez beschert,« fügte Sinistra hinzu.

»Und wir haben auch die Aufmerksamkeit der Amerikaner.« Karen wühlte auf ihrem Schreibtisch, fand ein Dokument mit geprägtem Briefkopf und wedelte damit vor meiner Nase herum.

»Ich erhielt gestern ein Angebot über mein Institut in Kalifornien, eine Bodenradaraufnahme von einem der NASA-Satelliten machen zu lassen.« Sie schüttelte den Kopf.

»Weißt du, was das normalerweise kostet und wie lange die Wartezeiten sind?« Ihr Becher war leer, und sie stellte ihn auf dem Monitor ab.

»Aber ich freue mich darüber. Sie wollen lediglich das Recht, die Bilder selbst auswerten zu dürfen. Sollen sie. Wir können danach sehr schnell entscheiden, ob Raymond mit seiner Hochrechnung richtig liegt und wo es sich lohnt, zu graben.«

Raymond stand auf und ging im kleinen Raum hin und her. »Sicher könnten wir auch die Gegend mit einem tragbaren Georadar in der Hand ablaufen. Aber das würde Monate dauern und möglicherweise ist das öffentliche Interesse und damit das Geld bis dahin wieder versiegt.«

»Die Kehrseite der Medaille sieht möglicherweise nicht so gut aus.« Karen sah mich ein wenig bedrückt an.

»Ein solches Angebot kommt nic ohne einen entsprechenden Preis.« Sinistra sah mich mit ihren dunklen Augen an. »Mein Gespür sagt mir, dass man sich etwas von den Aufnahmen erhofft, wonach *wir* offensichtlich nicht suchen. Señor Marquez war das erste Indiz, dass die Ausgrabung beobachtet wird, dieses Angebot ist das zweite. Ich frage mich, was passiert, wenn auf den Aufnahmen noch etwas anderes zu finden ist, als die Umrisse von verschütteten Gebäuden.«

⌒

Am nächsten Morgen holte mich Karen auf ihrem Weg zur Ausgrabungsstelle am Maya International ab. Nach dreißig Minuten erreichten wir den Platz, an dem die ursprüngliche Straße Richtung Tikal, die über einen Teil des Höhlendaches verlief, über eine kürzlich angelegte Schneise durch ein Stück Regenwald umgeleitet wurde. An ihrem ursprünglichen Verlauf ragten Kranausleger in die Höhe und ein einfacher Metallzaun trennte ein größeres Areal vom neuen Straßenverlauf ab.

»Genau unter dem abgesperrten Teil der Straße endet die Höhle mit dem Ballspielplatz«, erklärte Karen, als wir durch eine geöffnete Schranke fuhren und auf einem als Parkplatz abgeteilten Bereich anhielten.

Der Himmel war heute strahlend blau. Nicht eine Wolke war zu sehen und das bedeutete, es würde ein sehr heißer und in der Regenzeit sehr schwüler Tag werden, sobald die Feuchtigkeit vom Boden aufzusteigen begann.

Ein paar verwegen aussehende Wachposten in Fantasie-Uniformen und mit umgehängten Gewehren schlenderten auf dem Gelände herum. »Was sollen die bewachen?«, fragte ich Karen mit einem Blick auf einen der an einem Container lehnenden Posten.

»Die haben wir Señor Marquez zu verdanken. Sie sorgen dafür, dass keiner die Stele mitnimmt, wenn wir nicht da sind,« erwiderte sie lächelnd. »Hab Nachsicht mit ihnen, es sind überwiegend arbeitslose Indios aus der Umgebung, die hier die Möglichkeit haben, für ihre Familien ein paar Quetzal dazu zu verdienen.«

Wir hatten eine Gruppe von zusammengestellten Büro- und Materialcontainern erreicht. Die Tür eines der Bürocontainer öffnete sich, als wir darauf zu gingen, und Raymond trat uns entgegen, mit einem kurzbeinigen Taucheranzug bekleidet, die Taucherbrille in der Hand, eine Sonnenbrille mit runden Gläsern auf der Nase.

»Doktor, schön Sie zu sehen. Ich hatte Sie früher erwartet«, begrüßte er uns grinsend. »Am ersten Tag sind wir aber noch nicht so streng.«

»Gib uns noch eine halbe Stunde, Raymond, damit ich Donavon einmal herumführen kann.« Karen legte ihm eine Hand auf den Arm. »Ich bringe ihn anschließend sofort zu dir zum Kran.«

»Sehr gut. Nehmen Sie sich Zeit, Doktor. Wir versuchen die Stele gegen elf Uhr anzuheben. Ich habe noch eine Menge vorzubereiten bis dahin. Drinnen können Sie sich umziehen, ich habe einen Anzug, der Ihnen passen sollte, bereit gelegt.« Winkend ließ er uns stehen und kletterte einen kleinen Pfad zu einem flachen Hügel hinauf. Rechts vom Hügel lag unser

Parkplatz, und dahinter die ursprüngliche Straße. Der morgendliche Touristenverkehr nach Tikal verschwand hinter dem Metallzaun im Wald.

Auf dem Hügel, den Raymond erklomm, arbeiteten bereits zwei große Schaufelbagger und beluden mit dem Aushub bereitstehende, schwere LKW.

»Nach dem Fund der Stele bekamen wir Zugriff auf das schwere Material.« Karen wies mit ihrem hübschen Kinn in die Richtung der arbeitenden Maschinen.

»Seit einer Woche erweitern wir die Öffnung in der Höhlendecke, um besser an die Stele heranzukommen.

Wir haben die Decke zuerst neben der Stele geöffnet, um sie durch herabfallende Steine nicht zu gefährden. Das hat sich jedoch nachträglich als überflüssig herausgestellt.«

Auf meinen fragenden Blick hin erläuterte sie: »Ein oder zwei größere Brocken haben sie trotzdem gestreift. Sie haben nicht den kleinsten Kratzer hinterlassen. Das Material, aus dem sie besteht, muss unglaublich hart sein.

Wir folgten Raymond ein Stück und umrundeten den Arbeitsbereich der Schaufelbagger großzügig. Buntes Plastikband begrenzte den Gefahrenbereich der Öffnung.

Ich pfiff leise durch die Zähne, als ich das erste Mal hinuntersehen konnte. Die Höhlendecke war ungefähr acht bis zehn Meter dick, machte einen sehr porösen Eindruck und leuchtete im Sonnenlicht fast weiß. Leichte Schattierungen der hellen Farbtöne zeigten unterschiedliche Erdschichten.

»Habt ihr das Bodenprofil über der Höhle untersucht?«

Karen nickte. »Die Ergebnisse erwarte ich in dieser Woche.«

Das Loch in der Höhlendecke hatte mittlerweile einen Durchmesser von vielleicht fünfzehn Metern und wirkte eher wie ein kurzer, stumpfer Schacht. Unterhalb der Höhlendecke konnte ich auf Anhieb nichts erkennen. Alles schien schwarz. Ich ging noch ein wenig dichter an die Absperrung heran, bis ich Lichtreflexe auf der Wasseroberfläche tief unten sehen konnte.

»Wir konnten in den ersten Tagen der Arbeiten nicht tauchen, da immer wieder große Teile der Decke herunterfielen. Das hat uns zurückgeworfen. Jetzt ist das Loch groß genug, um einigermaßen sicher zu sein, sofern man sich im Bereich der Stele in der Mitte aufhält.«

Hinter dem gegenüberliegenden Rand des Lochs machte Raymond sich mit einigen anderen Tauchern zum Abstieg bereit. Sie kletterten in einen würfelförmigen Gitterkäfig mit einem pontonähnlichen Boden, der auf dem stoppeligen Hügelgras abgesetzt war. Ein kleiner Kran hielt ihn an seinem Ausleger und schwenkte ihn über das Loch, als alle hineingeklettert waren.

Die Schaufelbagger hatten ihre Arbeit unterbrochen, um den Abstieg der Taucher nicht zu gefährden. Der Käfig senkte sich in das Loch hinunter und setzte mit einem klatschenden Geräusch leicht schaukelnd auf der Wasseroberfläche auf.

»Wir haben dort unten mehrere Verankerungspunkte angebracht, damit der Ponton unter dem Schutz des verbleibenden Höhlendachs festgemacht werden kann«, sagte Karen und kurz darauf war der Ponton unserem Sichtfeld entzogen.

»Komm, ich zeige dir noch den Bohrer.« Karen wies in die rückwärtige Richtung ein Stück den Hügel entlang zu einem Bohrturm, wie er mir aus alten amerikanischen Spielfilmen bekannt war.

Ich hatte ihn bisher nicht zur Kenntnis genommen, da das Loch meine ganze Aufmerksamkeit in Anspruch genommen hatte. Außerdem war er nicht in Betrieb und verursachte keinen Lärm. Als wir näherkamen, sah ich, dass er schon etwas moderner und auf einem schweren Lastwagen montiert war, der ihn am hinteren Ende abgeklappt hatte.

Mehrere Arbeiter waren mit der Verlängerung des Bohrgestänges beschäftigt. Ein Vorarbeiter kam uns entgegen, als er unser Näherkommen bemerkte.

»Dr. Whitewood, guten Morgen,« begrüßte er Karen.

»Sir!« Er nickte mir kurz zu. »Wir haben einige Probleme mit dem Boden.« Ein faustgroßes Stück stumpfes, schmutziggraues Gestein, das er in der Hand hielt, war offensichtlich gemeint.

»Der Boden ist durchsetzt mit diesen Klumpen. Es scheint ein sehr hartes Gestein oder Metall zu sein. Das ist der vierte Bohrkopf seit gestern, der daran kaputtgegangen ist, so etwas habe ich noch nicht gesehen.«

»Wie tief sind sie bisher gekommen?« Karen nahm ihm den Stein aus der Hand und betrachtete ihn im Sonnenlicht.

»Erst fünf Meter unter das Niveau des Höhlenbodens. Seit gestern haben wir nur einen Meter geschafft und es wird immer weniger.« Er schüttelte den Kopf. »Ich verstehe es nicht. Durch die neun Meter Höhlendecke sind wir in vier Stunden gekommen. Reiner Kalkstein, gemischt mit anderen Materialien, aber insgesamt sehr weich. Der Boden unter der Höhle muss etwas vollkommen anderes sein.«

»Wie lange würde es dauern, den Bohrturm an einer anderen Stelle aufzubauen, sagen wir, am entgegengesetzten Ende der Höhle, auf der anderen Seite der Öffnung?« Karen sah ihn an.

Der Vorarbeiter wischte sich mit dem Handrücken den Schweiß von der Stirn, wobei er Schmutzspuren hinterließ, und überlegte einen Moment. Sein Blick wanderte in die Richtung des neuen Bohrplatzes.

»Etwa den Vormittag. Wir müssen ohnehin unterbrechen, weil wir keine Bohrköpfe mehr haben und die neuen erst am Mittag eintreffen sollen. Vorausgesetzt die Höhlendecke ist da so aufgebaut wie hier, verlieren wir nur einen Tag.«

Karen nickte. »O.K., dann machen sie es. Ich informiere Señor Marquez.«

Wir gingen zurück zu den Bürocontainern. Der Parkplatz hatte sich gefüllt. Noch mehr Arbeiter und Ausgrabungshelfer waren aus der Richtung von Flores gekommen. Ein gelbes VW-Käfer-Cabriolet leuchtete in der Sonne und parkte genau vor dem Container, aus dem uns Raymond entgegengekommen war.

»Lass uns eben noch zu Señor Marquez gehen, es wird dich interessieren, ihn kennen zu lernen.« Karen zog angewidert einen Mundwinkel hoch während sie das sagte.

»Ich bin wirklich sehr gespannt«, erwiderte ich und grinste.

Wir betraten den übernächsten Container, in dem uns eine Rauchwolke begrüßte. Obwohl die Sonne noch nicht so hoch stand und die Temperatur sich noch in Grenzen hielt, lag bereits ein säuerlicher Geruch über dem Zigarrenqualm. Ramon Marquez saß hinter einem Schreibtisch und telefonierte mit großen Gesten und in temperamentvollem Spanisch.

Er trug einen khaki-farbenen Expeditionsanzug, dessen zerknitterte Jacke er über seinen Stuhl geworfen hatte. Das Hemd klebte ihm am Rücken. Als er uns eintreten sah, beendete er das Gespräch zügig und erhob sich, ein demonstrativ freudiges Lächeln unter seinen zierlichen Schnurrbart zaubernd.

»Dr. Whitewood, schön Sie zu sehen. Wen haben Sie mir mitgebracht?« Er gab uns beiden die Hand und deutete vor Karen eine leichte Verbeugung an. Der Händedruck war weich, sein Akzent hölzern wie sein Gesichtsausdruck. Schwarze Augen lagen unter dunklen, feinen Augenbrauen in seinem von einer mächtigen Nase geteilten Gesicht. Er trug glatte, dunkle Haare, die in der Mitte bereits dünner wurden. Sein Kopf befand sich auf meiner Brusthöhe. Ich schätzte ihn auf Ende vierzig.

»Señor Marquez, darf Ihnen Dr. Donavon MacAllon aus Edinburgh vorstellen? Ich denke, Sie haben schon von ihm gehört.«

Marquez sah mich leicht von unten an, der unangenehme Geruch verstärkte sich.

»Doktor, es ist mir eine besondere Freude!« Ich glaubte ihm kein Wort.

»Vielen Dank Señor, dass ich die Möglichkeit habe, hier teilzunehmen,« antwortete ich gutorzogen, hielt ihn dabei aber mit meinem Blick auf Distanz.

»Dr. MacAllon wird mich bei der Entzifferung der Hieroglyphen unterstützen, Señor, und wenn ich das hinzufügen darf - er wird uns nichts kosten!« Karen strahlte mich an. Ich konnte mich nicht daran erinnern, mit ihr darüber gesprochen zu haben.

»Das freut mich um so mehr, Doktor. Falls Sie irgend etwas benötigen, wenden Sie sich an Dr. Whitewood. Sie hat mein vollstes Vertrauen.« Er lächelte Karen eisern an.

»Wenn Sie mich nun entschuldigen würden,« er gestikulierte in die Richtung seines mit Papier überladenen Schreibtischs, »die Arbeit wartet nicht.« Er komplimentierte uns mit einem weiteren Lächeln, bei dem er braune Zähne entblößte, hinaus.

»Ich habe sein vollstes Vertrauen. Na und?« Karen sah mich auf dem Vorplatz wütend an. »Was bildet der sich ein? Mistkerl!«

Ich zuckte mit den Schultern. »Ich mag ihn auch nicht - aber deswegen bin ich auch nicht hier, Karen. Solange er uns in Ruhe lässt, kann ich mit ihm leben.«

Ich zog sie unauffällig von den Containern weg. »Lass ihn doch denken, dass er die Leitung hat. Was kann er schon vorweisen ohne dein Fachwissen und ohne deine Verbindungen? Nichts!«

Sie blickte finster hinüber zum Hügel.

»Wann bekommst du die Satellitenaufnahmen?«, wechselte ich das Thema.

Sie drehte sich zu mir um. »Ich hoffe, bald. Das würde uns endlich Gewissheit bringen.«

Mit einer schnellen Bewegung drückte sie mir einen Kuss auf die Wange.

»Danke, dass du da bist. Ich muss noch mal rein, ihn über den Umbau des Bohrers informieren. Wenn du willst, zieh dich schon mal um. Sinistra und Miguel sind da,« - sie deutete auf das Cabriolet - »einer von beiden wird dich zu Raymond bringen.« Karen zwinkerte mir zu und ging noch einmal zurück in den Bürocontainer von Marquez.

Ich sah auf die Uhr. Aus der halben war eine volle Stunde geworden. Die Temperatur war mittlerweile deutlich gestiegen. Entsprechend die Luftfeuchtigkeit. Baden würde jetzt genau das Richtige sein.

Sinistra und ein junger Kollege namens Miguel zeigten mir den Anzug, den Raymond für mich bereitgelegt hatte. Miguel war bereits fürs Tauchen angezogen. Ich ging zum Umziehen in den Nachbarcontainer, der auch als Materiallager diente, und anschließend zusammen mit Miguel zum Kran auf dem Hügel, der zuvor Raymond und die anderen Taucher in die Höhle hinuntergelassen hatte.

Im Schatten des Krans saßen zwei kräftige Burschen, mit braungebrannter Haut, in Tauchershorts und T-Shirt. Einer hatte ein Headset auf dem Kopf und lauschte konzentriert dem Funkverkehr der Taucher in der Höhle.

Der andere sah auf einen flachen Computerbildschirm, der die Umrisse der Höhle und die Position der Stele darstellte. Kleine blinkende Figuren zeigten die Positionen der Taucher unter ihnen an. Die Figuren hielten sich in unmittelbarer Nähe der Stele auf.

Der Mann am Bildschirm sah bei unserem Näherkommen auf. »Dr. MacAllon? Hallo, Miguel.«

Ich nickte ihm zu.

»Sie müssen einen Moment warten, Doktor. Sie bringen gerade die Seile für die Bergung der Stele an. Anschließend holen wir sie für eine kurze Pause herauf.«

Ich sah mich um. Das Gespräch vom Vorabend ging mir durch den Kopf. Tatsächlich konnte man den Eindruck gewinnen, man stünde auf den abgetragenen und von Wind und Wetter geschliffenen Resten einer Stadt. Mehrere Hügel größeren und kleineren Ausmaßes befanden sich in der Nachbarschaft. Alle waren mehr oder weniger von hohen Bäumen bewachsen, so dass schon eine gewisse Vorstellungskraft dazugehörte, sich hier eine Metropole hinzudenken.

Miguel war zum Rand des Loches gegangen, an dem das Seil des Krans hinunterhing. Ich folgte ihm und besah mir die Arbeit der Schaufelbagger aus der Nähe. Obwohl sie sehr behutsam zur Sache gingen, rieselte ein beständiger Strom an kleinen Geröllteilchen in die Höhle und ins Wasser. Es war bestimmt nicht angenehm für Raymond und die anderen Taucher, dort unten zu arbeiten, auch wenn die Steine einige Meter von ihnen entfernt ins Wasser purzelten. Die Sicht unter Wasser musste nahezu Null sein.

Das Anspringen des Seilwindenmotors am Kran signalisierte uns, dass der Ponton wieder hochgezogen wurde.

Das Seil spannte sich und langsam kam der Schutzkäfig des Überbaus nach oben. Raymond winkte uns zu, als der Ponton auf dem Hügel ein gutes Stück vom Rand des Loches entfernt abgesetzt wurde.

Er wirkte etwas erschöpft, als er sich neben uns ins Gras sinken ließ. Die anderen Taucher machten sich daran, die Lungenautomatenflaschen auszutauschen. Einer legte einen Vollautomaten neben mich.

»Wie kommt ihr voran, Raymond?« Er wischte sich das aus den Haaren ins Gesicht laufende Wasser weg und stützte sich dann mit beiden Händen im staubigen Gras ab.

»Langsam. Die Stele liegt sehr schräg im Schlamm. Wir müssen die Bergung in zwei Schritten vornehmen,« erklärte er. »Zuerst wollen wir sie aufrichten, damit wir sie anschließend leichter anheben können. Der Grund der Höhle ist mit feinsten Sedimenten ungefähr einen bis zwei Meter dick bedeckt. Das wirkt wie Klebstoff. Wir haben mit einem Wurm, das ist ein Bohrer in einem biegsamen Rohr, mehrere Tunnel unter der Stele durchgegraben, durch die wir heute Morgen die ersten Seile zum Aufrichten gezogen haben.«

Ein lautes Knacken von einem der Schaufelbagger ließ uns aufhorchen. Gefolgt von einem noch lauterem Klatschen, fiel ein großes Stück Höhlendecke ins Wasser.

Alle sprangen auf und liefen an den Rand der Öffnung. Die Wellen des Aufschlages wurden an den Höhlenwänden reflektiert und kreuzten sich in der Mitte des Loches. Das hinuntergefallene Stück ragte noch ungefähr einen Meter über die vom aufgewühlten Schlamm getrübte Wasseroberfläche hinaus. Wie in Zeitlupe legte es sich gemächlich auf die Seite und versank.

»Meine Gefahrenzulage für diesen Job ist definitiv zu niedrig.« Raymond bekreuzigte sich und zwinkerte mir zu.

»Haben Sie immer noch Lust aufs Tauchen, Doktor?«

»Klar, wobei wir doch eigentlich bald in der Höhle laufen können müssten, oder?«

Raymond lachte. »Das stimmt, das macht es aber nicht einfacher.« Er winkte mir, ihm zu folgen, und wir gingen zurück zum Ausrüstungspunkt der Taucher, hinter dem Kran.

»Wir müssen noch zwei Seile befestigen und anschließend mit dem zentralen Zugseil verbinden. Kommen Sie mit runter und sehen Sie sich um.«

»Jacques, sag den Baggerführern, es reicht für heute. Sie sollen sich bereitmachen, das Zugseil herunterzulassen, wenn ich es sage.«

Der angesprochene Mann mit dem Headset sprach etwas in sein Mikrofon, und die Schaufelbagger auf der gegenüberliegenden Seite beendeten ihre Arbeit und rollten einige Meter vom Loch zurück.

Zwei der Taucher legten mir den Lungenautomaten an und reichten mir kurze Watflossen, eine Taucherbrille mit Schnorchel und ein paar Neoprenhandschuhe. Die Automatenflaschen kamen in vorbereitete Halterungen des Pontons. Jacques reichte mir eine netzartige Haube, in die Kopfhörer und eine starke LED Lampe eingebaut waren und die ich sogleich aufsetzte, wie die anderen auch.

»Das Mikrofon befindet sich im Mundstück, Doktor. Alles, was Sie sagen, höre ich, wenn Sie nicht zu sehr nuscheln. Falls Sie Probleme bekommen sollten, sagen Sie es einfach. Die anderen in ihrer Umgebung hören es dann auch. Der Schalter für die Lampe ist in dem kleinen Gummistück in der Haube auf ihrer Stirn.«

Ich kletterte mit den anderen in den Käfig, und der Kran ließ uns in die Höhle hinab. Es war ein gänzlich anderer Eindruck, in das Loch selbst hinabgelassen zu werden, als anderen nur dabei zuzusehen. Die ausgefransten Ränder der Höhlendecke wirkten bedrohlich und so, als könnten jeden Moment weitere große Teile aus ihr herausfallen.

Die Wasseroberfläche lag knapp fünf Meter unter der Höhlendecke. Mit einem leichten Klatschen setzte der Ponton hin und her schwankend auf. Raymond und ein weiterer Taucher ergriffen eines von mehreren quer durch die Höhle gespannten Seilen und zogen den Ponton unter die trügerisch sichere Höhlendecke. Die Temperatur war hier in der Höhle schon merklich niedriger. Das Licht war diffuser. Einige Lampen waren an der Wand befestigt. In ihrem hellblauen Licht erschien die Szenerie unwirklich.

Raymond zog den Ponton an einem quer gespannten Seil zu einem der Befestigungsringe.

»Das ist definitiv eine gemauerte Wand, Raymond«, sagte ich, als wir näher herankamen. Die Fugen waren ungefähr handbreit und wie mit dem Lineal gezogen. Die Quader waren versetzt gemauert und hatten eine gleichmäßig strukturierte Oberfläche, an der vereinzelt Wasserpflanzen hingen. Mehrere Flächen von jeweils einigen Quadratmetern waren sehr gut erhalten geblieben. In Reichweite neben uns ragte ein halbkreisförmiger Steinring aus der Wand, reich mit in Kalkstuck getriebenen Hieroglyphen verziert.

»Ein Torstein!«, bemerkte ich aufgeregt. Raymond lächelte trotz der Anstrengung, die es ihm bereitete, den Ponton an der Wand zu befestigen.

Raymond deutete auf ein kleines neonrotes Fähnchen, welches auf der Wasseroberfläche in der Mitte des Loches trieb.

»Dort liegt die Stele. Versuchen Sie sich überwiegend schwimmend fortzubewegen, Doktor. Hier liegt noch jede Menge

Gestein herum, wie Sie eben gesehen haben. Man kann sich schnell verletzen. Die Gummisohle der Watflossen hilft Ihnen beim Gehen über Felsen, wo es möglich ist. Versuchen Sie nur nicht, auf dem Schlamm zu stehen. Wir haben schon einige Flossen verloren. Miguel bleibt immer in Ihrer Nähe.«

Die anderen machten sich fertig.

»Wenigstens haben wir im Moment keine Strömung mehr. Der Wasserspiegel ist in der Nacht wieder etwas gefallen.«

Raymond öffnete eine Gitterseite des Pontons, und einer nach dem anderen setzte sich auf den Boden, die Flossen ins Wasser, während Miguel und ich ihnen die Automatenflaschen auf den Rücken schnallten. Dann stießen sie sich leicht ab und tauchten. Raymond gaben wir ein kleines Floß mit, auf dem die Spezial-Seile zur Befestigung an der Stele lagen.

Als Vorletzter war Miguel an der Reihe, und danach kam ich. Das Wasser war wunderbar kühl, aber trüb. Ich fühlte keinen Grund unter mir. Schwimmend folgte ich Miguel, meinen Kopf über der Wasseroberfläche haltend, bis wir die kleine Fahne erreichten.

Meine Spannung wuchs. Raymond wartete auf uns.

»Die Stele ist genau unter uns. Wenn Sie hier zu mir kommen, Doktor, können Sie auf ihrer Spitze stehen.« Seine Zähne grinsten mich an. »Wenn Sie ihre Flossen ausziehen, bekommen Sie auch wieder warme Füße.

Bleiben Sie in der Nähe, wir befestigen jetzt die letzten Seile. Das dauert ungefähr eine halbe Stunde. Danach geht's gemeinsam nach oben.« Er führte Zeigefinger und Daumen zu einem »O« zusammen, das Taucherzeichen für »alles in Ordnung«, nahm sein Mundstück zwischen die Zähne und verschwand unter der Wasseroberfläche, auf der ein heller Kalkstaubfilm schwamm.

Mehrere kurz aufleuchtende, matte Lichtflecken um mich herum markierten ungefähr die Positionen der anderen Taucher bei ihrer Arbeit. Der größte Teil des Loches lag noch im Schatten der steil um uns aufragenden Bodenschichten.

CORUUM

»Sehen wir uns die Spitze der Stele an, Doktor und dann arbeiten wir uns langsam in die Tiefe. Dann stören wir die anderen am wenigsten.«

Miguel deutete nach unten ins Wasser. »Wir haben hier maximal drei Meter Wasser unter uns. Also schön langsam bewegen, sonst wirbeln wir noch mehr Schlamm auf. Außerdem tut es nicht so weh, wenn Sie irgendwo anstoßen.« Er lachte mich an, setzte sein Mundstück ein und wartete auf mich.

Also los! Ich machte mich fertig, tat ein paar Atemzüge, um mich an den Atem-Widerstand des Automaten zu gewöhnen, und ließ mich absinken.

Dunkelheit! Ich wollte schon wieder auftauchen, als ich mich an die Lampe auf meinem Kopf erinnerte.

Wo war der Schalter? Ich tastete auf meinem Kopf herum und fand ihn schließlich auf meiner Stirn, in die Haube eingearbeitet. Ich drückte ihn und sofort wurde alles um mich herum milchig braungrün. Unzählige Schwebstoffe trieben vor mir her. Mein Sichtfeld hatte sich auf knapp einen halben Meter erweitert.

Ich beruhigte mich wieder und tat ein paar betont regelmäßige Atemzüge.

»Alles klar, Doktor?«, hörte ich die nuschelige Stimme von Miguel. Ich spürte seine Hand auf meiner rechten Schulter und sah dorthin. Sein maskiertes Gesicht schwebte vor mir. Seine Lampe blendete mich kurz. Ich nickte und fügte ein *ja* hinzu.

»Bleiben Sie dicht bei mir.« Er nahm meine Hand und legte sie sich auf die Schulter, als Zeichen dafür, dass ich ihm folgen sollte. Dann drehte er sich leicht zur Seite, begann langsam abzusinken.

Aus dem Dunst der Schwebstoffe tauchte plötzlich etwas Massives, Hell-Scheinendes auf.

Die Stele! Sie wirkte aufgrund meines eingeschränkten Gesichtsfeldes größer, als sie in Wirklichkeit war. Mir fiel sofort ihre ebene, braungraue Oberfläche auf, in der sich der diffuse

Lichtfleck meiner Kopflampe – und beim Näherkommen auch mein Gesicht – spiegelten.

Wie poliert, nach über eintausendfünfhundert Jahren im Wasser. Nicht eine Verunreinigung oder ein Kratzer waren zu sehen.

Die Reflexion meiner Lampe wanderte das geheimnisvolle Material entlang. Ich strich mit meinem Handschuh darüber - *reibungslos.*

Ich zog mir einen Handschuh aus und legte meine Hand auf die Stele. Ich fühlte die Wärme in ihr unmittelbar. Sie war gleichmäßig, ganz gleich wohin ich mit meiner Hand auf der Oberfläche strich. Miguel war dicht neben mir. Er zeigte in meinem Gesichtsfeld in eine Richtung. Ich bewegte mich langsam dorthin. Er schob mich noch ein Stück weiter und endlich sah ich die Gravuren in ihrer Oberfläche. Die Hieroglyphen!

In zwei exakt untereinander ausgerichteten Spalten waren sie in die Stele eingearbeitet. Jede handgroß und exakt rechtwinklig zu den anderen ausgerichtet.

Aye! In diesem Moment war ich zu hundert Prozent davon überzeugt, dass dieser Stein nicht von den Maya hergestellt worden war. Meine Fingerspitzen betasteten die Hieroglyphen. Sie waren wie von einer diamantenen Klinge in die Oberfläche graviert, vollkommen gleichmäßig, sowohl von der Tiefe des Reliefs als auch vom Winkel der Flanken her.

Kein Vergleich mit meinen Fotokopien der Abzüge einiger Unterwasserfotos. Kein Vergleich mit Irgendetwas, das ich schon einmal gesehen hatte.

Ich folgte mit den Fingern ihren Formen. Nicht eine Stelle war für mich zu erkennen oder zu erfühlen, wo ein Werkzeug angesetzt oder ausgerutscht war. Einfach makellos. Unvorstellbar für eine Kultur zu der damaligen Zeit.

Die Emblemhieroglyphe des Königs stach mir ins Auge. Sie war wunderschön. Der Quetzal-Vogel war sehr gut getroffen, seine langen Federn detailliert herausgearbeitet. Ich schwamm so dicht wie möglich heran und betrachtete die fremdartigen

Nebenglyphen. Das Auge mit den zwei Pupillen, den ausbrechenden Vulkan und die Schleife mit den drei kopfstehenden Ausrufezeichen. Alles perfekt.

Ich verfolgte die Zeichen in ihrer Doppelspalte nach unten, fand die quer über beide Spalten verlaufende Einführungshieroglyphe, die Notation der Daten einleitend, bis ich den anderen Tauchern ins Gehege kam, ohne die fremdartigen neuen Zeichen am unteren Ende der Stele erreicht zu haben.

Ich fühlte eine Berührung an der Schulter. Miguel zog mich langsam nach oben. Wir tauchten auf, schwammen ein wenig zur Seite und spuckten die Mundstücke aus.

Ich war sprachlos. Miguel spürte es und schwieg seinerseits um mir den Moment nicht zu zerstören.

Ich legte mich auf den Rücken und trieb mit leichten Flossenschlägen aus der Öffnung des Loches wieder unter das zerklüftete Dach der Höhle. Der gebündelte Strahl meiner LED-Lampe entblößte die zerklüfteten Strukturen der Höhlendecke und die ebenmäßig gemauerten Wände. Der halbkreisförmige Torstein über dem Ponton stach deutlich im Licht hervor, noch verstärkt durch seinen Schatten, den er auf die dahinterliegende Wand warf.

»Lass uns dorthin schwimmen, Miguel, ich will mir das ansehen.«

Er nickte und folgte mir. Ich machte mich flach beim Schwimmen, nachdem ich einige Male mit den Knien an unter der Wasseroberfläche liegende Steine gestoßen war. Direkt unter dem Torring stieß ich gegen einen besonders großen Stein und zuckte zurück. Ich steckte meinen zweiten Handschuh hinter meinen Gürtel und nahm das Mundstück wieder auf. Ich machte Miguel das Zeichen zum Abtauchen. Er nickte.

Meine Lampe zeigte mir unter Wasser, was ich vermutet hatte - es war die abgebrochene Hälfte des Torringes an der Wand. Ich untersuchte sie im Licht der Lampe und befühlte auch ihre Oberfläche. Sie war vollkommen anders als die der Stele. Porös, bleich, rau und kalt, angenagt von Zahn der Zeit. Mit meinem Fingernagel konnte ich sie leicht anritzen. Ich befühlte die Hieroglyphen, die das Fragment vollkommen überzogen. Der untere Teil war ebenso wie bei der Stele im Schlamm versunken. Meine Finger folgten der Form, soweit es ging, lockerten den Schlamm in einer leicht kreisenden Bewegung.

Ich zuckte zurück, als einer meiner Fingernägel schmerzhaft umknickte. Vorsichtig griff ich erneut an die Stelle und tastete umher.

Da war etwas!

Ich bewegte meine Hand vorsichtig im Kreis und erweiterte das Loch so weit, bis ich die Form von dem, was dort lag, ertasten konnte. Es war ein scheibenförmiger unregelmäßig geformter Gegenstand aus einem glatten Material. Ungefähr handtellergroß, der gut 30 – 40 cm tief eingegraben lag. Ich fasste kurzentschlossen zu und zog. Langsam, ganz langsam löste er sich aus dem Schlamm und kam frei.

Ich fühlte meine Aufregung. Miguel war gerade nicht an meiner Seite. Ich drehte mich um und entdeckte den trüben Lichtfleck seiner Lampe hinter mir.

Mit einer langsamen Bewegung schüttelte ich den Gegenstand im Wasser hin und her, um ihn vom Schlamm zu befreien. Er glitzerte golden im Schein meiner Lampe. Was war das nur?

Ich tastete an meinem Anzug nach einer Tasche umher, fand aber keine. Der Gegenstand war nicht besonders dick. Ich schob ihn in das Bein meiner Tauchershorts. Ich spürte meinen Herzschlag im Hals.

»Doktor, alles in Ordnung?« Raymond nuschelte in meinem Kopfhörer. Ich drehte mich erschrocken um und erkannte sein Gesicht neben mir.

»Ja, Miguel, Danke! – Hier unten liegt die zweite Hälfte des Torsteines.«

Er nickte. »Haben wir bereits gefunden, Doktor. Sobald das Wasser hier raus ist, bergen wir ihn. Wir sind fertig, kommen Sie. Es geht nach oben.«

Karen erwartete uns auf dem Hügel, wo der Pontonkäfig abgesetzt wurde. Ich hatte meine Haube abgenommen und meinen Fund darin verborgen. Unter dem hautengen Taucheranzug wäre er sofort aufgefallen.

Sie sah mich gespannt an. Ich winkte ihr zu und lachte. Sie lachte zurück.

Miguel nahm mir den Rest meiner Ausrüstung ab. Ich konnte die Haube lange genug behalten, bis ich beim Abtrocknen den Gegenstand unauffällig ins Handtuch verlagerte.

Ich musste nicht viel sagen. Karen konnte meine Begeisterung von meinem Gesicht ablesen.

»Und? Zuviel versprochen?« fragte sie lächelnd.

Wir gingen an den Rand des Loches, wo uns Marquez erwartete.

»Raymond hat mit den Tauchern sämtliche Vorarbeiten zum Aufrichten der Stele abgeschlossen.« Karen deutete auf ein oranges, dickes, aus speziellen Verbundfasern bestehendes Seil, welches aus dem Wasser kam und an eine sehr stabil wirkende Abschleppkupplung eines der beiden Schaufelbagger angehängt war.

»Der muss nur losfahren, um die Stele ihrer Längsachse nach aufzurichten. Wenn alles klappt wird sie mit ihrer Spitze die Wasseroberfläche durchbrechen und ungefähr zwei Meter aus dem Wasser herauskommen.«

Es war Mittag. Leichte Hochbewölkung verbarg die Sonne in einem grellen diffusen Licht. Die Luftfeuchtigkeit war greifbar. Karen reichte mir ein T-Shirt und eine Baseball-Mütze zum Schutz gegen die Sonne.

Nahezu alle Arbeiter und Ausgrabungshelfer hatten sich inzwischen mit uns um das Loch versammelt.

Raymond kam zu uns ein Headset in der Hand und nickte Marquez grüßend zu.

»So, von mir aus kann es losgehen, Señor. Alle Seile sind verankert« sagte er, Karen einen knappen Seitenblick zuwerfend.

Was sollte das? Hatte es sich schon bis zu Raymond herumgesprochen, dass Marquez die Leitung jetzt offen für sich beanspruchte? Ich war überrascht. Woher hätte er es wissen sollen? Karen musste das Gleiche gefühlt haben. Mit angespannten Gesichtszügen wandte sie sich ab.

Marquez lächelte sein freundliches Lächeln und nickte Raymond anerkennend zu. »Sagen Sie den Männern, sie sollen beginnen.« Er beschenkte auch die Umstehenden mit seinem Lächeln.

Raymond setzte das Headset auf und sprach in sein Mikro.

Auf der anderen Seite der Öffnung begann der Diesel des Schaufelbaggers mächtige Rußwolken auszustoßen und entfernte sich langsam von der Öffnung, wobei sich das Seil gleichmäßig spannte, bis es einer fein gestimmten Violinenseite glich.

»Stop!« Das schwere Fahrzeug hielt an. Raymond ging etwas um das Loch herum und betrachtete das bis zum Zerreißen gespannte Seil aus unterschiedlichen Blickwinkeln.

Er scheuchte ein paar Arbeiter weg, die ihm zu nah am Schaufelbagger standen, gab dem Fahrer ein Zeichen und sprach dabei in sein Mikrofon.

Langsam bewegten sich die Ketten erneut nach vorn. Das Seil schien dünner zu werden, sofern das noch möglich war, sein unteres Ende stach wie ein Lichtstrahl ins milchigweisse Wasser.

Ein hoher Knall, gefolgt von einem scharfen Sirren, ließ mich und alle anderen zusammenzucken. Der Bagger machte einen Satz nach vorn, bevor der überraschte Fahrer auf die Bremse treten konnte und das Ungetüm schaukelnd zum Stehen brachte. Von dem Seil war nichts mehr zu sehen. Wasserspritzer bis zu uns herauf signalisierten, wohin es verschwunden war.

»Wow!« Karen rannte zum Schaufelbagger. Ich folgte ihr. Von der Abschleppkupplung war nicht viel übrig geblieben. Eine raue Bruchstelle im Werkzeugstahl des Fahrzeugs zeigte den Schwachpunkt. Das Seil hatte in jedem Fall gehalten.

Raymond kam zum gleichen Schluss. »Neuer Versuch in zwei Stunden. Los, Jungs, wir müssen das Seil wieder raufholen.«

»Das passt gut. Ich habe uns was zu Essen besorgt!« Sinistra schob uns in Richtung der Bürocontainer.

Ich trennte mich kurz von den Anderen zog meinen Taucheranzug aus und schlüpfte in meine leichten Sachen. Einen Blick auf meinen Fund riskierte ich lieber nicht, Miguel war zufällig mit im Raum. Ich verstaute den Gegenstand unauffällig in einer Hosentasche. Ich musste meine Geduld bis zur Rückkehr ins Hotel zügeln.

Für den nächsten Versuch hatte Raymond das Seil um den vorderen Geräteträger des Schaufelbaggers geschlungen und scharfe Knicke im Seil mit dicken Gummischeiben entschärft. Die beindicke Kupplung des Geräteträgers würde halten. Falls nicht, würde die Bergung neu überdacht werden müssen.

Die Maschine würde jetzt rückwärts fahren müssen, um das Seil zu spannen. Alle Zuschauer standen jetzt an den Seiten, parallel zur Achse Schaufelbagger - Stele, um von möglicherweise umherfliegenden Teilen nicht getroffen zu werden.

Raymond gab diesmal ohne auf das O.K. von Marquez zu warten, allein das Zeichen zum Anfahren.

Wieder gab das Seil ein Strecke nach, bis es sich straff gespannt hatte. Die dicken Gummischeiben um die Kanten des Geräteträgers wurden wie Papier zusammengedrückt und gekräuselt, aber die Konstruktion schien diesmal zu halten.

Mit einem tiefen Gurgeln gab der Schlamm die Stele langsam frei. Sie durchbrach mit ihrer Spitze die Wasseroberfläche und Beifallsstürme der Zuschauer brandeten auf. Der Impuls des sich zusammenziehenden Seils reichte aus, sie senkrecht aufzurichten und sogar ein Stück zu weit nach vorn zu ziehen. Raymond stoppte den Schaufelbagger und ließ ihn zurück Richtung Loch fahren, um die Spannung aus dem Seil zu nehmen und ein Umfallen der Stele in die entgegengesetzte Richtung zu verhindern.

Ihre Rückseite war bis zur Spitze schwarz von Schlamm, der in breiten Bächen ins Wasser rieselte. Zwei Arbeiter holten einen Wasserschlauch und spritzten vom Rand des Loches den Dreck von der Stele.

Karen ergriff meine Hand ohne mich anzusehen und drückte sie fest. Wir erkannten beide gleichzeitig die übergroßen Nebenhieroglyphen, die eine über der anderen unter der Schlammschicht zu Tage traten.

Raymond grinste quer über das ganze Gesicht. Sinistra und Miguel klopften ihm auf die Schulter und Karen und ich gratulierten ihm. Die Spannung schien verflogen.

»Jetzt gibt es wieder Arbeit für Euch beide«, sagte er lachend zu uns. Karen nickte. »Vielleicht eher für Don!«

Sinistra lachte uns an. »Doktor, Sie bringen uns Glück. Kaum sind Sie da, gibt es einen neuen spektakulären Fund.«

Ich nickte abwesend und starrte gebannt auf die Stele. Das saubere Wasser aus dem Schlauch hatte mittlerweile den schwarzen Schlamm von ihrer Rückseite abgewaschen. Unter der dritten Nebenglyphe - knapp über der Wasseroberfläche - war ein weiteres Zeichen zum Vorschein gekommen.

Mir wurde leicht schwindelig. Das Zeichen war ungefähr handtellergroß mit unregelmäßigem Rand und vertieft abgebildet. Ich drehte mich langsam von der Stele weg. Meine rechte Hand umklammerte in meiner Hosentasche den Gegenstand aus der Höhle. Ich musste ihn mir nicht mehr ansehen, um zu verstehen, was ich dort gefunden hatte.

»*Fergus!*« Ich riss mich zusammen, um nicht zu laut zu werden. Die Türen im Maya International waren nicht sehr dick. In Edinburgh war es jetzt ungefähr 2:30 Uhr in der Nacht. Ich hatte Fergus viermal anrufen müssen, bevor er selbst am Apparat war und nicht der Anrufbeantworter.

»Donavon, was ist nur los?« Er klang hoffnungslos verschlafen.

»*Fergus*, fahr ins Institut und geh an deinen Computer! *Bitte!*« Ich klang sehr verbindlich. Endlich wurde er aufmerksamer.

»Wieso ins Institut? Ich kann auch von hier darauf zugreifen.«

»Fergus, fahr ins Institut! Du benötigst dein Bildtelefon, deinen Computer *hinter* der Firewall des Instituts und circa 10 Gigabyte Speicherplatz im höchsten Sicherheitsbereich.« Meine Stimme war endlich eindringlich genug.

»O.K., starrsinniger MacAllon, ich bin unterwegs. Ruf mich um Viertel nach drei wieder an. Wehe, es ist nicht wichtig.« Er legte auf.

Ich lehnte mich zurück. Der Gegenstand lag auf meinem Bett. Matt golden schimmernd. Nicht von dieser Welt. Er war äußerst faszinierend. Ich hatte ihn einfach im Waschbecken unter den Wasserstrahl gehalten und die angetrockneten, stinkenden Reste des schwarzen Schlamms abgewaschen. Er hatte nicht einen Kratzer abbekommen, obwohl er weiß Gott wie lange in der Höhle begraben lag.

Ich nahm ihn in die linke Hand. Man konnte ihn nur in diese Hand nehmen. Nur in der linken Hand liegend, war er sinnvoll mit den Fingern der rechten Hand zu bedienen. Anders herum wären seine Skalen im Handteller zu liegen gekommen und nicht mehr erreichbar gewesen.

Seine Form ließ exakt Platz für den Ansatz des linken Daumens und der vier Finger. Die Ausbuchtungen der Finger waren für mich etwas zu klein – allerdings war er mit Sicherheit auch nicht für meine Hand angefertigt worden.

Er fühlte sich warm an. Nicht ganz so warm wie die Stele. Definitiv bestand der Gegenstand jedoch aus einem anderen Material. Für mich war es ein Metall.

In die Ausbuchtungen der Finger waren unsichtbar Druckkontakte eingearbeitet. Ich hatte sie zufällig entdeckt, als ich mich mit dem Schlüssel in der Hand vorhin auf dem Tisch abgestützt hatte, um vom Boden die heruntergefallenen Hieroglyphen-Kopien aufzuheben. Für Archäologen wie Karen undenkbar, hatte ich die Kontakte sofort in allen möglichen Kombinationen ausprobiert.

Die Kontakte ließen sich nur alle gleichzeitig drücken, indem ich meine Hand zu schließen versuchte. Ein leises Klicken, an der Grenze des Hörbaren, und der Schlüssel erwachte zu Leben. Entspannte ich die Hand wieder, erlosch auch sein Eigenleben.

Die Unterseite des Schlüssels war mit feinen Linien und weiteren fremden Zeichen, denen am Fuße der Stele sehr ähnlich, bedeckt. Ein langer Text diesmal, wahrscheinlich die Gebrauchsanweisung für den Schlüssel - oder eine Warnung. Letzteres schloss ich nach meinem Eigenversuch erst einmal aus.

Die Vorderseite war mit radialen Skalen und Verziehrungen übersät. Ich erkannte das Prinzip auf Anhieb. Jeder, der schon einmal ein Schema unseres Sonnensystems gesehen hatte, hätte es erkannt. Die Sonne als kirschkerngroße, rote Halbkugel im Zentrum, Merkur als Stecknadelkopf dicht daneben. Venus und Erde erbsengroß. Der Mond eine weitere Stecknadel neben der Erde.

Mehr als Zwanzig weitere Planeten oder Monde (oder Sterne?) waren in logarithmischen Skalen um das konzentrische Modell der Umlaufbahnen herum untergebracht. Ihre eingravierten Bezeichnungen sagten mir natürlich nichts, wären es nur sechs gewesen, hätte ich auf die übrigen Planeten unseres Sonnensystems getippt. Bei dieser hohen Anzahl von Himmelskörpern wollte ich mich da lieber nicht festlegen.

In jedem Fall eine Art Kalender, abgebildet in einem komplizierten mechanischen Gebilde. Der Gegenstand war ein hochkomplexer Schlüssel!

Und wie der Zufall es gewollt hatte, war mir heute auch nahezu zeitgleich das Schloss in das er passen müsste, offenbart worden.

Alle Planeten oder Monde waren als schwarze Halbkugeln dargestellt, die mit einem Finger leicht eingedrückt und auf ihren Umlaufbahnen verschoben werden konnten – sofern alle Kontakte gedrückt waren. Die Planetenbahnen um die Sonne, die Mondbahn um die Erde und die logarithmischen Skalen waren haarfeine Rillen, mit mikroskopisch kleinen, rechtwinkeligen Skalenwerten.

Ich hatte den Schlüssel mit der abnehmbaren, drahtlosen Kamera meines Computertelefons aus allen Richtungen fotografiert. Die Qualität der Bilder war gut, die Auflösung der Details scheiterte jedoch an dem Normalobjektiv, das auch mit digitaler Vergrößerung die Skalenwerte nicht erfassen konnte.

Ich hatte mir somit die Ausgangspositionen der Planeten mit den entsprechenden Skalenwerten auf die Rückseite der Fotokopien gezeichnet und dann abfotografiert, bevor ich versucht hatte, die Planeten zu bewegen.

Aktivierte ich den Schlüssel durch das Drücken der Kontakte, glühten die vertieften Umlaufbahnen und alle Skalen dunkelrot auf. Mit einem Finger der rechten Hand ließen sich die Planeten Venus, Erde und der Mond leicht eindrücken und auf ihren Umlaufbahnen bewegen. Von den übrigen Himmelskörpern konnte ich nur zwei mit dem Finger bewegen.

Was bedeutete das? Waren die anderen zu weit weg, als dass ihre Bewegung durch die Veränderung der übrigen Skalenwerte beeinflusst werden konnten?

Aber warum waren sie dann überhaupt abgebildet? Zur Orientierung?

Mein Entdecker-Geist hatte in diesem Moment verharrt. Schob ich einen der Planeten auf seiner Umlaufbahn hin und her, so folgten wie von Geisterhand alle übrigen, sobald ich meine Bewegung abgeschlossen hatte.

Veränderte ich die Position des Größeren der beiden beweglichen Himmelskörper auf den logarithmischen Skalen, so rotierten Merkur, Venus und Erde eine Zeitlang wie wahnsinnig auf ihren Bahnen, bevor sie wieder zum Stillstand kamen. Bewegte ich den Kleineren, dauerte es nicht ganz so lang.

Ich verstand. Es waren tatsächlich logarithmische Skalen. Eine kleine Bewegung konnte einen sehr großen Betrag ausmachen, und das bedeutete im Falle eines Kalenders, eine sehr große Zeitspanne.

Der Schlüssel funktionierte also folgendermaßen: Man stellte über die Skalen ein bestimmtes Datum ein und aktivierte den Schlüssel anschließend über seine Kontakte.

Und was geschah dann? Und welches Datum war das Richtige?

Nachdem ich mit Hilfe meiner Zeichnung alle Skalen zurück in ihre Ausgangsposition gebracht hatte, machte ich ein letztes Bild vom Schlüssel auf einem karierten Blatt Papier, um Fergus eine Einschätzung seiner Größe zu ermöglichen. Dann wählte ich das Gateway zum Institut an und begann die Daten aus dem Speicher des Computertelefons zu senden.

Ich hatte erst die Hälfte übertragen, als die vereinbarte Dreiviertelstunde um war. Fergus nahm diesmal nach dem ersten Klingeln ab.

»Was in aller Welt ist das, Donavon?«, raunte er in den Hörer.

»Was glaubst du, Fergus?« Ich lehnte mich in meinem Hotelsessel zurück.

»Aufgrund der Größe des Gegenstandes schätze ich, dass man ihn in die Hand nehmen muss. Von seiner Form her erinnert er mich an ein Werkzeug zum Zertrümmern von Schädelknochen. Die reichen Verzierungen und das Material, das für mich aussieht wie Gold, geben ihm in meinen Augen eine rituelle Bedeutung. Ich denke, es handelt sich um ein sehr altes Instrument für Opferzeremonien. Tiere oder Menschen als Dank oder Fürbitte an die Götter der Vorzeit. – Von wem hast du es?«

»Nicht so schlecht,« antwortete ich. »Bist du noch online? Geh bitte auf live interaction stream,« wies ich ihn an.

»O.K., ich sehe die Decke deines Hotelzimmers und in deine Nase - sehr schön.«

»Geht sofort los. Bitte sichere die Bilder und den Film im Datenbunker.« Ich schaltete die Kamera auf Videoübertragung mit niedriger Auflösung, richtete sie auf meinen Oberkörper und nahm den Schlüssel in die rechte Hand.

»Sieh hier.« Ich drehte meine Hand im Aufnahmebereich so, dass Fergus den in ihr liegenden Schlüssel sehen konnte, und aktivierte ihn.

Er pfiff am anderen Ende der Leitung leise durch die Zähne, als die Umlaufbahnen und einige der Skalen aufleuchteten.

»Also nicht nur ein rituelles Werkzeug, es ist elektrisch! – Woher hast du es?«

»Ich habe es heute beim Tauchen in der Höhle der Stele gefunden. Es lag unter einem Kalkquader im Schlamm begraben. Reiner Zufall. Ich habe an dem Quader nach Hieroglyphenstrukturen gesucht.«

»Und du konntest den Gegenstand mit ins Hotel nehmen? Keiner hatte etwas dagegen?« Ich konnte mir seine zusammengekniffenen Augen vorstellen, als er das sagte.

»Keiner weiß etwas davon, Fergus. Ich habe am Morgen Señor Ramon Marquez kennen gelernt und intuitiv entscheiden, dass ich meinen Fund erst einmal selbst untersuchen will.«

»Braver Junge, Donavon. Aber was ist es?« Seine Erregung drang durch den Lautsprecher. Ich richtete die Kamera auf mich und sah hinein.

»Es ist ein Schlüssel in Form eines ewigen Kalenders. Wie du siehst, zeigt seine Oberseite unser Sonnensystem bis zur Erdbahn. Diese logarithmischen Skalen symbolisieren weitere

Himmelskörper, wobei ich annehme, dass zwei von ihnen den Jupiter und den Saturn repräsentieren.

Wenn ich den Schlüssel über meinen Händedruck aktiviere, kann ich die Planeten auf ihren Bahnen mit dem Zeigefinger verschieben. Eines der ersten Bilder, das du bekommen hast, zeigt die Position, in der sie sich ursprünglich befanden.«

»Du hast die Positionen einfach verändert, Donavon?« Fergus Stimme klang angespannt.

»Nachdem ich sie dokumentiert hatte«, brachte ich zu seiner Beruhigung hervor.

»Donavon, nur weil etwas sich bewegen lässt und nicht unmittelbar etwas passiert, heißt das nicht, dass es keine Auswirkungen hat!« Er war wütend.

»Du hast ja recht, Fergus. Aber ich weiß, wo sich das Schloss zu diesem Schlüssel befindet. Ich bin sicher, es wird nichts passieren, bevor der Schlüssel in dieses Schloss eingelegt wird.« Das brachte ihn wieder auf andere Gedanken. Seine Anspannung blieb fühlbar.

»Was willst du damit sagen?«

»Karen und ihr Team haben heute die Stele aufgerichtet. Dabei wurden auf ihrer Rückseite weitere Hieroglyphen sichtbar – und eine Vertiefung, mit exakt der Form dieses Schlüssels.«

»Mein Gott.« Er schwieg, in tiefe Gedanken versunken. Ich hörte ihn auf seiner Tastatur herumtippen.

»Donavon, zeig mir noch einmal den Schlüssel.« Ich hielt ihn vor die Kamera.

»Ist das wieder die Ausgangsposition? – Gut. Dreh ihn bitte um. Etwas dichter bitte.« Wieder Schweigen und Tippen auf der Tastatur.

»Hast du dir die Rückseite angesehen?« Seine Frage kam zielgerichtet. »Ist dir dabei etwas aufgefallen?«

Ich fühlte mich plötzlich wieder, als wäre ich der Student. Zwischen meinen Ohren brannte es. War mir etwas entgangen? Ich drehte den Schlüssel um und besah mir die Zeichen auf der Rückseite genau. Sie waren filigran in die Oberfläche graviert. Es sah aus wie ein strukturierter Text. Zu einigen Passagen liefen feine Linien, die um die Seite des Schlüssels herum zu den Planetenbahnen und den logarithmischen Skalen auf der Vorderseite führten: – Es war möglicherweise die Gebrauchsanweisung des Schlüssels.

»Es sagt uns, wie wir den Schlüssel einzustellen haben, Fergus, leider können wir die Schrift nicht lesen.«

»Möglich, Donavon, aber ich meine etwas anderes. Sieh dir die Faxkopien an, die Karen dir geschickt hat und vergleiche die letzten Zeilen mit der Rückseite des Schlüssels!«

Ich kramte auf dem Tisch und holte sie hervor. Fergus hatte alles auf dem Bildschirm. Wahrscheinlich war es ihm im direkten Vergleich sofort aufgefallen. Ich legte das zweite Blatt auf meine Knie und hielt den Schlüssel mit der Rückseite nach oben daneben.

Dann sah ich es auch. Die Passage, die ich als Übersetzung des Mayadatums für den 30. Juni 560 nach Christus in eine uns unbekannte Schrift betrachtete, tauchte in einer eigenen Zeile identisch auf der Schlüsselrückseite auf. Das war es!

»Ich sehe es, Fergus!« Ich war elektrisiert.

»Das bedeutet zum einen, der Schlüssel wurde zum letzten Mal am genannten Datum benutzt. Wir können ihn also mit Hilfe der Inschrift an der Stele immer wieder auf dieses Basisdatum zurücksetzen. Das ist wichtig, wenn wir uns daran machen, ihn zu analysieren.« Er machte eine Pause und tippte erneut auf seiner Tastatur.

»Donavon, verstell jetzt die Position des Schlüssels, möglichst geringfügig.«

Ich nahm ihn wieder in die linke Hand, aktivierte ihn und schob den Mond mit der Spitze meines Kugelschreibers drei Skalenstriche nach rechts – die Erde ruckte ein wenig, alle anderen Skalen veränderten sich nicht. Ich drehte den Schlüssel um und erstarrte.

Die Zeichen, die ehemals identisch mit denen auf der Stele waren, hatten sich verändert.

»Das bedeutet zum anderen –« fuhr Fergus fort, der an meinem Gesichtsausdruck meine Entdeckung abgelesen hatte, »dass wir hier nicht nur einen Schlüssel besitzen, der irgend etwas öffnet oder auslöst, sondern der uns auch eine Möglichkeit aufzeigt, diese unbekannte Schrift zu entziffern, wenn wir die Einheiten der Skalen und deren Zusammenhänge verstehen lernen.«

»Fergus,« ich fühlte meine Ohren vor Aufregung rot werden. Ich nahm den Schlüssel in die Hand. Er wog ungefähr ein Pfund. Recht schwer für seine Größe.

Ich sah in die Kamera. »Wenn dieses Gerät tatsächlich so alt ist, dann wurde es niemals von den Maya angefertigt. Und die Stele auch nicht!« Ich beschrieb ihm meine Eindrücke vom Tauchgang.

»Dieser Fund wird dich weltberühmt machen, Donavon, und Karen auch. Wir müssen dafür sorgen, dass er niemanden in die Hände fällt, der ihn für eigene Interessen verschwinden lassen will – nicht bevor wir hinter sein Geheimnis gekommen sind.« Fergus Stimme hatte wieder ihren verschwörerischen Klang.

»Ich brauche noch ein paar Bilder, um morgen Marie hier im Institut mit der Analyse daransetzen zu können.« Er gab mir Anweisungen, wie ich die einzelnen Skalen der Vorderseite verstellen sollte, und ich machte jedes Mal hochauflösende Bilder von Vorder- und Rückseite. Wir waren über zwei Stunden beschäftigt, während mein Computertelefon mit der Datenflut kämpfte, deren Übertragung durch das parallele Telefongespräch noch zusätzlich verlangsamt wurde.

Endlich hatte Fergus alles, was er wollte.

»Noch eine Sache, Donavon. Wir haben an dem Schlüssel jetzt eine oberflächliche Grunduntersuchung vorgenommen. Ich bin sicher, wir haben noch lange nicht alle Einstellungsmöglichkeiten erkannt.« Sein Ton wurde mahnend. Ich wusste, was kam.

»Aye, Fergus. Ich werde ihn nicht in der Stele ausprobieren, bevor wir das nicht besprochen haben«, unterbrach ich ihn.

»Ich denke, es wäre in deinem eigenen Sinn, Donavon. Selbst wenn wir den Schlüssel einhundertprozentig verstehen, wir wissen nicht, was er möglicherweise an anderer Stelle bewirkt. Möglicherweise löst er nur einen unsichtbaren Sender aus, während wir weiter rätseln, wozu er taugen mag. Sieh dir die Umgebung aufmerksam an. Vielleicht findest du Hinweise auf verborgene Kammern oder so ein Zeug. Ich melde mich, sobald es Ergebnisse gibt.«

Ich beendete das Gespräch und ließ die Datenübertragung weiterlaufen.

Ich sah auf die Uhr. Es war nach neun. Karen hatte angekündigt, mich gegen acht zum Essen abzuholen. Wahrscheinlich hielt ihre Arbeit sie auf.

Draußen war es mittlerweile stockfinster. Eine trübe Lampe leuchtete vor dem Hoteleingang. Im See schimmerten die Lichter von Flores. Einige Fahrzeugscheinwerfer tasteten sich über die Brücke.

Ein Piepen des Computertelefons ließ mich auf sein Display sehen. Der Akku war fast leer, und das Symbol für eine eingehende Nachricht auf dem Anrufbeantworter blinkte. Ich holte das Ladegerät aus meinem Koffer und verband es mit dem Telefon. Eine Steckdose fand ich hinter dem Nachtschrank. Als ich den Lampenstecker herauszog, kam die Steckdose mit aus der Wand.

Ich fluchte und trennte den Stecker vorsichtig von der nackten Steckdose, an der zwei verrottete Kabel hingen. Ein leises Knistern und das Licht in meinem Zimmer erlosch.

»*Ayyyye!*« Vorsichtig erhob ich mich. Die Laterne vor dem Hotel und das Licht in den umliegenden Gebäuden war ebenfalls erloschen. Ich hörte erschrockenes Stimmengemurmel aus den Nachbarzimmern.

Aus dem Fenster sah ich die Lichter der Stadt nach wie vor über das Wasser schimmern. Flores hatte ich wenigstens nicht den Strom abgedreht.

Ein leises Dröhnen lenkte meine Aufmerksamkeit in Richtung See.

Eine Kette von weit auseinander gezogenen kleinen Lichtpunkten kam über das Wasser auf mich zu. Das Dröhnen wurde lauter und verwandelte sich in den Triebwerkslärm anfliegender, großer Flugzeuge. Die Lichtpunkte wurden zu Landescheinwerfen und bewegten sich einige hundert Meter seitlich vom Hotel Richtung Flughafen an mir vorbei.

So viele große Flugzeuge? Um diese Uhrzeit und in dieser Provinz? Ein energisches Klopfen an meiner Tür ließ mich herumfahren.

»Ist alles in Ordnung bei Ihnen, Doktor MacAllon?« Ein Hotelangestellter streckte neugierig seinen Kopf in mein Zimmer und leuchtete mit einer Taschenlampe herum.

»Ja, wann gibt es wieder Licht?«, fragte ich ihn und hielt die Tür soweit geschlossen, dass er den Nachtschrank und die Steckdose nicht sehen konnte.

»Die Sicherungen werden gerade gewechselt. Es kann nicht mehr lange dauern, Doktor MacAllon.«

»Vielen Dank.« Ich schloss ihm die Tür vor der Nase.

Der Triebwerkslärm hatte sich gelegt. Die Landescheinwerfer waren verschwunden. Ich setzte mich aufs Bett, wartete und dachte nach.

Nach ein paar Minuten kam der Strom wieder. Mein Kommunikator hatte sich in der Zwischenzeit abgeschaltet. Ich fand im Bad eine andere Steckdose. Karen hatte während meines Telefonats mit Fergus angerufen und für den Abend abgesagt. Señor Marquez hatte sie und Raymond zum Rapport gebeten. Sie würde mich am Morgen gegen sieben wieder abholen.

Ich wählte erneut die Verbindung ins Institut und übertrug die restlichen Daten. Morgen früh würde ich ihr von meinem

Fund berichten müssen. Vielleicht hatte das Institut dann bereits erste Ergebnisse vorliegen.

Ich wickelte den Schlüssel in ein zerknittertes Unterhemd und versteckte ihn in meinem Wäschesack. Dann ging ich hinunter ins Restaurant des Maya International und machte mich auf eigene Faust auf die Suche nach lokalen Spezialitäten.

⌢

Die Überraschung ereilte uns am nächsten Morgen an der Zufahrt der Ausgrabungsstatte.

Wo gestern noch ein kleiner Schlagbaum und gelangweilte Wächter gestanden hatten, erwarteten uns bis an die Zähne bewaffnete Soldaten in einer mit Stacheldraht gesicherten Durchfahrt. Links und Rechts davon verkleideten Stacheldrahtrollen nur spärlich einen drei Meter hohen Stahlzaun, an dem ich Hochspannungszeichen entdeckte.

Der Zaun erstreckte sich zu beiden Seiten um das Ausgrabungsgelände. Zwei leicht gepanzerte Militär-Jeeps amerikanischer Bauart vom Typ Humvee, neuestes Modell, mit den Hoheitszeichen von Guatemala, standen neben der Behelfspiste Richtung Tikal und dienten einer Handvoll Soldaten als Imponierverstärker für den vorbeirollenden Verkehr.

Karen fuhr vor den Schlagbaum. »Was ist denn hier los?«, fragte sie mich mit verständnislosem Blick, während ein Uniformierter an ihre Tür trat und uns nach unseren Ausweisen fragte.

Ich zuckte nur mit den Schultern und gab ihr meinen Ausweis, den sie zusammen mit ihrem an den Soldaten weiterreichte. Er verglich unsere Namen mit einer Liste, die er auf einem kleinen Flachbildschirm an seinem linken Unterarm mit sich führte.

Er gab uns die Ausweise zurück. »Sie können durchfahren, Dr. Whitewood. Stellen Sie Ihr Fahrzeug bitte dort drüben neben die anderen.« Er hob die Hand zum Gruß und wies einen anderen Soldaten mit einer Handbewegung an, den Schlagbaum zu öffnen.

»Die müssen nach Mitternacht gekommen sein,« sagte Karen verständnislos, »bis halb zwölf waren wir bei Marquez, da ist noch alles normal gewesen.«

Der Parkplatz war vergrößert worden. Einige Militärlastwagen standen ordentlich aufgereiht neben weiteren Humvees an einer Seite. Sinistras Cabrio stand heute auch hier und setzte einen interessanten Kontrastpunkt zu den in Tarnfarben lackierten LKW und Jeeps.

Karen parkte ihren Passat und wir gingen in die Richtung der Bürocontainer. Etwas im Abseits verbargen drei große Tarnnetze schwere, dunkelgrüne Lastwagen, welche mit technischen Containern beladen waren. Mehrere Soldaten waren damit beschäftigt, aus den geöffneten Hecktüren diverse kleinere Behälter zu entladen.

Ich konnte mir gut vorstellen, wie die hierher gekommen waren. Mit Sicherheit an Bord der Flugzeuge, die gestern Abend, während meines selbstverursachten Stromausfalles, gelandet waren. Nur warum? Von meinem Fund konnten sie nichts wissen. War die Stele auf einmal noch wichtiger geworden?

Karen zog mich in die Richtung von Marquez' Büro. Dort wo gestern Sinistras Käfer gestanden hatte, parkte jetzt ein finsterer Spezial-Humvee, mattschwarz mit dunklen Scheiben. Auf der Fahrertür war eine kleine amerikanische Flagge zu sehen. Darunter ein Emblem aus Adler, Anker und Globus.

Das US Marine Corps war eingetroffen.

Im Bürocontainer von Señor Marquez erwartete uns die bekannte Mischung aus Zigarrenqualm und Körpergeruch.

Neben Marquez waren diesmal zwei weitere Männer anwesend.

Bei dem einen handelte es sich unverkennbar um den Besitzer des schwarzen Humvees. Ein amerikanischer Offizier mit grauem Bürstenhaarschnitt, athletischer Figur und unbestimmbarem Alter. Ein kleines Abzeichen der Special Forces zierte seine Dschungeluniform aus aufgelösten Formen, grünen und braunen Farbtönen. Das schwarze Barett hatte er zusammengerollt unter einem Klettverschluss verstaut. Seine schwarzen Stiefel glänzten, als wären sie gerade aus dem Arsenal gekommen. Er musterte uns beim Eintreten kurz mit seinen wimpernlosen, blassblauen Augen, wandte sich dann jedoch wieder den auf Marquez' Schreibtisch liegenden Fotografien zu.

Der andere war ein hochgewachsener, dünner Mann, mit schütterem, hellem Haar. Ich erkannte ihn sofort. Professor Morton Warren. Er war Mitglied der Kommission zur Verleihung des Physik-Nobelpreises, zusammen mit Fergus. Ich war ihm vor einigen Jahren bei der Verleihung in Stockholm begegnet. Sein Fachgebiet war die Kernphysik, die Erforschung hochenergetischer Energiequellen. Meine letzte Information war, dass er im Bereich der kalten Fusion arbeitete. Ein brillanter, schwedischer Wissenschaftler. Nur - was machte er ausgerechnet hier?

Fergus kannte ihn wesentlich besser und hatte ihn als introvertierten Perfektionisten beschrieben. Er arbeitete stets allein, sehr zurückgezogen, und ließ sich nie in Talkshows oder auch nur bei Interviews blicken. Es musste schon ein außergewöhnlicher Fund sein, der ihn hierher gebracht hatte.

Morton war über sechzig, extrem kurzsichtig, mit einer goldgefassten Brille, die ihm wegen ihres hohen Gewichts der dicken Gläser ununterbrochen den Nasenrücken herunterrutschte. Sein Gesicht war aschfahl und mit Bartstoppeln übersät. Vollkommen anders, als ich ihn in Erinnerung hatte. Neben dem frisch geschlüpften Marine ein extremer Gegensatz. Warren war in das Studium der Bilder vertieft und nahm keinerlei Notiz von uns.

Ramon Marquez strahlte uns an. »Dr. Whitewood, schön, dass Sie mich so oft besuchen. Dr. MacAllon.« Er nickte mir zu und stellte seine Gäste mit einer Armbewegung vor.

»Sehen Sie nur, welche Unterstützung ich für unser Projekt gewinnen konnte.« Der Offizier verzog keine Miene.

»Darf ich Ihnen Captain Johns von den US Marines vorstellen? Er ist ab sofort für die Sicherheit unserer Ausgrabungsstelle verantwortlich. Die amerikanische Regierung hat ihn als Sicherheitsberater freundlicherweise zur Verfügung gestellt.«

Der Captain nickte uns zu, als wären wir Spielkameraden seines Sohnes und würden zur Gartenparty vorbeikommen. Ein kurzer, trockener, teilnahmsloser Blick. Wir waren ihm vollkommen egal. Seine Gedanken weilten an einem anderen Ort.

»Und dies ist Professor Warren.« Als er seinen Namen hörte, hob er seinen Kopf, drehte ihn in meine Richtung und betrachtete mich kurz. Er erkannte mich nicht. Seine Augen auf Karen gerichtet, kam er einige Schritte herangetippelt.

»Es ist mir eine Freude, Dr. Whitewood, ich habe schon viel von Ihnen gehört. Wir werden sicher gut zusammenarbeiten.« Seine nasale Stimme fistelte in meinen Ohren.

Karen gab ihm mit gerunzelter Stirn die Hand. »Ich glaube nicht, dass ich Sie kenne, Professor. Was ist Ihr Spezialgebiet?« Warren setzte zu einer Antwort an, wurde jedoch von Marquez unterbrochen.

»Der Professor wird die Ausgrabungsleitung übernehmen, Dr. Whitewood.« Marquez versuchte verlegen auszusehen, was ihm jedoch nicht gelang.

»Ich möchte betonen, Doktor, dass diese Entscheidung mir von außen auferlegt wurde. Ich bin nach wie vor höchst zufrieden mit der Art, wie sie diese Ausgrabung durchgeführt haben, und hoffe, Sie werden uns weiterhin unterstützen.«

»Von außen, Señor Marquez?« Karen unterdrückte ihre Wut nur mühsam. »Außen ist für mich das Archäologische Institut in Guatemala-Stadt. Und von dort bin *ich* mit der Leitung beauftragt worden.« Marquez durchlitt höchste Qualen, wenn ich seine Mimik richtig interpretierte. »Wenn ich mich richtig erinnere, geschieht hier nichts ohne *mein* Einverständnis. Und jetzt erklären Sie mir bitte diese Invasion!«

Marquez suchte noch nach Worten, als Captain Johns intervenierte, dem das Ganze offensichtlich schon viel zu lange dauerte.

»Miss äh – Whitewood,« seine Stimme war fest und gebieterisch. Er kniff seine Augen leicht zusammen und klemmte Karen mit seinem Blick ein.

»Ich kann Ihnen das kurz erklären.« Marquez räusperte sich leise, fand jedoch keine Beachtung.

»Die Regierung von Guatemala pflegt traditionell gute Beziehungen zum Weißen Haus. Vor ein paar Tagen bat sie die Vereinigten Staaten um Unterstützung bei der Untersuchung dieser Ausgrabungsstätte. Auf eine Bitte hin – ich glaube sogar, es war Ihr eigener Wunsch, Miss Whitewood – hat ein NASA-Satellit Bodenaufnahmen dieser Gegend durchgeführt. Die Ergebnisse waren – nun, ich will einmal sagen – für alle überraschend und sehr interessant.« Er machte eine Pause und deutete auf die Fotos auf dem Tisch.

»Es ist ganz einfach, Doktor. Wenn Sie sich entscheiden, diese Fotos anzusehen, akzeptieren Sie, ab jetzt unter der Leitung von Professor Warren zu arbeiten. Ansonsten –«, er sah in Richtung der Tür, »hat es mich sehr gefreut, Sie beide kennen zu lernen. Ich denke, wir werden es auch ohne Sie schaffen.« Er schenkte mir einen kurzen Blick.

Karen schluckte und dachte fieberhaft nach.

»Wenn Sie mir die Frage gestatten, Professor,« ergriff ich das Wort und wandte mich an Morton, »was verbindet ihr Spezialgebiet der kalten Fusion mit der Ausgrabungsstätte einer eintausendfünfhundert Jahre alten Mayastadt?«

Johns und Marquez standen wie vom Donner gerührt. Warren lächelte geschmeichelt vor sich hin. »Ich hätte mir denken können, dass ich für Mitarbeiter von Fergus Young kein Unbekannter bin.« Er sah mich an und schob sich die Brille mit der Hand zurück auf den Nasenrücken.

Ich lächelte kalt zurück. »Ganz und gar nicht, Professor. Lassen Sie mich raten. Die NASA hat mit ihren Satelliten die Aufnahmen gemacht und kam bei der Auswertung nicht weiter. Die Aufnahmen bewegten sich natürlich nicht nur im Bereich des sichtbaren Lichts, sondern haben das ganze Spektrum abgeklappert. Alle Vergrößerungen, alle Wellenlängen – auch Röntgenstrahlen.« Johns und Marquez verfolgten meine Ansprache mit zunehmendem Unbehagen. Karen starrte mich an.

»Und bei einer bestimmten Kombination aus Wellenlänge und Vergrößerung hat der Satellit eine vollkommen neue und unerklärliche Energieemission registriert und man benötigte dringend einen Fachmann auf diesem Gebiet, um eine plausible Erklärung dafür zu finden.« Ich sah Warren an, beobachtete aber eigentlich Johns und Marquez.

»Señor Marquez hat Ihnen von der Stele und der unnatürlichen Temperatur erzählt. Die Messungen von Dr. Whitewood und ihrem Team ergaben keinerlei Strahlung. Sehr sonderbar – vor allem wenn man sich überlegt, was das nach einer so langen Zeit bedeutet.«

Ich sah Marquez an. »Ich bin eigentlich nur überrascht, dass Sie sich so lange Zeit gelassen haben, sich Unterstützung zu holen, Señor.«

Der Captain biss die Zähne zusammen. Das entwickelte sich sicher nicht nach seinem Geschmack.

»Und um auf Ihr Angebot zurückzukommen, Captain – «, er blickte mich an – »was würden Sie denn ohne Dr. Whitewood tun? Wie würden Sie das Geheimnis der Stele und ihrer Herkunft herausbekommen?«

Johns sah Marquez an. Erwartete er Hilfe von ihm?

»Es wäre mir neu, wenn Professor Warren mittlerweile auch ein Spezialist auf dem Gebiet der Hieroglyphenentzifferung wäre – «

» – oder in der Analyse von Kalendersystemen«, ergänzte Karen, die ihre Verblüffung über meinen Exkurs überwunden hatte.

»Aber! Aber!« Warrens fistelnde Stimme hielt Johns von einer Antwort ab.

»Captain, dies sind außergewöhnlich intelligente Menschen. Sie werden sie nicht durch Drohungen zur Mitarbeit bekehren und, wie Doktor MacAllon richtig aufgezeigt hat, wir kommen nur schwer ohne sie aus. Wir müssen sie schon überzeugen.« Er drehte sich zu Karen.

»Es tut mit leid, Doktor Whitewood, wie ungeschickt dieses Manöver durchgeführt wurde. Sie werden verstehen, dass die Stoßrichtung eines solchen Projektes jedoch immer von seinen Förderern vorgegeben wird und diese Förderer auch über die Zusammensetzung des Teams entscheiden, schließlich bezahlen sie es.« Karen sagte nichts.

»Vor einigen Tagen hat sich die Zusammensetzung dieser Geldgeber geändert.«

»Professor!« Johns fiel ihm ins Wort.

Warren hob seine rechte Hand mit dem ausgestreckten Zeigefinger und fuhr fort.

»Eine hohe amerikanische Regierungsstelle hat diese Kampagne, wie sie es nennen, Doktor, übernommen. Natürlich interessiert uns vor allem die Energiequelle der Stele und ihre Herkunft. Wenn es uns gelingt, sie zu analysieren, wäre das ein Quantensprung in der Energietechnik.«

Er fuhr sich mit einer Hand durch die lichten Haare, schob seine Brille zurecht und ging in dem engen Container mit kleinen Schritten auf und ab.

»Obwohl das mein eigentlicher Auftrag ist, bin ich doch neugierig genug, um auch die begleitenden Umstände erfahren zu wollen, *woher* diese Energiequelle stammt und *warum* sie sich gerade hier befindet. Und das werden *Sie* sicherlich schneller herausbekommen als ich.« Er nickte Karen zu, deren Gesichtsausdruck mir signalisierte, dass sie wieder etwas Boden unter den Füßen spürte.

»Wenn Sie also einverstanden sind, teilen wir die Verantwortlichkeit in der Form auf, dass ich mich um die Stele kümmere und Sie die Ausgrabung weiter vorantreiben.«

Karen sah mich unsicher an. »Und wir Ihnen bei der Entzifferung der Stele helfen können, Professor,« ergänzte ich. Morton nickte.

»Ich denke, Captain, wir können offen sein.« Morton blieb stehen und drehte sich zu uns um.

»Habe ich Ihr Wort für absolute Vertraulichkeit?« Karen nickte. Ich ließ mir Zeit.

»Doktor MacAllon?« Er sah mich eindringlich an.

»Ich kann ihnen das nicht pauschal beantworten, Professor. Ich bin Wissenschaftler und ein freier Bürger Schottlands. Mein Ziel ist es, Wissen zu finden, um es zu verbreiten, nicht um es einzuschließen.«

Er nickte vor sich hin. Johns sah mich an, als hätte ich seinen Sohn angeleitet, alle Straftaten aus dem Handbuch der Marines auf einmal zu begehen.

Warren warf Marquez einen kurzen Blick zu. »Könnten wir uns darauf verständigen, dass Sie mit mir reden, *bevor* Sie Informationen an Professor Young weitergeben?« Sein Blick war klar und ruhig. So kannte ich ihn schon eher.

»Professor!« – Warren brachte Johns mit einem Seitenblick zum Schweigen. Der Captain biss die Zähne zusammen, dass es knirschte, erwiderte aber nichts.

»Das können wir,« antwortete ich nach kurzem Überlegen. Die wichtigen Informationen hatte ich bereits an Fergus weitergegeben.

»Gut, dann haben wir ja alles, was wir wollen.« Warren blickte Captain Johns und Marquez kurz an, dann winkte er Karen und mich zu sich heran.

»Kommen Sie. Lassen Sie uns endlich mit der richtigen Arbeit beginnen. Sehen Sie hier auf die Satellitenbilder.« Er schob seine Brille mit der Hand zurück auf die Nase.

»Diese Bilder wurden von einem RaySat aus ungefähr einhundertfünfzig Kilometern Höhe gemacht.«

Auf dem Schreibtisch lagen mehrere Abzüge unterschiedlicher Größe. Einige als Papierabzug, andere als Folie. Alle hatten einen geprägten TOP SECRET - NASA PROPERTY Stempel in allen vier Ecken. Bei den meisten Abzügen handelte es sich nicht um Fotos im herkömmlichen Sinn. Es waren Spezialaufnahmen mit Tiefenradar, Infrarot und anderen extrem teuren Objektiven, digital nachbearbeitet.

Warren nahm eines der oben liegenden Bilder und zog es in die Mitte.

»Das ist eine Kontrollaufnahme, die wir vom Zentrum von Tikal gemacht haben. Es sind deutlich die rechteckigen Grundformen zu erkennen. Der dreidimensionale Effekt kommt durch den Schattenwurf der Strukturen zustande.« Er deutete auf die Zentralakropolis und die beiden exponierten Tempelpyramiden.

»Hier ist der gleiche Bildausschnitt in Infrarot und hier mit Überlagerung durch ein Tiefenbodenradar und digitaler Nachbearbeitung.« Er legte zwei etwas kleinere Aufnahmen neben das erste Bild. Das Infrarotbild war auf eine transparente Folie abgezogen und zeigte die gleichen Strukturen wie das Tageslichtbild, nur in inversen Farben. Die von der Sonne aufgeheizten Flächen der Gebäude leuchteten im hellen Rot, die weniger der Sonne ausgesetzten Flächen waren in Schattierungen von dunklem Rot über Grün zu dunklem Blau zu sehen. Im Gebiet des Parkplatzes waren einige helle Punkte zu erkennen, die Motoren von Fahrzeugen.

»Legen wir die beiden Bilder übereinander, ist zu erkennen, dass es keine Wärmezonen gibt, die sich nicht mit der Erwärmung der Flächen durch die Sonnenstrahlung oder andere bekannte Wärmequellen erklären lassen.« Warren legte die Folie auf das Tageslichtbild und richtete sie an Positionskreuzen aus.

Marquez hatte sich zu uns gesellt, Johns hielt sich im Abseits, hörte aber zu.

»Für Ihre Kollegin, Doktor Whitewood,« fuhr Warren fort, »dürften die Formen interessant sein, die das Tiefenbodenradar aufgenommen hat.« Er legte das dritte Bild, auch eine Folie, in die Mitte.

»Diese Strukturen befinden sich ungefähr zehn bis fünfzehn Meter unter der gegenwärtigen Oberfläche.« Sein Finger ruhte auf einem langen Strich mit einem quadratischen Raum in der Mitte.

»Legen wir dieses Blatt auf die Tageslichtansicht, sehen Sie, dass es sich höchstwahrscheinlich um einen unterirdischen Verbindungsgang mit einem Hohlraum zwischen diesen beiden großen Gebäuden handelt.« Sein Finger fuhr zwischen der östlichen und der westlichen Tempelpyramide hin und her.

»Das wird Sinistra allerdings interessieren. Und viele andere auch,« murmelte Karen vor sich hin.

Der Professor lächelte mich an. Ich war gespannt auf die Bilder der neuen Stadt.

»Und hier der Grund für die ganze Aufregung.« Er kicherte vor sich hin, rollte die Aufnahmen von Tikal zusammen und holte einen Satz neuer Aufnahmen aus einer Spezialtasche hervor.

Warren legte eine neue Tageslichtaufnahme auf den Tisch. Es war ein ungefähr vier Hektar großer Ausschnitt des Grabungsgeländes. Die Öffnung in der Höhlendecke befand sich in der Mitte des Bildes. Sie war etwa halb so groß wie gestern. Das Bild musste dementsprechend vor zwei bis drei Tagen aufgenommen worden sein.

Schaufelbagger, Autos, Bürocontainer, einzelne Menschen – alles war klar zu erkennen. Die Schatten sorgten für die richtige Betonung.

»Jetzt das Infrarotbild.« Warren legte das Folienbild auf und richtete es an den Markierungen aus.

Da war es. Keiner sagte etwas. Karen sah mich erstaunt an. Ich konnte ein zufriedenes Grinsen nur schwer unterdrücken. Fergus hatte es in unserem Gespräch gestern so hingeworfen – *vielleicht findest du verborgene Kammern oder so ein Zeug* - aber genau das war es.

C O R U U M

Ich hatte den Schlüssel, wir kannten das Schloss und dort lag der verborgene Raum.

»Sie werden verstehen, dass wir hier vor etwas unglaublich Neuem stehen, Doktor MacAllon. Sie können den Fund möglicherweise durch ihre Nähe zu Fergus Young noch am besten einschätzen.« Warren blickte fasziniert auf den großen, rechteckigen, dunkelroten Umriss in der Mitte des Bildes unter der Höhle. An einem Ende leuchtete ein hellroter Punkt. Das musste die Stele sein.

»Das, was dort so gleichmäßig leuchtet, ist ein hochenergetisches Feld.« Er zeigte auf das Rechteck. »Dieser helle Punkt ist die Wärmequelle der Stele. Alle anderen, durch Sonnenstrahlung und Motoren erzeugten Quellen hat die Bildbearbeitung weggerechnet.« Johns kam jetzt auf die andere Seite des Tisches und sah dem Professor zu.

Warren holte das dazugehörige Tiefenbodenradarbild hervor und legte es auf den Infrarotabzug.

Ja - das passte. Der Ballspielplatz war perfekt zu erkennen. Er war an drei Seiten umgeben von quadratischen Grundrissen. Die vierte Seite war offen. Hier begann nach ungefähr fünfzig Metern eine weitere Grundlinie, die jedoch aus dem Bild lief.

Das dunkelrote Rechteck war eingerahmt von einer dicken, auf dem Abzug blau schimmernden Linie. Es besaß zwei kleine Anbauten und eine Verbindung zu einer der an den Ballspielplatz angrenzenden Strukturen.

»Dies ist der Beweis für das Vorhandensein eines großen unterirdischen Hohlraums unter dem von Ihnen, Dr. Whitewood, entdeckten Platz. Die Steinsäule markiert ungefähr die logische Position eines Eingangs.« Warren gab sich keine Mühe, seine Begeisterung zu verbergen. Seine Wangen glühten.

»Die Wärmeentwicklung der Säule und das Energiefeld in dem unterirdischen Raum sind ein klares Indiz für Energiequellen, die nicht von Menschenhand gebaut wurden. Die vom Satelliten aufgefangene Wellenlänge weicht von allen bekannten Energieemissionen ab, die wir kennen.«

CORUUM

Er richtete sich langsam auf, schob seine Brille zurecht und sah Karen direkt an.

»Und das, Doktor Whitewood, graben wir jetzt aus!«

⌒

Fünf Tage waren seitdem vergangen. Captain Johns machte sich nicht allzu viel Umstände damit zu betonen, wer hier das Sagen hatte. Die Soldaten der guatemaltekischen Armee nahmen seine Befehle so entgegen, wie seine Marines. Die Ausführung dauerte in der Regel nur deutlich länger, was ihn bald darauf veranlasste, wichtige Aufgaben nur noch durch seine Leute ausführen zu lassen, und die guatemaltekischen Soldaten zur Botentruppe degradierte.

Das Miteinander zwischen Professor Warren und Karen lief besser als erwartet. Da der Professor sich klar an die Absprache hielt und sich auf die Analyse der Stele konzentrierte, gab es keinerlei Reibungspunkte. Marquez schien mit der Situation auch zufrieden – er hatte keinerlei Verantwortung mehr, durfte aber überall dabei sein.

Der Einzige, der mir Kopfzerbrechen bereitete, war Raymond. Sein kurzzeitiger Ehrgeiz, an Karen vorbei mehr Verantwortung zu bekommen, schien wie erloschen. Trotzdem wirkte er zufrieden, obwohl er jetzt weiter als jemals zuvor entfernt davon war, Verantwortung zu bekommen.

Die Arbeiten gingen mit Brachialgewalt voran. Am auf das Eintreffen von Warren und Johns folgenden Tag trafen weitere schwere Baumaschinen und Hilfsgeräte an der Ausgrabungsstätte ein und begannen sofort damit, die Höhlendecke über dem gesamten Ballspielplatz und dem entdeckten Raum großzügig abzutragen. Das Ausgrabungsgelände wurde abermals deutlich erweitert und wie ein Gefängnis von der Außenwelt abgesperrt. Presse und Fernsehleute, die unerwartet schnell auf die ausgeweiteten Aktivitäten aufmerksam wurden, erhielten die Geschichte von weiteren Gebäudefunden aufgetischt. Captain Johns versorgte sie mit reichlich manipulierten Satellitenaufnahmen, die nichts von dem unterirdischen Raum oder irgendwelchen Wärmequellen, wohl aber von verborgenen Grundrissen alter Mayapyramiden zeigten. Aufdringlichere Vertreter wurden mit Hinweis auf die Gefahren der Ausgrabung unter Begleitung von je zwei Marines vom Gelände gebracht.

Karen, Sinistra und Miguel hatten alle Hände voll zu tun, die Bauarbeiter und die Maschinen so zu dirigieren, dass sie bei der Freilegung des Platzes möglichst wenig der umgebenden Gebäudereste zerstörten.

Am zweiten Tag hatte die Bohrung in eine grundwasserabführende Schicht Erfolg. Es wurden vier weitere Bohrungen niedergebracht und nach weiteren zwei Tagen war das Wasser aus der Höhle abgelaufen.

Der Misserfolg auf dem ersten Bohrplatz erklärte sich nebenbei. Für mich hatte die Bohrmannschaft sich an der Decke des unterirdischen Hohlraumes die Zähne ausgebissen.

Die Ergebnisse der an diesen Stellen gezogenen Bodenproben förderten eine neue Art Keramik zu Tage, deren Zusammensetzung sich exakt mit der des übrigen Bodens deckte, welche jedoch in der vorliegenden Struktur unglaublich widerstandsfähig war.

Ich war gespannt darauf zu erfahren, wie der Zugang aussehen würde. Die Satellitenbilder markierten zwar die ungefähre Position des Hohlraumes, aber nicht seinen Eingang.

Karen hatte ich am Abend des ersten Tages von meinem Fund erzählt. Ihre anfängliche Entrüstung hatte sich schnell gelegt und im Angesicht des Schlüssels in Faszination verwandelt.

Von Fergus erhielt ich zwei Tage nach unserem ersten Telefonat Ergebnisse bezüglich der Schlüsselbedienung und weitere Versuchsanordnungen.

Der Schlüssel war komplexer als angenommen. Die beiden beweglichen Planeten auf den logarithmischen Skalen waren wie vermutet Jupiter und Saturn. Fergus erklärte das mit der guten Sichtbarkeit dieser Planeten von der Erde aus. Die übrigen Himmelskörper stellten Monde dieser Planeten (ich konnte nicht glauben, das es so viele waren!) und unbekannte Himmelskörper dar. Ohne Kenntnis ihrer Bahnkoordinaten musste das Institut versuchen, alle von der Erde aus sichtbaren Gestirne in das Verhältnis der Bahnkurven zu setzen, die aus den übrigen logarithmischen Skalen hervorgingen. – Eine Sisyphus-Arbeit, die bis jetzt kein Ergebnis gebracht hatte.

Niemand traute sich neben Warren, die These von nicht irdischen Faktoren als Auslöser der Katastrophe oder Erklärung für die Herkunft der Stele laut auszusprechen oder auch nur ansatzweise zu formulieren. Sie geisterte jedoch bei allen Tätigkeiten im Raum herum, wenn auch ohne klar Gestalt anzunehmen. Fergus war bereits davon überzeugt. Für ihn war die Herstellung des Schlüssels von Menschenhand - auch mit heutigen Mitteln - nicht möglich. Die Materialien waren uns unbekannt. Ich war noch nicht ganz seiner Meinung – aber ich besitze auch viel Fantasie.

Alle warteten wir auf den Tag der Entdeckung des Einganges zum verborgenen Raum und auf die Enthüllung seiner Geheimnisse.

⌒

Als sie schließlich kam, war das aus einer anderen Richtung als erwartet.

Eine Woche nach Beginn der von Captain Johns geleiteten Freilegungsarbeiten bat Miguel Karen und mich abends noch zu einer Besprechung in die Räume des Archäologischen Instituts. Sinistra war ebenfalls anwesend, sie hatte mit Miguel in den letzten Tagen die Satellitenaufnahmen von Professor Warren auf der Ausgrabungsstelle detailliert untersucht.

Jetzt lagen vor ihr ein paar DIN-A4-Seiten, und sie sah uns bei unserem Eintreten erwartungsvoll an.

»Wir denken, wir haben einen Eingang gefunden.« Sie las uns die Überraschung von den Gesichtern ab und schmunzelte.

»Raymond ist gerade dabei, unsere Vermutung zu überprüfen.«

Sie winkte uns, näher zukommen, und breitete die Blätter vor sich auf Karens Schreibtisch aus. Es waren mit Bleistift abgezeichnete Ausschnitte der größeren Fotos der NASA-Satelliten, welche die mittlerweile nummerierten Umrisse der unterirdischen Strukturen und Hohlräume wiedergaben.

»Ich weiß nicht, warum der Professor diesen Strukturen keine Aufmerksamkeit geschenkt hat. Wahrscheinlich hat ihn der große Raum so sehr in den Bann gezogen.«

»Welche Strukturen meinst du, Sinistra?« Ich versuchte, ihre Zeichnungen mit denen in meiner Erinnerung in Deckung zu bringen.

»Hier ist ein langer unterirdischer Gang«, ihre Finger fuhren eine hauchdünne, geschlängelte Linie entlang, »der vom oberen Bildschirmrand kommt und bis zum großen Raum A1 verläuft. Er mündet in dieser kleinen Ausbuchtung.«

»Das muss kein Gang sein. Auf Satellitenfotos entstehen solche Linien, wenn die Objektive neu ausgerichtet werden, an Überlappungsstellen der Fotos.« Karen war skeptisch.

»Genau. – Ich vermute, das ist auch der Grund, warum ihr bisher keine Aufmerksamkeit zuteil wurde.« Sinistra nahm ein anderes Blatt zur Hand und legte es an den oberen Rand des vorherigen an. Die Linie verlief einen Zentimeter weiter in der ursprünglichen Richtung und knickte dann in einem rechten Winkel nach rechts ab, wo sie in einer unregelmäßigen Struktur innerhalb der großen Grundmauern des ehemaligen Gebäudes B2 endete.

»Als Miguel mir heute dieses Originalbild zeigte, fiel mir auf, dass fast genau im Zentrum dieser Grundmauern von B2 dieser Fleck lag, zu dem ebenfalls eine gerade Linie führte. Für sich betrachtet, erlaubt jedes Foto genau zu dem Schluss zu kommen, den du gerade genannt hast, Karen. Bei dem unregelmäßigen Fleck kann es sich um eine der früheren Beerdigungsstätten handeln, die unter der Last der nachfolgenden Überbauungen irgendwann eingestürzt ist.«

Ich pfiff leise durch die Zähne.

Sinistra lächelte mich spitzbübisch an. »Und Raymond ist jetzt dabei, ein paar Steine über der abgetragenen Struktur B2 umzudrehen – an einer Stelle an der niemand etwas vermutet und die natürlich auch nicht bewacht wird.«

Ihr Lächeln wurde breiter.

»Er rief eine Viertelstunde vor eurem Eintreffen an und gab uns die Liste der benötigten Ausrüstungsgegenstände durch. Er hat den Gang gefunden!«

5 Keleeze
Roter Nebel, Sieben Königreiche, Bio-Areal auf Arkadia
30397/1/1 SGC
25. - 26. September 2014

Der Wind hatte zugenommen. Die grünen Wipfel der bis zu einhundert Meter hohen Mendeego-Bäume auf der südlichen Bergflanke zu unserer Linken begannen sich leicht zu wiegen. Die Luftbewegung kam gelegen, sie verscheuchte die blau schillernden Wolken der lästigen Gress-Fliegen, die uns seit dem Verlassen des Landungsbootes umgaben. Glücklicherweise hatten sie es nur auf unsere Schweißperlen und nicht auf unser Blut abgesehen. Andernfalls hätten wir den Weg zurück wohl nicht mehr geschafft.

Ich folgte der Kapuze Seiner Weisheit Hud Chitziin und dem kahlen Haupt von Syncc Marwiin seit ungefähr einer halben Stunde. Im Gänsemarsch führte uns Seine Weisheit auf einem steilen Trampelpfad durch das hüfthohe Unterholz, einen mit einer Felsenformation gekrönten Hügel hinauf.

Wir waren wahrscheinlich die einzigen Menschen im Umkreis von eintausend Kilometern, hier im jüngsten und größten geschützten Bio-Areal auf *Arkadia,* in den Sieben Königreichen. Die Weite und Ruhe der unberührten Natur um uns herum wäre ohne die Insekten eine willkommene Abwechselung zur Konservenluft und dem begrenzten Horizont an Bord der *Relion* gewesen.

Von Zeit zu Zeit blieb seine Weisheit stehen, blickte kurz auf das Display eines Suchgerätes an seinem linken Handgelenk, um anschließend weiter im gleichmäßigen Tempo dem Trampelpfad zu folgen.

Ich lockerte den Sensorverschluss meines Mantels, um etwas mehr Bewegungsfreiheit zu bekommen. Seine Weisheit war ganz in sich versunken, und so schlenderten wir schweigend in der warmen Vormittagssonne gemächlich den Hügel hinauf. Das einzige Geräusch neben dem Sirren der Fliegen, dem Schnaufen Seiner Weisheit und dem von Syncc Marwiin war das leichte Rauschen der Gräser im vom Hügel herabwehenden Wind, unterbrochen von gelegentlichen Warnrufen einheimischer Vögel, welche die Umgebung auf unser Näherkommen aufmerksam machten.

Der Planet Arkadia war erst vor drei Jahren durch einen Aufklärer des Expeditionscorps der Sieben Königreiche entdeckt worden. Er war ein einsamer Planet, der seine unscheinbare Sonne am äußeren Rand des Königreichs *Metcalfe/3'Dominion* umkreiste. Da sich diese Region in einer großen Wolke dunkler Materie befindet, ist das Licht der Sonne bereits aus wenigen Lichtjahren Entfernung nicht mehr zu sehen.

Ursprünglich sollte Arkadia - durch die hohe Übereinstimmung von über achtzig Prozent der Planetenfaktoren mit dem Standard der Königreiche - den Status einer Auswandererwelt bekommen. Im Rahmen der vorbereitenden wissenschaftlichen Untersuchungen für eine Besiedelung stellte sich jedoch sehr schnell die Einzigartigkeit seiner Flora und Fauna heraus. Seit letztem Jahr stand er unter der Kontrolle der *Pretaia*, des wissenschaftlichen Arms der Organisation, und durfte seitdem nur von angemeldeten Wissenschaftlern der 7K für ausgesuchte Experimente betreten werden.

Die Geschichte der 7K ging weit zurück. Die älteste Überlieferung stammte aus dem Königreich *Treerose /Restront* aus dem Jahr 11035. In den folgenden Jahrtausenden entwickelten sich in der Zivilisationsregion des *Roten Nebels* aus diversen Kleinstkulturen ungefähr dreihundert lose Weltenverbunde, welche sich in ihrer Zusammensetzung und in ihren Bündnisverpflichtungen in wahllose, von kurzfristigen Vorteilen geprägte Auseinandersetzungen verloren. Gegen Anfang des dreizehnten Jahrtausends führte die Entdeckung des Planeten *Tektor* mit dem Fund des zwischen den Dimensionen gefangenen Alien-Raumschiffes, dem *Tektor-Artefakt*, zu einer beispiellosen Verschärfung der kriegerischen Auseinandersetzungen. Für die nächsten zweitausend Jahre versank die Zivilisation des Roten Nebels durch zahllose, unerbittliche Kriege um die technologischen Geheimnisse des Artefaktes in einer Flut aus Leid und Blut.

Als in der Mitte des sechzehnten Jahrtausends allen Beteiligten klar wurde, dass eine dauerhafte Beherrschung von Tektor für keine der beteiligten Parteien erreichbar war, trat die erste stabile Waffenstillstandsperiode in Kraft und es begann eine dringend notwendige und überraschend ausdauernde Konsolidierungsphase.

In diese Zeit fiel auch der erste Vertrag von drei der heutigen Sieben Königreiche. Die Häuser *Laurenz /Difthon*, Metcalfe/Dominion und Treerose/Restront schlossen sich zum damals größten Weltenverbund in der Region des Roten Nebels zusammen. Bis zum Jahr 16082 schlossen sich weitere sechs Königreiche dem bestehenden Verbund an.

Politische Gegengewichte entstanden in den folgenden eintausendfünfhundert Jahren, als sich aus weiteren losen Weltengruppierungen die politischen Strukturen des heutigen Zentrums und der Nebelwelten herauskondensierten.

Ein leises Singen aus dem Suchgerät seiner Weisheit unterbrach meinen Gedankengang und ließ Hud Chitziin unvermutet stoppen.

Ich schloss mit Syncc Marwiin zu ihm auf und er bedeutete uns mit wenigen Gesten, möglichst lautlos im hüfthohen Gras niederzuknien. Seine Weisheit zeigte auf den vor uns liegenden Teil des Hügels, auf dessen abgeflachter Kuppe zimmergroße Granit-Quader kreuz und quer übereinander lagen. Meine Augen folgten der Richtung, in die er wies, konnten aber im ersten Moment nichts außer den Felsen erkennen.

Mit den Lippen formte seine Weisheit das Wort *Regenbogenkatze*. Wir verharrten regungslos, die bezeichnete Stelle im Blick. Syncc Marwiin hatte sein Visier heruntergelassen und zuckte neben mir leicht zusammen, als er etwas entdeckte. Ich blickte in seine Richtung und sah die Raubkatze ebenfalls. Sie bewegte sich fast unsichtbar in einer geschmeidigen, fließenden Bewegung vor den Felsen quer zu unserer Position. Ihr Fell bestand aus einen dichten Vlies kurzer, dicker Haare und ließ sie wie in einem enganliegenden Anzug erscheinen. Jede Bewegung zeichnete sich auf den darunter liegenden Muskelfasern deutlich ab.

Ihren Namen verdankte sie der Fähigkeit, den Farbton des Fells durch eine nervlich gesteuerte Pigmentierung einer blutähnlichen Flüssigkeit zu steuern, die in den hohlen und für sich transparenten Haaren ihres Fells zirkulierte, wie Hud Chitziin uns vor Beginn unseres Ausfluges erklärt hatte.

Auf diese Art konnte sie die Färbung ihres Fells auf den jeweiligen Hintergrund abstimmen und wurde somit fast unsichtbar, wenn sie sich nicht oder nur langsam bewegte.

Das Suchgerät hatte uns noch rechtzeitig gewarnt, sie konnte uns aus dieser Position weder wittern noch sehen.

Weiter im hohen Gras kauernd, verfolgten wir ihre Bewegungen. Die Regenbogenkatze schien ihre ganze Aufmerksamkeit auf ein vor ihr liegendes Ziel gerichtet zu haben.

Seine Weisheit reckte den Hals, um sie über die scharfkantigen Gräser hinweg verfolgen zu können, ohne ihre Aufmerksamkeit zu erregen. Er bedeutete mir mit einer langsamen Handbewegung, an Syncc Marwiin vorbei, leise zu ihm zu kommen.

Er holte ein Vergrößerungsglas aus seiner Umhangtasche und hielt es vor die Augen Richtung Raubkatze. Das leise Surren der Optik mischte sich mit einem wellenförmigen Vibrieren meines Kommunikators.

»Sssssssst!«, vernahm ich ihn. Sein tadelnder Blick streifte mich nur kurz. Ich hatte den Ruf bereits abgelehnt und kniete neben ihm nieder. Die Raver Stop Gun legte ich vorsichtig auf dem Boden neben mir ab, um eine Hand frei für mein Visier zu bekommen.

Ich war nicht sicher, ob ich die schwere Waffe nicht umsonst hier mit hoch schleppte. Nach der Expertenmeinung Seiner Weisheit war die Regenbogenkatze zwar sehr gefährlich, gegenüber Menschen siegte jedoch meistens ihr Fluchtinstinkt. Durch das Visier brauchte ich einen kurzen Augenblick, um sie wieder zu finden.

CORUUM

Als ich sie schließlich im Fokus hatte, verwarf ich meine Zweifel bezüglich des Gewehrs. Die Raubkatze verfügte über zwei Reihen nadelspitzer Zähne, welche von vier langen Eckzähnen bewacht wurden, die auch aus dem geschlossenen Maul noch wie zwei Paar gekreuzter Klingen herausragten. Sie hatte kein Gramm Fett zuviel am Körper und ihre muskelbepackten Schultern befanden sich gut einen Meter über ihren mit langen Krallen versehenen Pfoten. Die Regenbogenkatze sah sich unangefochten auf Platz eins der Nahrungskette dieses Planeten und trat entsprechend selbstbewusst auf.

Ich hatte die Katze ein paar Sekunden betrachtet, als mir beim Hochfahren des Visiers auffiel, dass Seine Weisheit bereits zwanzig Meter weiter in Richtung Hügelkuppe, näher an das mögliche Opfer der Regenbogenkatze herangekrochen war.

Syncc Marwiin verharrte regungslos hinter mir und betrachtete die Szene fasziniert.

»Wartet hier, Syncc«, raunte ich ihm ins Ohr, nahm die Raver Stop Gun auf und folgte seiner Weisheit möglichst leise.

Glücklicherweise war die Aufmerksamkeit des perfekt getarnten Jägers vollkommen auf seine zukünftige Beute fixiert. Ich erreichte Hud Chitziin und legte ihm meine Hand fest auf die Schulter, um seinen Vorwärtsdrang zu stoppen. Er sah sich überrascht um, doch mein leichtes Kopfschütteln überzeugte ihn, dass ich es ernst meinte.

Die Regenbogenkatze war noch an die hundert Meter von uns entfernt und schlich zielstrebig weiter auf ihr Opfer zu. Ich klappte mein Visier wieder hinunter und schaltete es auf Wärmestrahlung, da der Tarneffekt der Katze selbst auf diese Entfernung noch ausreichte, um sie für längere Momente unsichtbar zu machen.

Ich suchte ein Bild von ihrem auserkorenen Opfer zu bekommen und wurde ungefähr fünfzig Meter links von ihr fündig.

Ein unauffälliges Tier, recht kompakt in ein braunes, zotteliges Fell gehüllt und ungefähr von der Größe einer *Qwotaan-Kuh*, ruhte im Schatten eines großen Felsens - beim derzeitigen

Tempo des anschleichenden Jägers - noch knapp fünf Sekunden von einer bösen Überraschung entfernt.

»Passt auf, Keleeze,« raunte Seine Weisheit mir ins Ohr, ohne sein Vergrößerungsglas abzusetzen.

Ich konzentrierte mich und sah, wie die Regenbogenkatze die Entfernung kontinuierlich weiter verringerte, sich duckte und die letzten fünfzehn Meter mit einem einzigen Sprung überwand, der sie direkt auf den Rücken des völlig überraschten Opfers katapultierte.

Was dann im Einzelnen geschah, konnte ich mir nur später in der Zeitlupe der Aufzeichnung Seiner Weisheit ansehen. In einer Explosion aus Blut, Fell und scharfen Zähnen bäumte sich das Opfertier plötzlich auf und warf den Angreifer ab.

Dieser flog einige Meter und landete geschickt auf allen vier Beinen. Das Blut des Opfers tropfte der Regenbogenkatze aus dem Maul. Ihr wütendes Brüllen fuhr mir trotz der Entfernung noch tief in die Knochen.

Sie setzte erneut zum Sprung an und knickte dabei überrascht mit den Hinterläufen ein. Wie unter der Wirkung eines starken, schnellwirkenden Betäubungsmittels wurde sie zusehends schwächer und fiel ins Geröll, als ihr die Kraft ausging, sich weiter aufrecht zu halten. Ihr Brüllen hatte sich in ein mitleidiges Wimmern verwandelt.

»Los jetzt,« rief Seine Weisheit mir zu und war schon auf dem halben Weg hin zum Schauplatz.

»Hud Chitziin! Wartet!« Ich holte ihn ein und stoppte ihn mit einem Griff am Umhang. »Wartet bitte! Sie ist immer noch sehr gefährlich«, wandte ich ein.

»Nein, ist sie nicht, Keleeze. Sie ist längst tot.«

Er wand sich los und ging mit großen Schritten in Richtung des Opfertiers, das immer noch regungslos in einer größer werdenden Blutlache im Schatten des Felsens lag.

Ich folgte ihm, die von Seiner Weisheit für tot erklärte Regenbogenkatze aufmerksam betrachtend und die Mündung der Raver unauffällig in ihre Richtung haltend.

Fasziniert beugte er sich über das ehemalige Opfer, welches unversehens die Rolle gewechselt hatte und zum Jäger geworden war. Darauf bedacht, nicht ins Blut zu treten, zeigte Hud Chitziin auf die Wunden, welche die Raubkatze dem Tier zugefügt hatte.

»Seht hier, Keleeze!« Er sah mich stirnrunzelnd an, weil ich immer noch den Kadaver der angeblich toten Katze beobachtete.

»Seht genau hin. Berührt auf keinen Fall das Blut!«

Nur mit Mühe unterdrückte er die Begeisterung in seiner Stimme. Ich trat vorsichtig neben ihn und ging in die Hocke. Mit bedächtigen Schritten näherte sich Syncc Marwiin, aus der der Katze entgegengesetzten Richtung, und spähte mir mit Respekt über die Schulter.

Das Fell des verletzten Tiers hob und senkte sich im schnellen Rhythmus seiner Atemzüge. Es roch nach Blut und anderen unangenehmen Dingen. Die kleinen von langen Wimpern bedeckten Augen links und rechts des kleinen Rüssels waren halb geschlossen und blickten ins Leere. Der kompakte Körper erbebte in unregelmäßigen Abständen, ausgelöst durch leichte Zuckungen.

Die Regenbogenkatze hatte mit ihren Krallen ein großes Loch in die Brust des Tieres gerissen. Weiße Knochenenden ragten aus der Wunde wie vermoderte Baumstämme aus einem fauligen Tümpel und schimmerten fahl im Blut. Im Genick war eine weitere große Wunde ihrer scharfen Fänge.

Die Blutungen schienen aufgehört zu haben, aber ich schätzte die restliche Lebensdauer des Tieres trotzdem auf nicht mehr als eine Minute. Seine Weisheit starrte fasziniert auf die Wunde in der Brust, als betrachte er am Ende eines anstrengenden Tages einen gut gemixten Risaya.

Ich stützte mich auf die Raver Stop Gun und warte auf das Ende des sonderbaren Tieres.

»Achtung, Merkanteer, jetzt geht es los!« Seine Weisheit stupste mich an, ohne den Blick abzuwenden. Ich verstand erst nicht, was er meinte. Das verblüffte Grunzen von Syncc Marwiin versicherte mir, dass er von der Laune der Natur ebenso überrascht war wie ich.

Die Wundränder der Brustverletzung veränderten sich. Das Vertrocknen einer Blume im Zeitraffer oder das Verbrennen von Papier ähnelte dem Prozess, der dort in rasender Geschwindigkeit vor unseren Augen ablief. Das verletzte Fleisch und die Haut unter dem Fell kräuselten sich und begannen sich aufzulösen.

Die aus der Brust ragenden Knochen zerfielen zu Staub, wie ein in reinem Sauerstoff verglimmender Zweig. Alles wurde sofort durch neue Zellen ersetzt.

Innerhalb von ein paar Minuten war an den Stellen der zwei schweren Verletzungen nur noch blasse, kahle Haut zu sehen. Feines Fell spross bereits hervor.

Seine Weisheit erhob sich, wobei er sich kurz auf meiner Schulter abstützte. Ich half ihm hoch und wir traten ein paar Schritte zurück.

Syncc Marwiin folgte uns.

»Das ist ein Mesto-Quok, Siir,« erklärte Hud Chitziin, »das *faszinierendste* Tier, das ich kenne.« Er flüsterte ehrfurchtsvoll, und warf mir einen erwartungsvollen Blick zu.

»Bezogen auf seine Jagdstrategie ist es das *dümmste* Tier, das ich kenne,« erwiderte ich, ohne seinem Blick auszuweichen.

Das angesprochene Wesen öffnete zitternd die Lider und erhob sich langsam auf vier plumpe, mit kurzen Krallen versehene Füße.

Syncc Marwiin machte überrascht ein paar hastige Schritte nach hinten, bemerkte, dass er dadurch der toten Regenbogenkatze zu nah gekommen war, stieß einen leisen Schrei aus und sprang Richtung Trampelpfad zurück.

Das Mesto-Quok ignorierte ihn vollständig. Sein kleiner Rüssel schnüffelte leise in der Luft und wackelte zielstrebig auf den toten Jäger zu.

»Er erinnert mich ein wenig an einen entfernten Kollegen aus den Reihen der Kirche«, bemerkte seine Weisheit mit einem geringschätzigen Blick auf Syncc Marwiin, der das Mesto-Quok aus sicherer Entfernung argwöhnisch beobachtete. »Alles Neue brachte ihn schier um den Verstand.«

Wir verfolgten das Tier mit einigen Metern Abstand. Am erstarrten Maul der Regenbogenkatze hatte sich weißer Schaum gebildet. Die Augen waren schmerzhaft verdreht. Ansonsten sah sie vollkommen unversehrt, beeindruckend schön und tödlich aus. An die zweihundert Kilo geballte Zerstörungskraft.

»Diese beiden Tiere sind wandelnde, biologische Schatzkammern, Keleeze. Die Fähigkeit zur Zell-Regeneration ist absolut einzigartig in dieser Form.«

Das Mesto-Quok schnüffelte kurz an der Regenbogenkatze und begann sie anschließend respektlos aufzufressen.

Ich wandte mich um und ging so weit den Hügel hinab, bis ich das Knacken der Knochen nicht mehr hören konnte. Als ich Syncc Marwiin erreichte, blieb er mir dicht auf den Fersen.

Seine Weisheit kam ein paar Minuten später nach.

»Was meint Ihr, Syncc, ist das nicht sensationell?«

Er strahlte große Zufriedenheit aus und erwartete nicht unbedingt eine Antwort.

Der Kulturwissenschaftler grübelte noch über einer passenden Antwort, als Seine Weisheit bereits fortfuhr: »Im Blut des Mesto-Quoks ist eines der wirksamsten Kontakt-Nervengifte enthalten, die wir jemals in der Biosphäre eines Planeten entdeckt haben. Die Wirkung des Giftes einer Skorpionspinne im menschlichen Organismus verhält sich dazu wie die Wirkung eines schwachen Schlafmittels.«

»Interessant, Hud Chitziin.« Ich deutete auf sein Handgelenk. »Mich interessiert mehr, wie Ihr sie gerade hier gefunden habt. Worauf hat das Suchgerät angesprochen?«

Seine Weisheit blieb stehen und hielt mir das Gerät an seinem Handgelenk hin. Ich erkannte es. Es handelte sich um eine Drohnen Fernsteuerung.

Ich drehte mich suchend um, zurück zum Abendessen des Mesto-Quoks. Genau – ungefähr fünf Meter über ihm schwebte ein faustgroßer Metallball wie eine private kleine Wolke.

»Es ist unmöglich, diesen Tieren einen Sender zu implantieren. Das habe ich zuerst versucht. Er wird innerhalb von sehr kurzer Zeit vom Körper des Mesto-Quoks aufgelöst. Genauso wenig konnte ich ihm etwas ankleben oder umhängen. Alle Geräte wurde es innerhalb kürzester Zeit los. Also blieb nur die Drohne. Zugegebenermaßen etwas unter ihrem Potential.« Seine Weisheit schmunzelte.

Mein Kommunikator fing wieder an zu vibrieren. Mein Visier kam automatisch herunter und zeigte mir das Rufzeichen der Relion. Ich tippte auf einen meiner Fingerringe, um die Verbindung herzustellen.

»Ja?«

Annu Aroldi, der Kapitän der Relion, erschien.

»Merkanteer, wir haben hier vor einer halben Stunde Teile eines sehr merkwürdigen Signals empfangen.«

»Woher kommt es?« Als Seine Weisheit mich sprechen hörte, kam er näher, Syncc Marwiin ging weiter voraus, er hatte nichts mitbekommen.

»Das wissen wir nicht so genau. Wir konnten räumlich nur die letzte Verstärkerstation ermitteln. Er machte eine kurze Pause. »Sie scheint nicht für uns bestimmt zu sein.«

Ich wurde ungeduldig. »Scheint, Kapitän? Für wen *scheint* sie denn bestimmt zu sein?«

»Das ist das Sonderbare, Siir. Sie war in einem sehr alten, und seit Jahrhunderten nicht mehr gebräuchlichen Code der Sieben Königreiche verschlüsselt. Die Signalrichtung zielte aber auf einen der größten Stützpunkte der Unsichtbaren Flotte im Zentrum.«

»Was besagt das Signal, Kapitän Aroldi, sofern es aus dem Teil, den Ihr empfangen habt, hervorgeht?«

Er drehte sich zur Seite. »Die Nachricht sprach von einer *nicht autorisierten Schlüsselaktivierung in Coruum.*«

»Das klingt nach einem mißglückten Einbruchsversuch,« meinte ich, »und wo liegt dieses Coruum?«.

Vor meinem inneren Auge konnte ich sehen, wie Aroldi mit den Schultern zuckte.

»Das kann ich nicht sagen, Siir. Unsere Datenbanken haben darüber keine Informationen. Mich wundert, warum eine Einrichtung der Sieben Königreiche ein Signal an die Unsichtbare Flotte schickt, die sie in der codierten Form höchstwahrscheinlich überhaupt nicht lesen kann.« Er klang etwas ratlos.

»Wir wissen nicht, ob eine Einrichtung der Sieben Königreiche für das Aussenden des Signals verantwortlich ist, Kapitän.« Er stockte kurz. »Nein, natürlich nicht, Merkanteer.«

Merkwürdig war das allerdings schon. »Kapitän, ich denke, ich werde mich damit befassen, wenn ich wieder an Bord bin,« ich wandte mich an Seine Weisheit: »Hud Chitziin, sind wir hier fertig?«

Der Wissenschaftler warf einen sehnsüchtigen Blick zurück zum Hügel und fuhr sich mit einer Hand durch die blonden Haare. »Ja, Keleeze. Wir können zurück.«

»Wir sind in einer Stunde wieder oben. Merkanteer Peerl, Ende.«

Wir gingen das letzte Stück bis zum Landungsboot, holten den halb verzweifelten Syncc Marwiin unterwegs aus einer falschen Abzweigung des Trampelpfades wieder heraus und flogen zurück zur Relion.

Syncc Marwiin war keineswegs ein typischer Vertreter der Kulturaufsicht. Ich habe in den letzten Jahren in unterschiedlichsten Situationen mit Kollegen von ihm zusammengearbeitet und empfinde ihnen und ihrem Amt gegenüber einen hohen Respekt.

CORUUM

Die Kulturaufsicht befindet sich in der undankbaren Position, innerhalb der 7K zwischen einer allzu schnellen und rücksichtslosen Integration neuer Mitgliedswelten und dem normalen Wachstum der Region vermitteln zu müssen.

Oberstes Kriterium für den Grad der Integration ist der für eine neue Welt definierte Wert des Technologielevels, der durch die Kulturaufsicht festgelegt wird. Der Technologielevel reglementiert die Liste der Waren, die mit dieser Welt über zu vereinbarende Handelsabkommen gehandelt werden dürfen. Er wird über die Parameter technologische Errungenschaften, kulturelle Reife und planetares Potential gebildet, wobei sich jeder Parameter aus weiteren Einzelgrößen zusammensetzt, die sowohl über das Vorhandensein bestimmter Eigenschaften berichten als auch über die Art und Weise des Umgangs mit ihnen.

Das Expeditionscorps und die Händlervereinigungen neigten erfahrungsgemäß dazu, neue Welten höher einzuschätzen als die Kulturaufsicht – aus verständlichen Gründen. Doch es waren nicht nur die Handelspotentiale, für deren Schutz gegen Übervorteilung durch die Händlervereinigungen die Kulturaufsicht eintrat, es war vielmehr der Schutz der neuen Welt vor sich selbst.

Verfügte sie noch nicht über eine einheitliche Planetenregierung, würden mit jedem unkontrollierten Handelszugang neue Arten von Waffen auf die neue Welt gelangen. Die Erfahrungen aus der Zeit ohne eine aktive Kulturaufsicht füllten Kubikmeter von Speicherkristallen mit den zumeist blutigen Folgen, für die zu Recht das Expeditionscorps und die Händlervereinigungen verantwortlich gemacht wurden.

Seit gut eintausend Jahren war die Kulturaufsicht in den 7K anerkannt, als eigenständige, neutrale Instanz. Kam es zu Unstimmigkeiten mit lokalen Einflussfaktoren, war es eine der Aufgaben der Organisation, dem Wort der Synccs Geltung zu verschaffen. Normalerweise reichte es in einem solchen Fall, Gerüchte über die Beorderung von Organisations-Schattentruppen in die jeweilige Region zu streuen, um die Akzeptanz

C O R U U M

der Entscheidung der Kulturaufsicht dauerhaft zu gewährleisten.

Die Fülle der Verantwortung, die somit der Kulturaufsicht oblag, erzeugte eine gewisse Erwartungshaltung gegenüber ihren Vertretern.

Hud Chitziin und ich waren uns einig in unserem Erstaunen darüber, wie sehr Syncc Marwiin von dieser Erwartungshaltung abwich.

Wir hatten ihn zu dieser Expedition nach Arkadia mitgenommen, da wir alle von Zeit zu Zeit etwas Natur um uns herum gut gebrauchen konnten. Er befand sich an Bord der Relion, für den Fall, dass wir bei der Durchführung der Testreihen mit den Halbdurchlässigen Null-Gravitationstoren auf neue Welten stoßen würden. Dies war bislang nicht eingetreten und der Aufenthalt für Syncc Marwiin musste entsprechend eintönig verlaufen sein.

Seine Weisheit hatte im Landungsboot die Füße auf einen freien Platz gelegt, während er lange Texte in einen seiner Fingerringe diktierte.

Syncc Marwiin saß am Fenster und betrachtete die unter uns kleiner werdende Landschaft.

Die Vertreter der Kulturaufsicht waren die natürlichen Feinde der Gilde, der ältesten, größten und einflussreichsten Händlervereinigung in der Region des Roten Nebels. Sie hatte ihren Ursprungspunkt im Zentrum, war jedoch auch in den Nebelwelten die führende Händlermacht. Der *Ring der Sieben*, unserer obersten Institution, hatte der Gilde die Erlaubnis erteilt, im Rahmen der Vorgaben der Kulturaufsicht auch in den 7K Handel treiben zu dürfen.

Der Gilde verdankten alle im Roten Nebel existierenden Welten eine übergreifende und einheitliche Kommunikation. Der Standardkalender der Gilde, von ihrem historischen Ursprungsplaneten Ankatarh mit in den Weltraum genommen, war heute an Bord jedes Schiffes im Roten Nebel die ausschlaggebende Messgröße. Einheitliche Entfernungsmessungen und die kleine oder große Händlersprache, *Proc* genannt, hatten erst den Zivilisationsgrad, wie er gegenwärtig im Roten Nebel herrschte, ermöglicht.

Neben all den positiven Vermächtnissen der Gilde war unser Verhältnis zu ihr durchaus differenzierter geworden. Durch die feste politische Verankerung der Gilde im Zentrum war sie natürlich auch ein Instrument der dortigen Politiker und ihrer Geheimdienste. Sie übernahm im Rahmen ihres prinzipiell streng neutralen Handelsauftrages auch Aufklärungsdienste und hatte schon immer eine eigene Exekutive, die Unsichtbare Flotte, besessen.

Somit war es nicht weiter verwunderlich, dass die Gilde im Zuständigkeitsgebiet des Zentrums den Handel mit neuen Welten kontrollierte. Sie hatten ein ähnliches System zur Kategorisierung neuer Welten entwickelt wie wir, wobei daraus jedoch andere Handlungs-Vorschriften abgeleitet wurden.

Die Organisation versuchte in den 7K, sie nicht aus den Augen zu lassen, was schon allein aufgrund der räumlichen Dimensionen nur in Teilen möglich war.

Hud Chitziin unterbrach sein Diktat. »Keleeze, darf ich Euch etwas Wasser einschenken?« Ich nickte ihm dankbar zu, als er mir einen Becher füllte.

»Syncc Marwiin?«

Der Angesprochene riss sich von der Betrachtung der Planetenoberfläche los.

»Bitte!«

»Wenn wir unserem Plan folgen, können wir morgen mit dem Test der Tore in die nächste Phase gehen.« Seine Weisheit nahm wieder Platz.

»Wovon hängt das ab, Hud Chitziin?«

»Die Analyseabteilung muss mir die Ergebnisse des letzten Probesprunges der Testsonde bestätigen. Die Energiepotentiale waren nicht in dem Maße ausgeglichen, wie ich es erwartet habe. – Das bedeutet«, fuhr er fort, nachdem er meinen fragenden Blick von der Seite abgelesen hatte, »dass wir immer noch mehr Energie im Normalraum verbrauchen als im Hyperraum. Dadurch können sich Spannungen in der Verbindung aufbauen, die unter Umständen einen erheblichen Einfluss auf die Genauigkeit der Navigation haben.«

»Und was bedeutet das?«

»Das bedeutet, Merkanteer, dass die Art, auf welche die Königreiche, das Zentrum und die Nebelwelten in den vergangenen zehntausend Jahren durch den Hyperraum gereist sind, eine beispiellose Form von Energieverschwendung gewesen ist.«

Syncc Marwiin hatte die Antwort auf meine Frage gegeben, ohne sich vom Fenster umzudrehen, ihm blieb der Anblick meines überraschten Gesichts somit verborgen.

Seine Weisheit lächelte breit. »Das ist genau der Punkt, Syncc. Habt Ihr meine Berichte über die Forschungsergebnisse des Shunt Drives und der Halbdurchlässigen Nullgravitationstore gelesen?«

Syncc Marwiin sah uns an. Das erste Mal entdeckte ich heute Zufriedenheit in seinem Ausdruck.

»Natürlich, Hud Chitziin! Das gehört zu meinem Aufgabengebiet.

Wenn Ihr mit Euren Versuchen Erfolg habt, wird die Kulturaufsicht darüber zu entscheiden haben, ob dies das Erreichen eines neuen Technologielevels für die Sieben Königreiche bedeutet, und was die Auswirkungen auf die bestehenden Handelsbeziehungen sein könnten.« Er wirkte unschlüssig, ob er noch etwas hinzufügen sollte.

»Ich habe lange nicht alles verstanden, nur soviel, um die Tragweite eurer Entdeckung zu übersehen.«

Hud Chitziin nickte ihm anerkennend zu. »Das ist kein Problem. Ich denke, es gibt nicht viele Menschen, die das tun.« Er suchte sich eine bequeme Sitzposition und blickte uns an.

»Ihr habt die Bedeutung durchaus richtig erkannt, Syncc. Wir haben den Fuß gehoben, um eine Schwelle in der Sprungphysik zu überschreiten, « begann er seinen Vortrag.

»Bisher mussten unsere Schiffe für einen Sprung zu einem definierten Ausgangspunkt fliegen, an dem wir vorher ein Sprungtor positioniert hatten. Von dort konnte sich das Schiff nach den Gesetzen des Hyperraumes zu anderen Sprungtoren bewegen. Dies ist eine vorgegebene Auswahl aller verfügbaren Sprungtore, den Potentiallinien des Hyperraums vom Ausgangstor aus folgend.

Die Energie für den Transfer in den Hyperraum und wieder zurück wurde von den Solarkraftwerken in den Toren bereitgestellt.

Ohne Energie kein Sprung, ohne Tor kein Sprung. Wird das Zieltor während des Transfers zerstört, gibt es keine Überlebenden. Soweit ist es einfach.«

Wir nickten.

»Im Gegensatz zu der im Zentrum und den Nebelwelten verbreiteten Technologie konnten wir die Größe unserer Schiffe durch die Trennung von Antrieb und Torgenerator auf die reine Nutzlast beschränken. Die typischen Gildenschiffe tragen sowohl den Antrieb als auch den Tormechanismus und die gesamte Energie für den Sprung immer mit sich herum. Das verschafft ihnen zwar den Vorteil, an jeder Stelle außerhalb der Hauptgravitationslinien der Sonnensysteme springen zu können, bringt ihnen aber gleichzeitig den Nachteil, im Normalraum extrem unwirtschaftlich zu fliegen und nach jedem Sprung wieder auftanken zu müssen.

In Verbindung mit der durch den Energie- und Techniktransport gesteigerten Größe der Schiffe macht sie das erheblich teurer.«

Er befeuchtete seine Lippen. »Außerdem befindet sich diese Technik in einer Sackgasse.« Er kniff die Augen leicht zusammen und blickte Syncc Marwiin prüfend an.

Der hatte mit geschlossenen Augen dem Vortrag gelauscht und öffnete sie jetzt. »Nur, wenn Ihr mit Euren Forschungen Erfolg habt, Hud Chitziin. Die Größe unserer stationären Tore lässt sich ebenfalls nicht ins Unendliche steigern. Außerdem sind sie viel verwundbarer.«

»In der Tat. Das Hauptproblem der Schiffe des Zentrums und der Nebelwelten ist der für einen Sprung benötigte Wasserstoff, den sie immer mit sich führen müssen. Ihre Schiffe haben seit fast einhundert Jahren die maximale Größen- und Gewichtsrelation erreicht.

Es gibt nur noch neue Kombinationen der bekannten Technik. Größere Schiffe mit noch mehr Energieverbrauch und schlechterem Wirkungsgrad. Keine Evolution mehr in der Technik. Sie sind am Limit. Für jede weitere Tonne Nutzlast müssen sie ein Vielfaches an Wasserstoff mitnehmen. Das alles ist nicht mehr zu manövrieren und wird unbezahlbar.

Wir merken es an den Versuchen des Zentrums und der Nebelwelten, in den letzten Jahrzehnten verstärkt unsere Tortechnologie zu kopieren oder alternative Energien für den Sprung zu erforschen.«

Er machte eine kurze Pause und sah mich kurz an. Syncc Marwiin barg noch viel Überraschungspotential.

»Soweit ich weiß, hat das Zentrum seit einigen Jahren erste eigene Sprungtorprototypen im Einsatz, tief in ihrem Gebiet – aber noch Lichtjahre von der Leistungsfähigkeit unserer Technologie entfernt.

Bei der Erforschung neuer Energien sind sie bislang ohne Ergebnis geblieben.«

Seine Weisheit lächelte vor sich hin.

»Kein Wunder, denn wir benötigen keine neuen Energien, uns fehlte eine effiziente Art, die vorhandenen zu nutzen.

Wasserstoff ist fast kostenlos in unbegrenzter Menge vorhanden. Das wahre Problem liegt darin, riesige Mengen davon in Nanosekundenbruchteilen, zielgenau in Sprungenergie umzuwandeln und das zweimal - fast gleichzeitig für den Absprung auf der einen Seite des Normalraumes und für die Rückkehr auf der anderen Seite.«

Seine Weisheit lehnte sich zurück und nahm einen Schluck aus seinem Glas.

»Und das ist genau der Punkt, wo meine Forschung angesetzt hat. Ich konnte sozusagen zwei Probleme finden, von der jeweils eines die Lösung des anderen beinhaltete.« Er strich über die Armlehne seiner Liege und sah uns zufrieden an.

»Die beiden Probleme, von denen ich spreche, sind die Menge der benötigten Energie und das Vorhandensein eines Tores am Endpunkt der Reise zum Wiedereintritt in den Normalraum.« Ich sah ihn fragend an.

»Das Halbdurchlässige Nullgravitationstor schafft eine direkte Verbindung zwischen dem Start- und dem Zielpunkt im *Normalraum*. Es handelt sich sozusagen nicht mehr um *zwei*, durch einen Tunnel verbundene Punkte, sondern nur noch um *einen einzigen Punkt*.«

Er sprach die letzten drei Worte sehr deutlich und langsam aus, um uns darauf hinzuweisen, dass hierin der wesentliche Unterschied lag.

»Natürlich sind es strenggenommen nach wie vor zwei Punkte, nur schrumpft die Länge des Tunnels zwischen Ihnen auf Null zusammen, wodurch der Abflugpunkt gleichzeitig zum Ankunftspunkt wird. Da eine solche Verbindung faktisch instabil ist, und keinesfalls lange genug existieren kann, um ein Schiff hindurchzuschicken, gibt es die Membranen, welche die Verbindung in beide Richtungen gegen Energieverluste abschließen und somit stabilisieren.

Der Vorteil dieser Verbindungsart ist die uneingeschränkte Kommunikation vor, während und nach dem Sprung. Es gibt nach den ersten Versuchen keinerlei messbare Auswirkungen mehr auf den menschlichen Körper.«

Ich seufzte leise vor mich hin. Syncc Marwiin sah mich ausdruckslos an.

»Ihr habt Recht damit, mich darauf hinzuweisen, dass meine Schilderungen zu abstrakt sind und zu viel voraussetzen, Siir,« Seine Weisheit grinste mich an. Er setzte sich auf die Kante der Andruckliege.

»Die Membranen bestehen aus reiner Energie. Sie verhindern einen direkten Kontakt der beiden Normalräume an den Enden der Punkt-zu-Punkt Verbindung.« Als er meinen Gesichtsausdruck sah, lächelte er kurz und wurde genauer.

»Stellt Euch einen ruhigen See vor, Keleeze. Der Unterschied in der Wasserhöhe zweier benachbarter Wassermoleküle an der Wasseroberfläche ist fast Null. Stellt Euch jetzt eine sehr hohe Welle vor. Der Unterschied zwischen dem Wassermolekül auf dem Wellenberg im Vergleich zum Wassermolekül im Wellental dagegen ist enorm.« Ich sah einen Lichtblick.

»Übertragt das auf die Energiewellen des Weltalls und die Energiepotentiale zwischen über Lichtjahre voneinander getrennten Punkten. Es bestünde bei einer Verbindung zwischen einem sehr hohen und einem sehr niedrigen Energiepotential die Gefahr einer schlagartigen Angleichung beider Potentiale in Form einer schweren Gravitationsschockwelle, die alles in der Umgebung des Absprung- und des Ankunftspunktes vernichtet.«

Mir drehte sich der Kopf, doch das hatte ich verstanden. Vergleichbar mit den Luftdruckverhältnissen in einer Planetenatmosphäre. Wenn hier ein Tiefdruck- mit einen ausgeprägten Hochdrucksystem kollidiert, entstehen schwerste Stürme mit den bekannten Folgen.

»Und die Energiefrage habt Ihr somit gleich mitgelöst.«

Das war keine Frage. Hud Chitziin sah Syncc Marwiin mit erstauntem Gesicht an, aus dem deutlich gewachsener Respekt sprach.

»Es war so trivial, dass ich zwei Jahre gebraucht habe, um die Lösung zu entdecken. Das Vorhandensein unterschiedlicher Potentiale beinhaltet natürlich bereits die Energie. Sie ist in dem höheren Potential gespeichert. So wie Wasser aus einem hochgelegenen See über einen Wasserfall hinabstürzt und dabei seine Energie abgibt, nutzt das Halbdurchlässige Nullgravitationstor die gespeicherte Energie des höheren Potentials, um die Verbindung zu stabilisieren und den Transfer des

Schiffes zu gewährleisten, während die Potentiale beginnen, sich langsam anzugleichen.«

Bezogen auf die Luftdruckverhältnisse in einer Planetenatmosphäre, funktionierten die Tore wie ein großes Windrad, das aus den vorbeiströmenden Luftmassen Energie gewinnt.

»Das Tor ist nichts weiter als ein primitiver Dynamo, Keleeze. Ich nutze die Gesetze der gleichmäßig abnehmenden Energieverteilung im Universum. Wir wissen, dass das Energiepotential aus der Mitte des Universums zu seinem Rändern hin abnimmt. Wo immer wir hinwollen, benötigen wir nur einen ausreichend großen Potentialunterschied, um die für die Hyperraumverbindung notwendige Energie nutzen zu können. Treffen wir auf ein Sprungziel, das einen zu geringen Potentialunterschied aufweist, machen wir einen Umweg über einen Ausweichpunkt, der zu unserem Ausgangspunkt und dem Sprungziel über einen ausreichenden Unterschied verfügt. Da uns die Menge der benötigten Energie nicht mehr interessiert, spielt die Entfernung auch keine Rolle mehr.«

Seine Weisheit wirkte sehr zufrieden.

»Verzeicht mir eine kritische Frage, Hud.«

Als er nickte, fuhr ich fort: »Ist dieser ganze Prozess, den Ihr soeben geschildert habt, nicht ausserordentlich gefährlich?« Einige Falten erschienen auf seinem Gesicht.

»Stellen wir uns vor, diese Membrane hält nicht! Was wird dann zerstört, wenn die Potentiale sich unkontrolliert ausgleichen?«

Hud Chitziin's Blick war nachdenklich geworden. Syncc Marwiin sah ihn gespannt an.

Langsam nicht er. »Unter Umständen sehr viel. Das ist der Grund warum eine Membran auf jeder Seite die verbindung abschließt. Es müssen für das Eintreten dieser Katastrophe schon beide versagen.«

Bevor er uns weitere Ausführungen geben konnte, signalisierte der Autopilot das Rendezvous-Manöver mit der Relion in wenigen Minuten.

CORUUM

Das Forschungsschiff stand im geostationären Orbit ungefähr zweitausend Kilometer von der Planetenstation Arkadia 1 entfernt.

Als wissenschaftliche Forschungsplattform unterlag die Relion keinerlei Zwang, irgendwelchen Design-Konventionen oder Klasseneinteilungen für Raumschiffe entsprechen zu müssen. An ihr waren funktionsorientiert die unterschiedlichsten An- und Umbauten vorgenommen worden und erinnerten mich an die Felsenformation aus rohen Steinquadern, wie wir sie auf dem Hügel von Arkadia gesehen hatten. Für unsere aktuelle Testreihe der Nullgravitationstore hatte sie ein paar weitere Höcker, Anbauten und Geschwüre bekommen. Am auffälligsten waren drei große zylinderförmige Gebilde auf ihrem Rücken, die jeweils einen Satz Tore enthielten.

Oberhalb des Systemtriebwerk-Clusters, in der hinteren Hälfte des Schiffes, war eine offene Konstruktion aus Geräteträgern und Antennen auf eine große Plattform montiert worden. Das war, wie Seine Weisheit stolz verkündete, der Prototyp des massiven Shunt Drives. Damit das alles irgendwie einheitlich und zusammengehörig wirkte, hatten alle Komponenten, bis auf den Shunt Drive, einen durchgängigen schwarz-roten Anstrich bekommen, der die Relion wie den aufgedunsenen Kadaver eines vorzeitlichen Vogels mit fast ausgefallenem Gefieder aussehen ließ. Insgesamt war sie ein sehr hässliches Schiff.

Schwach zu sehen vor der beleuchteten Scheibe des einzigen Mondes von Arkadia, schwebten zwei matte, schlanke Silhouetten hinter der Relion. Es handelte sich um einen Teil unseres Begleitschutzes, effiziente, kompromisslose Zerstörer der Nova-Serie. Ein Dritter kreiste unsichtbar vor dem Einsprungpunkt des Systems, eine Standard-Vorsichtsmaßnahme.

Der Autopilot brachte uns in den Anbau des toten Vogels, der die Andockeinrichtungen beherbergte. Beim Passieren des Atmosphären-Schildes, der das Vakuum des Raumes von der Luftdruckatmosphäre des Schiffes trennte, überzog sich unser Schiff schlagartig mit einer Raureifschicht, die sich sofort wieder in einer Nebelwolke auflöste. Das Spezialmaterial der Brückenscheiben verkraftete den Temperaturunterschied ohne Spuren und ermöglichte uns so, den Landevorgang durch den Nebel weiter zu betrachten. Der Autopilot landete im Bereich des Schiffskonfigurators – ein sicheres Indiz dafür, dass unser Landungsboot nicht weiter benötigt, und kurz nach unserem Aussteigen in seine Module zerlegt und weggeräumt werden würde.

Mein Adjutant, Schatten-Offizier Raana Roohi, erwartete uns am Fuße der Schiffsrampe und erstattete mir Meldung. Auf der Relion herrschte für noch sechs Stunden Nachtbetrieb.

Der neue Zwanzigstundentag brach für mich mit einem leichten Vibrieren meines Kommunikationsringes an.

Die typischen Anzeichen für einen neuen Morgen auf einem Schiff der Organisation sind normalerweise eine leichte Veränderung in der Lichtfarbe, welche das Unterbewusstsein an ein Morgenrot erinnern soll, und eine Beigabe leichter Düfte, die den Jahreszeiten entsprechend variieren. Der aktuelle Duft sagte mir, dass auf der Relion jetzt Frühling war.

Mein Adjutant, Schatten-Offizier Raana Roohi, sah mich aus dem Holodisplay neben dem Bett an. Sein Gesicht mit dem blonden Haarschopf und den blauen Augen blickte mich entschuldigend an. Die Augen waren gerötet und Ringe zeichneten sich ab, er hatte seit unserem kurzen Treffen am Abend wohl nicht geschlafen.

»Keleeze, tut mir leid, dich zu wecken. Es gibt wiederholt Probleme mit den Tests. Kannst du auf die Brücke kommen?« Ich setzte mich auf. »Habe ich zehn Minuten?« Hud Chitziin trat ins Bild. »Entschuldigt , Merkanteer, aber es sieht so aus, als hätte die K3 mit dem Massiven Shunt Drive ein Problem.«

»Ich komme sofort.« Die K3 war der Aufklärer unseres Begleitschutzes. Die Flottille, welche die Relion vor allzu neugierigen Zentrums- oder Nebelweltenaugen schützen sollte, bestand aus den Standardkomponenten: Dem Flaggschiff oder K1, als der waffenstarrenden Zerstörungsplattform, der Trägereinheit oder K2, als Basis für raumgebundene Kleinraumschiffe, und der Aufklärungs- und Zerstörereinheit K3.

Nach den Testplänen und gemessen an der Entbehrlichkeit, sollte die K3 als erstes Vollschiff der Organisation mit einer Rumpfbesatzung von Freiwilligen den MSD (Massiver Shunt Drive) ausprobieren und damit Geschichte in der Raumfahrt schreiben. Offenbar waren die Ergebnisse mit den Drohnen so erfolgreich verlaufen, dass Hud Chitziin sich nach Auswertung der Testergebnisse noch in der Nacht entschlossen hatte, mit dem nächsten Schritt fortzufahren.

Auf der Brücke waren neben Kapitän Annu Aroldi und der üblichen Brückenbesatzung noch Hud Chitziin mit seinem Assistenten Hudun Garoon und meinem Adjutanten anwesend. Mit mir traf Hud Koncuun, der wissenschaftliche Leiter der Relion ein.

Man sah ihm an, dass er ebenso wie ich sehr kurzfristig zu diesem Termin geladen worden war. Seine lichte Haarpracht befand sich in erheblicher Unordnung.

»Danke, dass Ihr so schnell kommen konntet, Siir!« Kapitän Aroldi deutete bei meinem Näherkommen eine leichte Verbeugung an, ebenso wie Hudun Garoon und Raana.

»Wo befindet sich die K3?«

Raana deutete auf das riesige, zentrale Navigationsdisplay, welches sich zwischen halbkugelförmigen Erweiterungen des Fußbodens und der Brückendecke befand.

»Weniger als ein halbes Lichtjahr entfernt im freien Raum, Keleeze. Dort mündet die Potentiallinie auf der sie sich bewegt hat. Der Sprung aus dem Arkadia-System heraus war erfolgreich. Die K3 führte am Ankunftsort alle Tests mit gutem Ergebnis durch und sollte vor einer Stunde die Sequenz für den Rücksprung beginnen. Dabei meldeten die Überwachungssysteme Fehler in der Initialisierung des MSD.«

»Der wissenschaftliche Stab ist im Simulationsmodell bei der Fehlersuche, Merkanteer.« Seine Weisheit wählte in einer größeren Gruppe lieber meine formale Anrede. »Unser letzter Test eines Prototypen des Nullgravitationstores vor zwei Tagen mit einer Shunt-Drive-bestückten Sonde hat in beide Richtungen wie erwartet funktioniert. Ich habe die Ergebnisse gestern nach unserer Rückkehr von Arkadia durchgesehen.«

Ich sah in das Holodisplay.

In der Mitte schwebte senkrecht die flache, nahezu unsichtbare Scheibe des aktivierten Nullgravitationstores. Die Halbdurchlässigen Membranen verliehen ihm einen leichten blauen Schimmer, als sei eine Seifenblase aufgespannt. Die Membranen wirkten auf das Licht im menschlichen Auge wie zwei übereinandergelegte Schwerkraftlinsen und verzerrten das auf der anderen Seite des Tores liegende Bild entsprechend.

In seiner Mitte befand sich ein kreisförmiger Ausschnitt, der den Hintergrund von K3 zeigte. Da die K3 in den leeren Weltraum gesprungen war, war die Farbe des Ausschnitts fast schwarz.

Der verbleibende Kreisring bis zum Rand des Tores zeigte die verzerrte, schlanke Silhouette der K3, die mit abgeschalteten Triebwerken auf der anderen Seite des Tores verharrte. Winzige Lichtreflexe markierten ab und zu die Position einzelner Verteilerstationen am Torrand, wenn das Sonnenlicht sich in ihnen spiegelte. Die steuernde Torstation war an ihren Leuchtfeuern zwischen zwei Verteilerstationen gut zu erkennen.

»Wie lange kann die Torverbindung aufrecht erhalten bleiben,« fragte ich Hud Chitziin, daran denkend, dass bei herkömmlichen Sprungtoren aus Energiegründen die Verbindung immer nur für die exakte Dauer des Durchfluges eines Schiffes aufgebaut wurde.

Trotz der ernsten Situation konnte er sich ein kleines Schmunzeln nicht verkneifen, als er mir antwortete. »Wenn es sein muss, nahezu unbegrenzt. Wie gesagt, Merkanteer, die Energie beziehen wir aus dem Potentialunterschied und der ist trotz der geringen Entfernung ausreichend groß.«

Ich blickte mich in der Runde um. »Was soll ich also entscheiden?«

Annu Aroldi sprach schließlich als erster. »Die K3 kann voraussichtlich nicht zurückspringen. Das Risiko wäre zu groß. Unsere Empfehlung ist, sie durch den Normalraum zurückzubeordern.«

Seine Weisheit lief unruhig hin und her.

Ich fragte ihn: »Hud Chitziin, warum kann die K3 nicht ohne MSD durch das Tor? Wenn es stabil ist, kann sie doch ihre Systemtriebwerke benutzen.« Er blieb stehen.

»Das geht leider nicht, Merkanteer. Beim Durchfliegen der ersten Membran setzt sich das Schiff dem vollen Potentialunterschied zwischen beiden Verbindungspunkten aus. Der Shunt Drive überzieht die Oberfläche des Schiffes mit einem sehr starken konduktiven Schutzfeld, welches die Energie der Potentialentladungen normalisiert und sie in einem gerichteten Energiespeicherfeld außerhalb des Schiffes ablegt. Das ist die Lebensversicherung des Schiffes und seiner Besatzung.«

Er gestikulierte eindrucksvoll in der Luft herum, um zu verdeutlichen, wie sich das Energiespeicherfeld aufbauen würde.

»Jedes Schiff ohne den Shunt Drive kann zwar durch das Tor fliegen, würde jedoch sofort durch diese Energien zerstört werden, was auch der Fall wäre, sollte der MSD während des Sprunges ausfallen.«

»Wir haben bereits alle Optionen durchgespielt Keleeze. Die Relion kann nicht springen und das Flagschiff auch nicht, da wir in jedem der beiden Fälle voneinander getrennt würden, ginge mit dem Tor oder einem weiteren Antrieb etwas schief.« Raana hakte die Optionen eine nach der anderen ab. »K3 kann möglicherweise den Antrieb mit den Hilfsmitteln reparieren, die wir per Sonde geschickt haben. Der Neustart des MSD nach der Reparatur dauert wenigstens drei Wochen – sofern es funktioniert. Solange müssten wir hier warten.«

»Wie viel Spiel haben wir in den Testplänen, Hud Chitziin?«

Er sah nachdenklich zu Boden und blickte dann in Richtung seines Assistenten. Hudun Garoon kramte eilig in einer Tasche herum und zog sein persönliches Display heraus.

»Äh, drei bis vier Tage, Siir. Wenn wir den eigentlichen Sprung von K3 als Erfolg werten, sparen wir einen Teil der Wiederholung, dann sind es sechs Tage, Siir.« Er sah seinen Lehrmeister zufrieden an.

Hud Chitziin blickte düster vor sich hin. »K3 ist gesprungen, oder?« Der Sarkasmus in seiner Stimme war nicht zu überhören. »Wo immer das Problem liegt, das Tor arbeitete korrekt.«

Ich nickte ihm zu. »Dann geben wir ihnen sechs Tage. Informiert K3 entsprechend, Kapitän.«

Seine Weisheit atmete auf. »Das ist sehr großzügig, Merkanteer. Ich werde die Fehlersuche persönlich überwachen, vielen Dank.«

»Raana, wir sehen uns jetzt das Signal von gestern an, in meinen Räumen.« Die Gruppe begann sich aufzulösen, als wir die Brücke verließen.

»Merkanteer!« Kapitän Aroldi winkte mir von seinem Kommandosessel nach. »Die Relion empfängt gerade eine Thieraportsendung von Restront. Ist für Euch bestimmt, Siir.«

Annu Aroldi wartete auf eine Anweisung. »Ich nehme sie in meinen Räumen entgegen. Danke, Kapitän.«

6 Donavon

Guatemala, Ausgrabungsgebiet Coruum
18. September 2014
30396/8/36 SGC

Es war kurz nach Mitternacht, als wir uns am Metallzaun, der die Ausgrabungsstelle umgab, wiedertrafen. Miguel hatte mich ins Hotel gefahren, wo ich mich umgezogen und den Schlüssel abgeholt hatte. Ich wollte ihn lieber in meiner Nähe haben, wenn wir auf Entdeckungstour nahe der Stele gingen. Per Telefon informierte ich Fergus über den Fund und unser Vorhaben. Er war natürlich dagegen, aber eher aus dem Grund, weil er nicht selbst dabei sein konnte. Er bat mich, ihn das nächste Mal *nach* einer solchen Aktion anzurufen, da er jetzt sicherlich nicht mehr einschlafen würde, und wünschte uns Glück.

Als wir vom Maya International wieder zur Ausgrabungsstelle hinauskamen, lag alles im Dunkeln. Die letzten Arbeiter waren wie jeden Abend gegen sechs Uhr verschwunden, und nur ein Notdienst für den Betrieb der Pumpen, die weiter das Restwasser aus dem Schlamm sogen, blieb zusammen mit dem Wachpersonal über Nacht.

Wir fuhren ein gutes Stück auf der Hauptstraße an der Einfahrt vorbei in Richtung Tikal und parkten einen halben Kilometer hinter der Ausgrabungsstelle leicht versteckt zwischen ein paar Hügeln. Wir nahmen unsere Ausrüstung, gingen neben der Straße, verborgen im Unterholz, einige Minuten zurück zum Zaun, wo wir es uns bequem machten, und warteten.

Sinistra und Karen stießen eine Stunde später schwerbeladen dort zu uns. Sie trugen bereits ihre Neoprenanzüge und hatten die von Raymond bestellte Ausrüstung aus den Institutskellern in ihren Rucksäcken und je einer großen Packtasche dabei. Wir nahmen unsere Anzüge in Empfang und zogen sie an. Karen gab mir noch einen Helm, mit seitlich befestigten, bleistiftdicken LED-Lampen und ein paar dünne, reißfeste Handschuhe.

CORUUM

An der Stelle, die Raymond für uns ausgesucht hatte, war der Zaun knapp drei Meter hoch und oben mit Stacheldraht gesichert. Im Innern des abgesperrten Gebietes waren Bäume und Unterholz gerodet, um das Sichtfeld der Wachen zu vergrößern. In der letzten Woche hatten einige Journalisten und Neugierige versucht, hier einzusteigen, und Captain Johns damit aus seiner Sicht zu dieser Maßnahme aufgefordert.

Uns hinderte das nicht so sehr. Raymond konnte die Wachen von seiner Position im Innern des Ausgrabungsgeländes gut sehen und lotste uns in einem unbewachten Augenblick hinüber. Er legte eine lange Aluminiumleiter von innen an den Zaun, kletterte hinauf, durchtrennte den Stacheldraht und reichte uns eine zweite. Kurz hintereinander kletterten wir nach innen, ich als Letzter. Mit zwei losen Metallklammern verband ich den Draht wieder und zog die äußere Leiter mit herüber.

Wir mussten ein paar hundert Meter durch das Unterholz und über unebenen, mit tückischen Kalkfelsen durchzogenen Boden gehen, bis wir den Hügel mit den Baumaschinen und Kränen im Sternenlicht vor uns aufragen sahen.

Außer dem leisen Schlürfen der Pumpen vor uns und dem Gezirpe der Grillen um uns herum war es still. In einiger Entfernung, auf der anderen Seite des Ballspielplatzes schimmerten noch ein paar Lichter aus den Bürocontainern.

Raymond führte uns von hinten an den Ballspielplatz heran, an der Stelle vorbei, wo die ersten Bohrversuche gescheitert waren.

»Wir sind hier über dem großen unterirdischen Raum, in den wir eigentlich hineinwollen.« Während er flüsterte, zeigte er auf die provisorisch zugeschütteten Bohrlöcher.

»Die westliche Grenze des Raums müsste in etwa zehn Meter neben diesem Bohrloch da vorn verlaufen. Das markiert nach den Fotos ungefähr die Mitte des Raums. Der Gang sollte sich demnach von Westen dort senkrecht auf den Raum zu bewegen.«

Wir blickten in die Dunkelheit und folgten ihm dann. Nach weiteren fünfzig Metern senkte sich das Gelände merklich. Wir schlichen vorsichtig hinunter und erreichten ein Feld voller loser Kalkkiesel. Raymond verlangsamte das Tempo und hielt an.

»Ich habe den Verlauf des Gangs laut Satellitenbildern genau untersucht. An dieser Stelle verläuft er aus Osten kommend und knickt nach Norden ab.« Er zeigte in die Richtung, die seiner Meinung nach Norden war.

»Das Gelände vor uns fällt leicht weiter ab. Seid vorsichtig!«

Wir setzten uns wieder in Bewegung, bis er erneut anhielt und sich hinhockte. Als ich näher kam, erkannte ich das tragbare Georadar, welches Raymond dort deponiert hatte.

»An dieser Stelle hat sich das Gerät zum ersten Mal gemeldet. Drei Meter unter dem Boden musste sich demnach ein größerer Hohlraum befinden. Weil wir hier wenigstens zehn Meter tiefer stehen als an unserem letzten Halt, konnte das Gerät den Gang vorhin aufgrund seiner begrenzten Leistung nicht orten. Das Radar dringt höchstens fünf bis sechs Meter ins Erdreich ein.

Da vorn habe ich schließlich einen Eingang gefunden. Die Decke ist eingestürzt. Der Spalt war einen halben Meter mit Geröll überdeckt – *sorgfältig*.«

Er betonte das letzte Wort. »Jemand muss den Gang schon einmal vor längerer Zeit entdeckt und geöffnet haben. Vielleicht wurde er auch vorübergehend als Versteck genutzt. Wie auch immer, ich habe dadurch eine Menge Zeit und Arbeit gespart.«

Wir folgten ihm die letzten Meter bis zur Öffnung. Karen schaltete ihre Lampe auf niedrigster Stufe ein und beleuchtete den Boden.

»Wollen wir dem Professor nicht Bescheid sagen?« Sinistras Frage klang vorwurfsvoll in der Stille. »Er hat sich uns gegenüber bis jetzt fair verhalten.«

»Es reicht, wenn wir ihn unterrichten, sobald wir etwas gefunden haben.« Karen beleuchtete konzentriert den Spalt. »Ich denke, er verhält sich fair, weil wir ihm immer einen Schritt voraus sind, und er uns braucht. Daran sollten wir nichts ändern.« Das ließ keinen Raum für Diskussionen. Sinistra schwieg.

Karen sah mich fragend an. »Ich hätte es nicht besser ausdrücken können«, erwiderte ich. »Lasst uns nachsehen, was Raymond dort gefunden hat, und vielleicht wecken wir den Professor später auf.« Ich lächelte Sinistra und Raymond an. Sie nickte langsam.

»Können wir so hinein?« Karen leuchtete wieder auf den Spalt.

»Ja, es sind nur knapp drei Meter nach unten. Wir brauchen von hier oben kein Seil, man kann gut an den Vorsprüngen klettern. Ich bin ein gutes Stück im Gang nach Norden vorangekommen, bevor der Wasserspiegel zu sehr steigt. In südlicher Richtung ist alles verschüttet.«

Karen legte ihren Rucksack ab und setzte sich ihren Helm auf. Die Handlampe steckte sie in den Gürtel, schaltete die Helmlampen ein und leuchtete in den Spalt hinunter. Dann kletterte sie, sich vorsichtig an den Steinvorsprüngen festhaltend, nach unten.

»Alles klar. Sehr feucht hier. Kommt nach.« Ihre Stimme klang sehr leise und gedämpft nach oben.

Miguel und Sinistra warfen ihr ein Seil und eine kleine Sauerstoffflasche hinunter und folgten ihr dann.

Ich zog meine Handschuhe an, nickte Raymond kurz zu und kletterte nach unten.

Es war tatsächlich ein Gang und keine der verbreiteten natürlichen Kalksteinhöhlen. Massive Kalkquader waren fugenlos zu einem makellosen Kraggewölbe aufeinander gesetzt. Die Einsturzstelle, durch die wir eingestiegen waren, war nur ein paar Meter lang. In nördlicher Richtung senkte sich der Gang, war aber intakt. In südlicher war er verschüttet, wie Raymond gesagt hatte. Der Boden war feucht und mit den Trümmern der eingestürzten Decke übersät.

»Ein klassisches Kraggewölbe der Maya. Verteilt den Druck der Decke perfekt auf die Seiten.« Karen sah sich um. »Keine Verzierungen, ein reiner Zweckbau. Ich frage mich nur, was diesen Teil der Decke zum Einsturz gebracht hat.«

Der Decke war hoch genug, dass ich aufrecht darunter gehen konnte. An den Schultern hatte ich noch zwanzig Zentimeter Platz zu beiden Seiten. Trotzdem zog ich es vor, leicht geduckt voranzugehen, um den Spinnweben und anderem Kleingetier auszuweichen.

Im Gänsemarsch gingen wir hinter Karen her, die mit vollaufgedrehten Helmlampen nach kurzer Beratung mit Raymond die Führung übernommen hatte und vorsichtig den leicht abfallenden Gang folgte. Nach einigen Metern war der Boden frei von Geröll und das Gehen wurde einfacher.

Karen hielt an, als trübes Wasser eine Handbreit tief auf dem Boden stand und unsere Füße darin versanken. Der vor uns liegende Gang führte weiter nach unten, bis die Decke fast den Wasserspiegel zu berühren schien und uns die Sicht auf das Dahinterliegende versperrte. Die Gangwände hatten sich an dieser Stelle bis zur Decke mit Feuchtigkeit vollgesogen und verbreiteten einen feuchten, muffigen Geruch.

»Ich sehe mir das an. Wartet hier.« Karen klinkte das Seil mit einem Karabiner an ihrem Rettungsgürtel ein und gab es mir. Sie grinste mich an. Der Ausflug begann, ihr Spaß zu machen.

Raymond zwängte sich an Sinistra und Miguel vorbei und folgte ihr ein paar Schritte ins tiefere Wasser. »Sei vorsichtig. Wahrscheinlich gibt es da vorn einen Abfluss. Das Wasser müsste sonst viel höher stehen nach den heftigen Niederschlägen der letzten Tage!«

Karen nickte, ohne sich umzudrehen, und watete langsam weiter. Nach zehn Metern reichte ihr das Wasser bereits über die Hüften. Sie kletterte mehrfach über verborgene, unter Wasser liegende Hindernisse.

Nach weiteren zehn Metern erreichte die Wasseroberfläche ihren Hals. Sie konnte nicht viel weiter gehen, ohne zu tauchen. Karen blieb stehen und tastete die vor ihr unter Wasser liegende Wand ab.

»Bist du da hinten gewesen Raymond?« Sinistra flüsterte unbewusst und blickte gebannt auf den Lichtschein von Karens Lampen. Das Echo ihrer Stimme reichte bis zu Karen, die sich zu uns umdrehte.

»Nein. Ich hatte nichts Wasserdichtes dabei. Ich war nur ein paar Schritte weit.«

»Raymond! Hier ist ein Luftspalt über der Wasseroberfläche. Ich kann einen größeren Hohlraum in ein paar Metern Entfernung sehen. Der Gang muss sich wieder anheben. Ich tauche jetzt unter dem Vorsprung hindurch. Komm in fünf Minuten nach.« Ihre Stimme hallte dumpf in dem engen Gang zu uns herüber.

Bevor wir Zeit hatten, etwas zu erwidern, war sie bereits abgetaucht. »Ich werde hinterhergehen, Raymond. Nimm das Seil.«

Er wollte protestieren, verkniff es sich jedoch. Ich hatte nicht vor, zu warten, bis sie möglicherweise ertrunken war, und setzte mich unverzüglich in Bewegung.

»Warten Sie, Doktor!« Raymond nahm einen Bergsteigerhaken und einen Hammer aus seinem Rucksack und schlug den Haken mit ein paar kräftigen Schlägen in eine Kontaktstelle zwischen zwei Kalkquadern. Anschließend führte er die Sicherungsleine von Karen durch eine am Haken befestigte Öse und gab sie Miguel. Mein Sicherungsseil befestigte er an meinem Rettungsgürtel und hielt es selbst.

Er sah mich an. »Jetzt kann es losgehen, Doktor MacAllon.« Etwas an der Art, wie er meinen Namen betonte, gefiel mir nicht, aber ich hatte jetzt keine Zeit, weiter darüber nachzudenken.

Zielstrebig ging ich auf die Stelle zu, an der Karen untergetaucht war, und leuchtete mit meiner Helmlampe den Gang dabei ab. Der Boden war schlüpfrig, mit Algen übersät und uneben. Das Wasser stand an dieser Stelle schon länger. Auf halber Strecke brauchte ich beide Hände, um über einen fast einen Meter hohen Stein zu klettern, der unsichtbar unter der Wasseroberfläche lauerte.

Kurz bevor ich die tiefste Stelle erreichte, hielt ich an. Ich ging leicht in die Knie um durch den schmalen Spalt zwischen Wasseroberfläche und Höhlendecke zu blicken. Ich atmete erleichtert auf, als ich die Reflexion von Karens Lampe in einiger Entfernung schimmern sah.

Ich blickte zurück. »Sie ist auf der anderen Seite. Ich kann das Licht ihrer Helmlampe sehen. Ich gehe hinterher.«

Das Auf und Ab der drei Helmlampen hinter mir interpretierte ich als Zustimmung.

Ich schob einen Fuß auf dem Boden so weit nach vorn, wie es aus meiner gegenwärtigen Position ging, hielt die Luft an, tauchte unter und machte zwei langsame Schritte im kalten Wasser, bis ich gegen eine gerade, hohe, Treppenstufe stieß. Ich nahm zwei weitere Stufen, wobei ich mich mit einer Hand an der Wand und der anderen an der Decke nach vorn tastete, bis ich merkte, dass meine Hand aus dem Wasser ragte. Vorsichtig richtete ich mich auf.

Die Decke war wieder ein gutes Stück über meinem Kopf. Karen stand ein paar Meter vor mir, das Wasser reichte ihr noch bis zu den Knien. Sie untersuchte die vor ihr liegende Wand. Ich blickte mich um und streifte mit den Helmlampen die Innenwände eines größeren, würfelförmigen Raumes, in den die Öffnung, durch die ich gekommen war, mittig hineinführte.

Karen drehte sich zu mir um »Das muss alles angesammeltes Regenwasser sein, Don. Sieh mal, hier ist ein Eingang!«

Ich beeilte mich, zu ihr zu kommen und plantschte aus dem Wasser. Karen stand rechts neben mir und tastete die Wand ab, die den Raum abschloss.

»Pass auf, Don, der Boden ist durch die Algen sehr rutschig und fällt zu beiden Seiten der Tür senkrecht ab. Ich wäre fast reingefallen.« Sie zeigte mir einige blutende Striemen an ihrer linken Wade. »Ist nicht so schlimm, ich werd's überleben.«

»Tür?«, fragte ich, nachdem ich mir ihr Bein angesehen hatte. Ich ging näher an die Wand heran. Sie unterschied sich nicht von den Wänden rechts und links von ihr, monolithische Kalkquader, beinahe fugenlos aufeinandergesetzt, sehr massiv wirkend, ohne jegliche Verzierungen.

»Du kannst den Unterschied nicht sehen! Fass sie an – *ohne Handschuhe!*«

Ich zog meinen Handschuh aus und strich mit der Hand über die Oberfläche. Sie fühlte sich kalt, rau und klamm an. – Doch halt!

In der Mitte der Wand wurde sie von einem zum anderen Zentimeter warm, glatt und trocken, obwohl sich an ihrem Aussehen nichts veränderte.

Stelenmaterial! Ein breites Grinsen trat auf mein Gesicht. Wir lachten uns an.

Ein Hochgefühl durchflutete mich. Wir waren richtig!

»Machen wir noch ein bisschen weiter, bevor wir den Professor anrufen?«

Karen warf mir einen bösen Blick zu. »Die Tür ist getarnt. Ich bin schon einmal um den Rand herum – nichts zu finden von einem Öffnungsmechanismus.«

Ich öffnete den Reißverschluss meines Anzuges und tastete nach dem verborgenen Plastikbeutel mit dem Schlüssel. – Nicht dass er nicht hätte nass werden dürfen – es war eher eine intuitive Schutzmaßnahme von mir aufgrund seines unschätzbaren Wertes.

»Warum probieren wir nicht einfach den Schlüssel?« Ich zog die Tüte aus dem Anzug und schüttelte ihr den Schlüssel auf die Hand.

Wir sahen ihn fasziniert an. Sanft schimmerte er golden im kalten Licht der LED-Lampen. Ich nahm ihn und betätigte seine Kontakte.

Die Skalen leuchteten in einem schwachen Blau auf. *Blau* diesmal, kein Rot wie in meinem Hotelzimmer. Hastig schloss ich meinen Anzug wieder und drehte mich mit dem Schlüssel in der Hand in Richtung der getarnten Tür. »Er reagiert auf etwas in der Nähe, möglicherweise die Tür selbst oder etwas hinter der Tür,« erklärte ich. »Normalerweise leuchtet er rot.«

»Nicht, Don!« Karens Worte hingen noch in der Luft, als ich den Schlüssel dicht vor der getarnten Tür hin und her führte.

Nichts geschah, außer einem kleinen, fast unhörbaren Klicken neben Karen, die leicht zusammenzuckte.

»Wer sagt's denn?« In der Mitte eines der Kalkquader auf der rechten Wandhälfte hatte sich die Struktur des Materials verändert. Die weißtrübe, raue Oberfläche hatte auf einer runden Fläche von vielleicht einem halben Meter Durchmesser einen goldfarbenen Lichtschein angenommen. In der Mitte war eine im gleichen Blau wie die Schlüsselskalen leuchtende Vertiefung entstanden, deren Umrisse uns nur allzu bekannt waren.

Die Vertiefung hatte exakt die Form des Schlüssels.

Hinter uns ertönte ein Plantschen, als Sinistra aus dem Wasser auftauchte. Ihr besorgter Gesichtsausdruck entspannte sich, als sie uns sah.

»Wir machen uns Sorgen, alles klar hier?« Sie tastete sich vorsichtig die Stufen empor. »Alles bestens«, Karen winkte ihr zu. »Wir haben einen Eingang gefunden und werden versuchen, ihn zu öffnen.« Sinistra kam zu uns heran.

»Welchen Tag haben wir heute?« fragte ich.

Karen sah mich etwas überrascht an. Nach einem kurzen Blick auf ihre Taucheruhr nickte sie.

»Den 9. Oktober, seit zwei Stunden.«

Ich überlegte laut vor mich hin. »Wenn hier eine Logik die Türöffnung überwacht, wird sie die Tür nur bei richtiger Kombination des Schlüssels öffnen. Falls ich die nicht einstellen kann, identifizieren wir uns damit als Eindringlinge, die den Schlüssel gestohlen oder gefunden haben. Was dann passiert, kann ich nicht abschätzen. Es wäre möglicherweise sehr gefährlich.«

Karen funkelte mich an. »Ich würde sagen, wir identifizieren uns eher als eine Bande von Trotteln, die einen Fehler gemacht haben. Ich bin sicher, dass dann einfach nichts passieren wird. Eine solch komplexe Zugangsbeschränkung in den Händen einer einfachen Kultur muss tolerant gewesen sein.«

Sinistra nickte.

Ich grinste: »O.K., ich wollte es nur vorher erwähnt haben.«

Fergus und ich hatten auf diese Situation hingearbeitet, wenn auch eher für eine planmäßige Benutzung in der Stele. Trotzdem war ich überzeugt, dass der Schlüssel auch hier funktionieren würde.

Mary, eine der besten Analytikerinnen des Instituts, hatte die Skalen und die Mechanik des Schlüssels aufgrund der Testveränderungen, die ich nach Anweisung von Fergus vorgenommen und fotografiert hatte, mit mathematischen Modellen nachgebildet. Sie hatte daraus eine Anleitung erstellt, wie ein beliebiges Tagesdatum in unserem Jahrhundert auf dem Schlüssel einzustellen war. In Absprache mit Fergus aktualisierte ich den Schlüssel jeden Tag durch Anpassungen mit meinem Kugelschreiber und einer Büroklammer an einen halben Dutzend Mikroskalen auf seiner Rückseite. Es waren jedes Mal andere Skalen, die ich mal vor und mal zurück bewegen musste. Ich hatte mir angewöhnt, das immer nach dem Aufstehen zu machen.

Das hieß, mein Schlüssel war im Moment noch auf den 8. Oktober eingestellt.

Ich konnte den Schlüssel jetzt nicht manuell anpassen. Es war kein linearer Prozess. Mit einer falschen Justierung konnte ich das Datum leicht um Jahrhunderte verstellen.

Ich drehte mich zu Karen um. »Jetzt die schlechte Nachricht: Der Schlüssel ist noch auf das gestrige Datum eingestellt. Ich kann ihn ohne Unterstützung durch das Institut unmöglich anpassen.« Ich sah Karen an, die keine Regung zeigte.

CORUUM

»Mach schon, Don. Lass es uns ausprobieren. Wir haben wahrscheinlich keine zweite Chance. Bei einem Fehler wird nichts passieren, ich bin sicher.«

Ich nahm den Schlüssel in die linke Hand und legte ihn mit einer Seite an die Vertiefung an. Dann schob ich ihn mit einer schnellen Bewegung in die Form.

Er passte perfekt und rastete merkbar ein. Nichts passierte. War ein Tag Abweichung doch zuviel?

»Na, das war's dann wohl.« Sinistra drehte sich zur Treppe, als ich aus dem Augenwinkel eine Bewegung bemerkte.

Karen schrie auf. Ich wirbelte zurück zur Wand, das heißt, zu dem Teil davon, der noch zu sehen war. Eine mannshohe, von einem rötlichen Schimmer bedeckte, ovale Öffnung hatte sich zentriert über der Plattform gebildet. In ihrem Innern konnte ich im Dämmerlicht einen größeren Raum sehen, der auf den ersten Blick hin leer und dunkel wirkte.

»Sieh nur, Don, das Wasser läuft nicht hinein!« Karen sprach wie elektrisiert.

Die Höhe des Wasserspiegels hatte sich nicht verändert. Er stand nach wie vor, durch die Grenze des Algenbewuchses markiert, gleichhoch an der Wand. Auch dort, wo das Wasser eigentlich in den Raum hätte hineinlaufen müssen. Eine unsichtbare Barriere hielt es weiterhin, eine Handbreit über dem Öffnungsrand, an der ursprünglichen Linie der Wand auf.

»Seht Euch das Licht unserer Lampen an. Es dringt auch nicht in den Raum ein!« Sinistra flüsterte.

Karen führte ihre Handlampe von der Wand über den Rand der Öffnung. Der helle Lichtfleck der Lampe setzte sich nicht in den Raum fort. Er verschwand einfach, ohne jede Reflexion, sobald er auf das rötliche Licht in der Öffnung traf. Der Raum blieb dunkel.

»Eine Interferenz möglicherweise«, versuchte ich einen Lösungsvorschlag. »In jedem Fall ein Indiz dafür, dass etwas die Öffnung weiterhin verschließt. Ich sah Karen an. »Wollen wir hinein?«

»Also ich gehe da auf jeden Fall hinein,« kam Sinistra zuvor. Langsam streckte sie eine Hand durch die Öffnung. Ich hielt unmerklich die Luft an. »Ich fühle nichts«, Sinistra lächelte mich an.

Sie zog die Hand wieder heraus und betrachtete demonstrativ ihre Finger. »Gehen wir?« Karen und ich tauschten einen kurzen Blick. »Klar!« entgegneten wir im Chor und Sinistra trat in den Raum hinein. Dort drehte sie sich zu uns herum und bewegte die Lippen. An unseren Gesichtsausdrücken musste sie wohl abgelesen haben, dass wir sie nicht verstanden hatten. Sie sprach erneut. Als wir nicht reagierten, winkte sie uns ungeduldig mit der Hand, ihr zu folgen.

Ich hielt Karen am Arm zurück. »Wenn wir beide auch hineingehen und etwas passiert, weiß niemand, wo wir sind.« Sie wollte etwas Ungeduldiges erwidern, überlegte es sich aber anders. Lächelnd sagte sie: »Komm schon, Don. Das größte Risiko haben wir hinter uns. Der Schlüssel hat funktioniert, obwohl er nicht hundertprozentig korrekt eingestellt war. Wir werden wieder hinauskommen.«

Sinistra steckte den Kopf durch die Öffnung. »Was ist? Wollt ihr hier Wurzeln schlagen? Der Schlüssel ist hier drinnen. Kommt rein, hier wartet die nächste Sensation.«

Noch eine Sensation, nach dieser Tür und dem Schutzfeld? Ich war skeptisch. Karen trat vorsichtig durch das rötliche Licht und zog mich hinter sich her in den dunklen Raum.

Wir sahen uns um. Das Licht im Raum war deutlich heller, als es von außen den Anschein gehabt hatte. Es wurde von den Wänden emittiert. Der Raum hatte einen nahezu quadratischen Grundriss, und ich fühlte, dass die Höhe seiner Decke exakt der Kantenlänge des Grundriss' entsprach. Er war vollkommen leer.

Ich suchte den Schlüssel und fand ihn schwebend neben unserem Eingang in einem blauen Lichtfeld. Die Oberflächen aller Wände wirkten fein säuberlich strukturiert. Im indirekten Licht hatten sie einen leichten Bronzeton.

CORUUM

Ich blickte durch das Oval der Öffnung hinaus und sah nur noch rötliche Dunkelheit. Karen und Sinistra hatten sich bereits kniend der rechts vom Eingang liegenden Wand zugewandt und studierten Einzelheiten aus wenigen Zentimetern Abstand. Sie nahmen mich im Moment gar nicht war.

Ich betrachtete das Lichtfeld neben der Tür, in dem der Schlüssel schwebte. Beim Näherkommen erkannte ich eine filigrane Fassung, die mit allen Kontakten des Schlüssels verbunden war. Wenn es sich nicht um eine exakte Kopie des Schlüssels handelte, den ich an der Außenseite eingesetzt hatte, musste er sich durch die Wand bewegt haben.

Alle Wände schienen aus dem gleichen Material zu bestehen und erzeugten ein warmes Licht. Dieser Teil der unterirdischen Anlagen war definitiv nicht im Stil und sicher nicht von den klassischen Maya errichtet worden.

»Karen, was hältst du hiervon?« Ich war an die von Karen gegenüberliegende Wand getreten. Karen reagierte nicht. Ich drehte mich um, ging ein paar Schritte zu ihr und Sinistra hinüber und hockte mich neben sie.

»Sieh dir das an, Don.« Karens Stimme war ein ehrfurchtsvolles Hauchen und kaum zu hören. Ich folgte mit meinen Augen ihrem Zeigefinger, der über die Strukturen unendlich feiner, in die Wand gravierter Hieroglyphen fuhr.

Ich hielt die Luft an und ließ meinen Blick um ihren Finger herum in immer größeren Kreisen über die Wand gleiten. Die Reihen und Spalten der Hieroglyphen bedeckten die gesamte Wand vom Boden bis zur Decke.

»Alle Wände des Raumes sind davon überzogen, Doktor. Das ist eine unglaubliche Entdeckung. Ich kann einiges davon lesen, aber vieles werde ich nachsehen müssen.« Sinistra sah mich mit dunklen, glitzernden Augen an.

»Donavon, ist dir klar, was wir hier gefunden haben?« Karen ließ ihre Hand fasziniert über die Wand gleiten. Es schien, als streichele sie die Hieroglyphen. Ich setzte mich zurück auf den Boden, immer noch die gleichmäßigen, wie gedruckt erscheinenden Zeichen bewundernd.

»Das sind hundertmal mehr Hieroglyphen als in allen bisher gefundenen Kodizes der Mayakultur zusammen. Und in welcher Qualität!« Karen erhob sich und ging nachdenklich an der Wand entlang.

»Was wir daraus erfahren werden, Don! Mein Gott, ich kann das alles nicht glauben! Die größte Ansammlung von Hieroglyphen, die jemals entdeckt wurde.« Sie zog mich hoch und umarmte mich in einem Ansturm der Faszination. Ich hielt sie fest. Ihre Haare kitzelten meine Nase.

Zu früh löste sie sich leicht verlegen. »Vielleicht erfahren wir, was mit der Stadt geschehen ist und warum«, lenkte ich ab. Sinistra warf uns einen undefinierbaren Blick zu. Dann wandte sie sich der rückwärtigen Wand zu.

»Davon gehe ich ganz stark aus, Doktor«, beantwortete sie meine Frage.

Karen und ich sahen gebannt zu ihr hin. »Wie meinst du das, Sinistra, hat du etwas entdeckt?« Karen ging zu ihr und kniete sich neben sie.

»Wie lautete das Datum auf der Stele, Doktor, haben sie es im Kopf?« Ich dachte kurz nach. »Aye! Es war der 30. Juni 560 nach Christus.« Karen nickte. Die Spannung im Raum wuchs. Ich ging neben ihnen in die Hocke, so dass wir jetzt alle vor der Wand kauerten. Sinistras Finger ruhte an einer Stelle, etwa einen Meter über dem Boden.

»Dann ist es genau dieses Datum, Doktor.« Sie sah mich mit großen Augen an. Ich blickte an die Stelle, die ihr Zeigefinger markierte. Die Hieroglyphen entsprachen tatsächlich der Datumsnotation der großen Kalenderrunde, wie sie auf der Stele abgebildet war. Ich schloss kurz die Augen, um meine in verrückten Bahnen von Ruhm und Sensationen kreisenden Gedanken wieder zu sammeln.

»Das heißt,« begann ich, und versuchte meine Vorlesungsstimme zu benutzen, die sich durch nichts aus der Ruhe bringen lässt, »wir haben hier ein offenes, authentisches und vor allem vollständiges Geschichtsbuch einer auf geheimnisvolle Weise untergegangenen Kultur gefunden, das niemand zuvor gesehen hat.« Karen fuhr sich mit beiden Händen durch die Haare, Sinistra wanderte gebückt an der Wand rechts von uns entlang, die Nase dicht hinter dem Zeigefinger, der die Hieroglyphen Doppelspalten rauf und runter verfolgte.

»Wir haben hier das *einzige* vollständige Geschichtsbuch einer bedeutenden Maya-Metropole vor uns, Don!« Karen lächelte mich an.

»*Quetzal-Jaguar, Herrscher von Coruum veranstaltete ein Ballspiel zu Ehren seines Gastes, Anbeter der Unterweltgötter, dem Hohepriester von Tikal.*« Sinistras Stimme riss mich aus meinen Gedanken. Karen ging zu ihr. »Kennen wir diese Namen?«

Sinistra hörte sie nicht. Ihre Lippen formulierten lautlos Worte in Maya, die sie sich dann leise übersetzte. »Ich kann diesen Text lesen! Seht euch diese Darstellung des Königs an. Das ist der Beweis, diese Ruinen gehören nicht zu Tikal, es war eine eigene Stadt.« Ihre Hände streichelten die Hieroglyphen liebevoll. Sie sah uns an, mit leuchtenden Augen. »*Coruum*, was für ein schöner Name für eine Stadt.«

Wir hockten uns neben sie. Zwischen die endlosen Doppelspalten der Hieroglyphen waren kunstvoll Abbildungen eingefügt. Ihr Finger wies auf das pompöse, äußerst filigrane Relief eines großen Mannes.

»Das ist ein Bild von Quetzal-Jaguar, dem König von Coruum. Er trägt einen prächtigen Kopfschmuck aus langen, dunkelgrünen Federn des Quetzal-Vogels, daher kommt sein Name. Es ist sein Wahrzeichen. Seht nur, wie kunstvoll drapiert sie diesem mit kleinsten Jadeplättchen verzierten Jaguarschädel entspringen. Die Darstellung zeigt sogar einen leichten Wind, der die Federn bewegt.«

»Wie in der Königs-Glyphe auf der Stele«, warf ich ein.

Sinistras Finger strichen liebevoll über das Relief und plötzlich war der Raum von einem lauten Tosen erfüllt. Erschreckt sprangen wir auf und stolperten dabei fast übereinander. Das Tosen hielt an. »*Seht!*« Karen riss mich an der Schulter herum.

Ich erstarrte. In der Mitte der Raumes schwebte eine Projektion. Sie zeigte das Abbild des Maya, dessen Relief wir soeben an der Wand studiert hatten. Er saß auf einer Steinbank inmitten anderer Maya. Sinistra ging fasziniert auf die Projektion zu. Sie wirkte absolut echt, wie eine heimlich gefilmte Szene.

»Das ist der König von Coruum! Quetzal-Jaguar. Seht nur, es ist eine Aufzeichnung des Textes, den ich gerade vorgelesen habe.«

Jetzt bemerkte ich es auch. Die Projektion verlief in einer Schleife. Das Tosen waren die Geräusche der anderen Zuschauer. Der Maya-König war ein stattlicher Mann. Er überragte seine Nachbarn um gut einen Kopf. Mit seinem über einen Meter hohen Federschmuck wirkte er riesig.

»Karen, sieh dir seinen Anzug an. Das müssen authentische Aufnahmen sein!« Sinistra war außer sich vor Freude, ihre toten Studienobjekte vergangener Jahre plötzlich zu Leben erweckt zu sehen.

»Das ist ein Anzug aus gegerbtem Tapirleder, so etwas trugen nur Könige. Die Nähte sind aus der Haut der rot-weißen Korallenschlange – und der Mantel ist aus Jaguarfell.« Sie war fassungslos.

»Authentische Aufnahmen?« Karens Stimme holte uns aus dem Traum zurück. »Von 560 nach Christus?« Wir sahen uns fragend an, die Szenerie um uns herum setzte sich endlos fort.

»Unwahrscheinlich, zugegeben, aber was soll es sonst sein?« Ich ging dicht an die Projektion heran. Ich konnte um sie herumgehen und die Szenen aus jedem Blickwinkel betrachten. Ich trat in die Projektion und besah mir den König genau. Es musste echt sein. Jedes Haar war zu erkennen, jede Wimper der besorgt dreinblickenden, schwarzen Augen zuckte. Die Klinge seines überkopfgroßen Zeremonienzepters blitzte unheilvoll im Licht der Fackeln.

Karen und Sinistra verfolgten mein Tun aufmerksam. Ich trat zu ihnen zurück.

»Es klingt sehr unwahrscheinlich, aber ich denke, wir sind uns darüber einig, dass auch die Stele und dieser Raum nicht gerade in unser etabliertes Bild von den untergegangenen Völkern Mittelamerikas im sechsten Jahrhundert nach Christus passen.«

Die Projektion erstarb. »Dieser Raum ist ein lebendes Archiv, und ich bin sicher, wir werden die Antworten hier drin finden.« Karen sah sich auffordernd um. Sie stutzte. »Die Öffnung ist verschwunden.«

Wir sahen zur Wand, in der sich die Öffnung befunden hatte, durch die wir den Raum betreten hatten. »Vielleicht eine Sicherheitsmaßnahme,« sagte ich, »ausgelöst durch das Abspielen der Projektion. Der Schlüssel ist jedenfalls noch da.«

»Und wenn zu jedem Relief hier ein solcher Film gespeichert ist, werden wir mehr Antworten finden als wir im Moment Fragen haben.« Sinistra kniete bereits wieder vor der Wand. »Ich mache noch einen Test, bevor wir gehen. Hier ist ein Bild, das ich nicht verstehe. Das Aussehen des Mannes ist untypisch für einen Maya.«

»*Quetzal-Jaguar trat zwischen Speer des Königs und seinen Begleitern durch. Das zweitausendjährige Warten hatte ein Ende. Er ging auf den Besucher zu, der mit weit geöffneten Armen auf ihn zukam, und umarmte seinen alten Freund* – diese Hieroglyphe kenne ich nicht – *Harkcrow herzlich wie einen lange verlorenen und dann unerwartet wiedergefundenen Bruder.*« Sinistra übersetzte die Bildunterschrift etwas stockend.

Ich sah mir die Linien an, auf die ihr Finger zeigte. In der Tat sah der Mann deutlich anders aus, als die Darstellungen in den Mayareliefs davor. Er trug keinerlei Kopfschmuck und auch sonst keine Anzeichen, die einen hohen Maya-Würdenträger zur damaligen Zeit angestanden hätten, und mir fiel noch etwas auf.

Unter seiner Darstellung prangte ein Zeichen, das mir die Haare auf den Armen zu Berge stehen ließ.

»Hast du das Zeichen unter ihm gesehen, Sinistra?« Sie blickte konzentriert darauf und überlegte kurz. Dann hatte sie es.

»Mein Gott, das ist das Zeichen, das Professor Williams kurz vor seinem Tod in den Straßenstaub gezeichnet hat. Und es ist eines der drei Zeichen auf der Stele!«

Das Auge mit den zwei übereinander stehenden Pupillen blickte uns von der Wand her an.

Ich nickte. »Ich bin sehr gespannt. - Wie hast du den Film gestartet?« Sie sah mich lächelnd an und strich sich eine Haarsträhne aus dem Gesicht. »So«, und drückte leicht auf das Relief.

Wir erhoben uns, drehten uns um und standen plötzlich auf dem Dach eines Gebäudes hoch über einem Meer von Fackeln. Vor uns saßen mehrere Maya in hölzernen, mit Stroh und Tüchern bedeckten Sesseln, unter ihnen der König und sein Hohepriester. Sie alle schienen auf etwas zu warten, keiner sagte etwas, nur ein leichtes Windgeräusch drang an meine Ohren. Ich blickte über ihre Köpfe in eine Richtung, in der über einem mondbeschienenen See der Sternenhimmel glitzerte.

»Wow.« Sinistra flüsterte, als habe sie Angst, die Maya auf uns aufmerksam zu machen.

Mehrere Minuten geschah nichts. Wir betrachteten fasziniert die Umgebung der Tempelpyramide. Die umliegenden Palastanlagen waren auf den Absätzen mit zahllosen Fackeln gesäumt. Der erdfarben bemalte Stuck der Bauten erzeugte eine fast magische Stimmung. Zeit verstrich, in der die Maya sich nicht bewegten und nicht sprachen, während wir in dem Hologramm herumgingen und alles aus nächster Nähe betrachteten.

Ein Donnern, wie von einem großen Blitzeinschlag, ließ uns gleichzeitig mit ihnen zusammenzucken.

Quetzal-Jaguar lachte laut in die Nacht. Die Maya erhoben sich.

Im Osten war bereits der erste schwache Lichtstreifen des nächsten Tages zu sehen als aus dem noch nachtschwarzen Himmel sich in einer weiten Kurve fünf gleichmäßig schnelle, kobaltblaue Strahlenfinger herunterzogen. Der Nachhall des Donners war verklungen und machte einem unbestimmbaren

Geräusch von Triebwerken Platz, das mit dem Herankommen der blauen Lichter tiefer und lauter wurde.

Während vier der Strahlenfinger langsamer wurden und es so aussah, als würden sie auf einem Platz südlich der großen Palastanlagen, etwa einen Kilometer von unserem imaginären Aussichtspunkt entfernt, niedergehen, kam das mittlere Licht direkt auf uns und die Maya zu.

Ich hielt die Luft an. Das Raumschiff erschien wie ein riesiges Gebilde aus poliertem Obsidian. Breite, nach unten gewölbte Schwingen umhüllten große Triebwerke, aus denen an beiden Enden weiß-blaues Licht zuckte. Das Schiff verlangsamte und schwebte neben unserer Plattform in der Luft. Öffnungen in der matten Außenhaut waren nicht zu erkennen, bis es sich langsam so weit über die Plattform geschoben hatte, dass das Mondlicht abgedeckt wurde und die Gruppe der Maya im plötzlich dunkel erscheinenden Licht der Fackeln stand. Das Triebwerkgeräusch reduzierte sich zu einem Flüstern, als transparente, schwach blau leuchtende Vorhänge sich wie Seifenblasen um die Triebwerke legten.

Lichtfinger tasteten sich von der Unterseite des Schiffes zu den Maya hin. In dem über der Plattform der Königspyramide schwebenden Teil erschien eine Öffnung, aus der sich eine runde Scheibe mit einer großen und einer kleinen Silhouette zu ihnen herabsenkte.

Der Maya-König stand an der Spitze seiner Gruppe.

Ich verharrte wie am Boden festgeklebt und starrte wie auch Karen und Sinistra gebannt auf das Schauspiel.

Der König schob sich langsam vor und drei seiner Krieger folgten ihm.

Sie sprachen etwas, was ich nicht verstand. Der Häuptling schob einen seiner Krieger sanft mit der Hand auf der Schulter zurück, der sich schützend vor ihn stellen wollte.

»Da kommt er!« Sinistra meinte den Mann, auf dessen Abbild sie an der Wand gedrückt hatte, um diese Szene abzuspielen.

Doch ich konnte mich nicht auf diesen Mann konzentrieren. Mit Erschrecken hing mein Blick an seinem Begleiter, der hinter ihm auf der fahrstuhlähnlichen Plattform stand, die sie zur Tempelpyramide hinunterbrachte.

Eine wenigstens zwei Meter große, gepanzerte Gestalt in einem schwarz-blauen Anzug, dessen Gelenke in unheilvollen Gelbtönen phosphorisierten. Er hatte keinen Helm auf, sodass seine schwarzen Haare und sein ernster Gesichtsausdruck gut zu erkennen waren. Er verließ die Plattform nicht, als sie zum Stillstand kam, sondern beobachtete nur wie wir still die Begrüßung.

Der Maya-König trat zwischen seinen Soldaten durch. Er ging auf den Besucher zu, der ihm seinerseits mit weit geöffneten Armen entgegenkam. Sie umfassten sich kurz an den Unterarmen und umarmten sich dann herzlich.

Das Bild blieb stehen. Ich betrachtete den Mann vom Relief.

Seine kurz gestutzten, weiß-blonden Haare gaben den richtigen Kontrast zu einem schwarzen Reif, der seine hohe Stirn umfasste. Er trug ein dunkles Gewand, das nur an den Hand- und Fußöffnungen etwas weiter wurde und ihn strenger wirken ließ. Er besaß eine kräftige Nase unter wasserblauen, im Licht der Fackeln funkelnden Augen, und strahlte insgesamt ein angenehmes, klares Wesen aus.

»Wow«, sagte Sinistra noch einmal. Die Szene verschwand und wir waren wieder allein im Raum.

»Ist damit die Frage nach der Möglichkeit einer Aufzeichnung um 560 nach Christus beantwortet?« Ich grinste Karen an.

»Ja, und hundert neue Fragen haben sich mir gerade gestellt,« antwortete sie. »Mein Gott, Donavon, wer soll uns das alles glauben?«

Sinistra schlenderte an den Wänden entlang, als könne sie sich nicht entscheiden, welche Szene sie als Nächste abspielen solle. »Wenigstens darüber brauchen wir uns keine Gedanken zu machen, Karen. Das hier ist ein gigantisches Archiv. Wir können die Maya Geschichte dieser Region in Teilen vollkommen neu und detaillierter erzählen, als irgend jemand das überhaupt für möglich gehalten hat.«

»Natürlich hast du Recht, Sinistra, aber die Maya meine ich doch gar nicht!« Karen sah sie wütend an. »Ich rede von diesem Raumschiff und dieser sonderbaren Kreatur hinter dem Besucher, ich rede von diesem Raum! *Das ist doch alles reine Science Fiction!*«

Niemand sagte etwas in die Stille hinein. Wir hingen eine Zeitlang unseren Gedanken nach und verarbeiteten die frischen Eindrücke. Tatsächlich waren die Erkenntnisse, die ich allein aus der Tatsache des Vorhandenseins der Stele und dieses Raumes hier ziehen konnte, fantastisch – aber nichtsdestoweniger real. Der Schlüssel war real, ein Artefakt, so kostbar, und mit keiner Technik auf dem Erdball herzustellen. Das Feld am Eingang des Raumes war unbestreitbar real, so unbekannt, dass wir wahrscheinlich einen Namen dafür würden erfinden müssen.

Das alles verlieh den Aufzeichnungen in meinen Augen einen großen Vertrauensvorsprung.

»Wir werden den Professor informieren,« sagte ich. »Ich denke, unser Vorsprung ist jetzt so groß, dass wir keine Angst mehr haben müssen, dass er ihn jemals einholt.«

Karen nickte matt. Schweißperlen liefen ihre schlanke Nase hinab. Es war mittlerweile recht warm in den Neoprenanzügen geworden.

»Dann ist ja alles in Ordnung. Gehen wir schlafen.« Ich zwinkerte den beiden zu und betätigte die Kontakte des Schlüssels.

Die Wandöffnung erschien an der gleichen Stelle wie vorhin, der Schlüssel war nicht mehr zu sehen, ich hoffte ihn auf der anderen Seite der Wand wiederzufinden. Ich winkte Sinistra und Karen, den Raum zu verlassen und folgte ihnen dann.

Beim Hinausgehen dachte ich kurz an die Zeit. – Wir hatten sie vergessen. Ich hatte keine Ahnung, wie spät es war.

Ich wollte gerade meine Uhr unter dem Ärmel des Neoprenanzuges hervorholen - vergaß es aber - als ich Captain Johns

CORUUM

in einem mattschwarzen Taucheranzug der Seals im Wasser des Gangs hocken sah. Die kurzläufigen M21 seiner Marines waren schussbereit auf uns gerichtet. Ich hatte den Eindruck, niemand freute sich so richtig, uns wiederzusehen.

7 Torkrage Treerose

Roter Nebel, Sieben Königreiche, Restront, Winterresidenz des Königs
30397/1/1 SGC
26. September 2014

Torkrage Treerose verspürte ein leichtes Hungergefühl. Er saß bereits seit dem frühen Morgen an seinem Schreibtisch im alten Königsaal der Winterresidenz von Quotaan, den er nur benutzte, wenn er bereit war, wenigstens einen ganzen Tag in die Erledigung der Aufgaben zu investieren, die ihm aus seiner Funktion als König des Reiches von Treerose/Restront zufielen.

Die winterlichen Sonnenstrahlen schienen schräg durch die nach Süden liegenden, raumhohen Fenster des Saals und erreichten gerade seine Fußspitzen in den feinen schwarzen Lederstiefeln. Sie tauchten die farbigen Einlegearbeiten des Sandsteinbodens in ein sattes, bernsteinfarbenes Licht. Die Intarsien aus Metallen, Edelsteinen und unterschiedlichsten Hölzern waren wenigstens fünfzehntausend Jahre alt und zeigten die zum damaligen Königreich gehörenden Welten und Systeme auf künstlerische Art. Seine Vorgänger hatten sie nie ergänzt, sondern sich auf den Erhalt dieses einzigartigen Kunstwerkes beschränkt, und er war ihnen sehr dankbar dafür.

Torkrage Treerose war der 441. König auf Restront, dem ältesten der Sieben Königreiche.

Er schob seinen feinen, goldenen Stirnreif nach oben in die dichten schwarzen Haare, die in seinem Nacken zu einem kurzen Zopf gebunden waren. Sein auf den ersten Blick schlicht wirkender, schwarzer Anzug war aus Zeta-Nanofasern hergestellt und praktisch unzerstörbar. Er wirkte wie eine zweite Haut, enganliegend, an den Gelenken aufwendig mit feinen Linien verziert und ohne jedes Abzeichen. Abgesehen vom Material, war das Gewand der Restront-Könige seit Urzeiten nur geringen Modeschwankungen ausgesetzt gewesen.

CORUUM

Ein paar Sonnenstrahlen wurden von den Intarsien im Boden reflektiert, ließen den tiefschwarzen Ohrring in seinem linken Ohr aufblitzen. Er legte ein Dokument zur Seite, lehnte sich in seinem Sessel zurück und ließ den Blick durch den alten Königssaal wandern.

Der Saal war kreisrund mit einem Durchmesser von gut dreißig Metern. Ein äußerer Gang umrundete ihn, vom inneren, tiefer liegenden Bereich, durch drei konzentrische Stufen und 52 grazil wirkende Säulen getrennt.

Jede Säule aus dem für ihren Heimatplaneten typischen Rohstoff gefertigt, stand für ein dem Königreich zugehöriges System zum Zeitpunkt der Erbauung des Saales. Gemeinsam trugen sie eine mächtige Kuppel, die wie ein Planetarium die von Restront aus sichtbaren Sternformationen darstellte. Zusammen mit den überaus wertvollen Einlegearbeiten des Bodens symbolisierte der Saal den schon zum damaligen Zeitpunkt bedeutenden Einfluss der Könige von Treerose/Restront.

Torkrage murmelte seine Essensbestellung vor sich hin, wo sie von der Raumüberwachung aufgenommen und weitergeleitet wurde, und nahm das nächste Dokument in die Hand.

Es handelte sich um das Original der förmlichen Beitrittserklärung einer Welt namens *Sherophe* in sein Königreich, datiert 30396/8/3, notiert im Gilden-Standard Kalender (SGC). Er blickte auf die Datumsanzeige des Schreibtisches. Das war vor 38 Tagen gewesen, knapp einem Monat. Damit war Sherophe die 795. Welt im Königreich von Restront/Treerose und die 9103. Welt in den Sieben Königreichen.

»Und was bewegt eine freie Welt, sich in die reglementierte Gemeinschaft der 7K zu begeben?«, dachte er.

Er las leise die Koordinaten von der Urkunde ab und vor seinem Schreibtisch erschien unverzüglich ein Holodisplay des betreffenden Raumabschnitts. Sherophe lag ziemlich am Rand der 7K in einem galaktischen Spalt an der Grenze zur Region der Nebelwelten. Es war bereits die vierte Welt in diesem Sektor und im gerade abgelaufenen Jahr, die vom unabhängigen Status der Selbständigkeit unter den schützenden Mantel der

CORUUM

7K schlüpfte. Ein schmallippiges Lächeln spielte um den Mund des Königs.

Torkrage hatte bis vor kurzem noch gehofft, zum Ende seiner Regentschaft wenigstens 800 Welten an seinen Nachfolger übergeben zu können. Die Vorstellung basierte auf dem Durchschnittswert, dass alle dreiundzwanzig Jahre eine neue Welt in das Königreich eintrat, und damit wäre es noch eine Herausforderung gewesen. Das Beitrittsgesuch der vier neuen Welten allein in einem Jahr ließ ihn über eine höhere Marke nachdenken. Er war erst achtundsiebzig Jahre alt. Damit hatte er die rechnerische Hälfte seiner Lebensspanne gerade überschritten, Zeit blieb noch genug ... ja, er würde sich das Ziel nach hinten verlegen.

Überraschend kam die Zufluchtssuche der freien Welten im Nebel für ihn nicht. Es war seit Jahren deutlich, das die Region der Nebelwelten eine wirtschaftliche Phase der Depression durchschritt und dringend auf der Suche nach mehr Steuerzahlern und neuen Märkten für ihre Produkte war. Die Werbungsversuche der Kirche hatten in den letzten Jahren unter den freien Welten in der Region an Intensität und Nachdruck stark zugenommen. Es war verständlich, dass einige dieser Welten es vorzogen - wenn sie sich schon für die Aufgabe ihrer liebgewordenen Unabhängigkeit entscheiden mußten - sie an den zu verkaufen, der ihnen auch nach Unterzeichnung der Beitrittsurkunde noch ein Höchstmaß an Selbständigkeit garantierte, sofern ihnen dieser Entscheidungsspielraum von den Kirchenrittern noch zugestanden wurde.

Somit war mit Sherophe wohl nicht unbedingt ein besonders reicher Planet zu seinem Königreich hinzugekommen, aber immerhin ein sehr interessanter Stützpunkt als Basis für weitere Erkundungen in den Ausläufern der Nebelwelten.

Torkrage spürte eine Bewegung in seinem Rücken. Eine leichte Vibration am Ringfinger der linken Hand signalisierte ihm das Näherkommen seines Adjutanten Hightenent Ruf Astroon. Er drückte seinen Prägestift auf die Urkunde, der zusätzlich ein unsichtbar kleiner Mikrochip aufgeklebt wurde, und warf sie in ein kleines Fach des Schreibtisches, aus dem die Urkunde augenblicklich Richtung Archiv verschwand.

Ruf Astroon stellte ein Tablett an ein freies Ende von Torkrages Schreibtisch, welcher der geschwungenen Form des königlichen Stirnreifs nachempfunden war.

»Siir!«, grüßte er und deutete eine förmliche Verbeugung an.

Astroon war als persönlicher Adjutant des Königs gleichzeitig stellvertretender Kommandeur der Alstor-Truppen, die seit Beginn des Königshauses Treerose/Restront für den persönlichen Schutz des Königs garantierten. Seit dem Bestehen der Organisation waren sie formal eine Teileinheit der Schattentruppen. Ruf Astroon begleitete Torkrage offiziell seit seiner Inthronisation vor vierzehn Jahren in der Rolle des königlichen Adjutanten, als verantwortliches Bindeglied zwischen dem Königshaus und der Organisation.

Er war schlank, muskulös, nicht ganz so groß wie Torkrage – und hatte dunkelrotes, kurzes Haar. Seine Uniform war schlicht in dunkelgrau gehalten und entsprach damit den klassischen Organisationsvorgaben für Verbindungsoffiziere in den 7K. Er war der ruhigere von beiden und diente dem König des öfteren als Stimmungspuffer.

Mit seiner Ernennung zum Overteer vor zwei Jahren war Torkrage vom mächtigsten König faktisch auch zu einem der einflussreichsten Organisationsoffiziere geworden. Es gab insgesamt nur drei Offiziere im Rang eines Overteers. Zwei davon repräsentierten zugleich auch eines der sieben Königreiche. Narg Laurenz im Königreich Laurenz/Difthon hatte als Älterer den formalen Oberbefehl über die Organisation und den Vorsitz im Ring der Sieben, der jährlich stattfindenden Versammlung der Könige. Blaak Ferkuiz als dritter Overteer war ein reiner Organisationsoffizier. Er hatte sicherlich die höchste militärische und strategische Kompetenz von ihnen allen, war jedoch auf ihre Zustimmung in wichtigen Fragen angewiesen und war weltlich ohne nennenswerten Einfluss. Diese Konstellation von zwei zu eins stellte eine feste Verankerung der Organisation in den 7K sicher.

Torkrage registrierte das Tablett wohlwollend.

»Danke, Ruf,« der König warf seinem Adjutanten einen Seitenblick zu. »Gibt es nicht genug Aufgaben für dich, dass du Zeit hast, dich persönlich um mein leibliches Wohlergehen zu kümmern?«

Der Angesprochene quittierte die Bemerkung mit einem Lächeln, weiße Zähne blitzten.

»In der Tat, Siir, war es bis jetzt einigermaßen ruhig.« Er trat um den Tisch herum, so dass er vor dem König zu stehen kam.

Torkrage hatte in der Zwischenzeit die kupferfarbene Wärmekuppel von seinem Mahl genommen und zu essen begonnen. »Hat seine Weisheit Hud Oxmedin seine Vermutungen bezüglich der neuen Informationen über das Tektor-Artefakt bestätigen können?«, brachte er zwischen zwei Bissen hervor.

Ruf Astroon nickte. »Sie wurden von weiteren Wissenschaftlern aus den 7K belegt. Die Altersbestimmung des Artefaktes ist diesmal mit sehr hoher Wahrscheinlichkeit korrekt.«

Der König hielt mit dem Essen inne. »Mit hoher Wahrscheinlichkeit,« er zog die Augenbrauen zusammen, »und das heißt?«

Astroon sah ihn an. »Das Artefakt entstand vor ungefähr 55 – 56 Tausend Jahren – mit einer Wahrscheinlichkeit von 98 Prozent.«

Torkrage legte die Gabel auf das Tablett und wischte sich mit einem heißen, feuchten Tuch über den Mund. »Das fällt in den Zeitraum der Entstehung der beiden Super-Novae im Roten Nebel.« Er erhob sich und ging um den Schreibtisch herum.

»Wie steht es mit der Ermittlung über die Ursache? Konnten die Vermutungen ebenfalls belegt werden? Kann ich vielleicht einen vollständigen Bericht bekommen?« Die Ungeduld in seiner Stimme war nicht zu überhören.

»Nicht mit der Zuverlässigkeit wie die Altersbestimmung, Siir. Die einheitliche These stützt jedoch die Vermutung von Hud Oxmedin, es habe in der Region der Super-Novae eine Art unkontrollierter Rückkopplung zwischen Normal- und Nebenraum mit unvorstellbar hohen Energiepotentialen stattgefunden.«

Torkrage nickte. »Und welches Ereignis trat demnach zuerst ein?«

Ruf Astroon ging langsam hinter ihm her. »Die Rückkopplung zwischen Normal- und Nebenraum hat Energieschockwellen durch die heutige Region des Roten Nebels gesandt. Die beiden Sonnen im Zentrum waren bereits instabil und wurden durch die zusätzliche Energie wie Bomben gezündet. Als Auslöser für die Rückkopplung werden stark unterschiedliche Energiepotentiale im Normal- und im Nebenraum verantwortlich gemacht.«

Torkrage drehte sich zu ihm um, mit einer unausgesprochenen Frage auf den Lippen.

»Wenn Ihr mich fragt, Siir,« fuhr Astroon zügig fort, »entstehen solche Veränderungen in den Energiepotentialen benachbarter Räume hauptsächlich bei Hyperraumsprüngen.«

Torkrage Treerose blieb stehen und blickte mit zusammengekniffenen Augen zu seinem Adjutanten. »Komm schon, Ruf. Weißt du, was das bedeuten würde?« Seine Stimme klang angespannt. Ruf spürte Torkrages schwarze Augen unbehaglich auf sich ruhen.

Er nickte. »Natürlich Siir. Aber es wäre zu einfach – meint Ihr nicht?« Treerose entgegnete nichts. Er nahm seinen langsamen Gang durch den Saal wieder auf. Eine unbehagliche Stille entstand.

Astroon fuhr fort: »Der Zustand des Artefaktes gleicht dem eines Raumschiffes zwischen den Welten, das heißt, es ist weder in unserem noch im Nebenraum vollkommen physisch existent. Hud Oxmedin sagt, es muss sich zum Zeitpunkt der Energieschockwellen in einem Sprungprozess befunden haben, der durch das Auftreten der Schockwellen unkontrolliert abgebrochen wurde. Hätte es sich im Normalraum befunden, wäre es wie alles andere auch zerstört worden.«

»So, das sagt Hud Oxmedin. Seit wann ist er auch ein Spezialist auf dem Gebiet der Sprungtechnologie?« Torkrage konnte seine Geringschätzung für den Wissenschaftler nicht aus seiner Stimme heraushalten. »Wo befinden sich Merkanteer Peerl und die Relion zur Zeit?«

Astroon rief die entsprechenden Informationen vom Holodisplay über Treeroses Schreibtisch ab.

»Unsere bedeutendste Kapazität auf dem Gebiet der Hyperraumforschung befindet sich an Bord der Relion, um die neue Kombination aus Sprungtor und Antrieb zu testen. Wenn es jemanden gibt, der diese Vermutungen bestätigen oder widerlegen kann, dann ist es Hud Chitziin.«

Astroon fragte durch den Saal: »Wollt ihr den Sachverhalt mit ihm besprechen, Siir? Soll ich eine Verbindung zu Merkanteer Peerl herstellen?«

Torkrage zögerte einen kurzen Moment. »Am Nachmittag. Ich habe vorher noch ein paar Sachen zu erledigen. Hud Oxmedin soll mir einen vollständigen Bericht zusammenstellen. Bringe ihn nachher mit, wir werden ihn an die Relion schicken.«

Astroon registrierte, dass er vorerst entlassen war, verbeugte sich leicht und verließ den Königssaal.

Torkrage Treerose ging zurück zum Tablett, goss sich ein Glas kalten Bonahee-Weins ein, nahm das letzte Stück Brot und wandte sich dem Säulengang mit seinen hohen, schlanken Fenstern zu. In Gedanken versunken nahm er den traumhaften Ausblick auf die schneebedeckte Hochgebirgslandschaft der königlichen Winterresidenz nur am Rande wahr. Knapp über dem Horizont, der hier aus mehreren Ketten strahlend weißer Acht- bis Zehntausender bestand, hingen die Doppelmonde von Restront als schwache, weiß-blaue Sicheln am Himmel.

Im Unterbewusstsein registrierte er die trägen Flügelschläge ein paar großer Alstore über weiten Hängen.

Ein plötzlicher, intensiver Warnton durchdrang den Saal und riss den König aus seinen Gedanken. Er benötigte einen kurzen Moment, um den Ton einzuordnen, und eilte währenddessen mit großen Schritten in die Mitte des Saales zurück, wobei er einiges von seinem Wein verschüttete. Ein halbkugelförmiges, dunkelrot leuchtendes Feld hatte sich über den inneren Saal gestülpt und begrenzte Torkarges Sicht nach außen. Das war der Schutzmechanismus des Königssaals, der jegliches Vordringen zu ihm, da er sich jetzt in seinem Innerem befand, unmöglich machte.

Der Thieraport des Saales aktivierte sich. Treerose verfolgte ungnädig den Aufbau des großen, dreidimensionalen Bildes und fragte sich, wer ihn jetzt schon wieder stören würde.

Er erfuhr eine Überraschung, als anstelle eines bekannten Gesichtes sich das Bild eines großen, leeren Raumes aufbaute, der in einem bronzefarbenen Licht erstrahlte und in dem zwei Personen vor einer Wand knieten, während eine dritte im Raum umherging.

Ein starkes Kribbeln an der rechten Hand machte ihn auf ein Prioritätssignal seines Adjutanten aufmerksam, der ihn wegen des Schutzfeldes nicht erreichen konnte. Torkrage übermittelte gereizt die »*Danke, mir geht es gut!*« - Sequenz und konzentrierte sich wieder auf die Szene im Thieraport.

Die beiden Personen vor der Wand bewegten sich nur sehr langsam. Es schien, als studierten sie etwas. Er näherte sich fasziniert der Darstellung und trat in den Projektionsbereich des Thieraports hinein. Es waren zwei – wie er unmittelbar feststellte, attraktive Frauen mittleren Alters, die er nicht kannte. Der Mann war groß gewachsen, nicht ganz so groß wie Torkrage selbst, und ihm auch gänzlich unbekannt. Alle drei trugen eine Art Schutzbekleidung. Es war offensichtlich, dass sie nichts von der Übertragung ahnten. Ihre geschäftigen Abbilder wandten dem König keine Aufmerksamkeit zu.

Torkrage betrachtete die Wand des Raumes, vor der jetzt die ganze Gruppe auf Knien versammelt war. Sie erschien ihm in einem diffusen, verschwommenen Braun. Er konnte keine Einzelheiten erkennen. Er verstand, dass die Original-Informationen auf der Wand vor ihm, in der Übertragung ausgeblendet waren. Seine Augen schmerzten, als er sein Gesicht dicht an die Projektion der Wand heranführte. Kleine, zusammenhanglose Bildpunkte tanzten vor seiner Nase.

Er beobachtete die Fremden interessiert. Sie nahmen keinerlei Notiz von ihm und hatten ihre gesamte Aufmerksamkeit auf die Wand vor ihnen gerichtet.

Eine der Frauen erhob sich plötzlich und zog den Mann hinter sich her. Zusammen machten sie ein paar Schritte auf Torkrage zu, der unnötigerweise einen hastigen Schritt zur Seite tat. Die Frau umarmte den Mann einen Moment lang, bevor sie sich wieder zur Wand begaben. Sie unterhielten sich in einer Sprache, die Torkrage nicht verstand. Die gehörten Worte ließen ihn jedoch zusammenzucken. Mit einem schnellen Seitenblick auf die neben der Projektion schwebenden Kontrolldaten vergewisserte er sich, dass diese Übertragung eine einseitige war. Niemand im dem Raum würde ihn hören oder sehen können.

Er erstarrte. Sein Blick wanderte zurück auf die Kontrolldaten. Er verharrte auf der Anzeige der Herkunftskoordinaten und der Ortsvektoren. Irgendwo in ihm begann eine Sirene sehr laut Alarm zu schlagen. Was stimmte hier nicht?

Seine Gedanken überschlugen sich. Er drehte sich um und lief zurück zum Schreibtisch. Die Zugangskontrollen blinkten aufgeregt.

Mit einem gesprochenen Befehl erlaubte er seinem Adjutanten einzutreten. Eine kleine eiförmige Silhouette glitt durch den hinteren Teil des Schutzfeldes und löste sich im Inneren auf. Ruf Astroon trat heraus, kam zu Torkrage gelaufen und sah ihn fragend an. Dann bemerkte er erst die Übertragung des Thieraports.

»Suche mir alle Informationen zu dem System heraus, aus dem diese Übertragung kommt, Ruf!«

Torkrage war bereits auf dem Rückweg zur Projektion.

Die Gruppe untersuchte weiterhin die Wand. Sie fuhren gebannt mit den Zeigefingern über Passagen der Wand wiederholt von oben nach unten, als würden sie einen Text verfolgen, der von oben nach unten geschrieben stand. Von oben nach unten – nicht von links nach rechts. Torkrage hielt unwillkürlich die Luft an.

Der Mann beobachtete fasziniert das Tun der Frauen.

»Siir, hier sind alle Informationen, die wir haben.« Ruf Astroon aktivierte ein weiteres Holodisplay neben dem Thieraport und richtete es so aus, dass Torkrage beides zugleich sehen konnte.

»Ist das alles?« Torkrage starrte ungläubig auf das Display. Sein Adjutant trat neben ihn und verglich erneut die Koordinaten. »Alles, was unter diesen Querverweisen zu finden ist.« Torkrage schüttelte den Kopf.

»Der Thieraport befindet sich auf einem Planeten in den Ausläufern der Nebelwelten. Der Katalogeintrag des Planeten lautet auf den Namen *Ruthpark*. Er liegt ziemlich genau in der Mitte des galaktischen Spalts zwischen dem Kirchenrandgebiet und den 7K. Die Dichte von Asteroidenwolken ist dort sehr hoch und die von besiedelten Planeten sehr gering. Nach Aussage unserer Archive gibt es dort kein Leben.«

»Interessant.« Torkrage sah seinen Adjutanten kurz an.

Leises Gemurmel drang aus der Übertragung zu ihnen. Eine der Frauen lass offensichtlich eine Passage von der Wand vor. Sie sprach stockend einzelne Worte und fügte sie langsam zu ganzen Sätzen zusammen.

Ein Summen lenkte Torkrages Aufmerksamkeit auf den Aufbau eines weiteren Holodisplays, welches einzelne Worte aus der Übertragung zu übersetzen begann.

»Der Computer erkennt die Sprache!« Ruf Astroon begann mit einigen Handbewegungen Zusatzinformationen über die identifizierte Sprache abzurufen. Er pfiff leise durch die Zähne, als das Ergebnis angezeigt wurde.

»Da hat jemand aufgeräumt, allerdings recht oberflächlich. Die Querverweise der Sprachhistorie sind noch da.«

Torkrage stand wie gebannt vor der Übertragung. Seine Gedanken liefen auf Hochtouren. Das Referenzdatum der identifizierten Sprache passte haargenau zu dem Verdacht, den er seit ein paar Minuten verfolgte.

»Sagt dir dieses Datum etwas, Ruf?« Der Adjutant schüttelte langsam mit dem Kopf. »Nein, Siir, was sollte mir auffallen? Der Planetenname oder die Koordinaten?« Torkrage ließ nicht locker. »Nein.«

Wie aus weiter Ferne entstand ein flüchtiges Bild vor Treeroses Augen. Ein großer Mann, mit eisgrauem, kurzem Haar, stechendem Blick. »29225, das Referenzjahr der letzten Sprachaufzeichnung ist auch das Jahr, in dem Harkcrow Treerose verschwand. Sonderbar, nicht wahr?« Er blickte auf die Szene in dem bronzefarbenen Raum.

Ruf Astroon verfolgte den Aufbau der Übersetzung. »Quetzal-Jaguar? – Wer oder was soll das sein?«

Er ging unruhig auf und ab. »Sonderbar, dass diese Sprache im selben Jahr zuletzt von diesem Planeten dort übertragen wurde und dieser Planet zusätzlich in dem Raumsektor liegt, zu dem Harkcrow auf seiner letzten Reise aufgebrochen ist.«

»Harkcrow Treerose ist sicherlich ein geheimnisvoller Mann gewesen,« Torkrage schloss die Augen. »Unter seiner Führung hatte es den ersten halbwegs stabilen Frieden nach einer Serie von kräftezehrenden Entscheidungsschlachten in den 7K gegeben. Wir haben ihm viel zu verdanken, Ruf. Viele Historiker bewerten Harkcrows Verschwinden jedoch als späte Vergeltung der damals unterlegenen Welten.«

Der König betrachtete die Protokolldaten der Übersetzung. »Kannst Du mit der Übersetzung etwas anfangen?« Ruf schüttelte den Kopf.

»Eine Personenbeschreibung eines Einheimischen? Kopfschmuck, Mantel aus Jaguarfell?«

Torkrage betrachtete die Worte der Übersetzung eine Zeit lang nachdenklich, dann nickte er langsam. »Ich verstehe Teile der Geschichte, die dort erzählt wird, aber ich begreife nicht ihren

Zusammenhang.« Er ging ein paar Schritte in den Übertragungsbereich, sein Adjutant folgte ihm. Sie standen jetzt hinter dem dreidimensionalen Bild des Mannes und sahen ihm praktisch über die Schulter.

Schweigend betrachteten Sie die beiden Frauen bei ihrer Entschlüsselungsarbeit. Das leise Gemurmel der Stimmen, die langsam und stockend einen für Treerose unsichtbaren Text von der Wand ablas, wurde auf dem Holodisplay Wort für Wort übersetzt und mitgeschrieben. Da sie sich mehrfach verbesserte und wiederholte, war der Zusammenhang nur schwer erkennbar. Wenn sie mit ihren Begleitern sprach, füllte der Übersetzer die unbekannten Worte mit Initialbegriffen. Wenn er lange genug zuhören könnte, würde die neue Sprache automatisch entschlüsselt werden. Doch dazu bedurfte es zusätzlich einer aktiven Kommunikation.

Torkrage und Ruf zuckten zusammen, als die Gruppe unerwartet aufsprang und fast übereinander fiel. Gebannt standen die beiden Frauen und der Mann an der Wand, die sie vorher betrachtet hatten und starrten in den leeren Raum, in dem nun eine graue Kugel zu schweben schien.

»Was machen sie jetzt?« Ruf Astroon hatte die Augen zusammengekniffen, um in der grauen Kugel irgendwelche Konturen ausmachen zu können – erfolglos.

»Können wir mit Ihnen sprechen?« Treerose schüttelte den Kopf. »Wir können gar nichts machen, Ruf. Es handelt sich um eine automatische, einseitige, maximal geschützte Verbindung des Thieraports auf Ruthpark. Wir können nur zuhören und zusehen.«

Sie verfolgten eine Zeitlang in Gedanken versunken die Handlungen der Gruppe.

»Was sagt uns diese Übertragung, Siir?« Ruf Astroon sah den König fragend an.

»Wenn ich das wüsste Ruf, ich habe bisher nur eine Vermutung.« Die graue Kugel war verschwunden, und eine Frau hatte sich wieder vor die Wand gekniet, diesmal an eine andere Stelle.

»Das Datum macht mich misstrauisch.« Während er langsam zu seinem Adjutanten sprach, verfolgte er abwesend den Aufbau weiterer Übersetzungspassagen. Er war einige Zeilen hinterher, als sein Blick auf einer sich in dem Moment aufbauenden Buchstabenkombination verharrte, deren Bedeutung ihn erstarren ließ.

Zeichen für Zeichen baute sich vor seinen Augen die Bestätigung seines Verdachtes auf.

»... *und umarmte seinen alten Freund H a r k c r o w!*«

»Ruf!« Sein Adjutant eilte zu ihm. Mit der Hand wies Torkrage in die Richtung des Textes.

»*Sieh Dir das an!*« Er schrie es fast heraus.

Beide blickten ungläubig auf die letzte Passage des übersetzten Textes, die schwach glühend neben der Projektion über den kostbaren Intarsien des Saales schwebte. Lautlos lasen sie, was dort stand:

»*Das zweitausendjährige Warten hatte ein Ende. Er ging auf den Besucher zu, der mit weit geöffneten Armen auf ihn zukam, und umarmte seinen alten Freund [initial] Harkcrow herzlich wie einen lange verlorenen und dann unerwartet wiedergefundenen Bruder.*«

Ruf sah Torkrage Treerose von der Seite an. Es war unbeschreiblich, welche Gefühle in kurzer Zeit über das Gesicht des Königs spielten. Etwas Unaussprechliches schien im Raum zu sein.

»Worauf hat wer 2000 Jahre gewartet, Siir? Auf König Harkcrow? Was kann der unbekannte Zusatz vor seinem Namen bedeuten?« Torkrage reagierte einige Minuten nicht, wartete auf weitere sensationelle Beweise für seinen Verdacht, der sich in den letzten Minuten zur Gewissheit verdichtet hatte.

Doch die Übersetzung riss ab. An ihre Stelle trat erneut die graue Kugel, die von den drei Fremden im Raum fasziniert betrachtet wurde.

Torkrage fluchte leise und drehte sich zu Ruf Astroon um.

»Sorg dafür, das niemand die Aufzeichnung dieser Projektion erhalten kann.«

Er ging langsam an den Rand des inneren Saales und setzte sich auf die unterste der drei Stufenreihen, den Blick nicht von dem Holodisplay mit den Übersetzungsdaten lassend, als könne noch ein weiteres großes Geheimnis einfach gelüftet werden. Doch es gab kein größeres Geheimnis mehr. Er verfluchte erneut den Datenfilter, der den bildlichen Beweis seines Verdachtes vor ihm und damit vor den 7K geheimhielt.

Nach der Nachricht über einem großen Schritt in Richtung der Entschlüsselung des Tektor Artefaktes am Morgen traf er nun irgendwo auf einem unbedeutenden Planeten im galaktischen Spalt zwischen den 7K und den Nebelwelten auf Informationen, die Hinweise auf das geheimnisvolle Verschwinden eines der einflussreichsten Könige von Treerose/Restront und zugleich auf einen unvorstellbaren Bund der Zivilisationen des Roten Nebels enthielt – was war das für ein Tag? Er glaubte nicht an so weitreichende Zufälle.

Torkrage erhob sich wieder. »Kümmere dich persönlich darum, herauszufinden, Ruf, warum wir keine Ursprungsinformationen mehr besitzen und wer für die Entfernung dieser Informationen verantwortlich ist. Zeichne mir ein vollständiges Bild von Harkcrows Tätigkeiten in den letzten zehn Jahren vor seinem Verschwinden. Ich muss hinter die Absichten von Harkcrow Treerose kommen und erfahren, worin seine Pläne bestanden haben und ob er sie vollenden konnte oder bei dem Versuch verschwand.«

Ruf Astroon setzte zu einer Antwort an, wurde vom König jedoch unterbrochen. »Und schicke mir den Bericht von Hud Oxmedin!«

Ruf zog eine Augenbraue hoch und beggenete dem Blick seines Königs.

»Es tut mit leid, Ruf, ich kann dir dazu im Moment nicht mehr sagen. Nur soviel, dass ich möchte, dass du dich persönlich darum kümmerst, *persönlich!*«

8 Donavon

Guatemala, Ausgrabungsareal Coruum
29. September – 1. Oktober 2014
30397/1/4 Standard

Vereinzelte Strahlen der aufgehenden Sonne bohrten sich mühsam durch die dichten, träge über dem Ausgrabungsgelände dahinschwebenden Nebelschwaden.

Die dunklen Baumriesen des Regenwaldes standen einer unbezwingbaren Mauer gleich, auf ihren mächtigen Brettwurzeln und hielten die Feuchtigkeit der nächtlichen Regenfälle in ihrem üppigen Grün fest.

In der von den Bulldozern ausgehobenen Grube um das Areal der Stele herum, spiegelten sich vereinzelte Sonnenstrahlen in großen, schlammig-weißen Pfützen.

Obwohl es erst kurz vor acht Uhr morgens war, befand sich die Temperatur bereits nahe der fünfundzwanzig Grad bei einer Luftfeuchtigkeit um die einhundert Prozent. Die absolute Windstille und die ersten blutsaugenden Insekten ließen in mir ein intensives Gefühl der Sehnsucht nach dem klaren Wetter in Grampian aufkommen.

Nach Sinistras Aussage näherte sich die Regenzeit im guatemaltekischen Hochland Mitte Oktober bereits ihrem Ende. Hier im Tiefland Peténs würden sich die heftigen Regenfälle nach der leichten Abschwächung im September noch bis Ende Dezember fortsetzen – unterstützt von tropischen Hurrikans.

Ich blickte auf und kniff die Augen gegen die gleißende Helligkeit der Stratosphärenbewölkung zusammen. Im Nordosten konnte ich bereits die dunkle Front neuer Regenwolken heranrollen sehen, welche die vielfach verstärkte Batterie der ununterbrochen arbeitenden Lenzpumpen entgültig zu ertränken drohte.

Die mittlerweile auf eine Fläche von der halben Größe eines Fußballfeldes erweiterte Grube würde ohne die Arbeit der Wasserpumpen innerhalb weniger Tage zu einem rechteckigen, gut fünfzehn Meter tiefen Badesee vollaufen. Im Moment erstreckte sie sich, von den großen Pfützen einmal abgesehen, halbwegs trocken in Ost-West Richtung zu unseren Füßen.

Auf unserer (westlichen) Seite der Grube stand der Monolith der Stele im trüben Sonnenlicht glänzend, wie ein vorzeitlicher Altar. Die Arbeiter hatten ihn mit einem Aluminiumgerüst und einer kleinen Plattform versehen, die es uns ermöglichte, die in drei Meter Höhe positionierte Fassung für den goldenen Schlüssel auf der östlichen Seite der Stele zu erreichen.

Der vermutete Eingang zum unterirdischen Komplex sollte sich ebenso von der Stele aus nach Osten erstrecken. Ein mit roten Vermessungs-Fähnchen markiertes Rechteck von fünfzehn mal dreißig Metern war das Ergebnis einer Vielzahl von Kontrollgängen, die Raymond in den letzten Tagen mit dem Bodenradargerät durchgeführt hatte. Auf welche Art sich dieser Zugang öffnen würde und ob wir mit unserer Vermutung bezüglich einer Öffnung durch den Schlüssel überhaupt richtig lagen, würden wir hoffentlich gleich herausfinden.

Sinistra hatte zwischenzeitlich mit Unterstützung einiger Ausgrabungshelfer die Hologrammprojektionen im Hieroglyphenraum systematisch abgerufen und aufgezeichnet. Es waren bisher gut zweihundert Stunden Material, eine ungeheure Entdeckung, die eine detaillierte Rekonstruktion der Stadt und ihrer Geschichte erlauben würde. Die Schätzung über die verbleibende Aufzeichnungsdauer belief sich auf mehrere Tausend Stunden. Eine erste Auswertung nach Hinweisen auf den Eingang zum unterirdischen Komplex war bis jetzt ergebnislos geblieben.

Für Karen hatte sich damit jedoch längst die Hypothese einer untergegangenen Metropole bestätigt.

Der große Hügel auf unserer rechten, der südlichen Seite der Grube, enthielt die Trümmer einer Akropolis. Diese Struktur hatte sich aus mehreren Pyramiden, darunter der Königspyramide, zusammengesetzt. Sie hatte bei den meisten der Aufzeichnungen im Mittelpunkt gestanden, wie auch in der Ankunftsszene des Raumschiffes. Zwischen diesem Hügel und der Grube verbargen dicke Kunststoffplanen die Überreste der terrassierten Begrenzungswand des Ballspielplatzes. Die Reste des Torringes, an dem die ganze Geschichte ihren Anfang genommen hatte, waren entfernt worden, um im Rahmen der weiteren Ausgrabungen nicht beschädigt zu werden.

Ein unüberschaubarer Aufwand lag vor dem Team, diesen Ort vollends auszugraben.

Professor Warren hatte die Entdeckung des Hieroglyphenarchivs ausschließlich positiv aufgenommen. Er war vor allem von dem Schutzfeld der Tür begeistert. Dass wir ihn erst hinterher eingeweiht hatten, nahm er uns nicht krumm, sein Kommentar war gewesen: »Sofern Sie jedes Mal mit einer solchen Entdeckung aufwarten können, machen Sie bitte alles allein!«

Von Captain Johns war in der letzten Zeit wenig zu sehen gewesen. Tauchte er einmal irgendwo auf, so hielt er sich doch möglichst weit von Professor Warren und Karen entfernt. Uns war das ganz recht so.

Die einzige sichtbare Reaktion des Captains auf die offensichtliche Niederlage im Kompetenzgerangel um die Geheimhaltungsbestimmungen der Ausgrabungsstätte waren die eingetroffene Verstärkung für seine Männer und der Ausbau des Lagers zu einem Hochsicherheitstrakt. Ich fand diese Maßnahmen angesichts der weiter gewachsenen Bedeutung der Fundstätte, die ersten Erkenntnisse der Analysen des Hieroglyphenraumes betreffend, durchaus verständlich.

Trotzdem fühlte ich, dass das letzte Wort zwischen ihm und Professor Warren in der Austragung des Kompetenzkonfliktes noch nicht gefallen war. Die Entscheidung hatte sich möglicherweise auf eine höhere – für Karen und mich nicht sichtbare - Machtebene verlagert. Im Moment war Professor Warren der Gewinner, doch zweifelte ich nicht daran, dass Captain Johns im Hintergrund alles versuchen würde, eine offizielle Entscheidung zu seinen Gunsten herbeizuführen.

Señor Roman Marquez war klug genug, sich seit dem Erscheinen von Johns und Warren aus jeglicher Diskussion um Verantwortung weit heraus zu halten, beschränkte sich auf die

Rolle des Zuschauers und inhalierte weiter seine Zigarillos. Im Innern schätzte ich ihn jedoch eher als einen stillen Verbündeten von Captain Johns ein, in dessen Nähe er sich auch jetzt aufhielt.

Die beiden standen am südlichen Rand der Grube, zusammen mit der offiziellen Besucherdelegation des heutigen Tages.

Ein Soldat mit tragbarer Digicam machte die Gruppe vollständig und ließ keine unserer Bewegungen unbeobachtet.

Niemand der Neuankömmlinge, die vor einer Stunde per US-Armee-Hubschrauber eingeflogen waren, war Karen oder mir vorgestellt worden. Professor Warren hatte mit keinem Wort zu erkennen gegeben, ob er den drei Männern und ihrem Begleitschutz, mit Regenschirmen und Schulterholstern ausgerüstet, schon einmal begegnet war.

So, wie sie dort standen, schwitzten und uns beobachteten, mit Sonnenbrillen und dunklen, gut sitzenden Anzügen, tippte ich auf die CIA oder einen anderen regierungsnahen Dienst der USA.

Die Kameras der beiden uns beim ersten Exkurs begleitenden Soldaten würden ihre Bilder per Funk direkt auf zwei Laptopdisplays übertragen. Captain Johns und Marquez würden dazu ihre Erläuterungen geben.

»Das ist ein wirklich faszinierendes Stück Technik, Doktor MacAllon.«

Der Professor drehte den mattgoldenen, leicht sichelförmigen Schlüssel entzückt in seiner Hand.

»Warten Sie, bis wir ihn benutzen.« Karen lächelte ihn zuversichtlich an. Ihre braunen Augen zwinkerten spitzbübisch. Die Niedergeschlagenheit der letzten Wochen war seit der Entdeckung des Archivs wie weggeblasen. Professor Warren hatte ihr seinen Respekt gezollt, und Karen damit fachlich weit über Marquez eingeordnet. Damit hatte er die zentnerschwere Last von den Schultern genommen, die Karen dort seit dem Eintreffen des Professors und ihrer Entbindung von der Ausgrabungsleitung durch Marquez gefühlt hatte.

Warrens feines Haar glänzte in den schwachen Sonnenstrahlen, Schweißperlen standen auf seiner Stirn, als er mich durch seine dicken Brillengläser anblickte.

»Nehmen Sie ihn, Doktor. Und lassen Sie uns endlich anfangen«. Er gab mir das kunstvolle Artefakt zurück, schob sich die Brille auf der Nase zurecht und nickte den zwei Soldaten mit ihren teuren digitalen Kameraausrüstungen zu, damit sie sich bereitmachten, uns zur Stele zu begleiten.

Wir gingen langsam die im Westen der Grube angelegte Betonrampe hinunter. Sie hatte den schweren Baumaschinen den Zugang zur Grube ermöglicht, und dem Abtransport des Schuttes und Gerölls zur Freilegung der großen Fläche über der unterirdischen Anlage gedient.

Die Stele ragte mit ihren gut sechs Metern Höhe vor uns auf und ließ die Aluminium-Treppenkonstruktion mit der kleinen Plattform am oberen Ende sehr zerbrechlich wirken. Ihre Oberfläche glänzte nach den Jahrhunderten unter Felsen und in der Feuchtigkeit des Bodens immer noch so, als wäre sie jeden Morgen seit ihrer Errichtung stundenlang poliert worden und spiegelte die über sie hinwegziehenden, dunklen Wolkenformationen im grau-schwarzen Stelenmaterial.

Ihre gesamte Form war exakt symmetrisch, nur für die präzisen Augen des Laser-Vermessungsgerätes hatte sie eine Schwankung im Tausendstel-Promille-Bereich offenbart. Ein weiteres Indiz dafür, dass die Stele nicht von den Maya hergestellt worden war – sofern dieser Beweis noch notwendig gewesen wäre.

Die Doppelspalten der Maya-Hieroglyphen zeichneten sich im Sonnenlicht bereits gestochen scharf ab.

Neonrotes Band umschloss fast die gesamte freigelegte Fläche und sollte nach Raymonds Einschätzung die äußere Begrenzungslinie des unterirdischen Komplexes darstellen.

Karen, Professor Warren und ich stiegen die Stufen der Treppe zur Plattform hinauf. Die beiden Soldaten folgten uns und brachten ihre Digicams mit teuren optischen Hochleistungsobjektiven in Richtung Fähnchen in Position. Damit war die kleine Plattform bereits überfüllt. Sinistra kam ein paar Stufen mit hinauf, zog es aber vor, auf das Treppengeländer gestützt stehen zu bleiben.

Ich strich mit der Hand über die Stele. Sie fühlte sich unverändert warm an, war angenehm zu berühren und ohne Reibung. Die drei bekannten Symbole, das Auge mit den zwei Pupillen, der Vulkan und die Schleife mit den drei kopfstehenden Ausrufezeichen, waren über unseren Köpfen übereinander in das Material der Stele eingraviert. Unter den drei Symbolen befand sich auf Brusthöhe die uns aus dem Eingang zum Hieroglyphenraum bekannte Vertiefung für den Schlüssel, der Öffnungsmechanismus zum unterirdischen Komplex, wie Fergus mir noch heute morgen am Telefon versichert hatte.

Er hatte in der Nacht zusammen mit Mary die aktuelle Kombination des Schlüssels für den heutigen Tag berechnet und mir übermittelt. Es war ein Bestandteil unserer Abmachung mit Professor Warren, dass das Institut offiziell in alle Ergebnisse der Ausgrabung eingeweiht wurde.

Ich sah Professor Warren und Karen an. Sie zog die Augenbrauen hoch und grinste verschmitzt zurück.

»Na los, Don! Worauf wartest du noch? Gehen wir rein.«

Ich lachte. Der Schlüssel lag schwer in meiner linken Hand. Ich schloss sie und betätigte die Kontakte. Wie immer ließen sie sich widerstandsfrei eindrücken. Ich musste die Hand nicht erst wieder öffnen, um das intensive blaue Licht zu sehen. Es strahlte zwischen meinen Fingern hindurch. Ich drehte mich zur Stele und drücke den Schlüssel mit einer fließenden Bewegung in die Fassung unter den drei Symbolen, die ihn mit einem leisen Klicken aufnahm.

Mir blieb keine Zeit, mich zurückzudrehen. Ein ohrenbetäubendes Knacken und das Geräusch von zersprengendem Felsgestein erfüllte die Luft. Karen hielt sich mit beiden Händen die Ohren zu und sah mit weitaufgerissenen Augen dem Schauspiel zu, das sich uns bot.

Die Erde bebte. Ich hielt mich mit einer Hand am Geländer fest und umschlang mit dem anderen Arm Karen.

Raymond hatte zum Teil gute Arbeit geleistet. Die roten Fähnchen waren verschwunden. Die von ihnen vorher markierte Fläche neigte sich unter heftiger Staubentwicklung von zermalmendem Gestein langsam nach unten. Es entstand eine lange schräge Ebene, auf der zwei schwere Lastwagen bequem nebeneinander Platz gefunden hätten.

Sekunden später erklang erneutes Donnern, verbunden mit dem quälenden Geräusch von aufeinander kratzenden Metallen, die an der Grenze der Belastbarkeit stehen.

Sinistra schrie auf, sprang von der Treppe hinunter und setzte sich Richtung Betonrampe in Bewegung. Professor Warren umfasste das Aluminiumgeländer so fest, dass ihm die Handknöchel weiß hervortraten. Die Kameramänner klebten hinter ihren Objektivbildschirmen auf dem schwankenden Podest und versuchten irgendwie das Gleichgewicht zu halten.

Raymond hatte mit den Fähnchen nur den Anfang des Zugangs entdeckt. Jetzt, wo sich die Rampe immer weiter nach unten neigte, war trotz der dichten Kalkstaubwolken zu erkennen, dass der Eingang weitaus größer war, als die Fähnchen markiert hatten.

Auf beiden Seiten der Rampe brach der Felsen der freigelegten Ebene auf und wurde mit brutaler Gewalt zur Seite gedrückt. Fahl-weiße, lamellenähnliche Wände wuchsen senkrecht aus dem Boden und vereinigten sich über der Mitte der entstandenen Rampe zu einem hohen, einem Blütenblatt nicht unähnlichem, geschwungenem Dach. Sein äußerstes Ende war zu einer filigranen gewölbten Spitze geformt, die sich stetig auf die Stele zu bewegte.

Unser Aluminiumgestell hatte aufgehört zu wackeln. Die Bodenerschütterungen ebbten ab. Ich hatte den Kopf in den Nacken gelegt und betrachtete sprachlos das hoch über mir aufragende Dach. Wir standen plötzlich in seinem Schatten.

Captain Johns und seine Besucher hatten sich am oberen Rand der Grube auf der Flucht vor den noch immer aufwallenden Staubwolken ein gutes Stück in Richtung ihres westlichen Endes auf die Betonrampe zu bewegt. Durch die Erschütterungen waren einige der Besucher gestürzt, die sich jetzt ungläubig aufrappelten.

»*Wow!*« Sinistra schrie nur das eine Wort von ihrem Standort auf der Mitte der Betonrampe. Ich sah nach vorn.

»Don, ich glaube, wir hätten etwas Zeit und sehr viel Arbeit sparen können, wenn du den Schlüssel sofort nach seiner Entdeckung eingelegt hättest!« Karen löste sich langsam aus meinem Arm. Sie lächelte mich an.

Professor Warren ließ das Geländer los und stieg andächtig die Stufen des Gerüstes hinunter. Karen folgte ihm, die Soldaten mit ihren Digicams schwärmten langsamen Schrittes vor uns aus, die wabernden Staubwolken im Fokus, die langsam die Umrisse der Struktur enthüllten. Die hohe Luftfeuchtigkeit half, die Staubteilchen zu binden.

Ich drehte mich zur Stele um. Der Schlüssel war mit seiner Fassung eine Handbreit in die Stele eingesunken. Ein kreisrundes, rot flimmerndes Feld überzog die so entstandene Einbuchung. Darunter war eine ovale ebenfalls rot leuchtende Scheibe in der Stelenoberfläche erschienen. Ich trat überrascht an den verdeckten Schlüssel heran. Das rote Flimmern des Feldes sah für mich aus, wie das Feld in der Tür zum Hieroglyphenraum. Ich fasste mit der Hand hindurch, um den Schlüssel zu berühren – und zuckte zurück.

Hoppla - bevor meine Fingerspitzen das Feld berührt hatten, spürte ich einen intensiven Schmerz im ganzen rechten Arm. Es war ein Kribbeln geblieben, das jetzt langsam nachließ.

Ratlos sah ich auf die leuchtende Scheibe. Ich würde den Schlüssel wohl in der Stele lassen müssen, bis sie ihn von selbst freigab, oder mir etwas eingefallen war, ihn da wieder herauszubekommen.

Ich folgte den anderen zum Anfang der Rampe.

Die Überdachung der Rampe reichte von ihrer blütenblattähnlichen Spitze über der Stele bis tief hinunter zum eigentlichen Eingang des unterirdischen Komplexes. Ihre Konstruktion glich den ineinandergeschobenen Segmenten eines geschachtelten Grashalms und wirkte von hier unten äußerst filigran. Der höchste Punkt dieser Überdachung musste weit über den Grubenrand hinausragen.

Raymond und die Arbeiter hatten die Ausmaße des Zugangs deutlich unterschätzt. Am Ende der ausgehobenen Grube hatte sich - einem neuen Bergrücken gleich - auf einer Länge von ungefähr fünfzig Metern der Erdboden über der Überdachung hoch und zur Seite geschoben.

Die entstandene Rampe führte gut einhundert Meter schräg nach unten. Der eigentliche Eingang lag im Schatten des Daches und war nicht zu erkennen. Das war für mich auch nicht notwendig. Ein bekanntes, rotes Flimmern am Ende der Rampe sagte mir, dass wir den Zugang gefunden hatten.

Das Geräusch laufender Stiefel hinter uns ließ uns anhalten. Marines kamen rechts und links an der Stele vorbeigerannt und gingen zwischen uns und dem oberen Rand des Eingangs zur unterirdischen Anlage in Stellung.

»Wenn diese Idioten jetzt denken, sie können vor uns da rein, haben sie sich aber geschnitten.« Karens grimmiger Blick hing an der Besuchergruppe, die gerade um die Stele herumkam.

»Warten sie, Dr. Whitewood!« Der Captain winkte seinen Leuten, Karen nicht durch zu lassen.

»Was bilden sie sich ein, Captain!« Sie kehrte um, als sie merkte, dass es keinen Sinn machte, mit den Soldaten zu diskutieren und nahm sich Johns als Ziel vor. Er antwortete nicht.

»Beruhigen Sie sich bitte, Doktor!« Der Mann, der das Wort ergriffen hatte, war einer aus der Besuchergruppe. Er hatte mit einer eleganten Handbewegung seine Sonnenbrille abgenommen und in einer Innentasche seiner Anzugjacke verstaut. Grüne, kalte Augen fixierten uns.

»Erlauben Sie, dass ich mich vorstelle.« Die Bestimmtheit seiner Stimme und die im Gegensatz zum Captain ungewohnte Höflichkeit ließen Karens Zorn verrauchen. Seine braunen, korrekt geschnittenen Haare berührten nicht den strahlendweißen Hemdkragen, der einen Zentimeter über den Rand des Jacketts hinausreichte.

Feine, silberfarbene Manschettenknöpfe blitzten. Sein Händedruck war fest und entschlossen, wobei er mich einen Moment länger als Professor Warren und Karen anblickte.

»Mein Name ist Miles Shoemaker,« stellte er sich vor. »Ich bin Direktor des CIA. Die zuständigen Stellen der Regierung von Guatemala haben uns nach ihren letzten Funden um Unterstützung bei den weiteren Untersuchungen gebeten.«

Bei mir klingelte es. Mein Vater hatte den Namen vor Jahren im Zusammenhang mit einer weitreichenden Umstrukturierung des amerikanischen Geheimdienstes erwähnt. Die Umstrukturierung war so weitreichend, dass auch der damalige US-Präsident und eine Handvoll Senatoren in hohen Funktionen im Repräsentantenhaus ihre Ämter abgeben mussten. Es waren Unterlagen bei der Presse aufgetaucht, die ihr Wissen und ihre Duldung bei sehr zweifelhaften, verdeckten Operationen im Nahen Osten dokumentierten, deren Durchführung neben toten US-Soldaten auch eine unverhältnismäßig hohe Anzahl an zivilen Opfern gekostet hatte. Die Proteste der amerikanischen Öffentlichkeit waren unmissverständlich gewesen und hatten die Auflösung des CIA gefordert.

Shoemaker war damals in der Rolle des rücksichtslosen Aufklärers erschienen, der im Dienst der Ehrenrettung der Agency alles tat, um die wahren Verantwortlichen zu finden und zu benennen, auch wenn es einen amtierenden Präsidenten und ein paar Senatoren die Ämter kostete.

Er hatte die Aktion bis zum Ende durchgeführt und sie politisch überlebt. Shoemaker musste sich mittlerweile auf oberster Ebene des CIA befinden.

»Doktor Whitewood, Professor, Doktor MacAllon,« er sah uns der Reihe nach an, »ich möchte sie nicht lange aufhalten, denn mich interessiert es genauso wie Sie, zu erfahren, was sich in diesem unterirdischen Komplex befindet.« Er brachte ein entschuldigendes Lächeln zustande, das kleine Fältchen in den Augenwinkeln hervorrief. Ich fragte mich, ob der gefeuerte

Präsident auch diese Fältchen gesehen hatte, als Shoemaker ihm offenbarte, dass eine Vertuschung des durchgesickerten Materials nicht machbar gewesen sei.

Er drehte sich zur in die Tiefe der Anlage führenden Rampe um, lehnte sich zurück und verfolgte mit einem demonstrativen Blick die alles überspannende Dachkonstruktion bis zu ihrem Ende über der Stele.

»Ich möchte Sie alle beglückwünschen. Dies ist ein historischer Tag für die Archäologie, vergleichbar nur mit der Öffnung der Gräber im Tal der Könige oder dem Fund der Terracotta-Armee von Xian.« Karen sah ihn ungeduldig an.

»Selbst ohne die Öffnung dieses Zugangs zu diesem geheimnisvollen Komplex haben Sie bereits Geschichtswürdiges geleistet.«

Sein Blick hielt Karen fest, als er fortfuhr: »Ich denke aber, wir sind uns einig in der Bewertung und Bedeutung dessen, was Sie bisher entdeckt haben.« Er machte eine kurze Pause, in der er auf die Stele hinter uns wies. »Dieser Stein – Stele – wie sie ihn fachlich korrekt nennen, mit den unbekannten, eingravierten Zeichen, den Raum unter dem Hügel dort drüben,« er zeigte mit der Hand nach Süden, wo der Hieroglyphenraum lag, »mit seinem fantastischen Archiv, die Technik, die er uns andeutet und doch bisher vor uns verborgen hält, und nicht zuletzt der geheimnisvolle Schlüssel,« bei dem Wort geheimnisvoll sah er mich kurz an, ich dachte an einen Hai, der sein Opfer betrachtet, »der nach Aussage von Experten von keiner Wissenschaft der Erde heute hergestellt werden kann, macht deutlich, dass wir hier über Produkte sprechen, die nicht mit irdischen Mitteln hergestellt werden *konnten*.«

Ich hatte den Eindruck, er wollte das Wort *außerirdisch* vermeiden. Doch das war es eindeutig. *Nicht irdisch* um 560 nach Christus war für mich ganz klar außerirdisch.

Warren und Johns nickten zustimmend, der Professor schob seine Brille zurecht. Karen wartete schweigend ab, worauf Shoemaker hinauswollte.

»Behalten Sie dies bitte vor Augen, wenn Sie jetzt dort hineingehen.« Sein Blick richtete sich auf die jetzt klar erkennbare, rechteckige Öffnung am unteren Ende der Rampe. Das rote Feld war im Gegenlicht der Sonne nicht mehr zu erkennen, ich zweifelte jedoch nicht daran, dass es nach wie vor dort war.

»Seien Sie vorsichtig. Wir wissen nicht, was Sie dort erwartet. Ich biete Ihnen an, ein paar Soldaten als Vorhut hinunter zu schicken, um mögliche Gefahren zu erkennen. Diese Männer sind darauf spezialisiert.« Er sah mich eindringlich an.

»Vielen Dank, Sir,« Karen nahm mir die Antwort ab. »Wir haben darüber bereits im Vorfeld mit dem Captain gesprochen. Es besteht aus unserer Sicht kein Anlass, so etwas zu vermuten. Das Risiko, Jahrtausendealte Spuren zu beschädigen, ist dagegen real.« Sie hielt seinem Blick stand.

»Bitte sorgen Sie nur dafür, dass niemand den Schlüssel entnimmt, solange wir nicht wieder hier oben sind.« Sie zwinkerte ihm zu.

»Nun gut. Ich wünsche Ihnen viel Erfolg.« Kalte, grüne Augen musterten uns kurz, dann drehte er sich um und trat an den Rand der Rampe zurück. Die Soldaten machten Platz, als Karen zielstrebig auf die Rampe zuging.

Wir folgten ihr langsam und vorsichtig. Der Boden der Rampe war nicht einfach zu begehen. Zerschmetterte Felsen inmitten eines rutschigen, schlammigen Untergrundes auf einer schiefen Ebene machten das Fortkommen zu einer hochkonzentrierten Angelegenheit. An den Seitenwänden konnte ich ablesen, wie dick die Felsschicht über der ursprünglichen Oberfläche gewesen war. Sie schwankte zwischen einem und drei Metern. Mit den bereits ausgehobenen zehn Metern Erdreich und Gestein über der einstigen Höhle waren das im Mittel fast zwanzig Meter. Durch natürliche Erosion umliegender Berge war das nicht zu erklären – das Tiefland war flach wie ein Blatt Papier gewesen. Die einzigen Hügel in der Umgebung verbargen weitere Ruinen von Coruum. Etwas Gewaltiges musste diesen Zugang verschüttet haben.

Wir erreichten die Stelle, an der sich die hoch aufragende Dachkonstruktion auf den Seitenwänden abstützte. Das Aussehen der Seitenwände veränderte sich von einem hellgelben bis weißen Kalkstein zu einem kalten, fast schwarzen, metallähnlichen Material, welches ohne Fugen oder sonstige Nahtstellen die Wände bis zum unteren Tor auskleidete. Der massive, meterdicke Kalkbelag auf der Rampe hatte beim Absenken nicht einen einzigen Kratzer auf den Wänden hinterlassen.

Wasser ran in feinen Fäden von oben herab. Beim nächsten Regenguss würde diese Rampe sehr schnell vollaufen. Raymond würde die Ansaugstutzen der Pumpen nach hier unten verlängern müssen.

Karen hatte das Ende der Rampe erreicht. Sie stand auf einem Felsen, der bis kurz vor das rotflimmernde Feld des Eingangs gerollt war. Er lag an einer Kante, die etwa zwei Meter steil nach unten abfiel. Das war der Belag auf der Rampe, der sich mitabgesenkt hatte, und jetzt wie eine große Treppenstufe vor dem Eingang zum unterirdischen Komplex lag. Bevor irgendetwas aus dieser Anlage herausgeholt werden konnte, würde dieser Belag entfernt und der Zugang erweitert werden müssen.

Ich trat an die Kante heran. Die Toröffnung, vor der wir standen, war etwa fünfzehn Meter hoch und doppelt so breit. Alle Torseiten waren komplett mit dem metallähnlichen Material verkleidet. Weitere acht bis zehn Meter über dem Tor setzte die Dachkonstruktion an. Ich drehte mich um. Am oberen Ende der Rampe standen Johns und Shoemaker mit den anderen und ließen uns nicht aus den Augen. Sie waren vor dem grellen Tageslicht, selbst im Schatten der überhängenden Dachkonstruktion stehend, gut zu erkennen. Hier unten vor dem Eingang war es fast dunkel. Ich war nicht sicher, ob sie uns noch sehen konnten. Einer der beiden Soldaten sprach in sein Mikrofon. Offenbar hatte er nicht nur Datenkontakt zu Captain Johns.

»Kommen wir da runter?« Karen sah mich fragend an.

»Ich denke schon. Der Felsen ist teilweise zerbrochen. Wir müssen etwas klettern.« Mit ein paar festen Tritten löste ich weitere Steine, die von der Rampe hinunterpolterten. Die Größeren erreichten nicht den Boden. Sie blieben an der Stelle, wo sie auf das rote Feld trafen, zwischen ihm und der Rampe eingeklemmt in der Luft hängen.

»Karen, mit deinem Einverständnis gehe ich voraus.« Sie nickte mir zu. Ich schaltete meine Taschenlampe ein und leuchtete die Felsen ab, die ich als Treppe ausgewählt hatte.

»Wir treffen uns drinnen.« Auf dem letzten Felsen blieb ich stehen. Das Flimmern des Feldes war eine Armlänge von mir entfernt. Ich beugte mich hinüber und sah hinein. Wie erwartet, konnte ich nichts erkennen. Ich sprang hinunter, durch das Feld. – Kein Kribbeln. Nur kalte, trockene Luft.

Ich sah mich um. Die Öffnung setzte sich gut zehn Meter wie ein Tunnel fort, bevor sie sich erweiterte. Die Oberfläche des Tunnels bestand aus Stelenmaterial, das von Innen heraus in einem Bronzeton leuchtete.

Wenn ich nach diesem Tag gefragt werden sollte, wie ich mir einen Atombunker für eine Stadt vorstellen würde, dem nichts etwas anhaben könnte, würde ich mich an das Bild dieser unterirdischen Anlage erinnern.

Karen, Professor Warren, Sinistra und die beiden Soldaten kamen mir nach und blieben ebenso verblüfft am anderen Ende des Eingangstunnels stehen wie ich.

Die Taschenlampen brauchten wir nicht. Der Tunnel hatte sich zu einer Halle erweitert. Ebenso wie im Hieroglyphenraum sorgte indirektes, von den Wänden und der Decke abgestrahltes, bronzefarbenes Licht für eine ausreichende Beleuchtung.

Ich konnte das rückwärtige Ende der Halle nicht sehen. Am Ende des Tunnels, durch den wir die Halle betraten, hob sich die Decke, und die Wände der Halle traten weit zurück. Wir befanden uns in einem riesigen Lager.

»Wow!« Sinistra war ein paar Schritte vor Karen und mich getreten.

Gebannt starrten wir auf das, was dort, etwa zwanzig Meter entfernt, vor uns stand.

Vier riesige, stromlinienförmige Transportfahrzeuge, mit strukturlosen, elliptischen Behältern beladen, warteten abfahrbereit in der Mitte der Halle auf irgend ein Zeichen.

Professor Warren ging ehrfürchtig auf sie zu. Die Objektive der Digicams surrten, als die Fahrzeuge herangezoomt wurden.

Beim Näherkommen erkannte ich, dass die elliptischen Behälter aus einer Vielzahl einzelner, silberfarbener Container bestanden, die fast nahtlos zu der großen Ellipsenform zusammengesetzt waren. Die Transportfahrzeuge verfügten über kein als Solches erkennbares Führerhaus oder über andere für mich sichtbare Bedieneinheiten.

Ein Knistern vor mir ließ mich zu Warren hinsehen.

»*Arrrrrghh!*«

Der Professor hielt mit einem Arm seine rechte Hand fest an den Oberkörper gepresst und stieß seinen Atem mit schmerzhaft verzogenem Gesicht aus. »Das tut weh,« sagte er.

Wir gingen vorsichtig zu ihm. Er trat einen Schritt zurück. »Wie unvernünftig von mir. Sehen Sie diese leuchtende Linie?« Er wies auf eine Markierung im Boden, die ich erst sehen konnte, als ich einen Schritt davor stand.

»Jetzt, ja.« Karen verfolgte die Linie, die sich zu beiden Seiten in die Halle fortsetzte. »Was war es, ein Stromschlag?«

»So ähnlich, verbunden mit einem vorübergehenden Ausfall des Sehvermögens.« Er rieb seine Finger. »Eine deutliche Warnung.«

»Das ist das Spielzeug für die Erwachsenen. Das dürfen wir uns nur ansehen, aber nicht berühren.« Ich drehte mich zu den anderen um.

»Die Demonstration eines toleranten Systems.« Karen sah mich mit großen Augen an. Ich fuhr fort: »Wer auch immer der rechtmäßige Besitzer unseres Schlüssels war, er konnte diese Anlage betreten, aber er durfte diese Maschinen nicht anfassen. Das erinnert mich sehr an eine Kindersicherung.«

Warren nickte. Er schob seine Brille zurecht. »Dann sollten wir herausfinden, wo sich das Kinderspielzeug in dieser Anlage befindet.«

»Suchen wir es!« Sinistra folgte der Linie nach links, sich wohlbedacht immer ein paar Schritte von ihr fernhaltend.

»Doktor MacAllon, sehen Sie irgend etwas, das diese Fahrzeuge in der Luft hält?« Der Professor war hinter mir stehen geblieben, an der Stelle, die uns am dichtesten an das erste der vier Fahrzeuge herangeführt hatte.

Ich verstand zuerst nicht, was er mit der Frage meinte. Dann sah ich genauer hin. Er hatte natürlich Recht. Das Fahrzeug schwebte. Es war mir aufgrund der Entfernung und des Verhältnisses seiner Größe zum Bodenabstand nicht aufgefallen. Jetzt standen wir knapp zehn Meter von ihm entfernt und ich hätte unter ihm hindurchgehen können, wenn das Schutzfeld mich nicht davon abgehalten hätte.

»Ich kann nichts erkennen, Professor.« Ich ging zu ihm.

»Vielleicht Antigravitation, Doktor, ein Meilenstein der Physik.« Warrens Augen glänzten. »Die Batterien reichen nach über eintausendfünfhundert Jahren noch immer aus, diese riesigen Transporter im Schwebezustand zu halten. Das ist es, was ich suche, verstehen Sie, Doktor?«

Er stierte zu den Fahrzeugen. »Wenn wir nur herausfinden könnten, wie das funktioniert, würde ich mein Leben dafür geben.« Der Art, wie er das sagte, entnahm ich, dass er es ernst meinte.

Wir gingen weiter. »Da hinten zumindest funktioniert es nicht mehr, Professor!« Sinistra war wie immer weit voraus gegangen. Hinter der ersten Reihe der vier gigantischen Transporter folgte eine zweite Reihe, beladen mit unterschiedlichen Fahrzeugen und Maschinen. Der letzte Transporter in der zweiten Reihe lag mit einer Fahrzeughälfte auf dem Boden auf. Die Behälter auf seiner Ladefläche waren leicht verrutscht und hatten kleinere Maschinen und Fahrzeuge, die neben ihm gestanden hatten, unter sich begraben.

Professor Warren hörte Sinistra nicht. Er schien vollkommen in Gedanken versunken zu sein.

»Was ist das?« Karen zeigte auf eine große, flache, elegante Silhouette, die allein in der dritten Reihe stand.

Wir gingen neugierig näher. »Das ist ein Flugzeug.« Sinistra schrie es fast heraus. Das Design erinnerte an einen abgeflachten Wassertropfen. Am vorderen Ende waren Fenster und geschlossene Türen zu erkennen. An der Seite ragte eine vorwärts gepfeilte Stummeltragfläche hervor. Ein Leitwerk war nicht zu erkennen. Im hinteren Teil waren Linien am Rumpf sichtbar, die eine größere Ladeluke verbergen mochten.

Der Stil des Flugzeugs erinnerte entfernt an das Raumschiff, welches in der holografischen Projektion im Hieroglyphenraum zu sehen war. Das Material der Außenhaut sah zumindest ähnlich aus.

Wir hatten das Ende der Halle erreicht. Ich drehte mich um und sah in die Richtung, in der der Eingang liegen musste. Ich schätzte ihre Länge auf gut zweihundert Meter, ihre Breite auf die Hälfte.

»Gehen wir auf der anderen Seite zurück.« Karen wies den Kameramännern den Weg, die mit Detailaufnahmen beschäftigt waren.

»Ich denke, dieses Flugzeug ist ein Raumschiff!« Der Professor war um das Ende des Flugzeugs auf die andere Seite herumgegangen und deutete auf eine schwarze blasenartige Fläche am Rumpf, aus der nur noch verformte Reste der einstigen Stummeltragfläche herausragten. »Diese Art der Beschädigung deutet auf extrem hohe Temperaturen hin. Es kann bei einem Eintritt in die Erdatmosphäre geschehen sein. Das heißt, es war in der Lage, von hier zu starten und in den Weltraum zu fliegen. Vielleicht ein Shuttle.«

Sein Finger zeigte auf ein düsenähnliches Gebilde. »Sehen Sie sich das Triebwerk an. Dort in der Mitte des Schiffes. Ein einziges, um 270 Grad und um alle Achsen schwenkbares Aggregat.«

Ich trat neben ihn. »Ein weiteres Forscherleben, wenn wir das nachbauen könnten, was, Professor?«

Er sah mich mit gerunzelter Stirn an. Dann sah ich ihn das erste Mal lächeln, seitdem ich ihn kennen gelernt hatte. »Ganz genau, Doktor MacAllon, und zwar das von Professor Young. Ich bin sicher, das wäre es ihm wert.«

»Seht mal, hier ist das Schutzfeld defekt.« Die Worte Sinistras lösten bei Professor Warren fast einen Herzinfarkt aus. Er rannte förmlich zu ihr. Sie hatte den defekten Transporter erreicht, dessen Ladung verrutscht war. Einige haushohe Behälter waren von der Ladefläche heruntergefallen, hatten sich über ein anderes Fahrzeug abgerollt und waren bis zur Warnlinie im Boden vorgedrungen. Wie Bauklötze lagen sie herum. Ein Hohlraum unter einem der silberfarbenen Behälter führte ins Innere des durch das Schutzfeld abgetrennten Bereiches. An den Stellen, wo das Schutzfeld die Behälterkanten berührte, waren sie von schwarzer Asche übersät.

Warren duckte sich und machte sich bereit, die Öffnung zu durchschreiten.

»Warten Sie, Professor!« Der Klang meiner Stimme ließ ihn anhalten. Nachdenklich richtete er sich wieder auf. »Sehen Sie sich bitte zuerst das hier an und sagen Sie mir danach, ob Sie immer noch hineinwollen.«

Im bronzefarbenen Licht der indirekten Hallenbeleuchtung war eine weitere Maschine sichtbar. Sie befand sich im Innern des geschützten Bereiches und erinnerte mich von ihren Proportionen her entfernt an einen Menschen.

Ihre Oberfläche war überwiegend mattgrau, ich hatte den Eindruck, als verändere sich die Farbe fließend. Die Maschine besaß keinen Kopf und keine Beine. Ihre Arme ähnelten mehrgliedrigen Zangen. Wie die Fahrzeuge schien auch sie über eine Technologie zu verfügen, die ein gewichtsloses Schweben ermöglichte.

»Ich habe sie eben erst entdeckt, glaube aber, dass sie uns schon lange beobachtet.«

Professor Warren näherte sich der Leuchtlinie so weit es ging und betrachtete die Maschine. »Das sind keine Waffen an ihren Armen, Doktor MacAllon. Vielleicht ist sie hier für die Reparaturen zuständig.« Er drehte sich zu mir um. »Danke für die Warnung, Doktor.«

»Dann ist sie mit diesem Problem aber deutlich überfordert.« Sinistra wies auf den defekten Transporter.

»Da ist noch etwas, Don!« Karen stand auf der anderen Seite des umgestürzten Behälters. Sie flüsterte. Wir waren in wenigen Schritten bei ihr.

Warren und ich folgten ihr langsam, die Maschine nicht aus den Augen lassend.

Ein Skelett lag im Innern des Schutzfeldes, neben dem beschädigten Fahrzeug, den Mund zu einem längst verhallten Schrei geöffnet, die Augen ermattet. Ein kleinerer Behälter befand sich in unmittelbarer Nähe des mumifizierten Kopfes. Er war geöffnet worden und lag mit der offenen Seite von uns abgewandt.

»Ein Maya!« Karens Nasenspitze verharrte gefährlich nah an der Grenze zum Schutzfeld, »und ein hoher!« Sie deutete auf einen armlangen Gegenstand, der halb unter seinem Oberkörper hervorragte.

»Das ist ein rituelles Zepter in Form einer Axt. Wahrscheinlich aus Schiefer.« Karen kniete an der leuchtenden Linie nieder und nahm jedes Detail in sich auf.

Er war kostbar in Leder und Federgewändern gekleidet; Gold und Jadeschmuck an Hals und Handgelenken sowie komplexe, mehrteilige Ohrringe zeugten von seinem ehemaligen Rang als hoher Würdenträger.

»Das ist der reine Wahnsinn, Don. Noch nie wurde eine so vollständige Leiche eines Maya-Herrschers gefunden.« Karen erhob sich und lief aufgeregt hin und her.

»Achtung, der Hausmeister kommt!« Sinistra deutete auf die Maschine, die einen Umweg um den Transporter herum gemacht hatte, um auf die Seite zu kommen, auf der wir standen.

Sie verharrte neben dem toten Maya. Obwohl sie nicht über Augen oder sichtbare Sensoren im herkömmlichen Sinn verfügte, wandte die Maschine uns immer die gleiche Seite zu. Ein leichtes Gefühl der Vorsicht strich über meinen Nacken.

»Ich denke, wir sollten unser Glück nicht herausfordern.« Ich flüsterte unbewusst. »Im Moment beobachtet sie uns. Offenbar haben wir die Schwelle, bei deren Überschreiten sie aktiv wird, noch nicht erreicht. Ich finde, wir sollten es dabei fürs erste belassen!«

Karen nickte zögernd. »Vielleicht lässt sie uns in Ruhe, solange wir nichts mitnehmen.« Ich fühlte, wie sie auf den Beginn der Untersuchung dieses Herrschers hinfieberte.

Ich legte meine Hand auf ihre Schulter und schob sie langsam zurück zum Ausgang. »Gehen wir wieder nach oben. Ich denke, es gibt einiges zu besprechen und zu planen.«

Warren sah mich kurz an. »Wir müssen die Energiequellen finden, die diese Anlage über die Jahrhunderte am Leben gehalten haben, und die Kontrolleinrichtungen. Dann können wir die Maschine auch deaktivieren. Sonst kommen wir nicht weiter.«

»Hoffen wir, Professor, dass diese Einrichtungen nicht innerhalb dieses Feldes liegen,« antwortete ich nachdenklich.

Sinistra betrachtete die Maschine. »Ich glaube nicht, dass wir an ihr vorbeikommen, wenn wir das wollten.«

Warren kniff die Augen hinter den dicken Brillengläsern zusammen und hob seinen Zeigefinger. »Gehen wir und beraten wir. Am Abend muss diese Halle genau vermessen sein. Ich bin sicher, wir haben etwas übersehen.«

Miguel

Miguel war nicht enttäuscht. Er hatte nie damit gerechnet, als Student an der Entdeckung einer neuen Maya-Metropole mitwirken zu können. Er kam aus einfachsten Verhältnissen in Guatemala-Stadt. Seine Eltern hatten ihm die bisherige Ausbildung nur mit Unterstützung der gesamten Familie finanzieren können. Bescheidenheit war seine Tugend. Besonderen Ansporn brauchte er nicht. Er durfte seine Familie nicht enttäuschen. Er hatte gelernt und gebüffelt, Tag und Nacht. Er war Bester geworden – nach Sinistra, die einfach eine überwältigende und manchmal frustrierend begabte Studentin war. Sie lernte nicht viel, sie las ein Buch einmal und verstand es. Mit ihrem fotografischen Gedächtnis und der Fähigkeit, in kürzester Zeit komplette Sprachen zu lernen, wenn andere gerade einmal die nötigsten Redewendungen für den Urlaub behielten, war sie für das Studium seltener Sprachen und Schriften prädestiniert. Es war für ihn keine Schande, nach ihr der Zweite zu sein.

Mit der Einladung von Dr. Whitewood, an der Ausgrabung des durch Zufall entdeckten Ballspielplatzes teilzunehmen, ging für ihn ein Traum in Erfüllung. Dass aus dem Ballspielplatz jetzt die größte archäologische Sensation des einundzwanzigsten Jahrhunderts werden würde, war beinahe schon wie ein Rausch.

Wenn er an der Öffnung der unterirdischen Anlage heute nicht teilnehmen sollte, akzeptierte er es. Er würde später hineingehen und sich alles in Ruhe ansehen.

Er gönnte es Karen und ihrem schottischen Freund von Herzen, dass sie ihren Erfolg noch vergrößern würden. Er hatte noch nie an Ausgrabungen mitgewirkt oder von solchen gehört, wo das Team über alle Hierarchien hinweg so eng zusammen gearbeitet hatte. Alles, was er bisher kannte, war von Eifersüchteleien und Geheimniskrämerei unter den Teilnehmern geprägt gewesen, und es war immer um vielfach kleinere Entdeckungen gegangen.

Er wusste, dass er sich in den folgenden Jahren allein mit den Auswertungen der in den letzten Wochen hier gemachten Funde beschäftigen konnte und damit ein sehr gutes Auskommen haben würde. Er war zufrieden mit seiner Rolle und fühlte sich als echtes Mitglied im Team.

Seit acht Uhr saß er in den Büroräumen des archäologischen Instituts in Flores und brütete über den Ergebnissen der Bodenproben. Es würde ein besonders schwüler Tag werden. Der Ventilator lief leise klappernd auf niedriger Drehzahl und ließ seinen nur scheinbar kühlen Luftstrom im gleichmäßigen Rhythmus über ihn und die Berge von Papier um ihn herum hinwegstreichen.

Die Auswertungen der Proben waren eindeutig. Die Proben waren an drei Stellen in jeweils zwei, fünf und zehn Metern Tiefe entnommen worden. Zwei der Stellen lagen fünfzig Meter auseinander über der auf den Radarbildern entdeckten unterirdischen Anlage, die dritte, eine Referenzprobe, war einen Kilometer entfernt entnommen worden.

Die Analyseergebnisse der Proben aus zwei Metern Tiefe lagen von den Verhältnissen der Bestandteile her sehr dicht beieinander. Ein hoher Kalkanteil war zu erwarten gewesen. Auffällig waren neben einigen höchst seltenen Mineralen ein überproportional hoher Anteil an Titan, Mangan und Iridium, wertvollen Metallen, die vollkommen untypisch für diese Region waren.

Die Konzentration dieser Metalle nahm in den Fünf- und Zehn-Meter-Proben der Ausgrabungsstätte noch deutlich zu, während sie in der entfernteren Probe bei fünf Meter nur noch zu einem Zehntel und in der zehn Meter Probe nicht mehr nachweisbar waren.

Miguel war mit diesen Stoffen einigermaßen vertraut. Es bestand die Möglichkeit, dass sie durch vulkanische Aktivitäten an die Oberfläche transportiert worden waren. Der Haken an der Sache war nur, dass es in Guatemala Vulkane nur im Hochland gab, und das war von Coruum wenigstens dreihundertfünfzig Kilometer entfernt. Ausgeschlossen, dass Ascheregen aus den Eruptionen der letzten zweitausend Jahre so weit reichte, um Ablagerungen in dieser Konzentration zu bilden.

Nur – *woher kamen sie dann?*

Die andere Alternative war ein Meteoriteneinschlag. Der metallreiche Kern würde den Eintritt in die Erdatmosphäre überstehen, wenn der Meteorit groß genug war. Durch den Einschlag würde er zusammen mit dem Erdreich der Einschlagstelle verdampfen und sich gleichmäßig als Niederschlag in der Umgebung ablagern, mit proportional zur Entfernung vom Zentrum des Einschlags abnehmender Konzentration.

Diese Alternative passte zum Ergebnis der Bodenproben. Es gab nur einen Schönheitsfehler: Der Krater fehlte.

Er lehnte sich zurück. Nichts als Sackgassen.

Miguel nahm seine Aufzeichnungen zum wiederholten Mal zur Hand. Seit der Entdeckung der Stele, und der Bestätigung des Datums vom 30. Juni 560 nach Christus, hatte er nach Querverweisen in der Literatur der Mayastädte gesucht. Es gab einiges zu Tikal, aber nicht ein Wort zu Coruum. Das hatte ihn nicht überrascht. Das gesamte Team, ausgenommen vielleicht Doktor MacAllon, hätte Coruum kennen müssen, wenn es dazu irgendwo Aufzeichnungen gegeben hätte.

Um so sonderbarer war die Tatsache, dass sie diese Stadt, zumindest ihre Überreste, nun gefunden hatten.

Das Stadtzentrum lag nicht einmal dreißig Kilometer von Tikal entfernt. Coruum war nach den ersten, oberflächlichen Überprüfungen seiner Rekonstruktionen des Stadtbildes, vor dem Fund des Hieroglyphenraumes mit den Ausschnitten der holografischen Projektionen und den Satellitenbildern, vergleichbar groß wie Tikal gewesen – nur einhundertfünfzig Jahre früher.

Das bedeutete für die damalige Zeit aber auch, dass es vergleichbar einflussreich gewesen sein musste, wie es Tikal später gewesen war. In der kriegerischen Spät-Klassik-Epoche der

Maya hätte es Beziehungen unter den Städten und damit Aufzeichnungen geben müssen.

Also hatte er akribisch wieder und wieder von vorn angefangen, bis ihm der Gedanke kam, dass diese Spuren bisher einfach noch nicht gefunden worden waren, oder man sie vielleicht schon lange beseitigt hatte.

Es hatte in der Zeit der späten Klassik enge Beziehungen auf politischer und wirtschaftlicher Basis unter den Städten der heutigen Region Petén gegeben. Calakmul, Tikal, Caracol, Naranjo und El Peru hatten sich Jahrhunderte lang in wechselnden Bündnissen bekämpft. Längere Perioden des Friedens gab es nur, nachdem Calakmul oder Tikal sich als Größte der Stadtstaaten durchgesetzt hatten.

Bis 553 nach Christus war Tikal mehr oder weniger konstant die Supermacht im Tiefland gewesen. Mit vielen Eroberungszügen wurde der Einfluss der frühen Metropole ausgedehnt. In Caracol herrschten die Vasallen Tikals.

Der Bruch in der Logik der rekonstruierten Aufzeichnungen kam um 562. Wurde der Aufstand Caracols, unterstützt durch Calakmul 556, gegen die Herrschaft von Tikal noch blutig niedergeschlagen, berichten mehrere Stelen in Calakmul und Caracol von einem furiosen Sieg beider Städte über Tikal im Jahr 562 und dem Aufstieg Calakmuls zur neuen Supermacht im Tiefland.

Über ein Zitat stutzte er besonders:

Stern über Tikal war auf einem Altar in Caracol entziffert worden, mit dem Datum 562 versehen. Der Zusammenhang zum teilweise zerstörten Text spricht von einem Angriff auf Rest-Tikal.

Wieso *Rest*-Tikal?

Miguel stützte den Kopf in beide Hände und rieb sich die Augen. Was hatte Tikal so mitgenommen, dass es die beiden schwächeren Nachbarn nicht mehr kontrollieren konnte?

War zwischen 556 und 562 ein Ereignis eingetreten, das Tikal nicht verkraften konnte? Hatte es vielleicht mit dem Untergang von Coruum im Jahr 560 zu tun? Gab es weitere, nicht dokumentierte Auseinandersetzungen, in deren Folge Tikal sich nicht mehr gegen die einstigen, weit unterlegenen Nachbarstädte wehren konnte?

Er beugte sich zur Seite und schob eine Kristall-Speicherkarte in seinen Computer. Der Index des ersten Teils der im Hieroglyphenraum aufgezeichneten, holografischen Projektionen im Kristallspeicher erschien auf dem Bildschirm. Er wusste nicht genau, wonach er suchen sollte. Die Bezeichnungen der einzelnen Szenen waren eher kurz. Er las:

Index Crystal Worm 1 von 10, Flores/Coruum

- *Gespräch hohe Würdenträger*
- *Gespräch Herrscher mit jungem Krieger*
- *Ballspiel 1*
- *Ballspiel 2. Aufzeichnung*
- *Bestrafung Verlierer (Folter!)*
- *Streit Würdenträger*
- *Ankunft Besucher*
- *Gespräch 1 Besucher und Häuptling*
- *Zeremonie Ballspielplatz*
- *Abreise Besucher*

Miguel hatte sich diese Szenen noch bei weitem nicht alle angesehen. Es war faszinierend, aber er hatte einfach noch keine Zeit dazu gehabt. Jede der Kristall-Chipkarten hatte eine Kapazität von über 20 Stunden höchster Bildqualität und das war nur der Teil, der sich mit den Besuchern beschäftigte.

Er hätte die Aufzeichnungen auch eigentlich nicht besitzen dürfen, es waren Kopien, die Sinistra gleich bei der Erstaufzeichnung im Hieroglyphenraum angefertigt hatte, bevor sie die Originale bei Professor Warren abgegeben hatte.

Er startete die Szene *Ankunft Besucher*.

Es war auch beim wiederholten Betrachten nicht leicht zu glauben, was sich dort abspielte. Die Bildqualität war sehr schlecht, weil eine dreidimensionale Lichtdarstellung auf eine zweidimensionale Aufzeichnungstechnik gebannt worden war, deren Autofokus und Tiefenschärfe natürlich nicht funktioniert hatten und vom Bediener manuell nachgeführt worden waren. Trotzdem war die Ankunft einer Art Landefähre gut zu erkennen. Die beiden Personen wurden freundlich begrüßt – keinerlei vorauseilende Anzeichen einer späteren, feindlichen Auseinandersetzung.

Er sprang auf dem Speicherkristall zur nächsten Sequenz:

Gespräch 1 Besucher und Häuptling

Der Ton war sehr schlecht. Ihn wunderte, dass der Besucher in der Lage war, flüssig Maya zu sprechen. Er unterhielt sich mit dem Häuptling in einem großen Raum. Wenn die Perspektive zwischen den Rednern wechselte, kam kurz ein weiterer Besucher ins Bild, derjenige mit dem rüstungsähnlichen, insektengleichen Anzug.

Miguel tippte mit dem Mauscursor auf die nächste Szene:

Zeremonie Ballspielplatz

Es war helllichter Tag, er erkannte die beiden Besucher, den Häuptling, mehrere Krieger, einen alten Maya und die Stele. Sie sah genauso aus wie heute. Die Aufnahme zeigte die Stele im Hintergrund mit der nach Osten ausgerichteten Seite, in der sich die Vertiefung für den Schlüssel befand. Der Schlüssel war nicht eingelegt.

Es war heller Tag, mit wenig Bewegung in den Bildern, es wurden Reden gehalten. Er sprang zur nächsten Szene.

Abreise Besucher

Abendstimmung. Die Aufzeichnung zeigte im schwachen Kontrast eine ähnliche Situation wie bei der Ankunft der Besucher. Im Hintergrund lag eine große Doppelpyramide im Abendrot der Sonne. Er nickte befriedigt. Er hatte den Strukturkomplex aus den überwachsenen und verschütteten Trümmerhaufen und ihrer logischen Position zur Akropolis parallel zum Ballspielplatz sofort identifiziert. Das Bild zeigte einen Ausschnitt des Raumschiffrumpfes.

Davor stand der große Fremde, mit dem schwarzen Reif in seinen kurzen, weiß-blonden Haaren neben dem Häuptling und einem muskulösen Krieger. Sie verabschiedeten sich von dem alten Maya und einem jüngeren Krieger.

Miguel stoppte elektrisiert die Szene.

Der Häuptling verabschiedete sich von einem jüngeren Krieger und dem alten Maya? Er starrte auf das Standbild.

Verließ der Häuptling etwa sein Volk? Begleitete er den Fremden? Wohin? Und vor allem *warum*?

Er ließ die Szene weiterlaufen. Tatsächlich! Der Häuptling und der muskulöse Krieger gingen zusammen mit dem Fremden zum Fahrstuhl des Raumschiffes und verschwanden im Rumpf. Das Schiff stieg auf, flog eine seichte Kurve über die Doppelpyramide und raste dann fast senkrecht nach oben, bis es im Dunkelblau des Himmels verschwand. Die Aufzeichnung war zu Ende.

Miguel saß in seinem Stuhl und überlegte. Irgendetwas stimmte nicht. Er startete die Abschiedsszene erneut und sprang ans Ende der Szene. Für einen kurzen Moment war beim Start des Raumschiffes der Platz vor den Zwillingspyramiden zu erkennen. Er stoppte die Szene und justierte per Einzelbildauswahl die Stelle. Ja. Das war der Platz vor den großen Zwillingspyramiden. Am linken Bildrand war die Stele mit ihrem langen Schatten zu erkennen. Sonst nichts. – Keine Menschen. Nicht einer. Sollte so ein Ereignis wie die Abreise der Besucher und des eigenen Häuptlings nicht das eigene Volk interessieren?

Nun – vielleicht standen sie hinter der Kamera und verhielten sich leise?

Er stand auf. So kam er nicht weiter. Die Aufzeichnungen waren interessant, aber sie halfen ihm nicht bei seiner Suche nach einem Grund für die plötzliche Schwächung der Stadt.

Oder lag in der Abreise des Häuptlings der Grund?

Miguel blieb elektrisiert stehen. Wenn der Herrscher als brillanter Stratege plötzlich nicht mehr zur Stelle war, um die

CORUUM

eigenen Truppen gegen die Angriffe der Nachbarstaaten ins Feld zu führen oder durch geschickte politische Intrige feindlichen Entwicklungen früh entgegentreten zu können - wäre das eine Erklärung. Wenn sein Nachfolger nicht das Format gehabt hätte, es ihm gleich zu tun.

Das wäre eine Möglichkeit, die Schwächung Coruums zu erklären. Nicht aber den Niedergang Tikals zwei Jahre später.

Wie wurde der Besuch der Fremden von den anderen Stadtstaaten, allen voran Tikal bewertet? Wussten sie überhaupt davon? Eine Zuordnung der Personen auf den holografischen Projektionen nach ihrer Herkunft war praktisch unmöglich. Sie trugen schließlich keine Uniformen.

Er fühlte, dass ihm da noch einiges an Verbindungen fehlte. Miguel holte sich einen Becher Kaffee aus der Küche und nahm die Analyseergebnisse der Bodenproben erneut zur Hand. Er blätterte ein wenig, bis er die Datierungstabelle der Bohrkerne gefunden hatte. Die Analyse der organischen Bestandteile der zwei-Meter-Proben mittels der Radio-Carbon-Methode hatte ein Alter von 1500 bis 1600 Jahre ergeben. Miguel seufzte. Er hatte nichts anderes erwartet. Die Ergebnisse der fünf-Meter-Proben waren differenzierter. Die beiden von der Ausgrabungsstelle waren ebenfalls 1500 – 1600 Jahre alt, die einen Kilometer entfernt gezogene Referenzprobe bereits 2500 Jahre.

Er setzte sich aufrecht hin.

Die Analyseergebnisse der zehn-Meter-Proben bestätigten seinen Anfangsverdacht. Sie lauteten für die Proben der Ausgrabungsstelle 1500 – 1600 Jahre, für die Referenzprobe hingegen 5000 Jahre.

Ein Lächeln machte sich auf seinem Gesicht breit. Er konnte das Ergebnis nicht erklären, aber hier lag es vor ihm.

Er machte sich mit neuem Elan daran, seinen Bericht zu schreiben. Die anderen würden überrascht sein.

CORUUM

Donavon

Die Besprechung am nächsten Morgen im Zelt des Captains markierte den entgültigen Bruch in der Beziehung zwischen ihm und Professor Warren sowie die Trennung der an der Ausgrabung Beteiligten in zwei Parteien.

Das unterirdische Lager war hinsichtlich seiner Größe eine Überraschung gewesen. Die nachmittägliche Vermessung hatte aber nicht die vom Professor vermuteten Betriebsanlagen für Energie und Kontrolle enthüllt. Es gab keine weiteren Türen oder Tore, zumindest hatte man sie nicht gefunden. Außerhalb der Warnlinie gab es nichts als undurchdringliches Stelenmaterial. Warren war am späten Nachmittag nach der Rückkehr von Sinistra außer sich vor Enttäuschung gewesen. Seiner Meinung nach waren die entsprechenden Zugänge übersehen worden oder zu gut verborgen.

Was im Ergebnis keinen Unterschied machte - wir kamen an die Artefakte nicht heran.

Dessen ungeachtet war ein Trupp der Special Forces unter dem Kommando von Captain Johns am späten Abend in den Komplex eingedrungen, nachdem der Professor und wir den Ausgrabungskomplex längst verlassen hatten. Sie waren durch die Öffnung im inneren Schutzfeld zum Fahrzeugpark vorgerückt und hatten versucht, einige der kleineren Behälter herausholen.

Es hatte vier tote Marines und einen toten CIA-Mitarbeiter gegeben. Die Übrigen waren zum Teil schwer verletzt worden und hatten sich nur um Haaresbreite retten können. Den Behältern waren sie nicht einmal nahe gekommen.

Captain Johns hatte noch kein Wort über die Aktion verloren. Der Sergeant, welcher den Trupp angeführt hatte, verließ nach seinem Vortrag über den Verlauf der Aktion fluchtartig das Zelt.

Karen und Professor Warren waren sprachlos. Karen vor Zorn, der Professor über die Täuschung und Naivität des Captains. Sein Zeigefinger deutete auf Johns.

»Und Sie haben tatsächlich geglaubt, Sie können da hineinspazieren, weil dort ein Loch im Schutzfeld ist, und die Kisten einfach so hinaustragen?« fragte er mit vor Verachtung zischender Stimme. »Was glauben Sie, wieso wir uns gestern so defensiv verhalten haben?« Sein Finger ruckte von Captain Johns weiter zu Shoemaker, der in seinem dunklen Anzug regungslos auf einer Stelle stand und mit angespannter Halsmuskulatur zu Boden blickte.

»Gehe ich recht in der Annahme, dass der Captain auf Ihren Befehl hin handelte?«

Shoemaker hob langsam den Kopf. Der eisige Blick seiner grünen Augen traf den Professor. »Der Captain kann seine Entscheidungen selbst treffen, Professor. Ich sah keinen Grund einzugreifen.«

Warren verschlug es einen Moment lang die Sprache.

»Wir haben hier keine Zeit zu verlieren, Professor.« Shoemaker sprach ruhig und deutlich. »Der Captain hat die Ergebnisse der gestrigen Untersuchung des Lagers abgewartet. Wie wir gemeinsam festgestellt haben, waren sie in jeder Hinsicht unbefriedigend.«

Er sah Karen an. »Wir müssen jedoch an die Gegenstände und die Leiche des Maya dort heran, um unser Verständnis über diese Technologie und die wahren Hintergründe dieses Fundes zu vertiefen.«

»Sie haben durch diese unbedachte Maßnahme fünf Männer geopfert. Haben Sie daraus nichts gelernt?« Karen sah Shoemaker ungläubig an.

Es dauerte ein paar Sekunden, bevor er ihr antwortete.

»Doktor Whitewood, Ihr Unverständnis in Ehren, aber das geht Sie wirklich nichts mehr an. Wie Sie vielleicht noch nicht bemerkt haben, sprechen wir nicht mehr über irgendwelche verschütteten Lehm- oder Kalksteinhütten, sondern über die eintausendfünfhundert Jahre alten Relikte des Besuches einer raumfahrenden Kultur auf der Erde.« Er machte ein paar Schritte auf Karen und mich zu.

»Sie verstehen, dass ich wirklich nicht hier bin, um mir Geschichten über den Untergang einer Eingeborenenstadt – und sei sie noch so groß gewesen – anzuhören.

Ich bin hier, um solche Maschinen, wie sie dort in dem unterirdischen Lager stehen, zu finden und zu analysieren. Das sollte eigentlich der gleiche Grund sein, aus dem auch der Professor hier ist.«

Seine Stimme war beim letzten Satz zu einem Flüstern geworden. Er drehte sich zu Professor Warren um, der schweigend neben mir stand.

»Ich teile nicht diese unüberlegten Wildwest-Methoden, Mr. Shoemaker.« Warren sah ärgerlich zu Captain Johns hinüber, der sichtlich entspannt der Diskussion folgte, seitdem Shoemaker das Wort ergriffen hatte.

»Ich bin es gewohnt, wissenschaftlich vorzugehen«, fuhr Warren fort, »das kostet nun mal Zeit, ist aber auf lange Sicht die effektivere Methode. Wir wissen nicht, was durch den gestrigen sinnlosen Angriff in dem komplexen Mechanismus des Lagers und des Wachroboters ausgelöst wurde. Ich empfehle dringend, zu defensiven Methoden zurückzukehren.

Wenn Sie sich entschließen, lieber mit der Axt zu arbeiten, bitte – ich lehne die Verantwortung für die dann noch zu erreichenden Ziele ab. Dann ist es Ihr Job!«

Shoemakers Lächeln bezog seine Augen nicht mit ein. »So einfach sind Sie bereit, sich von der Sensation Ihres Lebens zu verabschieden, Professor? Sie können das Projekt nicht verlassen, Sie erinnern sich an unseren Vertrag?«

Warren entgegnete nichts. Seine schwachen Augen hinter den dicken Brillengläsern fixierten einen Punkt in der Unendlichkeit. Einen Moment herrschte Stille im Zelt, die nur durch das leise Surren der Klimaanlage unterbrochen wurde. Dann drehte sich der Professor ruckartig zum Ausgang und verließ das Zelt, ohne Shoemaker oder Captain Johns eines weiteren Blickes zu würdigen.

»Das wird so nicht funktionieren, Mr. Shoemaker,« sagte ich. »Wir werden nicht zulassen, dass Sie eine einmalige archäologische Sensation nur aus dem Grund zerstören, weil Sie nicht in der Lage sind, die notwendige Geduld und das Verständnis für eine vollständige und sachkundige Analyse des Komplexes aufzubringen.«

Mit einer ruckartigen Bewegung wandte er sich mir zu.

»Außerdem denke ich, werden Sie nicht in der Lage sein, diese Maschine zu überwältigen. Sie wird Ihnen Ihre geliebten Marines schneller wegschießen, als Sie sie in das Lager schicken können.«

Shoemaker schwieg einen Moment. Sein Blick entspannte sich. Da war wieder der Haifisch, als er sagte: »Wir werden keine weiteren Soldaten mehr hineinschicken, Doktor. Die Maschine wird herauskommen oder an Ort und Stelle ihren Dienst quittieren.« Er kam einen Schritt näher auf mich zu, seine grünen Augen fixierten meinen Blick.

»Aus genau diesem Grund werden wir auch nichts mehr kaputt machen, Doktor MacAllon, es sei denn, Sie oder Dr. Whitewood kommen uns dabei in die Quere. Und dann war es wohl Ihre Schuld.«

Er lächelte. »Und jetzt machen Sie Ihre Arbeit, Doktor, außerhalb des unterirdischen Komplexes gibt es viel zu tun.«

Karen wollte noch etwas erwidern, verschluckte es jedoch, als ich sie am Arm nahm und Richtung Zeltausgang führte. Johns grinste mich an.

»Sie haben doch ein paar schöne Büros in Flores, Doktor Whitewood, vielleicht bleiben Sie ein paar Tage dort, bis wir hier die gefährlichen Sachen für Sie erledigt haben, und schreiben Ihre Berichte.«

Karen war bereits aus dem Zelt getreten. Ich verharrte noch einen Moment.

»Ah, Miles,« Shoemaker hatte mich bereits vergessen gehabt und drehte sich überrascht durch die vertraute Anrede zu mir um.

»Ich denke, Sie übersehen da etwas.« Er blickte mich reglos an.

»Meiner Meinung nach ist diese Maschine nicht die *letzte* Stufe einer Verteidigungsarchitektur des Lagers.« Ich nickte ihm lächelnd zu und folgte Karen in die schwüle Luft des Tages.

Sie war ein Stück weit vom Zelt weggegangen und saß in ihrem weißen, kurzbeinigen Hosenanzug auf einem großen Kalkfelsen, nachdenklich in Richtung Grube schauend.

Ich setzte mich zu ihr. Ihre Anspannung war fühlbar.

»So ein Idiot!« Ich konnte ihr nur zustimmen.

Die Stimmung war bereits gestern nach unserer ersten Expedition in das unterirdische Lager gereizt gewesen. Wir hatten festgestellt, dass keines der von den beiden Kameras übertragenen Bildern bei Captain Johns und den Empfangsgeräten angekommen war. Das rote Feld im Eingangsbereich musste jeglichen Austausch von Strahlung unterbinden.

Entsprechend aufgeregt waren Johns und Shoemaker gewesen, als wir erst nach fast drei Stunden wieder heraufgekommen waren.

»Dieser Mistkerl hat das von Anfang an vorgehabt.« Karen sah in Richtung Grube, als sie sprach. »Seine Leute haben die Untersuchung des Lagers gestern wahrscheinlich schon für die Planung und Vorbereitung des abendlichen Überfalls genutzt.«

»Das kann ich mir gut vorstellen. Da sie keine Informationen durch die Kameraübertragungen erhalten haben, mussten sie sich einen eigenen Eindruck verschaffen.

Ich frage mich nur, warum Shoemaker so einen irrsinnigen Zeitdruck verspürt. Warum gibt er uns nicht die Gelegenheit, alles in Ruhe und koordiniert durchzuführen?«

Wir blickten auf. Hinter uns schwebte unter großem Getöse ein Transporthubschrauber des US-Militärs ein. Es war ein *Cloud-Crane*, der einen riesigen Bulldozer unter dem Bauch hängen hatte, den er vorsichtig auf einer freigeräumten, als Hubschrauberlandeplatz vorgesehenen Fläche oberhalb des Schutzdaches des Lagereingangs absetzte.

»Nun, dass muss man ihm lassen, er verliert wirklich keine Zeit.« Karens Stimme klang verbittert. Ich legte meinen Arm um sie.

»Lass uns doch mal spekulieren«, begann ich langsam.

Ihr fragender Blick ließ mich etwas ausholen. »Shoemaker hat sich mit dem Angriff auf diesen Wachroboter selbst unter Druck gesetzt. Wer auch immer ihm für die Erfüllung seiner Aufgabe vorher einen Termin gesetzt hatte, mit diesem Angriff hat er auf einem Schlag alle Chancen für weitere, ungefährliche Erkundungen im Lager verspielt. Niemand kann es im Moment betreten, ohne angegriffen zu werden.«

Die Stahlseile, mit denen der Bulldozer am Hubschrauber befestigt war, wurden gelöst. Eine Seilwinde zog sie ein, und der Cloud-Crane drehte mit ohrenbetäubend knatternden Rotoren ab, das Wasser der großen Regenpfützen über die fluchenden Arbeiter am Boden verteilend.

»Wie meinst du das?« Ihr kritischer Blick mahnte mich, jetzt nicht zu sehr auszuholen.

Ich wartete mit meiner Antwort, bis der Rotorlärm etwas abgeklungen war. »Was wissen wir denn über dieses Lager«, stellte ich die Gegenfrage. »Was wissen wir über den Grund für das Verschwinden einer Stadt namens Coruum? Was wissen wir über die wahren Hintergründe?«

Sie schwieg und überlegte, dann antwortete sie: »Nun, wir wissen wenig über die Stadt und eigentlich nichts über das Lager und seine Hintergründe. Im Moment haben wir aber eine Menge Material aus dem Hieroglyphenraum, an dessen Auswertung Miguel und Sinistra arbeiten. Danach wissen wir mehr.«

»Fakt ist nur, dass es dieses Lager gibt, die Stele, den Hieroglyphenraum, Ruinen, die den Aussagen der Hieroglyphen nach einmal Coruum waren. Mehr *wissen* wir nicht.« Ich zählte die einzelnen Punkte an den Fingern ab. Karen kniff die Augen zusammen und setzte zu einer Antwort an.

»Warte bitte!« Ein Lächeln huschte über ihr Gesicht, als sie meine Ungeduld fortzufahren registrierte.

»Was aber weiß Shoemaker?« Ich machte eine kurze Pause, als ein weiterer Lastenhubschrauber einen weiteren, gelben Bulldozer absetzte.

»Er verrät uns nichts, saugt aber jedes Informationsteilchen, dass wir ihm liefern, begierig auf. Er kennt mit Sicherheit jedes Detail der Satellitenbilder und der Analysen der Bodenproben, sowie aller Ausgrabungs- und Klassifizierungsberichte von Sinistra und Miguel. Und - « ergänzte ich, »er kann auf alle Informationen des mächtigsten Geheimdienstes der Erde zurückgreifen, um Querverweise zu ähnlichen Funden herzustellen.

Ich bin sicher, er hat mehr Informationen, als er zugibt.«

Es begann zu regnen. Nicht in Tropfen, sondern aus Eimern. Wir liefen so schnell wir konnten hinüber zu den Bürocontainern und stellten uns im Ausrüstungscontainer unter. Das Wasser trommelte auf seine Stahlhaut und im Nu bildeten sich große Wasserlachen auf dem Platz vor uns.

Ich fuhr fort: »Shoemaker arbeitet auf ein Ziel hin. Und er handelt so, als habe er dabei nicht viel Zeit zu verlieren.«

»Aber was kann das sein, außer den Funden und ihrer Technologie auf den Grund zu gehen?« Karen wischte sich die nassen Haare aus der Stirn.

»Und wenn er sich hier nicht sicher fühlt?« antwortete ich. Sie sah mich unter zusammengezogenen Augenbrauen an. »Wieso denn nicht? Mit den ganzen Soldaten um ihn herum?«

»Er hat keine Angst vor uns oder sonst wem hier aus der Umgebung«, erklärte ich.

»Nein, Karen - er rechnet möglicherweise damit, dass unser Eindringen in das Lager und vor allem sein gewaltsames Vorgehen nicht lange unbemerkt bleiben könnte.«

Karen machte große Augen. Sie sah wunderschön aus. Ich riss mich zusammen.

»Er hat an diesem Ort alle Nachteile auf seiner Seite. Er kann den Zugang nicht zuverlässig kontrollieren, kennt die Technik nicht und ist auf lange Nachschubwege angewiesen. Ich halte jede Wette, dass er versuchen wird, hier schleunigst alles auszuräumen und an einen sicheren Ort zu bringen, an dem seine Leute ungestört diese Technologie auseinandernehmen können.«

Ich lehnte mich an die angenehm kühle Stahlwand des Containers.

»Shoemaker hat Angst vor den heutigen Nachfahren einer Kultur, die zu einer Zeit bereits mit Lichtgeschwindigkeit zwischen den Sternen umherreiste, als seine Vorfahren noch Angelsachsen hießen, in Metall- und Lederrüstungen auf Pferden ritten und mit Schwertern auf Franken einschlugen.«

Karen lachte bei dem Vergleich. »Aber falls er so denken sollte, kann ich ihn sogar verstehen,« sagte sie, »sofern es eine Möglichkeit gibt, diese Nachfahren zu benachrichtigen.«

»Meinst du, wir würden es bemerken, wenn eine solche Nachricht aus dem Lager abgesendet werden würde?«

Sie sah mich ernst an. »Ehrlich? – Nein.«

Ich nickte.

»Shoemaker handelt wie programmiert. Eigentlich darf es uns nicht wundern, Karen. Er ist Vertreter des amerikanischen Auslandsgeheimdienstes – und dazu ein sehr hoher. Er handelt in Übereinstimmung mit dem unausgesprochenen Anspruch der einzigen Supermacht dieses Planeten auf die Weltherrschaft. So albern das klingen mag, im Zeitalter des vereinigten Europa und einer asiatischen Halb-Supermacht China. Aber er ist nun einmal ein Vertreter von in nationalen Details verliebten Eigenbrötlern. Glaub mir, ich weiß, wovon ich spreche.«

Karen grinste, als ich an den schwerfälligen Beitrittsprozess des vereinigten Königreiches in die EU erinnerte.

»Die USA können einer solchen Entdeckung wie der dieser technologischen Artefakte nicht gleichgültig gegenüberstehen.

Wenn sie sie nicht in die Finger bekommen, werden sie dafür sorgen, dass niemand sie in die Finger bekommt.«

»Wie Shoemaker vorhin treffend sagte: Es geht ihm nicht um die Lehmhütten.« Karen nickte vor sich hin.

Das war genau der Punkt. Shoemakers Worte unterstrichen die ewige Paranoia seines Landes, etwas Überlegenes könne existieren, das den eigenen Anspruch auf eine Vormachtstellung in der Welt in Frage stellen könnte.

»Allerdings halte ich eins für sicher.« Ich sah sie neugierig an. Karen lächelte verschmitzt.

»Falls sich die Fremden – und ich danke da an diesen schwarz gepanzerten Typen aus der Aufzeichnung im Hieroglyphenraum – entscheiden sollten zurückzukehren, wird über die Frage des Stärkeren nicht lange abgestimmt werden.«

Das Donnern der Hubschrauber verstärkte sich, als zwei weitere über uns hinwegflogen und den vorherigen am Landeplatz ablösten. Der Regen hatte noch weiter zugenommen und die Sicht war schlecht gegen die niedrig hängenden, grauen Wolken. Trotzdem meinte ich unter einem der Cloud-Cranes diesmal keinen Bulldozer hängen zu sehen.

»Und so wie es aussieht,« sagte ich nachdenklich, »werden wir sicherlich morgen auch wissen, ob er in seinem Zeitplan vorankommt.«

»Wie meinst du das?« kam Karens Stimme aus dem hinteren Teil des Containers, in dem sie irgendetwas suchte.

»Ich denke,« entgegnete ich, die neu angekommene Fracht nicht aus den Augen lassend, »er probiert es jetzt auf die harte Tour. Ich wette eine Flasche 21 Jahre alten MacAllons, dass das eben ein Abrams-Panzer war, der unter dem Hubschrauber hing und gerade dort abgeladen wird.«

CORUUM

Miguel

Miguel nahm den Schlüssel für das Büro wieder aus dem Handschuhfach seines alten VW-Golfs. Er schüttelte über seine Vergesslichkeit innerlich den Kopf. Nur ihm konnte es passieren, zu einem Treffen mit Sinistra mit einer Tasche voller Computermagazine zu fahren, anstatt mit seinen Zusammenfassungen über die Analysen der Bodenproben und der letzten Version des Berichtes. Er hatte fast die gesamte Nacht und den heutigen Tag daran gearbeitet und war sich jetzt völlig sicher, die Hintergründe des Untergangs von Coruum richtig zusammengesetzt und verstanden zu haben.

Er war so in Vorfreude auf ihr überraschtes Gesicht gewesen, dass er den falschen Stapel Papier vom Schreibtisch genommen und eingepackt hatte. Glücklicherweise hatte er es noch früh genug bemerkt, weil ihm das typische Klappern der Speicherkarten in ihren Hüllen beim Fahren auf der holperigen Straße gefehlt hatte.

Er ließ den VW unabgeschlossen auf dem regenwasserüberfluteten Parkplatz neben dem ehemals vornehmen Kolonialbau stehen und sprang, jeweils zwei Stufen auf einmal nehmend, durch die immer noch herabfallenden dicken Tropfen die Treppe zum Hintereingang hinauf.

Wenige Sekunden später blieb er etwas außer Atem im zweiten Stock vor der Bürotür stehen. Sie war nur angelehnt. Hatte er sie doch nicht abgeschlossen? Er wunderte sich nur kurz darüber, er war ohnehin schon zu spät, stieß die Tür auf und stand mit wenigen Schritten neben seinem Schreibtisch.

Er hielt verwirrt inne. Spielte ihm sein Gedächtnis heute einen Streich? An der Stelle, an der er den Stapel Papier und die Speicherkarten in ihren Kunststoffhüllen vermutet hatte, lag nichts, gar nichts. Aber er war davon überzeugt, dass dort vor weniger als einer Viertelstunde fein säuberlich die gesamten Berichte mit den Referenzen und Verweisen zu den entsprechenden Quellen neben den Datenspeichern bereit gelegen hatten.

Ein Geräusch im Nebenraum ließ ihn zur Tür herumfahren.

CORUUM

»*Du?*« Mehr brachte Miguel nicht mehr heraus, bevor ihn der kunstvoll verzierte, gusseiserne Fuß der Schreibtischlampe mit voller Wucht am Kopf traf.

Donavon

»Sind Sie jetzt vollkommen übergeschnappt, Johns?« Professor Warren konnte sich angesichts der geballten Feuerkraft, die am oberen Ende der Rampe zum unterirdischen Depot Aufstellung genommen hatte, nicht mehr zurückhalten.

Vier nagelneue Abrams-M3-R-Panzer standen feuerbereit nebeneinander, ihre Präzisionskanonen auf den geöffneten Eingang des Depots gerichtet.

Die Bulldozer hatten in der Nacht unter Raymonds Leitung den gröbsten Kalkschutt von der Rampe entfernt, ohne dass sich der Wachroboter gezeigt hatte. Versuche, mit ferngesteuerten Kameras in das Depot einzudringen, waren kläglich gescheitert. Unmittelbar nach dem Passieren des roten Schutzfeldes am Eingang waren sämtliche Steuer- und Übertragungsfunktionen ausgefallen. Die Marines hatten ihre teuren Geräte an vorsichtshalber befestigten Stahl-Seilen wieder herausziehen müssen.

Shoemaker hatte sich den Tag über noch nicht gezeigt. Ich war mir nicht einmal sicher, ob er im Moment überhaupt noch im Lager war.

»Sie kommen mir immer mehr vor wie ein kleines Kind, das aus völligem Unverständnis über die Sache mit einem Hammer auf einen hochentwickelten Computer einhaut.« Der Professor ereiferte sich immer mehr. Johns stand mit Raymond ein paar Meter entfernt, ohne ihn zur Kenntnis zu nehmen. Drei seiner Marines hielten den Professor durch ihre bloße Anwesenheit auf Distanz.

Es hatte uns niemand gehindert, heute morgen wieder auf das Gelände der Ausgrabungsstätte zu kommen. Der Professor hatte seinen Bürocontainer die Nacht über nicht verlassen und sah entsprechend abgespannt aus.

Wir alle waren neugierig zu erfahren, wie weit Shoemaker bereit war zu gehen, um seinem Zeitplan gerecht zu werden.

Karen hatte sich an eine Seite der Rampe hinter die Absperrung der Marines begeben und sah zum Eingang hinunter.

Ihre Sonnenbrille hatte sie in die Haare geschoben. Ich ging langsam zu ihr. Der Professor setzte unterdessen seine Schimpftiraden gegen den Captain fort.

Es war kurz nach neun, die Sonne schien gedämpft durch tiefe Nebelbänke und erzeugte ein diffuses Licht. Die Feuchtigkeit der vergangenen Regenfälle machte die Luft fast zu dick zum Atmen.

Die Kontraste im Kalkgestein unter dem weit ausladenden Dach der Anlage waren schwach, aber sicherlich noch bei weitem ausreichend für die digitalen Restlichtverstärker der Zieleinrichtungen auf den Panzern.

»Komm mit, Karen.« Ich hatte sie erreicht und zog sie langsam von der Rampe weg. »Lass uns nach oben, hinter die Panzer gehen.« Sie drehte sich mit ausdruckslosem Blick um, und wir verließen die Grube und begaben uns außer Hörweite des andauernden Streitgespräches.

Von der südwestlichen Ecke konnten wir die gesamte Szenerie gut beobachten und hatten gleichzeitig genügend Sicherheitsabstand, sollte etwas Ungeplantes eintreten.

Fergus war genauso entsetzt gewesen wie jetzt der Professor, als ich ihm von den Geschehnissen des gestrigen Tages und vom Eintreffen der Artillerie berichtet hatte. Er stand nahe davor, persönlich herzukommen, um diesen aufgeblasenen Amerikanern – wie er es nannte – die Situation aus seiner Sicht zu erklären.

Ich konnte ihn davon mit dem Argument abhalten, dass er uns aus Schottland viel eher würde helfen können, als wenn er ebenfalls nur Gast ohne Mittel in einem fremden Land wäre.

Ich machte mir keine Gedanken darüber, ob Captain Johns und seine Männer über die Mittel verfügten, dem Lager oder den Artefakten ernsthaften Schaden zuzufügen. Unsere bisherigen Erfahrungen mit der Zuverlässigkeit der Funde, waren es nun die Stele, der Schlüssel, der Hieroglyphenraum oder das Lager selbst, hatten mich davon überzeugt, dass allein mit Gewalt sicher nichts auszurichten war.

Offenbar sollte es losgehen. Captain Johns und die verbliebenen Marines außerhalb der Panzer kamen zu uns hoch, allerdings gingen sie an die westliche Kante der Grube und konnten so in gerader Linie über die Panzer hinweg die Rampe in ihrer gesamten Länge überblicken. Sie hatten kurze Ferngläser unter ihren Helmen befestigt und blickten konzentriert zum weit geöffneten Tor des unterirdischen Lagers.

Die Abrams setzten sich in Bewegung und rollten unter dichten Dieselwolken aus ihren Zwölfzylindern auf schweren Ketten langsam die durch den Regen aufgeweichte Rampe hinunter, wobei sie die verbliebenen Kalkfelsen unter sich zu Staub zermahlten. Sie erreichten das Ende der Rampe ohne Zwischenfälle und rollten ohne langsamer zu werden in zwei Doppelreihen durch das rote Feld des Eingangs in den inneren Bereich des Lagers.

Es herrschte angespannte Ruhe. Nach Passieren des roten Eingangsfeldes war das laute Motorengeräusch schlagartig verstummt. Wir warteten eine Minute, fünf Minuten. Nach zehn Minuten bemerkte ich erste Anzeichen von Unruhe bei Captain Johns und Raymond. Wenig später kam einer der Panzer langsam rückwärts aus dem Tor herausgefahren.

Er dampfte wie ein Stück Metall vom Amboss eines Schmiedes, das zum Abkühlen in den mit Wasser gefüllten Bottich gehalten wird.

Die Oberfläche des Abrams war blauschwarz verglüht, ein Wunder, dass er überhaupt noch fuhr. Sein Turm mit der Kanone war verschwunden, Reste davon hingen an der linken Seite des Panzers hinunter. Die sonderbar kurze Kanone zog eine dampfende Furche in die nasse Geröll-Oberfläche der Rampe.

Auf der halben Strecke zu ihrem oberen Ende fuhr der Abrams schräg gegen die Wand und schabte mit lautem, metallischen Kreischen an ihr entlang, bis er kurz vor Erreichen des oberen Endes der Rampe mit weissglühendem Kettenrad stehen blieb.

Das Schweigen um uns herum hielt an. Ich sah zu Captain Johns hinüber. Sein aschfahles Gesicht war auch unter seinem Helm und dem Fernglas auf die Entfernung hin zu erkennen. Raymond sah hilflos zu uns herüber und zuckte mit den Schultern.

Professor Warren stand ebenfalls schweigend ein Stück abseits von ihnen.

»Mein Gott, Donavon, die sind alle tot.« Karens Flüstern brachte mich in die Realität zurück.

Der Panzermotor dröhnte unrund im Leerlauf. Aus der achteckigen Öffnung, auf der ursprünglich der Turm befestigt war, quoll dunkler Rauch. Die Vorderseite des Abrams war durch unvorstellbare Temperaturen verformt und seltsam nach oben gezogen.

Abgehackte, verzweifelte Schmerzensschreie ließen die erstarrten Marines am Grubenrand wieder zu Leben erwachen. Der Fahrer des zerstörten Panzers lebte noch – womit niemand gerechnet hatte.

Mit letzter Kraft versuchte er aus seinem Wrack zu entkommen, wobei er sich jedoch nur die Hände verbrannte, als er das immer noch sengend heiße Metall der Panzeroberfläche berührte. Mehrere Kameraden eilten ihm zur Hilfe und zogen ihn heraus. Ich konnte seine schweren Verbrennungen von hier oben erkennen. Karen wendete sich erschüttert ab.

Worauf auch immer die Panzer da unten gestoßen waren – es hatte ihnen keine Chance gelassen.

Ich hörte einen Aufschrei.

»Professor, kommen Sie zurück!« Ich drehte mich um. Warren hatte die Aufregung der letzten Minuten genutzt und war unbemerkt an den Marines und dem Panzertorso vorbeigegangen. Jetzt lief er zielstrebig und in bemerkenswertem Tempo die Rampe hinab auf den Eingang des Lagers zu.

Captain Johns und zwei seiner Begleiter folgten ihm. Etwas stimmte nicht.

CORUUM

»Don!« Karen hielt sich mit einer Hand an meinem Arm fest. »Das Schutzfeld – es ist weg!«

C O R U U M

Sinistra

Sinistra war verstimmt. Miguel war gestern Abend zu ihrer Verabredung nicht erschienen und hatte auch nicht angerufen. Sie hatte allein zwei Stunden im Café auf ihn gewartet und endlose Anmachversuche lackierter Machismos ertragen müssen, bevor sie es aufgegeben hatte und in ihre Wohnung geflohen war.

Sie bog mit ihrem Käfer-Cabrio von der Hauptstraße in die Seitenstraße ab, in der sich die Büros des archäologischen Instituts befanden. Die Sonne kam nur schwach durch die dichten Nebelwolken über Flores.

Heute morgen, als ihr beim Öffnen der Fahrzeugtür das Wasser der nächtlichen Regenfälle aus dem Fußraum entgegengelaufen war, hatte sie sich zum wiederholten Male vorgenommen, das Faltverdeck endlich zu reparieren.

Das war ja sonderbar. Als sie auf den Institutsparkplatz fuhr, stand Miguels Golf schon dort. Warum hatte er sich dann nicht gemeldet?

Na warte, dachte sie bei sich und stieg entschlossen die Stufen zum Hintereingang hinauf, eine entsprechende Begrüßung für ihn im Kopf vorformulierend.

Die Bürotür war abgeschlossen. *Das wird ja immer verrückter!* Sie fischte den Schlüssel aus ihrem Rucksack und öffnete mit einem entschiedenen Ruck die Tür.

»*Nein!*«

Vor ihr lag Miguel seltsam verrenkt auf dem Boden. Seine Augen waren geöffnet und blickten matt an die Decke. Sein Kopf und sein Oberkörper lagen in einer großen, dunklen Lache teilweise getrockneten Blutes.

Tränen schossen Sinistra in die Augen. Sie ließ ihren Rucksack fallen und ging neben Miguels Kopf in die Knie. Fliegen schwirrten umher. Fast zärtlich nahm sie mit beiden Händen seinen blutverklebten Hinterkopf und legte ihn auf ihren Schoß. Dann fuhr sie mit ihren Fingern liebevoll über seine

C O R U U M

Wangen und Augen. Mit festem Druck schloss sie seine Lider – für immer.

Donavon

Ich wusste nicht mehr so recht, wo mir der Kopf stand.

Karen hatte kurz nach der vollkommen überraschenden Deaktivierung des Schutzfeldes einen alarmierenden Anruf von Sinistra aus dem Büro erhalten.

Sie hatte Miguel gefunden. *Ermordet!*

Karen war sofort zu Sinistra gefahren. Meine erste Reaktion war es gewesen, sie zu begleiten, doch hatte Karen mich davon abgebracht mit dem Hinweis, dass einer von uns hier bleiben müsse, um den Captain im Auge zu behalten. Sie käme schon allein zurecht.

Trotzdem kreisten meine Gedanken nur um den Tod des Studenten. Was war der Sinn dahinter? Ich hoffte, es würde sich eine rationale Erklärung dafür finden lassen.

»Doktor, kommen Sie!« Raymond war aus dem unterirdischen Komplex getreten und rief und winkte mir, zu ihm hinunter zu kommen.

Alles um mich herum war in Bewegung. Ein Bulldozer hatte den ausgebrannten Panzer von der Rampe gezogen, nachdem der lebensgefährlich verletzte Fahrer mit einem Hubschrauber ins Krankenhaus gebracht worden war.

Captain Johns hatte den wie von Sinnen rennenden Professor nicht mehr vor Erreichen des Einganges zum Lager einholen können und war ihm langsam ins Innere des Komplexes gefolgt.

Wenig später hatte er von unten *per Funk* Sanitäter angefordert. Das war für mich der endgültige Beweis, dass etwas Gravierendes passiert sein musste. Funkwellen wären bei intaktem Schutzfeld niemals in die Anlage hinein oder aus ihr heraus gelangt.

Ich setzte mich in Bewegung. Auf Höhe der Stele blieb ich verdutzt stehen.

CORUM

Was war das? Ich war nachdenklich und mit gesenktem Kopf die Rampe heruntergeschlendert und langsam über den Vorplatz hin zur zweiten, überdachten Rampe gegangen.

Die stärker werdende Sonne hatte das Wasser aus den großen Pfützen der nächtlichen Niederschläge fast verdunsten lassen. Eine Vielzahl von Fußabdrücken, Fahrzeugspuren von Bulldozern und Panzern waren zu harten Sand- und Kalksteinkrusten getrocknet, die das Vorankommen zu einer konzentrierten Angelegenheit machten – wollte man sich nicht den Fuß verdrehen.

Ich blieb stehen. Unter all den Fahrzeug- und Fußspuren war mir ein einzelner Abdruck aufgefallen, weil er so gar nicht zu den anderen passen wollte.

Ich ging ein paar Schritte zurück. Unter einer breiten Bulldozerspur waren Reste eines scharfen und tiefen Stiefelabdrucks zu sehen. Ich kniete mich hin und betrachtete die Form. Sie ähnelte dem Abdruck eines Skischuhs, wie ich ihn unzählige Male im Schnee von Grampian gesehen hatte. Nur war das Modell, das diesen hier verursacht hatte, wenigstens zehn Nummern größer als alle, die ich bisher gekannt hatte.

Außerdem war der Abdruck in mehrere Segmente unterteilt, die ihrerseits mit Vertiefungen, die im Abdruck als Erhöhungen erschienen, versehen waren.

»*Passen Sie auf, Doktor!*« Die angestrengte Konzentration auf den Abdruck hatte mich einen Moment lang meine Umgebung vergessen lassen. In letzter Sekunde sprang ich zur Seite, gerade rechtzeitig, um einem Bulldozer auszuweichen, dessen Fahrer mich offensichtlich in meiner geduckten Haltung nicht gesehen hatte.

Als ich mich wieder aufgerappelt hatte und den Staub abklopfte, erkannte ich mit Bestürzung, dass das schwere Baufahrzeug die Reste des sonderbaren Stiefelabdrucks durch seine eigene Spur ersetzt hatte.

Raymond kam angerannt und sah mich besorgt an. »Alles in Ordnung, Doktor? Ich habe Sie schon unter dem Reifen gesehen!«

»Mir geht's gut, ja, danke, Raymond. Ich hatte nicht aufgepasst.«

»Na, dann kommen Sie, da unten gibt's einige Neuigkeiten.«

Ärgerlich warf ich einen letzten Blick auf die Stelle, wo vor einer Minute noch eine wichtige Spur gewesen war, und auf den Fahrer des Bulldozers, der ihn sicherlich auf sich bezog.

Dann gingen wir zusammen die Rampe hinunter. Es war kühl im Schatten des Daches, noch mehr, da jetzt die kalte, trockene Luft des unterirdischen Lagers durch den ungeschützten Eingang hinausströmte.

»Kommen Sie, Doktor MacAllon, das müssen Sie sehen!« Er machte eine einladende Geste in Richtung des unterirdischen Komplexes. »Die Marines haben es noch geschafft, die Steuerzentrale zu finden und das Feld zu deaktivieren, bevor sie starben.«

Mich irritierte seine Begeisterung in der Stimme über den Tod von wenigstens fünfzehn Mann Besatzung in den Panzern.

Die Marines sollten das bewerkstelligt haben?!

Ich folgte ihm langsam durch den Zugang in die Lagerhalle und blickte mich zweifelnd um.

Die schweren Transporter standen wie beim letzten Mal unberührt in der Mitte. Die indirekte Beleuchtung der Halle funktionierte noch.

Zu meiner Rechten standen zwei der Abrams hintereinander, ihre Kanonen auf einen imaginären Feind in der Mitte der Halle gerichtet. Vor mir befanden sich die Reste des dritten Panzers. Wie der zerstörte Panzer auf der Rampe, strahlte auch er noch immer eine ungeheure Hitze aus.

Raymond war, ohne die Trümmer zu beachten, an ihnen vorbei gegangen, in die Richtung, die wir bei unserer ersten Erkundung der Halle eingeschlagen hatten.

Ich achtete beim Näherkommen auf die schmale Furche im Hallenboden, die vorher das innere Schutzfeld markiert hatte. Sie war erloschen.

Ich ging neben ihr in die Hocke und strich vorsichtig mit der Hand über die Furche hinweg. Auch dieses Feld war deaktiviert worden.

Als ich aufsah, verschwand Raymond gerade durch eine Öffnung in der Hallenwand. Professor Warren hatte Recht gehabt. Wir hatten einen Raum übersehen. In der linken Wand der Halle, auf Höhe des ersten Transporters war eine Öffnung, vergleichbar groß wie der Eingang zum Hieroglyphenraum, zu erkennen.

Hinter einer gut fünf Meter dicken Wand lag ein ungefähr fünf mal fünf Meter großer Raum, dessen Wände schmucklos und gleichmäßig waren. Der gesamte Raum war exakt in dem bronzenen Farbton beleuchtet, in dem auch die Halle erstrahlte. In seiner Mitte, zu der rechts von Eingang liegenden Wand ausgerichtet, befand sich einem Lesepult nicht unähnlich, eine eigenartige Bedieneinheit, die auf Hüfthöhe als einzige Unregelmäßigkeit zwei negative Handabdrucke enthielt.

Davor lag ein weiteres Maya-Skelett. Ich ging vor ihm fasziniert in die Knie. Es war wenigstens genauso gut erhalten wie das Erste, das wir am defekten Transporter in der Halle gefunden hatten. Ein weiterer sehr hoher Würdenträger. Ich bestaunte den kostbaren Kopfschmuck, seine mehrteiligen Ohrringe und die Ketten aus Gold, poliertem Obsidian und Jade. Seine Bekleidung deckte den Körper fast vollständig zu. Karen würde begeistert sein.

Ich erhob mich wieder. Raymond und ich waren die Einzigen im Raum.

Ich musste etwas loswerden. »Weißt du, dass Miguel tot ist?« Er wirbelte herum. »*Was?*«

»Sinistra rief vor einer Viertelstunde Karen an. Sie hatte ihn gefunden. - Erschlagen.«

Raymond fiel die Kinnlade herunter. »Ich fahre zu ihr.« Er wollte an mir vorbei den Raum verlassen.

»Karen ist bereits auf dem Weg zu ihr.« Er nickte und blieb ruckartig stehen. »Wo sind sie?«

Ein merkwürdiges Gefühl beschlich mich. *Wo hatte er eben hinfahren wollen?*

»Im Büro in Flores«, antwortete ich.

Er nickte wieder, bedächtiger diesmal. »Mein Gott, Miguel – warum nur? Danke, Doktor, ich fahre zu ihnen.«

Ich drehte mich nachdenklich wieder zu der Bedienungseinheit um. Was hatte mir an der Reaktion von Raymond auf die Nachricht von Miguels Tod nicht gefallen? Ich wusste es nicht. Es war nur ein eigenartiges Gefühl.

Einer von Johns Sergeanten kam in den Raum und unterbrach meine Gedanken.

»Wie haben Sie diese Tür nur gefunden und geöffnet, Sergeant?« fragte ich ihn.

Er schüttelte lächelnd den Kopf. »Sie war bereits geöffnet, Sir. Alle Felder waren abgeschaltet – und zwar schon zu dem Zeitpunkt, als der letzte Panzer sich die Rampe raufgeschleppt hatte. Ebenso der Wachroboter.«

»Und wie erklären Sie sich das, Sergeant?«

»Meine Männer haben das gemacht, bevor sie von dem Wachroboter überwältigt wurden.«

Captain Johns war hinter uns in den Raum getreten, das alte, herablassende Grinsen war wieder intakt.

»Sie konnten sich lange genug halten, um diese Tür zu öffnen und die Schutzfelder zu deaktivieren, Doktor MacAllon«, bestätigte er.

»Und wie haben sie diese Tür geöffnet, wenn sie doch gar nicht wussten, das es sie überhaupt gibt?« Meine Frage schien ihn ein wenig zu stören. Sein Grinsen verschwand vorübergehend.

»Ihre Befehle lauteten, systematisch die Wände auf Hüfthöhe zu beschießen. Sie haben die Tür wahrscheinlich direkt getroffen.« Die Antwort des Sergeanten klang in den Ohren des Captains plausibel und brachte sein Grinsen zurück.

Mich überzeugte sie überhaupt nicht. »Und wer hat dann die Panzer beschossen, wenn sie doch die Kontrollen der Felder und des Wachroboters so früh abgeschaltet haben?«

»Der Wachroboter natürlich, Doktor MacAllon, aus dem Schutz des inneren Feldes heraus, bevor es abgeschaltet wurde.«

Ich dachte einen Moment lang nach. *Und wie konnten die Männer dann das Feld noch abschalten, wenn sie bereits getroffen waren?*

Ich beschloß, auf die weitere Diskussion vorerst zu verzichten.

»Ich sehe mich nach dem Professor um, Captain, Glückwunsch – ich hatte nicht geglaubt, dass Sie es schaffen.« Sein Grinsen wurde breiter.

Ich beschloss meine Zweifel noch ein wenig für mich zu behalten.

»Bitte fassen Sie dieses Gerät und die Leiche nicht an.« Das Grinsen erlosch.

Ich verließ den Raum und sah mir unauffällig die Wand rechts und links neben der Tür an. Absolut ebenmäßig, nicht die geringste Spur eines Treffers durch eine Granate. Ich glaubte ihm kein Wort.

Ich sah auf den Boden. Da lagen kleine Gegenstände, ein paar Meter vor der Tür, in einer Linie mit dem Tor. Ich hob sie vorsichtig auf. Es waren kleine farblose Metallstückchen. Dünn wie eine Folie, mit gezacktem Rand, als wären sie aus etwas herausgerissen worden. Ich steckte sie in die Tasche, wobei sie mir leicht in die Finger schnitten und ging zurück zur Tür.

Die Panzer hätten dieses Material jahrelang beschiessen können, ohne auch nur einen Kratzer an den Wänden zu hinterlassen. Nein – diese Tür hatte sich nur geöffnet, weil irgendjemand den passenden Schlüssel dazu gehabt hatte. Selbst wenn sie durch einen glücklichen Zufall diese Tür getroffen und geöffnet hätten, wie hätten die Marines unter dem Feuer des Wachroboters aus ihrem Panzer in diesen Raum und zurückkommen sollen? Sie hätten die fremdartige Bedienungseinheit aktivieren, die entsprechenden Kommandos eingeben müssen und das alles in den zehn Minuten, die zwischen dem Einfahren der Panzer in das Depot und dem Rückzug des einzigen Überlebenden vergangen waren.

Sehr, sehr unwahrscheinlich. Sollte Captain Johns glauben, was er wollte, für mich waren diese Fragen noch lange nicht beantwortet.

Ein Bulldozer war in die Halle gekommen. Ein Arebiter sprang herunter und befestigte Stahlseile an dem hintersten der drei Panzer. Ich sah sie mir die Wracks etwas genauer an. Sie hatten wohl auf die Wand geschossen, aber nicht sehr lange. Ihre Rohre wiesen in etwa auf die Tür hinter mir.

Von meinem jetzigen Standpunkt aus waren die Treffer wenigstens an einem der Panzer klar zu erkennen. Den mittig vor dem Tor Stehenden hatte es deutlich am schlimmsten erwischt. Er sah aus, als wäre er in einem Hochofen für kurze Zeit auf mehrere Tausend Grad erhitzt worden. Alle Teile waren verformt und wellig, die dünneren Teflonschilde des Kettenschutzes und einiger Abdeckungen waren verschwunden wie auch alle nichtmetallenen Teile seiner linken und vorderen Fläche. Dort musste der Treffer ihn erwischt haben. Durch den langsamen Abkühlungsprozess hatte sich das Chassis erheblich verzogen und sich blauschwarz verfärbt.

Die beiden anderen Abrams hatten keine sichtbaren Beschädigungen. Trotzdem machte ich mir keine Illusionen über das Schicksal ihrer Besatzungen.

Der Bulldozer setzte sich in Bewegung und schleifte den Panzer mit blockierten Ketten und unter ohrenbetäubenden Lärm hinter sich her aus dem Lager.

Ich ging weiter nach hinten, um den Professor zu suchen. Es gab tatsächlich einen weiteren Raum am hinteren Ende der Lagerhalle. Das Tor dazu musste sich über die gesamte Breite der Halle erstreckt haben. Der Raum wirkte jetzt, da das Tor verschwunden war, wie eine natürliche Verlängerung der Lagerhalle. In ihm standen drei raumhohe, mattschwarze Kugeln auf jeweils einem stumpfen, zylinderförmigen Sockel.

Vor jeder der Kugeln befand sich ein kleines Pult, ähnlich dem im Kontrollraum.

Professor Warren stand reglos vor dem Pult der linken Kugel und hob seinen Blick bei meinem Näherkommen.

Wie war er hier hereingekommen?

»Doktor! Ist das nicht wunderbar?« Er strahlte über das ganze Gesicht als er mich erblickte. »Sehen Sie sich das an. Drei Kraftwerke inklusive Brennstoff für mehr als eintausendfünfhundert Jahre. Und jedes nicht größer als einer unserer Bürocontainer!«

»Wie sind Sie hier reingekommen?« fragte ich, ohne mich äusserlich von seiner Begeisterung anstecken zu lassen. Warren warf mir einen missbilligenden Blick zu. »Ist das noch wichtig, Doktor? Wir haben gefunden, was wir gesucht haben, nur das zählt.«

»Für mich zählt, wie Sie diesen Raum gefunden und geöffnet haben. Ich glaube nämlich nicht an die Märchen, die mir jeder hier erzählen will, von sich selbst öffnenden Türen und abschaltenden Schutzfeldern.«

Er musterte mich schweigend. Die Intensität meiner Worte schien angekommen zu sein. Ein zurückhaltenes Schmunzeln auf seinem Gesicht, reichte er mir langsam die ausgestreckte, rechte Hand.

Ich verstand die Geste zuerst nicht, bis ich den kleinen Gegenstand entdeckte, den er in ihr vor mir verborgen gehalten hatte.

»Hier, sehen Sie sich das an, Doktor, ich würde sagen, danach sind wir quitt!«

Erstaunt nahm ich den Gegenstand aus seiner Hand. Ein verschmitztes Grinsen lag in seinen Augen. Ich hatte richtig getippt.

»Wo haben Sie ihn gefunden? Vor dem Kommunikationsraum?«

Er schüttelte den Kopf. »Nein, Doktor, bei der mumifizierten Leiche *im* Kommunikationsraum. Die Tür war schon offen.«

Das gefiel mir nicht. Ich hatte gehofft, er hätte ihn vor der verschlossenen Tür gefunden. Es beantwortete zu wenige meiner Fragen.

Der Schlüssel war genauso groß wie der, den ich im Schlamm bei meinem ersten Tauchgang gefunden hatte, nur fehlten ihm die Skalen. Er war silberfarben, nicht goldfarben wie der erste Schlüssel.

»Keine Einstellmöglichkeiten, Professor. Das sieht mir nach einem einfachen Schlüssel aus.«

Er nickte. »Für den Kraftwerksraum. Den Lagerzugang und den Hieroglyphenraum bekommen wir damit wohl nicht auf.«

Das mochte stimmen. Ich drehte den kleinen silberfarbenen Fund in meinen Fingern. Ohne Einstellmöglichkeiten würde dieser Schlüssel nicht in den bisherigen Schlössern funktionieren. Ich gab ihn Warren zurück.

»Und wie haben Sie diesen Raum gefunden?«

Zur Beantwortung nahm er den Schlüssel demonstrativ in die linke Hand, betätigte die Kontakte und wies mit dem ausgestreckten Arm in Richtung der Wand, ausserhalb des neuen Raumes. Ein kleines Feld blinkte auf Augenhöhe auf.

Ich verstand.

»Was haben Sie vor, Professor, wollen Sie diese Kugeln rausrollen oder gleich hier auseinandernehmen?« Ich lächelte ihn an.

Er erwiderte mein Lächeln knapp, wurde dann aber ernst. »Ich darf es Ihnen eigentlich nicht sagen, Doktor, aber hören Sie zu.« Er warf einen hastigen Blick in die Halle.

»Captain Johns wird diese Fahrzeuge und alles andere, was aus dieser Halle entfernt werden kann, inklusive dieser Kraftwerke abtransportieren. Wenn möglich im Stück, wenn nicht, wird er sie zerlegen, wie auch immer.

Shoemaker will diesen Ort schleunigst verlassen. Er will auch die Stele mitnehmen, obwohl ich das nicht für einen klugen Einfall halte. Sie ist mir nicht ganz geheuer, wenn Sie mir diesen unwissenschaftlichen Ausdruck erlauben wollen.«

Ich war nicht sonderlich überrascht, meine Vermutungen bezüglich einer hastigen Abreise bestätigt zu hören. »Wohin will er das Zeug transportieren?« Ich wies auf das Shuttle, das zwanzig Meter vor uns stand. »Er wird vieles zerlegen müssen. Das dauert.«

Warren sah mich eindringlich an. »Spezialisten und Ausrüstung sind unterwegs, Doktor. Alles wird zur Nellis Air Force Base nach Nevada gebracht werden. Dort finden die eigentlichen Untersuchungen statt.«

»Das sagt mir nichts, Professor, ich hatte erwartet, dass Universitäten beteiligt werden.«

Er zog die Augenbrauen hoch.

»Doktor, wenn diese Artefakte erst einmal auf der Basis eingetroffen sind, wird niemand außer den Spezialisten der CIA und bestimmter anderer amerikanischer Dienste Zugang zu ihnen erhalten, bevor nicht das letzte Geheimnis aus ihnen herausgepresst worden ist. Die Technologie ist zuerst – wenn nicht ausschließlich – für die amerikanische Industrie und das Militär bestimmt.«

Die aufkommende Bestürzung in meinem Blick war ihm nicht entgangen.

»Ich denke, dass kann ich nicht zulassen, Professor. Diese Funde sind von einmaliger Bedeutung für die Welt. Es ist noch gar nicht absehbar, was für Schlüsseltechnologien in ihnen enthalten sind.«

Sein Lächeln war zurückgekehrt. Es war freundlich und er klang mitfühlend wie ein Vater, der seinem Sohn eine unausweichliche Konsequenz erklärt.

»Ich verstehe Ihren Einwand, Doktor, aber das liegt längst nicht mehr in Ihren oder meinen Händen.« Er kam dicht an mich heran.

»Nellis Air Force Bombing und Gunnery Range, Doktor, ist im Volksmund auch unter der Bezeichnung AREA 51 bekannt.

Alles, was dort erst einmal eingetroffen ist, hat nie wirklich existiert!«

CORUUM

9 Ashia

Galaktischer Spalt, Ruthparksystem
30397/1/5 SGC
1. - 2. Oktober 2014

Kapitän *Tulier Ul'Ambas* trat in mein Gemach und verbeugte sich förmlich.

Im Luftzug der geöffneten Tür flackerten die Kerzen. Die dunkelblaue Gildenuniform saß makellos an seiner kurzen, kompakten Gestalt, keine Falte an der falschen Stelle. Der kleine kastenförmige Hut mit dem Gildenabzeichen bebte ein wenig auf seinem Kopf. Zwei sicherlich wertvolle, im Kerzenlicht dunkelrot funkelnde Perlen hingen in einem kleinen Zopf, geflochten aus Barthaaren seiner linken Wange.

Er bemühte sich, Lumidor zu ignorieren, der es sich auf meinem Bett bequem gemacht hatte und genüsslich eine von meinen ankatarhschen Tapets rauchte, so ziemlich die einzige Erinnerung an meinen letzten Aufenthalt in Cap del Nora, der ich im Nachhinein noch etwas Positives abgewinnen konnte.

»Dawn, ich entschuldige mich für die Störung.« Er verharrte länger als notwendig in der Verbeugung, angestrengt meinen direkten - unverhüllten - Anblick vermeidend.

»Das ist nicht notwendig, Kapitän, wir waren gerade zum Ende gekommen.« Er errötete in seiner Verbeugung über meine Bemerkung. Lumidor grinste und räkelte sich ein wenig. Seine Muskeln umspielten das in die Haut der rechten Schulter implantierte Offiziersabzeichen des Extraktionscorps.

Ul'Ambas richtete sich langsam wieder auf, einen erzürnten Ausdruck im Gesicht.

»Die *Ashantie* wird in wenigen Stunden den Zielplaneten Ruthpark erreichen, Dawn. Außerdem habe ich vor ein paar Minuten eine Nachricht für Euch erhalten. Möchtet Ihr sie auf der Brücke entgegen nehmen?«

Er bemühte sich, Haltung zu bewahren. Sein Blick schien sich auf einen Punkt im Bereich meines Bauchnabels zu konzentrieren.

CORUM

Eine Nachricht - endlich etwas Interessantes.

»Von wem ist sie, Kapitän?«

Er bewegte seinen Blick ruckartig von meinem Bauchnabel über meine Brüste hinweg zu meinem Gesicht. Ich sah lächelnd in seine Augen. Einen Moment lang glaubte ich, Begehren wie eine kleine Wolke über sein Gesicht ziehen zu sehen. Dann hatte er sich wieder im Griff.

»Die Nachricht ist verschlüsselt, Dawn. Ihr müsst sie im Kommunikationsraum auf der Brücke entgegennehmen.« Eine gewisse Genugtuung darüber, dass ich mir jetzt wohl etwas anziehen müsste, war nicht zu überhören.

Eine Sekunde lang spielte ich mit dem Gedanken, es nicht zu tun und ihm einfach so zu folgen. Aber ich wollte den Bogen nicht überspannen.

Eine kodierte Nachricht bedeutete immerhin eine gewisse Priorität. Die Bartperlen des Kapitäns zuckten ein wenig. Er fühlte sich hier nicht wohl.

»Ich komme in einer Stunde, Kapitän, reicht das?« Ich ging langsam auf ihn zu und strich im Vorbeigehen Lumidor mit meinem Handrücken zärtlich über die nackte Hüfte.

Das war zu viel für den Kapitän. Er verbeugte sich hastig und stürzte aus dem Gemach.

Lumidor und ich lachten. Ich setzte mich zu ihm aufs Bett, nahm seine Hand mit der Tapet an die Lippen und tat einen tiefen Zug. Die Tage der unerwarteten Entspannung und willkommenen Hingabe waren wohl vorbei.

Zeit, dass ich mich wieder der vor mir liegenden Aufgabe zuwandte. Ich schubste Lumidor mit einer kräftigen und für ihn unerwarteten Bewegung auf den Boden.

Ärgerlich sprang er auf und wischte sich heiße Asche vom muskulösen Arm.

»Mach Dich fertig, mein erster Liebhaber, ich brauche Dich ab jetzt wieder als ersten Krieger – und sage dem Rodonn, dass es sich bereithalten soll. - Vorerst in den Quartieren.« Er nickte.

»Du kommst mit mir auf die Brücke – ohne Waffen. Wir sind angekommen und die Mission beginnt. Möglicherweise müssen wir den Kapitän und seine Mannschaft beurlauben und diesen Eimer übernehmen.

Wenn er sich bei der Lösung der Aufgabe nicht kooperativ zeigt, wird nicht lange diskutiert – klar?«

Lumidor stellte sich an eine mit kostbarem, schwarzem Mysalik verkleidete Wand und hielt eine Hand vor eine leicht farblich abweichende Stelle. Ein feiner Wassernebel hüllte ihn daraufhin spiralförmig ein. Der Duft von reinigenden Ölen verbreitete sich im Gemach.

»Warum sollte er nicht mitmachen,« fragte er. »Ul'Ambas braucht uns nur auf dem Planeten abzusetzen, ein paar Umkreisungen zu warten und uns wieder abzuholen.«

Ich trat zu ihm in den Wassernebel. »Das werden wir sehen, wenn wir mehr Informationen über den Planeten besitzen.« Ich strich über seinen heißen, nassen Körper. »Oder weißt Du mehr über diesen Planeten als ich?«

Lumidor biss die Zähne zusammen, als meine Hände intime Bereiche erkundete.

»Ich schätze, dieser Planet ist nicht sehr fortschrittlich.« Er drehte sich zu mir hin und streichelte meine Brüste. »Wir sind vor über zwei Stunden in das System eingedrungen, mit einer Signatur so hell wie die Sonnenkorona. Sie hätten uns längst entdecken müssen.«

Nun, das hatten sie nicht. Damit bleib uns ein wenig Zeit zum entspannen. Ich zog ihn auf den Steinfußboden.

Es dauerte nur knapp eine Stunde, bis wir die kleine Brücke der Ashantie betraten. Lumidors Optimismus über die Rückständigkeit des Planeten in Ehren, aber das war bereits beim letzten Mal schiefgegangen. Auf größere Schwierigkeiten waren wir nicht vorbereitet. Schwere Waffen hatten wir nicht bekommen – abgesehen von den zwei autarken Kampfdrohnen, die ich noch rechtzeitig im Gilden-Trading-Center in Cap del Nora organisieren konnte.

Ich wünschte mir innerlich, dass wir es hier mit einer schwachen Kultur zu tun haben würden, die ihren Planeten noch mit antiken Düsenflugzeugen umrundete. Dann wären in ein paar Tagen alle Spuren beseitigt, und ich könnte O'Shadiif beeindrucken, was ihn für meine weitere Verwendung vielleicht gnädig stimmen würde. Möglicherweise wäre dann die richtige Zeit, am Strand des Caps zu liegen und auszuspannen.

Falls nicht – nun, Kapitän Ul'Ambas und seine Ashantie waren ein unscheinbarer, kleiner Gildenfrachter, mäßig schnell und nur mit Verteidigungswaffen ausgerüstet – Hilfe bei der Befriedung eines rebellischen Planeten konnte ich nicht erwarten. Es würde dann eine zähe Angelegenheit werden.

Ich war froh, wenigstens mein Rodonn dabei zu haben. Ich hatte es nach der Andeutung des Cektronns gerade noch vor einem weiteren Einsatz ohne Rückflug retten können. Die Disziplinartruppen von Z-Zemothy waren bereits auf dem Weg, um Lumidor und die anderen entgültig aus dem aktiven Dienst zu ziehen. O'Shadiif war im ersten Eifer seines Zorns sehr nachtragend gewesen und hatte mein persönliches Versagen ohne Mitleid auf mein Rodonn übertragen.

Tulier Ul'Ambas erwartete uns vor seinem zentralen Kommandosessel stehend. Ein zweiter Konturensessel stand etwas versetzt daneben.

Die Plätze der Brückenoffiziere befanden sich davor, der des Landsuchers in der Nähe des kugelförmigen Navigationshologramms, welches über einer kreisrunden Mulde schwebte.

Als wir die Brücke betraten, waren nur drei Personen anwesend. Die Miene des Kapitäns verfinsterte sich schlagartig beim Betrachten unserer Exor-Panzeranzüge. Die beiden Offiziere zeigten leichte Überraschung, wandten sich jedoch schnell wieder ihren Aufgaben zu, als sie auf Lumidors Blick trafen.

»Das Tragen von Waffen ist an Bord der Gildenschiffe nicht erlaubt, Dawn. Ich denke, das ist Euch bekannt.« Ul'Ambas Augen feuerten kleine Blitze auf mich ab.

»Es wäre mir neu, Tulier, wenn allein der Anzug bei der Gilde als Waffe gilt.«

Obwohl er in dem Punkt vielleicht sogar recht hatte. Bei der Vorstellung, was passieren würde – träfe ein nur leicht beschleunigter Exor-Panzeranzug mit aktivierten Schilden auf diese süßen Gildenuniformen – musste ich lächeln.

»Und was die Vibroklingen angeht, Kapitän – das sind Zeremonienwaffen, die Ihr wohl nicht ernsthaft verbieten wollt.« Er beherrschte sich mühsam, schluckte seinen Groll jedoch hinunter.

»Wenn Ihr die Nachricht abrufen wollt, Dawn, geht bitte dort hinein.« Er wies mit einer Hand auf eine kleine Nische am Rand der Brücke, in der sich eine Konturenliege mit der Synchro-Steuerung für den Kommunikator befand.

Ich warf einen Blick auf das Navigationshologramm. Es zeigte die zentrale Darstellung von Ruthpark am Ende des Anflugkorridors und aktualisierte sich ständig. Ein Mond war angedeutet sowie eine Reihe kleiner und ein paar größere Farbkegel, die langsam in alle Richtungen rotierend aus einem feinen Nebel bunter Punkte um den Planeten herausragten.

Die Projektion der Flugbahn der Ashantie vermied es, mit diesen Kegeln in Berührung zu kommen.

»Auf was für Satelliten treffen wir, Kapitän? Gibt es irgendwelche Anzeichen dafür, dass man uns entdeckt hat?«

Er schüttelte den Kopf. »Nein, Dawn. Keinerlei nennenswerte Emissionen in unsere Richtung, die darauf hindeuten.« Er kam ein paar Schritte heran und blickte auf das Hologramm. »Die unkategorisierten Punkte sind im wesentlichen Müll des Planeten. Ein paar aktive Satelliten, das sind die Emissionskegel, Hunderte von inaktiven, drei winzige Raumstationen mit insgesamt weniger als einhundert Individuen Besatzung, zwei raketenbetriebene Schiffe im Orbit, kurze Reichweite, vier komplexere Satelliten, möglicherweise Radio oder optische Teleskope, damit könnten sie uns am ehesten entdecken.« Die entsprechenden Objekte blinkten auf, als er mir die Schilderung gab.

»Wir vermeiden es jedoch, in den Bereich der Satelliten zu kommen, wie Ihr sehen könnt.«

»Deutet auf eine niedrige Technologiestufe hin, etwa fünf bis sechs.« Ich sah Lumidor an, der befriedigt nickte.

»Bemerkenswert ist die Tatsache, Dawn, dass dieser Planet als unbewohnt in unseren Navigationssystemen gespeichert ist. Ich muss diesen Eintrag korrigieren.«

»Das ist in Tat bemerkendwert, Kapitän. Aber korrigieren werdet Ihr gar nichts!« Ich sah ihn an. »Sorgt dafür, dass es ruhig bleibt, solange ich die Nachricht abrufe.«

Lumidor war neben dem Navigationshologramm stehen geblieben und verteilte seine Aufmerksamkeit gleichmäßig auf alle anderen auf der Brücke Anwesenden.

Ich betrat die Nische, setzte mich und legte meine Hand in den blauen Lichtkegel der Steuerung. Der Durchgang zur Brücke wurde trüb und ich wusste, dass niemand von dort mich oder den Inhalt der Nachricht jetzt sehen oder hören konnte.

Ten O'Shadiif hatte sich in seiner ersten Aufgabenbeschreibung auf Kamirs Vinta sehr kurz gehalten. Er hatte mir die Nachricht gezeigt, die von einer möglicherweise unautorisierten Öffnung eines Extraktionsdepots einer Stadt namens Coruum auf dem Farmplaneten Ruthpark berichtete. Neben der Tatsache, dass dieser Farmplanet und das Depot nicht in den offiziellen Corps-Unterlagen gespeichert waren, irritierte mich besonders, das das Signal in einem alten Code der Sieben Königreiche verfasst war, was der Cektronn jedoch nicht kommentieren wollte. Er hatte meinen sofortigen Aufbruch befohlen und angekündigt, mich zu gegebener Zeit zu informieren. Ich stellte mir vor, dass dieser Zeitpunkt jetzt gekommen war.

Die Nachricht war über einen Hypertransmitter der Unsichtbaren Flotte abgestrahlt worden. Höchste Geheimhaltungsstufe – ich drückte mein Handgelenk auf die Armlehne. Der Bio-Scanner drang einen halben Millimeter in meine Haut ein und erledigte die Identifikation.

»Ashia ad Asdinal, Ihr bekommt neue Befehle.« Es war Ten O'Shadiif, wie ich ihn in Erinnerung hatte – unpersönlich, direkt zur Sache kommend, ohne viel Drumherum.

»Es gab ein zweites Signal von Ruthpark. Kurz nach Eurem Aufbruch. Die Meldung und die Position des Senders ist Bestandteil dieser Nachricht. Ein Teil des Depots wurde geöffnet. Es ist wahrscheinlich, dass wichtige Informationen über das Extraktionscorps abgerufen wurden.«

Das Hologramm zeigte nur das Gesicht von O'Shadiif. Seine Bartperlen schaukelten. Sein Gesichtsausdruck war ernst.

»Sobald Ihr den Planeten Ruthpark erreicht habt, sorgt zuerst dafür, dass Ihr nicht entdeckt werden könnt. Wenn das sichergestellt ist, zerstört den Sender in Coruum. Es dürfen von dort keine Nachrichten mehr *irgendwohin* gelangen können – isoliert Ruthpark vollständig!« Er machte eine Pause.

»Dazu sollten Euer Rodonn und die zwei Kampfdrohnen ausreichen.« Seine Augen zwinkerten kurz.

Woher wusste er von den Drohnen?

Er fuhr fort.

»Anschließend findet das Depot und untersucht es. Ich gehe davon aus, dass das Depot geöffnet und geplündert wurde, solange Ihr mir nicht das Gegenteil beweisen könnt. Ihr seid mir dafür verantwortlich, alle Gegenstände zu finden und zu vernichten, die das Depot gegebenenfalls in der Zwischenzeit verlassen haben.«

Die Liste meiner Aufgaben war noch nicht zu Ende.

»Bevor Ihr das Depot zerstört, findet heraus, wozu es gedient hat, ob eine Extraktion stattgefunden hat. Wenn das der Fall sein sollte, sagt mir, wo sich diese Kultur heute befindet – sofern es sie noch gibt. Erst wenn Ihr das wisst – und nur dann – zerstört das Depot und beseitigt alle Spuren Eures Daseins – gründlich.«

Er entfernte sich ein wenig aus dem Aufnahmebereich des Hypertransmitters.

»Ihr werdet wahrscheinlich nicht in der Lage sein, die beiden letzten Aufgaben ohne Hilfe zu erledigen. Ich habe Euch deshalb Unterstützung geschickt. Sie wird einen Tag nach Euch im System eintreffen. Die Bodentruppen stehen unter Eurem Kommando, das Schiff nicht.«

Sein Hologramm lächelte hart. Ohne Schiff kamen wir hier nicht wieder weg. Es war also vollkommen unerheblich, wer die Bodentruppen kommandierte.

»Ashia, versucht unter allen Umständen zu erfahren, *wer* diese Kultur angelegt hat und *wohin* sie verschwunden ist. Es muss Spuren geben.« Seine Augen funkelten. »Macht Eure Arbeit diesmal sehr gut und gründlich. Ihr werdet keine weitere Chance bekommen, falls Ihr wieder versagt.«

Er zeigte seine Zähne, als er fortfuhr. »Auch Euer Freund Kamir wird Euch jetzt nicht mehr helfen können, Ashia, meine Schuld ihm gegenüber ist erfüllt.« Ich hasste ihn.

»Und noch etwas. Wie Ihr wisst, war das erste Signal in einem Code der 7K abgefasst. Ich halte es für möglich, dass diese Signale auch in den Königreichen empfangen wurden und sich Schiffe von ihnen in der Nähe herumtreiben. Wir dürfen Ihnen keine Hinweise geben und nichts hinterlassen, was sie in irgendeiner Weise zu uns führen kann. Auch aus diesem Grund sorgt dafür, das keine Informationen über Eure Aktivitäten den Planeten verlassen können.«

Die Aufzeichnung war beendet. Ich blieb noch einem Moment sitzen und dachte nach. Ten O'Shadiif schickte mir Spezialtruppen der Gilde. Er wollte kein Risiko eingehen und hier aufräumen. Das hatte er gesagt – aber war das auch seine Absicht? Vielleicht eine Vorsichtsmaßnahme, falls ich versagen würde?

Es existierte irgendeine Verflechtung O'Shadiifs oder Z-Zemothy's mit diesem Planeten. Da war ich mir sehr sicher. Ich würde darauf achten, herauszufinden, was es damit auf sich hatte, und meinen Rücken frei halten.

Ein Tag bis zum Eintreffen der Truppen. Das war kein großer Vorsprung.

Als ich aus der Kommunikationsnische heraustrat, richteten sich alle Augen neugierig auf mich. Zeit zu handeln.

»Kapitän, diese Nachricht enthält Koordinaten über einen Sender auf dem Planeten. Der entsprechende Teil der Nachricht ist jetzt decodiert. Peilt den Sender an, damit wir sehen, wo er sich befindet.«

Tulier Ul'Ambas rührte sich nicht. »Was habt Ihr vor, Dawn? Wollt Ihr mir nicht erklären, wonach Ihr sucht?«

Ich beschloss, geduldig zu sein. »Nun Kapitän, zuerst suchen wir nach einem Sender, habe ich mich nicht klar genug ausgedrückt?«

Lumidor sah ihn süffisant grinsend an.

»Im übrigen ist das, was ich vorhabe, nur insofern für Euch relevant, als dass es Eure Befehle betrifft, die - « ich sah ihn eindringlich an » - meines Wissens ausschließlich zum Inhalt haben, mich und meine Mission, so wie *ich* es für notwendig erachte, zu unterstützen.«

Er starrte wortlos zurück.

»Peilt jetzt den Sender an, Kapitän.«

Widerwillig nickte er seinem Navigationsoffizier zu. »Landsucher, lokalisier' den Sender!«

Die Darstellung von Ruthpark im Navigationshologramm veränderte sich, als die gespeicherten Informationen der Schiffssensoren geladen wurden.

Landmassen und Ozeane wurden sichtbar, dreidimensional nach aktueller Sonnenposition dargestellt. Ein dicht besiedelter Planet. Anhand der Emissionen und Luftverschmutzung waren die größten Siedlungszentren schnell auszumachen. Die Nachtseite von Ruthpark leuchtete wie eine eigene Galaxie.

»Ich korrigiere meine Einschätzung des Tech-Levels, Ashia.« Lumidor zeigte geringschätzig auf die Darstellung. »Aufgrund der fortgeschrittenen Verschmutzung der Atmosphäre und der Überbesiedelung großer Teile der Planetenoberfläche kann diese Kultur nicht über Stufe fünf hinaus sein. Entscheidende Technologien zur sauberen Energieerzeugung wurden offensichtlich noch nicht entwickelt.«

Auf der Nachtseite des Planeten blinkte ein kleiner roter Kreis mit dem Gildensymbol für eine außerplanetare Kommunikationseinrichtung auf. Eine feine Linie verließ Ruthpark und zielte auf den angedeuteten Mond, wo ein zweites Symbol erschien. Offensichtlich hatte der Sender in Coruum eine zugeordnete Verstärkereinheit auf dem Trabanten. Dadurch konnte der eigentliche Sender sehr klein und versteckt gehalten werden. Er würde trotz der Koordinaten schwer zu finden sein.

Ich sah Lumidor an. »Sag Sabbim Bescheid. Er soll eine Kampfdrohne zu dem Verstärker dort auf dem Mond schicken. Ich möchte diese Verbindung abschalten. Sofort!« Lumidor drehte sich um und ging in den Bereich der Kommunikationsnische, während er über Funk leise mit Sabbim sprach.

Tulier Ul'Ambas wollte Einspruch erheben, verzichtete nach einem kurzen Blickwechsel mit mir jedoch darauf.

Ich ging um das Holodisplay herum, bis ich vor dem blinkenden roten Kreis stand, der mein Ziel auf der Planetenoberfläche markierte. Der kleine Zylinder eines Satelliten befand sich in unmittelbarer Nähe.

»Lumidor!« Er hatte die Instruktionen an Sabbim weitergegeben und kam zu mir. Ich deutete auf den Satelliten. »Zufall?«

Er winkte den Landsucher zu uns heran. »Gehört der Satellit zu einer Gruppe oder ist er ein Einzelstück?«

Der Landsucher machte ein paar Fingerbewegungen in der Luft auf Kontrollen, die nur er hinter seinen Augenschilden sehen konnte. Einzelne Satelliten leuchteten kurz auf. Am Ende sah das Bild so aus wie zuvor.

»Nein, Toreki, der Satellit ist in kein Muster eingebunden.«

Lumidor sah mich an. »Kein Zufall, Ashia. Der Sender auf der Planetenoberfläche wurde entdeckt.«

»Gib Sabbim für die Drohne das nächste Ziel.« Er nickte.

»Kapitän, markiert die Satelliten, die theoretisch in der Lage wären, uns zu orten!« Er zögerte. Lumidor setzte wieder sein Lächeln auf und trat neben ihn.

Tulier Ul'Ambas führte einen innerlichen Kampf. Er war ohne Chance gegen Lumidor, das wusste er.

»Dawn, das verstößt gegen den Kodex der Gilde. Es sind keine feindlichen Handlungen von diesem Planeten gegen uns ausgegangen.« Er stieß seinen Atem langsam und kontrolliert aus.

»Kapitän, wir beide befolgen Befehle. Diese Maßnahme dient der Sicherheit des Schiffes.« Ich sah ihn an. »Tut, was ich sage!«

Eine Sekunde lang dachte ich, er würde unüberlegt handeln, doch dann ließ seine Anspannung nach.

»Wohin soll ich die Positionsdaten der Satelliten übermitteln, Dawn?«

Ich sah Lumidor an. »Sabbim soll sich darum kümmern.«

Zu Tulier gewandt sagte ich: »Wir werden zum Planeten hinabfliegen, Kapitän. Beobachtet die Satelliten. Wenn sich ein weiterer von ihnen unserer Position auf der Planetenoberfläche nähert, zerstört ihn.«

Über sein Gesicht flackerte ein Funken Hoffnung.

»Ihr werdet Euer ganzes Rodonn mit hinunter nehmen, Dawn?«

Ich lächelte ihn an. »Ich werde einen Mann hier lassen, Tulier. Als Versicherung für eine Rückfahrt auf diesem Schiff. Wenn Ihr die Umlaufbahn verlassen solltet oder wir nicht zurückkehren, werdet Ihr nicht weit kommen.«

Lumidor legte seine gepanzerte Hand auf die Lehne des Kommandosessels.

»Mit Eurer Erlaubnis, Kapitän, wir nehmen das Kleinere der Landungsboote.«

CORUUM

⌒

»Wir nähern uns der Taglinie, Ashia.« Hafis saß auf dem Pilotensessel des Landungsbootes, ein paar Meter vor mir, unter einer filigranen Plex-Haube, die ihm neben seiner virtuellen Sicht über sein Pilotenvisier auch einen wirklichen Ausblick auf die weiß-blaue Atmosphäre von Ruthpark bot.

Unser Anflugvektor hatte uns in der Mitte zwischen Planet und Mond leicht versetzt über die lokalisierte Position des Senders gebracht. Wir bewegten uns von dort in knapp zwei Minuten in einem direkten Sturzflug bis auf wenige Meter über die Wasseroberfläche hinunter. Der Eintritt in die Planetenatmosphäre war ruhiger als erwartet, die Trägheitshülle des Schiffes leitete die entstehende Energie über magnetische Felder am Schiff vorbei.

Wir krochen jetzt mit vergleichsweise niedriger Geschwindigkeit über eine schwarze See, in der ein paar Inseln lagen, auf eine prägnante Küstenlinie zu. Die technische Bildauflösung ermittelte Wälder bis zum Horizont. Vereinzelte Berggipfel hatten sich im Dunst der aufgehenden Sonne rötlich verfärbt.

Ich wollte vor Sonnenaufgang in Position sein.

»Lande das Schiff einen Kilometer vor der Küstenlinie im Wasser. Wir werden mit den Anzügen weiterfliegen.«

Hafis bremste das Landungsboot in der Luft soweit ab, dass das Trägheitsfeld den Wechsel unter die Wasseroberfläche gerade noch kompensieren konnte. Wenig später setzte das Schiff auf dem Sandboden auf.

»Dawn. Besondere Wünsche, was die Ausrüstung betrifft?«

»Wir gehen auf Erkundung. Aufklärungsausrüstung, nur in den Exor integrierte Waffen. Und das Fluggerät natürlich – mit Disruptor.«

Er nickte und verschwand in Richtung Ausrüstungsraum.

Ich übertrug die Kontrollen des Schiffes auf meinen Anzug und folgte Hafis nach hinten, wo Lumidor und Abdallah uns bereits voll ausgerüstet erwarteten.

In ihren blau-schwarzen Anzügen waren sie gut zweieinhalb Meter groß und etwa zehnmal so schwer wie ohne Anzug. Die außenliegenden Kraftverstärker und die Feld-Emitter der Antigraveinheit leuchteten gelb.

An ihren linken Unterarmen war ein vom Ellenbogen bis über den Helm reichender, stromlinienförmiger Deltagleitschild befestigt. Im Flug würde er den gesamten Anzug mit einem schwachen Trägheitsschild umgeben und damit den Luftwiderstand auf nahezu Null reduzieren.

Ich trat in meinen Exor, der sich automatisch schloss, und lud die Navigationsdaten in mein Helmvisier. Tulier Ul'Ambas hatte von Bord der Ashantie bei Annäherung an den Planeten das Magnetfeld vermessen und die Kompasssysteme kalibriert. Sabbim hatte eine Navigationsdrohne gestartet, deren Primärpositionsdaten mein Anzug bereits empfing.

Wir traten in die Schleuse, schlossen die Visiere und Hafis flutete die Kabine. Der Vorteil der Antigraveinheiten war ihre vollkommene Unabhängigkeit vom umgebenden Medium. Sie funktionierten in jeder Atmosphäre gleich gut - auch in einer sehr dichten wie Wasser.

Wir machten uns klein, um durch die Außenschleuse zu passen, und traten in schwarzes Wasser.

Mein rechter Daumen lag im Handschuh entspannt auf einer kleinen Kugel, die winzigste Roll-Bewegungen auf die Antriebseinheit meines Anzuges übertrug. Mein Visier zeigte mir die notwendigen Umgebungs- und Navigationsdaten. Ich sah mich um. Die gelben Streifen der Kraftverstärker an den Anzügen meines Rodonns glimmten schwach in meiner Nähe, der Meeresgrund war flach.

»Los geht's! Verteilt euch, aber bleibt hinter mir.«

Ich legte meine linke Hand im Panzerhandschuh in den Griff des Deltagleitschildes und verriegelte alle Gelenke des Exors, der jetzt ein eigenes, kleines Raumschiff war, mit mir als einzigem Passagier. Ich drehte meinen Arm mit dem Schild so vor meinen Körper, dass die Spitze des Gleitschildes über meinen Kopf hinausragte und die Innenseite meines Panzerhandschuhs gegen eine Fassung an der Brust des Anzuges drückte. Dort rastete sie magnetisch ein. Eine Statusanzeige signalisierte mir die Einsatzbereitschaft des Antigravantriebes und ich aktivierte ihn.

Wir durchbrachen die Wasseroberfläche und glitten knapp über ihr dahin. Unser Ziel lag in nord-westlicher Richtung, ungefähr zehn Flugminuten von uns entfernt. Die Sonne würde dort in einer Stunde aufgehen.

Einige kleine Schiffe waren kurz zu sehen, bevor wir die Küstenlinie erreichten, hinter der die Landschaft sogleich in eine dicht bewaldete, bergige Region überging. Es war dunkel und dichte Regenwolken entluden sich über uns. Verlorene Nebelfelder klebten zwischen Bergrücken.

Über die Möglichkeit unserer Entdeckung machte ich mir keine Sorgen. Der Trägheitsschild verhinderte jegliche Luftverwirbelungen und Geräusche. Unsere hohe Geschwindigkeit machte uns so gut wie unsichtbar.

Wir ließen uns von der Navigationsdrohne im Orbit zur genauen Position des Senders führen.

»Seht euch um. Ich werde eine erste Runde machen.«

Ich konnte die den Krickköpfen, einer auf Ankatarh vorkommenden Eidechsenart, nachempfundene Schutzdachkonstruktion schon von weitem erkennen.

Sie hatten das Depot gefunden. Wir kamen zu spät.

Das Depot war zum Teil ausgegraben worden. Es befand sich in einem großen Loch. – Das war sicher kein Standard. Es sollte normalerweise leicht zugänglich sein.

Ich stellte den Zoom meiner Augenschilde auf maximale Auflösung und Bildverbesserung und sah mich um.

Das Tor des Depots war geöffnet. Ich untersuchte es mit den Anzugsensoren. Dann sah ich es. Das Schutzfeld war noch aktiv. Ein Triumphgefühl durchflutete mich. Sie hatten das Depot zwar öffnen können, die Schutzeinrichtungen waren aber noch intakt. Das bedeutete, dass kein Gegenstand aus dem Depot entfernt worden sein konnte.

Eine Vielzahl von Maschinen stand auf dem umgebenden Gelände herum. Einige waren in Bewegung. In unmittelbarer Nähe des Depots befand sich ein Lager aus Containern und Zelten. Etwa vierzig bis fünfzig Individuen identifizierte ich als Wärmepunkte. Das war nicht viel.

»Dawn,« Abdallah klang rau in meinen Ohren, »hier befindet sich ein kleiner Raumhafen. Am Rande des Sees. Ich zähle 15 größere Transportschiffe und sieben rotorgetriebene Einheiten, davon vier Schwere. Nur für den niedrigen Atmosphärenflug geeignet, rückständige Technologie, soll ich sie zerstören?«

Erleichterung erfasste mich. Das Schicksal meinte es gut mit mir. »Nein, wir sehen uns nur um. Kein Aufsehen. Markiere sie.«

Damit hatte ich die ersten drei Aufgaben bereits erledigt. Der Planet war isoliert, das Schiff konnte nicht mehr entdeckt werden und das Depot war noch nicht geplündert worden. Ich atmete durch.

»Die Wachen, die ich sehe, sind ungepanzert und nur leicht bewaffnet.« Lumidors Stimme klang entspannt. »Reine Projektilwaffen, geringe Beschleunigung, meine Sensoren zeigen keine Energiereservoirs an. Mit eingeschaltetem Trägheitsschild sind wir für sie unverwundbar, wohingegen unsere IXUS und der Disruptor verheerend für sie wären.« Seine Enttäuschung darüber, nicht auf ernstzunehmende Gegner zu treffen, war nicht zu überhören.

»Ich werde mich im Depot umsehen, erster Liebhaber. Im Kommunikationsraum muss es die Hinweise geben, die wir suchen. Behalte den Eingang im Auge.«

»Soll ich nicht lieber mitkommen? Meine Sensoren melden eine aktive Wachdrohne im Inneren des Depots.«

Die hatte ich auch schon entdeckt. »Ich sehe mir das an. Wenn ich Verstärkung brauche, melde ich mich.«

Die Position des Senders markierte einen Punkt direkt vor der Rampe, die hinab zum Eingang des Depots führte. Beim Näherkommen erkannte ich einen großen spitzen Felsen, der von einem hohen Metallzaun eingefasst wurde. Ich ging auf zehn Meter Flughöhe und aktivierte die Exor-Mimikry.

Vier große Fahrzeuge blockierten das obere Ende des Zugangs. Ich setzte leicht wie eine Feder in der Grube auf, so dass der spitze Felsen zwischen den Fahrzeugen und mir lag.

Mein Exor entriegelte sich und das Visier fuhr nach oben.

Ich schnupperte an der neuen Atmosphäre. Sie war hervorragend. Die Luft schmeckte angenehm warm und würzig, mit der richtigen Luftfeuchtigkeit. Es regnete immer noch. Das Prasseln der Tropfen in den Pfützen und auf den Felsen war das einzige Geräusch. Ein paar Tropfen fanden den Weg in mein Gesicht. Genau das Richtige nach ein paar Tagen künstlicher Luft auf dem Schiff.

Die Anzugkontrollen lieferten mir die Daten zur Schwerkraft auf diesem Planeten. Ideal. Etwas geringer als auf Ankatarh, aber nicht so schlimm, dass es meine Muskeln schwächen würde. Ich akzeptierte den vom Anzug vorgeschlagenen Wert, der die Kraftverstärker so einstellte, dass ich etwas mehr Gewicht tragen musste, um die geringere Schwerkraft auszugleichen.

Sie hatten wirklich mächtig geschuftet.

Der Zugang zum Depot war weiträumig freigelegt. Er befand sich ein gutes Stück unter dem Oberflächenniveau und es war eine Menge Erde und Felsen bewegt worden, um an ihn ranzukommen - nicht genug. Die Öffnung des Depoteingangs und die Entfaltung des Schutzdaches hatte einen hohen Erd und Felswall hinter dem Eingang aufgeworfen.

Das Tor zum Depot war geöffnet. Die Rampe war unversehrt. Wie hatten sie das Depot finden können? Und öffnen? Ich ging an die Umzäunung des spitzen Steins heran – und erstarrte.

Unter einem längeren, zweispaltig in den Stein eingravierten Text, den ich nicht lesen konnte, erkannte ich zwei Zeilen Schrift im Standardformat der Gilde.

Gründung Coruum 26926/7/14

Extraktion Coruum 29225/4/33

Das war vor 1172 Jahren gewesen, Gildenstandard.

Ich stand auf einem verloren gegangenen und jetzt wiederentdeckten Farmplaneten! Einer, über den es keinerlei Aufzeichnungen gab, einmal unterstellt, der verstümmelte Eintrag im Archiv hatte nichts mit diesem Planeten zu tun.

Folgte ich andererseits der Logik Ten O'Shadiifs, wäre jedoch durch die Übereinstimmung der Sektoren-Koordinaten des aufgefangenen Signals und der – aus meinem im Archiv gefundenen Eintrag – entschlüsselten Zusatzinformation eine Verbindung hergestellt.

Von hier war die Meldung gekommen, welche die unsichtbare Flotte aufgefangen hatte und deren Existenz ich wahrscheinlich mein Leben zu verdanken hatte, da sie Ten O'Shadiif einen Vorwand lieferte, mich nicht sofort umzubringen.

Die Keimkultur hatte fast 2300 Jahre hier gelebt und sich entwickelt. Abgeschieden und anonym. Unentdeckt selbst vom Extraktionscorps, dessen Aufgabe es eigentlich war, darüber Bescheid zu wissen.

Langsam begann ich Ten O'Shadiifs Aufregung über die Meldung zu verstehen.

Ich begann, um die Steinsäule herumzulaufen. *War das der Sender?*

Der Regen hatte zugenommen. Mein Glück. Es waren keine Exemplare zu sehen, die über mich stolpern konnten, oder denen die optische Anomalie, welche durch die Exor-Mimikry im Regen ausgelöst wurde, auffallen konnte.

Ein eindringliches Piepen ertönte in meinen Ohren und die Anzug-Automatik ließ mich einen Sprung mit einer Rolle rückwärts ausführen. Die Sensoren meines Anzugs hatten das Schutzfeld der Steinsäule registriert, kurz bevor ich hineinlaufen konnte.

Die Antigravs konnten nicht verhindern, dass ich bei der Landung tiefe Stiefelabdrucke im aufgeweichten Boden hinterließ. Sie füllten sich bereits mit Wasser. *Ziit!*

Ein Schutzfeld für den Sender in der Steinsäule?

»Was ist los, Ashia?« Lumidors Stimme klang unruhig. Das war gut so, ich lächelte. Er sollte sich Sorgen um mich machen.

»Nichts, Schatz, ich wollte nur Deine Aufmerksamkeit testen.« Er grunzte.

Ich vergrößerte meinen Abstand zur Steinsäule und hielt mich außerhalb der von den Sensoren auf mein Visier übertragenen Begrenzungslinie des Schutzfeldes. Die Linie beschrieb eine langgezogene Ellipse, in der die Säule die Position eines der beiden Brennpunkte einnahm. Der Beginn der Rampe hinunter zur Toröffnung des Depots befand sich im anderen Brennpunkt. Da kam ich nicht heran, ohne den Anzug auszuziehen, und das hatte ich im Moment wirklich nicht vor.

Die Exemplare hier würden das Schutzfeld und den Sender wahrscheinlich noch nicht bemerkt haben. Das Feld war passiv und diente zur Abwehr anderer Felder.

Ich ging in größerem Abstand um die Säule herum und näherte mich den vier Fahrzeugen. Sie waren bewaffnet, mit schweren Kanonen und leichten Projektilwaffen. Entfernt erinnerten sie an die Repulsionseinheiten, die ich auf Xee im Einsatz gehabt hatte. Ich sah sie mir mit den Anzugsensoren an.

Zu schwer, zu unbeweglich, keine abgeschirmte Elektronik. Sehr leicht auszuschalten, trotzdem würde ich einen Volltreffer der Hauptkanone vermeiden wollen. Ich markierte sie als Ziele für die Kampfdrohnen, sollten wir sie benötigen.

Unter dem Schutzdach des Depots war die Rampe hinunter zum Eingang taghell erleuchtet und leer. Das war ein Problem für mich. Die Exor-Mimikry passte zwar die Farbe und Struktur des Anzuges dem jeweiligen Hintergrund an, jedoch erzeugte sie kein Licht. Mein Schatten würde jemanden auffallen, der zu genau die Stelle betrachtete, an der ich mich gerade befand.

Ich wechselte in den Flugmodus und bewegte mich in zwei Metern Höhe zügig die Rampe hinunter. Vor dem Schutzfeld des Tores stoppte mich die Automatik meines Anzugs erneut mit einem schrillen Warnton. Mein Visier flackerte rot.

Huhh! Dieses Schutzfeld war kein Standard für ein Depot. Meine Anzugskalen deuteten auf eine extrem hohe Ladung des Feldes hin.

»Das hätte mich um ein Haar geröstet.«

Lumidor lachte. »Du bist kross genug, Ashia, lass es sein.«

Ich sprang in den Schatten der hohen Wände und sah auf den Umgebungsscanner. Die Exemplare in den Fahrzeugen hatten sich nicht bewegt - gut.

Das Feld flimmerte vor mir. Die Wachdrohne hatte mich bereits bemerkt. Sie wartete auf der anderen Seite des Eingangs. Es war ein uraltes Modell. Sobald ich das Feld überwunden hatte, könnte ich sie deaktivieren.

»Sabbim?« Ich brauchte Kontakt zum Schiff.

»Dawn?« Er meldete sich von der Brücke der Ashantie.

»Ich brauche eine Analyse dieses Schutzfeldes hier. Ich kann nicht auf seine Kontrollen zugreifen.« Er nutzte meine Anzugsensoren, um weitere Daten über das Feld zu erhalten. Nach ein paar Sekunden veränderten sich die Werte.

»Mehr kann ich von hier aus nicht tun, Dawn. Es war tödlich, militärische Qualität, wenn Ihr mich fragt. Jetzt sollte es nur noch kribbeln. Weiter abschwächen kann ich es nicht. Vielleicht findet Ihr im Innern die Kontrollen.«

Ich hielt meine Hand hinein. Ich fühlte nichts, nicht einmal ein Kribbeln. »Scheint zu reichen, ich lebe noch.«

Die Wachdrohne hatte reagiert. Als ich durch das Feld flog, feuerte sie eine Art Mikrowellenimpuls auf mich ab. Das Trägheitsschild leitete die Strahlung um mich herum, refokussierte sie auf die Wachdrohne und entließ sie in einen eng gebündelten Strahl.

Als ihre eigene Waffe sie traf, setzte die Kontrolle der Drohne aus. Sie fiel wie ein Stein zu Boden. Ich beugte mich über sie.

Kein Standard des Extraktionscorps, keine Abzeichen. Hier passte einiges nicht zusammen. Ich war gespannt, was ich hier noch alles finden würde.

CORUUM

Ich hob die Drohne hoch und brachte sie auf die rechte Seite des Depots. Anschließend kehrte ich in den Eingangsbereich zurück.

Wie hatten die Exemplare das Tor öffnen können? Ich sah mich um. Keine Spuren von Gewalt. Das innere Schutzfeld des Depots war intakt.

Die Torlogik der Extraktionsdepots war variabel ausgelegt. Es bedurfte mehrerer Komponenten unterschiedlicher Wirkung, um das Depot fehlerfrei öffnen zu können. Das Corps hatte in den vergangenen Jahrtausenden diesen Mechanismus immer weiter verfeinert, um auf alle Eventualitäten vorbereitet zu sein. Eine oder mehrere der Komponenten dieses Depots hatten offenbar die Zeit seit der letzten Extraktion bis heute überdauert und waren überliefert oder gefunden worden. Sehr fahrlässig. Ganz ohne diese Hilfen hätten die Exemplare das Tor niemals öffnen können.

Hier im Innern wurden alle nicht weiter benötigten Anlagen und Maschinen aufbewahrt, die für eine folgende Extraktion noch von Nutzen sein konnten.

War da noch eine geplant gewesen?

Ich suchte nach dem Kommunikationsraum. Er war die einzige Möglichkeit für den Zivilisationswächter über die Jahre der Kulturentwicklung mit seinem Mentor, normalerweise einem Offizier des Extraktionscorps, in Verbindung zu treten. In diesem Raum war die Depot-Steuerung untergebracht, und es wurde auch die Extraktionshistorie aufbewahrt – mein eigentliches Ziel. Aus ihr würde ich die Hintergründe erfahren.

Der Raum befand sich an der linken Seite des Depots. Sabbim öffnete den Zugang vom Schiff aus.

Ich trat ein.

Ein Standardkommunikationsraum. Schmucklos, funktional. Unüblich war nur das Skelett in seiner Mitte und die Dateneinheit in seiner Hand. Es war uralt. Kleidung und Schmuck waren gut erhalten. Ich ging davon aus, dass die heutigen Exemplare nicht mehr in dieser Aufmachung herumliefen.

CORUUM

Ich beugte mich hinunter und hob den kleinen Gegenstand auf, den die bleichen, mit goldenen und grünen Ringen übersäten Fingerknochen noch immer umschlossen hielten.

Es war eine Kombination aus Schlüssel und Datenspeicher - in etwa so lange veraltet, wie das Exemplar tot war. Meine Anzugsensoren meldeten mir, dass es noch betriebsbereit war. Ich musste den Delta-Gleitschild ablegen, um es zu aktivieren.

Der Bildschirm erwachte zum Leben.

Nur die Automatik meines Exors verhinderte, dass ich mich vor Schreck hinsetzte. Das Gesicht, das mich von dem wandfüllenden Bildschirm herab ansah, hätte mein eigenes sein können.

»Bericht an *Rud El'Ottar*,« der Klang der Stimme ließ mein Blut gefrieren, »mit höchster Priorität, von *Fadi ad Asdinal*, Farmplanet *Ruthpark*, Extraktionsdepot *Coruum*.«

Ich starrte ungläubig auf den Schirm.

Ruthpark!

Das war die Bestätigung. Das Corps hatte tatsächlich einen Farmplaneten verloren. Die kalte Stimme fuhr fort.

»Alles verläuft nach Plan. Die Exemplare wurden an Bord der Gildentransporter gebracht. Es ist mir bis jetzt nicht gelungen, den Bestimmungsort der Kultur zu bestimmen. Harkcrow ist verschwiegen wie ein Grab.«

Das Gesicht zeigte Spuren von Erschöpfung. Im Hals- und Schulterbereich waren Teile eines Anzugs zu erkennen, der wie ein sehr frühes Modell meines Exor wirkte.

»Falls ich das Ziel der Schiffe nicht bis zum Abflug in Erfahrung bringen kann, wird sich die Abfangflotte um die Exemplare kümmern.« Ein gefühlloses Lächeln erschien auf seinem schmalen Gesicht.

»Ich habe dafür gesorgt, dass in jedem Fall die Reste dieser Stadt und unsere Spuren verschwinden werden. Der Ablauf der geplanten zweiten Extraktion für Cetna ist dadurch nicht gefährdet.«

CORUM

Wovon sprach er? Hieß das im Klartext, dass diese Kultur zwar extrahiert, aber womöglich sofort wieder vernichtet worden war? Wenn die Reste der Stadt zerstört werden sollten, wer war dann Gegenstand der zweiten Extraktion? War deshalb der Fuhrpark in diesem Depot noch so groß?

»Harkcrow schöpft keinen Verdacht. Er kann mich zwar nicht ausstehen, aber das liegt an meiner Eigenschaft als Z-Zemothy-Offizier. Ich werde ihn in jedem Fall mit meinem Rodonn an Bord seines Schiffes begleiten. Sollte er die Informationen nicht freiwillig liefern, werden wir das Schiff übernehmen.« Das Lächeln meines Urahn machte mir Angst.

»Ich melde mich, sobald wir Gewissheit über den Zielort der Kultur haben.« Er nickte mir von der Wand herab zu und die Aufzeichnung war beendet.

Wie betäubt blieb ich sekundenlang regungslos stehen. Fadi ad Asdinal. Ich hatte nichts von ihm gewusst. Er musste ein Mitglied meiner Familie sein, die Ähnlichkeit war zu groß.

War damit bereits alles erledigt? Es hatte eine Extraktion gegeben, das war sicher. Es war geplant, die Exemplare nach dem Abtransport zu töten, sollten sie nicht dem Corps übergeben werden. Das war der Plan gewesen, aber bis zu welcher Stelle war er umgesetzt worden?

War diese Nachricht jemals von dem Offizier namens Rud El'Ottar empfangen worden? Und wenn ja, warum war sie heute nicht mehr auffindbar? Ten O'Shadiif hätte mich sonst nicht hierher schicken müssen.

Ich ging nachdenklich hin und her. Und was war mit der zweiten Extraktion für Cetna? Ich stutzte. *Cetna?*

Ich rief mir das gespeicherte Bild von der Antwort auf meine letzte Suchanfrage aus den Archiven in Cap del Nora auf die Augenschilde, bevor der liebenswerte Kapitän meine Recherche beendet hatte.

Hatte ich hier bereits einen Teil der Antwort?

War die zweite Extraktion die Antwort auf die Bedrohung des Zentrums durch die Organisation?

Aber wo war sie durchgeführt worden? Woher waren die Exemplare gekommen? War sie überhaupt durchgeführt worden?

Wo war die Kultur heute und wo befand sich Cetna?

Ich lief langsam vor der großen Wand auf und ab und ordnete meine Gedanken.

Und wer war Harkcrow? Ein weiterer Offizier des Extraktionscorps? Aber warum sollte er dann nicht mit Fadi ad Asdinal zusammengearbeitet haben? Nichts als Fragen. Ich würde das alles klären und verstehen müssen, wollte ich ein echtes Druckmittel gegen Ten O'Shadiif in die Hand bekommen.

Ich aktivierte mit den Standardcode des Corps die Extraktionshistorie des Raumes.

Der Bildschirm blieb leer. Kein Eintrag. Keine Daten. Sie war gelöscht worden. Dieser Raum mit allen Einrichtungen war vollkommen leer. Ich warf die Dateneinheit ärgerlich auf den Boden.

Im Kontrollsystem des Depots fand ich ein paar Spuren. Das Programm der Drohne war kein Standard. Die Konfiguration des Eingangsfeldes und des inneren Schutzfeldes ebenso wenig. Ich deaktivierte beide. Sie würden uns nur behindern, wenn wir dieses Depot pulverisieren müssten. Dadurch riskierte ich natürlich, dass die Exemplare ein paar Gegenstände aus dem Depot entfernen würden, aber das war akzeptabel. Wie viel würden sie schon schaffen in dem einem oder in zwei Tagen, und wie weit würden sie damit kommen?

Das Kontrollsystem bestätigte die Deaktivierung. Es würde ein paar Sekunden dauern. Zeit zurückzukehren. Lumidor war hoffentlich schon in Sorge um mich. Ich würde ihn etwas härter anfassen. Er fühlte sich zu sicher, nach der hingebungsvollen Zeit an Bord der Ashantie.

Ich nahm den Delta-Gleitschild, befestigte ihn an meinem linken Unterarm, öffnete die Tür und verließ den Raum.

Eine Druckwelle erfasste mich und schleuderte mich zur Seite. Bevor ich selbst reagieren konnte, übernahm die Automatik des Anzugs, stabilisierte mich und feuerte zwei Disruptorsalven aus dem Deltagleitschild auf die ersten beiden Ziele im Inneren des Depots.

Die Wirkung meiner Treffer war verheerend. Beide Fahrzeuge glühten hellgelb auf, eines schaffte es mit klaffender Wunde, sich rückwärts kriechend aus dem Depot zu schleppen. Es handelte sich um die vier Fahrzeuge, die vorhin bei meinem Eintreffen am oberen Rand der Rampe gestanden hatten. Offenbar hatten sie mich irgendwie bemerkt und waren mir gefolgt.

Die beiden verbliebenen Ziele erledigte die Automatik aufgrund der vorhin vorgenommenen Markierung ohne mein Zutun. Der erste Treffer ließ die gesamte Elektronik durchbrennen, der zweite überlud die Nervensysteme der Besatzung auf ähnliche Weise.

»*Ashia!*« Lumidor dröhnte in meinen Ohren. »Wo hast du gesteckt? Ich konnte dich nicht erreichen!«

»Ich war im Kommunikationsraum, Liebster. Abgeschottet. Tut mir leid. Ich komme jetzt raus.«

Mein Anzugstatus meldete leichte Schäden am Deltagleitschild. Ich würde das Trägheitsfeld lieber nicht ausprobieren. Die Antigraveinheit und die Exor-Mimikry waren in Ordnung. Ich sah mich ein letztes Mal um. Mein Blick fiel auf die Wachdrohne, die ich an der gegenüberliegenden Wand abgelegt hatte. Ich flog hinüber, holte sie und positionierte sie in der Nähe der Tür zum Kommunikationsraum. Sollten die Exemplare doch denken, ihre Fahrzeuge hätten sich einen harten Kampf mit einem tausend Jahre alten Plex-Klumpen geliefert.

Ich flog vorsichtig zum Eingang.

Der Tag war angebrochen. Im Schatten des Schutzdaches war es für mich noch dunkel genug. Mein Scanner zeigte mir wenigstens vierzig Exemplare in der Nähe des oberen RampenEndes. Das vierte Fahrzeug schleppte sich dampfend noch immer die Rampe hinauf. Ich überlegte kurz, ihm den Fangschuss zu geben, wollte aber nicht unbedingt verraten, dass ich da war. Außerdem bestand immer noch die Möglichkeit, das die Exemplare der Wachdrohne wirklich die Schuld gaben.

Lumidor schwebte in gerader Linie vor mir, etwa dreihundert Meter entfernt. Ich startete und bewegte mich vorsichtig unter dem Schutzdach weg vom Eingang, bis ich seitlich aus der Rampe und der sie umgebenden Grube ausweichen konnte.

»Ich brauche Deine Hilfe beim Flug, Liebster. Mein Gleitschild hat etwas gelitten.« Wenige Sekunden später war er bei mir und verriegelte unsere beiden Anzüge.

»So gefällt mir das auch«, flüsterte er über die abgeschirmte Leitung.

»Lass uns zurück zur Ashantie fliegen, großer Krieger. Morgen räumen wir hier auf.«

CORUUM

Ten O'Shadiif

Ten O'Shadiif war nicht amüsiert. Er ging unruhig in seinen Gemächern an Bord seiner Privatjacht *Si'Recostra* umher. Zwei Offiziere seines Rodonns standen schwerbewaffnet in ihren Exor-Panzeranzügen an der doppelflügeligen Tür Wache.

Was zum Ziit hatte Rud El'Ottar mit dieser Extraktion zu tun?

Er hatte keinerlei Aufzeichnungen in den Archiven der Gilde und von Z-Zemothy über ihn im Zusammenhang mit diesem Farmplaneten gefunden. Es hatte überhaupt keine Informationen über den Farmplaneten und eine Extraktion aus Coruum gegeben. Der Planet Ruthpark, auf dem sich das Depot befinden sollte, war laut Gildennavigationsdaten seit jeher unbewohnt.

Es hätte etwas zu finden sein müssen. Rud El'Ottar war vor eintausend Jahren Cektronn des Geheimdienstes der Unsichtbaren Flotte gewesen, so wie Ten O'Shadiif heute.

Fadi ad Asdinal war 29225, im Jahr der angeblichen Extraktion, mit seinem Rodonn spurlos verschwunden. Kein Wort über den Inhalt seiner letzten Mission, kein Wort über die Umstände.

Hinzu kam die Entdeckung eines *zweiten* Extraktionsdepots in der Nachbarstadt von Coruum. Ashia hatte es von Bord des kleinen Gildenfrachters anhand einer unregelmäßigen Signalsignatur entdeckt. Er war nahe der Panik gewesen, als sie das Ziel *Cetna* genannt hatte.

Er spürte, wie ihm das Wasser durch die Finger rann. Die Probleme nahmen zu. Er musste jetzt nicht mehr nur nach den Spuren einer verlorenen Kultur, die unter den Augen des Corps, sogar mit Wissen und Beteiligung von Mitgliedern des Corps aufgezogen und extrahiert worden war, sondern nach den möglichen Spuren von zwei verlorenen Kulturen suchen - und wie sich langsam zeigte, war seine eigene Organisation, Z-Zemothy auf höchster Ebene beteiligt gewesen.

Und immer wieder *Cetna*!

War es wirklich möglich? Fand sich hier ein zweiter echter Hinweis auf die legendären Elitetruppen des Zentrums, nachdem sie über Jahrhunderte spurlos verschwunden waren?

Warum gab es darüber zum *Züt* keine Informationen in den Extraktionsarchiven?

Als Fadi ad Asdinal dann noch lässig den Namen Harkcrow erwähnte, hatte Ten O'Shadiif sich hinsetzen müssen.

Wenn die Sieben Königreiche mit in diese Extraktion verwickelt waren, sie sogar maßgeblich bestimmten – Ten O'Shadiif war immer noch übel bei dem Gedanken an die möglichen Auswirkungen.

Nun, Harkcrow war im gleichen Jahr verschwunden wie Fadi ad Asdinal. Für O'Shadiif war klar, dass es einen gemeinsamen Grund dafür geben musste. Offenbar hatte der Plan des Extraktionscorps-Offiziers nicht ganz so funktioniert, wie er in der Aufzeichnung seines Berichtes an Rud El'Ottar vor Urzeiten angekündigt hatte. Ten O'Shadiif glaubte nicht ohne weiteres daran, dass die erste Kultur aus Coruum vernichtet worden war. Ashia war bei weitem zu naiv. Er würde sich bald um sie kümmern müssen, vielleicht wurde sie früher entbehrlich als er angenommen hatte.

Immerhin war Harkcrow auch gestorben, und es bestand die berechtigte Chance, dass mit ihm auch der letzte Mitwisser in den Reihen der Sieben Königreiche dahingegangen war.

Mit einer Hand fuhr er sich gedankenverloren durch den sorgfältig gestutzten Händlerbart. Die Perlen klingelten leise.

Mit leiser Stimme sprach er in den Raum: »Pleet, wann erreichen wir den Rendezvouspunkt?«

Ein Holodisplay in der Mitte seines Gemachs erwachte zu Leben. Das Bild des Landsuchers auf der Brücke der Si'Recostra erschien.

»In fünfzehn Minuten, Cektronn.« Der Gildenoffizier im Display vollführte eine tiefe Verbeugung.

Ten O'Shadiif schaltete es mit einer Fingerbewegung ab. Er verfluchte zum wiederholten Mal die rückständige Technolo-

CORUM

gie der Gilde und der Unsichtbaren Flotte. Seine Jacht raste mit Höchstgeschwindigkeit von einem Sprungpunkt zum nächsten auf den Weg in die Mitte der Nebelwelten.

Um sich nicht mit den gigantischen Treibstoffmengen für den Hyperraumsprung abschleppen zu müssen, hatte er eine ganze Reihe von Versorgungsschiffen zu den entsprechenden Stationen seiner Reise beordern müssen, damit sich die Si'Recostra an den Potentialpunkten mit entsprechendem Treibstoff für die Sprungdurchführung versorgen konnte. Alles Spuren, die nicht mehr zu verwischen waren.

Der nächste Sprung wäre der letzte. Er würde ihn direkt in das Zielsystem der Benedictine bringen. Wenn ihn seine Ahnung nicht trog, konnte er von ihr die richtigen Informationen erhalten. Hoffentlich noch rechtzeitig.

Ashia

»Sie sind eingetroffen, Dawn.« Tulier Ul'Ambas machte mir Meldung mit einer leichten Verbeugung. Unser Verhältnis schien wieder zu stimmen.

Ich schenkte ihm ein Lächeln.

»Danke, Kapitän.« Es wurde auch Zeit. Die Schiffe der Unsichtbaren Flotte hatten sich um einen Tag verspätet.

Ich hatte den Tag genutzt, das weitere Umfeld von Coruum zu scannen – und war auf ein zweites Depot in unmittelbarer Umgebung gestoßen. Es war diesmal wirklich ein Standarddepot, unberührt, unentdeckt, unauffällig – weniger als einhundert Kilometer vom ersten entfernt. Die Kommunikationseinrichtung reagierte auf meine Routinebefehle und identifizierte sich als Extraktionsdepot von Tikal, letztmalig versiegelt 29226, gut ein Jahr nach dem Depot in Coruum.

Aber das waren auch schon alle Informationen, die ich bekam. Die dortige Extraktionshistorie war ebenfalls gelöscht worden. Mein Eindruck war, dass Ten O'Shadiif diese Entdeckung noch mehr beunruhigt hatte, als die neuen Fragen, die sich nach meinem Besuch in Coruum gestellt hatten.

Erwartungsgemäß trug er mir auf, auch das zweite Depot vollständig zu zerstören.

Im Navigationshologramm der Ashantie waren zwei neue Symbole erschienen, ihre Kursvektoren schnitten sich mit unserem in der Umlaufbahn um den Planeten.

Nur zwei Schiffe!

»Das ist nicht viel.« Lumidor wandte sich in seinem Exor zu mir um. »Ein schneller Truppentransporter und ein Zerstörer mit zwei angedockten Jagd-Korvetten.«

»Es wird reichen müssen, Erster. Wir wollen ja nicht den ganzen Planeten auseinandernehmen.«

Tulier Ul'Ambas sah mich entsetzt an.

»Ich scherze, Kapitän!« sagte ich lächelnd in seine Richtung.

CORUM

»Eine Meldung, Kapitän!« Einer der Brückenoffiziere informierte ihn.

In der Mitte der Brücke erschien das Bild eines in Schwarz gepanzerten Soldaten ohne Helm und in unbestimmbarem Alter.

Ein Schauer überkam mich. Das waren keine Truppen der Unsichtbaren Flotte. Das waren Z-Zemothy Kampftruppen.

Auf seiner linken Brustplatte hatte der Soldat das Symbol seiner Einheit eingraviert. Ein Planet, der gerade auseinander brach. Darunter eine liegende Acht auf einem gepunkteten Querstrich. Ein anonymer Dienstgrad. Keine Identifikation möglich.

Sein bleiches Abbild sah sich auf der Brücke der Ashantie um und konzentrierte sich dann auf mich. Das Gesicht mit hoher Stirn – wie aus Stein gemeißelt – eingerahmt von kurzen braunen Haaren und von tiefen Falten durchfurcht. Kleine, schwarze Pupillen blickten zwischen den Blenden der Augenschilde ohne zu zucken geradeaus. Schmale Lippen sprachen.

»Ich bin Ambre El'Sadooni, Befehlshaber der Zerbe-Einheit.« Er neigte den Kopf. »Ich stehe unter Eurem Kommando, Dawn.«

Lumidor grinste breit über beide Ohren und hob die gepanzerte Hand zum Gruß.

»Willkommen Toreki, es gibt Arbeit für Euch!«

10 Keleeze

Roter Nebel, Sieben Königreiche, Arkadia - Galaktischer Spalt, Ruthparksystem
30397/1/1 - 30397/1/7 SGC
26. September - 3. Oktober 2014

König Torkrage Treerose wartete bereits in meinen Räumen, als Raana und ich eintraten.

Das Banner der Meldung zu seinen holografischen Füßen bestätigte eine verzögerungsfreie Thieraportübertragung aus *Quotaan*, der Winterresidenz auf Restront. Eine freudige Erinnerung an mein Zuhause durchflutete mich - allerdings nur kurz - Treerose wirkte ernst. Es musste *sehr* wichtig sein, wenn auf diese Art kommuniziert wurde.

»Overteer,« begrüßte ich ihn. Er nickte uns zu. Sein Blick blieb einen Moment an Raana Roohi hängen.

»Du kennst meinen Adjutanten, Torkrage, soll er uns allein lassen?« Raana wandte sich bereits der Tür zu, als Treerose ihn bremste.

»Nein, Keleeze, er kann bleiben und zuhören, Ruf Astroon ist hier bei mir und ebenso eingeweiht.«

Treerose machte eine kurze Pause, wohl um zu überlegen, wie er am besten beginnen sollte. Mein Blick schweifte ab und glitt durch den Raum, in dem der König stand. Es war ein großer, runder, von mächtigen Säulen bewachter Saal, durch dessen Fenster gedämpftes, bernsteinfarbenes Licht einfiel. Die Optik der Übertragung wirkte unscharf, so dass Teile des Saales ab und zu wie aus dichten Nebelschwaden auftauchten - nur um gleich darauf wieder zu verschwinden. Zwischen den Nebelschwaden wurde der Blick auf erdfarbene Rottöne und Sandstein frei, ohne jedoch wirklich Details erkennen zu lassen. Nur der König war präzise zu sehen.

Mir genügten die Ausschnitte, um zu bestätigen, was das Meldungsbanner bereits angekündigt hatte: Es handelte sich bei dem Saal um den Königssaal der Winterresidenz, in dem vor vierzehn Jahren die Inthronisation von Torkrage Treerose erfolgte, zu deren Anlass ich ihn kennen lernte.

CORUUM

Sein Reich war mit einem Alter von knapp 20000 Jahren das älteste der 7K und galt allgemein auch als das einflussreichste im Roten Nebel. Seit seiner Ernennung zum Overteer, einem der drei höchsten Repräsentanten der Organisation, stand Treerose ganz oben im Machtgefüge des Rings der Sieben.

Unsere Väter kannten einander recht gut aus einer gemeinsamen Jugend auf Restront, wo unsere Ländereien eine lange gemeinsame Grenze besaßen.

Die Statur des Königs war typisch für einen auf Restront Geborenen: Groß und schlank, mit schwarz-glänzenden Haaren, die er zu einem strengen, schulterlangen Zopf gebunden hatte. Sein Gesicht war ansprechend und offen, mit klugen, hellen Augen, einer feinen Nase und einem braunen Teint. Ein tiefschwarz glänzender Ohrring im linken Ohr schwang leicht hin und her, wenn er den Kopf bewegte.

Bis auf das feine Narbengeflecht am rechten Augenwinkel, einem Überbleibsel seiner Ausbildungszeit auf *Chrunus*, der Trainingsstätte der Schattentruppen der Organisation, war er der Inbegriff der Perfektion und sicherlich die bekannteste Persönlichkeit im Roten Nebel.

Er trug einen schlichten, mattschwarzen Monofaser-Anzug, an dem nur die Gelenkbereiche mit feinen, farbigen Linien verziert waren. Er schloss dicht am Hals und an den Handgelenken ab und war ohne jedes formale Abzeichen. Als Ausdruck seiner Königswürde trug er einen feinen, goldenen Stirnreif, den er - wie ein Helmvisier - ein wenig zu weit nach oben geschoben hatte.

»Keleeze!« Treerose's Stimme kam leicht angespannt über die Verbindung, aber so deutlich, als stünde er neben mir.

»Wie kommst du mit dem Test des neuen Antriebes zurecht?«

Ich erklärte ihm die guten Fortschritte in der Erprobung bis zum Rückschlag mit der K3 und von der Frist, die ich Hud Chitziin und seinem Wissenschaftsteam zur Lösungssuche gegeben hatte.

CORUUM

Sein Gesichtsausdruck war weiterhin ernst, als ich geendet hatte. »Das höre ich nicht gern. Ich fürchte, die K3 wird sich selbst helfen müssen.«

Ich fing einen überraschten Blick von Raana auf, als der König bereits die Erklärung zu liefern begann:

»Ich möchte, dass du dich sofort in diesen Sektor begibst, Keleeze.« Koordinaten leuchten kurz am unteren Displayrand auf und wurden von der Schiffsdatenbank übernommen.

»Der dritte Planet dieses Systems heißt Ruthpark. Ich erhielt vor ein paar Stunden eine passive, verzögerte Thieraportübertragung von dort, die ich als Spur zu Harkcrow Treerose interpretiere.«

Der Name hing einen Moment lang wie ein Geist im Raum. Er gab mir in der Stille Zeit, nachzudenken.

»Harkcrow, das ist einige hundert Jahre her«, erinnerte ich mich laut.

»Genau 1172 Jahre, seit dem letzten Hinweis auf ihn, bevor er spurlos verschwand.« Treerose ging langsam im Saal herum. Der Ausschnitt des Thieraports folgte ihm.

»Ich übermittle dir die Aufzeichnung der Thieraportübertragung, du kannst sie dir nachher ansehen - es geht um die Übertragung aus einen archivähnlichen Raum, der historische Schriften enthält.« Ein leises Piepsen des Holodisplays quittierte den Empfang der Daten. »Harkcrow hat vor vielen Jahren auf dem Planeten etwas errichtet und gut verborgen. Ich möchte, dass du hinfliegst, dir das ansiehst und herausbekommst, was es ist und wozu es gedient hat - oder noch dient.«

»Siir?« Raana Roohi sah mich fragend an. Ich nickte ihm zu.

»Siir, Overteer Treerose,« der König drehte sich zu ihm um, »wir haben gestern ein verstümmeltes Nebenraum-Signal aufgefangen. Die Rückverfolgung zur letzten Verstärkerstation hat eine Position nur unweit der von Euch übermittelten Sektorendaten ergeben.«

Treerose und ich sahen uns einen Augenblick lang über die unvorstellbare Entfernung von zehntausend Lichtjahren verdutzt an. Er schob seinen Stirnreif noch ein wenig weiter zurück, so dass er durch den Sonnenlichteinfall wie ein Heiligenschein der Kirchenritter blitzte. Dann berichtete ich ihm den Sachverhalt über den in einem alten Organisationscode verschlüsselten Signaltext und seine Übersetzung.

Er stand eine Zeitlang schweigend auf der Stelle. Ich konnte fühlen, wie er die Informationen analysierte. Schließlich sagte er:

»*Coruum*, das ist auch eine *inhaltliche* Übereinstimmung des Signaltextes mit der Thieraportaufzeichnung.«

Ich beobachtete den König aufmerksam. Nachdenklich sagte er: »Arkadia liegt acht mal so weit von Ruthpark entfernt wie Restront. Das Signal, das die Relion abgefangen hat, wurde demnach deutlich vor der Thieraportsendung von Ruthpark abgestrahlt.« Er drehte sich zu jemandem außerhalb des Aufnahmebereichs des Thieraports um.

»Das ist kein Zufall.« Die Schlussfolgerungen aus seiner Bemerkung überließ er uns.

Treerose verfiel wieder in Schweigen und ging eine Zeitlang im Saal umher. Als er an einem großen geschwungenen Tisch vorbeiging, sah ich die Person zu der er sich umgedreht hatte, dahinter sitzen. Ein großer, schlanker, rot-blonder Mann, Ruf Astroon, die rechte Hand des Königs.

»Können wir ausschließen, dass das Signal den Stützpunkt der Unsichtbaren Flotte erreicht hat?« Es lag eine gewisse Schärfe in Torkrages Frage. Sein Blick wechselte zwischen Raana und mir hin und her.

Raana schüttelte den Kopf. »Wir können es definitiv nicht ausschließen, Siir. Die Sendeleistung hat ausgereicht. Wenn die Flotte nicht geschlafen hat, muss sie es empfangen haben. Weiterhin haben unsere Sensoren die Hyperraumkommunikationsanlage des letzten Überganges des Signals entdeckt. Ich habe eine Drohne hindurchgeschickt. Ihr Empfangsmodul übermittelte ähnliche Koordinaten für den Eintrittspunkt, wie die von Euch genannten, Siir. Die Quellen stimmen somit mit sehr hoher Wahrscheinlichkeit überein.«

Die Sicherheit, mit der Raana die Schlussfolgerungen vorbrachte, verfinsterten die Mine von Treerose weiter.

»Das bedeutet, wir gehen davon aus, dass die Unsichtbare Flotte das Signal ebenfalls erhalten hat. Sie werden vielleicht etwas länger zum Entschlüsseln benötigen, werden es jedoch schaffen. Dafür wird ihnen der Inhalt der Nachricht etwas sagen, das uns im Moment verborgen bleibt.«

»Kannst du mir mehr über deine Vermutungen bezüglich der Umstände mitteilen, die möglicherweise zum Verschwinden von Harkcrow Treerose geführt haben?« fragte ich den König.

Ich sah Raana kurz an. »Ich frage mich auch, was für Verbindungen es zwischen deinem Vorfahren und der Unsichtbaren Flotte gegeben hat.«

Treerose war stehen geblieben und starrte nachdenklich vor sich hin, als ringe er mit der Entscheidung, ob er etwas sehr Wichtiges preisgeben solle, das auf der einen Seite die Chancen zur Beantwortung der Fragen deutlich erhöhen, auf der anderen Seite jedoch das Risiko der weiteren Verbreitung mit sich bringen würde.

Er bedachte seinen Adjutanten mit einem kurzen Blick.

»Du weißt, dass Harkcrow einer der Gründer der Organisation war?« Sein Blick hing prüfend an mir.

»Natürlich. Diese Tatsache ist - wenn schon nicht allgemein, so doch in gewissen Kreisen bekannt und anerkannt. Sie gilt als eine Begründung für sein Verschwinden. Man vermutet eine Racheaktion von unterlegenen Kräften im vorausgegangenen Einigungsprozess. Harkcrow wird - wenn du mir diese Bemerkung gestattest - in den Aufzeichnungen als wenig rücksichtsvoll gegenüber Schwächeren beschrieben. Sicherlich eine wichtige Eigenschaft, wenn es um den Aufbau einer Armee geht, vielleicht nicht so hilfreich im Bereich der Diplomatie.«

Er nickte mir zu. »So kann man es umschreiben. Doch es gibt noch weitere Aspekte seines Handelns.« Treerose kam wieder in die Mitte des Saales.

»So wie die Gilde mit Hilfe der Unsichtbaren Flotte den Frieden im Gebiet des Zentrums aufrechterhält, tat sie es früher auch in den Nebelwelten. Sie ließ sich das natürlich gut bezahlen.

Die Königreiche waren länger als die beiden anderen Regionen untereinander zerstritten und drohten im Kräfteverhältnis gegenüber dem Zentrum zurückzufallen. Harkcrow hat das als einer der ersten offen angeprangert. Der Auftrag zur Gründung und zum Aufbau einer übergreifenden Macht in den damaligen neun Königreichen, als Exekutive fest in den Königreichen verankert, war in der zweiten Hälfte seines Lebens das oberste Ziel.«

Torkrage Treerose sprach in einem lockeren Erzählstil, als rezitiere er einen schon oft aufgesagten Text.

»Diese Pläne wurden zuerst streng geheim gehalten und alle Aktivitäten spielten sich im Verborgenen ab. Doch das Zentrum und auch die Nebelwelten erfuhren davon und waren nicht begeistert. Verständlich - es lief ihren Plänen von der Ausweitung der eigenen Einflussgebiete entgegen. Vor allem das Zentrum begann zu intrigieren. Die Nebelwelten hielten sich zurück, sie verfolgten die massive Expansionspolitik des Zentrums eher abwartend, waren sich aber im Klaren darüber, dass sie nach einer Eroberung oder Zerschlagung der Königreiche als Nächste auf der Liste stehen würden. Es gilt heute als Tatsache, dass die obersten Mütter und Väter der Kirche die Bildung der Organisation heimlich begrüßten. Das Zentrum verlor deutlich an Einfluß in den Nebelwelten und die Kirchenritter, deren Gründung etwa zeitgleich erfolgte, konnten das Vakuum der abziehenden Zentrumsflotte für sich nutzen und ausfüllen.

Dennoch dauerte allein der Einigungsprozess innerhalb der Königreiche fünfundzwanzig Jahre. In diesem Zeitraum verringerte sich die Anzahl der Königreiche von neun auf sieben.

Nicht aus dem Grund, dass zwei sich entschieden nicht mitzumachen, sondern weil zwei Königreiche so vom Zentrum und der Unsichtbaren Flotte gegen die übrigen aufgestachelt wurden, dass sich das Reich Restront/Treerose gezwungen sah, sie unter der Führung von Harkcrow zu erobern.« Torkrage grinste finster vor sich hin.

»Natürlich macht man sich Feinde, wenn man auf diese Art verhandelt. Auch ich hatte dieser Version für sein Verschwinden die höchste Wahrscheinlichkeit eingeräumt - bis heute!«

Raana hörte ihm fasziniert zu. Seine Ausführungen waren eine prägnante Zusammenfassung einer Vielzahl von Gerüchten, die im Umlauf waren und für die es normalerweise keine Bestätigung oder Dementis gab.

»Eine Zusammenarbeit Harkcrows mit der Unsichtbaren Flotte halte ich für ausgeschlossen. Er bekämpfte sie aufs Entschiedenste und die Flotte stand den Plänen für den Aufbau einer einheitlichen Schutzmacht in den Königreichen natürlich feindlich gegenüber.«

Er nahm seinen Stirnreif in beide Hände und betrachtete ihn abwesend. Die einfallenden Sonnenstrahlen hatten an Intensität abgenommen.

»Ich bemerke auch, Keleeze, dass das im Widerspruch zu der Tatsache steht, dass das Signal, das ihr aufgefangen habt, auf den größten Stützpunkt der Unsichtbaren Flotte im Zentrum ausgerichtet war - aber deshalb musst Du der Sache auch auf den Grund gehen.«

Er setzte den Reif wieder auf und entspannte seine Schultern.

»Die Übertragung, die ich heute Mittag erhielt, ist eine neue Spur von Harkcrow. Sie konnte nur von dem Thieraport hier in der Winterresidenz empfangen werden. Sie kam direkt aus einem Raum, der von Individuen untersucht wurde, die - und das ist eine Vermutung meinerseits - bis jetzt keinen Kontakt mit den Zivilisationen des Roten Nebels hatten. Sie lasen einen Text von den Wänden des Raums ab, in einer Sprache, die ich noch nie gehört hatte.«

Er sah mich jetzt direkt an. »Selbst hier in *meiner* Residenz wurden Spuren beseitigt. Zum Glück nicht vollständig. Der Übersetzer des Thieraports hatte die von den Individuen vorgelesene Sprache bereits zuvor verwendet. Es gab eine Vielzahl von Übertragungen lange vor dem heutigen Datum. Und jetzt darfst du raten, von wann.«

Nach seiner Einleitung war das sehr einfach. »Zu Harkcrows Lebzeiten«, antwortete ich.

»Ja, das war zugegebenermaßen die einfache Antwort, Keleeze, aber es gab noch weitere Übertragungen, lange bevor Harkcrow geboren wurde.« Er lächelte nicht. »Weitere 2300 Jahre vorher, ich vermute stark dem Erbauungsdatum des Thieraports auf Ruthpark.«

Torkrage ließ die Zahl auf mich wirken. Raana pfiff leise vor sich hin.

»Der Thieraport hat alle Übertragungen gespeichert, seit seinem ersten Tag. Nur die meisten der Übertragungen von Ruthpark wurden gelöscht. Alle Bilder, alle Texte. Seltsamerweise wurden bei einigen jedoch die Einträge im Übersetzungsmodul vergessen.« Sein Gesicht füllte jetzt das gesamte Holodisplay. Seine Augen funkelten. »Finde heraus, was er dort gemacht hat, Keleeze, und was bei seinem letzten Besuch dort geschehen ist.«

Er entspannte seine Haltung ein wenig und begann wieder im Saal herumzugehen.

»Ich stimme dir zu, dass die Übertragung und das Signal, das ihr und die Unsichtbare Flotte empfangen habt, zusammengehören. Das heißt, möglicherweise ist schon jemand anderes dorthin unterwegs um nachzusehen und um vielleicht Spuren zu beseitigen. Wenn auf der Seite der Unsichtbaren Flotte noch jemand lebt, der diese möglichen Hintergründe kennt, wird er nachsehen müssen! Unser Vorteil besteht zur Zeit darin, dass dieser Jemand nicht vermuten kann, dass wir das Signal ebenfalls erhalten haben.«

Er wies auf seinen Adjutanten. »Ruf hat bereits einen schweren Schildverband umgeleitet. Er wird sich mit dir im Ruthparksystem treffen.«

Das Bild des Holodisplays zoomte auf den Adjutanten des Königs. »Unglücklicherweise gibt es kein Sprungtor in unmittelbarer Nähe des Sektors, Merkanteer,« sagte er. »Der Schildverband wird ungefähr sechs Tage durch den Normalraum unterwegs sein. Die Relion kann mit dem neuen Antrieb direkt in das System springen. Es gibt dort drei in Frage kommende Potentialenden. Die Daten werden Hud Chitziin bekannt sein.«

Treerose' Stimme war eindringlich: »Verlier keine Zeit, Keleeze, der *Ring der Sieben* wird im nächsten Monat zusammentreten. Bis dahin müssen wir Bescheid wissen.«

Der König stand wieder in der Mitte des Saales, hochaufgerichtet. »Der Schildverband wird dir den Rücken frei halten, solange Du auf dem Planeten die Untersuchungen durchführst. Setze die Erprobung des neuen Tores und des Antriebs in Richtung Ruthpark fort.

Bevor ich es vergesse - ich sende dir noch einen Bericht mit Neuigkeiten über das Tektor Artefakt, den mir Hud Oxmedin heute morgen zusammengestellt hat. Leite ihn bitte an Hud Chitziin weiter, er wird damit vielleicht etwas anfangen können.« Er nickte mir zu und die Verbindung war beendet.

Ein leises Piepen signalisierte den Erhalt des Dokumentes, dann war das Holodisplay leer.

»Ich frage mich, was Overteer Treerose für Schwierigkeiten erwartet.« Raana schüttelte verständnislos den Kopf. »Selbst ohne K3 kann uns wenig passieren.«

Ich stimmte ihm innerlich zu, obwohl die vorsorgliche Entsendung eines Schildverbandes auch mich beunruhigte.

Wir würden die Situation auf uns zukommen lassen, in der Gewissheit, dass wir uns in der Gesellschaft der Belagerungsschiffe wirklich keine Sorgen um irgend etwas Kleineres als eine Supernova machen mussten.

»Geh zu Kapitän Aroldi und plane mit ihm und Kapitän Roniin den neuen Kurs in das Ruthpark-System. Ich werde mit Hud Chitziin über den aktuellen Status des Antriebstests sprechen und den Bericht von Tektor ankündigen, obwohl ich nicht glaube, dass ihn das im Moment sehr interessieren wird.«

Er wandte sich zur Tür, Sorgenfalten auf der Stirn.

»Falls wir die neuen Tore nicht für den Sprung verwenden können, Keleeze, wirst du Overteer Treerose zum Ring der Sieben nur mitgegeben können, dass die Relion im Ruthpark System eingetroffen ist.«

⌢

Die Spannung unter den Anwesenden auf der Brücke war greifbar. Die Diskussion vor sieben Tagen war kurz aber heftig gewesen, doch letztendlich konnte ich Seine Weisheit davon überzeugen, ohne definitiven Abschluss der Fehleranalyse des MSD der K3 mit den Sprungvorbereitungen des Flaggschiffes und der Relion für die Reise ins Ruthpark-System zu beginnen.

Hud Chitziin hatte sich - wie erwartet - überrascht durch den engen Zeitplan gezeigt, den ich ihm nach dem Gespräch mit Torkrage Treerose vorgab. Meine sparsamen Erläuterungen hatten nicht dazu beigetragen, meine Entscheidung für ihn verständlicher zu machen.

So lautete meine Argumentation schließlich, dass sein wissenschaftliches Team keinerlei Hinweise auf ähnliche zu erwartende Probleme bei der K1 oder der Relion gefunden hatte. Sollten diese Probleme nach dem Sprung auftreten, würde den Wissenschaftlern an Bord der Relion im Ruthpark System ausreichend Zeit zur Verfügung stehen, sich darum zu kümmern, während Raana und ich den neuen Auftrag des Königs verfolgten.

Außerdem würde der Schildverband kurz nach uns dort eintreffen, so dass wir auch auf die Begleitung unseres eigenen Trägers, der nicht über einen der wenigen MSD-Prototypen verfügte, verzichten konnten.

Die Relion würde zuerst springen, um dem wissenschaftlichen Team während des Sprunges letzte Überprüfungen und Korrekturen zu ermöglichen.

Seine Weisheit lief aufgeregt auf der Brücke hin und her, die letzten Vorbereitungen des vollkommen automatisch ablaufenden Initialisierungsprozesses des Halbdurchlässigen Nullgravitationstores überwachend. Hud Koncuun, unter normalen Umständen der wissenschaftliche Leiter an Bord der Relion, für die Dauer der Tor-Mission jedoch in der Rolle des Beobachters, hatte sich zusammen mit Syncc Marwiin in einen abgetrennten Kommunikationsbereich im hinteren Teil der Brücke zurückgezogen, in dem sie aufgeregt über die ersten Analysedaten diskutierten.

Kapitän Annu Aroldi und der Leiter der Missionsoffiziere, Hightenent Koor Segaan, sprachen über ein Brückenholodisplay mit Kapitän Roniin, an Bord des Flaggschiffes K1, welches das Tor 30 Minuten nach uns passieren würde, sollte Hud Chitziin nicht nach unserem Sprung den Ablauf ändern.

»Merkanteer, Kapitän,« Seine Weisheit winkte mich und Annu Aroldi an das zentrale Navigationsdisplay, »das Tor wird sich in fünf Minuten öffnen.«

Bislang zeigte das Display nur leeren Raum. Arkadia lag jetzt auf der anderen Seite der Systemsonne, durch ihre Masse vor den möglichen Folgen geschützt, sollte hier bei uns etwas schief gehen.

Das Modul mit den Segmenten des Halbdurchlässigen Nullgravitationstores bewegte sich wie ein kleiner, in der Sonne funkelnder Regentropfen vom rechten Rand des Holodisplays in seine Mitte. Es bremste ab und teilte sich in eine Wolke kleinerer Segmente auf, die aus dem Zentrum des kugelförmigen Holodisplays nach außen, zu ihrer jeweiligen Position auf einem imaginären Kreisring, zuhielten.

»Merkanteer, ich habe für diesen Sprung unser komplexestes Tormodul gewählt. Es verfügt über 36 Verteilerstationen, von denen im schlimmsten Fall nur 12 erforderlich wären, die Verbindung für die Dauer des Sprunges beider Schiffe aufrechtzuerhalten.« Die Genugtuung in der Stimme Seiner Weisheit war nicht zu überhören, ich hatte aber auch nichts gegen die erhöhte Sicherheit einzuwenden.

Mittlerweile hatten die jetzt fast unsichtbaren Segmente sich zu einer kreisrunden Kette aufgereiht und blitzten unregelmäßig im Sonnenlicht.

»Noch zwei Minuten, Hud Chitziin.« Hudun Garoon las ihm einige Werte aus seinem wissenschaftlichen Display vor. Seine Weisheit nickte zufrieden.

Der Countdown lief ab, und innerhalb eines Wimpernschlags war da nicht mehr der schwarze Raum, sondern eine kreisrunde blau schimmernde Scheibe im Zentrum des Holodisplays. Ohne Zeitverzögerung und ohne sichtbare Störungen hatte sich die Verbindung zwischen dem System von Arkadia und dem Ruthpark-System über eine Normalraumfernung von mehr als siebenhunderttausend Lichtjahren aufgebaut. Vor uns lag die Sonne des Ruthpark-Systems als winzig kleiner, durch die Schwerkraftlinsen des Tores verschmierter, gelb-roter Fleck.

»Sehr eindrucksvoll, Hud Chitziin.« Kapitän Aroldi sprach mit hohem Respekt. Die allgemeine Anspannung begann sich ein wenig zu lösen.

»Hightenent Segaan, startet jetzt bitte die Sonde in das Zielsystem!« Kapitän Aroldi sah den Leiter der Missionsoffiziere kurz an. Der nickte und bediente seine Navigationseinheit über ein vor ihm in der Luft schwebendes Holodisplay.

Nach wenigen Augenblicken näherte sich eine massive Sonde, gestartet von Bord der K2, und flog zielgerichtet auf die Mitte der Toröffnung zu.

»Jede zweite Verteilerstationen, die wir hier sehen,« - Seine Weisheit zeigte mit einem Lichtstrahl aus einem seiner Fingerringe auf die entsprechenden Punkte im Display - »hat bereits den Sprung ins Ruthpark System ausgeführt. Die Instrumente melden eine einwandfreie und stabile Verbindung. Die Sonde soll uns jetzt letzte Sicherheit vor unserem eigenen Sprung bringen.«

Die Sonde, eine Ansammlung aus unförmigen Geräten und Antennen, näherte sich mit einem kurzen Impuls aus ihrem Systemtriebwerk dem Tor, führte eine geringe Kurskorrektur aus und aktivierte ihren MSD.

Langsam flog sie durch die blau schimmernde Tormembran und wechselte mit einem kurzen weißen Aufflackern hinter die Membran.

Die Schwerkraftlinsen verzerrten das übertragene Bild der Sonde, das wir im Navigationsdisplay von ihr bekamen. Es sah aus, als glitte sie auf der anderen Seite des Tores aus der Mitte rasend schnell an den äußeren Kreis der Verteilerstationen. Die Projektion des Bahnverlaufs dokumentierte jedoch eine exakte Gerade durch das Tor in das fremde System hinein, wo sie abbremste und verharrte. Der erste Teil von uns war im Ruthpark System angekommen.

Hud Chitziin atmete erleichtert aus. Ich sah aufmunternd zu ihm rüber. »Dann können wir ja, Hud Chitziin.«

»Gebt mir bitte etwas Zeit zur Überprüfung der Sondenergebnisse, Merkanteer.« Bevor ich antworten konnte, hatte er sich bereits mit Hudun Garoon ins Studium der wissenschaftlichen Displays vertieft.

»Sagt mir bitte, Höchster, was werden wir in dem System machen, wenn wir dort angekommen sind?« Syncc Marwiin hatte sich neben mich gestellt, ohne, dass ich sein Näherkommen bemerkt hatte.

Ich sah ihn an. Seine blonden Locken passten irgendwie nicht zu seinem Alter, das ich auf ungefähr achtzig Jahre schätzte. Seine dünne, hochgewachsene Figur ließ ihn gebrechlicher erscheinen, als er wohl war. Er fixierte mich von unten mit seinen hellblauen Augen und wartete auf eine Antwort.

Ich hatte nicht vor, ihn wie auch den Rest der Offiziere über den eigentlichen Inhalt der Nachricht von Treerose zu informieren. Lediglich Kapitän Roniin und Annu Aroldi hatte ich etwas detailliertere Angaben bezüglich der neuen Befehle von Overteer Treerose gegeben, ohne jedoch von Harkcrow Treerose oder den Anzeichen für einen Zusammenhang mit ihm zu sprechen.

Trotzdem wäre Syncc Marwiin, bezogen auf seine Position an Bord, wohl einer der Nächsten gewesen, die zumindest eine teilweise Erklärung verdient hätten.

»Syncc Marwiin.« Ich lächelte ihn an. »Ich freue mich, Euch zu sehen.« Er lächelte etwas unsicher zurück. »Ich kann Euch leider keine genaue Auskunft darüber geben, was wir unternehmen werden, wenn wir das Ruthpark System erreicht haben. Nur soviel,« - ich beugte mich vertrauensvoll zu ihm hinunter und senkte die Stimme - »dass ich einen Hinweis von Overteer Treerose erhalten habe, das es dort möglicherweise verdeckte Aktivitäten des Zentrums geben kann, denen wir nachgehen sollen.«

Er blickte mich mit großen Augen an. »Der Overteer persönlich gab Euch den Hinweis?« Ich nickte ihm zu und sah ihn ernst an.

»Vielleicht könnt Ihr mir zu gegebener Zeit mehr über ihn erzählen, er ist ein - geheimnisvoller Mann.« Er verabschiedete sich und eilte zurück zu seinem Platz bei Hud Koncuun.

Ich konnte ein leichtes Grinsen nicht unterdrücken, als mein Blick den von Raana streifte, der mit Hud Chitziin und Kapitän Aroldi zusammenstand.

Als sie bemerkten, dass mein Gespräch mit dem Syncc beendet war, kamen sie auf mich zu.

»Wir sind so weit, Merkanteer.« Seine Weisheit blickte zu mir hoch.

»Dann sollten wir beginnen, Hud Chitziin. Wir haben keine Zeit zu verlieren.« Er gab seinem Assistenten ein Zeichen und bat Kapitän Aroldi, die Relion in Position zu bringen. Die K1 hatte sich etwas von der Relion zurückgezogen, und die K2 verharrte in einigen Lichtsekunden Entfernung, nur als Flottenemblem im Navigations-Holodisplay erkennbar. Ihre Systembegleitjäger zogen sich von der Relion und dem Tor zurück und patrouillierten jetzt hinter uns.

Ein Kribbeln lief über meine Haut und ich strich mir unwillkürlich über die Unterarme. Bei der Bewegung bemerkte ich, dass es mehrere andere auf der Brücke mir nachmachten und unruhig umher blickten.

»Siirs, Siiras, das Kribbeln, das sie soeben verspürten, war die Aktivierung des MSD der Relion.« Hud Chitziins Stimme kam über das Schiffskommunikationssystem. »Durch den Aufbau des Konduktionsfeldes kommt es zu kleineren statischen Ladungswanderungen. Völlig harmlos.«

Die unruhigen Blicke blieben.

Ich trat zu Raana an das zentrale Navigations-Holodisplay, dessen Kugelform über die gesamte Höhe der Brücke aufragte. Eine Vielzahl an Bahn- und Sensordaten wurde in kleineren Teilbereichen des Displays angezeigt. Einige Navigationsoffiziere und Mitarbeiter aus Hud Chitziins Stab, mit ihren individuellen Holodisplays ausgerüstet, gingen herum und überprüften jede Bewegung des Schiffes, parallel zu dem automatischen Countdown des Navigationscomputers.

Die Relion ging in Position und näherte sich langsam dem Tor. Die blau schimmernde Scheibe der Membran füllte bereits das gesamte Display.

Der Moment des Übergangs erfolgte unmerklich. Ein gelbes Flimmern des sich aufladenden Konduktionsfeldes war das einzige Zeichen. Das Ablaufen des Countdowns und der Übergang in den Recount ging ohne Unterbrechung vor sich.

Und dann war das gelbe Flimmern und das Blau der Membran verschwunden. Die Sonne von Ruthpark lag klar als winzige Scheibe vor uns im Navigationsdisplay. Die Sonde trieb zur Seite, um der ausladenden Konstruktion der Relion Platz zu machen.

Ich drehte mich zu Seiner Weisheit um. Ein befreites Lächeln lag auf seinem Gesicht. Kapitän Aroldi ging zu ihm und schlug ihm leicht auf die Schulter. Er war soeben als erster Kapitän in die Geschichte des Weltraumfluges eingegangen, der den MSD über einen Sprung von mehr als siebenhunderttausend Lichtjahren getestet hatte.

Die verbliebene Anspannung unter den Anwesenden auf der Brücke löste sich schlagartig, als allen bewusst wurde, das wir es ohne Probleme geschafft hatten.

Raana grinste mich an und machte eine kipplige Handbewegung. Ich stimmte ihm im Stillen zu. Es war immer besser, den ersten Sprung *hinter* sich zu haben.

Der Ausschnitt des Navigations-Holodisplays hatte die soeben durchflogene Membran im Fokus. Durch die verzerrende, blau flimmernde Optik der Schwerkraftlinse war die K1 im Arkadia System nur schwer zu erkennen.

»Merkanteer?« Kapitän Aroldi winkte mich zu sich heran. »Siir, unsere Sensoren messen im Ruthpark System Reste von zwei erst wenige Stunden alten Sprungsignaturen.« In seiner Stimme klang leichte Besorgnis. »Wir sind hier nicht allein.«

Raana stand hinter uns und hatte dem Kapitän über die Schulter gesehen. »Können die Sensoren die Schiffsidentifikation durchführen?« Kapitän Aroldi sah fragend zu einem seiner Brückenoffiziere hinüber, der den Blick auffing und deutlich mit dem Kopf schüttelte. »Zu alt, sind bereits verwirbelt.«

Ich war nicht überrascht. Treerose hatte angedeutet, dass die Unsichtbare Flotte reagieren würde. Wir hatten durch die Vorbereitungen des Sprunges fast sechs Tage Zeit verloren.

Ich rief den Wissenschaftler zu mir. Er kam, seinen Assistenten im Gefolge. »Glückwunsch zu dem perfekten Manöver und Eurer erfolgreichen Entwicklung!« Ich legte ihm anerkennend meine Hand auf die schmale Schulter.

»Leider scheinen Schiffe des Zentrums oder der Gilde hier im System zu sein. Können sie dieses Tor orten?« Seine Weisheit schaute einen Moment verdutzt vor sich hin, dann legte er die Stirn in Falten und dachte kurz nach.

»Das Tor nicht und den MSD auch nicht. Durch das zu jeder Zeit ausgeglichene Energiepotential hinterlassen wir keine Signaturen mehr. Es besteht jedoch die Möglichkeit eines Sichtkontaktes, Siir.«

»So groß ist die Relion auch wieder nicht, Hud.« Kapitän Aroldi kam mit Raana näher.

Seine Weisheit fuhr unbeirrt fort: »Der größte Radius der K1 ist doppelt so groß wie der der Relion. Das Tor beginnt sich bereits auf den zehnfachen Radius auszudehnen.« Er wies auf das Navigationsdisplay, wo der Durchmesser der blauen Membran stetig wuchs, als die Verteilerstationen des Halbdurchlässigen Nullgravitationstores den Abstand zueinander vergrößerten und auf eine neue Kreisbahn stiegen.

»Mit den optischen Standard-Navigationssensoren wird ein Gildenschiff die Anomalie der Schwerkraftlinse der Membran auf sehr große Entfernung ausmachen können.«

Raana und ich sahen uns an. »Das ist nicht gut,« murmelte mein Adjutant.

Ich wandte mich an Seine Weisheit und Kapitän Aroldi: »Ich möchte, dass der Sprung der K1 jetzt unmittelbar erfolgt und das Tor sich sofort danach deaktiviert.«

Hud Chitziin überlegte einen Moment. »Ich brauche zehn Minuten, die Vorbereitungen mit Kapitän Roniin zu besprechen, Merkanteer. In der Zeit wird Hudun Garoon die Sequenz anpassen.« Er nickte seinem Assistenten zu, mit der Arbeit zu beginnen und verließ uns, Kapitän Aroldi am Arm mit sich ziehend.

Raana trat zu mir. »Die haben nicht getrödelt, Keleeze. Ich hätte nicht gedacht, dass sie so schnell handeln.«

Ich stimmte ihm zu. »Die Unsichtbare Flotte hat keine Zeit verschwendet. Das bedeutet, dass dieses Signal für sie eine immense Bedeutung hat. Ich hoffe, wir kommen nicht zu spät.«

Ich betrachtete die sich auflösende Spur der Sprungsignaturen im Holodisplay,

»Nimm Kontakt mit dem Schildverband auf, sobald die K1 hier ist. Wir müssen sie finden, bevor etwas auf dem Planeten geschieht.«

Waren die Aktivitäten auf der Brücke bisher von einer unterdrückten Anspannung erfüllt gewesen, so liefen sie jetzt durch den verkürzten Countdown des Flagschiffes auf Höchstleistung. Nach nicht einmal fünf Minuten signalisierte die K1 ihre Bereitschaft zum Sprung. Seine Weisheit setzte sich zum ersten Mal, seit ich ihn auf der Brücke gesehen hatte, erleichtert in seinen Sessel.

»Wir sind bereit, Merkanteer.« Kapitän Aroldi wartete auf die Freigabe.

Ich nickte ihm zu. »Dann holt die K1 ins Ruthpark-System, Kapitän.«

Die K1 führte die gleichen Positionierungsmanöver aus wie die Relion zuvor und aktivierte ihren MSD, worauf sie hinter einem gelben Schirm verschwand, der das Schiff wie eine zweite Außenhaut einhüllte.

Sie trieb mit dem Bug voran in gleichmäßiger Geschwindigkeit durch die Mitte des Tores.

Ein kurzes Flackern störte die Sicht. Ich konzentrierte mich und kniff die Augen etwas zusammen.

Die Erkenntnis traf mich wie ein Schlag:

Es war nicht das Bild, welches flackerte, es war eine Störung innerhalb der Schwerkraftlinse!

Ich blickte zu Seiner Weisheit hinüber, um mich zu vergewissern, dass ich mir das nicht eingebildet hatte. Er saß erstarrt im Sessel. Dann durchbrach er den Bann und sprang auf, feine Schweißperlen auf Stirn und Nase.

Die blaue Membran flimmerte kurz, fast nicht zu erkennen. Die Verzerrung der Schwerkraftlinse nahm zu. Kleine unregelmäßige Wellen liefen über ihre Oberfläche. Wir sahen es alle zugleich, doch jeder zweifelte an seiner Wahrnehmung.

»Kapitän Roniin, abbrechen! *Abbrechen!* MSD *umkehren!*« Hud Chitziin schrie die Kommandos laut heraus, das Gesicht angesichts einer anstehenden Katastrophe verzerrt, die im Moment wohl nur er selbst sich ausmalen konnte.

Alle auf der Brücke der Relion sahen ihn überrascht an.

Das Gesicht von Kapitän Roniin an Bord der K1 wirkte nach wie vor nur leicht angespannt. Er machte sich keine Sorgen über den bevorstehenden Sprung - bei der Relion war schließlich alles gut gegangen.

»Kapitän Roniin! Das Tor wird instabil, *brecht den Sprung ab! Sofort!*« Hud Chitziins Worte verhallten ungehört von der K1.

Ich war hinter ihm aufgesprungen, konnte aber auch nicht mehr tun als die anderen auf der Brücke der Relion - hilflos zusehen, wie das Flagschiff, eingehüllt im gelben Kokon des Konduktionsfeldes, immer weiter durch die Membran trieb.

»Merkanteer, ich empfehle, dass sich die Relion unverzüglich weiter von der Membran zurückzieht und sich hinter der Torebene in Sicherheit bringt.« Hud Chitziin sah mich mit aufgerissenen Augen an. Er war am Rande des Zusammenbruchs.

Ich nickte. »Kapitän, bringt die Relion mit Höchstgeschwindigkeit hier weg und bewegt die Sonde in Übertragungsposition.« Alarmsirenen ertönten, und ich spürte eine leichte Übelkeit in mir aufsteigen, als sich die künstlichen Schwerkraftfelder dem maximalen Schub der Triebwerke entgegenstemmten.

Das Schiff beschleunigte auf Anordnung von Hud Chitziin ein paar Sekunden parallel zur Torebene und flog anschließend eine Kehre hinter die Ebene der Tormembran.

Dieses Manöver rettete uns allen das Leben.

Die Sonde nahm ihre Position ein und versorgte uns mit Sensordaten und dem Bild des durch das Tor treibenden Flagschiffes. Das Flackern der Membrane war jetzt ununterbrochen sichtbar. Schwere Entladungsblitze liefen vom Rand des

CORUUM

Tores die blaue Ebene der Membran entlang und trafen auf das gelblich schimmernde Konduktionsfeld des MSD.

Jeder Treffer eines solchen Entladungsblitzes hinterließ eine Ansammlung dunkel leuchtender Flecken, die sich wie dünnflüssiges, brennendes Öl auf der Oberfläche der K1 weiter ausbreiteten.

Nach wenigen Sekunden begannen die Entladungen auch von der K1 in Richtung der Verteilerstationen zurück zu wandern. Wo sie auf eine solche trafen, zerstörten sie sie augenblicklich in einem dunkelrot glühenden Plasmaball. Die verbleibenden Verteilerstationen konnten die zunehmende Gesamtlast der Verbindung zwischen den Systemen Dank der hohen Sicherheitsauslegung eine Zeitlang kompensieren, in der die Relion wertvolle Sekunden zwischen sich und der unausweichlichen Katastrophe brachte.

Als die kritische Anzahl der zum Verbindungserhalt notwendigen Verteilerstationen unterschritten wurde, verglühten die verbleibenden Stationen eine nach der anderen in einer spektakulären Kettenreaktion worauf die Membran kollabierte.

Das Tor implodierte lautlos.

In dem Moment, wo die Membran ihre verbliebene, schützende Wirkung vor den unterschiedlichen Energiepotentialen des Normalraumes im Arkadia- und dem Ruthpark-System verlor, entlud sich der verbleibende Potentialunterschied in einem mächtigen halbkugelförmigen Gammastrahlenblitz, der senkrecht aus der Torebene wuchs, die K1 atomisierte und sich mit Lichtgeschwindigkeit in Richtung des Ruthpark-Systems ausbreitete.

Die begleitende Gravitationswelle erreichte unsere Sonde kurz nach dem Gammastrahlenblitz und zerriss das durch die Energien des Blitzes kurzgeschlossene und wertlose Metall augenblicklich. Sie hätte auch die Relion restlos zerstört, wäre sie noch an der ursprünglichen Stelle gewesen. So verfehlte uns der Gammastrahlenblitz und die Gravitationswelle um einige Lichtsekunden. Die Ausläufer der Strahlung reichten aus, uns vorübergehend komplett abzuschalten. Ich hielt mich an der hüfthohen Brüstung um das erloschene, zentrale NavigationsHolodisplay fest, als die Schwerkraft ausfiel.

Die K2 im Arkadia-System würde jetzt ebenfalls nicht mehr existieren, wenn sie auf ihrer zuletzt gemeldeten Position geblieben war. Die gleiche Entladung musste auf ihrer Seite der Membran erfolgt sein. Die weiteren Vorsichtsmaßnahmen dort hatten hoffentlich für den Planeten und seine Orbitalstation ausgereicht.

Als die Schiffsysteme der Relion eines nach dem anderen wieder reaktiviert wurden, die Schwerkraft und Licht wiederkamen, konnten wir die Auswirkungen nur erahnen, die der Gammastrahlenblitz und die nachfolgende Gravitationswelle des implodierten Sprungtores im Ruthparksystem anrichten würden.

Hud Chitziin hatte sich vor dem Navigationsdisplay auf den Boden gesetzt und starrte entsetzt auf die Leere in seinem Innern. Er stöhnte schmerzvoll und in sich zusammengesunken auf.

Ich ging zu ihm und stellte mich neben ihn. Er hob den Blick und sah mich unendlich traurig an.

»Das war mein Fehler, Merkanteer, ganz allein mein Fehler.«

Alle auf der Brücke waren wie gelähmt.

Raana stand neben ihm und hatte die Augen geschlossen. Er hielt sich mit beiden Händen an dem Geländer fest, welches die kreisförmige Mulde des Navigations-Holodisplays umgab.

Als er sie wieder öffnete, sagte er leise: »Diese Schockwellen werden Ruthpark in genau 9 Stunden und 87 Minuten erreichen. Es ist durchaus wahrscheinlich, Keleeze, dass sich unser Auftrag soeben endgültig erledigt hat.«

CORUUM

CORUUM

11 Ruf Astroon

Roter Nebel, Sieben Königreiche - Zentrum, Risidor II
30397/1/4 - 30397/1/9 SGC
29. September - 6. Oktober 2014

Der Handelskreuzer der Heratis trat durch das Sprungtor ins Risidor-System ein.

Die große Gestalt von Ruf Astroon verfolgte amüsiert vom Sessel des Eigners aus, wie Kapitän Troi Tustuur die Anmeldeformalitäten mit der Systemkontrolle des Zentrums erledigte. Die Reste des Übelkeitsgefühls, welches der Adjutant von Torkrage Treerose immer nach einem Sprung verspürte, spülte er mit einem Schluck aromatisiertem Wasser aus einem kunstvoll geschliffenen Glas hinunter, dass er lässig zwischen dem Daumen und Zeigefinger seiner rechten Hand hielt.

Dass hier – mitten im Zentrum – ein Sprungtor nach klassischer Bauart der 7K existierte, betonte die wirtschaftliche Bedeutung des Risidor-Systems. Es gab nur noch vier weitere Portale sichtbarer Organisationstechnologie im Bereich des Zentrums und jedes dokumentierte mehrere Dekaden ermüdender, harter wirtschaftlicher Verhandlungen.

Die Gilde kämpfte seit Jahrhunderten vehement gegen jeden Versuch der Heratis, Sprungtore im Gebiet des Zentrums zu aktivieren. In ihren Augen zogen diese Tore klare Wettbewerbsnachteile für sie nach sich, wollten sie nicht auch die Schiffe der Heratis mit dem wesentlich kompakteren Sprungantrieb kaufen. Für einen Gildenhändler waren diese Schiffe jedoch außerhalb der 7K praktisch wertlos, da es einfach keine Tore gab.

So war die technologische Barriere zwischen dem Zentrum und den 7K fast noch höher als die politische und die Schiffe der Gilde schleppten sich nach wie vor nach typischer Zentrums-Bauweise mit dem Sprungantrieb ab, der bei gleicher Größe des Basisschiffes deutlich weniger Nutzlast bewegen konnte als vergleichbare Schiffe der Heratis.

In Rufs Augen also ein treffendes Argument der Gilde, dessen Gewicht – sollten die Tests mit den neuen NullGravitationstoren erfolgreich verlaufen – noch weiter zunehmen würde, von den Auswirkungen auf die politische Dimension ganz zu schweigen.

Nur konnte man das Ganze auch umdrehen. Kapitän Tustuur übertrieb nicht, wenn er sich beschwerte, die Heratis sei durch die inkompatible Sprungtechnik im Zentrum und in großen Bereichen der Nebelwelten benachteiligt. Die jeweilige Handelsorganisation beherrschte ihre Region faktisch als Monopolist.

Der junge Mann drehte seinen Sessel in die Richtung des zentralen Navigations-Holodisplays. Die Position des Sprungtores lag weit außerhalb der äußersten Planetenumlaufbahn von Risidor V, einem öden Eis- und Gesteinsbrocken. Der Sprungpunkt für die Schiffe der Gilde lag nahe der Umlaufbahn von Risidor III, einem Gasriesen, dessen Gravitation die Nutzung des Sprungpunktes alle drei Jahre für fünf Monate unterbrach. Dieses Ereignis würde in vier Tagen beginnen und ein entsprechender Betrieb der abreisenden Schiffe hatte bereits eingesetzt.

Der Planet Risidor II war vor lauter planetennahen Orbitalstationen kaum zu erkennen. Nur ein Kreis von ungefähr fünftausend Kilometern Durchmesser war relativ frei: die Zone des Sonnenenergie-Transmitters, der den gesamten Planeten mit Energie versorgte, genauer – die einzige Stadt des Planeten.

Risidor II besaß eine dichte Ammoniak-Atmosphäre und war daher für Menschen ohne Schutzanzug und Lebenserhaltungssystem höchst unattraktiv. Er war über Jahrtausende nichts als ein mächtiger Stützpunkt von Piraten gewesen, die eine geologische Anomalie des Planeten ausgenutzt und auf dem Boden eines riesigen Kraters eine mächtige Stadt erbaut hatten.

Die Kraterwände waren mehrere Kilometer hoch und ragten teilweise aus der Planetenatmosphäre heraus. Dies ermöglichte es den Piraten, innerhalb des Kraters eine atembare Atmosphäre zu schaffen, die sich nur langsam wieder verflüchtigte und mit erträglichem Aufwand stabil zu halten war.

Seit Jahrtausenden galt Risidor jetzt als *das* Vergnügungsparadies im Roten Nebel, vom Zentrum nur aus einem einzigen Grund geduldet – den unbeschreiblichen Steuererträgen wegen, die es einbrachte.

Wer es sich leisten konnte, wenigstens einmal im Leben ein paar Tage auf dieser Welt zu verbringen, hatte es zumindest bis dahin zu einem ansehnlichen Vermögen gebracht.

Der Adjutant des Königs war innerlich auf einen hohen Zoll-Aufschlag vorbereitet gewesen. Trotzdem verschwamm Ruf Astroon für einen Moment der Blick, als er die Summe nach dem Ladungs-Scan der Systemkontrolle auf seinem Holodisplay angezeigt bekam.

Der Zoll von Risidor war der höchste im gesamten Roten Nebel und steigerte sich ins Unermessliche, wenn die Versorgungslage der Stadt ausgeglichen war und sie eigentlich nur sehr ausgewählte Waren benötigte.

Der Lautstärke Kapitän Tustuurs Stimme nach zu urteilen, war die aktuelle Versorgungslage der Stadt ausgezeichnet, was Ruf nicht überraschte. Angesichts der bevorstehenden fünfmonatigen Isolation hatte der Planet natürlich längst alle Waren gebunkert. Tustuurs Gesichtsfarbe veränderte sich vor Wut von einem hellen Braun zu einem dunklen Rot, während er sein Gegenüber in der Systemkontrolle anbrüllte.

»*Was denkt Ihr, was ich geladen habe? Septid bis unter den Atmosphärenschild? Wie soll ich das bezahlen? Sieht die Saphire aus, als hätte sie Toiletten aus geschliffenem Mysalik? Das riecht mir nach einem dicken Strafzoll für Schiffe der Heratis!*«

Ruf konnte sich ein Grinsen in den müden Augen nicht verkneifen, als er den weiteren Ausführungen des Kapitäns lauschte. Natürlich war es ein Strafzoll.

Troi Tustuur akzeptierte nach einem aufreibenden Gefeilsche Minuten später schließlich zerknirscht den Zoll und ließ seinen Landsucher die Saphire auf einen Kurs zum Hauptplaneten des Systems bringen.

Nachdem die Verbindung zur Systemkontrolle wieder unterbrochen war, drehte er sich unzufrieden zu Ruf um, der ihn mit einer schief hochgezogenen Augenbraue aus seinen stahlblauen Augen ansah.

»Ich bin sehr froh, Siir, dass ich das nicht selbst bezahlen muss!«, sagte Tustuur mit mäßig kontrollierter Stimme.

Ruf lächelte. »Das verstehe ich gut, Kapitän. Trotzdem halte ich den Preis für angemessen – in Anbetracht der Ladung, die wir gerade ins System geschmuggelt haben.«

Troi Tustuur verharrte unsicher. »Aber es sind nur herkömmliche Antigrav-Repulsoren, Siir. Ihr könnt froh sein, wenn Ihr den Betrag, den Ihr eben an Einfuhrsteuer bezahlen musstet, durch den Verkauf wieder hereinholt – vom Kaufpreis der Repulsoren und dem Transport einmal ganz zu schweigen.«

Rufs Lächeln wurde breiter. Bisher hatte er den Kapitän nur sehr oberflächlich in seine Pläne eingeweiht.

»Natürlich, Kapitän, genau das sollte die Systemkontrolle glauben – und die Leute von Z-Zemothy auch, wenn sie die Scan-Aufzeichnungen durchsehen.« Er richtete sich im Sessel auf und wandte seine Aufmerksamkeit voll auf die im Dunkelgrün der Heratis gekleidete, kompakte Figur Tustuurs.

»Seht – ich bin zufrieden, wenn sie uns für ein paar durchschnittliche Händler aus den Sieben Königreichen halten, die sich durch den Verkauf ihrer Waren nur ein paar Tage Aufenthalt auf der Vergnügungswelt verdienen wollen. Dann werden sie uns nicht zu viel Aufmerksamkeit widmen und wir können in Ruhe den nächsten Schritt vorbereiten.«

Der Kapitän kniff bei der Erwähnung *des nächsten Schrittes* die Augen zusammen. »Was meint Ihr, Siir?«

Ruf Astroon erhob sich in einer fließenden Bewegung. Seine schlichte, dunkelgraue Organisationsuniform betonte seinen durchtrainierten Körper. Es war Zeit, in seinem Plan die nächste Seite aufzuschlagen.

»Kommt, Kapitän, sehen wir uns an, wie die Repulsoren die Reise überstanden haben.«

Sie erreichten das Ladedeck der Saphire mit einem Antigrav-Schlitten in wenigen Minuten. Reihen von turmhohen, quadergleichen Repulsoren erwarteten sie, und erinnerten den Kapitän jedes Mal an ein bis auf das letzte Feld gefülltes Kriegsbrett voller Ritterfiguren.

Er folgte dem jungen Mann mit dem roten Haarschopf langsam in die zweite Reihe der Repulsoren und sah beeindruckt an den Maschinen bis zum Schwarz des Weltalls über ihnen empor. Das Dach, wie auch die Wände des Ladedecks, bestand aus einem transparenten Atmosphärenschild, der jedem Betrachter den Eindruck vermittelte, als stünde er außen auf der Bordwand des Schiffes.

Als er Ruf Astroon erreichte, war dieser in die Bedienung eines seiner Fingerringe vertieft und benutzte ihn anschließend als Lichtstift für ein kleines Holodisplay, welches vor ihm in der Luft hing. Dann blickte er sich kurz in der Reihe der Antigrav-Repulsoren um.

»Kommt mit hierher, Kapitän!« Er ging zur übernächsten Maschine zu ihrer Rechten. Tustuur sah neugierig zu ihm hinüber.

»*Achtung!*«, sagte Ruf.

Der Repulsor vor dem jungen Mann flackerte kurz auf. Erstaunt hielt der Kapitän die Luft an.

Innerhalb des quaderförmigen Repulsors war ein weiterer, etwas kleinerer Container mit abgerundeten Kanten erschienen. Ohne jedes äußere Kennzeichen schimmerte der Container in einem matten Grau.

Tustuur trat vorsichtig an ihn heran, während der Rothaarige weiter das Holodisplay bediente.

»Eine holografische Tarnung, Siir. Ich bin beeindruckt.«

Ruf lächelte abwesend über die Bemerkung des Kapitäns.

»Nein, nein, Kapitän! Das ist weit mehr,« erklärte er in ruhigem Ton, »eine rein visuelle Tarnung hätte die Scanner der Systemkontrolle nicht glaubhaft getäuscht.« Er zeigte mit dem Lichtstift auf den Container. »Dieser Container erzeugt das identische elektromagnetische Feld und die dazugehörigen Massenkoeffizienten eines Repulsors.«

Tustuur zog anerkennend die Augenbrauen hoch.

»Dann wollen wir einmal sehen, was drinnen steckt.« Mit einem leisen Zischen öffnete sich die Längsseite des unter Überdruck stehenden Containers vom Boden bis zum oberen Ende.

Ein elegantes, elfenbeinfarbenes Tragflächensegment kam eingebettet in eine Stützkonstruktion innerhalb des Containers zum Vorschein. Troi Tustuur betrachtete ungläubig das Emblem des ausbrechenden Vulkans, das in voller Farbenpracht mittig auf dem fahlen Tragflächensegment prangte.

»Ein Gildenschiff?«

Ruf Astroon grinste über das ganze Gesicht.

»Schließlich sind wir hier im Zentrum – oder nicht? Was könnt Ihr Euch besseres vorstellen, als in einem modernen Schiff der Gilde zwischen den Welten des Zentrums umherzureisen?« Er zeigte mit dem Lichtstift auf ein kleines Display am unteren Rand des Containers.

»Dort ist die Position der Container mit den übrigen Teilen des Schiffes, der *Roocs*, gespeichert.« Er gab dem Kapitän einen kleinen Chip. »Dies ist der Schlüssel zur Decodierung der Informationen und zur Deaktivierung der Selbstzerstörungseinrichtungen.«

Tustuur nahm ihn entgegen. »Ein ganzes Gilden-Schiff in zerlegtem Zustand? Wie lange habt Ihr dafür gebraucht, Siir?«

Ruf zuckte mit den Schultern. »Ich war nicht dabei, Kapitän, aber Eure Mannschaft hat genau zweieinhalb Tage, um es wieder zusammenzubauen. Dann muss ich mit meinem Team von hier aufbrechen.«

Tustuur nahm den Chip nachdenklich entgegen.

»Wie wollt Ihr damit aus dem System kommen, Siir?« Sein Blick strich einen Moment lang fragend über das Gesicht des hochgewachsenen Organisations-Offiziers. »Das Schiff ist schließlich nicht registriert, da es nicht offiziell nach Risidor eingeflogen ist. Ihr werdet nicht einfach am Sprungpunkt die Triebwerke zünden und abfliegen können.«

Ruf bedachte ihn mit einem Lächeln.

»Ohne Zweifel eine wichtige Frage, Kapitän,« begann er und blickte die Reihe der übrigen Repulsoren entlang. »Morgen um diese Zeit wird ein baugleiches Schiff der Gilde, die *Original-Roocs*, von einem Strandurlaub auf Ankatarh hier eintreffen, zwei schwerreiche Händler und ihr Gefolge für einen Vergnügungstrip absetzen und zwei Tage später wieder zurückfliegen - so ist es jedenfalls geplant.«

Tustuur konnte sein Erstaunen nur schwer verbergen. »Woher wisst Ihr das, Siir?«

Ruf Astroon überhörte die Frage. »Natürlich werden wir seinen Flugplan ändern, Kapitän.« Er sah Troi Tustuur nun direkt an.

»Wir werden es nach dem Absetzen der Händler und ihrer Mätressen in der Grube entern, hierher zurückfliegen, zerlegen, und Ihr werdet es in diesen Containern, als defekte Repulsoren getarnt, nach Restront zurückbringen.«

Er hörte den Kapitän scharf nach Luft schnappen. Bevor er etwas erwidern konnte, fuhr Ruf fort: »Mein Team wird mir helfen. Ihr und Eure Mannschaft könnt Euch voll und ganz auf den Zusammenbau konzentrieren.«

Troi Tustuur zog eine Augenbraue hoch. Dann nickte er. »Ich bin nur der Kapitän, Siir, ich mache, was Ihr befehlt!«

Das kleinste Beiboot der Saphire bot Platz für vier Personen und war äußerlich in einem Zustand, der keinem Betrachter einen zweiten Blick abverlangen würde.

Es schoss fast senkrecht aus Richtung der Planetenstation 18, dem Verladepunkt der Repulsoren, auf den braunen Planeten hinunter.

»Noch fünf Minuten!«

Die Alt-Stimme der bemerkenswert hübschen Frau im Konturensessel neben Ruf Astroon klang gleichgültig. Ihre blonden, feinen Haare waren ein Kunstwerk aus kleinen Zöpfen, die am unteren Ende in kleinste Löckchen ausliefen.

Sie trug eine aufregende Kombination aus kostbarem braunschwarzem Fell, leuchtend roten Monofasern und nackter, brauner Haut, welche die Aufmerksamkeit eines jeden Betrachters automatisch für mehrere Sekunden ablenkte. Ihr Pilotenvisier übertrug die Flugdaten direkt auf die Netzhaut ihrer Augen. Ihre linke Hand ruhte in dem blauen Lichtfeld der Synchro-Steuerung.

Die beiden Offiziere in der zweiten Reihe sowie Ruf trugen im Kontrast zu ihrer Begleiterin sehr hochwertige, aber schlichte Uniformen der Heratis im typischen Dunkelgrün. Die Gruppe im Schiff bestand aus Mitgliedern der Alstor-Truppen, der königlichen Leibgarde von Torkrage Treerose und war von Ruf persönlich für dieses Unternehmen ausgewählt worden. Es handelte sich um die bessere Hälfte seines Kern-Teams, der Gruppe, die er schon mit nach Restront gebracht hatte und in der jedes Mitglied alle anderen in der Gruppe in- und auswendig kannte.

Die andere Hälfte war hoch über ihnen an Bord der Saphire damit beschäftigt, zusammen mit Tustuurs Mannschaft unter Hochdruck die Kopie der Roocs zu montieren.

Im Moment sah Ruf- wie die anderen auch - fasziniert auf das Außendisplay.

Die Grube, wie die eigentliche Stadt auch genannt wurde, war bereits aus großer Höhe zu erkennen. Ein kreisrundes, gleißendes Lichtermeer mit einem Durchmesser von fast fünfzig Kilometern bot ein nicht zu verfehlendes Ziel.

Im Süden der Grube, fast am Horizont und bereits eintausend Kilometer von ihr entfernt, leuchtete ein noch hellerer Punkt. Die Bodenstation der Sonnenenergie-Transmitter.

Bei der Grube handelte es sich um einen uralten Krater, der mehrere hunderttausend Jahre als See überdauert hatte, bevor die erste Generation von Vergnügungsspekulanten ihn wiederentdeckte, die Überreste des Piratenstützpunktes sprengte und ihn anschließend auspumpte. Die Kraterränder wurden erhöht, bis sie einen vollständigen Ringwall über den höchsten Atmosphäreschichten bildeten.

Ihre Form der nahezu perfekten Halbkugel besaß die Grube seit nunmehr zweitausend Jahren, in denen die ständige Besucherzahl auf über dreihundert Millionen angewachsen war.

Der nördliche Rand war tief in ein hohes Gebirgsmassiv eingegraben und hatte den breiten Flusslauf durchtrennt, der den frühen Krater gefüllt hatte. Die Erbauer der Grube hatten den Flusslauf durch eine kilometerbreite Öffnung im Kraterwall erneut in die Grube hinabgeführt und in ihrer Mitte einen See von gut zehn Kilometern Durchmesser aufgestaut, der seinen Ablauf im Südosten der Grube besaß.

Die wahre Genialität der Architekten zeigte sich darin, dass das Wasser *bergauf* floss, um wieder aus der Grube herauszukommen.

Ruf zwinkerte mehrfach, um einen imaginären Schleier von seinen Augen zu entfernen. Die Lichter im Zentrum der Grube schimmerten deutlich matter als die an ihrem Rand.

»Die Grube ist bewölkt, Kooi« meldete sich Speer, ein hünenhafter Offizier von hinten.

Die elegant gekleidete Frau neben Ruf nickte. »Bei einer Höhe von mehr als fünfundzwanzig Kilometern von der Seeoberfläche bis zum oberen Rand hat die Grube ein eigenes Wetter und eine eigene Atmosphäre. Die Grubenränder mit den Antigravitationsrepulsoren ragen gut zehn Kilometer über die umgebende Landhöhe auf und schotten sie gegen das tödliche, planetare Klima ab. Wenn Ihr genau hinseht, erkennt Ihr Schnee auf der inneren Seite des Kraterwalls.«

Ruf lauschte dem Gespräch nur mit einem Ohr. Seine Gedanken kreisten um die vor ihnen liegenden Aufgaben.

Er hatte nicht viel Zeit gehabt, die ganze Aktion vorzubereiten. Seit der bestürzenden Beobachtung, die Treerose und er auf Restront über den Thieraport gemacht hatten, und seiner Beauftragung durch den König mit der Klärung der Hintergründe, waren gerade einmal drei Tage vergangen.

Davon hatte er zwei Tage auf der Reise von Restront nach Risidor verbracht, an denen er ununterbrochen an der weiteren Planung gearbeitet hatte. Alles war nur möglich gewesen, weil er sich eines älteren Teilplanes bedienen konnte, den die Organisation schon längere Zeit fertig vorbereitet gehabt hatte.

Die zerlegte und mit Organisationstechnik überarbeitete Replik des Händlerschiffs war ein Kernaspekt davon. Das Rendezvous mit der äußerlich identischen Original-Roocs hatte ursprünglich die Gefangennahme und das Verhör der Händler vorgesehen. Die Organisation besaß seit längerem Beweise dafür, dass die Gilde im Auftrag des ZentrumsGeheimdienstes, Z-Zemothy, massiven Technologiediebstahl betrieb. Die beiden Gilden-Händler, die in zwei Stunden hier auf Risidor II eintreffen würden, gehörten zu den skrupellosesten Vertretern ihrer Gemeinschaft und hatten mehrere Organisationsschiffe auf dem Gewissen, mit deren Ladung sie sich in den Besitz neuer Technik gebracht hatten.

Der König hatte Ruf freie Hand bei der Besorgung notwendiger Ressourcen gegeben, um seinen Auftrag zu erfüllen. Der Rothaarige hatte nicht lange gezögert und das Händlerschiff, sowie die gesamte damit verbundene Logistik, für seine Zwecke requiriert. Die Händler würde er höchstwahrscheinlich laufen lassen müssen – diesmal.

Die Reise über Risidor nach Ankatarh war zwar erheblich länger als ein direkter Flug von Restront, aber der Umweg war notwendig.

Ruf hatte noch nichts, was ihm den Zutritt zum Archiv der Benedictine auf Tempelton IV ermöglichen würde. Einbrechen war dort ein sinnloses Unterfangen. Die Sicherheitsmaßnahmen waren vergleichbar mit einer Einreise auf Chrunus.

Ein alter Abt in der Archivverwaltung war seit geraumer Zeit unzufrieden mit seiner dortigen Position. Ruf würde ihm vielversprechende Informationen aus erster Hand liefern müssen, welche den Abt in die Lage versetzen würden, seine Vorgesetzten zu beeindrucken.

Doch bis dahin war es noch ein weiter Weg. Er sah auf das Außendisplay, auf dem die Grube nun fast das vollständige Bild füllte.

Die beiden Händler gehörten auch innerhalb der ohnehin wohlhabenden Gilde noch zu den Einflussreichsten. Sie würden mit der Fähre direkt in die Grube hinabfliegen und im privaten Gildendock in der Nabe landen. Die horrenden Dockgebühren würden sie nicht interessieren.

Die Nabe war im Moment noch nicht zu sehen. Verborgen unter den Wolken innerhalb der Grube stand auf ihrer Mittelachse im Zentrum des Sees ein fast zehn Kilometer hohes Gebäude, das eine Welt für sich innerhalb der Halbkugel der Grube darstellte. Es ruhte auf einem Fundament, das vom Gewicht des Wassers aus dem See beschwert wurde, und verfügte zusätzlich über drei Ringe aus Antigravitationsrepulsoren, welche die Aufgabe hatten, die Eigenschwingungen des Gebäudes und die Wechselwirkungen mit den Antigravitationsrepulsoren am Grubenrand zu kompensieren.

Das Dock der Gilde befand sich ungefähr auf mittlerer Höhe des Naben-Gebäudes, inmitten der Gildenenklave.

Ruf fühlte seine Anspannung langsam steigen. Er hatte sich hier mit genau dem Händler verabredet, der heute auch die Besucher erwarten würde, deren Schiff Ruf zu entern gedachte.

Seers O'Lamdiir war trotz seines jugendlichen Alters von 55 Standardjahren Vorsitzender der lokalen Gildenenklave und

CORUM

hatte bereits eine eindrucksvolle Laufbahn in der Gildenhierarchie hinter sich. Ruf hatte vor, die Hilfe dieses Mannes für eine Motivation des Abtes auf Tempelton IV in Anspruch zu nehmen.

Sein Blick streifte den neben seinem Sessel stehenden Behälter. Er hatte O'Lamdiir die Demonstration einer technologischen Sensation aus den Forschungseinrichtungen der Organisation versprochen.

Das war sie. - Er war gespannt, was sein Gastgeber davon halten würde.

Ihr kleines Schiff durchflog die oberen Wolkenschichten. Innerhalb der gleißenden Lichtfläche unter ihnen zeichneten sich erste Konturen ab. Wie die beleuchteten Speichen eines Wagenrades wurden die breiten Avenuen sichtbar, welche die Grube in einzelne Segmente unterteilten und das Kerngebiet um den zentralen See der Nabe mit dem Grubenrand verbanden.

Der Horizont versank hinter den hochgezogenen Grubenrändern. Es war, als würden sie in ein Meer aus Licht eintauchen.

»Da unten ist sie, Siir!« Kooi zeigte mit dem Finger auf einen gleißenden Fleck inmitten des dunkleren Kreises des zentralen Sees. »Wir haben einen Besucherplatz im Gildendock bekommen. Wollt Ihr den Preis hören?«

Ruf schüttelte leicht den Kopf. Er konnte ihn sich vorstellen.

Seine Konzentration fokussierte weiter seinen Plan. Sie hatten angebissen, die Landeerlaubnis im Herzen der Gilde auf Risidor II war ein weiterer kleiner Schritt. Die Uhr hatte zu ticken begonnen. Sobald er diesen Ort wieder verlassen hatte, würde Z-Zemothy hinter ihm her sein und ihn im Gebiet des Zentrums und der Nebelwelten unbarmherzig verfolgen.

Ein eisiger Hauch zog seinen Rücken hinauf. Ruf zog unbewusst die kräftigen Schulterblätter zusammen und entspannte sie wieder. Hoffentlich standen am Ende der Reise auch die Informationen, für deren Erwerb er ab jetzt ihrer aller Leben aufs Spiel setzte.

»Ich habe es gewusst, aber ich konnte es bisher nicht glauben!« Speers raue Stimme flüsterte ehrfurchtsvoll bei dem Anblick, der sich ihnen vom Rand des Landedecks der Nabe auf die Oberfläche der sich vor ihnen nach oben wölbenden Innenseite der Grube bot. Ihr Schiff war nach dem Absetzen wieder gestartet. Sie würden ein anderes für den Rückflug nehmen.

Obwohl sie sich immer noch gut fünf Kilometer über der Wasseroberfläche des zentralen Sees befanden, reichten die Grubenränder bereits zwanzig Kilometer über ihnen in die Höhe. Rundherum, bis zur Wolkendecke, die ihren Blick nach oben hin abschloss.

Schweigend standen Ruf und seine Gruppe regungslos für Minuten, nur ein paar Meter vom Abgrund entfernt und versuchten das Überwältigende dieses Ortes zu verarbeiten.

Eine unüberschaubare Vielzahl von Lichtquellen erzeugte einen fast hypnotischen Eindruck von unendlicher Tiefe. Ohne die radialen Avenuen, die tief unter ihnen am Seeufer begannen und sich schnurgerade bis zum Grubenrand hochzogen, hätten ihre Augen überhaupt keine fixen Orientierungslinien gehabt.

Aerohopper und Antigrav-Schiffe glitten über und unter ihnen vorbei. Riesige Hotelkomplexe von mehreren Kilometern Durchmesser schwebten innerhalb der Grube und erschwerten die Orientierung zusätzlich.

»Jetzt verstehe ich, warum diese Stadt ein eigenes Sonnenkraftwerk betreibt.« Kooi wies auf ein von zwei Avenuen eingerahmtes Segment der Grube vor ihnen.

»Seht ihr, dass diese Gebäude immer senkrecht auf der Grubenoberfläche stehen?«

Ruf verstand zuerst nicht, was sie meinte. Dann wanderte sein Blick von den kilometerhohen Gebäuden unter ihnen langsam weiter hinauf Richtung Grubenrand, bis er die Wolkengrenze erreichte, die seinem Blick weitere Gebäude entzog. Doch es reichte. Schlagartig erkannte er das Phänomen.

Die Gebäude unter der Wolkenschicht neigten sich bereits erheblich nach innen, zur unsichtbaren Achse der Grube, deren Verlauf die Nabe markierte. Er hielt kurz die Luft an, als ihm bewusst wurde, was die Architekten dieses Ortes getan hatten.

»Sie müssen unvorstellbare Erdbeben in der Umgebung ausgelöst haben, als sie die Antigravitationsrepulsoren am Grubenrand in Betrieb setzten. Diese Stadt besitzt jetzt eine eigene Gravitation, abgekoppelt vom Planetenschwerkraftfeld. Ich verstehe nicht, wie wir unbeschadet hier landen konnten!«

Die Bewohner dieser Stadt konnten - ohne eine Stufe hinab- oder hinaufsteigen zu müssen - von einem Punkt am Grubenrand die gesamte Grube durchqueren und am entgegengesetzten Ende, in gut fünfzig Kilometer Entfernung wieder ankommen, ohne jemals bemerkt zu haben, das sie nicht auf einer Ebene gelaufen waren. Die Gebäude am oberen Grubenrand ragten für den entfernten Betrachter im rechten Winkel in die Grubenmitte. Für einen Fußgänger am Boden wäre aufgrund der eigenen Schwerkraft der Stadt kein Unterschied zu den Gebäuden am Grubenboden zu bemerken, solange er nicht den Kopf in den Nacken legte und nach oben zu sehen versuchte.

Denn in dem Fall hätte er auf einer Seite seines Gesichtsfeldes den Ausblick auf die Megacity der Grube und auf der anderen Seite den Himmel – eine einzigartige Perspektive.

Ruf festigte seinen Griff um den Behälter. »Lasst uns gehen!«

Die vier Personen überquerten das Landedeck und wurden am Ausgang zur Nabe von zwei Gilden-Soldaten in der schwarzen Panzer-Uniform der Unsichtbaren Flotte in Empfang genommen.

»Ich bin Kolb El' Rasaam, Anführer des Rodonns von Seers O'Lamdiir,« sprach der ältere der beiden Ruf herablassend an. »Der Vorsitzende erwartet Euch, Siir. Folgt mir!«

CORUUM

Kolb El' Rasaam trug seinen Anzug ohne Helm, als sichtbaren Ausdruck seiner Macht gegenüber den unbekannten Gästen. Ruf nahm das wohlwollend zur Kenntnis, interpretierte es jedoch als ein Zeichen weit übersteigerten Selbstgefühls.

Der Offizier führte sie durch mehrere Sicherheitskontrollen weiter in das Innere des imposanten Nabengebäudes hinein, bis sie schließlich eine kleine Halle betraten, aus der nur eine Tür wieder herausführte.

Drei Soldaten der Unsichtbaren Flotte mit geschlossenen Visieren und mit in die Panzeranzüge integrierten Waffen standen in lockerer Formation vor der kleinen Tür. Als Ruf sich unauffällig umsah, bemerkte er drei weitere in ihrem Rücken - die Tür versperrend, durch welche sie die Halle gerade betreten hatten.

Ihr Führer wandte sich an Ruf, während er der attraktiven Frau der Heratis - wie er hoffte unauffällig - gierige Blicke zuwarf.

»Der Vorsitzende empfängt Euch in seinen Privatgemächern Siir – *allein*!«

Ruf lächelte ihn milde an. »Selbstverständlich!« Er drehte sich zu Speer und Zaguun um und nickte ihnen unauffällig zu. »Wartet hier!« Beide starrten ohne mit der Wimper zu zucken zurück.

Dann sah Ruf den Offizier der Unsichtbaren Flotte ernst an.

»Bitte informiert den Vorsitzenden Seers O'Lamdiir, dass ich meine Assistentin für die Vorführung benötige, andernfalls muss er auf eine Demonstration der Ware verzichten.«

Der Soldat verharrte einen kurzen Augenblick untätig, während dessen er kurz den Kopf senkte.

»Der Vorsitzende erlaubt Euch diese Ausnahme. Ihr könnt eintreten, Siir.« Er setzte sich in Richtung der kleinen Tür in Bewegung.

Ruf und Kooi folgten ihm gemächlichen Schrittes. Rufs Blick traf auf den der Frau. Ein leichtes Heben ihrer zarten Augenbrauen bestätigte ihm seinen Verdacht, dass der Vorsitzende sie bereits auf einem Überwachungskanal beobachtet hatte, was ihrer Sensorausrüstung nicht entgangen war.

Er aktivierte unauffällig mit dem Daumen der freien linken Hand ein paar Funktionen seines Blutringes und bereitete sich innerlich auf die Wirkung der reflexbeschleunigenden Drogen vor, welche, ausgelöst durch das Botensignal des Ringes, jetzt von den in seinem Blut schwimmenden Makrobots produziert wurden.

Seers O'Lamdiir erwartete sie, vor einem 360-Grad-Panoramafenster stehend und in Begleitung von vier weiteren Soldaten seines Rodonns.

Der Vorsitzende der Enklave war nur knapp halb so groß wie die gepanzerten Offiziere seines Rodonns, die neben ihm standen. Dennoch brachte er es auf fast den gleichen Umfang in der Körpermitte.

Kooi stieß bei diesem Anblick ein ersticktes Kichern aus, das glücklicherweise nur Ruf zur Kenntnis nahm. Lauter sagte sie: »Was für ein *schöner* Ausblick!«

Ruf verstand das Codewort. Kooi hatte mit ihren Sensoren Hinweise auf ein Lebensimplantat geortet, welches dem Vorsitzenden der Enklave vor Entführungen und dergleichen schützen sollte, da es wie ein Sender überall zu orten war. Es befand sich irgendwo in seinem Körper.

Kolb El' Rasaam geleitete sie an die Seite eines großen runden Tisches, dessen Platte schwerelos im Raum zu schweben schien. Er drehte sich zu Seers O'Lamdiir um und senkte kurz den Blick. Dann stellte er den Besucher vor.

»Toreki, der Händler Ker Asdiin aus den Sieben Königreichen.«

Ruf neigte bei der Vorstellung zusammen mit Kooi den Kopf. Sein Blick erfasste eine minimale Interferenz am ihrem rechten Arm, als flimmere die Luft dort in großer Hitze. Er unterdrückte den Reflex, sofort zum Vorsitzenden oder zum Anführer des Rodonns zu sehen, um zu überprüfen, ob ihnen dieses Flimmern ebenfalls aufgefallen war.

»Ich bin erfreut, Euch zu treffen, Siir.« Seers O'Lamdiir machte ein paar Schritte auf sie zu, und kam am entgegengesetzten Ende der Tischplatte zu stehen, die ihm bis zur Brust reichte. Kostbare Bartperlen von der Form dicker Ellipsen klickerten an seinen Wangen. Kleine, stechende Augen mustern den Rothaarigen kurz und verweilten anschließend wohlwollend bei Kooi, deren rotes Monofaser-Dekolleté sich auf Augenhöhe des Vorsitzenden befand und wie aus versehen ein wenig verrutscht war. Aus ihrer Pelzkapuze lächelte sie ihn von oben herab schüchtern an.

»Die Freude ist ganz meinerseits, Toreki. Es ehrt mich, dass ein berühmter Händler wie Ihr sich die Zeit nimmt, meine Ware zu begutachten!« Ruf hob ein wenig die Hand mit dem Behälter.

Der Vorsitzende der Enklave wandte sich Ruf zu - eine leichte Verärgerung über die Unterbrechung seiner Betrachtung der überaus hübschen Frau in der Stimme.

»Ich bin sehr gespannt auf die Demonstration, Siir. Ich hoffe, es ist keine Zeitverschwendung!« Der begleitende, drohende Unterton erinnerte Ruf daran, wen er vor sich hatte.

»Ich versichere Euch, diese Sorge ist unbegründet, Toreki. Wenn Ihr erlaubt, werde ich zu Euch hinüberkommen.« Ruf sprach das letzte Wort deutlich aus. Es war für Speer und Zaguun das Zeichen, sich in die Ausgangsposition zur Durchführung ihrer Aufgaben zu begeben.

Seers O'Lamdiir machte mit einer Hand eine zustimmende Geste.

Ruf hob die Hand mit dem Behälter und trug ihn mit demonstrativer Vorsicht um den Tisch herum, während ihm Kooi in einigen Schritten Abstand folgte und respektvoll in der Nähe der Rodonn-Offiziere stehen blieb.

Kolb El' Rasaam positionierte sich neugierig hinter Ruf und machte damit den entscheidenden Fehler, da er jetzt den Rothaarigen zwischen sich und seinem Herrn hatte.

Ruf spürte die volle Wirkung der ausgeschütteten Kampfdrogen in seinem Körper. Sein Sichtfeld hatte sich rot verfärbt.

Mit der rechten Hand stellte er den Behälter vorsichtig auf der Tischplatte ab, während er darauf achtete, nicht zu dicht an die Platte heranzutreten. Bevor er den Behälter losließ, drückte er für die neben ihm Stehenden unmerklich auf einen im Griff befindlichen Kontakt, mit welchem er den Countdown für einen Gammastrahlenimpuls startete.

»Kooi, wenn du bitte dem Vorsitzenden die Technik des Modells erklärst!« Ruf drehte sich zu der blonden Frau um und trat einen Schritt zur Seite, um ihr seinen Platz neben dem Vorsitzenden zu überlassen und gleichzeitig Kolb El' Rasaam daran zu hindern, näher an seinen Herrn heranzukommen. Unbeteiligt legte er seine Hände zusammen, aktivierte den Waffenring und kam mit seinen rechten Daumen auf dem Feldring der linkten Hand zu ruhen.

Seers O'Lamdiir blickte erfreut zu Kooi auf und seine Augen verweilten entzückt in ihrem Gesicht.

Ruf wartete auf Koois Zeichen. Die Rodonn-Offiziere um ihm herum waren voll auf die attraktive Frau fixiert und schenkten dem Händler der Heratis nur insofern ihre Aufmerksamkeit, als er einigen von ihnen den Ausblick auf die attraktive Frau mit den blonden, vom Kopf abstehenden Zöpfen versperrte.

Kooi schlug ihre Kapuze ganz zurück, zupfte sich mit einem entschuldigenden Lächeln ihr Dekolleté zurecht und beugte sich über den Tisch zum Behälter und zum Vorsitzenden hinunter, darauf achtend, ihre Füße nicht unter die Tischplatte zu bekommen. O'Lamdiir hatte ihr zartes Parfum in der Nase und folgte gebannt jeder ihrer Bewegungen.

»Toreki, dies ist die größte Sensation im roten Nebel.« Seers O'Lamdiirs Blick hing an ihren Lippen.

»Ihr seid der Erste, der sie außerhalb der Labore der Sieben Königreiche zu sehen bekommt - «, sagte Kooi und öffnete mit einer eleganten Bewegung ihrer linken Hand den Behälter, dem ein kaltes, blaues Licht entwich.

Das Strahlen in den Augen des Vorsitzenden verwandelte sich in Verwirrung. Suchend reckte er seinen Kopf über den Behälter, Enttäuschung machte sich auf seinem Gesicht breit, als er nur eine klare Flüssigkeit sowie ein paar digitale Anzeigen entdeckte.

» - und der *Letzte*!«

Die rechte Hand der Agentin der Sieben Königreiche schoss auf den Hals des Vorsitzenden zu und die holografisch und magnetisch getarnte Klinge des Vibro-Stiletts durchtrennte Knochen und Fleisch ohne Widerstand, während ihre Linke den Gammastrahlenimpuls auslöste. Mit einem leichten Aufplatschen fiel der Kopf – einen überraschten Ausdruck auf dem Gesicht mitnehmend – in den Behälter mit der transparenten Flüssigkeit und versank darin. Die Tischplatte donnerte gleichzeitig zu Boden, nahm den auf ihr stehenden Behälter mit sich, dessen Deckel sich im Fallen automatisch schloss.

Als das betäubende Dröhnen des Aufpralls der Platte verhallt war, sah Kooi sich kampfbereit um.

Alle Rodonn-Offiziere lagen reglos auf dem Boden, Ruf stand an der Tür, seine Konturen durch das aktivierte Körperfeld verschwommen.

»Besorg' dir die Codes von El' Rasaam,« wies er seinen Hightenent an.

Die blonde Frau nickte, zog einen kleinen keramischen Gegenstand aus ihrem Kleid und beugte sich zu der Leiche des Rodonn-Anführers hinunter. Mit dem Sensorring an ihrer Hand lokalisierte sie das Kommunikationsimplantat hinter seinem rechten Schläfenknochen. Das keramische Werkzeug bohrte sich in seinen Schädel und übertrug die Daten in Koois Kommunikationsring.

Dann drehte sie sich zum kopflosen Rumpf des Vorsitzenden um und strich langsam mit ihrer Hand über die kompakte Gestalt.

»Der Feigling trägt sein Lebensimplantat im Oberschenkel. Er dachte wohl, es tut nicht so weh, wenn man es ihm im Fall einer Entführung entfernt.« Sie lachte leise vor sich hin, hob den Behälter aus den Splittern der Tischplatte und betrachtete kurz die Skalen. Dann nickte sie zufrieden und folgte Ruf, leichtfüßig durch die Tür zurück in den Vorraum laufend.

»Wie geht es ihm?«, empfing Speer sie grinsend, mit der stumpfen Mündung seiner Raver Stop Gun auf den Behälter zeigend.

»Ich denke, er analysiert die neue Situation,« antworte Kooi trocken.

Ruf stand über einen reglos am Boden liegenden Rodonn-Offizier gebeugt, darauf bedacht, sich nicht von dem faustgroßen Loch im Anzug des Soldaten ablenken zu lassen, und leerte den Kommunikationsspeicher des Panzeranzugs, sowie alle damit vernetzten Datenspeicher des Rodonns und des Vorsitzenden.

»Wie viel Zeit haben wir noch?«, fragte er Kooi.

»Wenn sie pünktlich sind, dreiundzwanzig Minuten.«

Ruf richtete sich auf. »Solange können wir auf keinen Fall hier bleiben.« Nachdenklich sah er auf einen Wandabschnitt, der durch einen Treffer schwer beschädigt war.

»Zwei standen hintereinander, Siir, der Zweite hatte Zeit für einen Schuss.«

Ruf akzeptierte den entschuldigenden Unterton Speers. »Sei froh, dass er es vorgezogen hat zu schießen, anstatt um Hilfe zu rufen.« Er sah Kooi und Zaguun an, der die Löschprozedur bei den anderen toten Rodonn-Offizieren wiederholt hatte, um sicherzugehen, dass keine Informationen über ihren Besuch zurückblieben.

»Wir gehen zurück zum Dock. Speer bleibt hier in den Räumen des Vorsitzenden und gibt uns Rückendeckung, sollte jemand auf die Idee kommen, unserer Abzugserlaubnis nicht zu vertrauen.« Ruf wandte sich direkt an ihn: »Warte, bis unsere Besucher einen Landeplatz zugewiesen bekommen haben. Dann folgst du uns, so schnell es geht.«

Die drei verließen den Raum.

Die Soldaten an der ersten Sicherheitskontrolle überprüften den digitalen Passierschein per Funk in den Gemächern des Vorsitzenden. Als sich jedoch die Stimme eines äußerst energischen Rodonn-Anführers darüber entrüstete, dass man seine Befehle hinterfragte, verlief der weitere Weg aus der Enklave zurück zum Dock ereignislos.

»*Siir, sie werden in zwei Minuten landen, auf der anderen Seite des Landedecks, im privilegierten Bereich,*« meldete sich Speer, als Ruf mit Kooi und Zaguun das Dock betrat.

Ruf sah sich auf dem leeren Dockabschnitt um, in dem sie mit ihrem kleinen Schiff gelandet waren, und fluchte vor sich hin.

Die Fähre der eintreffenden Händler würde sich gut zwei Kilometer entfernt befinden. Wie sollten sie das schaffen?

»*Siir, hier wird es eng,*« ergänzte Speer. »*Ein hoher Kirchenrepräsentant verlangt ein Gespräch mit dem Vorsitzenden. Mir gehen langsam die Ideen aus.*«

Rufs Gehirn arbeitete fieberhaft.

»Sag ihm, der Vorsitzende bedauert, aber er holt wichtige Besucher persönlich vom privilegierten Dockbereich ab. Er wird um so glücklicher sein, ihn nach seiner Rückkehr zu empfangen – und benutze den offenen Kanal, damit alle Wachen es hier mitbekommen.«

Ruf sah das hereinkommende Schiff der Händler bereits am Horizont. Er versuchte die Zeit abzuschätzen, die sie benötigten, um hinzulaufen.

Er gab Speer letzte Instruktionen: »Versiegle danach die Türen des Gemachs und des Vorraumes und komm, so schnell du kannst, zum Landeplatz des Gildenschiffes.«

»Wir nehmen den hier!« Kooi war auf den Fahrersitz eines Antigrav-Schleppers gestiegen, der – in einer Nische geparkt – Ruf beim Heraustreten auf das Dock nicht aufgefallen war.

Er warf ihr ein dankbares Lächeln zu, und die beiden Männer sprangen auf das unförmige Arbeitsgerät, welches sich sofort mit Höchstbeschleunigung auf den reservierten Landebereich zu bewegte.

Ihre Probleme begannen zu wachsen.

Ruf erkannte schon beim Näher kommen das das Händlerschiff direkt neben der Kirchenfähre landen würde, die natürlich ebenfalls im privilegierten Dockbereich stand. Er konnte das Empfangskomitee des Kirchenrepräsentanten weithin sehen. Die dunkelroten Roben wehten im leichten Wind, der über das Dock strich.

»Müssen wir höflich sein?«, fragte Kooi in einem Ton, der ihre Abscheu gegenüber allem den Kirchenwelten Zugehörigen ausdrückte.

»Ich denke schon,« antwortete Ruf verstimmt, »es sei denn, du möchtest von Treerose persönlich für den Rest Deines Lebens in die Septid-Bergwerke nach Triumphane entsandt werden.«

Ihre Unterhaltung erstarb, als Kooi Sekunden später den Schlepper möglichst dicht vor der Fähre der Gildenhändler abstellte, deren Landetriebwerke mit leuchtendblauen Strahlenschutzschilden über Sie hinausragten.

»Hindert sie am Aussteigen und macht das Schiff startklar!«, befahl Ruf den beiden gepresst, setzte eine freundliche Miene auf und sprang aus dem Führerhaus.

Zielstrebig ging er auf die fünfzig Meter entfernt stehende, zentrale Gestalt der Kirchenritter zu. Er war nicht überrascht, als er auf eine zierliche Frau mittleren Alters in einem schlichten roten Gewand traf, die ihn aufmerksam beobachtete.

Zwei der dunkelrot-schwarz gekleideten Kirchenritter in vollem Ornat bedeuteten ihm mit ausgestrecktem linken Arm in respektvollem Abstand von der Frau stehen zu bleiben. Ihre schräg nach vorn geneigte Hand befahl ihm, niederzuknien.

»*Wir sind drin und haben die Kontrolle. Es gab zwei Tote,*« Zaguuns Bass flüsterte in seinem Ohr.

Ruf überlegte kurz, wie unterwürfig er sich zeigen sollte, und entschied sich für eine knappe Verbeugung. Dann sah er der kleinen Frau ins Gesicht.

»Erlaubt, dass ich mich vorstelle, Mutter,« begann er, die formelle Anrede benutzend. Sie nickte ihm leicht zu, ihre blauen Augen mit durchdringendem Blick auf ihn gerichtet.

»Ich bin Ker Asdiin, Händler der Heratis und zu Gast bei dem verehrten Seers O'Lamdiir, der mich schickt, sein Nichterscheinen zu entschuldigen.«

Ruf wartete auf eine Reaktion und wollte bereits einen Grund für das Nichterscheinen des Vorsitzenden anführen, als die Frau ihm mit leiser Alt-Stimme antwortete.

»Ich bin Persephone die 17., Legatin der Mutter Kirche in diesem Abgrund des Roten Nebels. Euer Name sagt mir nichts, Händler, was mich aber nach Eurer Respektlosigkeit auch nicht überrascht.«

Ihre Verachtung für ihn und diesen Ort war unüberhörbar.

Er zuckte innerlich zusammen, als er ihren Titel hörte. Sie war die höchste Repräsentantin der Kirche auf diesem Planeten. Ruf durfte sie nicht berühren oder sie durch weiteren nicht gezollten Respekt verärgern, wollte er nicht schwerste politische Verstimmungen riskieren.

Er kniete nieder und senkte tief den Kopf.

»Verzeiht, wenn ich nicht weiß, wie ich mich vor Euch zu benehmen habe, Mutter. In den Sieben Königreichen, wo ich üblicherweise Handel treibe, habe ich wenig Erfahrung mit so hohen Fürsten der Kirche, wie Ihr es seid.«

Einer der beiden Kirchenritter ergriff das Wort, die gestreckten Finger seines Panzeranzuges wiesen auf Ruf.

»Händler, wir erhielten die Nachricht, das der Vorsitzende auf dem Weg zu diesem Dockabschnitt sei. Ich erwarte, dass die Legatin von ihm persönlich empfangen wird!«

Ruf erhob sich langsam und gab sich große Mühe, den nächsten Satz so gequält wie möglich herauszubringen: »Der Vorsitzende bittet vielmals um Entschuldigung, Mutter. Er kann seine Gemächer aufgrund eines plötzlichen Schwächeanfalls nicht verlassen und bittet Euch zu sich, um Euch die Umstände für diesen Vorfall persönlich zu erklären.«

Ruf hoffte inbrünstig, dass dieser Gipfel der Unverschämtheit genügen würde, sie wutentbrannt in die Richtung der Gemächer des Vorsitzenden ziehen zu lassen.

Die Legatin sah den in schlichtem Grün uniformierten Händler der Heratis kalt an. Dann drehte sie sich wortlos um.

Ruf verbeugte sich erneut, diesmal mit fest aufeinander gebissenen Zähnen, mühsam ein Auflachen über ihre Entrüstung unterdrückend.

Unhörbar drehte die Eskorte der Kirchenrepräsentantin auf der Stelle und geleitete die Legatin zügig in Richtung des nächsten Dockausgangs.

Ruf hatte nicht vor zu warten, bis sie an der ersten Sicherheitskontrolle erfuhr, dass der Vorsitzende weiterhin auf dem Weg zum privilegierten Dock war, um zwei alte Freunde abzuholen, wie die Wachen dort zweifelsohne immer noch annahmen.

Er sprang die Rampe zur Schleuse empor und sah aus dem Augenwinkel Speer im Dauerlauftempo herankommen. Gemeinsam betraten sie die Schleuse der Händlerfähre.

»Starten!«, befahl Ruf Kooi über das Kommunikationsimplantat.

Beim Betreten der Brücke gestatte er sich ein kurzes Grinsen, als er die beiden betäubten Gildenhändler auf dem Boden betrachtete.

»Dann war der ganze Aufwand mit der Schiffsreplik doch nicht umsonst. Wer sind die Toten?«, fragte er Kooi.

»Ein Rodonn-Anführer und eine sehr wehrhafte Dienerin – vermute ich, es blieb keine Zeit für eine vollständige Vorstellung.«

Speer verließ nach einem kurzen Rundumblick die Brücke und wandte sich dem Frachtbereich der Fähre zu, um mit Zaguun die übrigen Gefangenen zu inspizieren.

»Wir fliegen zum Rendezvouspunkt mit dem Mutterschiff?«, fragte Ruf.

Kooi schüttelte den Kopf. »Wir fliegen zu der Orbitalstation, die als letzte Position hier gespeichert war. Ich konnte die manuelle Steuerung nur unvollständig übernehmen. Das Mutterschiff sehe ich noch nicht.«

Ruf setzte sich in den Sessel neben der jungen Frau. »Dann wollen wir das einmal ändern.« Aus einer verborgenen Gürteltasche zog er einen kleinen, scheibenförmigen Gegenstand, den er in ein Datenlesegerät zu seiner Linken einlegte.

Unvorbereitet fanden sie sich in völliger Dunkelheit und Schwerelosigkeit wieder.

»Was ist los?«, fragte Kooi unsicher. Nach einigen Sekunden erwachte das zentrale Navigationsholodisplay mit einem Countdown und einem Bild des rotierenden Symbols der Organisation wieder zu Leben. Ruf atmete hörbar aus. Von hinten kam Speer aus der Dunkelheit getrieben.

»Festhalten!« sagte Ruf. Mit einem leisen Klicken setzten Schwerkraft und Antrieb wieder ein. Dann folgten die übrigen Schiffssysteme.

Ruf sah grinsend in Koois schöne Augen unter ihren hochgezogenen, feinen Brauen. »Der Virus sollte die Schiffs-KI eigentlich schneller übernehmen«, erklärte er entschuldigend.

Mit wenigen Handgriffen und mit Hilfe des eingeschleusten Virus programmierte er die Künstliche Intelligenz des Schiffes so um, dass sie unter Gildenpseudonym seine Befehle ausführte.

Dann strahlte die Fähre die gewünschte Bild- und Tonnachricht an ihr Mutterschiff ab.

»Sehen wir sie?« Kooi blickte suchend auf das zentrale Navigationsdisplay.

Eine grüne Silhouette erschien mit einem leisen Summen. »Ja«, antwortete Ruf, »die Roocs. Eine der schönsten Gilden-Neubauten der letzten Jahre.« Er justierte seinen Waffenring auf Betäubungsstärke.

CORUUM

Kooi änderte den Kurs und legte sich im Sessel zurück. »Da kommt die Antwort. In fünfzehn Minuten sind wir dort. Sie freuen sich.«

Ruf grinste. »Darauf wette ich!«

C O R U U M

Troi Tustuur

Kapitän Troi Tustuur war verblüfft. Er hätte niemals geglaubt, als er die 48 enttarnten Container sah, dass seine Mannschaft diese Einzelteile in weniger als zwei Tagen zu einer supereleganten Gilden-Langstrecken-Yacht zusammenbauen konnte.

Seine Zuversicht war auch nicht dadurch gestiegen, dass Ruf Astroon ihm die Hälfte seines Teams zur Unterstützung zurückgelassen hatte. Erst als aus zweien der Container vier riesige Montageroboter ausstiegen und selbstständig mit dem Zusammenbau der Yacht begannen, löste sich seine Anspannung ein wenig und begann sich mehr und mehr in Bewunderung für die genaue Planung des rothaarigen jungen Offiziers zu verwandeln.

Das entstandene Gildenschiff war ohne Zweifel ein Schmuckstück. Die Konstrukteure hatten sich erst gar nicht die Mühe gemacht, den komplexen Sprungantrieb in der Yacht selbst unterzubringen. Er saß wie ein Zusatzaggregat hinter dem eigentlichen Schiff und konnte im System abgekoppelt werden, wenn er nicht benötigt wurde. Auch das Lademodul war im Sprungantrieb untergebracht. Zur Zeit beherbergte es vier der Container, über deren Inhalt Tustuur nichts bekannt war. Astroons Team hatte sie mit Hilfe der Montageroboter allein verladen.

Die Form der eigentlichen Yacht konnte daher frei den ästhetischen Gesichtspunkten der Eigner folgen und schwelgte in weichen Linien und einzelnen akzentuierten Kanten.

Jetzt ruhte sie vollständig einsatzbereit auf ihren schimmernden Antigrav-Repulsoren, eingekreist von leeren Containern, und wartete auf den Start.

Ein helles Klingeln und ein Befehl des Landsuchers der Saphire lenkten den Blick des Kapitäns auf das zentrale Navigations-Holodisplay der Brücke.

Der Adjutant des Königs mit seiner Hälfte des Teams und den gefangenen Händlern war nach knapp zwei Tagen auf dem Rückweg an Bord der geenterten Original-Roocs, dem Vorbild des Schiffes auf seinem Ladedeck.

CORUM

Die Saphire hatte sich in den letzten Stunden über die Rückseite des Gasriesen Risidor III bewegt, etwas außerhalb der Hauptverkehrslinie zum Sprungpunkt der Gildenschiffe.

Troi Tustuur konnte eine gewisse Schadenfreude nicht unterdrücken, als er der großen Aufregung unter den Händlern der Gilde dort unten lauschte. Durch eine vorzeitige Gravitationsanomalie war der Fortgang der Sprünge für mehr als einen Tag unterbrochen gewesen und bereits jetzt wurde deutlich, dass es nicht alle wartenden Schiffe vor der fünfmonatigen Unterbrechung schaffen würden, das System zu verlassen.

Er lehnte sich entspannt zurück. Durch das Sprungtor war die Saphire jederzeit in der Lage, das System zu verlassen, unabhängig von der Umlaufbahn des Planeten.

Unruhe unter den Gildenhändlern würde ihnen jedoch helfen, vom kurz bevorstehenden An- und Ablegemanöver einer Gilden-Yacht an einen Heratis-Handelskreuzer abzulenken.

Die vier Teammitglieder von Ruf Astroon waren bereits an Bord des Nachbaus, als das geenterte Original durch den Atmosphärenschild in die Ladezone der Saphire einflog.

Kapitän Troi Tustuur betrachtete gespannt das langsam herabsinkende Schiff, das kurzzeitig von einer kleinen Eisschicht bedeckt war, die innerhalb des Atmosphärenschilds sogleich wieder verdampfte.

Es landete direkt neben seinem Zwilling und vor der Reihe der wartenden Montageroboter, die sofort damit begannen, das Sprungmodul des Originalschiffes zu zerlegen.

Der Adjutant des Königs und seine drei Begleiter liefen die Rampe hinunter, sobald diese den Boden berührt hatte. Der Rothaarige kam auf den Kapitän und eine Abteilung von Wachoffizieren zu, während sein Team direkt in das andere Schiff umstieg.

»Kapitän!« Ruf Astroon lächelte, als er ihn kurz begrüßte. Ringe zeichneten sich unter den grünen Augen ab – ein Zeichen von deutlicher Erschöpfung.

»Siir!« Tustuur nickte ihm zu. »Ich freue mich, Euch wieder zu sehen. Das Schiff ist abflugbereit, wie Ihr ohne Zweifel bereits wisst.«

»Ja, vielen Dank, Kapitän.« Er drehte sich um und deutete auf die Original-Yacht, mit der er gekommen war. »An Bord sind die beiden Eigner, hohe Gilden-Kapitäne, die in den Sieben Königreichen jedoch wegen schwerer Spionage und Piraterie gesucht werden, sowie ihr Rodonn und diverse Sklaven. Nehmt alle mit nach Restront. Dort übergebt die Händler der Organisation und lasst den Rest frei.«

Tustuur gab den Wachoffizieren neben sich einen Wink, und sie begaben sich an Bord der Gilden-Yacht.

Ruf Astroon sah ihn an. »Wartet nicht zu lange mit dem Abflug, Kapitän. Wir haben zwar alle Spuren beseitigt, hatten jedoch eine ungeplante Begegnung mit der Legatin von Risidor. Es kann sein, dass sie eine Verbindung zwischen den Heratis-Offizieren in der Nabe und dem Verschwinden des Vorsitzenden der Enklave herstellt. Sagt das auch allen anderen Schiffen der Sieben, die noch hier sein sollten.« Er wandte sich ab Richtung Yacht.

»Siir!«, rief Tustuur ihm eindringlich hinterher. Der rothaarige junge Mann blieb stehen und drehte sich erwartungsvoll um.

»Es gab Gravitationsprobleme beim Sprungpunkt. Die Masse von Risidor III macht sich bereits bemerkbar. Der Sprungplan ist einen Tag hinterher. Wie wollt Ihr hier weg kommen?«

Auf dem müden Gesicht von Ruf Astronn brach sich ein schlaues Lächeln Bahn. »Ihr wisst doch, Kapitän, wir reichen Gildenkapitäne haben eine sehr hohe Priorität und sind im übrigen rücksichtslos.«

Er nickte Tustuur ein letztes Mal zu, drehte sich um und folgte zügig laufend seinem Team an Bord der Yacht.

Als der Kapitän wieder die Brücke der Saphire erreichte, befand sich die Roocs bereits dicht vor dem Sprungpunkt, die neben ihr wartenden Schiffe und den entrüsteten Kommunikationsverkehr ihrer Kapitäne vollkommen ignorierend. Noch

CORUUM

während er über so viel Unverfrorenheit den Kopf schüttelte, sah er, wie sich an den vier Spitzen des Sprunggenerators einzelne Ladungssphären bildeten und kurz darauf zu einer einzigen, das Schiff umhüllenden Blase anwuchsen.

Dann war die Roocs verschwunden.

Torkrage Treerose

Torkrage Treerose spürte einen leichten Blutgeschmack auf der Zunge. Er spürte deutlich die Anstrengungen des Aufstiegs.

Nur nicht anhalten!, ermahnte er sich.

Sein Blick hinter dem verspiegelten Visier erfasste den blau schimmernden Eisvorsprung einen Meter über ihm. Mit äußerster Konzentration befahl er seinen Muskeln, ihn so weit hinauf zu katapultieren, dass seine linke Handschuhkralle sich tief in das blau blitzende Eis graben konnte.

An der Kralle hängend, entspannte er sich und tat einige tiefe Atemzüge aus dem Lebenserhaltungssystem.

Er drehte seinen Arm ein wenig, so dass er in die Ferne der Bergkette sehen konnte. Etwa zwei Kilometer unter ihm und genau so weit vom Fuß der Klippe entfernt, die er gerade bestieg, lag die Winterresidenz, bereits auf über achttausend Metern Höhe.

Etwa zweihundert Meter von ihm entfernt trieb aufmerksam ein Alstor vorbei, geschickt die Aufwinde der Klippe ausnutzend, weite Kreise fliegend, die ihn immer wieder in die Nähe seiner potentiellen Beute brachten. Die großen goldenen Augen durch eine dünne Nickhaut vor der minus vierzig Grad kalten Luft geschützt, verhalf ihm seine enorme Spannweite selbst in dieser Höhe noch zu sehr guten Flugeigenschaften.

»Siir! Overteer Ferkuiz ist soeben eingetroffen.« Die Stimme des Alstor-Certeers klang rau, als hätte er sich in der letzten Stunde ebenfalls aus eigener Kraft die zwei Kilometer mit nach oben gequält, obwohl seine Antigravs ihn entspannt nur drei Meter vom König entfernt in der dünnen Luft hielten.

Treerose atmete ein letztes Mal tief ein und drehte sich zurück zum Berg. Dann nahm er seine verbliebene Kraft zusammen und spurtete die letzten zweihundert Meter mit den Hand- und Fußkrallen die Eisklippe hinauf.

Nach dem letzten Vorsprung kniete er sich erschöpft in den tiefen Pulverschnee des Plateaus, ohne den vier im weichen

Licht des Sonnenuntergangs vor ihm wartenden Personen irgendwelche Aufmerksamkeit zu widmen.

Blaak Ferkuiz trat vor und half Treerose auf die Beine. »Vier zu Zwei, Tork. Ich gebe dir im nächsten Jahr eine weitere Chance.«

Treerose lächelte gequält und stützte sich schwer mit der Handschuhkralle auf der massigen Schulter von Ferkuiz' Kletteranzug ab. »Lass uns etwas trinken, Blaak.«

Zusammen stapften sie durch den tiefen Schnee, begleitet von einer kleinen Armee gepanzerter Schattentruppen, welche zwei der drei höchsten Organisations-Offiziere in Richtung einer kleinen Hütte eskortierten, die im Windschatten eines Felsenkamms auf dem Plateau kauerte.

Treerose erholte sich bemerkenswert schnell, während die Makrobots seine Muskeln mit den benötigten Mineralien und Sauerstoff versorgten.

Nur die beiden Overteers betraten anschließend die warme Hütte, die im wesentlichen aus einem großen Raum bestand, dessen Fußboden und Wände aus hellen Holzmosaiken bestanden und in der sie von zwei Kammerfrauen Treeroses in schlichten grünen Gewändern erwartet wurden.

In einer vertieften Ecke befand sich ein mit klarem Wasser gefülltes Becken, in der gegenüberliegenden Ecke zwei bequeme Sesselliegen vor einem offenen Kamin, in dem ein mächtiges Feuer prasselte.

»Gibt es Neuigkeiten von Keleeze?«, fragte Ferkuiz, während sie sich mit der Unterstützung der Frauen ihrer Lebenserhaltungssysteme entledigten und die Klettermonturen auszogen.

Treerose schüttelte den Kopf, nahm dankend das gereichte weite, weiße Badekleid entgegen und ging barfuss auf das Wasserbecken zu.

»Seit der Meldung der K2 heute Morgen nicht mehr. Hud Oxmedin ist der Auffassung, dass die Relion es überstanden haben könnte, sofern sie sich bei der Implosion hinter der Torebene im Ruthpark-System befand. Anzeichen für die bevorstehende Katastrophe habe es den Aufzeichnungen nach ungefähr 30 Sekunden vorher gegeben.«

Ferkuiz setzte sich gegenüber von Treerose auf eine Unterwasserbank, so dass er bis zur Brust im Wasser versank, und lehnte seinen Kopf an einen gewärmten Felsen.

Treeroses Kammerfrau reichte ihm eine kostbare Steintasse mit dampfendem *Fengus*, einem auf Kakao basierendem koffeinhaltigem Getränk, das sie aus einer roten Kristallflasche mit einer klaren, öligen Flüssigkeit ergänzte.

Ein strahlendes Lächeln blitzte über Ferkuiz' Gesicht, als er einen ersten Schluck aus der Tasse genommen hatte. Genauso schnell war es wieder verschwunden, als seine Gedanken zu dem Unfall zurückkehrten: »Das ist nicht sehr viel, wenn ich alles bedenke. Was ist mit der K1?«

Treerose hatte die Augen geschlossen und rollte zur Entspannung seine breiten Schultern, während er gedankenverloren an seiner Tasse nippte.

»Zerstört - vollständig. Keine Überlebenden. Wir können von Glück reden, dass die Arkadiaseitige Membran gehalten hat, bis das Tor sich wieder geschlossen hatte.«

»Hatte die Schockwelle Auswirkungen auf Tecs Schildverband?«

»Nein, bis jetzt nicht. Die Welle bewegt sich zwar mit Lichtgeschwindigkeit fort, verliert aber exponentiell zur Ausbreitungsentfernung an Energie. Certeer Zeliim ist jetzt noch anderthalb Tage von Ruthpark entfernt. Wenn die Welle ihn erreicht, hat sie den Großteil ihrer Kraft verloren.«

Eine Zeitlang sprach keiner ein Wort, während die Kammerfrauen Schalen mit zerschnittenem Obst neben sie an den Beckenrand stellten.

»Trotzdem dürften die Auswirkungen auf Ruthpark erheblich sein, zumindest auf der der Welle zugewandten Halbkugel.«

»Was ist, wenn es auf diesem Planeten wirklich Spuren von Harkcrow gibt, und wir sie finden?«, fragte Ferkuiz, öffnete ein Auge und reichte seine Tasse mit einer unmissverständlichen Geste einer der Frauen.

»Das halte ich inzwischen für sicher,« antwortete Treerose. »Was mir wirklich Sorgen macht, ist die Frage, warum ein Signal auch an die Unsichtbare Flotte ging. Denn das weist auf eine wie auch immer geartete Zusammenarbeit in der Vergangenheit zwischen der Organisation und dem Zentrum – oder Teilen davon – hin.«

»In der Nachricht, die Keleezes Schiff abgefangen hat, war von einem *Extraktionsdepot* die Rede. Wir wissen beide, was das bedeutet. Willst du im Ernst behaupten, Tork, Harkcrow hat zusammen mit dem Zentrum auf diesem Planeten eine Kultur herangezogen?« Ferkuiz nahm eine neue Tasse Fengus entgegen.

»Das müssen wir herausfinden. Es ist die erste Spur von ihm seit seinem Verschwinden vor 1172 Jahren. Ob Harkcrow an einem Farmplaneten beteiligt war, nur davon gehört hat und nachsehen wollte, oder was immer für Beweggründe er hatte, diese primitive Welt zu besuchen – es war seine letzte Reise, und ich muss wissen, worum es ging und warum er dabei starb.« Treerose stellte seine Tasse ab und tauchte unter. Für mehrere Minuten trieb er bewegungslos auf der Stelle, seine langen schwarzen Haare wie Unterwassergräser träge in der leichten Strömung des Beckens wiegend.

Ferkuiz verliess das Becken, ging an einen mit Stein verkleideten Teil der Wand und ließ sich von einem feinen Nebel das parfümierte Beckenwasser von seinem Körper abspülen.

Dann zog er einen bodenlangen, weichen Seidenmantel über, wickelte die langen Enden zweimal um seine Hüfte und schlenderte hinüber zum Kamin.

»Kann Tec die Informationen aufspüren, wegen derer du Keleeze geschickt hast?«

Treeroses Blick verharrte ernst auf Ferkuiz' Gesicht, bevor er antwortete.

»Ich hoffe es. Obwohl die Wahrscheinlichkeit nicht sehr hoch ist. Keleeze hat das nötige Feingefühl, mit unterentwickelten Kulturen umzugehen. Tec ist nicht gerade der Diplomat. – Aber ich werde erst dann akzeptieren, dass die Relion zerstört wurde, wenn Tecs Schildverband die Trümmer gefunden hat.«

Er hatte ebenfalls das Becken verlassen und sich von einer der Frauen einen langen Mantel reichen lassen. Jetzt setzte er sich auf die linke Sesselliege, welche sich unter ihm automatisch in Position brachte, und lehnte sich zurück. Die Kammerfrauen brachten ihnen eine individuelle Auswahl von Salaten und frisch geröstetes Brot. Dazu schenkten sie jungen Bonahee-Wein in filigrane Gläser.

»Also ist Tec nur eine Notlösung?« Ferkuiz konnte eine Spur von Tadel nicht aus seiner Stimme fernhalten.

»*Nein!*« Treerose sah ihn ärgerlich an. »Ich habe den Schildverband mit einer anderen Aufgabe losgeschickt.« Treeroses Blick schweifte aus dem Fenster in die dunkelviolette Abenddämmerung, in welcher der Größere der beiden Monde Restronts als Sichel über einem entfernten Gipfel stand. Er konnte vier Offiziere seiner Alstor-Truppen draußen patrouillieren sehen.

»Tec wird dieses System isolieren und nach der Relion suchen. Unabhängig davon, ob er sie findet oder nicht, werden wir jeden Stein dort umdrehen, solange, bis ich definitiv weiß, ob es Spuren gab oder nicht. Hintergründe werden wir vielleicht dort nicht erfahren, aber um Hintergründe soll sich auch Ruf kümmern.«

Er entspannte sich wieder. »Ich habe Ruf nach Tempelton IV geschickt. Wenn es irgendwo verborgene Informationen über diesen Zeitraum gibt, dann im Archiv der Benedictine.«

Ferkuiz brummte zustimmend. »Ruf ist ein guter Mann!«

Die Unterhaltung verebbte eine Zeitlang, in der jeder seinen eigenen Gedanken nachhing.

»Was hältst du von den Erkenntnissen über die Entstehung des Tektor-Artefakts, Blaak?«, fragte Treerose in die nur vom

Knacken der Mendego-Holzscheite unterbrochene Stille hinein.

Ferkuiz öffnete die Augen. »Wenn ich das richtig verstanden habe – und das ist wirklich nicht mein Spezialgebiet – ist es ein Überbleibsel der letzten Tektor-Katastrophe, bei der die beiden Supernovae des Roten Nebels entstanden sind. Hud Kluwaan, der Leiter der Pretaia auf Chrunus – du wirst ihn vielleicht noch kennen – verglich es mit genau so einem Ereignis, wie wir es heute Morgen bei der K1 hatten. Eine unkontrollierte Verbindung zwischen unserem und dem Nebenraum. Nur um Potenzen stärker und als eine über Jahre anhaltende Kettenreaktion.«

Er setze sich etwas auf und beugte sich zum König hinüber. »Es würde mich nicht beunruhigen Tork, wüsste ich nicht, *wie sehr* es die Wissenschaftler des Zentrums und der Gilde beunruhigt.«

Treerose blickte in die blau-roten Flammen des Feuers und dachte laut nach. »Wenn es sie beunruhigt, muss an der Hypothese, dass die alten Sprunggeneratoren des Zentrums zu Spannungen in den Potentialen zwischen Normal- und Nebenraum führen, etwas dran sein.« Er richtete sich auf und schwang die Füße auf den warmen Holzfußboden.

»Und dann hat es uns auch zu beunruhigen, Blaak.« Er sah sein Gegenüber ernst an. »Denn nur wir verfügen der Logik des Zentrums zufolge gegenwärtif über die Technologie, diese Spannungen nicht weiter zu erhöhen, beziehungsweise, sie wieder kontrolliert abzubauen und außerdem über eine Region, in der diese Spannungen durch die Nutzung unserer Sprungtore deutlich schwächer sind als bei ihnen.«

Ferkuiz runzelte die Stirn. »Welche Technologie meinst du?«

»Die *neue* Generation der Tore, die Hud Chitziin entwickelt hat und bei deren Test es zu dem Unfall heute Morgen gekommen – «, er brach ab.

»Was ist, Tork, – alles in Ordnung?« Ferkuiz beugte sich hinüber zu Treerose, der plötzlich fahl in seiner Sesselliege saß.

»Hud Chitziin war an Bord der Relion«, hauchte Treerose. »Er ist der Schlüssel, Blaak.«

Der König riss sich zusammen und nahm einen Schluck Wein.

»Die Tore, - die *neuen* Null-Gravitationstore zusammen mit dem Massiven-Shunt-Drive – stellen eine Revolution in der Tor-Technologie dar. Sie benötigen keine Energie mehr zum Sprung, Blaak, sie *erzeugen* Energie!«

Ferkuiz versuchte zu folgen. »Etwas genauer, Tork, bitte.«

Treerose stand auf und begann im Raum hin und her zu gehen.

»Sie kehren gewissermaßen den Potentialeffekt um. Es wird nicht mehr das Potential des Normalraumes solange erhöht oder abgesenkt, bis die Spannung zwischen Normal- und Nebenraum so groß geworden ist, dass der Verbindungstunnel – bildlich gesprochen – *aufreißt*, sondern es wird eine Verbindung erzeugt, die zwischen den Potentialenden des Start- und Zielpunktes einen Ausgleich der Potentiale im Normalraum herbeiführt, also eine *Entspannung*.«

»Aus Sicht des Zentrums genau das, was sie brauchen, um vorhandene, überhöhte Potentiale zu reduzieren. Denn – «, Treerose wehrte einen Einspruchversuch von Ferkuiz mit einem Blick ab, »denn *wenn* sie an die Hypothese der übersteigerten Potentiale glauben, haben sie nur zwei Alternativen.«

Ferkuiz wartete gespannt die Schlussfolgerung ab. »Erstens: Sie müssen auf die gegenwärtige Sprungtechnologie verzichten, flächendeckend und sofort oder zweitens: Sie müssen ihre am stärksten gefährdetem Regionen verlassen!«

»Warum sollten sie ihre Region verlassen?« Ferkuiz runzelte die hohe Stirn.

»Um den Zonen zu entfliehen, wo sich möglicherweise die Tektor-Katastrophe wiederholt. In zehntausend Jahren oder *morgen*!«

Ferkuiz überlegte einen Moment, dann schüttelte er den Kopf. »Das halte ich für unrealistisch, Tork, wo sollten sie hin? Zu *uns*? Es gibt nicht so viele freie Siedlungswelten, und sie haben nicht die Kapazität, zweieinhalbtausend Welten zu evakuieren.«

Treerose nickte langsam vor sich hin. »Also bleibt nur die andere Alternative, sie verzichten auf ihre alte Sprungtechnologie.«

»Die Gilde? Um sich in die Anfänge der planetaren Raumfahrt zurückzubegeben?«

Breiter Unglauben machte sich auf dem Gesicht von Ferkuiz breit.

»Niemals! – Eher werden sie alles daran setzen, sich diese Technologie zu besorgen, koste es was es wolle. Schließlich geht es um die Existenz ihres Imperiums.« Er verstummte, überwältigt von dem Gedanken, den er durch seine eigene Äußerung provoziert hatte.

Treerose ballte die Faust. Die Flammen des flackernden Feuers spiegelten sich funkelnd im schwarzen Ohrring und den dunklen Augen des Königs.

»Das ist die Gefahr, die ich sehe, Blaak. Genau *das* ist die Gefahr!«

Ruf

Die kleine Fähre der Roocs war im Anflug auf den privaten Raumhafen von *Manifestum*, der Archiv-Stadt der Benedictine auf Tempelton IV.

Ruf trug das klassische, schlichte Gewand des erfolgreichen Gildenhändlers Snar Es'Menah.

Der Adjutant des Königs hatte den zweitägigen Flug von Risidor über Ankatarh nach Tempelton für eine umfassende Schönheitskur an Bord der Luxus-Yacht genutzt und strich sich mit der Hand über einen sehr gepflegten Händlerbart, in den am Kinn und an den Wangenknochen kostbare Schmuckperlen eingeflochten waren. Seine ehemals dunkelroten Haare waren einer eleganten, schwarzen Kurzhaarfrisur gewichen und die Fingerringe hatte er zu seinem Bedauern mitsamt den implantierten Ringplattformen vollständig entfernen müssen.

Manifestum war ein einziger Körper- und Gedankenscanner. Das von der Pretaia entwickelte holografische und magnetische Tarnsystem würde die hochenergetischen Ringe dort nicht wirkungsvoll verstecken können.

Kooi saß neben ihm und würde als die Lieblingsdienerin von Snar Es'Menah nicht von seiner Seite weichen. Auch sie hatte einen Verwandlungsprozess durchlaufen und trug ihre Haare fein zu einem Knoten gewickelt unter einem weiten, kostbaren Kapuzengewand.

Unbewusst rieb Kooi sich die verheilten Operationsmale der entfernten Ringplattformen an ihrer linken Hand.

Sie hatte mit der Fährensteuerung nicht viel zu tun. Das Schiff wurde von der Luftkontrolle Manifestums ferngesteuert und näherte sich einer kleinen sonnenbeschienenen Plattform im südlichen Segment der aus Gebäuderingen bestehenden Archiv-Stadt, die eingebettet in dem erodierten Krater eines seit Jahrmillionen erloschenen Seevulkans lag.

»Ich kann diese Gedankenscanner nicht ausstehen«, sagte Kooi und schob fröstelnd ihre Schulterblätter zusammen.

»Ich auch nicht,« antwortete Ruf. »Aber sie benötigen gut zwei Tage, um wirklich einzelne Gedanken zu entziffern. Weder du noch ich waren jemals zuvor auf diesem Planeten. Unsere Gehirnmuster sind vollkommen neu für sie.« Er drehte sich zu ihr. »Sie werden nur sehr starke Emotionen und Reaktionen gedanklich lesen können. Je gleichgültiger wir uns verhalten, umso länger wird es dauern, bis sie brauchbare Inhalte bekommen. Und außerdem habe ich nicht vor, so lange zu bleiben.«

Die Fähre setzte auf.

Ruf setzte sich einen kleinen kastenförmigen Gildenhut auf, nahm den Behälter mit dem Kopf des immer noch verstimmten Vorsitzenden Seers O'Lamdiir und betrat, gefolgt von seiner Dienerin, das sonnige Landedeck von Manifestum.

Feuchtwarme Luft schlug ihnen entgegen, der der Salzgehalt des umliegenden Meeres deutlich anzumerken war. Sichtlich erfreut über diese Abwechselung von der Konservenluft des Schiffes blieben sie einen Moment tief atmend stehen und hielten die Gesichter in die Vormittagssonne.

»Hier entlang bitte, Toreki!« Eine gebieterische Stimme riss sie aus der Entspannung.

Ein Kirchenritter in vollem Ornat fixierte Ruf mit tiefschwarzen Augen aus einem geöffneten Visierschlitz seines Helms.

Der rotschwarze Umhang über seinem gleichfarbenen Panzeranzug endete exakt eine Handbreit über dem Boden. Zwei den Sphären der Urmutter und des Urvaters nachempfundene Verschlüsse auf der Brustplatte des Anzugs hielten den Umhang in Position. Eine mehr als einen Meter lange Zeremonien-Vibroklinge hing in ihrer Hüfthalterung, der kunstvoll verzierte Griff auf Bauchhöhe des Ritters.

»Vater Rastolon erwartet Euch.«

Damit machte der Ritter kehrt und ging vom Landedeck auf eine geschwungene Öffnung in der nächstliegenden Gebäudewand zu. Ruf und Kooi folgten ihm gemächlichen Schrittes in ihren weichen Ledersandalen.

CORUUM

Es herrschte reger Betrieb innerhalb der Anlage.

Ihr Weg führte sie durch eine Vielzahl von Gebäudevorsprüngen und Torbögen, welche beeindruckend die Baustile der vergangenen Epochen darstellten und deren Erbauungsdatum mit zunehmender Entfernung vom Landedeck immer weiter in die Vergangenheit reichte. Sie bekamen plastisch vor Augen geführt, wie alt der Kern von Manifestum wirklich sein musste.

Ruf vermochte den unterschiedlichen Gebäudegruppen und Kreisen keine einzelnen Funktionen zuzuweisen, ihm fiel nur auf, dass einige der Bereiche, die sie durchschritten, offenbar nur für weibliche Repräsentanten der Kirche zugänglich waren. Vereinzelt trafen sie auf andere Kirchenritter, die im Vorbeigehen nur ihren Führer höflich grüßten und sie geflissentlich übersahen.

Nach einer halben Stunde erreichten sie hinter einem sehr alten, aus rohem Sandstein errichteten Torbogen einen schattigen Innenhof, den ein kleiner, plätschernder Bach durchquerte.

Am gegenüberliegenden Ufer stand unter einem dicht belaubten, knorrigen Baum, der jederzeit in den Bach zu kippen drohte, eine hölzerne Bank, auf der ein in dunkelrotes Tuch gekleideter, weißhaariger Mann saß.

Ihr Führer hielt wortlos auf dem gepflasterten Weg an.

Ruf und Kooi schlossen zu ihm auf und sahen erwartungsvoll zu dem alten Mann auf der Bank hinüber, der entspannt vor sich hin zu dösen schien.

Als habe er einen für Ruf und Kooi unhörbaren Befehl erhalten, drehte sich ihr Führer plötzlich zu ihnen um und wies mit einer Hand auf den alten Mann.

»Vater Rastolon,« erklärte er überflüssigerweise.

Ruf schritt gemächlichen Schrittes voraus und ging zu einer kleinen steinernen Brücke, die ihn über den Bach führte. Er musste sich bücken, um unter den tief herabhängenden Zweigen des knorrigen Baumes hindurchzukommen, ohne sie abzureißen. Kleine bunte Vögel protestierten zwitschernd in den höherliegenden Zweigen.

Vater Rastolon, der Abt von Manifestum, hob seinen Blick und sah Ruf freundlich an.

»Snar Es'Menah. Es ist mir eine Freude, Euch zu empfangen.« Er hielt ihm seine rechte Hand zum Kuss hin, welche Ruf ignorierte, sich dafür jedoch tief verbeugte.

Wenn den Abt dieser Mangel an Respekt verärgerte, ließ er es sich nicht anmerken.

Vater Rastolon war ein alter Mann. Der leichte bläuliche Schimmer seiner sonst gebräunten, faltigen Haut deutete auf eine Herkunft im Bereich des Zentrums nahe der Supernova hin. Untypisch für einen hohen Repräsentanten der Kirche, deren Region fern des Zentrums lag. Ruf wunderte sich nicht, er wusste um die sonderbare Vergangenheit des Abts.

»Vater, die Freude ist ganz meinerseits«, entgegnete Ruf, die entsprechende Floskel nutzend, und richtete sich wieder aus der Verbeugung auf. Kooi als seine Dienerin würde er nicht vorstellen.

»Toreki, habt Ihr mir die gewünschte Information von meinem Freund Seers O'Lamdiir mitgebracht?« Vater Rastolon betrachtete ihn immer noch freundlich lächelnd, Ruf erschien er mehr als ein mühsam kontrolliertes Raubtier.

Er stellte den Behälter vorsichtig neben Vater Rastolon auf die Bank. »Das kann ich leider nicht sicher sagen, Vater. Meine Unterhaltung mit dem Vorsitzenden der Enklave von Risidor war eher kurz«, entgegnete er leicht schmunzelnd.

Die Maske des Raubtieres bekam erste Risse, das Gesicht von Vater Rastolon verdüsterte sich. »Was wollt Ihr dann hier, Toreki?«

Ruf beugte sich zum Behälter hinunter und bereitete die Öffnung des Behälters vor.

»Ich möchte Euch die Gelegenheit geben, Euren Freund selbst zu befragen, Vater. Seht her.«

Mit dem letzten Wort aktivierte er den Öffnungsmechanismus des Behälters und ein ovaler Ausschnitt im Deckel erlaubte einen Blick in das mit Flüssigkeit gefüllte Innere.

Ruf trat einen Schritt zurück und machte Vater Rastolon eine einladende Geste, hineinzusehen.

Der Abt beugte sich vorsichtig vor. Nur an seinen sich plötzlich – beim Anblick von Seers O'Lamdiirs Kopf – weitenden Augen konnte Ruf eine Reaktion ablesen.

»Lebt er?«, hauchte Vater Rastolon mit mühsam unterdrückter Erregung in der Stimme.

»Selbstverständlich, Vater. Er liegt in einer Makrobotgesättigten Regenerationslösung innerhalb dieses Autodocs. Bei guter Pflege leistet er Euch sicher noch fünfzig Jahre gute Gesellschaft.«

Ein satanisches Lächeln erschien auf Vater Rastolons Gesicht. »Ich kann mit ihm reden und er kann antworten?«, fragte er hoffnungsvoll.

»Er kann Euch hören, Vater, und sehen, aber er kann nicht antworten.«

Das Gesicht des alten Mannes verfinsterte sich und er wollte zu einer ärgerlichen Frage ansetzen, als Rufs Grinsen ihn verwirrt innehalten ließ.

»Aber sein Gehirn funktioniert einwandfrei, Vater, und sein Gedankenmuster dürfte Euch ja bekannt sein.« Ruf betrachtete das Gesicht des Abts aufmerksam bei der Anspielung auf die gemeinsame Vergangenheit des Abtes mit dem Gildenhändler. Vater Rastolon sah ihn einen Moment lang ausdruckslos an, dann zog der Kopf von O'Lamdiir ihn wieder in seinen Bann.

Ruf fuhr fort: »Mit der Gedankenscanner-Technologie der Kirche werdet Ihr ohne Zweifel nach sehr kurzer Zeit in der Lage sein, mit ihm zu kommunizieren, ohne den Umweg über Lügengetränkte Verhöre gehen zu müssen.«

Vater Rastolons Augen begannen vergnügt zu funkeln. Er setzte sich wieder aufrecht hin und betätigte den Schließmechanismus des Behälters.

»Ihr habt Wort gehalten, Toreki,« Ruf verneigte sich förmlich, »und diesen Teil der Abmachung erfüllt. Was ist mit dem Septid?«

Der Blick des Raubtieres erschien Ruf ein wenig zu gierig.

»Es befindet sich an Bord meines Schiffes, Vater, neben einer Anti-Materie-Bombe.« Er gab sich Mühe, diesen Satz so beiläufig wie möglich herauszubringen und ihn keinesfalls als Drohung wirken zu lassen. »Wenn ich zurück an Bord bin, werdet Ihr es zusammen mit der Fähre erhalten.«

»Ihr lügt, Toreki.« Vater Rastolon gestattete sich ein überlegenes Lächeln. »Es ist nicht möglich, eine solche Waffe in die Nähe des Planeten der Urmutter und des Urvaters zu bringen! Die Systemkontrolle am Sprungpunkt hätte sie bemerkt und Euer Schiff vernichtet.«

Ruf zeigte schmunzelnd auf den Behälter. »So wie die Systemkontrolle in diesem Behälter eine Antigrav-Einheit und gekühlten Bonahee-Wein bemerkt hat, Vater?«

Das Gesicht des alten Mannes drückte mit einem Mal Betroffenheit und neuen Respekt für seinen Besucher aus.

»Folgt mir!« Er erhob sich, ging um die Bank herum und auf einen schmalen Kiesweg zur rückwärtigen Fassade eines sehr alten, zweistöckigen Sandstein-Gebäudes.

Ruf blieb einen Moment lang stehen und gönnte sich die Entspannung eines kurzen Triumphgefühls. So weit hatte alles perfekt funktioniert. Mit einem stoischen Grinsen winkte er Kooi, ihm zu folgen.

Der Kirchenritter, der sie hergeleitet hatte, folgte ihnen bis zur Bank, nahm den Behälter und trug ihn kommentarlos in die Richtung zurück, aus der sie gekommen waren.

Vater Rastolon durchschritt eine kleine hölzerne Pforte. Als Ruf und Kooi ihm folgten, betraten sie dahinter einen in Erdfarben gehaltenen und indirekt beleuchteten Gang. Mehrere

Minuten gingen sie stetig abwärts, bis sie eine kleine, schmucklose Halle erreichten, in der sie von zwei weiteren Kirchenrittern erwartet wurden.

Auf ein Zeichen des Abtes hin öffnete sich im rückwärtigen Teil der Halle eine zuvor nicht erkennbare Tür.

»Mein Teil der Abmachung, Toreki.« Vater Rastolon deutete auf den Raum dahinter.

Ruf ging auf die Tür zu und sah in den dahinterliegenden Raum hinein. Ein großzügiger, technisch auf dem neuesten Stand eingerichteter Recherchesaal mit mehreren Konturenliegen, Holo-Displays, Tischen und Kommunikationseinrichtungen lag vor ihm.

»Ihr habt 20 Stunden, Toreki. Wenn Ihr sie zum Arbeiten verwendet und nicht zum Vergnügen mit Eurer Dienerin, findet Ihr vielleicht, was Ihr sucht. Danach erwarte ich die volle Erfüllung Eures Teils der Abmachung.« Sein Blick hing bewundernd an Kooi.

Ruf nickte ihm zu. »So soll es geschehen.«

Vater Rastolon riss sich los und wandte sich zum Gehen.

Die Tür schloss sich hinter ihnen. Kooi machte eine langsame Runde an allen Wänden entlang, bis sie wieder neben Ruf ankam.

»Ich habe keine Abhöreinrichtungen entdeckt. Ist das möglich?«, sie blickte Ruf ungläubig an.

»Ich habe keine erwartet. Sie werden unsere Suchanfragen aufzeichnen. Die Gespräche sind dagegen uninteressant,« antwortete er.

»Wieso sollte dem alten Abt das Gedankenmuster des Enklaven-Vorsitzenden bekannt sein?«, platzte Kooi mit der brennendsten Frage heraus.

»Du hältst ihn für alt?«, entgegnete Ruf mit gerunzelter Stirn.

»Ja. Du nicht?«

»Nein. Ich *weiß*, wie alt er ist!«

Kooi sah ihn fragend an.

»Einhundertvierundachtzig.«

»So alt sah er nun wieder nicht aus.«

Ruf grinste und sah sich die Konturenliegen an. »Natürlich ist das nicht sein erster Körper. Aber immerhin ist es ein Zeichen guter Pflege, wenn er sie so lange trägt.«

Kooi sah ihn angeekelt an. »Ich hielt das für ein Gerücht!«

»Nein, das ist es sicher nicht. Die hohen Kirchenrepräsentanten verwenden die Körper ausgewählter Novizen, für die es die größte Ehre ist, sich für diese Aufgabe hinzugeben. Natürlich werden sie dabei getötet.« Ruf bemerkte das empörte Gesicht der hübschen Frau.

»Raoula, die Benedicitine, soll in etwa ähnlich alt sein wie der Abt, aber noch jünger aussehen als du!«, antwortete er, ihr zuzwinkernd.

»Und die Legatin auf Risidor?« Kooi hing an seinen Lippen.

»Sicher nicht ihr erster Körper«, antwortete Ruf lakonisch. »So eine Position zu erreichen, kostet Zeit!«

»Ich hasse diese Typen!« sagte Kooi resigniert.

Ruf hatte auf einer Liege Platz genommen. Seine rechte Hand ruhte im blauen Steuer-Lichtfeld.

»Sei nicht so hart mit ihnen, Kooi. Es gab ein paar Jahrhunderte im Königreich Metcalfe/Dominion, in denen der Adel ähnliches praktizierte. Erst mit der Gründung der Sieben nahmen sie davon Abstand.«

Er aktivierte seinen Kommunikationschip, der von jetzt an alles aufzeichnen würde, was Rufs Augen im Holodisplay zu sehen bekamen.

»Es gibt eine gemeinsame Vergangenheit zwischen Seers O'Lamdiir und unserem Vater Rastolon«, begann Ruf die ursprüngliche Frage zu beantworten.

Sie sah ihn neugierig von der Nachbarliege aus an.

»Auch der Vorsitzende der Enklave ist deutlich älter, als er aussieht!«, ergänzte er.

»*War!*«, korrigierte Kooi befriedigt.

Ruf lächelte, ignorierte aber die Bemerkung und fuhr fort. »Seers O'Lamdiir war ein alter Kirchenspion in der Gilde, der vor mehr als fünfzig Jahren die Seiten wechselte und als Gastgeschenk gewissermaßen einige andere Kirchenspione in seiner Umgebung verbrannte. Vater Rastolon war zu der Zeit sein Ordensvorsteher und der Benedictine gegenüber für diese Katastrophe verantwortlich. Seine Bestrafung stellte die Beendigung seiner Laufbahn dar und brachte ihm diese Position ein. Möglicherweise kostete ihn das auch den Status, seinen Körper zu erneuern.« Er sah Kooi aus seinen blauen Augen an.

»Wie wir gesehen haben, ist er sehr nachtragend. Seit damals sucht er ständig nach Wegen, diese Schmach wieder auszuwetzen.«

»Aber warum gewährt er uns dann Einblick in die geheimen Unterlagen der Kirche? Das kann doch wieder zu seinem Nachteil gereichen.«

Ruf nickte. »Grundsätzlich schon. Aber vergiss nicht, wir suchen Informationen über das Zentrum und nicht über die Kirche. Zum anderen benötigt er Beweise *und* Geld, will er den Zeitpunkt seiner Genugtuung noch selbst erleben. Und beides bekommt er von uns. Der Gefallen, den er uns dafür erweisen muss, wiegt dagegen sehr leicht.«

Kooi nickte. »Wir helfen ihm also, seine gekränkte Eitelkeit zu pflegen, und entfachen nebenbei eine Auseinandersetzung zwischen Z-Zemothy und der Benedictine.«

Ruf grinste sie an. »Und damit haben wir weit mehr erhalten, als nur die gesuchten Informationen – sofern wir hier etwas finden und damit wieder wegkommen!«

Es trat ein kurzes Schweigen ein, in dem sie sich auf die vor ihnen liegende Aufgabe konzentrierten.

»Die werden jeden Befehl aufzeichnen, den wir absetzen, Ruf!«

Er nickte. »Das weiß ich. Deshalb benutzen wir die automemorierten Kommandos. Wir werden die Systemantworten in unseren Kommunikatoren aufzeichnen und auf dem Schiff decodieren lassen.«

Kooi legte das Kinn auf die Brust. »Das heißt,« sagte sie nachdenklich, »wir werden hier rausgehen, ohne zu wissen, ob wir etwas gefunden haben.«

»Es ist der einzige Weg, hier herauszukommen, ohne sie wissen zu lassen, wonach wir wirklich gesucht haben«, bestätigte Ruf, »und möglicherweise der einzige Weg, überhaupt hier heraus zu kommen.«

Er legte sich zurück auf die Liege und aktivierte das aktive Augendisplay, mit dessen Hilfe er zusätzliche Steuerbefehle absetzen konnte. Als das weiche blaue Licht des Augendisplays auf sein Gesicht fiel, entspannte er sich.

Ohne die Unterstützung des Blutringes dauerte es einige Minuten, bis sein Atem gleichmäßig ruhig und unhörbar wurde. Kooi betrachtete ihn einen Moment lang nachdenklich, dann legte auch sie sich zurück.

Minuten später öffneten beide zeitgleich die Augen im blauen Licht und begannen mit unglaublicher Geschwindigkeit Kommandos an die Systemsteuerung zu übertragen.

Nach wenigen Sekunden erschienen auf dem ersten Holodisplay Antworten und weitere Querverweise. Wenig später waren alle Holodisplays des Raumes aktiv.

Ruf wusste, dass jeder Zugriff mitprotokolliert und analysiert werden würde. Jedes Ergebnis würde genauso voranalysiert werden, bevor die Holodisplays es zur Anzeige brachten. Aber es würde der Kirche nicht helfen.

Die Suchschemata arbeiteten aus Sicht eines nicht eingeweihten Beobachters vollkommen analytisch und zielorientiert. Sie erfassten das vollständige Erkundungsprogramm der Gilde und der Unsichtbaren Flotte in einem schmalen Randgebiet des Zentrums und der Nebelwelten. Unter der Prämisse der Vollständigkeit erzeugten die Suchschemata eine gigantische

Informationsflut und lenkten außenstehende Analytiker in einen Nebel erstickender Basisinformationen über Sonnensysteme und deren Besiedlungsstand, lokale Kulturen und Zivilisationspläne.

Für einen erfolgreichen Händler der Gilde also genau die Informationen, die er für die Erschließung einer neuen Handelsregion benötigte.

Darin verborgen – nur indirekt angefragt oder in Ausschlussverweisen abgelegt – suchten spezielle Anfragen nach Informationen eines einzigen Farmplaneten im Entwicklungsprogramm aller Farmplaneten des Extraktions-Corps sowie dem Zusammenspiel der Unsichtbaren Flotte mit dem Geheimdienst des Zentrums.

Analyseprogramme in den Laboren der Pretaia würden diese Informationen später decodieren und die echten Ergebnisse liefern.

Ruf und Kooi nahmen bewusst nicht an der Kommunikation teil. Sie konzentrierten sich mit aller Kraft auf ihre Entspannung, um dem Datenstrom nicht mit eigener Logik im Wege zu stehen.

Nach zwei Stunden unterbrachen sie die Abfragen und schliefen für eine Stunde. Dann setzten sie die Suche fort. Nach sechs Zyklen hatten sie die wichtigsten Informationen in ihren Kommunikatoren gespeichert.

Erschöpft ruhten sie mit brennenden Augen in den Liegen, als ein Kirchenritter den Saal betrat.

»Vater Rastolon bittet Euch zu sich, Toreki!«

Ruf richtete sich auf und schwang die Füße auf den Boden. Sein Kopf dröhnte, seine Augen tränten. Gegenüber erhob sich Kooi langsam und stand auf. Als ihr Blick ihn traf, sah er in blutunterlaufene, übermüdete Augen.

»Frag' mich nichts!«, wehrte sie jeden Dialog erschöpft ab.

Sie folgten dem Ritter etwas wackelig auf den Beinen zurück durch den Vorraum hinauf in den sonnenbeschienenen Innenhof. Es war später Nachmittag des nächsten Tages und die

Sonne beschien nur einen kleinen Fleck tiefgrünen Rasens. Geblendet hielten Ruf und Kooi an und kniffen für einen Moment die Augen zu Schlitzen zusammen.

Der Abt saß aufrecht auf der Bank unter dem knorrigen Baum und wandte ihnen den Rücken zu.

Vater Rastolon erhob sich bei ihrem Näherkommen und drehte sich zu ihnen um, wobei er sich mit einer Hand auf der Lehne abstützte.

»Habt Ihr die gesuchten Informationen erhalten, Toreki?«

Ruf blieb ein paar Schritte blinzelnd vor dem Abt stehen, Kooi weitere zwei Schritte hinter ihrem Herrn.

»Ich habe *sehr viele* Informationen erhalten, Vater. Ich werde Zeit an Bord meines Schiffes und in Cap del Nora benötigen, um sie zu analysieren.«

Vater Rastolon lächelte spöttisch. »Ihr werdet viel Energie aufbieten müssen, um Euer ehrgeiziges Ziel zu erreichen.«

»Wie Ihr, Vater!«, entgegnete Ruf im gleichen Ton.

»Eine gute Reise, Toreki – und bitte – denkt an das Septid!« Der Abt lächelte ihn verschmitzt an. »Ich wäre untröstlich, würde sich Eure Abreise von Tempelton verzögern.«

Sicher wärst du das! Ruf verbeugte sich und folgte dem Kirchenritter zurück zum Landedeck, Kooi im Schlepptau.

Die Höfe und Plätze, über die sie gingen, waren diesmal leer. Sie sahen nicht einen einzigen Besucher oder Bediensteten, nur zwei Kirchenritter bewachten ein stattliches Portal auf einem Platz, der ihnen beim ersten Mal nicht aufgefallen war. Ruf grübelte eine Zeitlang darüber nach, bis ihm einfiel, dass zu dieser Zeit alle Kirchenrepräsentanten an der Abendmesse teilnahmen.

»Vater Rastolon erwartet Eure Gabe an die Kirche in spätestens zwei Stunden, Toreki«, gab ihnen der Ritter mit auf dem Weg, als Ruf und Kooi an Bord der Fähre gingen.

Ferngesteuert hob das kleine Schiff ab und beschleunigte zügig in Richtung der Yacht.

Kooi verschwand kurz im hinteren Teil der Fähre und kam mit zwei Flaschen Mederion-Wassers zurück, von denen sie eine Ruf reichte. Sie leerten sie in einem Zug und sanken erschöpft in die Sessel zurück, während sich die Makrobots in ihrem Blut regenerierten und die anschließende Verteilung der Mineralien beschleunigten.

Ruf öffnete einen geschützten Kommunikationskanal zur Roocs: »Speer, bereite den Start der Fluchtdrohnen vor. Möglicherweise müssen wir die Information sehr schnell aus dem System bringen.«

»Warten schon, Siir.«

Als sie wenige Minuten später anlegten, warteten zwei von Rufs Team bereits mit einem von Antigravs in der Luft gehaltenen, gelb-rot gestreiften Container vor der Innenseite der Schleuse. Kooi und Ruf nickten ihnen im Vorbeigehen zu und rannten in die Medizinische Abteilung, in der Speer auf sie wartete.

Die beiden Offiziere bewegten den Container vorsichtig in die Mitte der Fähre und deaktivierten die tragbare AntigravEinheit. Der Container senkte sich langsam auf den Boden des Schiffes ab und beulte ihn durch sein Gewicht einige Zentimeter tief ein. Anschließend verließen sie das Schiff durch die Schleuse wieder. Sekunden später startete die kleine Fähre aus dem Docksegment der Roocs erneut Richtung Manifestum.

Die Yacht nahm ihrerseits Kurs auf den Sprungpunkt des Tempelton-Systems, vorsichtig die Reichweite der eigenen Sensoren ausdehnend.

»Geht los!«

Speer beobachtete konzentriert den Fortschritt der Informationsübertragung von Ruf und Kooi auf die Speicherkristalle. Die beiden saßen auf speziellen Sesselkonstruktionen unter Datensensoren, welche die Informationen aus ihren implantierten Kommunikatoren lasen. Speer fertigte gleichzeitig drei Kopien für die Entsendung in drei Fluchtdrohnen an.

CORUUM

Zaguun meldete sich von der Brücke. »Wir müssen anhalten, Siir. Ein Kreuzer der Kirchenritter versperrt uns den Weg. Der Kapitän sagt, sie melden sich, wenn wir unsere Reise fortsetzen dürfen.«

Speer fluchte leise vor sich hin. Dann beendete er die Verbindung zu den Speicherkristallen und prüfte die Qualität der Kopien.

Ruf erhob sich, griff zu einer weiteren Flasche MederionWassers und wandte sich zu Speer. »Danke! Verlade die Kristalle sofort in die Drohnen.« Er wartete nicht auf eine Antwort, sondern drehte sich zur Tür und eilte mit der Flasche in der Hand zur Brücke.

Zaguun saß auf der Position des Landsuchers und hatte das Bild des Kirchenkreuzers im zentralen NavigationsHolodisplay vergrößert.

»Sie wollen erst sehen, was wir ihnen geschickt haben, Siir«, sagte er lakonisch zu Ruf, als dieser auf dem Sessel des Kapitäns Platz nahm.

»Vielleicht werden sie überrascht sein«, antwortete dieser trocken.

Auf einem Nebendisplay lief der Countdown des Rückfluges der Fähre nach Tempelton ab. »Jetzt ist sie gelandet«, meldete Zaguun. Ein Kamerabild des Innenraums erschien. Zwei Kirchenritter betraten darauf vorsichtig die Fähre und näherten sich nach kurzer Orientierung dem auffällig gestreiften Container.

»Die Kristalle sind verladen, Siir.« Speer meldete sich über Rufs Kommunikator.

»Ausfahren! Wie viel Zeit haben wir bis zum Start der Drohnen, wenn wir sie jetzt aktivieren?«, fragte er Zaguun. Der hünenhafte Offizier betrachtete eine Bahnsimulation auf einem persönlichen Display zu seiner Rechten. »Wenn wir die Trägheitskatapulte vor dem Start auf ein Zehntel der Lichtgeschwindigkeit bringen wollen, eineinhalb Minuten, bevor sie uns um die Ohren fliegen.«

Ruf überlegte. Bei der Geschwindigkeit würden die Drohen zehn Sekunden bis zum Sprungpunkt benötigen – zehn Sekunden, in denen sie für den Kreuzer der Kirche eine leichte Beute waren.

»Händler!« Ein Kirchenritter erschien auf dem Kommunikationsdisplay. Er musste sich recht klein machen, um in vollem Ornat in die Fähre zu passen. »Öffne den Container, damit wir uns vom Inhalt überzeugen können!«

Zaguun sah fragend zu Ruf hinüber. »Ritter!«, antwortete Ruf. »Das mache ich gerne, wenn Ihr meinem Schiff im Gegenzug freien Abzug gewährt.«

Der Helm des Ritters richtete sich auf die Kamera. Seine Stimme klang höhnisch, als er sagte: »Ihr seid nicht in der Position, Bedingungen zu stellen, Händler. Das Septid befindet sich in unserer Hand, und Ihr könnt mit Eurem Schiff nirgendwo hin. Also öffnet den Container.«

Ruf gab Zaguun das Zeichen, die Tarnvorrichtung des Behälters zu deaktivieren. Seufzend erwiderte er: »Wie Ihr wünscht, Ritter.«

Auf der Fähre der Roocs begannen die Konturen des Containers zu verschwimmen. Eine kleinere, kugelförmige Sphäre mit einem grün blinkenden Display, sowie eine kleine Schatulle aus mattschwarzer Monofaser wurden sichtbar. Beide Strukturen standen auf einer kleinen Palette aus nichtleitendem Raumschiffmetall.

Der Kirchenritter machte entsetzt einen Schritt zurück, als er die Antimaterie-Bombe erkannte.

»Diese Bombe ist aktiviert, Ritter. Nur das rhythmisch von Bord dieses Schiffes ausgehende Signal verhindert ihre Implosion. Wird das Signal länger als 100 Sekunden unterbrochen, werden nur die von einer Molekijldicken Septidschicht überzogenen Ruinen von Manifestum zurückbleiben. – Habt Ihr das verstanden?«

»*Ja!*« Die vor unterdrückter Wut heisere Antwort des Kirchenritters war kaum verständlich.

»Dann lasst uns jetzt abfliegen. Wir werden die Bombe vor unserem Absprung deaktivieren.« Vor Rufs innerem Auge liefen die Alarmierungsszenen innerhalb der Befehlskette von Manifestum ab. Der Ritter wartete auf eine Entscheidung seines Vorgesetzten.

Schneller als erwartet kam die Antwort. »Wer garantiert uns, dass Ihr diese teuflische Waffe auch wirklich abschaltet?«, fragte er immer noch wutentbrannt.

»Niemand!«, entgegnete Ruf. »Ich bin gekommen, um ein Tauschgeschäft mit Vater Rastolon durchzuführen. Sofern ich mit meinem Teil dieses Geschäftes das System wieder verlassen kann, habe ich kein Interesse daran, Eigentum der Kirche zu beschädigen.«

Der Ritter antwortete darauf nicht.

»Der Kreuzer dreht bei, Siir!« Zaguun wies auf das Manöver des Schiffes auf dem zentralen Navigations-Holodisplay.

»Speer, aktiviere die Drohnen!« Ruf setzte sich angespannt im Kommandosessel zurück.

Im Frachtsegment der Roocs bewegten sich drei der vier von Bord der Saphire mitgebrachten Container langsam vom Rumpf der Händler-Yacht fort.

»Aktiviert!«, meldete Speer zurück.

Die Triebwerke der drei Drohnen hatten gezündet. Die Trägheitsfelder der Katapulte kompensierten die Vorwärtsbeschleunigung der Drohnen in dem Maße, wie die Geschwindigkeit permanent zunahm. Ein schwaches Glühen hatte die drei Container erfasst, das zunehmend intensiver wurde.

Ein Countdown unterhalb des Navigations-Holodisplays zeigte die verbleibenden Sekunden bis zur Deaktivierung der Trägheitsfelder an, was gleichbedeutend mit dem Start der Drohnen war.

»Der Kreuzer wendet und kommt zurück, Siir!« Zaguuns alarmierte Stimme lenkte Ruf für eine Sekunde vom Countdown ab.

»Was haben die vor?«

»Toreki, Eure Garantie genügt mir nicht!« Das Bild des Abtes erschien.

»Es gibt keine Garantie, Vater!«, antwortete Ruf.

»Siir, der Kreuzer bewegt sich in die Bahn der Drohnen!« Zaguun gestikulierte eindringlich in Rufs Richtung.

»Ihr habt mein Wort als Händler!«

Der Countdown näherte sich der Null-Marke.

»Das reicht nicht. Deaktiviert die Triebwerke. Ich kann Euch nicht abreisen lassen, Snar Es'Menah – *oder wie immer Ihr heißen mögt* – ohne dass Ihr diese Bombe vorher entschärft.«

Die ruhige Stimme des Abtes machte klar, das er nicht bereit war zu verhandeln.

»*Siir!*«

Zaguuns Aufschrei konnte nichts mehr ändern. Der Kirchenkreuzer hatte seine vorherige Position zwischen der Roocs und dem Sprungpunkt fast wieder erreicht, als der Countdown ablief.

Das weiße Glühen der Trägheitskatapulte erlosch. In Sekundenbruchteilen beschleunigten zwei der Fluchtdrohnen auf ein Zehntel der Lichtgeschwindigkeit, folgten ihren programmierten Bahnen geradlinig zum Sprungpunkt und verließen zehn Sekunden später das Tempelton-System.

Sie verpassten den Kirchenkreuzer dabei nur um wenige hundert Meter.

Die dritte Drohne beschleunigte ebenfalls, traf nach drei Sekunden jedoch auf das Schiff der Kirche und durchbohrte es dabei völlig. Die Schilde des Kreuzers glühten kurz auf und rissen den äußeren Rumpf-Mantel von der Drohne, die dadurch wie ein rauer Meteorit das gesamte Schiff von innen aufriss, hinter ihm explodierte und ihre immer noch mehr als zehntausend Kilometer pro Sekunde schnellen Trümmer in Richtung Sprungpunkt schleuderte.

Ruf bemerkte auf dem zentralen Navigations-Holodisplay davon zuerst nur wenig. Die Drohnen waren viel zu schnell für das menschliche Auge.

Ein schwaches Aufblitzen eines vorderen Schildsegments, gefolgt von einer schweren Explosion am hinteren Ende des Kirchenkreuzers und einer Flareähnlichen Lichtfackel in Richtung Sprungpunkt, bereits mehrere tausend Kilometer hinter dem Schiff, deuteten die Katastrophe an.

Als Ruf genauer hinsah, folgte eine Vielzahl von Sekundärexplosionen, welche den Kirchenkreuzer von innen heraus förmlich platzen ließen.

Zaguun saß mit offenem Mund vor dem Display, fassungslos auf die fortschreitende Zerstörung blickend.

Der Adjutant des Königs realisierte als erster die Chance, die sich ihnen dadurch bot und aktivierte die Triebwerke der Roocs auf maximalen Schub Richtung Sprungpunkt.

Unendlich langsam im Vergleich zu den trägheitsbeschleunigten Drohnen umkurvte die Händler-Yacht die glitzernde Trümmerwolke des Kirchenkreuzers und näherte sich dem Sprungpunkt.

»Sende das Deaktivierungssignal, Zaguun!«, befahl Ruf.

Der hünenhafte Offizier übertrug den entsprechenden Code zur Bombe, deren Display daraufhin ein grünes lachendes Gesicht anzeigte und dazu einen in Proc abgefassten Text aufsagte, der soviel bedeutete wie: »Ich bin deaktiviert. Sie können mich jetzt auf einen Mond schießen, den sie nicht mehr benötigen, und sprengen!«

Ruf blickte in das verwirrte Gesicht von Vater Rastolon, der von sich überstürzenden Meldungen abgelenkt war.

»Vater!«

Der Blick des Abtes konzentrierte sich ruckartig wieder auf ihn. Das Raubtier verfolgte seine fliehende Beute.

»Die Bombe ist deaktiviert. Es war mir ein Vergnügen mit Euch Handel zu treiben.« Grinsend unterbrach Ruf die Verbindung.

Unbehelligt erreichte die Roocs zwanzig Sekunden später den Sprungpunkt und verließ das Haupt-System der Kirche.

CORUUM

12 Ashia

Galaktischer Spalt, Ruthpark, Extraktionsdepot Coruum
30397/1/7 - 30397/1/9 SGC
4. - 6. Oktober 2014

Die Brücke der *Sebba* lag unter uns. Ich war mit meinem Rodonn auf das Flaggschiff des kleinen Verbandes der Unsichtbaren Flotte umgezogen.

Als Lumidor KapitänTulier Ul'Ambas darüber informierte, dass wir ihn verlassen würden und sein Auftrag damit erfüllt war, hatte er seine Erleichterung darüber nur schwer verbergen können. Ul'Ambas war davon überzeugt gewesen, nicht mehr heil aus dieser Mission herauszukommen.

Ich musste lächeln, als ich mir das Gesicht des kleinen Gildenkapitäns bei der Verkündung der guten Nachricht vorstellte.

Lumidor und ich standen auf dem Oberdeck der Brücke und sahen auf das geschäftige Treiben unter uns hinab. Die Brücke der Sebba war etwa zehnmal so breit wie die der Ashantie und besaß zusätzlich zwei nach hinten eingerückte Etagen.

Mehrere große Navigations-Hologramme schwebten in der Mitte des Hauptdecks über ihren Pol-ähnlichen Vertiefungen. Eines zeigte eine Gesamtsicht des Systems mit dem Farmplaneten Ruthpark an dritter Position um eine Standard-Sonne kreisend, ein anderes Holodisplay zeigte einen Ausschnitt der Planetenoberfläche um das Extraktionsdepot Coruum, mit einer Auflösung, die jedes Fahrzeug mit seinem Schatten erkennen ließ.

Kapitän Aw'Sellin hatte ohne zu zögern einige weitere Satelliten des Planeten dauerhaft inaktiviert, die der Sebba auf ihren Umlaufbahnen nach seinem Empfinden zu nahe gekommen wären. Dass eine solche Häufung von Satelliten-Ausfällen auf dem Planeten nicht unbemerkt bleiben konnte, beunruhigte ihn nicht.

»Meistens existieren auf Planeten dieser Technologiestufe noch viele Kulturen nebeneinander, die im Wettbewerb miteinander liegen. Sie benutzen diese primitiven Satelliten, um sich gegenseitig auszuspionieren. Ich bin sicher, dass bei zehn zerstörten Satelliten wenigstens fünf Kulturen im Spiel sind. Sie werden sich nicht gegenseitig darüber informieren, dass sie jetzt nichts mehr sehen können. Nein, sie werden es geheim halten und vertuschen.«

Er blickte selbstzufrieden in die Runde. »Wir nutzen diese Eigenarten seit Jahren aus. Sehr erfolgreich.«

Ambre El'Sadooni, der Kommandeur der Z-Zemothy-Kampftruppen, stand etwas abseits von uns. Er hatte die Szenerie um das Depot lange nachdenklich betrachtet. Ich bemerkte ein paar kurze, graue Haare an seinen Schläfen.

Er wirkte wie in seinem schwarzen, schlanken Gelpanzer eingegossen. Mikroskopisch kleine Retro-Tropfen wurden von Kraftfeldern an ihrer Position auf der Anzugoberfläche gehalten. Lumidor hatte in Erfahrung gebracht, dass die Anzuglogik über diesen intelligenten Flüssigkeitsfilm eine Vielzahl von Funktionen steuern konnte. Diese reichten von der automatischen Konfiguration der defensiven Panzerung bis hin zur Mimikry. Im Moment absorbierte der Gelpanzer fast das gesamte Licht und ließ den Anzug in einem dumpfen Grau erscheinen.

Das Anzuggewicht von El'Sadooni war durch die Gelpanzerung um ein Vielfaches niedriger als bei mir und meinem Rodonn, was ihm den Vorteil größerer Bewegungsfreiheit gegenüber unseren nur durch Kraftverstärker zu bewegenden Anzügen verlieh.

Ich fragte mich, ob der Gelpanzer auch in der Lage war, vergleichbar viel kinetische Energie aufzunehmen wie mein Exor. Jedenfalls war ich gespannt darauf, ihn im Einsatz zu erleben.

El'Sadooni registrierte, dass ich ihn beobachtete und drehte sich langsam zu mir um.

»Wann können wir anfangen, Dawn?« Seine silbernen Augenschilde waren stets zur Hälfte geschlossen. Seine kleinen, schwarzen Pupillen fixierten mich ausdruckslos.

»Nun, schlechtes Wetter käme uns gelegen, Toreki. Wenn die Exemplare sich unwohl fühlen, werden sie um so schlechter kämpfen.«

Ich zeigte auf die Hochrechnung der Wetterentwicklung. »Dort entsteht eine schwere Tiefdruckregion, welche sich genau in Richtung unseres Zielgebietes bewegt. Wenn sie über dem Depot steht, werden wir angreifen.«

Er schenkte mir einen langen Blick.

»Glaubt Ihr wirklich, Dawn, dass Wetter, in welcher Form auch immer, das Kampfgeschehen beeinflussen könnte?« Ich hörte einen spöttischen Unterton aus dieser Frage heraus. El'Sadooni gehörte sicher nicht zu den Z-Zemothy-Offizieren, welche die Umsetzung einmal getroffener Entscheidungen auf die lange Bank schieben.

»Nein, natürlich nicht, Toreki.« Ich machte einen Schritt auf ihn zu.

»Aber meine Befehle vom Cektronn lauten, möglichst nicht noch mehr Spuren zu hinterlassen, als ohnehin schon auf dem Planeten vorhanden sind. Und was glaubt Ihr, Toreki, werden die Exemplare sagen, wenn wir bei strahlendem Sonnenschein über sie herfallen und das Depot ausradieren?«

Ich blieb vor ihm stehen. »Werden wir mehr oder weniger Spuren hinterlassen haben?«

El'Sadooni reagierte nicht.

»Kapitän, können wir das Depot mit dem Plasmageschütz von hier aus vernichten?«, fragte er, prüfend mein Gesicht betrachtend.

Ein Navigationshologramm veränderte den Maßstab, als die Zieldaten des Extraktionsdepots von Tikal ergänzt wurden.

»Ich denke, ein Treffer wird ausreichen, Kapitän?« El'Sadooni blickte zu ihm hinüber.

Aw'Sellin betrachtete die Zielmarkierung nachdenklich.

»Wenn wir auf unserer momentanen Position bleiben, dann rate ich davon ab, Toreki. Der Strahl fächert sich auf diese Entfernung zu sehr auf.« Er schüttelte den Kopf.

»Auf der Planetenoberfläche würden wir nur die Vegetation im Umkreis von ein paar Kilometern verbrennen – ohne jede Tiefenwirkung.« Er machte eine kurze Pause, in der er mit seiner Hand eine virtuelle Konsole bediente, die nur mit seinen Augenschilden zu sehen war.

»Wir müssten für einen Treffer mit hoher Intensität in die unteren Atmosphäreschichten eintauchen. Damit wäre die Sebba für jedes noch funktionsfähige Radargerät auf dieser Halbkugel des Planeten sichtbar.«

Neben dem Navigations-Holodisplay erschien ein kleineres Hologramm mit dem Bild einer rotierenden, komplexen Drohne. Er deutete auf die Darstellung.

»Da es sich bei diesem Ziel um ein genau bestimmbares, nicht bewegliches Objekt handelt, schlage ich den Einsatz einer kompakten Anti-Materie-Bombe vor, Toreki. Eine K-Drohne fliegt sie direkt ins Ziel. Die Kultur auf diesem Planeten kann sie nicht entdecken und nicht bekämpfen. Es besteht für uns keinerlei Risiko und die Zerstörung des Zieles ist garantiert.«

Ambre El'Sadooni schien nachzudenken. Ich sah Lumidor von der Seite an.

Er nickte mir zu. »Klingt gut.«

»Kann die Drohne in das versiegelte Depot eindringen?« Ich war mir nicht sicher, ob der Kapitän nicht zu sehr von der Vernichtungskraft seiner Bombe fasziniert war.

»Nein – aber das wird auch nicht notwendig sein, Dawn. Sie wird auf dem Dach des Depots landen. Eindringen wird die Anti-Materie und es in der folgenden Reaktion vollkommen auflösen.«

Ich sah zum Kommandeur der ZZ-Truppen hinüber. »Ich möchte, dass ein paar Männer die Zerstörung des Depots visuell bestätigen, Toreki. Ein Crop sollte reichen.«

El'Sadooni zog eine Augenbraue leicht in die Höhe. Bei ihm wahrscheinlich ein Zeichen größten Vergnügens.

»Und das Wetter, Dawn?«

Er wies mit dem Kinn auf das Navigations-Holodisplay. Das Depot lag in strahlendem Sonnenschein.

Ich gab mich geschlagen. »Es darf eben kein Exemplar überleben, Toreki.«

El'Sadooni verneigte sich spöttisch.

»Fünf weitere Crops werden mich und mein Rodonn dort hinunter begleiten. Hier müssen wir noch einiges klären.«

Ich deutete auf Kapitän Aw'Sellin. »Zeigt bitte die Landezone für das geöffnete Depot.« Er gestikulierte in der Luft und das Navigations-Hologramm zoomte auf die Umgebung des Depots, mit dem krickköpfigen Schutzdach in der Mitte.

»Sie transportieren bereits Gegenstände ab, Ashia.«

Lumidor wies auf eine Reihe großer Fahrzeuge, die mit Behältern beladen Richtung Raumhafen unterwegs waren. »Vor ein paar Stunden sind auch die ersten Schiffe gestartet. Sabbim hat die Behälter vorher mit Positionsdrohnen versehen. Sie bewegen sich in Richtung des nördlichen Kontinents. Wir können sie jederzeit wiederfinden.«

»Darum kümmern wir uns später.«

Es war mir im Moment wirklich gleichgültig, was die Exemplare wohin abtransportierten. Mich interessierten die Hintergründe der Existenz dieser Depots.

Ich sah zu Ambre El'Sadooni hinüber.

»Wir setzen in Sturmbooten ab. Ihr übernehmt diesen Raumhafen mit vier weiteren Crops. Wenn Ihr damit fertig seid, stoßt zu uns und beseitigt alle weiteren Einheiten auf dem Weg dorthin. Mein Rodonn-Offizier am Boden wird Euch unterstützen.«

El'Sadooni erwiderte nichts. Er drehte sich zu den Navigationshologrammen um und bewegte seine Hände auf das Geländer zu, welches das Oberdeck von dem Abgrund zum Hauptdeck abgrenzte.

Ich konnte nicht mehr sehen, ob er es erreichte.

Ein unglaublicher Schlag traf mit voller Wucht jede Zelle meines Körpers. Ich krümmte mich zusammen. Ohne weitere Vorwarnung wurde es dunkel und die künstliche Schwerkraft fiel aus.

Ein Schrei entrang sich meiner Kehle. Stechende Schmerzen blitzten in meinem Kopf hinter meinen Augen auf, während gleichzeitig Druckschwankungen an meinen Trommelfellen rissen. Die Schmerzwellen rasten durch meinen Schädel und loderten ein letztes Mal auf, als meine Bio-Rezeptoren durchbrannten.

»Festhalten!« Lumidor brüllte nur das eine Wort zwischen den Schreien der Anderen hindurch. Ich hatte nichts zum Festhalten und versuchte mich in der vollkommenen Dunkelheit auf das fluoreszierende Nachglühen von Lumidors Kraftverstärker zu zubewegen. Mein Anzug setzte mit den elektromagnetischen Sohlen zu einem Schritt an, dann fiel er inmitten der Bewegung komplett aus und fror ein. Ich konnte mich in seinem Korsett nicht mehr bewegen, sah nichts und hatte das mulmige Gefühl, dass wir alle in sehr großen Schwierigkeiten steckten.

Der Schwung des angesetzten Schrittes hatte nicht ausgereicht, um mich zu Lumidor zu tragen. Die Elektromagneten der Sohlen verloren ihre Ladung, und ohne die Unterstützung der Kraftverstärker war der Anzug ein einziges, tonnenschweres Gewicht an meinem Körper.

Eine mächtige Druckwelle riss mich zu Boden. Glücklicherweise traf ich mit der gepanzerten Hüfte des Exors auf und prallte sofort wieder ab. Außer meinem Kopf und meinen Händen in den Handschuhen konnte ich nichts rühren. Ohne Helm wartete ich darauf, dass die nächste Kollision mit irgendeinem schweren Gegenstand mir das Genick brechen würde.

Nach einer Zeit, die mir wie eine Ewigkeit vorkam und während der ich ungebremst mit dem Schwung des Aufpralls durch die tiefschwarze Nacht des Oberdecks trieb, wurde ich von einer unsichtbaren Wand brutal aufgehalten. Glücklicherweise stieß mein Anzug diesmal mit der Rückseite auf. Trotzdem wurde mein Kopf zurückgerissen, und ich schlug mit dem Hinterkopf hart gegen das Nackenpolster des Exors. Die Schmerzensschreie um mich herum nahmen ab. Etwas traf mich schwer an der Brust und versetzte mich ins Trudeln.

Einzelne Sirenen ertönten. Die roten Lichter der Notbeleuchtung flackerten unkontrolliert einen Moment lang auf und erloschen wieder. Es reichte mir, um zwischen meinen tränenden Augenlidern und dem Dröhnen meines Schädels eine solide Stützkonstruktion an der Decke vor mir zu erkennen. Ich orientierte mich kurz und versuchte mit letzter Kraft, den Exor dazu zu bewegen, dass er sich irgendwie abstieß. – Hoffnungslos. Meine Beinmuskulatur brannte vor vergeblicher Anstrengung. Die Logik und die Systeme meines Exors waren vollständig abgestürzt.

Ich torkelte langsam aufrecht an der Decke des oberen Brückendecks entlang. Schwerkraftwellen rollten durch mich hindurch und erzeugten eine Übelkeit, wie ich sie seit meinen ersten Tagen der Freifallausbildung nicht mehr erlebt hatte. Mein Herzschlag raste und kalter Schweiß klebte auf meinem Körper. Ich musste mich übergeben.

Das rote Licht der Notbeleuchtung stabilisierte sich auf schwacher Leistung. Ein erster Hoffnungsschimmer. Ich hörte wimmernde Schmerzenslaute durch das dumpfe Pfeifgeräusch in meinen Ohren.

Ein zunehmendes Druckgefühl zu beiden Seiten meines Halses signalisierte mir, dass ich und die anderen eine hohe Strahlendosis abbekommen hatte. Meine Sirrusdrüsen schwollen weiter, als sie ihre Arbeit aufnahmen und die Strahlung langsam aus meinem Körper absorbierten.

Trübe erinnerte ich mich im Nebel meiner Benommenheit an die Notentriegelung des Anzugs. Krampfhaft versuchte ich mit meiner linken Hand den Zughaken im Handschuh zu erwischen. Ich hatte ihn noch nie im Ernstfall benutzen müssen. Das Training hatte ich nicht allzu ernst genommen. Warum auch?

Wenn der Exor ausfiel, war das in der Regel ein sicheres Anzeichen für eine äußerst tödliche Umgebung. Niemand kommt dann auf die Idee, den Anzug zu verlassen. Man bleibt liegen, bis einen jemand abholt – oder die Luft zu Ende ist.

Ein schriller Warnton riss mich aus der Lethargie.

»*Aktivierung von zwanzig Prozent Schwerkraft in zehn Sekunden!*« Die Stimme übertönte alles und begann anschließend den Countdown zu zählen. Ich versuchte krampfhaft, mich erneut zu orientieren. Meine Augen waren verklebt und brannten höllisch. Ich drehte meinen Kopf so weit es ging. Im schwachen Rotlicht war nicht klar zu erkennen, ob ich noch über dem Boden des Oberdecks schwebte oder schon im freien Raum über den ausgefallenen Navigations-Hologrammen.

Zwanzig Prozent Schwerkraft würden mich langsam und stetig nach unten ziehen, aber deutlich schneller als eine Feder. Ich musste unbedingt die träge Masse des Anzugs loswerden. Sie würde bei einem ungebremsten Sturz auch bei geringer Geschwindigkeit nicht viel von meinem Kopf übriglassen, sollte ich falsch aufkommen.

Dann fand meine Hand endlich die Entriegelung. Mit einem leisen Klicken sprang der Exor auf. Ich hatte gerade noch die eine Sekunde Zeit, die ich benötigte, um mich zu orientieren, die Beine anzuziehen und mich aus meinen Stiefeln und Handschuhen abzustoßen. Dabei nutzte ich die Masse des Anzugs für einen Zeitlupensalto rückwärts. Ich schaffte es nicht ganz.

Die Schwerkraft kam schlagartig zurück.

Ich stürzte einen halben Meter neben dem Geländer zu Boden und verstauchte mir dabei ein Handgelenk.

So viel Glück muss man erst einmal haben!

Andere hatten es nicht. Mein Anzug schlug eine Armlänge von mir entfernt schwer auf dem Deck auf und riss das Geländer aus der Verankerung. Ich sah meinen Glücksvorrat zügig schwinden.

Ein unvergessliches Geräusch von auf dem Deck aufklatschenden Körpern, Blutlachen und anderen Flüssigkeiten erzeugte neue Übelkeit in mir. Ich drückte mich gegen die brutale Schwerkraft mit äußerster Kraft vom Boden hoch und sah mich mit einem geöffneten Auge um.

Etwas Warmes lief mir über die Wangen und tropfte vom Kinn und der Nasenspitze. Ich sah auf den Fußboden. Mein Blut.

Das waren deutlich mehr als zwanzig Prozent Schwerkraft. Das waren mehr als die vollen einhundert Prozent. Das waren mehr als zweihundert Prozent. Die Schwerkraft schwankte immer noch. Offenbar funktionierte hier einiges noch nicht wieder so, wie es sollte.

Ich legte mich lang hin und rollte mich vorsichtig auf den Rücken. Das Atmen fiel mir schwer, mein Kopf dröhnte. Langsam pendelte sich die Schwerkraft auf ein normales Maß ein. Mein Herzschlag beruhigte sich. Die Luft stank.

Die Schreie waren wieder lauter geworden. Lumidor lag längs an einer Wand, gute zwanzig Meter von mir entfernt. Sein Exor war geschlossen, Als ich ihn ansah, bewegte er leicht seinen Kopf und öffnete den Mund zu einem blutigen Grinsen. Eine Last fiel von mir ab.

Auf der anderen Seite des Decks saß Ambre El'Sadooni auf dem Boden. Blut lief ihm aus Ohren und Augen. Wie für die Truppen von Z-Zemothy typisch, war sein Körper bis oben hin mit Bio-Hardware vollgestopft. Das meiste davon war jetzt mit Sicherheit Asche. Er musste in diesem Augenblick grauenvolle Schmerzen erleiden.

Mit langsamen und konzentrierten Bewegungen prüfte er alle Gelenke und Körperteile. Sein schwarzer Gel-Panzer schien sonderbarerweise nicht betroffen zu sein. El'Sadoonis Blick traf meinen. Er sah aus wie der leibhaftige Tod.

CORUUM

Von Kapitän Aw'Sellin sah ich nichts.

Was immer uns getroffen hatte, die Mission hatte einen schweren Rückschlag erlitten.

CORUUM

Ten O'Shadiif

Ten O'Shadiif eilte durch die endlose, hohe Halle. Eine indirekte Beleuchtung, geschickt verborgen in den großen, blau verputzten Säulen und Bögen der ineinander verschachtelten Kuppelkonstruktionen, verstärkte den Effekt von Höhe und Grazilität.

Er trug, der Festlichkeit eines Treffens mit der Benedictine angemessen, ein schlichtes, dunkelblaues Gewand, das kurz oberhalb seiner einfachen Sandalen endete. Acht Offiziere seines Rodonns in ihren Exor-Panzern rahmten ihn ein.

Vor und hinter seinen Offizieren vervollständigten jeweils zwei Reihen Kirchenritter in den rot-roten Uniformen der Leibgarde der Benedictine die kleine Prozession.

Es war Ten O'Shadiifs erster Besuch auf *Triumphane* und ebenso in der Kathedrale der Benedictine, Raoula der 56. Dennoch verschwendete er keinen Blick auf die imposante Architektur des Kirchenbaus. Insgeheim verfluchte er mehrfach die Anordnung, die es nur der Benedictine selbst erlaubte, sich in ihrer Kathedrale anders als zu Fuß zu bewegen.

Er war bereits seit fast einer Stunde vom Dock der Si'Ricostra auf dem Weg zu ihren Audienzräumen.

Der lange Marsch war geeignet, normale Besucher tief zu beeindrucken. Die Führung durch die kostbaren Räume und Hallen des Kathedralenkomplexes bot genügend Gelegenheiten, sich in Demut auf den Besuch bei der Benedictine vorzubereiten.

Doch er war kein normaler Besucher. Er kannte das Gefühl der Demut nur von anderen vor *seiner* Person. Er war der Cektronn des mächtigsten Geheimdienstes des Roten Nebels, und Ten O'Shadiif hatte vor, hier auf gleicher Augenhöhe zu verhandeln – sofern seine Berechnungen aufgingen.

Immerhin gab ihm der Fußmarsch genügend Zeit, sein Vorgehen im Geiste noch einmal zu überprüfen.

Die Position der Kirche in den Nebelwelten und damit in der Region des Roten Nebels hatte selten in ihrer Geschichte eine solche Phase der Stabilität durchlaufen, wie zur gegenwärtigen Zeit. Er traf die Benedictine auf dem Höhepunkt der Macht ihrer Institution.

Bis vor zweitausend Jahren hatte die Kirche nur mit der Duldung des Zentrums und der Unsichtbaren Flotte ihren Einfluss in den Nebelwelten wahren und ausweiten können.

Der ständige Kampf der damals noch neun Königreiche untereinander hatte ihre Aufmerksamkeit nach Innen gelenkt und dem Zentrum damit eine bedrohliche Machtfülle beschert, die es gnadenlos ausgenutzt hatte.

Sicherlich war es zu der damaligen Zeit zweckdienlich gewesen, einige der Königreiche gegen die anderen zu unterstützen um die Auseinandersetzungen in die Länge zu ziehen.

Die Gilde hatte sich ihre Aufklärungs- und Händlerdienste in den Nebelwelten von der Kirche teuer bezahlen lassen und das Zentrum hatte für den notwendigen Schutz der Kirchenmissionare hohe Beträge verlangt.

Erst mit der Eroberung von zweien der neun Königreiche durch Harkcrow Treerose und der darauffolgenden Gründung der Sieben Königreiche, erwuchs dem Zentrum ein neuer, mittlerweile nahezu ebenbürtiger Gegner.

Die Kirche hatte damals entschlossen reagiert. Sie hatte aus einer Söldnerarmee den Kern ihrer Kirchenritter geschaffen, ihnen Planeten und Kirchenämter verliehen und sie im Gegenzug beauftragt, die Aufgaben des Zentrums innerhalb der Nebelwelten zu übernehmen, um Steuern für die Legaten der Urmutter und des Urvaters einzutreiben.

Durch geschicktes, politisches Taktieren mit dem Zentrum und den Sieben Königreichen erreichte die Kirche in den folgenden Jahrhunderten ein eigenes Gleichgewicht, das ihr die gewünschte Selbständigkeit sicherte.

Die große wirtschaftliche Schwäche der Nebelwelten, begründet in der feudalen Herrschaft der Kirchenritter, die ihren Welten oft nur wenig mehr als die Luft zum Atmen ließen, und der insgesamt technologiefeindlichen Sicht der Kirchenoberen, zwang die Kirche seit jeher verstärkt in die Politik.

Dort hatten sie höchste Qualitäten und Fertigkeiten zur Manipulation anderer entwickelt, und die Grundlagen dafür – das am weitesten verzweigte Netz an Spionen und Agenten, ständig verfeinert.

Dieser Punkt störte Ten O'Shadiif am meisten. Schließlich war es auch sein Geschäft, und die Kirche wusste, so gestand er sich zähneknirschend ein, einfach zuviel.

Aber letztendlich waren Informationen, die er *nicht* besaß, genau der Grund, weshalb er hier war.

CORUUM

Ashia

Kapitän Aw'Sellin lag seit zwei Tagen im Regenerationstank. Er war in der Phase der Schwerelosigkeit über die Brüstung des Oberdecks getrieben und nach ihrer Reaktivierung auf den Boden des Hauptdecks aufgeschlagen.

Die Gammastrahlenwelle, die das Schiff getroffen hatte, hätte uns normalerweise alle umbringen müssen. Und hätte sie es nicht getan, dann die nachfolgende Gravitationswelle.

Gerettet hatte uns ein Zufall. Die Sebba hatte sich im Schatten des Mondes von Ruthpark befunden. Der hatte den größten Teil der Wellen abgefangen. Wir waren somit nur mit zwanzig Prozent der ursprünglichen Intensität getroffen worden, was immer noch ausgereicht hatte, die mobilen Bio-Regeneratoren für die Operationen der Besatzung und der Truppen bis jetzt auszulasten.

Die Ashantie hatte sich bereits auf dem Rückflug befunden und war durch die ungebrochene Kraft der Wellen augenblicklich zerstört worden. Kapitän Tulier Ul'Ambas und seine Mannschaft waren nun doch nicht unversehrt aus dieser Mission herausgekommen.

Lumidor, Hafis, Abdallah und ich hatten fast nichts abbekommen. Die Bio-Rezeptoren unserer Augenschilde und der Basiskommunikation waren wie bei den meisten anderen durchgebrannt, das war extrem schmerzhaft, aber schnell zu reparieren gewesen.

Ambre El'Sadooni und zwei seiner Offiziere hatte es weit schwerer erwischt. Ihre gesamte Bio-Hardware war teilweise schwer beschädigt. Nur die Männer im Truppentransporter waren verschont geblieben. Sie hatten zusätzlich zum Mond noch die Sebba als Schutzschild gehabt.

Sabbim befand sich immer noch auf der Planetenoberfläche in Beobachterposition und hatte alles nur indirekt durch den Ausfall der Kommunikationsanlage miterlebt. Die Atmosphäre und das Magnetfeld von Ruthpark hatten die Wirkung so weit abgeschwächt, dass sein Exor nur vorübergehend ausgefallen war. Allerdings war er dabei einem der Exemplare vor die Füße gefallen und hatte es im Reflex neutralisiert.

Die Elektronik der Exemplare von Ruthpark hatte die Wellen trotz des kombinierten Schutzes ihres Mondes und der Atmosphäre nicht überlebt. Alle Satelliten auf der der Welle zugewandten Seite von Ruthpark waren zerstört worden, ebenso die gesamte Hardware am Boden in der Zielregion. Sabbim hatte keinerlei elektromagnetische Emissionen mehr messen können. Alles war dort unten in heller Aufregung.

Auf der Sebba hatte es nur geringfügige Schäden gegeben. Nach dem Totalausfall aller Systeme und der Fehlfunktion der Schwerkraft bei der Reaktivierung hatte der Neustart relativ zügig funktioniert. Die Abschirmungen hatten gerade ausgereicht.

Ich stand mit Lumidor und Ambre El'Sadooni auf dem Hauptbrückendeck der Sebba, zwischen zwei NavigationsHologrammen. In einem war die Ausbreitungsrichtung der halbkugelförmigen Strahlungs- und Druckwelle dargestellt. Ihre Quelle lag ein wenig außerhalb des Systems von Ruthpark.

Noch vor Abschluss der Reaktivierungstests hatte El'Sadooni, in Vertretung des verletzten Kapitäns, sämtliche Aufklärungsdrohnen in die Richtung der Strahlenquelle entsandt.

Seit drei Stunden hatten zwei der Drohnen Kontakt zu einem nicht identifizierten Schiff gemeldet. El'Sadooni hatte sofort die beiden an der Sebba angedockten Jagd-Korvetten starten lassen, die sich dem fremden Schiff nun mit Höchstgeschwindigkeit auf Abfangkurs näherten. Vor zehn Minuten hatten die Korvetten ihrerseits die mitgeführten Abfangjäger gestartet, so dass sich jetzt die Icons von vierzehn Schiffen dem unbekannten Schiff im Navigations-Hologramm näherten.

Die Hälfte der Abfangjäger ging hinter dem noch unsichtbaren Ziel in eine halbkugelförmige Formation, um einen eventuellen Rückzugsweg abzuschneiden. Ambre El'Sadooni strahlte eine angespannte Ruhe aus. Für ihn hatte die Jagd begonnen.

An einem Punkt, nahe des größten Planeten des Systems, einem Gasriesen mit einer unüberschaubaren Anzahl von Monden, blinkte auf direkter Linie von der Strahlungsquelle zu Ruthpark, die rote Schiffssilhouette des Neuankömmlings.

»Toreki, wir können das Schiff nicht identifizieren. Es entspricht keinen gängigen Klassifikationsdaten der Gilde.«

Der erste Landsucher der Sebba, Ben Es'Kalam, machte Ambre El'Sadooni Meldung, der mit keiner Regung zu verstehen gab, ob er ihn gehört hatte.

»Signalentfernung von der Sebba zum Schiff?« Lumidor ging an das hüfthohe Geländer, welches die runde Senke unter dem Navigationshologramm eingrenzte.

»Fünfundzwanzig Minuten, Toreki.« Die Abfangjäger schwenkten hinter dem Neuankömmling ein und schlossen den Ellipsoid der Umkreisung.

»Kann das Schiff diese Strahlungswelle abgefeuert haben?« fragte ich Lumidor von der Seite.

»Ich kann es mir nicht vorstellen, Ashia«, antwortete er leise. »Es waren ungeheuerliche Energien, die uns trafen, obwohl wir aufgrund der Entfernung zur Quelle und der damit verbundenen Streuung nur einen sehr geringen Teil der Gesamtenergie abbekamen und uns dazu noch im Schutz des Mondes befanden.«

»Das werden sie uns sicherlich gleich verraten.« Der Kommandeur der Z-Zemothy-Kampftruppen zischte die Worte wie Schmerzen zwischen den Zähnen hervor. Seine Augen hinter den neuen Schilden waren als Nachwirkung der Operation noch blutunterlaufen.

»Gibt es neben den Scans der Drohnen weitere Erkenntnisse über die Bewaffnung, Landsucher?«

Ben Es'Kalam ergänzte weitere Information im Navigationsdisplay, bevor er El'Sadooni antwortete.

»Die Sensoren melden Hunderte von Energiereservoirs und Strahlungsquellen an Bord des Schiffes, Toreki. Die einzigen, die wir sicher identifizieren können, sind die des Systemantriebes. Der Signatur nach handelt es sich mit hoher Wahrscheinlichkeit um Redicul Ionen-Düsen, hergestellt in den Sieben Königreichen«.

»Und gehandelt von der Gilde und der Heratis im gesamten Roten Nebel«, warf Lumidor mit einem Seitenblick auf den schwarzgepanzerten Soldaten ein. »Das heißt gar nichts!«

»Wie auch immer,« der Landsucher fuhr fort, »das Schiff ist groß genug, um alle möglichen Waffen an Bord zu haben. Ihre Schilde sind jedenfalls ziemlich massiv.«

»Ruf sie, Landsucher!« El'Sadooni nickte ihm zu, »und konzentriere den Aufnahmefokus auf mich.«

Ben Es'Kalam aktivierte die Kommunikationsprozedur. Er zoomte eine vergrößerte Darstellung des Schiffes in das Holodisplay. Es war ein ungeheuer hässlicher Kahn. Große Zylinder und Quader waren willkürlich miteinander verbunden, teilweise in große Gitterkonstruktionen eingebettet, teilweise durch tragflächenähnliche Gebilde unterstützt. Auffällig war neben einer Arbeitsplattform, die wie eine Versuchsanordnung wirkte, nur eine Reihe von drei großen Zylindern, die sich auf dem Rücken des Schiffes befand.

Dicke, schwarz-rote Streifen versuchten erfolglos, den Eindruck einer Zusammengehörigkeit der Komponenten zu erwecken. Klare Funktionen waren nicht zu erkennen.

Das Schiff wirkte wie ein Weltraum-Schrotthaufen.

»Ich habe sie, Toreki!« Auf ein Zeichen Ambre El'Sadoonis öffnete er die Sichtverbindung.

Innerhalb eines der Navigations-Hologramme erschien die Gestalt eines in einer hellgrauen Marineuniform gekleideten Mannes.

»Ein Organisationsoffizier der 7K!« Lumidor war überrascht. »Was machen die denn hier?« Ich hielt die Luft an. Das würde Ten O'Shadiif sicher nicht gefallen.

Ambre El'Sadoonis Blick fokussierte die Lichtdarstellung. »Dies ist ein Kriegsschiff der Gilde. Erklärt mir bitte den Grund Eurer Anwesenheit in diesem Sektor.« Er machte eine

Pause, um dem graugekleideten Offizier der Organisation Gelegenheit zu geben, sich vorzustellen.

»Ich bin Annu Aroldi, Kapitän der Relion, einem zivilen Forschungsschiff der Sieben Königreiche.« Der Mann antwortete in fließendem Proc, der aus der großen Händlersprache der Gilde abgeleiteten Standardsprache des Roten Nebels. »Verzeiht mir Toreki, aber ich habe Euren Namen nicht verstanden.«

Die Stimme des Offiziers und seine ganze Haltung waren entspannt. Nicht unbedingt die Reaktion eines unerfahrenen Kapitäns auf die überraschende Begegnung mit Kriegsschiffen der Unsichtbaren Flotte weit von der Heimat - es sei denn, er hatte uns schon vorher entdeckt.

»Ihr seit weit weg von Zuhause, Kapitän, also zügelt Eure Neugierde!« Ambre El-Sadooni fuhr mit einer Hand flüchtig über ein paar taktische Holodisplay Kontrollen und löste spielerisch einen Simulationsangriff auf das fremde Schiff aus.

Unmittelbar darauf ertönten die Alarmsirenen auf dem Schiff der 7K, bis der Organisations-Offizier sie mit einer ebenso kurzen Handbewegung zum Schweigen brachte.

»Sehr eindrucksvoll, Toreki! Wenn Ihr ein großes Geheimnis um Eure Identität machen wollt, bitte schön.«

Er war vollkommen unbeeindruckt. Sicher nicht das Bild eines unerfahrenen Mannes.

Ambre El'Sadooni fuhr fort. »Schon besser, Kapitän. Wir waren vor zwei Tagen Ziel eines Angriffs. Die Position und der Kurs Eures Schiffes passen mit der analysierten Strahlungsquelle des Angriffs zusammen. Ich fordere Euch deshalb auf, die Schilde zu deaktivieren, in eine Umlaufbahn um den Gasplaneten einzuschwenken und Euch auf eine Überprüfung Eures Schiffes vorzubereiten.«

Er hatte sein Gegenüber durch die Schlitze der Augenschilde fest im Visier. Wiederum verriet der Kapitän des Forschungsschiffes mit keinem Zeichen, ob ihm die Ankündigung einer Durchsuchung seines Schiffes beunruhigte oder nicht.

»Ich habe volles Verständnis für diese Bitte, Toreki und auch für Eure Vorsichtsmassnahmen. Wir werden Euren Anweisungen Folge leisten.« Er erwiderte El'Sadoonis Blick unbeirrt.

Ich wurde misstrauisch. Warum versuchte er nicht zu verhandeln? Es gab keine Beweise für die von dem Z-Zemothy-Offizier vorgebrachten Anschuldigen. Spielte der Mann auf Zeit?

»Bei dem Angriff, von dem Ihr sprecht, Toreki, handelte es sich um einen Unfall, bei dem zwei unserer Begleitschiffe zerstört wurden,« fuhr der Kapitän des angeblichen Forschungsschiffes fort.

»Was für ein Unfall war das, Kapitän?« El'Sadoonis Stimme klang zum ersten Mal interessiert.

»Wir testeten ein neuartiges Sprungtor, das nach der Durchquerung kollabierte. Die Strahlungs- und Gravitationswelle, die Eure Schiffe trafen, wurden durch die Implosion des Tores hervorgerufen. Ich bedaure diesen Vorfall sehr und versichere, dass die Organisation für alle entstandenen Schäden aufkommen wird, Toreki.« Er verbeugte sich leicht.

Das klang wenigstens nicht nach einer billigen Ausrede.

»Wir werden uns das genau bei Ihnen an Bord ansehen, Kapitän. Deaktiviert die Schilde.« El'Sadooni gab dem Landsucher ein Zeichen.

»Und Kapitän,« seine Stimme war fast unhörbar, »ergreift keine Maßnahmen, die meine Männer als Angriff auslegen könnten. Wir kommen rüber.«

Er gab Ben Es'Kalam ein weiteres Zeichen, und die Übertragung brach ab.

Lumidor sah mich an. »Ist das ein Zufall, dass die Organisation gerade jetzt in ausgerechnet dem System auftaucht, aus dem wir vor kurzem ein Signal empfangen haben?«

»Nein, ist es nicht.«

Ambre El'Sadooni sprach leise aber bestimmt. »Sie lügen uns an.«

Er wies auf das Navigationshologramm, in dem der Kurs des Organisationsschiffes dargestellt war.

»Ihr Kurs zielt exakt auf Ruthpark. Selbst wenn ihre Anwesenheit in diesem System allein als Zufall durchgehen könnte. Aber warum sollten sie ausgerechnet zu diesem Planeten kommen? Damit verraten sie sich. Sie sind aus dem gleichen Grund hier wie wir. Und für den Fall habe ich klare Befehle.«

Seine Augenschlitze fixierten mich. Hatte er auch klare Befehle, wie er mit mir zu verfahren hatte, wenn das alles vorüber war?

»Dawn, Ihr werdet die Depots allein angreifen müssen.« Eine Augenbraue zuckte leicht. »Ihr habt ja jetzt das schlechte Wetter als Verstärkung.« Seine Hand wies auf die Wetterdarstellung, welche die blendend weiße Wolkenspirale eines massiven Sturmes darstellte.

»Ich gebe Euch die gewünschten zehn Crops. Die anderen benötige ich für die Erstürmung des Schiffes.«

Der Z-Zemothy-Offizier wandte sich dem Landsucher zu.

»Zerstöre auf ihre Anweisung das zweite Depot mit der K-Drohne. Halte das Schiff hier in Position, bis andere Befehle von mir eintreffen.«

Sein glänzender, schwarzer Panzeranzug wurde erst matt, dann verschwamm er vor meinen Augen und wurde transparent. Nur der Kopf und die Hände von El'Sadooni waren noch klar zu sehen.

Eine deutliche Verbesserung der Anzug-Mimikry gegenüber unseren Exor-Modellen musste ich ihm zugestehen.

»Informiert mich, wenn die Depots zerstört sind, Dawn!« Sein Blick streifte Lumidor und mich. Dann verließ er den Raum.

»Komm schon, mein erster Krieger,« ich flüsterte Lumidor ins Ohr, »lass uns die Depots da unten auseinandernehmen und dann nichts wie weg, ich habe Lust auf ein paar Tage Ruhe und Erholung!« Er grinste mich an. Seine Augen waren noch genauso rot wie die von Ambre El'Sadooni, seine Wangenknochen blau von Blutergüssen, aber insgesamt schon wieder sehr verführerisch.

»Landsucher!« Ben Es'Kalam drehte sich zu mir um. »Ruf die Kommandeure der Crops in zehn Minuten in den Simulationstrakt.«

Ich gestattete mir ein Lächeln. »Schicke außerdem die Kampfdrohne los. Sie soll sich über dem Ziel in Bereitschaft halten.«

CORUM

Ten O'Shadiif

Er näherte sich mit seiner Eskorte einer hohen, nach oben spitz zulaufenden, doppelflügeligen Tür und musste wieder einmal warten.

Seit fast anderthalb Stunden waren sie jetzt durch den Kathedralenkomplex der alten Benedictine geführt worden.

Das war genug!

Ten O'Shadiifs Blick wanderte missmutig am kunstvoll mit kostbarem Septid verkleideten Türrahmen empor, bis er in seiner Spitze die beiden ineinander verschobenen Sphären der Urmutter und des Urvaters entdeckte. Er erstarrte, als er über den Wert dieser Tür und des Rahmens nachdachte. Septid in dieser Menge gab es wahrscheinlich im gesamten Zentrum nicht.

Er selbst war der Zurschaustellung von Reichtum nicht abgeneigt, aber diese Tür hatte etwas Abstoßendes.

Die gesamte Eskorte hätte in ihrer jetzigen Formation durch nur einen der geöffneten Flügel gepasst.

Die Tür befand sich an einem Ende eines hohen, langsam ansteigenden Ganges, dessen Wände zu beiden Seiten hinter einer Reihe schlanker, dunkelroter Säulen mit schmalen Fenstern versehen waren. Die Glasscheiben bestanden aus Mosaiken, durch die hindurch kein Ausblick möglich war.

Seine Eskorte setzte sich wieder in Bewegung, allerdings nicht auf die große Tür zu, sondern in Richtung einer viel kleineren zu ihrer rechten Seite.

»Toreki!« Der rot-rot gekleidete Anführer seiner Eskorte war vor der Nebentür stehen geblieben, während seine Männer ein Spalier bildeten.

»Dies ist das Audienzgemach Ihrer Mutter Benedictine, Raoula, der 56. Ihr dürft nur allein und ohne Waffen eintreten. Euer Rodonn muss hier auf Euch warten.«

Ten O'Shadiif wusste, das er den Anweisungen folgen musste, wollte er nicht unverrichteter Dinge weitere anderthalb Stunden zu seinem Schiff zurückmarschieren. Er nickte dem ersten Offizier seines Rodonns wortlos zu und schritt auf die kleine Tür zu, die sich bei seinem Näherkommen öffnete.

Er trat durch einen engen, kühlen Tunnel in das Innere eines kleinen, nur durch Kerzen erleuchteten Raumes.

Überrascht blieb er stehen. Die Tür hinter ihm schloss sich geräuschlos.

Das war jedenfalls nicht die Halle, die er nach der pompösen Pforte zu sehen erwartet hatte.

Der Raum wirkte nach dem zurückliegenden Marsch durch die Weitläufigkeit des Palastes extrem beengend. Zusätzlich war es feucht. Nur die Kerzen markierten Flecken von Wärme und Leben.

Seine Augenschilde hatten sich den veränderten Lichtverhältnissen nicht angepasst. Irritiert versuchte er sie auf Thermal oder Restlichtverstärkung einzustellen. Nichts passierte.

»Tretet ein, mein Sohn.«

Der Klang der Stimme ließ ihn herumwirbeln. Seine Bartperlen klickten aneinander. Zwischen zwei Kerzen auf der rechten Seite des Raumes hatte sich eine weitere Tür geöffnet. Helles Licht und Wärme strömten hinein und das Licht blendete ihn. Eine schlanke Gestalt kam auf ihn zu, ergriff seine Hand. Völlig willenlos ließ er sich von der Benedictine aus dem Raum führen.

Ten O'Shadiif gewann einen Teil seiner Fassung zurück und löste seine Hand langsam aus ihrem zarten Griff. Sie standen in einem von Sonnenlicht durchfluteten, runden Zimmer. Es war reich möbliert und alle raumhohen Fenster und Türen waren zu einem umlaufenden Balkon hin geöffnet.

Ten O'Shadiif wusste nicht, was er denken sollte. Die zierliche, überaus attraktive Frau, die dort vor ihm stand, entsprach in keiner Weise derjenigen, die er erwartet hatte.

Die Benedictine beobachtete ihn geduldig aus strahlenden, braunen Augen. Kleine Grübchen um ihren Mund deuteten ein Lächeln an. Er fühlte sich einen Moment von ihrem Blick gelähmt. Endlich erinnerte er sich, was sie von ihm erwartete, und fiel vor ihr auf ein Knie.

Sie reichte ihm die Hand zum Kuss.

Nein, dachte er. Er würde ihre Hand nicht mit den Lippen berühren. Das wäre zu unterwürfig. So ergriff er ihre Finger und drückte seine Stirn leicht gegen sie. »Mutter,« murmelte er. Dann erhob er sich. Das unerwartete Kribbeln in seiner Stirn ließ nach.

Sie ist durch ein körpereigenes Kraftfeld geschützt, dachte er bei sich.

Sein Blick flatterte von ihrem Gesicht über ihren Körper hin zu diesem fantastischen Ausblick auf weite Berge und Täler. Leichter, warmer Wind spielte mit den blutroten Vorhängen.

»Lasst uns hinausgehen, Lieber.« Sie ging voraus auf den Balkon. O'Shadiif folgte ihr, krampfhaft bemüht, seine Gedanken zu ordnen.

Im Schatten breiter Markisen gab sie ihm Zeit, sich zu sammeln. Die Benedictine stützte sich mit den Händen leicht auf eine hohe Brüstung und sah in die Ferne. Er konnte seinen Blick nicht von ihr lassen. *Mutter* hatte er sie genannt. Nach ihrem Aussehen zu messen, hätte sie ihn *Großvater* heißen müssen, obwohl sie mehr als dreimal so alt war wie er.

Ihre grazile Figur bezauberte ihn. Ihr weites, helles Gewand enthüllte mehr, als es verbarg. Die blonden Locken waren hinter zarten Ohren aufgerollt, einzelne Strähnen rahmten ein helles, offenes Gesicht mit einer feinen Nase und einem roten Mund ein. Die mandelförmigen Augen unter der hohen Stirn funkelten tiefgründig, während sie ihn ansah. Kein Anzeichen ihres wahren Alters. Die Bio-Ingenieure der Kirche mussten Zauberer sein. Ihr wievielter Körper war das?

Und doch, ermahnte er sich, *hatte er genau das gewusst.*

Sie war eine Meisterin im Spiel mit der Erschaffung von Erwartungen und ihrer anschließenden, vollständigen Zerstörung durch die Realität. Sein Fußmarsch zu ihr, die gigantische Tür, der dunkle Raum und ihr eigenes Erscheinungsbild waren Beispiele, die er selbst in den wenigen Minuten seines Eintretens erfahren hatte. Jeder, der nicht über die Informationen bezüglich der wahren Benedictine verfügte wie er, wäre ihrem Spiel verfallen. Fasziniert registrierte Ten O'Shadiif, wie dieses Spiel selbst beim ihm, trotz seiner Informationen, wirkte.

Dennoch war er weit davon entfernt, enttäuscht zu sein.

»Mein Lieber, was kann ich für Euch tun?«, sie sah ihn durch halb geschlossene Lider mit langen Wimpern an, »oder ist es Euch angenehmer, wenn ich Euren offiziellen Titel verwende?«

Die kleine Krone im Haar der Benedictine schimmerte, als sie sich in einer langsamen Bewegung zu ihm umdrehte. Ten O'Shadiif betrachtete kurz das Abbild der beiden roten Sphären in der Spitze der kleinen Krone.

»Toreki ist angemessen, Raoula.« Er schluckte. Er hatte sich wieder im Griff.

Die Benedictine lächelte schwach und lud ihn mit der Hand ein, auf einer breiten Steinbank Platz zu nehmen, von der aus sie einen herrlichen Blick über die Landschaft hatten. Sie setzte sich neben ihn, so dicht, dass er sie mit der Hand hätte berühren können. Ein Hauch von leichten Parfum stieg ihm in die Nase. Amüsiert betrachtete sie O'Shadiifs Bartperlen.

Mühsam riss er sich los.

»Ihr wisst, die meisten Bewohner der Zentrumswelten sind nicht sehr gläubig, Raoula, das trifft auch für mich zu. Lassen wir also den formalen Rahmen beiseite.« Er richtete sich auf, sah sie prüfend an, und wartete auf eine sichtbare Reaktion ihrerseits für seine brüske Zurückweisung ihrer demonstrativen Freundlichkeit.

»Wie Ihr wünscht, Toreki,« ihr Lächeln blieb ungetrübt, »was kann ich also für Euch tun?«

Er sah ihr in die Augen. »Ich brauche von Euch die Erlaubnis, in den Archiven der Kirche nach Informationen über einen

Planeten namens Ruthpark zu suchen.« Sie reagierte nicht. Ihr Blick strahlte ihn an.

Ten O'Shadiif holte Luft, er fühlte, wie sie allein durch ihre Erscheinung von ihm Besitz zu ergreifen drohte.

»Ruthpark war von Ende des 27. Jahrtausends bis Mitte des 29. Jahrtausends ein Farmplanet gewesen. Unter höchster Geheimhaltungsstufe wurden dort wenigstens zwei Kulturen herangezogen und extrahiert.« Er hielt inne und beobachtete die Benedictine, die seinen Blick jedoch nur offen erwiderte und weiter schwieg.

»Ihr wisst, Raoula, dass sich in eben dieser Zeit, die Kirche in einer sehr schwachen politischen Situation befand. Meine Informationen besagen, dass wenigstens eine der Kulturen, als Keimzelle der Organisation verwendet werden sollte, um die Königreiche zu einen und dem damaligen Expansionsdrang des Zentrums entgegenzuwirken.«

Die dunkelbraunen Augen in ihrem schönen Gesicht streichelten ihn liebevoll. *Doch sie war so alt!* Ten O'Shadiif musste weitersprechen, er stand kurz davor, seine Haltung zu verlieren.

»Die Kirche hatte sich in den Jahren der Unruhe wiederholt an einzelne Königreiche gewandt, um Alternativen zum damals sehr brüchigen Bündnis mit dem Zentrum zu erkunden. Es musste im Interesse der Kirche gelegen haben, diese Einigung der Königreiche zu unterstützen.«

Er biss sich auf die Lippen. Mehr würde sie nicht aus ihm herausbekommen. *Wenn sie nur mit diesem verdammten Lächeln aufhören würde.*

»Und warum gibt es darüber in Euren eigenen Archiven keine Informationen mehr, Toreki?« Sie schaffte es, Ihre Stimme gleichzeitig milde und doch tadelnd klingen zu lassen.

Der Wind drückte ihr Gewand an ihren schlanken Körper und enthüllte ihre kleinen, straffen Brüste. Ten O'Shadiif zwang seinen Blick über die Brüstung der Veranda in die Ferne.

»Sie wurden beseitigt, Raoula. Vollständig. Ebenso wie der damalige Cektronn, Rud El'Ottar.«

Die Benedictine sah ihn prüfend an. Er hielt dem Blick diesmal nur kurz stand. Er erkannte: *In der Tiefe ihrer Augen wurde ihr wahres Alter sichtbar.* Ihm schwindelte.

»Ihr versteht, dass ich diese Details nicht alle im Kopf habe, Toreki,« sie schlug ihre Beine übereinander, »entschuldigt mich bitte einen Moment.«

Bevor O'Shadiif etwas erwidern konnte, hatte sie sich leicht an die steinerne Mauer angelehnt und dabei die Augen mit den langen Wimpern geschlossen. Ihre linke Hand stützte mit drei Fingern den gesenkten, zarten Kopf. Ein paar lange, blonde Haarsträhnen wehten in einer Windböe. So verharrte sie mehrere Sekunden lang, während er nur dasitzen und sie fasziniert beobachten konnte - eine fast zweihundertjährige Greisin im perfekten Körper eines zwanzig Jahre alten Mädchens. Auf ihren geschlossenen Augenlidern erkannte er die implantierten Sphären der Kirche. Er wagte es nicht zu sprechen oder auch nur laut zu atmen, während ihm bewusst wurde, dass sich dieser Anblick auf Lebenszeit in sein Hirn einbrannte.

Dann öffnete sie unvermittelt ihre Augen und ein harter Blick ließ ihn innerlich zusammenzucken.

Ten O'Shadiif fühlte sich wie elektrisiert. Raoula richtete sich langsam wieder auf, während sie ihren Blick langsam entspannte und von seinen Augen löste. Ein Lächeln umspielte ihre Lippen.

»Ich danke Euch für Eure Geduld Toreki, ich habe mir die Details besorgt. Es ermüdet mich immer sehr.«

Er fühlte sich schlagartig unwohl, als ihm klar wurde, wie sie an diese Daten gekommen war.

Dass er da nicht schon früher drauf gekommen war!

Dieser Ort war wie alle Besitztümer der Kirche mit einem Gedankenscanner ausgerüstet. Er war sich sicher, dass bis jetzt noch niemand versucht hatte, in seinen Gedanken zu lesen, aber allein das Vorhandensein eines solchen Gerätes bedrohte ihn.

Sie schien das gefühlt zu haben.

»Entschuldigt bitte, Toreki. In dieser Kathedrale gibt es diese Technik ausschließlich für mich als persönliche Erinnerungshilfe. *Es gibt so viele Informationen.* Eure Gedanken werden selbstverständlich nicht beobachtet.«

Ihre Fingerspitzen strichen beruhigend über seinen Arm und nahmen seine Hand. Ihr Gesicht kam dicht an seines heran.

»Bevor ich Euch die Informationen gebe, die ich gefunden habe, Toreki,« ihre Augen waren nur eine Handbreit von seinen entfernt, er konnte das leichte Flattern ihrer Nasenflügel sehen, »sagt mir bitte, was sie Euch wert sind!«

Ten O'Shadiif stutzte einen Moment, dann setzte er sich auf und vergrößerte den Abstand zu ihren Augen. Ein lautes Lachen brach aus ihm heraus. Behutsam löste er seine Hand aus ihren Fingern.

»*Wert sind?*« Er sprang auf und sprach lauter, als er vorgehabt hatte, »Was sie *mir* wert sind? Ihr meint, ich soll für die Informationen bezahlen, Raoula?«

Sie lächelte ihn mit hochgezogenen Augenbrauen für seine gespielte Ereiferung an.

»Mit anderen Informationen, Toreki; ist das so unüblich in *unserem* Geschäft?«

O'Shadiif grinste. »Was wollt Ihr wissen?« Jetzt war er in seinem Element. Sie wollte verhandeln.

»Sagt mir, was Ihr aufgrund meiner Informationen weiter herausbekommt. *Alles.*« Ihre Augen funkelten. Perfekte Zähne blitzten ihn an.

Er würde entscheiden, was sie erfuhr und was nicht. »Gut.« Ten O'Shadiif nickte. »Ihr werdet es erfahren.«

Gespannt sah er sie an. »Was habt Ihr gefunden, Raoula?«

Sie erhob sich und ging langsam den runden Balkon entlang. Windböen zupften an den blonden Locken über ihren Schläfen.

»König Bengsten Treerose hatte zum Ende des 27. Jahrtausends den Entschluss gefasst, die Königreiche zu einen. Er war davon überzeugt gewesen, dass nur eine starke Koalition der Reiche, dem expansionistischen Streben des Zentrums auf Dauer Einhalt gebieten konnte. Die Königreiche selbst waren in der Mehrzahl nicht daran interessiert, sich friedlich zu einigen - auch wenn ihre andauernden Kriege untereinander sie bereits sehr geschwächt hatten. Doch selbst das stärkste Königreich Treerose/Restront war allein nicht dazu in der Lage, eine alle befriedende Ordnungsmacht aufzustellen.«

Sie drehte sich im Gehen um und zwinkerte ihm zu. »Ich denke, das Zentrum hat damals einzelne der Königreiche unterstützt, um die Auseinandersetzungen in Gang zu halten.«

Ten O'Shadiif kommentierte die Bemerkung nicht. Er wusste, dass die Benedictine keine Bestätigung benötigte. Sie ging langsam weiter und fuhr fort.

»Woher Bengsten Treerose die beiden Keimkulturen hatte, kann ich nicht sagen, Toreki. Darüber haben die Benedictinen keine Informationen.« Sie blieb abrupt stehen und drehte sich zu ihm um. »Wo sie nach erfolgter Reife hingebracht wurde, kann ich zumindest für eine der Kulturen vermuten.«

Ten O'Shadiif war ihr in ein paar Schritten Abstand gefolgt. Jetzt hing sein Blick an ihren leicht geöffneten, dunkelroten Lippen.

»Ihr hattet Recht mit Eurer Vermutung, das sie in der heutigen Organisation aufgehen sollte. Nach genau 2299 Jahren Entwicklung auf einem gut verborgenen Farmplaneten wurde eine Kultur mit genau dem Ziel extrahiert, diesen Kern der Organisation zu bilden.«

»Woher wisst Ihr dass?« Ten O'Shadiifs Anspannung war für die Benedictine fühlbar. Sie drehte sich um und setzte ihren Spaziergang fort. Ohne auf seine Frage zu antworten, fuhr sie im Plauderton fort.

»König Harkcrow Treerose, letztendlich der Gründer der Organisation, verschwand im Jahr der Extraktion spurlos. Wie Ihr bereits erwähnt, Rud El'Ottar, Cektronn Eures Bundes, zwei Jahre später.«

Sie machte eine Pause.

»Residore, die 3., wurde ebenfalls ein weiteres Jahr später ermordet aufgefunden – im unreifen Alter von nur einhundertunddreißig Jahren – hier auf Triumphane.« Raoula war nach dem letzten Satz stehen geblieben und hatte sich wieder zu Ten O'Shadiif umgedreht.

Obwohl er nur Sandalen trug, war er noch immer zwei Köpfe größer als sie.

»Sie war informiert, wie alle Benedictinen vor ihr. Mit ihrer Ermordung setzte im Reich der Kirche eine Säuberungswelle ein, der sämtliche Unterlagen, die auch nur in entferntem Zusammenhang mit dieser Geheimoperation stehen konnten, zum Opfer fielen.«

Raoula sah zu ihm auf, als sie weitersprach. »Es scheint, als hätte jemand sehr energisch versucht, erst diese Extraktion zu verhindern – und, als das nicht mehr möglich war – zumindest alle Spuren davon zu vernichten.«

Ten O'Shadiif hatte die Aufzeichnung von Fadi ad Asdinal vor Augen, die Ashia im Extraktionsdepot gefunden hatte. Die Benedictine sah ihn weiter erwartungsvoll an.

»Ihr habt mir noch nicht gesagt, warum diese Informationen ausgerechnet zu dem heutigen Zeitpunkt so wichtig für Euch sind, *Lieber*.«

Er zog die Luft scharf durch die Nase ein. Ihre dunkelbraunen Augen blickten ihn fest von unten an.

»Der Farmplanet von dem Ihr sprecht heißt Ruthpark und wurde wieder entdeckt, Raoula. Das Extraktionsdepot der dortigen Kultur in Coruum wurde geöffnet. Harkcrow hatte auf Ruthpark einen Sender hinterlassen, der Nachrichten an bestimmte Stellen übermittelt, wenn das Depot betreten wird. Zwei dieser Signale habe ich vor kurzem empfangen.«

Raoula nickte vor sich hin. »Also war Harkcrow Treerose auf Ruthpark.«

Ihre dunklen Augen suchten die von Ten O'Shadiif. »Liege ich falsch, wenn ich vermute, dass auch Z-Zemothy zu der Zeit auf dem Planeten oder zumindest in der Nähe war?«

Er erwiderte nichts.

»Und jetzt müsst Ihr sicherstellen, dass keine Spuren zurückgeblieben sind, die einen Weg zum Zentrum und Z-Zemothy weisen.« Ihr Lächeln kam zurück, unterschwellig triumphierend.

»Ich verstehe Euch jetzt vollständig, Toreki, und ich kann Eure Befürchtung bestätigen, dass König Torkrage Treerose sicher nicht erfreut sein wird, sollte er entsprechende Hinweise finden.«

Ihr Blick fing ihn ein.

»Nur steht Ihr jetzt vor der Schwierigkeit, Lieber, mögliche Spuren, die damals nicht beseitigt wurden, zu finden und zu vernichten – obwohl Ihr sie selbst dringend benötigt um den heutigen Aufenthaltsort der beiden Kulturen zu ermitteln!«

Sie schwiegen eine Weile, jeder den eigenen Schlussfolgerungen nachgehend.

»Ihr seid Euch also auch nicht sicher, Raoula, ob die Kultur aus Coruum wirklich in den Sieben angekommen ist.« Ten O'Shadiif sagte das als Feststellung.

»Wenn Z-Zemothy es damals nicht gelungen ist, sie zu vernichten – « Die Benedictine sprach die Beschuldigung langsam und kontrolliert aus, ohne den Satz zu vollenden.

»Es gibt dafür keine Beweise, Raoula.« Er reckte die Schultern.

»Sagt *Ihr*, mein Lieber, ...« Sie lächelte ihn an.

O'Shadiif überhörte den mitschwingenden Verdacht. »Was wisst Ihr über den Verbleib der zweiten Kultur?«

Die Benedictine lehnte sich an die steinerne Brüstung, scheinbar in die Betrachtung der bezaubernden Landschaft versunken. Ihre blonden Locken schimmerten im Licht der langsam untergehenden Sonne.

CORUUM

»Ich fand dazu genau einen Begriff, Toreki. Die Schwesterkultur von Coruum ist unter noch mysteriöseren Umständen verschwunden. Ich fand lediglich einen Verweis auf Tikal, und der deutete in das Zentralarchiv der Kirche.«

Raoula drehte sich zu ihm um.

»Ihr werdet verstehen, Toreki, dass ich dort unmöglich selbst weiter forschen kann.« Ihre schönen Augen fraßen sich in ihn hinein, verankerten seinen Blick fest in ihrem.

»Ihr erhaltet die Erlaubnis, in den geheimen Archiven der Kirche auf Tempelton IV zu forschen. Der Begriff, unter dem Ihr dort suchen müsst, Lieber, lautet *Cetna*«.

Ashia

Als Abdallah und ich mit voll aufmunitionierten Exors die Landebucht der Sebba betraten, kam das Sturmboot, das uns aufnehmen sollte, gerade vom Truppentransporter herüber.

Lumidor und Hafis waren bereits vor zwei Stunden dorthin abgeflogen, um die letzten Vorbereitungen für den Angriff abzuschließen. Sie würden mit ihren Crops die ursprünglich Ambre El'Sadooni zugedachte Aufgabe der Zerstörung des Raumhafens und sämtlicher Einheiten zwischen ihm, Coruum und Tikal übernehmen.

Das unförmige, blau-grau flimmernde Sturmboot kam zu uns heran und senkte sich mit seiner Unterseite bis knapp über den Hangarboden ab. Hässliche Beulen in der Bootsnase verbargen tödliche Disruptorläufe.

Eine Seitenluke öffnete sich und wir sprangen hinein. Ich schaltete mich in die Boots-Kommunikation ein.

»Bootsmann - fliegt los!«

Das Sturmboot drehte um 180-Grad und beschleunigte aus der Landebucht heraus. Ich ging ins Landeabteil und sah zu den beiden Landemodulen hinunter. In jedem Modul standen die Soldaten der Z-Zemothy-Kampftruppen in ihren schwarzen Panzeranzügen. Alle waren ausschließlich mit IXUS-Auto-Railcannons ausgerüstet. Individuelle Bewaffnung gab es nur bei den beiden Offizieren. Ich erkannte Kampfdrohnengestelle und Mikrogranaten.

Ein kurzes Gefühl des Unbehagens strich über meinen Rücken. Ein Deja-vu von Xee. Wir würden ein Massaker unter den Exemplaren anrichten.

»Ashia, wir folgen Euch!« Lumidor meldete sich von Bord seines Sturmbootes. Ich aktivierte mein Radar und zählte fünf Sturmboote, die in einer weit gestreckten Linie bereits die unteren Atmosphären-Schichten von Ruthpark durchflogen.

Die Trägheitsfelder unterdrückten jegliche Vibrationen, als die Bootsmänner uns mit Angriffsgeschwindigkeit dem Ziel näherbrachten.

Ich rief die Sebba. Ben Es'Kalam meldete sich.

»Gebt mir die aktuellen Wetterdaten, Landsucher.«

»Der Sturm über den Depots hat weiter zugenommen und wird wenigstens noch sechs Stunden anhalten, Dawn. Heftige Niederschläge und starke elektrische Entladungen.« Ich lächelte zufrieden, die Exemplare würden nie verstehen, was über sie gekommen war.

»Sehr gut, Landsucher. Aktiviere die Kampfdrohne über Tikal. Sie soll in zwei Minuten einschlagen.«

Er nickte. »Ist unterwegs, Dawn.«

Ich betrachtete den Kurs der Drohne. Er führte sie senkrecht aus der Umlaufbahn ins Ziel. Dann war sie unten. Sekundenbruchteile später war ihr Signal und das des Senders von Tikal verschwunden.

»Ziel zerstört, Dawn! Strahlung ist bereits nicht mehr nachweisbar. Falls Ihr weitere Unterstützung benötigt, ich bin bereit.« Sein Bild verschwand aus meinem Visier.

Der Lande-Countdown lief weiter. Noch drei Minuten. Zwei Sturmboote trennten sich von uns. Lumidor würde mit seinen Crops an Bord dieser Boote aus einer etwas anderen Richtung angreifen.

»Ashia, schön, dich wiederzusehen.«

Sabbim meldete sich von seiner Position nahe des Extraktionsdepots Tikal. »Die Bombe hat ganze Arbeit geleistet. Exakter Treffer. Der Krater ist knapp zweihundert Meter breit und halb so tief. Keine Reste des Depots mehr zu entdecken. Ich komme zu euch rüber. Macht euch beim Aussteigen auf ein heftiges Unwetter gefasst.« Seine Augen zwinkerten mir zu. »Bis gleich.«

Ein tiefes Brummen ließ mich meine Aufmerksamkeit auf die Absprungmodule richten. Sie hatten sich ein paar Meter aus dem Bootsrumpf seitlich nach unten ausgefahren. Mono-Molekular-Segmente neben jedem Soldaten hatten sich neu polarisiert und Ausstiegsöffnungen gebildet, durch die jetzt das Licht grauer Wolken hereinsickerte, aus denen es heftig blitzte.

Gleichzeitig verschwammen alle Anzüge vor meinen Augen und wurden transparent, als mit dem Absprungsignal die Anzug-Mimikry der Kampftruppen aktiviert wurde.

Innerhalb weniger Sekunden waren Abdallah und ich die einzigen Menschen an Bord des Sturmbootes. In meinem Visier konnte ich sehen, dass Lumidors Truppen ebenfalls abgesprungen waren und sich bereits kreisförmig um den Raumhafen verteilten.

Unser Sturmboot bremste ab und flog in Baumwipfelhöhe direkt auf das Depot zu. Einige Disruptorstöße der Bordkanonen beendeten punktuellen Widerstand am Boden. Meine Crops hatten ihren Kreis beinahe vollendet und bewegten sich jetzt mit ihren Sprung-Repulsoren langsam auf unsere Position im Zentrum des Kreises zu, wobei sie systematisch jede Gegenwehr beendeten.

»Haltet das Boot in dieser Position, Bootsmann!« Das Sturmboot schwebte über einer Ansammlung von Containern, etwa zweihundert Meter vom Eingang des Depots entfernt, am einzigen Zugang zum Lager.

Ich gab Abdallah ein Zeichen, verriegelte meinen Deltagleitschild und flog hinunter.

Es herrschte blankes Chaos im Lager. Niemand nahm Notiz von uns, obwohl unsere Exor-Mimikry in diesem Regenschwall nur unzureichend funktionierte. Am ehemaligen Zugang zum Lager hing verbogenes Metall an der Stelle, wo neben dem Gitter wohl ursprünglich schwere Waffen positioniert gewesen waren – so schwer, dass sie ausgereicht hatten, bei der Logik des Sturmbootes Interesse zu erzeugen – tödliches Interesse.

Zwei Exemplare liefen in ein paar Metern Entfernung an uns vorbei. Sie stoppten und zielten mit ihren Projektilwaffen unruhig mal auf das hoch über uns schwebende Sturmboot, mal in meine Richtung. Die Logik des Sturmbootes nahm keine Notiz von ihnen und nach ein paar Sekunden konzentrierten sie sich mehr auf uns. Offenbar reichte die Tarnung des Exors aber noch aus, um ihnen kein genaues Bild von dem zu geben, was da vor ihnen stand. Abdallah verlor schließlich die Geduld und ließ seine IXUS zweimal kurz aufsummen.

Ich flog auf den Eingang des Depots zu. Der Schwarm modifizierter Erkundungsdrohen startete selbständig aus dem an meiner Schulter befestigten Drohnenbehälter und verteilte sich über dem Depot. Die Auflösung meines Radars verbesserte sich schlagartig. Ich konnte jetzt unverzögert an jedes Objekt im Umkreis des gesamten Lagers heranzoomen und es augenblicklich durch die Drohnen zerstören lassen.

Meine Scannerbilder von Bord der Ashantie hatten mir neben dem Depot von Tikal einen weiteren unterirdischen Raum hier in Coruum gezeigt, der in unregelmäßigen Zeitabständen ein sehr schwaches Sendesignal ausstrahlte. Aufgrund der langen Intervalle war er uns bei unserer ersten Sondierung der Oberfläche wohl entgangen. Möglicherweise handelte es sich dort um einen zweiten - inoffiziellen - Kommunikationsraum, der weitere Informationen über die Umstände der Kultur und ihrer Extraktion enthielt. Mir bereitete die Möglichkeit eines zweiten unabhängigen Senders sorge, der ohne die Verstärkerstation auf dem Mond arbeiten konnte.

Sabbim traf bei uns ein. »Ashia, nimm Dich vor diesen Blitzen in acht. Mich hat einer getroffen.« Seine Stimme klang ein wenig schmerzverzerrt.

»Dann sind Deine Batterien ja wieder voll, ha ha.« Lumidor hatte mitgehört. Sein Bild erschien in meinem Visier.

»Alles sauber hier, Ashia. Auf diesem Flugfeld landet nichts mehr was größer ist als ein Vogel – obwohl auch vorher kaum noch was flugtüchtig war.«

Das Dröhnen der Disruptorkanonen des Sturmbootes hinter mir unterbrach uns, gefolgt von zwei schweren Explosionen nahe des Eingangs.

»Ach ja, ich wollte noch sagen, dass zwei der schweren Rotoreinheiten es geschafft haben und in eure Richtung entkommen konnten. Sie waren schon in der Luft, als wir eintrafen – trotz des Sturmes.« Er grinste.

»Danke, sie sind gerade angekommen,« antwortete ich.

»Wir sind jetzt auf dem Weg zum zweiten Depot, um zu sehen, was dort noch zu tun ist. Wir sehen uns!« Sein Bild erlosch.

Es dröhnte um mich herum. In kurzer Folge schlugen mehrere Blitze in das Sturmboot ein. Der Bootsmann meldete sich.

»Dawn, ich muss das Boot über die Wolkenschicht steuern. In Bodennähe sind die elektrischen Entladungen zu stark.« Das Glühen der Antigravs wurde in den dichten Regenwolken schnell schwächer, als das Boot langsam abdrehte und aufstieg.

Ich landete am oberen Rand der Rampe, welche auf den Boden der ausgehobenen Grube mit dem Eingang zum Depot und der Steinsäule hinabführte.

»Z-Zemothy Offiziere, Status!«

»Wir kommen langsamer voran als erwartet, Dawn. Die Energieentladungen des Unwetters sind zu stark. Zwei Einheiten sind ausgefallen. Wir können die Sprungeinheiten der Anzüge nur auf minimaler Höhe nutzen. Bei der Vegetation ein wenig hinderlich. Die Gegenwehr der Exemplare ist wie erwartet schwach. Ziel wird in jedem Fall erreicht.« Das Bild des Offiziers verschwand.

Über die Zielerreichung machte ich mir wirklich keine Sorgen.

Ich schaltete auf visuelle Außensensoren und blickte mich um. Heftige Blitze schlugen mittlerweile im Sekundentakt ein. Das überhängende Dach des Depoteingangs glänzte in ihrem Licht, ebenso die Steinsäule davor. Sonderbarerweise wurde sie in den Sekunden, die ich sie betrachtete, nicht getroffen, wohl aber das Dach und die umstehenden, höheren Bäume, die sich im Sturm bedrohlich neigten.

Die ganze Gegend glich einem aufgeweichten Morast.

CORUM

Auf den Radarbildern hatte ich eine unterirdische Verbindung vom Depot zum zweiten Kommunikationsraum entdeckt. Über die wollte ich den Zugang versuchen.

»Sabbim, ich gehe mit Abdallah ins Depot, sag mir Bescheid, wenn uns jemand folgt.«

Eine dichte Folge von schweren elektrischen Entladungen hinter uns ließ meine Anzug-Mimikry und meine Visieranzeigen flackern. Die Anzuglogik meldete einen Ausfall der Tarnung.

Ziit!

»Ashia, du bist sichtbar!« Sabbim kam leicht beunruhigt an meine Seite.

»Meinst du, bei dem Wetter macht das einen Unterschied?« Ich lachte vor mich hin und setzte mich in Bewegung, direkt auf die erste Rampe zu. Abdallah flog an mir vorbei und setzte sich ein paar Meter vor mich.

Das Aufblitzen intensiven Mündungsfeuers unterhalb der Steinsäule überraschte uns. Mein Anzugfeld registrierte die Aufprallgeschwindigkeit und -richtung der Treffer und gab sie als Zielinformation an meine IXUS weiter. Die Projektile, die auf mich gezielt waren, wurden vom eingeschalteten Trägheitsfeld um den Anzug herumgeleitet und ließen Wasser- und Schlammfontänen hinter mir aufspritzen.

Sabbim war schneller. Vom oberen Rand der Grube bis zur groben Position des Mündungsfeuers, zog sich eine dunkelrot glühende Linie von Mikroprojektilen, als die Anzuglogik seine Railcannon bediente.

Ein schwerer Fehler, wie sich jetzt herausstellte.

Die Leuchtspur der Projektile wurde kurz vor Erreichen ihres Ziels am Fuße der Säule abgelenkt, in einer hellen Spirale um die Steinsäule aufwärts herumgeführt und schlug mit enormer Wucht an der Stelle ein, an der sich Sabbim Sekundenbruchteile vorher noch aufgehalten hatte. Die Leuchtspur um die Säule glühte noch ein paar Sekunden lang nach.

»*Heiliger Ziit!*« entfuhr es ihm. »Was war das?«.

»*Bleib von der Steinsäule weg!* Sie hätte mich bei meinem ersten Besuch schon fast geröstet. Offenbar ist sie mit einem eigenen Trägheitsfeld und aktiver Steuerung ausgerüstet. Auf meinem Radar sehe ich nur einen Blendpunkt.«

Ich fluche in mich hinein. »Bootsmann?«

»Hier Dawn.« Das Bild des Offiziers der Unsichtbaren Flotte an Bord der Sebba erschien in meinem Visier.

»Hier unten befindet sich ein Artefakt, das uns Schwierigkeiten bereitet und einige Individuen schützt, in der Mitte des Depoteingangs. Zerstöre es!«

Er nickte. »Ich schicke das Sturmboot wieder hinunter. Geht in Deckung, Dawn. Drei – zwei – eins.«

Der Disruptorstrahl brannte sich durch die dichten Wolken und traf die Steinsäule fast senkrecht von oben. Für einen Sekundenbruchteil leuchtete sie heller als alle einschlagenden Blitze um sie herum zusammen. Meine neuen Augenschilde gingen hinter dem Helmvisier auf volle Abschirmung. Dann nahm das Glühen wieder ab, bis es zu einem schwachen Leuchten geworden war.

Das Aussehen der Säule hatte sich nicht verändert, sah man von dem geschmolzenen Metallgestell und der Nebelwolke um sie herum einmal ab.

»Negativ, Bootsmann. Die Ladung hat nicht ausgereicht.« Sabbim kam zu uns auf die Rampe.«

»Verstanden, Toreki, maximale Ladung. Drei – zwei – eins!«

Dem Countdown des Bootsmanns folgte ein weiterer Disruptorstrahl. Wieder erglühte die Steinsäule, noch intensiver als beim ersten Mal. Eine Corona um die Säule entstand, wurde gleißend hell, meine Anzugsensoren meldeten einen sprunghaften Anstieg der Außentemperatur auf über einhundert Grad, die ungeheuren elektrischen Ladungen ließen meine Anzeigen flackern. Die Außenmikrofone hatten sich längst abgeschaltet.

Als hätte das Kraftfeld der Steinsäule die Energien des Strahls aufgefangen und gespeichert, knisterten einige Sekunden lang unzählige, hellweiße Entladungen um die Corona, bis schlagartig aus der Säulenspitze ein einziger, dicht gebündelter Strahlenimpuls nach oben in die Wolken entwich.

Die Temperatur bewegte sich wieder nach unten. Die Steinsäule stand für einen Moment unsichtbar in einer dichten weißen Nebelwolke aus verdampftem Wasser.

»Das Boot ist getroffen Dawn!« Die Stimme des Bootsmanns spiegelte Unglauben wieder.

Sekunden später war der Aufprall und die anschließende Explosion des Sturmbootes in ein paar Kilometern Entfernung zu hören.

Ziiiiittt! Verdammt, was war das nur für ein Stein?

Ich blendete mich aus dem nachfolgenden Kommunikationsverkehr aus und überließ Sabbim die Erklärungen.

»Abdallah, ich sehe mir die Säule an, und zwar mit den Sensoren!«

Ich beschrieb eine weite Kurve außerhalb des Schutzfeldradius der Steinsäule, der durch den aufsteigenden Dampf des immer noch brodelnden Bodens gut markiert wurde, bis ich unter das Dach des Depots kam. Abdallah folgte mir, Sabbim gab uns Rückendeckung.

Die Säule war unversehrt. Nur der sie umgebende Metallzaun und jede Materie innerhalb des Radius' ihres Schutzfeldes, die wehrhaften Exemplare eingeschlossen, war bis auf den darunter liegenden Steinboden verdampft. Schmutziges Wasser rann von allen Seiten in die entstandene Senke hinein. Bald würde sich hier ein kleiner See gebildet haben.

Meine Anzugsensoren erhielten keine Daten. Das Schutzfeld der Steinsäule unterband jeglichen Transfer.

»Wir erledigen das später vom Schiff aus.« Ich drehte mich um.

Regenwasser hatte sich in großen, zusammenhängenden Pfützen gebildet und lief in Strömen die Rampe zum Depot und an den Erdwällen der Grube hinunter. Sturmböen peitschten sie auf und erzeugten einen feinen Nebel aus Wasser und Erdteilchen, die an unseren Exors wie Seife hinabliefen und die Tarnung erneut verschlechterten. Heftige Blitze schlugen über mir in die Dachkonstruktion ein und trennten die vor uns hinabführende Rampe in Bereiche taghellen Lichts und nachtschwarzen Schattens.

»Weiter!« Abdallah flog die Rampe hinunter. Ich folgte ihm leicht zur Seite versetzt. Mein flackerndes Visier zeigte keine Exemplare im Depot, die Feldstatusanzeige signalisierte Störungen. Ich war nicht sicher, ob ich mich da noch richtig drauf verlassen konnte.

Wir durchflogen den tunnelartigen Eingang, in dem das Wasser bereits eine große Fläche bedeckte und in dem sich die bronzefarbene Beleuchtung des Depots spiegelte.

Abdallah stoppte ein paar Meter im Innern. Das unregelmäßige Licht der Blitze wurde vom Dach des Depots vollkommen abgeschirmt.

Ich schwebte ein gutes Stück an Abdallah vorbei in die große Halle. Immer noch war niemand auf dem Radar zu sehen.

Meine Sensoren ergänzten automatisch Thermaldaten.

In der Mitte des Depots standen zwei Reihen großer Antigrav-Transporter. Uralte Modelle, wahrscheinlich die damalige Standardausrüstung eines Extraktionsdepots. Vier schwere Fahrzeuge der Exemplare befanden sich weiter vorn an der linken Depotwand. Ihre Triebwerke leuchteten in der Thermalanzeige hell – sie waren bis vor kurzem noch aktiv gewesen.

Unerwartet aufgrund des leeren Radarschirmes registrierte mein Anzug eine Serie von schweren Treffern aus unterschiedlichen Richtungen. Die Anzuglogik antwortete und meine IXUS fräste tiefe Furchen in die rückwärtige Hallenwand. Das Aggregat eines Antigrav-Transporters implodierte und versetzte die benachbarten Fahrzeuge um ein paar Meter. Abdallah schrie hinter mir auf. Meine Feldstatusanzeige wechselte auf rot.

»Ashia, sie visieren dein Infrarot an, *schalte es aus*!« Sabbims Stimme hallte in meinem Ohr. Abdallahs IXUS streute immer noch wilde Spuren dunkelrot glühenden Todes ins Depot, während er langsam und schwer stöhnend an mir vorbei trieb. Dann setzten seine Antigravs aus und er sackte schwer auf den nassen Boden.

»Ich muss abbrechen, Ashia, ich bin verletzt!« Er stöhnte. Die überlebenden Exemplare hatten sich wieder auf mich eingeschossen. Die abgeleiteten Projektile sprühten hinter mir Funken auf den Boden und wurden in Richtung Wände und Decke reflektiert. Meine Feldsteuerung versagte.

Sabbim kam bereits herangestürmt. Zwei seiner Schulterraketen fanden ein Ziel im hinteren Teil des Depots, der Disruptor seines Deltagleitschildes versandte ein paar Stöße. Zwei weitere Antigrav-Transporter implodierten, der Beschuss versiegte.

Wir zogen Abdallah hoch und verriegelten ihn an Sabbims Exor. Ich erteilte meiner IXUS erneut den Feuerbefehl und sie arbeitete die gespeicherten Zielinformationen zwischen den übrigen Transportern ab. Eines der schweren Fahrzeuge der Exemplare ging dabei in Flammen auf.

»*Raus hier*!«, befahl ich, als Sabbim zum Abflug bereit war. Wir schwebten aus dem Depot.

»Was war los?« Seine Stimme klang besorgt.

Vor dem Eingang sah ich mir Abdallahs Exor an. Sein Deltagleitschild war durchlöchert, sein Anzug an mehreren Stellen stark in Mitleidenschaft gezogen. Ich wusste, was passiert war.

»Mein Trägheitsfeld meldete Störungen. Abdallah war beim Einfliegen in das Depot zu dicht hinter mir gewesen und hatte die vom Feld abgelenkten und beschleunigten Projektile abbekommen, die für mich gedacht waren. Die beschädigte Feld-Steuerung hatte seine Position nicht ausreichend berücksichtigt.«

Sabbim erwiderte nichts. Es war ein Anfängerfehler. Normalerweise kommunizierten alle Exor-Anzüge miteinander, so dass eine irrtümliche Ableitung feindlicher Geschosse in Richtung auf einen anderen Anzug nicht erfolgen konnte. Trotzdem galt immer die Anweisung, nicht zu dicht auf einem Haufen zu hocken, falls etwas mit der Feld-Steuerung eines Anzuges passieren sollte.

»Komm mit nach oben, Ashia, ich darf Dich mit dem defekten Anzug nicht allein lassen.« Er drehte sich um. »Die Z-Zemothy Truppen sind in ein paar Minuten hier. Lumidor und Hafis auch. Dann gehen wir da noch einmal rein.«

Ich wollte widersprechen, sah aber ein, dass er Recht hatte.

»Das war eine Falle.« Abdallah stöhnte vor Schmerzen.

»Ja, aber eine, aus der sie selbst nicht mehr herauskommen,« antwortete ich.

In meinem Visier sah ich, das uns am oberen Rand der Grube bereits die Offiziere meiner Crops erwarteten. Ihre Männer hatten die Grube in einem lockeren Halbkreis umstellt.

Ihre Anzug-Mimikry war perfekt. Sogar im kurzen Licht eines Blitzes, waren nur einzelne Lichtreflexe auf ihren Silhouetten zu sehen. Sabbim legte Abdallah auf dem Boden ab. Sein Exor hatte ihn bereits betäubt und die Blutungen gestillt. Er würde jetzt bis zum Rückflug zur Sebba schlafen.

Der Sturm hatte sich abermals verstärkt. Regenböen flogen mittlerweile waagerecht an uns vorbei. Äste, Trümmer und sonstige Gegenstände aus dem Lager der Exemplare rasten als Geschosse umher, vor denen mich ein intaktes Trägheitsfeld geschützt hätte. So verspürte ich ein leichtes Vibrieren der Kraftverstärker. Der Sturm peitschte das Wasser förmlich die Rampe der Senke hinauf.

Die Crop-Offiziere standen ein paar Meter von mir entfernt.

Eine Gänsehaut lief über meinen Körper. Etwas stimmte nicht. Auf meinem Visier sah ich mich mit Sabbim und Abdallah von den Z-Zemothy-Truppen umringt. An der offenen Seite befand sich die Grube.

Ich machte ein paar Schritte auf den am nächsten stehenden Offizier zu. Es knisterte, als die Schutzfelder unserer Anzüge sich berührten.

»Gab es Probleme, Toreki?« Er zögerte ein wenig mit der Antwort.

»Nein, Dawn. Alle Ziele wurden erfüllt. Wir hatten drei Ausfälle durch atmosphärische Entladungen und die Vegetation.« Seine Stimme war kalt und gefühllos.

»Danke, Toreki.« Jetzt war ich mir sicher, dass irgendetwas nicht stimmte.

»Im Depot haben sich die letzten der Exemplare festgesetzt. Wir werden jetzt hineingehen und die Sache beenden.«

Ich entfernte mich Richtung Grubenrand und beobachtete ihre Positionen auf meinem Visier. Niemand außer mir regte sich. Mit einer Fingerbewegung in meinem Handschuh übernahm die Zielerfassung meiner IXUS ihre Positionsdaten.

»Habe ich mich unklar ausgedrückt, Z-Zemothy-Offiziere?« Ich ließ meine Stimme sehr ungehalten klingen, um eine Reaktion zu provozieren.

Sabbim meldete sich. »Ashia, ich glaube nicht, dass wir hinein müssen.«

Ich drehte mich ungläubig um. Es war so, wie er sagte. Die Transportfahrzeuge kamen mit eingeschaltetem Licht die Rampe herauf gefahren. Ihren Triebwerksgeräuschen nach zu urteilen, holten die Exemplare das Äußerste an Leistung aus ihnen heraus.

»Eine Verzweifelungstat. Sie werden hier nicht vorbeikommen.« Sabbim benutzte den allgemeinen Kommandokanal, damit die Z-Zemothy-Truppen seine Äußerung mitbekamen und seine nun folgende Bewegung nicht als Fluchtversuch bewerteten. Sabbim bewegte sich geschickt aus der Umklammerung der Z-Zemothy-Truppen heraus, mitten unter die am Rand der Grube stehenden Soldaten, die durch den überraschenden Ausfall der Exemplare von uns abgelenkt wurden und ihre Front ebenfalls auf die Rampe des Depots verlagert hatten.

»*Feuer!*« befahl ich Sabbim über unseren Rodonn-Kanal, als das erste Fahrzeug unter dem Schutzdach des Depots hervorkam.

Die dunkelrote Linie der hyperschallbeschleunigten Mikroprojektile zielte unzweifelhaft auf das erste Fahrzeug. Natürlich erreichten seine Geschosse ihr Ziel nicht. Wie erhofft, fing das Schutzfeld der Steinsäule die Mikroprojektile ein, beschleunigte sie und schoss sie mit unglaublicher Wucht auf die Position von Sabbim zurück, der noch während seiner ersten Salve den Standort gewechselt hatte und mit hoher Geschwindigkeit vor der Reihe der am Grubenrand stehenden Z-Zemothy-Truppen entlang flog, weiter seine tödliche Fracht von Mikroprojektilen entladend.

Die Wirkung der vom Schutzfeld der Steinsäule beschleunigten Geschosse unter den Soldaten war vernichtend. Ihre Körper explodierten förmlich. Keiner der Z-Zemothy-Offiziere begriff in diesen Sekunden, warum die Anzugfelder nicht hielten und ihre Männer starben.

Die den ersten Angriff überlebenden Soldaten, die den Grund für diese Reaktion nicht erkannten, hielten sie in ihrer linearen Denkweise für einen Beschuss von den Fahrzeugen aus und erwiderten ihrerseits das Feuer. Einige trafen die Fahrzeuge, die meisten Salven verstärkten jedoch nur die selbstzerstörerische Wirkung des Schutzfeldes der Steinsäule und bedeuteten den sofortigen Tod der Schützen und ihrer unmittelbaren Nachbarn.

Als das IXUS-Feuer nach wenigen Sekunden versiegte, war nur noch eine Ziel-Markierung auf meinem Visier verblieben. Der letzte noch lebende Z-Zemothy-Offizier befand sich regungslos gut fünfzig Meter von mir entfernt stehend am Rand der Grube.

Eines der Transportfahrzeuge stand brennend an der Wand auf der oberen Rampe. Seine Brücke war zerfetzt. Die Räder nur noch schmelzendes Metall.

Das Zweite stand unterhalb der Steinsäule – ebenfalls brennend und vollkommen zerstört.

CORUUM

Ein schrilles Piepen, begleitet von einem hellroten Blinken in meinen Anzeigen sagte mir, das eine Waffe mich als Ziel aufgenommen hatte – der verbleibende Z-Zemothy-Offizier.

Ein Wutanfall ergriff mich. Ich lenkte alle meine Kampfdrohnen zu einem selbstzerstörenden Angriff auf den Soldaten. Die Symbole der Drohnen auf meinem Schirm konzentrierten sich über dem Ziel und erloschen. Über die Außensensoren meines Exors konnte ich die Einschläge in den getarnten Anzug erkennen.

Er kippte zur Seite, über den Rand der Grube hinweg und schlug unten am Fuß der Rampe knapp neben dem brennenden Wrack in einer weißen Lache hinabströmenden Regenwassers auf. Seine Mimikry versagte und entblößte den durchlöcherten Anzug. Nur drei Drohnen hatten die Kollision mit dem Schutzfeld des Anzugs und der Gel-Panzerung überlebt.

»Ziit! Du warzenköpfige Mutation einer Silena!«

Ich schickte einen Disruptorsstrahl in den leblosen Körper.

»Immer mit der Ruhe, Liebling!« Lumidor und Hafis setzten in einer Woge aus spritzendem Schlamm und Wasser ein paar Meter neben mir auf. »Was für ein ausgezeichneter Tag zum Sterben!«

13 Donavon

Guatemala, Region um Tikal und Coruum
3. - 7. Oktober 2014
30397/1/7 - 30397/1/9 SGC

Die seit Miguels Ermordung vergangenen 36 Stunden hatten Karen stark mitgenommen.

Seine Leiche war am Morgen nach kurzer polizeilicher Untersuchung freigegeben und anschließend per Flugzeug zu seinen Eltern nach Guatemala-Stadt für die Beerdigung überstellt worden.

Sinistra war am Vormittag zwei Stunden lang von der lokalen Polizei verhört worden. Die Spurensicherung – sofern man das oberflächliche Durchsuchen der Büroräume nach einer Tatwaffe und weiteren Indizien so nennen wollte – brachte außer der blutverschmierten Schreibtischlampe nichts an Ergebnissen.

Der zuständige Sargento tippte auf einen Einbrecher, der in den Büros des archäologischen Instituts nach auf dem Schwarzmarkt verwertbaren Gegenständen aus dem Lager gesucht hatte und dabei von Miguel überrascht worden war. Das kam öfter vor.

Damit war der Fall für die Behörden offiziell abgeschlossen. Die Aufklärungsquote von Raub-Morden lag in Guatemala unter fünf Prozent, und diese entfielen im wesentlichen auf bekannte Politiker und einflussreiche Großgrundbesitzer.

Karen befand sich angesichts der fast unmittelbaren Konfrontation mit brutaler Gewalt in einem schockähnlichen Zustand. Ich hatte sie kurzerhand zu einem Ausflug nach Tikal eingeladen – *mitgenommen* – war das richtige Wort, sie stand völlig neben sich. Wir fuhren in ihrem VW und ich hoffte, ein paar Stunden Abwechselung in einer nach wie vor intakten Maya-Stadt würde ihr vielleicht helfen, wieder etwas Boden unter die Füße zu bekommen.

Das Radio brummelte vor sich hin und spielte für die Region typische Musik, die nur von längeren Monologen des Radiosprechers unterbrochen wurde. Mein Spanisch war nicht gut genug, um auch nur ansatzweise die Inhalte aufzunehmen.

Karen hockte tief in Gedanken versunken auf dem Beifahrersitz, während ich den VW möglichst gefühlvoll um die größten Pfützen herumlenkte. Auf dem Schoß hatte sie einen Stapel ausgedruckter Papierseiten, der letzten Version von Miguels Abschlußbericht, die er ihr per Email am Nachmittag vor seiner Ermordung geschickt hatte. Die ganze Fahrt über hatte sie sich an das Papier geklammert.

»Sie kündigen ein Unwetter an, Don.« Ich zuckte am Steuer leicht zusammen, als Karen das Wort ergriff.

»Was?«

»Im Radio! Es kommt ein großes Tiefdruckgebiet vom Atlantik. Es hat bereits die mexikanische Küste nördlich von Belize erreicht. Windgeschwindigkeiten über 120 Meilen.«

»Üblicherweise kommen Hurrikans nicht ins Landesinnere, Karen. Die Küstenregion wird sie aufhalten.« Ich versuchte, meiner Stimme einen festen Klang zu geben. Einen Orkan konnten wir angesichts der komplizierten Entwässerungslage auf dem Ausgrabungsgelände wirklich nicht gebrauchen.

»Hoffen wir das Beste. Die Behörden haben bereits die Evakuierung von Landstrichen in der Bahn des Tiefdruckgebietes angeordnet.« Sie klang gleichgültig. »In drei Tagen wäre der Hurrikane bei uns, wenn er seinen Kurs und seine Geschwindigkeit beibehält.«

Nachdem wir den Besucherparkplatz erreicht und ich das Auto im Schatten einer größtenteils verfallenen, aber immer noch mächtigen alten Kalksteinmauer abgestellt hatte, zog ich Karen zu einem der vielen kleinen Stände, die frischen Kakao ausschenkten, und kaufte uns zwei Becher. Ich tat in jeden einen Schuss MacAllon 21 aus meinem Geheimvorrat, der sich deutlich seinem Ende zuneigte.

Der Parkranger am Eingang nickte uns freundlich zu und winkte uns an der langen Schlange der wartenden Touristen vorbei.

Karen probierte vorsichtig den heißen Kakao und nickte mir dankbar zu, als sie den Alkohol in ihm schmeckte. Langsam schlenderten wir in der brütenden Sonne durch die mit feinen Linien reliefvierten Ruinen der Gruppe G auf die Südakropolis und den großen Platz zu.

Ich suchte einen großen Kalkfelsen aus, der uns, etwas erhöht im Schatten zweier Kiefern liegend, einen guten Überblick über den grasbewachsenen Platz bescherte. Karen ließ sich erschöpft neben dem Felsen ins Gras sinken, lehnte ihren Kopf an das kühle Gestein und nippte an dem hochprozentigen Kakao.

Langsam löste sich ihre Spannung, als der weiche Geschmack des Alkohols ihre Sinne wiederbelebte.

Ich setzte mich neben sie und betrachtete die an den großen Platz angrenzenden Bauten der Zentralakropolis. Die Altare und Stelen des Platzes, aufgereiht vor den langgezogenen Stufen zur Akropolis, waren – verglichen mit der wie auf Hochglanz polierten, fabrikneuen Stele aus Coruum – in einem bedauernswerten Zustand. Der direkte Vergleich der Stelenqualität aus Tikal und Coruum würde auch den letzten Zweifler von der Andersartigkeit des Monumentes in Coruum überzeugen.

Am fahlen Horizont ertönte schwach das Brummen der amerikanischen Transportflugzeuge, die sich unsichtbar, im Tiefflug über den hohen Baumwipfeln des Regenwaldes, der verlängerten Landebahn des Flughafens von Flores näherten.

Captain Johns hatte, wie von Professor Warren angekündigt, keine Zeit verloren, und mit dem Abtransport der Funde aus dem Depot unverzüglich begonnen. In einer der ersten abfliegenden Maschinen war der Wachroboter gewesen, der allein für sich bereits ein unglaubliches Spektrum an wissenschaftlichen Geheimnissen barg. Ich war gespannt, wie viel Schaden er anrichten würde, sollten die Wissenschaftler ihn tatsächlich in ihrer geheimen Basis reaktivieren können.

Im Nachhinein war es mir sehr recht, dass es zur Zeit nicht möglich war, in den Hieroglyphenraum in Coruum einzudringen. Für uns bedeutete dies zwar, dass wir die gestohlenen Aufzeichnungen im Moment nicht ersetzen konnten, auf der anderen Seite war er jedoch dem gierigen Zugriff des Captains solange entzogen, wie sich der einzige Schlüssel für den Zugang im gut geschützten Schloss der Stele befand.

Karen sog den letzten Tropfen whiskygetränkten Kakaos aus ihrem Becher.

»Wann willst du Professor Young anrufen, Don, und von wo?«

Ihre Stimme klang noch etwas brüchig, aber nicht mehr ganz so niedergeschlagen wie auf der Herfahrt. Sie hatte Miguels Abschlussbericht aus ihrem Rucksack genommen und begonnen, in ihm zu blättern. Ich legte meinen Arm um sie, als sie sich verstohlen ein paar Tränen aus den Augen wischte.

Ich blickte auf meine Uhr. »Um halb. Ich denke, wir können es aber auch jetzt schon probieren – von hier aus.« Ich nahm mein Computertelefon aus der Jackentasche und stellte es aufgeklappt auf den Felsen. Karen erhob sich und nutzte die Oberfläche des Kalksteins als Lesepult für Miguels Bericht.

Ich zog die Kamera vom Gehäuse des Telefons ab und stellte sie auf eine ebene Stelle des Felsens, so dass sie uns beide im Aufnahmebereich hatte. Dann drückte ich die Wähltaste und das Gerät stellte die Verbindung her.

Das Bild von Fergus erschien auf dem kleinen Plasma-Schirm, er saß an seinem Schreibtisch, die Brille auf der Nasenspitze, und war in irgendetwas vertieft.

»Ah Don, hallo Karen. Wie geht es Euch – wo seid ihr?« Als er Karens gedrückte Stimmung erkannte, erinnerte er sich an meine Nachricht von gestern bezüglich Miguels Tod. »Ach, entschuldigt bitte, ich hatte es für einen Moment verdrängt – schlimme Sache das.«

»Schon gut, Fergus, wir machen gerade einen kleinen Stop in Tikal. Es hat uns alle bestürzt. Wir haben keine Erklärung dafür. Die Behörden sehen in dem Fall einen weiteren Coup einer Bande, die sich auf den Raub von Artefakten der Maya-

Kultur spezialisiert hat. Für sie ist der Tod von Miguel nur eine weitere Seite in ihrem Ordner.«

Er schob sich seine Brille zurecht. »Habt ihr eine Ahnung, ob wirklich etwas gestohlen wurde?«

Ich sah Karen fragend an, ob sie vielleicht antworten wollte, doch hörte sie im Moment nur zu und betrachtete die Umgebung.

»Vermutlich unsere *geheimen* Kopien der Aufzeichnungen aus dem Hieroglyphenraum.« Bei meiner Betonung des Wortes geheim musste Fergus kurz ein Grinsen unterdrücken.

»Und es gibt keine weitere *geheime* Kopie?« fragte er.

»Nein, leider nicht. Somit konnten wir den Behörden auch keine Angaben über gestohlene Gegenstände machen. – Offiziell hatten wir die Kopien gar nicht.«

Karen lehnte sich an den Felsen, holte tief Luft und wischte ein paar Strähnen zur Seite.

»Entschuldigen Sie meine Verfassung, Professor, aber Miguel war der jüngste Mitarbeiter in meinem Team, und ich fühle mich für jeden verantwortlich, gerade für den Nachwuchs.«

Fergus nickte ihr zu, sagte aber nichts.

»Die gestohlene Kopie der Aufzeichnungen ist nicht das eigentliche Problem, Professor. Sobald wir eine Möglichkeit gefunden haben, den Schlüssel wieder aus der Stele herauszubekommen, können wir jederzeit neue Aufzeichnungen machen.« Sie hielt einen Moment inne und sah mich kurz an. Dann nahm sie den Papierstapel in die Hand und winkte damit in die Kamera.

»Dies ist der letzte Stand von Miguels Abschlußbericht über die Analyse der möglichen Hintergründe für den Untergang der Stadt, die ich per E-Mail von ihm erhalten habe. Es ist aber nicht die letzte *Version*. Ich gehe davon aus, dass die ebenfalls gestohlen wurde – eine Datei habe ich auf den Computern in unserem Büro nicht mehr gefunden. Sie muss gelöscht worden sein.«

»Sind Sie in der Lage, aus dem vorläufigen Bericht etwas über die endgültigen Ergebnisse abzuleiten, Doktor Whitewood?« Die Spannung in Fergus' Stimme war nicht zu überhören.

Karen sah mich kurz an. »Ja, doch ist das zu einem guten Teil hypothetisch.« Sie blätterte in dem Stapel und zog eine Seite heraus.

»Miguel nähert sich in seinem Bericht der Antwort auf die Frage nach dem Grund der Zerstörung aus zwei unterschiedlichen Richtungen. Erstens versucht er zu zeigen, dass es einen echten Grund für den Machtverlust der Stadt im Jahre 560 nach Christus gegeben hat, ein Grund im Sinne eines wirtschaftlichen und politischen Niedergangs. Zweitens formuliert er eine These über die Art der Zerstörung der Stadt.«

Fergus nickte wiederholt auf der anderen Seite des Atlantiks.

»Eine voreilige Vermutung wäre es, einen Zusammenhang zwischen den beiden Ereignissen zu sehen.« Fergus unterbrach sein Nicken schlagartig beim herausfordernden Ton von Karen und sah überrascht in die Kamera.

»Wie meinen Sie das, Doktor Whitewood?« Karen konnte ein kurzes Lächeln nicht vermeiden.

»Nun, meine erste Vermutung über den Zusammenhang war es, anzunehmen, dass infolge einer militärischen Schwächung von Coruum, ausgelöst durch langwierige Eroberungskriege, die alten Nachbarn Tikal, Calakmul, Caracol, Naranjo oder auch El Peru, Coruum besiegen konnten. Kandidaten für einen späten Rachefeldzug wären alle gewesen.«

»Ich verstehe diese Begründung als die voreilige Schlussfolgerung, Doktor Whitewood. Ich werde sie zur Kenntnis nehmen und gespannt auf die begründete warten.« Fergus grinste uns an.

»Die einer militärischen Niederlage folgenden Plünderungen hätten auch eine große Metropole wie Coruum in kurzer Zeit veröden können. Ohne einen einflussreichen Herrscher wäre die Bevölkerung schnell in andere Reiche geflüchtet oder verschleppt worden. Es wäre nicht das erste Mal in der Geschichte der Maya gewesen, dass ein erfolgreicher Herrscher sich bei ausgedehnten Feldzügen übernommen, und daraus seine eigene Niederlage sowie den Untergang seiner Stadt herausgefordert hätte.«

»Dahin kann ich folgen, Doktor, doch was hat sie bewogen, diesem Hergang nicht zu glauben?« Fergus saß aufmerksam an seinem Schreibtisch und machte sich ab und zu ein paar Notizen.

Karen wedelte mit dem Blatt Papier.

»Die begründete Schlussfolgerung ist schwieriger, Professor, da sie aus dem bisherigen Denkmuster der Archäologie der Maya ausreißt.« Sie sah mich an.

»Miguel hat seinen Schluss aus den Aufzeichnungen im Hieroglyphenraum gebildet. Er hat die Filme weitaus detaillierter betrachtet als wir alle zusammen und ihm ist etwas aufgefallen, was ihn zu der Formulierung seiner provokanten Hypothese verleitete.«

Fergus' Gesicht klebte förmlich am Bildschirm.

»Miguel ist der Meinung, dass der König Quetzal-Jaguar mit einem großen Teil seines Volkes Coruum verlassen hat, und dadurch *bewusst* eine plötzliche militärische und wirtschaftliche Schwächung ausgelöst hat, die es in der Folge den Nachbarstaaten ermöglichte, Coruum zu erobern.«

»O.K., aber das allein widerspricht nicht der These des Untergangs. Wo ist er hingegangen und warum kam er nicht zurück?« Fergus wurde ungeduldig.

»Das ist genau der Ausbruch aus dem traditionellen Denkmuster, Professor. Er und sein Volk sind nirgends hingegangen. Sie sind mit den Besuchern *abgereist!*«

In den zwei Minuten Stille, die nun eintrat, fuhr sich Fergus wiederholt mit den Händen über sein Gesicht und durch die Haare. Er machte einen schweren, innerlichen Erkenntnisprozess durch, den ich bereits seit ein paar Stunden hinter mir hatte, nachdem Karen diese Andeutungen Miguels mit mir diskutiert hatte.

»Ihr wollt mir sagen, dass diese Maya irgendwo im Weltraum weitergelebt haben, nachdem sie die Erde mit Hilfe der Besucher vor eintausendfünfhundert Jahren verlassen haben. Ist das richtig?«

Karen und ich nickten gemeinsam. »So sieht es aus. Natürlich könnten sie auch nur an einen anderen Ort auf der Erde geflogen sein, aber Miguel geht in seinem Bericht davon aus, dass sie die Erde verlassen haben.«

Fergus lehnte sich zurück, nahm eine große, altmodische Teetasse zur Hand und trank einen nachdenklichen Schluck, bevor er sie wieder langsam abstellte. Nachdem er so etwas Zeit gewonnen hatte, sah er uns an.

»Was ist mit der zweiten These bezüglich der Zerstörung der Stadt? Stimmt es nicht, dass sie nach dem Weggang des Königs und einem Teil seines Volkes, wohin auch immer, durch die einfallenden Truppen der Nachbarstaaten geschliffen wurde, um sich für die jahrzehntelange Unterdrückung zu rächen?

Es würde auch erklären, warum keine Aufzeichnung über Coruum an anderer Stelle gefunden wurden. Man hat sie im blinden Hass ausradiert.«

Ein weiteres Lächeln schlich sich in Karens grüne Augen. »Das war wie gesagt auch mein erster Gedanke, Professor. Aber es hätte nicht zur damaligen Mentalität der Maya gepasst. Einen solchen Sieg hätten sie auf unzähligen Stelen und Altären verewigt. Sie hätten ihn niemals verschwiegen.

Um das heutige Nichtvorhandensein von Spuren über Coruum in anderen Maya-Städten erklären zu können, hätten sie sich gerade wider ihre Natur verhalten müssen!«

Fergus sah ratlos drein. »Also was ist passiert?«

Karen holte tief Luft. »Ein Meteorit schlug im Zentrum von Coruum ein und verschüttete die Stadt.«

Auf der anderen Seite wartete Fergus auf weitere Erklärungen. Als nichts kam, verzog er die Stirn in Falten und schürzte den Mund.

CORUUM

»Und vernichtete punktgenau alle anderen Spuren von Coruum in fern entlegenen Städten? – Oh nein, das glaube ich nicht – und wo ist der Krater?«

»Über den Punkt stolpern wir auch, Fergus.« Ich lehnte mich nach vorn. »Miguel deutet in seinem Bericht an, dass die Ergebnisse der Bodenproben keinen anderen Schluss zulassen. Es sind Metalle und Mineralien in den Analysen nachgewiesen worden, die es in dieser Gegend sonst nicht gibt. Die Konzentration und die Verteilung sind typisch für einen Einschlag. Das einzige was fehlt, ist der Krater.«

»Hmm.« Fergus war nicht überzeugt. »Und wie erklärt ihr euch das?«

»Wie wäre es mit einer Explosion des Meteoriten über der Stadt? Dabei gäbe es keine oder nur kleinere Krater, die in den letzten Jahrhunderten erodierten und unter der Vegetation des Regenwaldes verschwanden.«

Er sah uns an und strich sich über das Kinn. »Das werde ich hier im Institut überprüfen. Wir werden das im Computer simulieren. Es könnte eine Möglichkeit gewesen sein.«

Karen blätterte in dem Papier. »Miguel führt ein Zitat an, das in den siebziger Jahren des 19. Jahrhunderts bei einer Ausgrabung auf einem Altar in der Maya-Metropole Caracol gefunden wurde.« Sie holte ein Blatt hervor. »Auf Altar 2I wird von einem Ereignis berichtet, das 562 nach Christus über Tikal beobachtet wurde. Es wurde *Stern über Tikal* genannt.«

»Aber das wäre zwei Jahre zu spät gewesen!«

Karen nickte, »das kann daher kommen, dass auch Tikal und die gesamte Umgebung von Coruum bei dem Einschlag in Mitleidenschaft gezogen wurde. Die Maya, die es überlebt haben, könnten sich in der Zeit geirrt haben. Es muss Jahre gedauert haben, die Zerstörungen zu beseitigen. Das Leben in der Region wird sich in der Zwischenzeit durch den Einschlag sehr verändert haben.«

Fergus nickte vor sich hin. »Es hätte eine Katastrophe für die Region bedeutet. Das gäbe uns immerhin ein Indiz über die

Flugbahn des Meteoriten. Wir werden von einer Anflugrichtung über Tikal nach Coruum ausgehen. Vielleicht finden wir etwas.« Fergus machte sich ein paar weitere Notizen.

»Gut - was hat es mit diesen Metallsplittern auf sich, Don, die du im Depot gefunden hast?«

Ich holte ein kleines Päckchen aus meiner Hosentasche, öffnete das Taschentuch und breitete es mitsamt seinem Inhalt auf dem Felsen aus. Die kleinen Metallfragmente funkelten nur an ihren Bruchstellen, die glatten, mattgrauen Oberflächen absorbierten jedes Licht.

Ich nahm die Kamera in die Hand und richtete sie so auf die Bruchstücke, dass Fergus sie erkennen konnte.

»Sehr hübsch, Don,« kam seine Stimme aus der Freisprecheinrichtung, »aber so ein Material habe ich noch nie gesehen. Sie sehen entfernt wie grobe Aluminiumspäne aus, aber wesentlich matter.«

»Aluminium in der Stärke wäre leicht zu verbiegen oder zu brechen. Diese Späne sind scharf wie Rasiermesser und absolut starr. Wenn meine Theorie stimmt, Fergus, kannst du dieses Material auch noch nicht gesehen haben.«

Karen sah mich überrascht an. Ich stellte die Kamera wieder auf den Felsen.

»Das ist noch nicht alles, was ich an Neuigkeiten habe,« fuhr ich fort.

»Auf dem Weg in das unterirdische Lager, kurz nachdem auf mysteriöse Weise das vormals undurchdringliche Schutzfeld am Eingang verschwunden war und die vier Panzer von Captain Johns sich in Altmetall verwandelt hatten, fand ich einen bemerkenswerten Stiefelabdruck im erhärteten Kalkmatsch nahe der Stele.«

Karen machte große Augen. Fergus lauschte andächtig.

»Leider konnte ich ihn mir nur ein paar Sekunden lang ansehen, bevor einer der Bulldozer in platt gemacht hat - aber es reichte mir, um eindeutig zu erkennen, dass der Abdruck nicht von einem der Arbeiter oder Soldaten stammte, die als Einzige Zugang zu dem Lager haben.

In Verbindung mit der lächerlichen Geschichte von Captain Johns, dass es seine Männer gewesen seien, die den Wachroboter sowie die Schutzfelder abgeschaltet haben, kommt mir nur eine plausible Lösung in den Sinn.«

»Warum ist es deiner Meinung nach ausgeschlossen, dass die Soldaten das geschafft haben könnten, Donavon?« Fergus hatte seine Stirn in Falten gelegt.

»Nun, weil sie dazu unter dem Dauerbeschuss des Wachroboters ihre Panzer verlassen, den verborgenen Steuerraum suchen und finden, darin die fremdartige Steuerung aktivieren, die Felder und den Wachroboter abschalten und wieder in ihre Panzer steigen müssten.

Und das alles in weniger als zehn Minuten.«

Ich gab den beiden Zeit, zur gleichen Schlussfolgerung wie ich zu gelangen.

Endlich war es Fergus, der sich vorwagte.

»Und dass heißt: Euer Freund Miles Shoemaker leidet nicht unter Verfolgungswahn, sondern die Besucher sind bereits längst wieder zurück in Coruum und sehen sich um!«

Fergus

Fergus Young lehnte sich in seinem schweren, ledergepolsterten Schreibtischstuhl zurück.

Er ging seine Notizen auf dem Papier noch einmal durch und griff, ohne es zu bemerken, nach seiner Teetasse. Als er sie an die Lippen setzte, stellte er fest, dass sie leer war.

Das letzte Bild der Übertragung aus Coruum auf dem Plasma-Schirm auf seinem Schreibtisch zeigte eine besorgt dreinblickende Karen Whitewood mit Rändern unter den Augen und das unverwüstlich zuversichtliche Gesicht von Donavon vor einem fahlblauen Himmel. Beide hatten Schweißperlen auf der Stirn und sahen unausgeschlafen aus.

Was würde er dafür geben, mit eigenen Augen zu sehen, was die beiden in den letzten zwei Wochen entdeckt hatten.

Und jetzt die sich erhärtenden Anzeichen für einen Besuch menschlicher, aber nicht von der Erde stammender Individuen. Die Vorstellung ließ ihn schwindeln. Was lief dort ab? Beziehungsweise, was war dort vor über eintausendfünfhundert Jahren abgelaufen? Wo waren die Maya aus Coruum heute, und warum hatten sie die Erde damals verlassen?

Der Tod des jungen Ausgrabungshelfers berührte ihn nur am Rande. Größere Beunruhigung war durch die Präsenz des CIA-Mannes Shoemaker in ihm entstanden. Sein Auftauchen war aufgrund der bloßen archäologischen Entdeckung nicht zu erklären, sondern ausschließlich durch den von Donavon begründeten Verdacht.

Ruckartig erhob er sich, nahm seine Notizen vom Schreibtisch und öffnete die rückwärtige Tür zu Alice, seiner Sekretärin.

»Alice, wie spät ist es in Boston?« Sie hob ihren Blick von dem Brief, den sie gerade gelesen hatte und sah auf eine Uhr auf ihrem Schreibtisch.

»US central-time, also sechs Stunden früher.« Sie lächelte ihn an. »Wen willst du aus dem Mittagsschlaf wecken?«

Fergus stand einen Moment lang regungslos in der Tür, als überlege er, ob er diesen Anruf wirklich machen sollte. Dann ging er langsam zu ihr und legte seine Notizen auf eine freie Stelle ihres Schreibtisches.

»Ruf bitte George Mason an, ehemaliger Sicherheitsberater des Präsidenten und meine Kontaktperson aus MI-6 Zeiten. Er lebt auf Cape Cod.

Gib diese Zettel bitte an Mary weiter. Sie soll prüfen, ob sie aus diesen Angaben eine Quelle für einen verloren gegangenen Asteroiden ermitteln kann. Natürlich um 560 nach Christus. Und mache mir bitte noch einen Tee.«

»Wird erledigt. Ich stelle das Gespräch zu dir rüber, wenn ich ihn erreiche.« Ihr Lächeln munterte Fergus ein wenig auf.

Er nickte ihr dankend zu und ging zurück in sein Büro.

Das Telefon klingelte, kaum dass er wieder seinen Schreibtisch erreicht hatte.

Fergus setzte sich das Headset auf, hörte jedoch nur leises, statisches Rauschen.

»George?« Ein Ächzen kam aus dem Hörer.

»Hier ist Fergus, alter Junge. Wo steckst du?«

Der Fluch von anderen Ende der Leitung war für ihn jetzt deutlich zu verstehen.

»Fergus, ich hätte es mir denken können. Deinetwegen musste ich ihn schwimmen lassen.« Fergus identifizierte das statische Rauschen als Windgeräusch auf der anderen Seite.

»Wie geht es dir, George?« Er ging zu einem der hohen Fenster und sah auf den Park der Universität hinaus. Mehrere Studenten saßen oder lagen auf dem Rasen und entspannten sich vor den Abendvorlesungen.

»Sehr gut, Fergus. Ich bin beim Angeln. Du hast mit deinem Anruf mein Abendessen verscheucht.«

»Tut mit leid, George. Aber wir müssen uns unterhalten.« Die Veränderung in der Stimme des Professors ließ den Amerikaner aufmerksam werden.

»Ich bin ganz Ohr, was gibt es?«

»Du hast Donavon MacAllon kennen gelernt?«

George Mason antworte eine Zeitlang nicht. Nur das Rauschen des Windes und leises Plätschern der Wellen am Bootsrumpf drangen aus dem Hörer. Dann hörte er das Geräusch vom Öffnen einer Dose und das bedächtige Schlucken von George.

»Ahhh! Ja – Anfang September im Haus von Kenneth. Warum?«

»Weißt du, wo er gerade ist und was er macht?«

Am anderen Ende der Leitung entstand erneut eine Pause. Kürzer diesmal.

»Wir wissen beide, wo er ist und was er gerade macht, Fergus.« Masons Stimme klang wie ausgewechselt. Hart und klar.

Wie zur Bestätigung nickte Fergus vor sich hin. »Danke für die ehrliche Antwort, George. Kennst du einen Miles Shoemaker – wahrscheinlich vom CIA?«

Fergus spürte den Widerstand am anderen Ende der Leitung, das Gespräch in dieser Richtung fortzusetzen. Nach ein paar Sekunden des Schweigens antwortete ihm sein alter Bekannter.

»Was soll die Fragerei, Fergus? Wenn du etwas wissen willst, frage direkt, aber hör auf, es mir wie Maden aus der Nase zu pulen.«

Fergus ging vor dem Fenster auf und ab, seine Hände tief in den Hosentaschen vergraben.

»Na gut, George.« Er holte tief Luft, als wolle er ein besonders großes Feuer ausblasen.

»Wie ist die CIA auf die Ausgrabungsstätte gestoßen? Ich meine, es gab keinerlei Anzeichen von Donavon oder Dr. Whitewood, der leitenden Archäologin dort, dass sie etwas Außergewöhnliches gefunden hatten außer einer – zugegeben – etwas ungewöhnlichen Steinsäule. Woher wusste Shoemaker, dass dort mehr zu finden ist?«

Die Windgeräusche veränderten sich, als George sich mit dem Mobiltelefon auf seinem Boot bewegte. Seine Antwort kam nüchtern, als sei er über die Unwissenheit seines Gesprächspartners verärgert.

»Nun, Fergus, die CIA hat natürlich mehrere Quellen. Um es kurz zu machen, *sie* hat die Ausgrabung veranlasst und von Anfang an geleitet. Doktor Whitewood, Marquez und wie sie alle heißen, waren nur zivile Aushängeschilder, um den Schein zu wahren.«

»Du hast Morton Warren nicht erwähnt, George!« Fergus war ausreichend betroffen von der klaren Antwort, wenn er auch ähnliches erwartet hatte.

»Nun, er ist von Anfang an eingeweiht. Shoemaker braucht ihn als Experten.«

»Es hat einen Toten gegeben, weißt du etwas darüber?«

Mason zögerte eine Sekunde. »Meines Wissens hat es bereits knapp zwanzig tote Soldaten gegeben.« Er wich der Antwort aus und beide wussten das.

»Ich meine, es hat einen toten *Zivilisten* gegeben, der ermordet wurde, weil er etwas entdeckt hat, das er besser nicht hätte entdecken sollen!«

»Nein, Fergus - keine Ahnung, aber das will nichts heißen, ich bin kein Mitglied des inneren Kreises mehr. Wer war es?«

»Ein Mitglied des Ausgrabungsteams. Es wurden bei ihm Aufzeichnungen gestohlen, die den Beweis für das Vorhandensein von Hochtechnologie im Jahre 560 nach Christus liefern.« Fergus machte eine Pause und wartete auf eine Reaktion von anderen Ende der Leitung.

»Nun, wenn es tatsächlich das ist, wofür du und das Ausgrabungsteam es halten, werden wahrscheinlich noch mehr Menschen sterben, die damit in Berührung kommen, Fergus. Du weißt wie fanatisch mein Land sein kann, wenn es seine Sicherheit bedroht sieht.«

Fergus war betroffen, mit welcher Gelassenheit George Mason diese Fakten kommentierte.

»Das heißt, das Team ist in Gefahr?« Er fühlte eine schwere Übelkeit in sich aufsteigen.

»Ja, Fergus,« kam die unmissverständliche Antwort. »In großer Gefahr und aus mehreren Richtungen.«

»Aber warum -, ich meine, ich verstehe nicht - «

»Fergus!« Die Stimme von George Mason klang scharf wie ein Schwert. »Wann kapierst du es endlich?

Die CIA wusste von Anfang an, dass in Guatemala eine Sende- und Empfangseinrichtung für Signale aus dem Weltraum versteckt ist. Einer der Spionagesatelliten hat mehrere dieser Sendungen aufgefangen, ohne dass es gelungen ist, sie bisher zu entschlüsseln oder den Sender abschließend zu lokalisieren.

Um danach zu suchen, wurde die Ausgrabung in Coruum unterstützt, da nur diese Region für die Position des Senders in Frage kam. Nach dem Fund des unterirdischen Komplexes war man sich in Washington sicher, den Sender gefunden zu haben, doch kurz darauf verschwanden ein paar unserer Satelliten, die das infragekommende Gebiet im Visier hatten.«

George machte eine Pause und Fergus wagte nicht zu atmen, um den Redefluss des Amerikaners nicht zu stoppen.

»Danach wurde die Aufregung erst richtig groß. Fünf defekte Satelliten innerhalb einer Stunde. Kannst du dir vorstellen, was hier los war?«

»Was ist mit den Satelliten passiert, George. Willst du sagen, sie seien zerstört worden?«

»Genau das, und alle weiteren, die ihre Position einnehmen wollten. Der Präsident hat einen Stab eingerichtet, der diese Bedrohung handhaben soll, Shoemaker steht dort fast an der Spitze, ich bin eines der Mitglieder.«

Mason machte eine kurze Pause. Ruhiger fuhr er fort:

»Shoemaker ist Direktor bei der CIA. Ein Spezialist für schwierige Fälle, und er ist sehr erfolgreich darin, Lösungen zu finden. Wenn du Donavon noch einmal sprichst, rate ihm, sich diesem Mann nicht entgegenzustellen. Er ist gefährlich.«

Fergus Unwohlsein breitete sich aus.

»Er wird das Depot ausräumen und mitnehmen, was mitzunehmen ist. Danach wird er es zerstören mit allem was er nicht mitnehmen konnte. Niemand soll davon erfahren. Alle, die an der Ausgrabung beteiligt sind, schweben in großer Gefahr, wenn sie darüber reden.«

»Also haben wir zwei Richtungen, aus denen dem Team Gefahr droht. Die Erbauer der Anlage kehren zurück, das heißt, sie sind eigentlich schon da, und die CIA wird alle Spuren beseitigen wollen.«

»Das sind noch nicht alle Richtungen, George!« Masons Stimme bohrte sich in Fergus Gehirn.

»Was?«

»Shoemaker ist nicht der einzige in diesem ernsten Spiel. Es gibt dort am Ausgrabungsort noch einen anderen.«

Fergus glaubte das erste Mal so etwas wie Emotion aus George Masons Stimme herauszuhören.

»Ich weiß, wen du meinst George, den guatemaltekischen Aufpasser Roman Marquez,« fiel ihm Fergus ins Wort.

»Nein, der ist unwichtig, reine Staffage. Nein Fergus, es ist von Beginn der Ausgrabung an ein Franzose im Ausgrabungsteam, er gehört zu Shoemaker, ich habe seinen Namen vergessen.«

Der dunkle Nebel der Übelkeit senkte sich erneut über Fergus.

Raymond!

»Mein Gott, George, bist du dir sicher?

George!

George?«

Die Leitung war tot. Fergus knallte den Hörer auf das Telefon und sprang auf.

»Alice!«

Er stürmte aus dem Büro zu seiner Sekretärin, die ihn zuerst überrascht und nach einem Blick in sein Gesicht, bestürzt ansah und aufsprang.

»Ruf ihn noch einmal an, sofort!«

Ihre Hand drückte ein paar Tasten.

»Ich bekomme keine Leitung, Fergus.« Sie versuchte es mehrmals. »Nichts.«

»Ruf Donavon an!«

Alice wählte die Nummer und schaltete den Lautsprecher an. Das Telefon wählte die Nummer und schaltete dann auf einen Standardtext der Telefongesellschaft, die den gewünschten Netzabschnitt als überlastet bezeichnete.

Fergus ging um Alice's Schreibtisch herum und setzte sich schwer in einen der beiden Besucherstühle davor. Alice sah ihn besorgt an.

»Was ist passiert?«

Er sah mühsam zu ihr hoch. In seinem Gesichtsausdruck lag etwas Qualvolles. Ein seit vielen Jahren nicht mehr gekanntes Gefühl hatte von ihm Besitz ergriffen. Fergus konnte die Gefahr für Donavon und das Team sehen, aber er war außerstande etwas dagegen zu unternehmen. Er konnte nicht einmal mehr warnen.

Eine Gänsehaut lief über seinen Rücken und er schüttelte sich unbewusst.

»Ich hoffe, es ist nur ein weiterer defekter Satellit.«

CORUUM

Donavon

Aus dem Radio dudelten leise mexikanische Rhythmen.

Wir waren auf dem Rückweg nach Coruum. Die Sonne musste senkrecht am Himmel stehen, auch wenn ich sie im Nebel der hellen, dichten Wolken nicht klar erkennen konnte. Ihr gleißendes Licht verwandelte die von Kalkstaub überzogene Straße in eine blendende, konturlose Fläche, und zwang mich zu einem sehr angepassten Tempo, um wenigstens den größten Schlaglöchern auszuweichen.

Wir hatten beide Seitenfenster nur einen Spalt weit geöffnet, um wenigstens lauwarme Zugluft in den Wagen zu bekommen. Sie ganz herunterzukurbeln, war bei der Staubentwicklung durch die uns entgegenkommenden Busse und Lastwagen unmöglich.

Die Luftfeuchtigkeit lag nahe der Sättigungsgrenze, mein Hemd klebte am ganzen Oberkörper, und ich hätte im Moment einiges für einen der klimatisierten Geländewagen von Apholl Castle gegeben.

Karen war auf dem Beifahrersitz neben mir eingeschlafen und ließ sich selbst vom Rütteln beim Durchfahren einiger größerer Schlaglöcher nicht stören, die ich trotz der geringen Geschwindigkeit im Gegenlicht der diffusen Sonne nicht rechtzeitig erkennen konnte.

Ab und zu mischte sich ein tiefes Brummen der an- und abfliegenden Transportmaschinen zum eintönigen Fahrgeräusch.

Halbstündlich wurde im Radio jetzt die Hurrikan-Warnung wiederholt, was ich aus dem oft vorkommenden Wort *huracán* ableitete.

Ich folgte mit angespannten Nerven dem gemächlichen Dahinrollen eines großen, amerikanischen Wohnmobils, dessen Staubfahne mich auf Distanz hielt. An eine halbwegs sichere Chance für ein Erfolg versprechendes Überholmanöver war auf dieser Straße bei den momentanen Sichtverhältnissen nicht zu denken.

CORUUM

Das plötzliche Geräusch von flatterndem Papier schreckte mich auf. Auf der Rückbank hatte sich die Kopie von Miguels Abschlußbericht durch die Rüttelei aus Karens Rucksack geschoben und im Fahrtwind verteilt.

Ich stoppte den VW im Schatten einer Gruppe verkrüppelter Eichen auf dem verstaubten Seitenstreifen neben der Straße und stieg aus.

Die Hitze schlug mir ins Gesicht. Ohne den Fahrtwind wirkte sie doppelt so schlimm. Ich nahm eine Flasche Mineralwasser von der Rückbank und leerte den Rest mit einem großen Zug, wobei ich den Eindruck hatte, dass das Wasser Sekunden später aus unzähligen Poren meiner Haut wieder austrat.

Nachdem ich die Seiten zusammengesucht und sie unsortiert wieder im Rucksack verstaut hatte, war ich schweißgebadet. Die Staubfahne des vorausfahrenden Wohnmobils stand wie eine solide Wand eingekeilt zwischen den Baumgrenzen über der Straße.

Ein eindringliches Hupen veranlasste mich zu einem Sprung über die Motorhaube des VWs, um mich in Sicherheit zu bringen. Ein mit Touristen beladener Reisebus donnerte nur Sekunden später an uns vorbei.

Ich fluchte hinter ihm her, sah jedoch nur lachende Kindergesichter durch die Heckscheibe des Busses, die mir vergnügt zuwinkten, bevor sie in der Staubfahne des Busses verschwanden. Eine dünne Schicht hellen Staubes hatte sich über den VW gelegt. Sicher sah ich nicht viel anders aus. Ich ging ein paar Meter von der Straße weg unter die Eichen und klopfte mir den feinen Kalkbelag von der Hose und vom Hemd.

Das tiefe Brummen eines weiteren anfliegenden Transportflugzeugs drängte sich zu der leise vom Auto rüberwehenden Musik in mein Bewusstsein.

– Dann setzte das Brummen der Motoren von einem zum anderen Moment aus.

Ich spitzte die Ohren. Das Radio war ebenfalls verstummt. Ein Blick zum Auto – Karen schlief, sie hatte es nicht abgeschaltet.

Ein heftiges Stechen in meiner linken Brust entriss mir einen Schmerzensschrei. Ich zuckte zusammen. Der nachfolgende Übelkeitsanfall war so heftig, dass mein Unterleib sich verkrampfte und heftiges Schwindelgefühl mich zwang, einen Moment lang mit beiden Händen an einem der knorrigen Eichenstämme der Baumgruppe Halt zu suchen.

Das Stechen in meiner Brust wurde stärker, es roch verbrannt. Es dauerte eine halbe Ewigkeit, bis ich realisierte, dass mein Computertelefon in meiner Hemdtasche am Durchschmoren war und ich es mit zwei Fingern herausreißen und auf den Boden schleudern konnte.

Das entfernte Scheppern eines Unfalls auf der Straße lenkte mich von meinen Schmerzen ab.

Was war hier los?

Leises Stöhnen aus der Richtung des Autos sagte mir, dass Karen dieses Schwindelgefühl nicht erspart geblieben war.

Mein Blick war noch verschwommen, als das Donnern einer entfernten Explosion durch die Baumkronen drang.

Das Transportflugzeug!

Ich ging etwas wackelig zurück zum Wagen und suchte den Himmel unter der hellen Bewölkung mit zusammengekniffenen Augen ab.

Dem Verlauf der Straße folgend, stieg am Horizont ein dünner Rauchpilz über der sich langsam legenden Staubwolke des Reisebusses auf. Die Silhouette des Busses entdeckte ich einige hundert Meter weiter vor uns quer auf der Straße stehend.

Ich schüttelte meinen Kopf, um die Benommenheit loszuwerden und massierte die schmerzende Stelle auf meiner Brust. Das Hemd war angesengt. Es roch nach verbrannter Haut.

Ich holte mein Computertelefon und trug es vorsichtig zum Wagen. Der Teil des Telefons, der den Akku enthielt, war geschmolzen. Der Kunststoff der Abdeckplatte war verschwunden. Die Energiezellen rauchten.

»Don?« Karen hatte die Tür geöffnet und sich auf dem Sitz gedreht, die Füße auf dem Rasenstreifen. »Was ist los? Mir ist furchtbar übel.«

Ich eilte zu ihr und stützte mich auf dem Wagendach ab. Ein bohrender Kopfschmerz war meine einzige Erinnerung an das Unwohlsein.

»Ich habe keine Ahnung, Karen.«

Sie bemerkte mein Telefon, das ich mit zwei Fingern hielt. »Was ist damit passiert?«

»Durchgebrannt.«

Ich ignorierte ihren fragenden Blick, ging um den Wagen herum, warf das Telefon auf die Rückbank und setzte mich hinter das Steuer.

»Warte noch einen Moment, Don, ich brauche eine kleine Pause.«

»Ich habe nicht vor weiterzufahren, Karen, sieh hier.« Ich drehte den Zündschlüssel.

Nichts regte sich. Es leuchtete keine Lampe im Armaturenbrett und die Zündung tat so, als wäre sie nicht gemeint.

Unter der Motorhaube sah alles normal aus, nur das leise Zischen der Batterie und die tropfende Säure auf dem Kalkstaub unter dem Motor bestätigten meinen Verdacht.

»Wo befinden sich die Sicherungen des Wagens?« fragte ich. Karen beugte sich zum Fahrersitz hinüber und entfernte eine kleine Klappe unter dem Lenkrad.

»Autsch!«

Rauch kam aus dem kleinen Fach. Geschmolzenes Plastik in roter und blauer Farbe sagte mir, dass wir einen langen Fußmarsch vor uns hatten.

Ich dachte an die Pumpen in Coruum und an den heraufziehenden Hurrikan.

CORUUM

Sinistra

Die rauchenden Trümmer des Sikorski Cloud-Cranes in der Mitte des Vorplatzes zwischen Stele und Rampe, begruben den größten Teil des Artefakt-Containers unter sich.

Captain Johns starrte entsetzt auf das ausgebrannte Skelett des Hubschraubers. Sinistra hatte den Eindruck, er würde jeden Moment eine Herzattacke erleiden.

Die Explosion des abstürzenden Transporthubschraubers hatte sie alle aufgeschreckt und überstürzt die Rampe hinaufrennen lassen. Im Ausgrabungslager hatte das Chaos geherrscht.

Sie war zusammen mit Professor Warren im hinteren Teil des unterirdischen Komplexes gewesen, als es passierte. Captain Johns und Raymond hatten den Verladevorgang der Artefakt-Container im vorderen Teil des Lagers überwacht. Johns Stimmung war zuvor zusehends schlechter geworden, als sich – sehr zu Sinistras Befriedigung – Anstrengungen für eine Demontage der Transporter und des Shuttles als unmöglich erwiesen. So war dem Captain nur der Abtransport der kleineren Ladungsteile der Transporter und der leichten Fahrzeuge möglich gewesen, welche die Bulldozer mit Hilfe von sehr flachen Spezialaufliegern aus dem Lager gezogen hatten.

Professor Warren stand in ihrer Nähe und hantierte an seinem Telefon. Als er ihren Blick bemerkte, deutete er mit dem Kinn in Richtung von Captain Johns, der mit zunehmender Bestürzung auf die Tastatur seines Telefons einhämmerte.

Der Professor richtete eine Hand in den Himmel. »Es hat wahrscheinlich auch die Satelliten erwischt.«

Sinistra verstand nicht, was er mit *es* meinte.

»Uns und alle Geräte im unterirdischen Lager hat die Abschirmung der Decke vor der sonderbaren Strahlung geschützt. Seien Sie froh. Die Leute hier sehen schlecht aus.«

Er steckte sein Telefon ein und entfernte sich in Richtung einer Reihe von Lenzpumpen, die nicht mehr arbeiteten.

Erst langsam begann ihr zu dämmern, dass der Hubschrauberabsturz durch einen äußeren Einfluss herbeigeführt wurde, den der Professor ansprach. Ihre Verwirrung nahm zu, als deutlich wurde, dass der Absturz nur ein kleiner Teil der über sie hereingebrochenen Katastrophe war.

Sinistra überprüfte neugierig ihr Mobiltelefon. Es funktionierte einwandfrei. Als sie Karens Nummer wählte, bekam sie jedoch keine Verbindung.

Unauffällig beobachtete sie die Gesichter der Marines und Arbeiter um sie herum. Einige saßen erschöpft auf ihren Maschinen oder auf dem Boden, die Köpfe in die Hände gesenkt. Der Professor hatte Recht. Alle waren bleich und hatten gerötete Augen. Einige hatten sich übergeben.

Die Stele stand unverändert in ihrem Aluminiumkäfig. Der Schlüssel war nach wie vor von dem im Sonnenlicht fast unsichtbaren Schutzfeld umgeben.

Johns sprach flüsternd mit einigen seiner Männer. Offenbar versuchte er die Auswirkungen auf den Fortgang des Abtransportes der Artefakte festzustellen.

Der Professor kam mit tief zerfurchter Stirn aus der Richtung einer zweiten Reihe von Lenzpumpen auf der anderen Seite der Ausgrabungsebene zurück zu Sinistra.

»Diese Pumpen sind in Ordnung Miss, ganz im Gegensatz zu denen da drüben. Hier fehlt nur der Strom. Leider standen die Generatoren auf der falschen Seite der Ebene. Sie hat es zerrissen.«

Bevor er weitere Erklärungen abgeben konnte, winkte Captain Johns ihn unwirsch zu sich heran. Mit einem entschuldigenden Seitenblick entfernte sich Warren.

Sinistra blieb nur ein paar Sekunden zurück, bevor sie entschied, ihm zu folgen. Karen und Doktor MacAllon waren in Tikal, und somit hatte sie hier die Verantwortung für den Grabungsteil.

Captain Johns ignorierte sie vollkommen, als sie sich zu der kleinen Gruppe seiner Offiziere und Warren gesellte.

»Ich tippe auf einen starken Geomagnetischen Puls«, hörte sie Warren eine Frage des Captains beantworten.

»Die Quelle der Strahlung muss uns in einem relativ flachen Winkel aus dieser Richtung getroffen haben.« Er zeigte nach Süden.

»Das schließe ich aus der Tatsache, dass die Pumpen dort drüben noch intakt sind, im Gegensatz zu den Pumpen und den Generatoren auf dieser Seite, die komplett durchgebrannt sind.«

Der Captain starrte nachdenklich vor sich hin.

»*Geo*magnetischer Puls?« Johns Gesicht drückte Ratlosigkeit am Rande der Verzweifelung aus.

»Ja. Normalerweise hätte ich Elektromagnetischer Puls gesagt, aber es fehlen die Anzeichen einer atomaren Explosion. Gammastrahlen in dieser Menge entstehen nur bei solchen Ereignissen.« Warren sah sich um. Seine rechte Hand schob die Brille zurecht.

»Und es war mit Sicherheit keine atomare Explosion!« Er zeigte auf die Soldaten und Arbeiter in ihrer Umgebung.

»Den äußeren Anzeichen nach war das eine sehr geringe Strahlendosis, und es gab keinerlei Druckwelle. Niemand hat Verbrennungen. Die Übelkeit vergeht rasch. Bei einer atomaren Explosion hätten wir eine Druckwelle verspüren müssen, und auch etwas von der Detonation gehört.«

»Was war es dann?« Johns Stimme klang misstrauisch. »Wenn es keine Waffe war, was kann dann so einen Effekt erzielen?«

»Ich kann es nicht sagen, Captain.« Warren wich dem Blick des Offiziers nicht aus und strich sich mit einer Hand über das feine, helle Haar.

»Nur so viel ist gewiss: Alle elektronischen Bauteile, die ungeschützt im Freien lagen, sind zerstört worden. Keins ihrer Funkgeräte, Telefone oder sonstigen Kommunikationsgeräte dürfte noch funktionierten. Das gleiche gilt für die Elektronik der Bulldozer, Kräne, Hubschrauber und – es tut mir leid das sagen zu müssen – auch ihrer hochmodernen Panzer.«

Johns Miene blieb finster. Die Aufzählung des Professors entsprach den Berichten seiner Männer. Er sah Warren unschlüssig an.

»Möglicherweise die Auswirkungen einer kosmischen Katastrophe, die sich Lichtjahre von hier entfernt ereignet hat und deren Explosionswellen uns jetzt erreichen.« Johns kommentierte diese Erklärung mit einem verächtlichen Schnauben.

Professor Warren fuhr ungerührt fort.

»Supernovae zum Beispiel setzten bei ihrer Entstehung Unmengen an Gammastrahlen frei. Die Erde wird oft davon getroffen. Glücklicherweise schützt uns unsere Atmosphäre vor den schlimmsten Auswirkungen. Trotzdem kommt es immer wieder vor, das elektrische Geräte anscheinend grundlos ausfallen, wenn sie ungeschützt im Freien stehen.« Johns lauschte mit gesenktem Kopf der Erklärung des Professors.

»Die Welle, die uns getroffen hat, war zugegebenermaßen deutlich stärker, als alles, was bisher in diesem Zusammenhang aufgetreten ist. Wenn wir Pech haben, war sie stark genug, um jeden Generator auf diesem Kontinent oder – wenn wir Pech haben – auf dieser Halbkugel der Erde in Mitleidenschaft zu ziehen.«

Sinistra spürte Verzweiflung in sich aufsteigen.

»Eine andere Möglichkeit kann eine besonders starke Sonneneruption gewesen sein, deren Gaswolke mit dem Magnetfeld der Erde kollidiert ist. Dabei wurde ein Geomagnetischer Sturm in der Atmosphäre ausgelöst, der einen Teil der hier erlebten Auswirkungen verursacht hat – lässt aber Fragen offen.«

Sinistras Blick strich über den ausglühenden Hubschrauber. Alle Flugzeuge, die sich nicht am Boden befanden, hätten sein Schicksal geteilt. Horror überkam sie.

Die Stimme des Professors drang wie durch einen Nebel zu ihr.

»Wenn wir nicht zusehen wollen, wie diese Anlage durch die Regenfälle der nächsten Tage wieder überflutet wird, benötigen wir als erstes Energie.

Captain, ich empfehle, dass Sie Ihre Männer alle Fahrzeuge und Geräte überprüfen lassen. Mit Glück können wir mit den Ersatzteilen einige der Generatoren wieder funktionstüchtig machen. Sie sollen mit den Fahrzeugen und Maschinen beginnen, die hier an der südlichen Wand gestanden haben, wo sich die intakten Pumpen befinden.«

Johns sah einen seiner Männer an.

»Fangen wir an. Sergeant, bringen Sie Ihre Leute auf Trab!«

»Stripes!« Ein Marine der Special Forces nahm vor dem Captain Haltung an. »Laufen Sie zum Flughafen und suchen Sie Captain Moore! Ich muss wissen, wie es dort aussieht. Folgen Sie der Straße und lassen Sie sich nicht aufhalten. Machen Sie im Notfall von der Waffe Gebrauch!«

»Branson!« Ein weiterer Marine salutierte. »Nehmen Sie Ihre Gruppe und machen Sie sich auf die Suche nach starken Zugmaschinen. Wir müssen den Abtransport der Artefakte wieder in Gang bekommen. Beginnen Sie in der Stadt. Aber seien Sie vorsichtig. Dort dürfte es ebenfalls keinen Strom mehr geben und nur noch wenige intakte Fahrzeuge. Die Leute werden Ihnen die nicht gerne überlassen.«

Der Marine salutierte erneut und entfernte sich im Laufschritt, wobei er einigen Kameraden Befehle zubrüllte.

»Professor!« Warren drehte sich in ein paar Metern Entfernung um.

Johns blickte ihn einen Moment lang schweigend an. »Ich wäre Ihnen dankbar, wenn Sie meine Männer bei der Überprüfung der Generatoren unterstützen könnten,« sagte er schließlich.

»Mit Ihrem Einverständnis Captain würde ich lieber versuchen, eines der Kraftwerke im unterirdischen Lager für uns zu verwenden.« Warren erwiderte den Blick kurz und ließ ihn

CORUUM

dann die Rampe hinunter zum Eingang des unterirdischen Komplexes wandern.

»Wenn es mir gelingt, aus einem dieser Kraftwerke Energie abzuleiten, brauchen wir uns um die Generatoren nicht mehr zu kümmern.«

Johns überlegte. Dann nickte er langsam. »Viel Glück, Professor. Nehmen Sie sich die Männer, die Sie brauchen!«

Marquez

Marquez war übel. Er hatte sich mehrfach übergeben müssen, ohne zu wissen, warum. Die unerklärlichen Kopfschmerzen bohrten sich mörderisch immer tiefer hinter seine tränenden Augen und ließen ihn durch das Dämmerlicht des Regenwaldes stolpern.

Warum hatte er auch ausgerechnet heute seinen Fund wegbringen müssen?

Die Erinnerung an die heimlich beiseitegeschafften Artefakte munterte ihn vorübergehend auf. Der Franzose war eiskalt und skrupellos, dass musste er respektvoll anerkennen. Unter den Augen seines Teams hatte er wertvolle Funde aus dem Lager entfernt und Marquez zum Abtransport in ihr gemeinsames Versteck in einem unübersichtlichen Stück Regenwald übergeben. Und er wurde den Verdacht nicht los, dass der Franzose den Studenten umgebracht hatte. Natürlich aus Versehen, aber sie hatten die Kopien der Aufzeichnungen aus dem Hieroglyphenraum um jeden Preis haben müssen, ihr gesamtes Unternehmen wäre sonst gefährdet gewesen.

Aber er würde sich vor dem Franzosen in Acht nehmen.

Heiser lachte er in sich hinein. Diese eingebildete Archäologin und ihr schottischer Freund würden niemals dahinter kommen, was ihnen an Schätzen entgangen war. Er blieb stehen und zündete sich ein Zigarillo an.

Mit Entzücken dachte er an den rotgolden schimmernden Schlüssel zurück, den der Franzose bei der ersten Tauchexpedition in die damals noch überflutete Höhle gefunden hatte. Wie panisch waren sie gewesen, als in der aufgerichteten Stele das Schloss aufgetaucht war.

Marquez hatte fest damit gerechnet, den Schlüssel zurückgeben zu müssen, damit sie das unterirdische Lager betreten könnten, doch Raymond hatte ihn zur Geduld gemahnt. Mit Erfolg, der Scotsman hatte glücklicherweise zuerst die Nerven verloren und seinen unterschlagenen Schlüssel herausgerückt.

CORUUM

Das Hämmern in seinem Kopf wollte nicht abnehmen. Nur unbewusst wunderte er sich darüber, dass es seit dem Übelkeitsanfall seltsam still auf der nur knapp einhundert Meter entfernten Hauptstraße geworden war.

Er konzentrierte sich ganz auf das Gehen und setzte vorsichtig einen Schritt vor den anderen, streng darauf bedacht, nicht über unsichtbares Wurzelgeflecht unter dem dichten Farnbewuchs des Unterholzes zu stolpern.

Plötzlich stoppte er.

Was war das? Er betrachtete angestrengt eine etwa dreimal drei Meter große Vertiefung im Waldboden, die unregelmäßig geformt, entfernt an eine menschliche Silhouette erinnerte und gut zwei Meter tief war. Die Farne in ihr waren mit den Baumwurzeln unter ihnen zusammen in den Boden gedrückt worden. Felsen unter der dünnen Humusschicht waren zermahlen oder noch weiter nach unten gedrückt worden

Neugierig ging er an den Rand der Vertiefung und beugte sich hinab. Ruckartig richtete er sich wieder auf, als das in seinen Kopf schießende Blut die Kopfschmerzen explodierten ließ.

Er wartete, bis das leichte Schwindelgefühl wieder abgeklungen war und ging langsam in die Knie, um die Vertiefung zu betrachten.

Die Luft vor seinen Augen flimmerte. Marquez zuckte zusammen, verlor für einen Moment lang das Gleichgewicht und setzte sich erschrocken auf seinen Hosenboden.

Er schloss die Augen, um seine Konzentration wieder zu erlangen. Für einen kurzen Moment waren die plattgedrückten Farne und Baumwurzeln nicht mehr zu sehen gewesen – stattdessen –. Er öffnete die Augen wieder.

Heilige Madonna!« Er bekreuzigte sich und starrte regungslos auf die Vertiefung.

Da war es wieder. Diesmal klar und wenigstens eine Sekunde lang deutlich zu erkennen, bevor es wieder verschwand.

Ein Astronaut!

CORUUM

Marquez sprang überstürzt nach hinten und versuchte sich stolpernd aufzurichten. Immer noch mit dem Gleichgewicht kämpfend, entfernte er sich ein paar Schritte. Das Bild in der Vertiefung flackerte ein paar Mal – und dann sah er ihn.

Seltsam verkrümmt lag die menschliche Gestalt auf der Seite, mit dem Rücken zu ihm. Es musste ein Astronaut sein, auch wenn er noch nie einen solchen Anzug gesehen hatte, aber die Amerikaner hatten ja Geld wie Heu.

Der Anzug war fast schwarz und hatte an den Körpergelenken große, wie Schwellungen wirkende Verstärkungen. Die Stiefel waren unglaublich groß und von unzähligen kleinen Öffnungen überzogen.

Wie kam ein Astronaut hierher?

Lautlos und mit angehaltenem Atem näherte sich Marquez wieder der Gestalt. Ein gewölbter, mattsilberner Schild ragte mit einem Ende aus der Vertiefung. Marquez neigte sich vor und bemerkte, dass der Schild an einem der Arme befestigt war. Von der Oberfläche des Schildes pellte sich entlang einer schwarzen Spur eine feine Schicht wie Asche ab. Er griff vorsichtig danach. Bei der leisesten Berührung seiner Handspitzen mit dem Schild bröckelte ein Stück Asche in seine Hand.

Das diffuse Glühen der Schwellungen an den Gelenken des Anzugs lenkte ihn ab. Hatte er das Glühen am Anfang nicht wahrgenommen? Während er am Rand der Vertiefung hockte und den Anzug betrachtete, wurde das Glühen zu einem starken neonfarbenen Leuchten.

Sehr sonderbar. Offenbar funktionierte der Anzug noch. Über die Verfassung des Astronauten machte er sich keine Gedanken. Den Absturz konnte der niemals überlebt haben.

Aber warum war der Anzug dann noch in einem so guten Zustand?

Ein leises Summen signalisierte Marquez, das er mit seiner Vermutung eines intakten Anzugs recht gehabt hatte.

Hatte dort nicht ein wenig der Arm gezuckt, an dem der gewölbte Schild befestigt war? Heilige ...

CORUUM

Als sich der Astronaut bewegte, geschah das so schnell, dass Marquez es erst bemerkte, als der wieder unsichtbare Anzug in ihn hineinflog und ihn senkrecht durch die Baumkronen mit nach oben riss. Als sein zerfetzter Körper Sekunden später wieder auf dem Waldboden aufschlug, hatte er zwei große Geheimnisse mit sich in den Tod genommen.

CORUUM

Donavon

Wir erreichten das abgesperrte Ausgrabungsgelände völlig durchnässt und frierend in tiefster Dunkelheit. Es hatte angefangen zu regnen, kurz nachdem wir das Auto stehen lassen mussten. Mit der Abend-Dämmerung war Wind hinzugekommen. Erst schwach, mittlerweile aber kräftig genug, um das Blattwerk der Bäume stetig über unseren Köpfen rauschen zu lassen.

Karens Verfassung hatte sich nach der leichten Besserung in Tikal wieder verschlechtert. Die plötzliche Übelkeit und der lange, beschwerliche Fußmarsch im strömenden Regen waren eine große Belastung für sie. Sie befand sich mittlerweile am Rand des Zusammenbruchs.

Vor einer Stunde war Karen dann noch in der Dunkelheit auf der von Kalkschlamm, Schlaglöchern und abgerissenen Ästen übersäten Straße mit einem Fuß umgeknickt. Seit dem trug ich sie auf dem Rücken.

In der fast greifbaren Schwärze der sternenlosen Nacht bemerkte ich den Metallzaun des Ausgrabungsgeländes erst, als ich schon ein Stück daran entlanggegangen war und er einen Knick zur Straße hin machte, auf der ich mich langsam vorantastete. Der Klang der auftreffenden Regentropfen auf dem Asphalt der Straße und in den Pfützen hatte mir bis dahin bei der Orientierung geholfen.

»Wir haben es gleich geschafft,« sagte ich. Karen streichelte mir mit der Hand durch die nassen Haare. »Wie gut, dass wir nichts zu essen mithatten, sonst wäre ich noch schwerer zu tragen.« Selbst aus ihrem leisen Lachen klang die Erschöpfung heraus.

»Wie spät ist es?« fragte ich sie. Karens Uhr war glücklicherweise eine Automatik, so dass sie den allgemeinen Technik Genozid überlebt hatte.

Sie drehte das Handgelenk ein wenig, bis sie einen Strahl Mondlicht zwischen den dahinrasenden Wolken auffangen konnte.

CORUUM

»Kurz nach ein Uhr.«

Ich änderte die Richtung um nicht mit dem Zaun zusammenzustoßen, und trottete weiter, bis wir dreißig Minuten später – von starken Windböen angeschoben – den schwerbewachten Eingang zum Ausgrabungsgelände erreichten.

Der Taschenlampenkegel des Wachtpostens aus dem Maschinengewehrnest blendete uns kurz, dann ließ man uns durch. Offenbar war hier nicht alles in die Brüche gegangen.

Ich brachte Karen in den Materialcontainer, wo wir uns erst einmal abtrockneten und umzogen. Niemand war zu sehen. Nur sehr vereinzelt zeichnete sich die Silhouette eines patrouillierenden Soldaten ab.

Ich bandagierte unter Karens Anleitung ihr Fußgelenk und brachte sie in unseren Bürocontainer, der über Notbetten verfügte.

»Ich suche Sinistra oder Warren, um mir einen Eindruck zu verschaffen, wie es hier aussieht. Versuch etwas zu schlafen.« Die Antwort war ein leises Schnarchen. Ich gab ihr einen Kuss auf die Stirn, suchte mir ein trockenes Hemd aus meiner Tasche und eine wasserdichte Jacke mit Kapuze aus dem Materialcontainer und sah mich auf dem Gelände um.

Etwas entfernt dröhnte unter dem beständigen Pfeifen des Windes ein Motor auf. Ein schwacher Lichtschein war durch die wie an Bindfäden fallenden Wassermassen über der Grube zu sehen und beleuchtete das überhängende Schutzdach des Eingangs trüb von unten.

Vorsichtig darauf achtend, nicht in den betonähnlichen Spurrillen der Bulldozer umzuknicken, lief ich über das unebene Gelände in Richtung der oberen Rampe. Captain Johns hatte, so schien es, wenigstens ein paar Fahrzeuge retten können.

Ein Bulldozer schob auf der Ebene der Stele ein paar Trümmer zur Seite und machte den Weg für einen der Transport Trucks der Armee frei, der mit einem unter Planen verdeckten Artefakt wartend auf der unteren Rampe stand.

CORUUM

Das unterirdische Lager schien unbeschädigt zu sein. Warmes, bronzefarbenes Licht leuchtete freundlich am unteren Ende der Rampe hinter dem Truck. Ich tippte darauf, dass alles in seinem Inneren vor der Zerstörung geschützt gewesen war. Hätten der Captain und Shoemaker die Artefakte an Ort und Stelle belassen, wären sie höchstwahrscheinlich noch intakt. Jetzt würde ich darauf nicht mehr wetten wollen.

Vorsichtig ging ich am oberen Ende der Grube entlang und schlitterte auf dem nassen Kalkschlick der Betonrampe nach unten, wobei ich dem Truck und seiner Fracht großzügig auswich. Widerstrebend musste ich einräumen, dass mein Respekt vor dem Captain wieder etwas gewachsen war. Wenn er bereits nach so kurzer Zeit mit dem Abtransport der übrigen Artefakte weitermachen konnte, hatte er die Situation schnell unter Kontrolle gebracht.

Einige Soldaten im Führerhaus des Trucks und unter schweren Regenponchos auf der Ladefläche fixierten mich kurz, ließen mich aber in Ruhe.

Neben dem Schutzkäfig der Stele blieb ich unter der überhängenden Dachkonstruktion stehen. Stoisch ragte die Säule in die Nacht. Das rote Feld über dem Schlüssel und die rotleuchtende Scheibe waren unverändert. Mein Blick wanderte die Rampe hinunter.

Der Regen hämmerte auf den aufgeweichten Boden außerhalb des Schutzdaches und das Wasser lief in Strömen über die Rampe in den unterirdischen Komplex hinunter. Um mich herum hatten sich die Pfützen bereits zu kleinen Teichen vereinigt, in denen faustgroße Kalksteine versanken. Die Pumpen schwiegen. Der Truck hatte die obere Rampe überwunden und entfernte sich mit leiser werdendem Motorengeräusch von der Grube. Der Bulldozer war zurück in den unterirdischen Komplex gefahren. Außer dem monotonen Rauschen des Regens und den durch das Schutzdach etwas gedämpften Windgeräuschen war es still.

Ich eilte die Rampe hinunter.

Im Lager roch es feucht. Seit der rätselhaften Deaktivierung des Schutzfeldes hatte sich die Luftqualität immer mehr der einer schlecht belüfteten Höhle angeglichen.

Langsam ging ich durch den tunnelartigen Eingangsbereich. Im Licht der indirekten Beleuchtung schimmerte eine große Wasserfläche. Ihre Ausläufer reichten bis unter die erste Reihe der in der Luft schwebenden Transporter.

Die Ladung auf den Fahrzeugen war größtenteils verschwunden. Der defekte Transporter am rechten Rand der zweiten Reihe war ebenfalls leer. Auf der gegenüberliegenden Seite stand der Bulldozer vor der Öffnung zum Kontrollraum.

Ich watete durch das Wasser, bis ich wieder trockenen Boden erreichte, und ging weiter zwischen den Transportern hindurch in den hinteren Teil des Lagers. Das Shuttle schwebte unverändert. Ich atmete auf. Es war weder Warren noch Johns gelungen, einen Einstieg zu finden, beziehungsweise zu öffnen.

Die, die ich suchte, befanden sich hinter dem Shuttle bei den Generatoren.

Sinistra erhob sich bei meinem Näherkommen. Erleichterung zeichnete sich auf ihrem Gesicht ab, als sie mich erkannte.

»Doktor! Wir haben uns Sorgen gemacht, wie geht es Karen?«

Professor Warren und Raymond standen bis zur Hüfte in einem rechteckigen Schacht im Fußboden, wenige Meter von dem ersten Kraftwerksblock entfernt. Johns und ein paar seiner Marines hielten sich in der Nähe auf. Warren nickte mir lächelnd zu, Raymond verzog keine Miene.

»Sie hat sich den Fuß verstaucht. Ich hoffe nicht schlimm. Im Moment schläft sie im Bürocontainer.« Sinistra nickte mir erleichtert zu.

Ich trat zu Warren.

»Wie läuft's hier, Professor? Können Sie mir sagen, was das heute Mittag war?«

Neben Warren lagen mehrere Kabeltrommeln auf Aluminiumpaletten gestapelt. Er richtete sich langsam auf, stützte die Hände in die Hüften und streckte sich.

»Gute Frage, Doktor. Ich vermute, dass irgendeine Gas- oder Strahlenwolke in das Sonnensystem eingedrungen ist und mit der Atmosphäre und dem Magnetfeld der Erde kollidierte. Die daraus resultierenden Schockwellen haben wir erlebt.«

Sein prüfender Blick hing ein paar Sekunden an mir, als erwarte er eine Bestätigung. Als ich nichts entgegnete, fuhr er fort.

»Fragen Sie nicht, woher und warum, Doktor, ich weiß es auch nicht.« Er lächelte mich verschmitzt an. Eine solche Aussage musste er nicht oft von sich geben und sie fiel einem hochkarätigen Experten wie ihm nicht leicht.

»Alles außerhalb des unterirdischen Komplexes ist nicht mehr zu gebrauchen. Es gab nur wenige Ausnahmen bei Geräten, die in unmittelbarer Nähe einer dicken Mauer oder eines Erdhügels standen.«

Er zeigte mir einen isolierten Schraubendreher, den er in der Hand hielt. »Unser dringendstes Problem ist Strom. Ist lange her, seitdem ich versucht habe, mit dem Schraubendreher ein Kraftwerk anzuschließen.« Er zog die Augenbrauen hinter der Brille hoch. »Hat damals einen bösen Kurzen gegeben.«

»Sehen Sie zu, dass Sie gut geerdet sind, Professor, für den Fall, dass Sie die Phase erwischen,« erwiderte ich grinsend. »Was haben Sie herausgefunden?«

Er kletterte aus dem kleinen Schacht und deutete mit dem Werkzeug auf die kugelförmige Hülle des Kraftwerkes hinter ihm. »Nun zuerst einmal, dass nur dieses Eine zur Zeit Energie produziert. Die anderen sind defekt oder in Wartestellung. Zweitens haben wir die Luke zu diesem Inspektions- oder Anschlussschacht entdeckt und geöffnet.« Er klopfte auf seine Brusttasche, was ein metallisches Geräusch verursachte. »Der Schlüssel aus dem Kontrollraum passte in einen verborgenen Spalt im Boden.

Leider versuchen wir seit drei Stunden erfolglos herauszufinden, wie ein solcher Anschluss herzustellen ist, der uns nicht die restlichen intakten Maschinen in die Luft bläst, sobald wir sie einschalten.«

»Wegen der Kompatibilität unter den Spannungen?« fragte ich ihn.

Warren deutete auf die Kabeltrommeln. »Ich muss natürlich einen Transformator konstruieren, der die Leistung auf ein erträgliches Maß reduziert und die Spannung in den Bereich von 110 bis 220 Volt bringt.«

Ich nickte ihm entgeistert zu. »*Natürlich.*« Eine Steckdose mit bloßen Händen an die Primärleitung eines Atomkraftwerks anzuschließen, hätte Warren wahrscheinlich als für unter seiner Würde empfunden.

Jeweils zwei Kabeltrommeln waren auf einer Palette übereinander gestapelt. Vier Paletten standen säuberlich nebeneinander. Die Letzte etwa zehn Meter von dem Schacht entfernt, in den Raymond seine Beine baumeln ließ. Ein geöffneter Werkzeugkasten stand auf dem Boden vor den Trommeln. Ich nahm einen weiteren Schraubendreher heraus.

»Haben Sie von dem Hurrikan gehört, der auf uns zukommt?« fragte ich beiläufig, das teure Vanadium-Werkzeug in der Hand betrachtend.

Warren sah mich überrascht an.

»Nein. Warum? Was ist damit?«

Raymond stützte seine Hände auf den Boden, drückte sich ab und sprang elegant aus dem Schacht. Anschließend klopfte er sich die Handflächen an seiner Hose ab und trat zu uns, gefolgt von Captain Johns, der jetzt auch Interesse an der Unterhaltung zu haben schien und das Wort ergriff.

»Der Doktor meint einen tropischen Sturm, der seit zwei Tagen in der Karibik tobt. Unsere Wetteraufklärung hat ihn beobachtet und als für uns unbedeutend eingestuft.« Der Captain zuckte mit den Schultern. »Kommt hier zu dieser Jahreszeit fast jede Woche vor.«

Warren sah ihn unsicher an.

»Bevor heute Mittag unser Radio ausgefallen ist,« fuhr ich mit einem ernsten Seitenblick auf Johns fort, »kam wiederholt die Durchsage, dass ein massives Tiefdruckgebiet bei Belize bereits die Küste erreicht hat und in zwei Tagen im Petén sein kann. Es besteht bereits aus fünf oder sechs Hurrikans und weitere Keimzellen sollen vorhanden sein.«

Warren sah sichtlich betroffen aus.

Nachdenklich sagte Raymond: »Selbst wenn es uns nur streift, werden wir Unmengen an Niederschlägen bekommen.«

Ich nickte. »Es regnet bereits seit dem Abend.«

Warren stöhnte, drehte sich um und ging zum Schacht zurück.

»Verzichten wir also auf den Schlaf.«

Er zog ein Gerät aus seiner Brusttasche und warf es mir zu. Ich fing es umständlich mit der freien Hand auf.

»Können Sie damit umgehen, Doktor?« Das Messgerät war nicht größer als mein Handteller und sah sehr wertvoll aus.

»Es ist das Einzige, was wir noch haben. Ich hatte es glücklicherweise die ganze Zeit in meiner Tasche und war hier im Lager, als die Strahlungswelle uns traf. Seien Sie bitte vorsichtig damit.«

»Aye.« Ich lehnte mich an einen der brusthohen Kabeltrommelstapel und führte meine Hand über die Holzscheibe der Trommel, um den Schraubendreher darauf ab zu legen.

»Was soll – «, ein tiefer Schmerz durchbohrte meinen Arm, als er von einer unsichtbaren Kraft ohne Vorwarnung nach oben gerissen wurde. Ein scharfer Knall ließ mich und alle anderen zusammenzucken.

Mit einem lauten Klirren schlug der Schraubendreher wie ein Geschoss keine zwei Schritte von mir entfernt auf dem Boden auf, hüpfte einige Male umher bevor er – dunkelrot glühend – liegen blieb.

»Idiot!« Johns zischte das Wort zu mir hinüber. Ich rieb mir gedankenverloren meinen schmerzenden Arm.

Professor Warren war mit wenigen Schritten bei mir und beugte sich über das Werkzeug, dessen Kunststoff Griff vor unseren Augen zu einer Lache schmolz. Sein Blick war unbestimmbar.

»Das Metall hat sich verformt. Das kommt nicht vom Sturz.« Er drehte sich zu mir.

»Wo hatten Sie ihn hingelegt, Doktor?« Seine Stimme war angespannt und nur wenig lauter als ein Flüstern.

»Nirgendwo. Ich wollte ihn hier oben hinlegen, als der Schraubendreher mir aus der Hand gerissen und gegen die Decke geschleudert wurde.« Ich zeigte ihm die Stelle auf der Trommel.

Mit seiner routinierten Bewegung schob er sich die Brille ein weiteres Mal zurück auf die Nase. Keiner sagte einen Ton. Selbst Captain Johns starrte den Professor an, ohne genau zu wissen, warum.

»Gehen Sie bitte alle zehn Meter zurück. Ich möchte das wiederholen!«

Er beugte sich zum Werkzeugkasten hinunter und nahm eine Zwei-Zoll-Stahlmutter aus einem kleinen Fach. Dann ging er zur Äußersten der Kabeltrommeln und verscheuchte ein paar Marines und Sinistra, die ihm noch immer zu dicht an den Trommeln standen.

Er entfernte sich ein paar Schritte von der Trommel und warf mit einer gut gezielten Bewegung die Mutter in einer leichten Kurve über die Holzscheibe.

Alle Augen waren auf seine Hand gerichtet und alle verfolgten die Flugbahn der Mutter. Als sie in den Bereich über der Trommel kam, wurde sie von einer unsichtbaren Kraft ein paar Meter senkrecht in die Luft gerissen und fiel dann sirrend auf den Boden hinter den Trommeln zurück.

»Deutlich schwächer, als an der ersten Trommel.« Warren hob die Stahlmutter mit zwei Fingern auf. »Nur leicht warm.«

Sekundenlang sprach niemand ein Wort, dann drehte er sich um und kam auf mich zu.

»Vielen Dank, Doktor, dass Sie einem alten verkalkten Mann auf die Sprünge geholfen haben,« sagte er und warf mir die Mutter zu.

Johns sah ihn verständnislos an. Warren bemerkte den Blick und bat mich um das Messgerät.

»Elektrische Induktion, Captain.« Er kniete neben dem geöffneten Lukendeckel nieder und stellte ihn aufrecht. »Dieser Generator erzeugt so viel Energie, dass die Umgebung davon gesättigt ist.«

Mit seinem Schraubendreher klopfte er von beiden Seiten an das Material des Deckels und untersuchte es mit dem Messgerät. Er pfiff leise vor sich hin. Dann gab er ihm einen kleinen Stoß. Wie von Geisterhand senkte sich der Lukendeckel im Zeitlupentempo und versiegelte den Schacht bündig mit der Fußbodenoberfläche.

»Versuchen Sie's noch mal, Doktor. Bin gespannt, ob es jetzt auch noch funktioniert.«

Ich verstand, worauf er hinauswollte und ging zu der Stelle, von der er die Mutter geworfen hatte. Diesmal fiel sie mit einem dumpfen Geräusch auf die hölzerne Seite der Kabeltrommel und fiel wieder hinunter.

Warren nickte.

»Meine Herren,« begann er mit feierlicher Miene, »meine Dame,« fügte er mit entschuldigendem Seitenblick auf Sinistra hinzu, »selbst wenn keines der Artefakte dieses unterirdischen Lagers uns irgendwie zu Nutzen sein könnte, lauern in der Technologie des Bauwerkes selbst so viele wissenschaftliche Erkenntnisse, dass wir die Ziele der Mission schon jetzt als übererfüllt betrachten können.«

Er erhob sich und deutete mit dem Messgerät auf den jetzt nicht mehr vom restlichen Boden zu unterscheidenden Deckel.

»Die Unterseite dieses Verschlusses besteht aus einem supraleitenden Material, welches die Energieemission des Kraftwerkes vollkommen abschirmt. Wäre das nicht der Fall, hätten wir alle schon lange schwere Strahlenschäden davongetragen.«

Er zog den silberfarbenen Schlüssel aus seiner Hemdtasche, bückte sich und steckte ihn in einen feinen Schlitz im Boden. Die Luke hob sich langsam, bis sie senkrecht stand. Der Professor gab ihr einen Stoß in die andere Richtung und sie senkte sich geräuschlos auf den Fußboden ab.

»Captain, da ist unsere Stromversorgung wieder. Dieses Leck in der Abdichtung des Kraftwerkes,« er zeigte auf den geöffneten Lukendeckel, »ermöglicht uns mit Hilfe der Kabeltrommeln genügend Strom aus der Emission abzuleiten, um alles, was noch funktionstüchtig ist, wieder zum Leben zu erwecken.«

Johns sah ihn weiterhin unsicher an.

Er lächelte. »Freuen Sie sich, Captain, und wecken Sie ein paar Männer. Bei Sonnenaufgang haben wir das Lager wieder trocken.

Seit sechs Uhr früh des gestrigen Tages liefen die Pumpen wieder.

Das Wasser hatte bereits gut dreißig Meter weit im unterirdischen Lager gestanden, am Eingang knietief, bis die Pumpen es gegen den späten Abend wieder vollständig herausgepumpt hatten.

Warren hatte es in einer schlaflosen Nacht geschafft, mit Hilfe von Raymond und einigen Marines die Kabeltrommeln so aufzustellen, dass sie ausreichend Strom aus dem Kraftwerk erhielten.

Das Wetter hatte sich weiter verschlechtert. Es hatte gestern den gesamten Tag durchgeregnet, genauso wie die letzte Nacht und den heutigen Tag.

Der Wind hatte ein weiteres Mal zugenommen und mittlerweile Sturmstärke erreicht. Böen peitschten das Wasser aus den zum Teil knietiefen Pfützen und schwere Gewitter zogen in schneller Folge über das Ausgrabungsgelände.

Johns glaubte inzwischen an die Wettervorhersage bezüglich des Tiefdruckgebietes, zumal der kommandierende Offizier des Flughafens, Moore, diese Ankündigung am Vortag bestätigt hatte.

Alle noch funktionstüchtigen Fahrzeuge waren vorsichtshalber in das unterirdische Lager gebracht worden. Die Marines und die Arbeiter auf dem Ausgrabungsgelände hatten im Laufe des Tages ihre Quartiere im hinteren – trockenen – Teil aufgeschlagen. Wir hatten ebenfalls darüber nachgedacht, es aber vorgezogen, noch in den Containern auszuhalten, nachdem die Stromversorgung wieder hergestellt worden war. Karen und Sinistra wollten wenigstens noch in kleinen Schritten an der Dokumentation des Ausgrabungsgeländes weiterarbeiten.

Die LKW hatten trotz der widrigen Umstände drei Fahrten zum Flugplatz gemacht, um weitere Teile der Artefakte aus dem Lagerbereich zu entfernen. Aus meiner Sicht eine unkluge Vorgehensweise. Solange die Lage im übrigen Land und in den USA selbst bezüglich der Auswirkungen auf Ereignisse der letzten Tage unklar waren, hätte das unterirdische Lager den Artefakten den denkbar besten Schutz geboten.

In der ersten Nacht nach dem Zwischenfall hatte der Captain die Meldung eines seiner Sergeanten über den Zustand des Flugplatzes erhalten.

»Zwei Transporthubschrauber haben wir noch. Es funktioniert zwar nur noch die älteste Technik an Bord, so das sie am Tag bei guter Sicht fliegen können, aber das genügt. Eine Transportmaschine konnte auf dem Rollfeld notlanden, die Triebwerke sind jedoch im Eimer. Von allen anderen haben wir keine Nachricht. Sofern sie noch über Wald oder Wasser waren – « er hob die geöffneten Hände vor die Brust, » – hoffen wir das Beste.«

Branson, der Marine der Special Forces, hatte aber auch noch eine andere Nachricht in einem zwei Meter langen, schwarzen Gummisack mitgebracht.

»Den haben wir etwa einen Kilometer vor dem Eingang gefunden. Er lag zwanzig Meter neben der Straße im Unterholz.«

Johns hatte daraufhin Warren und mich zu sich rufen lassen.

Señor Marquez war nur noch an seinem Schnauzbart zu erkennen. Er sah aus, als wäre ein Bulldozer über ihn hinweggefahren und hätte noch zweimal kehrt gemacht.

Warren wandte sich entsetzt ab. Die linke Körperhälfte von Marquez unterhalb der Brust fehlte völlig. Ich hatte so eine Verletzung noch nie gesehen.

»Der ist überfahren worden.« Johns atmete flach durch die Nase. Der Gestank aus dem schwarzen Sack breitete sich schnell aus.

»Packt ihn wieder ein und legt ihn in einen der durchgebrannten Geräte- Container.«

»Warten Sie!« rief ich. Mir war etwas aufgefallen.

»Was ist?« fragte Johns ungeduldig, seine blassen Augen ärgerlich zusammengekniffen.

Ohne ihm zu antworten, ging ich an den zerschundenen Körper und beugte mich über Marquez' verbrannte Hand, wobei ich den in mir aufsteigenden Ekel unterdrückte. Sie war zu einer Faust geballt erstarrt.

»Geben Sie mir bitte Ihr Messer«, sagte ich, ohne mich umzublicken, zu Branson.

Lautlos zog er die Klinge und reichte mir das durch Bohrungen gewichtsoptimierte, mattschwarze Metall mit dem Griff voran. Ich nahm es vorsichtig in die rechte Hand, stieß die Klinge behutsam von der Seite in Marquez Faust und drehte sie langsam, um die Finger zu öffnen.

Das Knacken der erstarrten Gelenke jagte mir einen Schauer über den Rücken. Ein kleines Stück dünner Metallfolie kam zum Vorschein, welches mir seltsam vertraut vorkam. Wie betäubt nahm ich es vorsichtig auf und hielt es in das Licht der Zeltlampe.

»Was ist das?« Warren sah es sich auf der Nähe an. Seine Nase befand sich fast an meiner Hand.

Der Captain kam näher und hob die Schultern. »Keine Ahnung. Sieht aus wie Metallfolie. Vielleicht hatte er gerade ein Kaugummi gegessen und war deshalb von der Straße abgelenkt. Da hat ihn ein Truck getroffen. Bumm!«

Warren sah ihn angeekelt an.

Ich wusste, was das war. Die Ränder der Folie waren rasiermesserscharf. Und hätte Johns das Stückchen angefasst, hätte auch er gemerkt, das es steif wie eine ein Zentimeter dicke Stahlplatte war und nicht verformbar wie ein Stück Stanniolpapier von einem Kaugummi.

»Das sagt mir nichts, Doktor. Können wir ihn jetzt wieder einpacken, oder möchten Sie hier vor Ort eine Autopsie vornehmen?«

Ich sah Johns kurz an und ging dann unter Warrens fragendem Blick kopfschüttelnd nach draußen und hinüber zum Bürocontainer von Karen.

Sie und Sinistra nahmen die Nachricht vom gewaltsamen Tod Marquez traurig auf. Keiner hatte ihn wirklich gemocht, trotzdem war dies der zweite Tote aus dem Ausgrabungsteam innerhalb von einer Woche, und das war schon unheimlich.

Ich verschwieg ihnen meinen neuesten Fund, um sie nicht noch mehr zu beunruhigen.

Jetzt am späten Nachmittag war der Sturm ein weiteres Mal heftiger geworden. Gewittertürme zogen in einer bedrohlichen grau-schwarzen Wolkenformation aus Richtung Nord-Ost kommend zu uns heran. Wenn sich die Sonne einmal zwischen zwei Wolkenbergen blicken ließ, leuchtete sie die dunklen Gebilde gespenstisch an und gab ihnen einen orangegelben Unterton.

Das laute Dröhnen eines Truckmotors näherte sich vom Eingang des Ausgrabungsgeländes.

Durch das Fenster des Bürocontainers sah ich im strömenden Regen einen leuchtend-roten Truck mit einem langen, leeren Anhänger sich der Rampe hinab zum Lager nähern.

»Aye!« Das war sicher kein Armee-Fahrzeug. Johns Männer hatten wenigstens in diesem Fall einen guten Fang gemacht. Der Peterbilt mit seiner großen Schlafkabine sah unter seiner Schlammschicht noch recht neu aus und die verchromten, mächtigen Auspuffrohre sowie die Ölkühler funkelten selbst bei diesem Wetter noch mit den aufzuckenden Blitzen um die Wette. Mit einem letzten Aufheulen rauschte der Truck durch den Regen die Rampe hinunter.

Sinistra reichte mir einen heißen Kakao, und ich beschloss mit einem leichten Bedauern, ihn diesmal nicht mit einen Schuss MacAllons zu verfeinern. Mein kleiner Vorrat näherte sich bedenklich dem Ende und ich sah keine Gelegenheit, ihn in nächster Zeit auf meinem Hotelzimmer wieder aufzufüllen.

Mit gerunzelter Stirn lehnte sie an der Wand neben dem Fenster und sah auf die aufgetürmten, rasend schnell vorbeiziehenden Wolken.

»Wenn der Sturm tatsächlich direkt über uns wegziehen sollte, kann uns unter Umständen auch das unterirdische Lager nicht schützen, Doktor. Im Zentrum des Hurrikan herrscht ein solcher Unterdruck, dass er die verfügbare Luft sofort aus dem Lager saugen und wir ersticken würden.«

Karen sah mich nachdenklich an. »Können wir von innen versuchen, das Tor zu schließen, Don?«

Sie humpelte zurück zum Stuhl und setzte sich mit zusammengebissenen Zähnen. Ihr Fußgelenk hatte sich gebessert, wenngleich sie immer noch nicht richtig gehen konnte.

»Ohne den Schlüssel würde ich das nicht versuchen wollen, selbst wenn wir inzwischen wüssten, wie wir den Eingang schließen sollten.«

Ich sah in Gedanken versunken aus dem Fenster des Bürocontainers. Der Sturm peitschte das Wasser aus den Pfützen und überzog jeden, der sich draußen aufhielt, mit einer hellen Schlammschicht.

»Nein,« fuhr ich schließlich fort, »ich befürchte, wir sind hier erst einmal gefangen.« Karen sah mich niedergeschlagen an.

»Wenigstens haben wir noch Glück, dass wir in das unterirdische Lager flüchten können, wenn tatsächlich ein Hurrikan hier rüber kommen sollte.«

Sinistra zuckte unsicher mit den Schultern. Mit einer Hand verdrehte sie eine ihrer kurzen, dunklen Haarsträhnen zu einem Zopf.

»Ich möchte jedenfalls jetzt nicht mit den Leuten in der Stadt tauschen, die ohne Strom und Informationen dasitzen und nicht wegkommen.«

⌒

Das Zittern des Bodens, gefolgt von einem lauten Schrei, warf mich aus meinem Nachtlager.

Der Schrei stammte vermutlich von Karen, die sich ebenfalls vom Fußboden des Bürocontainers aufrappelte. Der Sturm rüttelte an der soliden Stahlkonstruktion des Containers. Regentropfen prasselten in einem präzisen Stakkato auf das Dach.

Das kalte Licht der Neonröhre ging zuckend an. Sinistra sah mit wachem Blick aus dem Fenster, an dem das Wasser in einer geschlossenen Fläche hinablief.

»Was war das?« fragte Karen laut gegen das Dröhnen der Regentropfen auf dem Aluminiumdach des Containers. Sie zog sich einen Stuhl heran und setzte sich müde darauf, das Gesicht mit den Händen reibend.

Ich richtete mich auf und schüttelte zur Antwort den Kopf – ich wusste es auch nicht. Es war zehn vor vier Uhr morgens. Wir hatten gerade einmal zwei Stunden geschlafen. Ich zog mir die Stiefel an.

»Es fühlte sich an wie ein Erdbeben. Aber ich fühlte nur *einen* Stoß.« Sinistra schlüpfte in ihre Jacke und öffnete die Tür des Containers.

CORUUM

»*Ahhhh!*« Ein scharfer Luftzug riss sie ihr aus der Hand und schlug sie krachend gegen die Außenwand. Ich sprang zu ihr. Ein von einer Böe herangetragener Regenschwall wusch mein Gesicht und machte mich vollends wach.

Ein paar Gestalten kämpften sich, mit Taschenlampen bewaffnet, an uns vorbei.

»Kommen Sie, Doktor, es wird Zeit, in das unterirdische Lager umzuziehen, der Sturm wird zu stark!«

Ein Marine war gegen den Sturm gebeugt stehen geblieben und winkte und schrie uns gegen das ohrenbetäubende Rauschen und Pfeifen des Hurrikan die Worte zu.

Ich erkannte Branson, der unter seinem Regenponcho leidlich gut gegen die Wassermassen geschützt war. Er musste uns das nicht zweimal sagen. Sinistra schlug die Kapuze hoch und sprang hinaus, gefolgt von Karen und mir. Innerhalb von Sekunden waren wir klatschnass. Der Wind trieb das Wasser aus allen Richtungen unter die Kleidung und der feine Kalkschlamm überzog uns in kürzester Zeit mit einem schmierigen Film.

»*Direkter Weg nach unten! Schnell!*« schrie ich Karen ins Ohr.

Sie nickte und stemmte sich gegen den Wind in Richtung Rampe, Sinistra auf den Fersen. Die Gasdrucklampen, welche normalerweise die erste Rampe hinab zur Stele und die zweite Rampe hinab zum Eingang in den unterirdischen Komplex beleuchteten, waren zum großen Teil bereits vom Sturm abgerissen worden oder hingen an ihren Kabeln umherbaumelnd an den Stativen und verbreiteten ein gespenstisches, zuckendes Licht.

Auf dem unebenen, nassen Boden rutschten wir mehrmals aus. Auf der ersten Rampe halfen uns quer zur Fahrtrichtung in den Beton gefräste Rillen ein wenig, das Gleichgewicht zu halten. Dafür lief das Wasser in Bächen um unsere Füße. Auf halber Höhe der Rampe kamen wir, dicht an der Wand lang eilend, in ihren Windschatten.

Eine plötzliche Serie von lauten Explosionen drang durch die Sturmgeräusche. Ich hielt überrascht an und sah mich um.

Nein! Ich traute meinen Augen nicht.

Hinter einer grauen Wand aus wirren Figuren, die der Sturm in die Regenschwaden zeichnete, schwebte in vielleicht fünfzig Metern Höhe eine Gruppe von ausgefransten, in ihrer Helligkeit schwankender Lichtflecken über der Stelle, an der sich ungefähr der Eingang zum Ausgrabungsgelände befinden musste. Flammensäulen loderten vom Boden unter ihnen auf. Die Lichter bewegten sich nur sehr langsam und schienen den Sturm nicht zu bemerken.

»*Komm schon, Don!*«

Karen war am Fuße der Rampe ebenfalls stehen geblieben und hatte das Objekt angestarrt. Jetzt schrie sie mir aus Leibeskräften zu und winkte aufgeregt, ihr zu folgen.

Auf der Ebene der Stele blieb ich unter dem Schutzdach erneut stehen und suchte die Erscheinung. Sie verharrte nach wie vor an der Stelle, an der ich sie zuerst gesichtet hatte. Allerdings drehte sie sich langsam und ich erkannte aus der zueinandergleichbleibenden Position der Lichtflecken, das es sich um ein Fluggerät handeln musste.

Ich glaubte durch das Dröhnen des Sturmes Schüsse aus automatischen Waffen zu hören.

Schüsse?

Branson kam die obere Rampe heruntergerannt, sein Sturmgewehr in der Hand, die Kapuze seines Ponchos war heruntergerutscht, das kalkige Wasser lief ihm aus den einst schwarzen Haaren. Die noch funktionstüchtigen Lampen der Rampenbeleuchtung erloschen gemeinsam und tauchten alles in eine tiefe Schwärze.

Ich zuckte zusammen, als eine behandschuhte Hand kraftvoll an meinem Arm riss und mich weiter in Richtung auf die jetzt in völliger Dunkelheit liegende Rampe hinunter ins unterirdische Lager zog.

»Kommen Sie, Doktor, runter von diesem Präsentierteller, wir werden angegriffen!« Bransons Stimme war unnachgiebig.

Sollte es tatsächlich so weit sein?

Mein Gehirn überschlug sich. Die Metallsplitter im unterirdischen Lager, der Fußabdruck, der sonderbare Tod von Marquez und wieder ... die Metallsplitter.

Ja, sie waren da!

Ich sträubte mich gegen den Zug des Marine.

»Machen Sie, was Sie wollen, Doktor.« Branson ließ mich los und sprintete allein weiter die Rampe hinunter, auf das warme bronzefarbene Licht des Innern zu.

Sollten die Erbauer des Lagers zurückgekommen sein, um unseren Frevel an ihrer Stätte zu rächen?

Ich sah zurück – und schloss geblendet die Augen. Zwei gleißend helle Strahlen zuckten von dem Fluggerät aus in den schwarzen wolkenverhangenen Himmel. Sekunden später erschütterten zwei dicht aufeinander folgende Explosionen die Luft. Dann versank alles erneut im monotonen Rauschen des vom Himmel fallenden Wassers und quälenden Heulen des Sturmes.

Ich stand an eine Wand der Rampe gepresst und beobachtete konzentriert die in der Dunkelheit perfekt auszumachenden, pulsierenden Lichtflecken des Fluggerätes. Während es sich langsam kreisend nach oben in die Wolken entfernte, schlugen wiederholt Blitze auf seiner Oberfläche ein und entblößten für Sekundenbruchteile seine Silhouette.

Bewegungslos hielt ich meinen Augen geöffnet. Es war ein klobiges, unförmiges Flugobjekt, das so, wie es dort in der Luft stand, sämtliche mir bekannten physikalischen Gesetzte der Schwerkraft verhöhnte.

Ein Flackern im Regen lenkte meine Aufmerksamkeit weiter nach links, auf den oberen Rand der Grube zu, wo die erste Rampe begann.

Etwas bewegte sich dort. Ich konnte unmöglich erkennen, was es war, in diesem, jetzt fast waagerecht fliegenden Regen. Ein Gewitter musste fast genau über der Ausgrabungsstätte stehen. Blitze schlugen im Sekundentakt in die frei stehenden Urwaldriesen am Rand der freien Fläche und dröhnend in das Schutzdach über mir ein. Sturmböen bogen die Spitzen der umstehenden Bäume bedenklich weit nach unten.

Schritt um Schritt bewegte ich mich langsam wieder nach oben. Ich zuckte ein weiteres Mal zusammen, als ein paar Marines in voller Ausrüstung mich streiften. Diesmal rannten sie nach oben und verschwanden aus meinem Blickfeld in Richtung der Stele.

Ich verharrte einige Meter vor dem oberen Ende der Rampe und hatte im stroboskopartigen Licht der Blitze die Stele, sowie die obere Rampe im Sichtfeld. Die Marines hatten sich sternförmig unter dem Aluminiumgerüst der Stele verteilt. Während ich sie nicht aus den Augen zu lassen versuchte, schlugen in schneller Folge mehrere Blitze hinter dem oberen Rand der Grube ein.

Aye!

Jetzt war eine Person am oberen Rand der Rampe im strömenden Regen leidlich gut zu erkennen. Neonfarbene Streifen markierten unscharf eine Hälfte ihrer Silhouette, der Rest wurde von einem körperhohen Schild verdeckt. Als würde sie irgendwo an einem sonnigen Tag am windstillen Meer stehen, schien die Person äußerlich vollkommen unbeeindruckt von den um sie herum brausenden Naturgewalten.

Die Marines hatten sie offenbar auch entdeckt, denn sie eröffneten aus mehreren Gewehren gleichzeitig das Feuer auf sie.

Nadeldünne, rot-glühende Striche aus der Nähe der dort oben stehenden Person antworteten fast zeitgleich auf den Beschuss. Doch trotz jeder Logik erreichten sie die Marines nicht. Ein paar Meter vor ihnen wurden die leuchtenden Bahnen abgelenkt und korkenzieherförmig um die Stele herum nach oben geleitet, bevor sie von ihrer Spitze zurück auf ihre Ausgangsposition geworfen wurden, wie wild aufspritzende Wasser- und Schlammfontänen signalisierten.

Das alles geschah so schnell, dass die Leuchtspuren die gesamte Flugbahn der Geschosse beleuchteten.

Mein Körper war wie erstarrt. Normalerweise hätten die Marines getroffen worden sein müssen.

Was hatte sie geschützt? Die Stele?

Ich wagte nicht zu atmen, musste jedoch noch ein Stückchen weiter die Rampe hinauf, um das Ende der oberen Rampe wieder ins Blickfeld zu bekommen.

Mein Fuß setzte zum ersten Schritt an. Bevor ich ihn wieder auf dem Boden hatte, traf eine gleißende Lichtwelle die Stele senkrecht von oben und ein alles verzehrender Kopfschmerz bohrte sich durch meine Augen in meinen Schädel. Laut schreiend sackte ich an der Wand zusammen und schlug mir die Hände vors Gesicht. Das laute Knistern statischer Entladungen und der eindringliche Geruch von Gas drang in mein Bewusstsein.

Ich öffnete die Augen einen Schlitz weit und sah in meine Handinnenflächen. Außer tanzenden Sternen im Nebel sah ich nichts. *Geblendet!* Schoss es mir durch den Kopf.

Eine Hand landete schwer und unnachgiebig auf meiner Schulter. Ich ergriff sie mit beiden Händen und schlug auf sie ein. Die Hand ließ sich dadurch nicht beeindrucken, sondern begann mich gnadenlos hinunter zum Lager zu ziehen. Ich fasste nach dem Arm und biss hinein.

»Ahhhr!« Ich hörte ein Grunzen. »Hör auf mit dem Mist, oder ich lass dich hier verschmoren, sturer Schottenhund!«

Ich stellte den Widerstand ein und ließ mich hinunterführen. Die Stimme war mir bekannt. Raymond zog mit aller Kraft an mir. Er zog mich auf die Beine und stützte mich.

»Schneller, Doktor, rennen Sie!«

Ich konnte nicht schneller. Alles tat mir weh.

Dann stürzte ich. Im gleichen Moment kam eine heiße Luftwalze über mich hinweggerollt und versengte meine Haare, begleitet von einem irrwitzigen Donnern. Raymond schrie. Er hörte nicht auf. Ich konnte nichts tun, meine Augen tränten und schmerzten am Rande des erträglichen.

Das Donnern ebbte zu einem tiefen, nachhallenden Dröhnen ab. Schreie mischten sich darunter. Ich fühlte die Rampe unter mir leicht vibrieren.

»*Don!*« Karen schrie aus der Entfernung. Planschende Schritte kamen auf mich zu. Ich wurde von mehreren Händen ergriffen und weiter die Rampe hinabgezerrt, zur Hälfte auf eigenen Beinen, zur Hälfte getragen.

Raymonds Schreie wurden schwächer, aber sie folgten mir, offenbar wurde er auch ins Lager geschleppt.

Dann waren wir auf einer ebenen Fläche angekommen. Der Lärm des Hurrikans blieb zurück. Meine Füße standen in knöcheltiefem Wasser.

»Bringt sie in den Kommunikationsraum!« Johns Stimme drang an mein Ohr. »Wo ist Stripes?«

»Draußen in Wartestellung bei der Stele, Sir!« antwortete ihm eine Stimme.

»Bildet eine Sicherungslinie hinter den Transportern. Branson, nehmen Sie Ihre Männer und beschützen Sie die Zivilisten im Kommunikationsraum. Der Rest kommt mit nach hinten zu den Generatoren!«

»Don, wie geht es dir?« Ich erkannte Karens besorgte Stimme. Ihre Hand strich mir über das Gesicht.

»Bringt Dr. MacAllon und den anderen Verletzten in den Kommunikationsraum. Miss, gehen Sie bitte mit. Holt den Truckfahrer, ich will ihn auch dort haben!« Bransons Befehlston versetzte meine Helfer wieder in Bewegung und sie schleiften mich im mittleren Laufschritttempo aus dem Weg.

Das Klatschen unserer Schritte auf nassem Boden hörte plötzlich auf und wir verlangsamten das Tempo. Eine Hand auf meinem Kopf dirigierte mich in eine andere Richtung, und die Geräusche der Lagerhalle blieben hinter mir zurück.

»Setzen Sie ihn hierhin bitte!« Karens Stimme klang gedämpft. Wir waren in dem kleinen Nebenraum der Lagerhalle angelangt.

Ich setzte mich langsam und lehnte mich an die kühle Wand. Ein feuchtes Tuch wischte über mein Gesicht. Tränen schossen mir in die Augen, als ich sie einen Spaltbreit öffnete und kleine Lichtblitze zwischen den Lidern hindurchdrangen.

Verschwommen sah ich Gestalten eine weitere Person hereintragen und auf dem Boden neben mir ablegen.

»Mein Gott!« Sinistra kniete neben mir nieder und beugte sich auf den Boden zu meiner Rechten.

»Raymond, *Raymond!*«

»Er ist ohnmächtig. Sieh dir seine Verbrennungen an, Karen. Können wir irgendetwas tun?« Sie klang verzweifelt.

Ein Schatten schob sich zwischen mich und Sinistra. »Geben Sie ihm dies hier. Subkutan. Es enthält einen Schmerzblocker, der vierundzwanzig Stunden wirkt. Gegen die Verbrennungen können wir nichts machen.« Branson reichte Karen einen kleinen Gegenstand und erhob sich wieder.

Ein leises Zischen verriet mir, das Karen Raymond die Injektion verabreicht hatte.

»Kann ich auch eine haben?«, brachte ich mich in Erinnerung.

Sie strich mir über den Kopf. »Du brauchst keine, Liebster, du kannst ja schon wieder sprechen.« Ihre Lippen berührten meine Stirn und sendeten ein warmes Gefühl in meinen Körper.

Das Hämmern schwerer Maschinengewehre ertönte aus der Lagerhalle. Zeitgleich kamen ein paar weitere Schatten in den Raum gerannt. Einer davon fiel schwer auf meine linke Seite. Ein starker Geruch von Tabak breitete sich aus.

»*Damn!*« fluchte eine unbekannte Stimme. Ich drehte meinen Kopf langsam, um die Kopfschmerzen nicht herauszufordern, in die Richtung, aus der die Stimme kam. Ein Berg von Mann rappelte sich auf, in ein mächtiges rot-schwarz kariertes Hemd gehüllt.

Ein metallisches Surren, an der Grenze zur Unhörbarkeit, erklang aus der Halle, gefolgt von einem ohrenbetäubenden Echo und einer schweren Explosion.

»*Sie sind drinnen!*«

Eine Stimme überschrie den Lärm aus der Lagerhalle. Ich erhob mich schwankend und stützte mich mit einer Hand an der Wand ab.

»Don, bleib hier!« Karen hielt mich fest.

Ich schüttelte ihre Hand ab. »Ich will nur an die Tür!« Mein Schädel dröhnte. Mit zusammengekniffenen Augen stolperte ich auf die im Zugangstunnel zusammengedrängt am Boden hockenden Marines zu.

»*Runter!*« Branson riss mich neben sich auf den Boden. Kurz konnte ich ein Wirrwarr dunkelrot leuchtender Linien in der Lagerhalle erkennen.

Das metallische Surren war wiedergekehrt, und die folgenden Echos der Einschläge übertönten die vereinzelten Schreie aus dem hinteren Teil des Lagers.

»Ich kann sie sehen, Sir, es sind zwei, in der Mitte vor dem Tor!« Ein Marine sprach leise zu Branson.

»Rühren Sie sich nicht, Hanks. Wenn wir ihre Aufmerksamkeit erregen, sind wir tot!«

Ich hielt meinen Atem an. Branson drückte mich an der Schulter unter sich auf den Boden. Das Hämmern der Maschinengewehre setzte wieder ein.

»Ich glaube, Johns hat einen getroffen. Sie ziehen sich zurück!« erklang Hanks' Stimme erneut.« Ich gab den Widerstand gegen Bransons Gewicht auf und konzentrierte mich aufs Zuhören.

Zwei schwere Explosionen beendeten das Hämmern der Maschinengewehre. Weitere Explosionen, diesmal näher an unserer Tür, folgten. Das metallische Surren setzte erneut für mehrere Sekunden ein. Dann – Stille.

»Sie sind raus, Sir!« Hanks flüsterte nicht mehr.

»Sichern!« Drei Marines schlichen aus dem kurzen Zugangstunnel in die Halle. Branson sprang an die Tür.

Ich folgte ihm langsamer, meine Schulter massierend.

»Was war das?« fragte er niemanden besonderen.

»Das waren die Erbauer dieses Lagers, Sergeant,« antwortete ich ernst.

Er sah mich mit einen undefinierbaren Blick an. »Dann sollten wir hier ganz schnell verschwinden, Doktor.«

Ich nickte matt.

Ein Soldat kam um die Ecke der Türöffnung gerannt und stolperte über uns. Als er Branson erkannte hielt er inne.

»Wir machen einen Ausfall, Sergeant. Der Captain wird die zwei intakten Army-Trucks nehmen und einen Ausbruch versuchen, um die Angreifer von den Zivilisten abzulenken. Folgen Sie mit allen anderen in dem zivilen Truck und bringen Sie sie in Sicherheit.« Er hielt sich einen blutenden Arm.

Branson betrachtete ihn nachdenklich. »Wie viele hat es erwischt?« Der Soldat antwortete nicht. »Los, sag schon, Mann!«

»Der Captain ist verwundet. Es sind noch fünf am Leben, Sir – mit mir.«

Das Starten der Motoren beendete das Gespräch. Ich ging geduckt an das Ende des Zugangstunnels. Im rötlichen Licht des Lagers hingen dichte Rauchwolken. Es herrschte das Chaos. Wenigstens drei der schwebenden Transporter waren explodiert und auf den Boden gesackt. Ein Army-Truck brannte lichterloh und erzeugte den Großteil der Rußwolken. Trümmer lagen überall.

Ich sah die überlebenden Männer des Captains in die Führerhäuser steigen. Soweit ich das erkennen konnte, war nicht einer von ihnen unverletzt. Johns erblickte mich. Für einen Sekundenbruchteil lag ein unbeschreibliches Bedauern auf seinem Gesicht. Dann zog er sich auf den Fahrersitz und schlug die Tür hinter sich zu.

Der verletzte Marine erhob sich und sprang in die offene Beifahrertür auf den Truck des Captains, als der mit Vollgas an uns vorbei Richtung Rampe fuhr.

Branson zog mich hoch und mit zurück in den Kommunikationsraum. Bange, verstörte Blicke lagen auf den Gesichtern der Wartenden, als ich sie mit meinen schmerzenden Augen betrachtete.

Karen und Sinistra waren über Raymond gebeugt, der wieder bei Bewusstsein schien. Warren stand abwesend über das Bedienelement gebeugt und blickte abwechselnd auf die vertieften Handabdrucke und den wandfüllenden Bildschirm.

Der riesenhafte Mann im karierten Hemd saß immer noch an der selben Stelle auf dem Boden und betrachtete Branson und mich neugierig. Eine Handvoll Marines stand hinter uns und sicherte den Durchgang zur Lagerhalle.

»Der Captain macht einen Ausbruchsversuch, um die Angreifer von uns abzulenken. Wenn wir hier in dieser Falle nicht sterben wollen, müssen wir ihm jetzt folgen!« Branson sprach ruhig und eindringlich. Niemand antwortete.

»Sie, Sir, werden uns fahren!« Er deutete auf den großen Mann. Der Angesprochene erwiderte seinen Blick und erhob sich dann. »Das will ich hoffen. Oder glaubst du, dass einer von deinen Leuten mein Baby auch nur einen Meter aus der Halle bekommen würde?« Er grinste den Marine an. »Ist hochkompliziert!«

Branson ignorierte den Ton. Er sah mich an. »Wir haben keine Zeit zu verlieren, Doktor.«

Ein Schrei von Raymond unterbrach uns. Zwei Marines, die versucht hatten, ihn anzuheben, zuckten entschuldigend mit den Schultern.

»Lasst mich hier.« Raymonds brüchige Stimme zeugte von seinen schweren Verletzungen. Karen kniete bei ihm und hielt vorsichtig seine Hand. Tränen standen in ihren Augen. »Wir können dich nicht hier allein lassen,« sagte sie mit erstickter Stimme.

»Er wird nicht allein sein, Doktor. Ich bleibe bei ihm.« Erstaunt drehte ich mich zu Warren um. Als er meinen Blick bemerkte, lächelte er kurz.

»Nun, Doktor, sehen Sie hier.« Er wies auf den wandfüllenden Bildschirm. Ich riss meine schmerzenden Augen auf. »Da kommt noch mehr, und so wie es aussieht, ist hier drinnen wohl der sicherere Platz. Außerdem –«, seine Hand schloss in einer Geste das gesamte unterirdische Lager mit ein, »habe ich noch bei weitem nicht alles verstanden.«

Der Bildschirm war hinter uns allen zum Leben erwacht, ohne dass außer dem Professor jemand etwas davon bemerkt hätte.

Eine Bahnkurve war darauf zu sehen, auf der sich ein blinkendes Objekt langsam voranbewegte. Zusatzinformationen wurden angezeigt. Ich bekam eine Gänsehaut. Es war die gleiche fremdartige Schrift wie auf der Stele.

Während ich gebannt den Bildschirm betrachtete, teilte er sich in zwei Hälften. Eine davon zeigte die Bahnkurve des Objektes, die andere eine Folge sich schnell ändernder Zeichen, ergänzt durch eine Grafik.

»Los jetzt!«

Branson streifte Warren mit einem Blick.

»Professor, wenn Sie bei dem Verletzten bleiben wollen – es ist Ihre Entscheidung. Schafft alle Übrigen in den Truck!«

Bransons Männer zogen Karen und Sinistra aus dem Raum. Ich drehte mich zu Raymond um. Seine Augen waren auf mich gerichtet.

»Es tut mir leid, Doktor!« sagte er mit schwacher Stimme.

Ich verstand ihn nicht. Was tat ihm leid?

»Kommen Sie, Doktor!« Branson schob mich brutal vor sich in den Zugangstunnel. Diesmal würde er mir keine Wahl lassen. Mein letzter Blick traf Warren. »Holen Sie uns hier wieder raus, Doktor!« Er nickte mir aufmunternd lächelnd zu und wandte sich wieder dem Bildschirm zu.

Ich rannte von Branson getrieben in die Halle hinaus.

Der Peterbilt ragte mit im Leerlauf röhrendem Motor vor mir auf. Branson schob mich vor sich durch die Beifahrertür, so dass ich in der Mitte zu sitzen kam. Hinter Branson folgte der Letzte seiner Männer. Karen, Sinistra und die übrigen befanden sich hinter uns in der geräumigen Wohnkabine. Bevor die Tür zugeschlagen wurde, hörten wir ein schweres Explosionsgeräusch die Rampe hinunter wandernd. Der Hüne am Steuer biss die Zähne zusammen und legte den ersten Gang ein.

»Können wir den Anhänger nicht hier lassen, Fahrer?« Branson blickte in den Rückspiegel. »Dann wären wir etwas schneller!«

»Nennen Sie mich Sturgis, Sie Komiker. Und der Anhänger kommt mit. Der hat schlappe hunderttausend Bucks gekostet.« Damit betätigte er den Entriegelungsknopf für die hydraulische Handbremse und trat das Gaspedal bis zum Anschlag durch.

Der Peterbilt machte einen Satz nach vorn und drückte uns alle in die Sitze. Sturgis beschleunigte mit Höchstdrehzahl, um vor der Rampe auf Geschwindigkeit zu kommen. Als er seinen Truck mit ungefähr dreißig Meilen pro Stunde auf die ansteigende Fahrbahn jagte, presste es uns tief in die Sitze. Die Scheibenwischer kämpften mit einer Schmierschicht aus Kalkschlamm und Ruß. Ich fragte mich, ob der Mann am Steuer überhaupt etwas sehen konnte. Branson hatte sein Seitenfenster geöffnet und den Lauf seiner Maschinenpistole auf die Türkante gelegt. Hinter ihm hatte Hanks es ihm gleich getan. Die betonähnliche Wand der Rampe huschte in Armreichweite an uns vorbei. In der Wohnkabine hatten die übrigen Marines an den anderen Fenstern Stellung bezogen. Sinistra und Karen kauerten auf dem Boden.

Dann waren wir wieder im Regen.

Die Scheiben waren nicht mehr schmierig, sondern mit einem Mal wasserüberflutet.

»Diese Hurensöhne!« Branson knurrte, als er die brennenden Wracks der Army-Trucks erkannte. Einer stand lichterloh in Flammen direkt vor der Stele. Der andere hatte es immerhin bis auf die halbe Höhe der Rampe geschafft.

Mir wurde schlecht.

Warum waren wir nicht im Lager geblieben? Hier würden wir in wenigen Sekunden sterben!

Ich strengte meine schmerzenden Augen an, einen Hinweis auf die Angreifer durch die Scheibe zu erkennen. Sturgis beschleunigte wieder, sobald er die Ebene der Stele erreicht hatte und holte in einem großen Bogen rechts herum um den Monolithen aus, um weitere Geschwindigkeit für die zweite Rampe, hinaus aus der Grube zu bekommen.

Dann sah ich die Stele durch das geöffnete Fenster der Fahrertür.

»*Aye!*«

Branson sah für einen Moment irritiert von seinem Fenster zu mir hinüber.

»*Die Stele! Das Schlüsselschutzfeld ist verschwunden!*« Ich schrie es fast.

»Na und? Wollen Sie aussteigen und ihn holen, Doktor?« Er sah mich mit gerunzelten Augenbrauen an.

Karen kam hinter unserer Sitzbank hoch und hielt sich mit beiden Händen an der Lehne fest. »Sieh nur, Don, sie hat sich verändert!«

Sturgis hatte den Kreis um die Stele herum fast vollendet und schlug jetzt in die entgegengesetzte Richtung, hin zur Rampe ein. Ich drängte mich an Branson vorbei, um aus seinem Fenster zu sehen. – Es stimmte.

Die gesamte Stele stand in einem kreisrunden See und war von einem fast unsichtbaren blauen Glühen umgeben. Sofort erinnerte ich mich an das Interferenzähnliche Flimmern, dass ich bei der ersten Begegnung unter Wasser über ihrer Oberfläche bemerkt hatte.

Ein Stoß riss mich in den Sitz zurück. Der Peterbilt war auf die zweite Rampe gefahren und Sturgis hatte einen Gang zurückgeschaltet, um nicht an Geschwindigkeit zu verlieren. Während ich mich an der Tür und an Branson festhielt, sah ich, wie sich das Schutzdach der Rampe zum unterirdischen Komplex langsam zurückbewegte. Fasziniert beobachtete ich, wie es sich im Zeitraffertempo zusammenfaltete, während sich gleichzeitig die Rampe zu heben begann.

»Ach – Arrrgh!«

Ein schwerer Stoß riss den Peterbilt zur Seite. Holpernd und aufjaulend rumpelte das schwere Fahrzeug über einen größeren Gegenstand hinweg. Sturgis entblößte schmerzverzerrt ein perfektes Gebiss, als er wild an der Servolenkung herumdrehte, um den Anhänger an dem Hindernis vorbeizusteuern.

Grellrote Linien erschienen vor uns und fraßen sich durch die Frontscheibe. Reflexartig rutschte ich in den Fußraum. Ein Mann schrie panisch auf. Etwas Feuchtes tröpfelte in meinen Nacken. Andere Schreie.

Ein unvergessliches metallisches Surren erfüllte mich mit Angst. Aufplatzendes Metall, Glas und Kunststofftrümmer spritzten durch den Innenraum. Dann war es vorbei. Die Schreie wurden zu einem Gewimmer. Wie durch ein Wunder war ich unverletzt. Der Hüne neben mir hing geduckt hinter dem Lenkrad, auch er schien neben ein paar Glassplittern nichts abbekommen zu haben. Die Frontscheibe war geborsten. Vom Sturm gepeitschter Regen durchnässte uns. Erschreckt sprang ich auf und suchte Karen. Sie lag hinter meiner Sitzbank mit Sinistra lang auf dem Boden, geschützt durch den Getriebebuckel des Trucks.

»Helfen Sie mir, Doktor!« Branson kniete auf einem seiner Männer und drückte mir ein Stück Stoff in die Hand. »Binden Sie sein Bein ab!«

Ich sah hinunter. Das Bein unterhalb des Oberschenkels war zerfetzt. Der Mann war ohnmächtig, seine Hände zitterten und er blutete aus unzähligen, Stecknadelkopf großen Wunden. Mit wenigen Bewegungen band ich die Schlagader ab und knebelte den Knoten mit einem Messer, das Branson mir mit blutverschmierter Hand reichte. Ohne seinen Blick zu erwidern, wusste ich, dass der Mann in wenigen Minuten sterben würde.

»Können Sie damit umgehen?« Er reichte mir eine kurzläufige M21 und zwei Reservemagazine. Ich drückte ohne hinzusehen die Ladetaste und warf einen Blick auf die schwach aufleuchtende Zahl.

»Aye!«

Der Mann der Special Forces musterte mich einen Moment lang überrascht. Dann nickte er.

»Biegen Sie auf der Hauptstraße rechts ab, Sturgis. Wir fahren zum Flughafen!«

Sturgis brummte. Mit einer Hand wischte er sich mit Regenwasser vermischtes Blut aus dem Gesicht. Die Xenon-Scheinwerfer des Trucks enthüllten auf dem holperigen Weg zur Ausfahrt aus dem Grabungsgelände eine gespenstische Landschaft. Die Container waren nur noch rauchende Schlacke, die unter umgestürzten Bäumen qualmte.

»Was wollten die bloß?« Sinistra schien niemanden direkt anzusprechen. Sie erhielt keine Antwort, weil niemand es wirklich wusste.

Sollten wir schon entkommen sein?

Das Tor war geschlossen, die metallenen Wachtürme nicht mehr zu erkennen. Mit lautem Scheppern durchschlug der mächtige verchromte Kühlergrill des Peterbilt das Gitter, bevor die Antriebsräder und der schlingende Anhänger es unter sich begruben. Mit quietschenden Reifen und viel zu hoher Geschwindigkeit schwenkten wir auf die Straße ein.

»*Da! Da vorn!*« Sturgis zeigte durch die geborstene Windschutzscheibe auf die nasse, schlammüberzogene Straße. Da war sie wieder. Die Silhouette mit den schwach glühenden Streifen stand klar zu erkennen mitten auf der Fahrbahn, als erwarte sie uns.

Ich hatte nur die Chance auf diesen einen Blick, bevor Sturgis den Truck um 180 Grad wendete und ihn dabei fast auf die Seite legte. Branson leerte sein gesamtes Magazin auf die regenverschleierte Erscheinung. Ich konnte nicht sehen, ob er etwas ausrichten konnte.

»*Damn!*« Ein scharfer Ruck, begleitet von einem ohrenbetäubenden Quietschen bremste den Peterbilt merklich ab. Der Anhänger hatte das halsbrecherische Wendemanöver nicht überstanden und sich überschlagen. Wütend schlug Sturgis auf einen leuchtenden Knopf ein, der daraufhin kurz blinkte und wenig später erlosch. Das Quietschen verschwand, und der Truck beschleunigte nach wiederholtem Ruckeln merklich.

»*Da haben Sie Ihren Anhänger, Sir!*« Mit einem vernichtenden Seitenblick auf Branson schaltete er zwei Gänge hoch und donnerte die Straße in der entgegengesetzten Richtung entlang.

»Hier kommen wir nicht zum Flughafen!« Der Marine sprach in nörgelndem Ton und sah aus dem durchlöcherten Fenster auf die sich im Sturm biegenden Bäume am Straßenrand.

»Das ist korrekt Sir! Hier geht es Richtung Überleben!« Sturgis blitzte ihn wütend an.

Scheppernd flog ein Ast auf die Motorhaube. Nasse Blätter ragten an geschundenen Zweigen in die Kabine. Branson riss die stärkeren Zweige zurück, die sich im geöffneten Fenster der Beifahrertür verfangen hatten.

Knirschend fiel der Ast von der Motorhaube und bog die vordere, rechte Dachstrebe der Kabine gefährlich weit nach außen, bevor er abriss.

Sturgis heulte auf vor innerlichem Schmerz, als er mit ansehen musste, wie sein Truck langsam zerstört wurde.

Schüsse drangen über mir in die Kabine. Ein Marine brüllte abgehackt auf. Ich sah nach oben. Drei große Löcher klafften im Dach. Sinistra schrie. Branson und ich drehten uns um. Einer von Bransons Männern war in sich zusammengesackt. Als Sinistra ihn vorsichtig wieder aufrichtete, lief das Blut in

Strömen aus drei identischen, faustgroßen Löchern in seiner Brust.

Entsetzt ließ sie ihn los. Er rutschte nach vorn vom Sitz und entblößte das ebenfalls zerfetzte Rückbankpolster.

»Runter von der Straße!« brüllte ich Sturgis zu. *»Alle auf den Boden!«*

Bevor er eine Stelle fand, an der die Bäume weit genug auseinander standen, wurden wir erneut getroffen. Branson schrie nicht. Er fiel bei voller Fahrt mit leerem Blick aus der zerschossenen Tür, den anderen schwer verletzten Marine mit sich nehmend. Sie waren bereits tot, bevor ihre Körper unter die Doppelachse des Peterbilt gerieten.

Sturgis bog schließlich ab. Der letzte Treffer streifte Sinistra.

CORUUM

Morton

Morton Warren kniete neben Raymond nieder und fühlte die Stirn des Franzosen. Er hatte starkes Fieber und war nicht bei Bewusstsein. Im Traum fantasierte er mit geöffneten Augen vor sich hin.

Warren wendete das nasse Tuch und legte es Raymond wieder über die Augen und die Stirn. Dann erhob er sich und sah zurück auf den wandfüllenden Bildschirm des Kommunikationsraumes.

Das Objekt hatte bereits die Hälfte seiner Flugbahn zurückgelegt.

Kam dort ihre dringend benötigte Unterstützung?

Er hoffte es sehr. Das Dröhnen des letzten Trucks mit Dr. Whitewood und Dr. MacAllon war verklungen.

Mit schnellen Schritten ging er zurück in die verwüstete Lagerhalle. Die Flammen des brennenden Army-Trucks waren inzwischen auf eine schwelende Glut zurückgegangen. Dichte Rußwolken hingen unter der Decke und erschwerten ihm das Atmen. Er räusperte sich. Sein Blick wanderte hin zum Lagereingang.

Das Lager versiegelt sich!

Gebannt verfolgte er, wie sich – begleitet durch ein leises Vibrieren des Bodens – eine massive Wand aus dem Boden des Eingangs erhob und ihn innerhalb weniger Sekunden hermetisch bis zur Decke abschloss. Erschrocken suchte er seine Taschen ab, bis seine Finger erleichtert den Schlüssel ertasteten, den er beim toten Maya-Häuptling gefunden hatte.

Tja, dann wollen wir mal. Ungestört und genügend Zeit zum Arbeiten.

Als das Vibrieren abebbte, drehte Warren sich gedankenversunken um und zuckte zusammen. Das innere Schutzfeld war wieder intakt. Er stand nicht einmal einen Schritt von der in den Boden eingelassenen, hell leuchtenden Linie entfernt. An der Stelle, an der Gegenstände ihren Verlauf störten, knisterten helle Funken. Der Teil des ausgebrannten Trucks, der die Linie verdeckte, schmolz in wenigen Augenblicken vor seinen Augen.

Respektvoll entfernte sich Warren ein paar Schritte von der Linie und eilte zurück in den Kommunikationsraum.

Nein, da kam sicher keine Hilfe. Ernüchtert blieb er stehen. *Das Lager würde sich davor nicht versiegeln.*

Die Grafik des sich schließenden Lagerzugangs war verschwunden. Die Bahnkurve füllte wieder den gesamten Bildschirm aus, weitere Kurven waren erschienen. Die fremdartigen Zeichen veränderten sich ununterbrochen und mit wachsender Geschwindigkeit.

Die Stelle, an der die Bahnkurve endete, wechselte in eine dreidimensionale Darstellung, die sich zum Betrachter hin kippte. Warren erstarrte. Im Zentrum befand sich ein stilisiertes Symbol, das er unschwer als Stele identifizieren konnte. Neben ihr blinkte ein weiteres Symbol, das er kannte.

Das Auge mit der doppelten Iris.

Von dem Stelensymbol ausgehende, radiale Achsen verliefen zu Kreismittelpunkten, den Radien wiederum die Position der Stele tangierten. Mehrere rote Punkte blinkten innerhalb dieser radarähnlichen Darstellung auf.

Mit einem leisen Piepton erschien ein neues Symbol am Ausgangspunkt der Bahnkurve. Auch dieses kannte er. Der Leuchtturm blinkte rot.

Sehr sonderbar! Bezeichneten diese Symbole die Zugehörigkeit der Angreifer und der Verteidiger zu irgendwelchen Parteien?

Das Objekt auf der Bahnkurve löste sich in eine Vielzahl kleinerer Objekte auf, die sich schirmförmig dem Stelensymbol näherten.

Warren ging langsam auf das Bedienpult zu, ohne seinen Blick auch nur einen Grad vom Bildschirm abzuwenden. Seine Hände fanden die negativen Handabdrucke wie aus Versehen.

Die Informationen in seinem Kopf explodierten. Er befand sich auf einmal mitten im Bildschirm. Die Anzeigen hatten sich vervielfacht. Unverständliche Stimmen sprachen präzise in seine Ohren.

Eine große rote Taste blinkte aufdringlich in seinem Gesichtsfeld. Die Objekte auf ihren Bahnkurven waren jetzt greifbar. Sie gefielen Warren nicht. Sie sahen zu sehr nach gefährlichen Waffen aus.

Seine Gedanken überschlugen sich.

Konnte er etwas gegen diese Objekte tun oder nur zusehen, wie sie sich näherten und das Lager pulverisierten?

Er entschied sich und drückte auf den pulsierenden Knopf. Der Knopf verschwand. Ein schlagartiges Dröhnen aus der Lagerhalle lenkte ihn kurz ab.

Die Reservekraftwerke sprangen an!

Die furchterregenden Objekte hatten ihre Ziele um die Stele herum fast erreicht.

Waren riss entsetzt die Hände hoch. Sein Kopf war wieder klar. Das tiefe Röhren aus der Lagerhalle betäubte ihn.

Ein helles Glühen ging vom Symbol der Stele aus. Blitzen gleich, zuckten blaue Lichtfinger über den Bildschirm und überall dort, wo sie ein Objekt auf seiner Bahnkurve erreichten, erloschen Objekt und Bahnkurve.

Die Zeit reichte nicht. Zu viele Objekte erreichten ihr Ziel.

CORUM

Donavon

»Anhalten! *Haltet verdammt noch mal endlich an! Sie ist verwundet!*«

Karen klammerte sich von hinten an mich und schrie mir ins Ohr. Ich drehte mich zur Seite und schlug auf Sturgis Arm ein, der mit seiner Hand das Lenkrad wie eine Stahlkrampe umschlossen hielt. »*Halt an!*«

Im grellen, kalt-weißen Licht des einzigen, noch verbliebenen Xenon-Scheinwerfers waren wir etwa fünf Minuten lang in den Regenwald hineingefahren. Durch die Helligkeit des Scheinwerfers waren die Hindernisse zwar sichtbar geworden, trotzdem hatte es Sturgis nur mit Mühe geschafft, einen Frontalzusammenstoß mit den Baumstämmen zu vermeiden.

Die Erschütterungen in der Fahrerkabine waren immer heftiger geworden, ein paar schwere Schläge durch dicke Äste, hatten den Aufbau der Wohnkabine vollkommen demoliert und uns bis an die Grenze des Erträglichen durchgeschüttelt. Der Truck musste eine beachtliche Schneise der Verwüstung durch den Wald gezogen haben. Einfach zu verfolgen - wenn sich jemand die Mühe machen wollte.

Das Dröhnen des mächtigen Turbo-Dieselaggregates nahm ab. Der Truck verlangsamte und kam rumpelnd zum Stehen. Zischend blockierte die hydraulische Handbremse die Räder. Mit einer Fingerbewegung stellte Sturgis den Motor ab. Das Xenon-Licht erlosch. Die Dunkelheit draußen wurde greifbar.

Karen schluchzte.

Mit dem Ersterben des Motors drangen die Geräusche des Waldes zu uns hinein. Regen prasselte unregelmäßig auf das Dach und rann durch unzählige Löcher ins Innere der Kabine. Das gleichmäßige Rauschen des Hurrikans, fünfzig Meter über uns in den Baumkronen, schien etwas an Kraft verloren zu haben.

Sturgis schaltete die Kabinenbeleuchtung ein. Zwei trübe Birnchen erhellten den Innenraum gerade so viel, um die einzelnen Personen zu erkennen.

»Ich brauche mehr Licht!« Karen wischte sich über das Gesicht.

»Haben Sie eine Taschenlampe?« fragte ich Sturgis.

»Ja, wird Ihnen aber keine Freude machen. Die Batterien sind implodiert.«

Ein scharfer, kleiner Lichtstrahl traf das Gesicht des Hünen und beleuchtete die große Nase. »Nehmen Sie diese, Doktor.« Hanks hielt Karen eine kleine LED-Stiftlampe hin.

»Halten Sie sie, Mister. Danke!«

Sinistra lag mit zusammengebissenen Zähnen auf den blutdurchtränkten Polstern der Rückbank, möglichst weit entfernt von dem toten Soldaten. Ihre Augen hatten dicke Ränder und ihre sonst so gesund wirkende Gesichtsfarbe war nicht nur vom Kalkschlamm, der uns alle überzog, blass.

»Ich sehe mir mein Baby an.« Sturgis öffnete mit einiger Kraft die verklemmte Fahrertür und sprang hinaus in die Dunkelheit.

»Wie geht es ihr?« Ich beugte mich über den Sitz zu Karen.

»Sie hat Splitter in der Schulter und im Rücken.« Vorsichtig drehte sie Sinistra auf die unverletzte Seite. Blut lief in feinen Rinnsalen aus schnittähnlichen Wunden.

»Das ist kein direkter Treffer gewesen,« sagte ich und atmete erleichtert aus. »Sieht nach Splittern aus der Kabinenverkleidung aus. Kannst du sie verbinden?«

Karen sah auf den toten Marine. Ich verstand.

»Hanks, helfen Sie mir bitte mit ihrem Kameraden!«

Wir legten ihn ein paar Meter neben den Truck an den glatten Stamm eines Zapotebaumes.

»Haben Sie seine Erkennungsmarke?« Er nickte. Ich ließ ihn einen Moment allein und ging zurück.

Sturgis stand vor dem vollkommen verbogenen Rammschutz – immerhin ein mittlerer Stahlträger – der den mächtigen Kühler des Peterbilt schützte. Kühlwasser gluckerte aus ihm heraus wie aus einem Sieb.

»Sehen Sie sich das an. Was waren das für Waffen?«

Er deutete mit einem Finger auf den von einer Kalkschlammschicht und von zerfetzten Farnen und Blättern bedeckte Chromkühler, von dem er ein größeres Stück mit seinem Ärmel gereinigt hatte. Im schwachen Licht des Mondes, der durch vereinzelte Lücken am Himmel dahinrasender Wolken schien, erkannte ich Hunderte von nadelgroßen Löchern, die sich wie ein Band über die Front und die Motorhaube des Trucks gelegt hatten.

Unwohl sah ich mich um.

Wo waren sie? Hatten wir unsere Verfolger abgeschüttelt?

Nachdem wir die Straße verlassen hatten, war es zu keinem Angriff mehr gekommen.

»Nun,« antwortete ich, »sie sind jedenfalls allem überlegen, was wir hier aufbieten könnten.« Ich ging zurück zur Fahrertür. »Können wir noch weiterfahren?«

Der Hüne folgte mir. »Steigen wir ein.«

Sinistra lag auf dem Bauch, die Hände unter dem Kopf. Karen säuberte ihre Wunden vorsichtig. Sie rang sich mit zusammengebissenen Zähnen ein mattes Lächeln ab, als wir auf die Sitze zurückkletterten.

»Mit Ihnen fahre ich nie wieder.« Sturgis stutzte einen Moment, dann grinste er vor sich hin. »Hat Mumm das Mädchen, gefällt mir.«

Er betätigte die Zündung.

»Sehen Sie, Mister.« Eine Vielzahl roter Lämpchen blinkte vor uns auf der Armaturentafel.

»Was Sie hier nicht sehen, sind die beiden gebrochenen Radaufhängungen an der linken Seite und das blockierte Differential. Die Kühlwassertemperatur ist immer noch weit im roten Bereich und wir haben noch ungefähr 2 Gallonen Diesel. Beide Tanks sind getroffen worden.«

»Dann ist das hier also nur ein Versteck, kein Ausweg.« Ich sah nachdenklich zu ihm rüber. »Dann müssen wir zu Fuß zurück zur Straße.«

Ein leichtes Schütteln erfasste den Peterbilt.

»Könnt ihr bitte noch einen Moment warten? Ich bin noch nicht fertig!« Karens Stimme klang ärgerlich. Sie arbeitete konzentriert, um Sinistras Verletzungen notdürftig zu verbinden.

Sturgis warf mir einen ratlosen Blick zu.

»Wir haben nichts gem - «

Der zweite Schlag hob den Lastwagen hoch und warf ihn ein paar Meter in die Luft. Ich wurde gegen das Kabinendach geschleudert und landete zwischen meinem Sitz und dem Armaturenbrett auf dem Boden.

Die Erde bebte. Ein markerschütterndes Knirschen und das Reißen von starkem Holz begleiteten eine heftige Neigungsbewegung des Trucks nach vorn. Die Motorhaube tauchte vor uns weg.

»*Festhalten!*« Sturgis umklammerte sein Lenkrad.

Karen schrie.

Wir fielen!

Dann schlugen wir auf irgendetwas auf. Der Peterbilt wurde schlagartig abgebremst, Karen und Sinistra rutschten hart gegen meinen Sitzrücken, ich wurde gegen die Reste der Frontscheibe geschleudert, die ich vollends aus der Fassung riss. Mit letzter Kraft erwischte ich die Mittelstrebe der Frontscheibe. Ich lag mit dem Oberkörper und den Beinen auf der Motorhaube. Weit unter mir hörte ich große Steine in tiefes Wasser fallen.

Eine neue Erschütterung ließ den Truck zur Seite rollen und gleichzeitig ein paar Meter tiefer rutschen, bis er erneut unsanft aufgehalten wurde. Ein schmerzhafter Ruck riss an meinen Armen. Das Metall der Mittelstrebe schnitt in meine Hände. Eine Lawine von Trümmern ergoss sich in einem stetigen Fluss über den Peterbilt und mich. Das Rauschen des Wassers unter mir war näher gekommen und hatte deutlich an Intensität zugenommen.

Ein leichter, feuchter Luftzug strich über meine Haut.

Sturgis fluchte. Der Truck verharrte im Moment bewegungslos. Das Rauschen blieb konstant. Tiefe Schwärze hüllte uns ein. Meine Armmuskulatur brannte höllisch. Das Blut aus den Schnitten meiner Hände machte meinen Griff unsicher.

»*Don?*« Karens angsterfüllte Stimme war über mir.

»Hier! Auf der Motorhaube!« antwortete ich matt.

Eine starke Hand ertastete meine Finger und schloss sich mit festem Griff um mein linkes Handgelenk.

»Klettern Sie!«

Sturgis zog mich langsam durch die Reste der Frontscheibe zurück ins Kabineninnere. Zitternd saß ich auf dem Armaturenbrett und starrte ihn in der schwachen Kabinenbeleuchtung an.

»Aye! Danke, Mann! Das war eine gute Tat.«

Er saß auf dem Lenkrad, die Füße gegen das Dach gestemmt.

»Gern geschehen. Warten Sie auf die Gesamtrechnung.« Er klang nur ein wenig erschöpft. Eher traurig.

Ich tastete nach meinem Whiskey. Die Stahlflasche war verschwunden.

»Wo ist der Soldat?«

»War noch nicht zurück, als wir einbrachen,« antwortete Sturgis auf Karens Frage.

Karen hatte sich auf die Rückwand meines Sitzes gestellt und leuchtete mit der kleinen Taschenlampe durch das zur Hinterachse gerichtete Fenster der Wohnkabine nach hinten, wo jetzt oben war.

»Wir sind in eine Höhle eingebrochen. Die Decke ist wenigstens zwanzig Meter über uns, ich kann den Mond sehen.«

Sie bewegte die Lampe hin und her und kniete sich dann hin.

»Zu schwach. Ich kann keine Wand erkennen!«

Sie reichte mir die Lampe nach unten und ich nahm sie mit spitzen Fingern entgegen. Die Schnitte an meinen Händen brannten.

Vorsichtig leuchtete ich durch die Öffnung der fehlenden Frontscheibe nach unten.

Der Lichtstrahl war zu schwach. Ich glaubte auf der Beifahrerseite entfernt ein paar weiße Felsen zu erkennen, die feucht glitzerten. Nach unten verlor sich das Licht im Nichts.

»Können wir den Scheinwerfer noch einschalten?«

Sturgis bückte sich vorsichtig und griff unter das Armaturenbrett.

Grelle Helligkeit zwang mich dazu, die Augen für einen Moment zu schließen.

»*Damn!*« Sturgis stieß das Wort aus und hielt dabei fast die Luft an. Langsam blinzelte ich in die Helligkeit.

Vielleicht fünfzig Meter unter uns, waberte eine weiße Nebeldecke in einem zerklüfteten Schacht.

Rechts der Fahrerseite, nur wenige Meter unter dem Kühler des Peterbilt mündete ein unterirdischer Fluss und stürzte über eine Felskante senkrecht nach unten, bis er sich in der Nebeldecke aus feinsten Wassertröpfchen verlor.

Unser Truck schien über diesem Abgrund in der Luft zu hängen.

Sturgis beugte sich sehr langsam und sehr vorsichtig aus der Öffnung in der Kabine, welche die abgerissene Fahrertür geschaffen hatte. Ich sah, wie sich seine Lippen bewegten, verstand aber wegen des rauschenden Wasserfalls nicht ein Wort.

Das Gesicht des Hünen war aschfahl, als er sich langsam wieder aufrichtete.

»Lasst uns ganz langsam hier aussteigen. *Jetzt!*«

Ich stellte keine Fragen. Ein Blick in seine Augen sagte mir, das wir keine Sekunden zu verlieren hatten.

»Sie zuerst Doktor, ich helfe bei den Frauen. Hier entlang.«

Er zeigte mit dem Daumen zur Fahrertür. Ich kletterte vorsichtig über ihn hinweg und rückwärts aus der Türöffnung, wobei ich mich auf dem verbeulten Rest des einstigen Ölkühlers abstützte. Ich vermied es, in die rauschende Tiefe zu sehen. Dafür machte ich den Fehler, unter den Truck zu blicken und erkannte, warum Sturgis so zur Eile drängte.

Ein Baumstamm mit dem Durchmesser eines Footballs hatte uns das Leben gerettet – bis jetzt. Er steckte verkeilt zwischen einer Felswand und einem Vorsprung, der aus der Abbruchkante des Flusses ein paar Meter herausragte. Im Moment diente er als Widerlager für den Rammschutz des Peterbilts.

Der Stamm hatte sich bereits bedenklich durchgebogen. Die Schleifspuren an der Felswand waren einen halben Meter lang und in der Sekunde, in der ich sie betrachtete, wurden sie noch ein paar Zentimeter länger.

»*Karen, Sinistra, schnell!*«

Ich schrie sie alle an. Ich sah keinen Sinn darin zu flüstern. Sturgis warf mir Sinistra fast unmittelbar in die Arme. Sie heulte auf vor Schmerzen, als ich sie auffing. Meine Hände waren durch das Blut der offenen Schnitte rutschig geworden und ich musste zweimal nachfassen, bevor wir sicher auf der glitschigen Felsoberfläche standen.

Ich trug sie so schnell es ging von dem Baumstamm und dem Abgrund weg.

Karen kam sofort hinter uns her. Sie hatte den Felsvorsprung gerade verlassen, als der Stamm unter dem Rammschutz des Peterbilt mit einem kurzen, trockenen Ton zersplitterte. Wie ein Fahrstuhl rauschte der Truck an uns vorbei in die Tiefe, wobei die ohnehin schon stark ramponierte Kabine auf den Felsvorsprung aufschlug und mit einem schrillen Kreischen abriss.

»*Nein!*«

Der Truck traf weiter unten auf weitere Felsvorsprünge, die seine Aufbauten und Räder abrasierten. Der Scheinwerfer platzte. Schlagartig versank alles unter der wabernden Nebeldecke und in Dunkelheit.

Ich stand knietief in eiskaltem Wasser, Sinistra über eine Schulter gelegt und verharrte schockiert. Ich hatte nicht erkennen können, ob Sturgis rechtzeitig aus dem Wrack gesprungen war oder nicht.

Karen nahm Sinistras Beine und zusammen trugen wir sie vorsichtig an das von Felstrümmern und von zerborstenem Holz gesäumte Ufer.

Erschöpft legten wir Sinistra an einer Felswand ab und setzten uns neben ihr auf den Boden. Das Rauschen des Wasserfalls wenige Meter vor uns in der völligen Dunkelheit wirkte betäubend.

Ich konnte nicht mehr klar denken. Betrübt über den Verlust des Mannes, der mir vor wenigen Minuten noch das Leben gerettet hatte, fiel ich fröstelnd in einen unruhigen Dämmerschlaf.

CORUUM

CORUUM

14 Keleeze

Galaktischer Spalt, Ruthpark, Region des Senders
30397/1/9 SGC
6. - 7. Oktober 2014

Annu Aroldis Miene war finster, als er sich vom Holodisplay weg, zu Raana und zu mir hin umdrehte. Alle auf der Brücke waren Zeugen des Gesprächs zwischen ihm und dem Z-Zemothy Offizier geworden.

Eine übergroße, dreidimensionale Lichtprojektion des kühl wirkenden Gesichts schwebte eingefroren im Holodisplay. Scharf zeichneten sich feine, geplatzte Äderchen auf der bleichen Haut um die silbernen Schilde der nur zu einem Spalt geöffneten Augen herum ab.

Annu Aroldi fuhr sich, verbissen schweigend, mit der Hand über das glattrasierte Kinn.

»Wie viel Zeit haben wir, bis sie hier sind, Kapitän?«, fragte ihn Raana und brach damit endlich das brütende Schweigen.

Annu Aroldis Blick huschte über die Brücke hinüber zum zentralen Navigations-Holodisplay. Die grüne Silhouette der Relion war bereits umzingelt von mehreren kleinen, roten Objekten, deren prognostizierte Bahnverläufe die grüne Silhouette unseres Forschungsschiffes in eine rote Drahtgeflecht-Kugel einhüllten, wie eine Spinne ihr Opfer in Garn.

Er zeigte mit einem Lichtstrahl aus einem seiner Ringe auf die größeren der roten Objekte. »Die meisten davon sind nur kleine Jäger. Die können unseren Schilden nichts anhaben.«

Der Lichtstrahl wanderte zu den nächst größeren, roten Objekten. »Das hier dürften zwei Jagdkorvetten der Unsichtbaren Flotte sein. Sie bewegen sich mit Höchstgeschwindigkeit auf uns zu.«

Ein paar zusätzliche Informationen über die angesprochenen Schiffe erschienen auf einem weiteren Display.

»Aber selbst die kommen mit ihren Geschossen und Disruptoren nicht an den Haupttrumpf der Relion heran,« fuhr der Kapitän fort. »Sie können uns ein paar Extremitäten wegschießen, wahrscheinlich auch die Tor-Zylinder,« er sah kurz zu Hud Chitziin, der jedoch in ein leises Gespräch mit seinem Gehilfen Hudun Garoon vertieft war und diese Bemerkung nicht mitbekommen hatte.

»Sorgen macht mir das Mutterschiff dort hinten.« Der Lichtstrahl zuckte zu einer unheilvoll rotglühenden Silhouette, von der sich in diesem Moment ein Schwarm kleinerer roter Punkte löste und Kurs auf die Relion nahm.

»Sie verlieren keine Zeit, Keleeze. Das sind die Entertruppen von Z-Zemothy.« Raana wandte sich mir zu und senkte seine Stimme:

»Wir müssen das Schiff verlassen. Sie wissen wahrscheinlich nicht, dass du an Bord bist, sicher auch nichts von Hud Chitziin und den Toren. Das darf sich auch nicht ändern!«

Als Raana den Namen Seiner Weisheit erwähnte, horchte dieser trotz seiner Entfernung zu uns auf. Hud Chitziin sah mich an. Mit fester Stimme sagte er:

»Ich stimme zu, Merkanteer, ich muss die Tore und den Antrieb zerstören, bevor wir das Schiff verlassen.« Er kam auf uns zu, sein in der Luft schwebendes, persönliches Holodisplay folgte ihm.

»In fünfzehn Minuten sind diese Sturmboote mit den Entertruppen da, Höchster.« Annu Aroldi deutete auf die Wolke kleiner roter Punkte, die sich der Relion schnell näherte und sich bereits deutlich vom Mutterschiff abgesetzt hatte. »Auf uns allein gestellt, können wir uns nicht wehren. Der Schildverband kommt genau einen Tag zu spät – wenn er kommt. Bis dahin sind die längst mit uns fertig.« Die Resignation in seiner Stimme angesichts der Übermacht war nicht zu überhören.

»Dann evakuieren wir, Kapitän,« antwortete ich.

Mein Plan hatte in den letzten Minuten Gestalt angenommen. »Schickt die Besatzung der Relion auf diesen Mond.« Ich deutete mit dem Lichtstrahl meines Kommunikationsringes auf den planetennächsten Mond des Gasriesen in unserer Nähe.

Ich wandte mich an meinen Schatten-Offizier. »Raana, im wissenschaftlichen Dock steht die Gmersink. Mach sie startklar. Wir beide und Hud Chitziin fliegen damit zu Ruthpark. Wenn wir an dem Mutterschiff vorbeikommen, holen sie uns nicht mehr ein.

Hud Chitziin, Ihr kommt mit mir!« Ich schickte mich an, die Brücke der Relion zu verlassen. Raana war bereits verschwunden.

»Merkanteer!« Syncc Marwiin kam mit erhobener Hand auf mich und Seine Weisheit zu. »Nehmt mich bitte mit, Siir! Auf dem Planeten bin ich mehr von Nutzen als auf diesem Eiszapfen von Mond.«

Ich rang ein paar Sekunden mit mir. »Nun gut, aber sicherer ist das nicht!«

Die Brücke hatte sich bereits geleert. Leise Sirenen summten über das Schiff. Nur Annu Aroldi saß regungslos in seinem Sessel, vor sich die beiden beflissen arbeitenden Landsucher, die automatisch berechneten Kurse der Fallschiffe mit der fliehenden Besatzung hinab zum Mond überprüfend.

Ich sah Seiner Weisheit in die Augen. »Geht voraus, Hud Chitziin. Macht den Antrieb und die Tore unbrauchbar, aber zerstört sie nicht, vielleicht kommen wir zurück und benötigen sie noch! Ich folge Euch in wenigen Augenblicken, wir treffen uns am Wissenschaftsdock.« Er nickte und eilte los, Hudun Garoon und Syncc Marwiin im Schlepp.

Ich ging zu Annu Aroldi. »Informiert Z-Zemothy darüber, Kapitän, dass wir uns nicht wehren, aber das Schiff evakuieren und ihnen dann übergeben!«

Er sah mich von unten an. Sein Blick war ausdruckslos. »Sie werden das Schiff zerstören, Merkanteer. Wir haben sie bei etwas ertappt, das sie um jeden Preis geheim halten wollten. Sie können sich keine Zeugen leisten.«

Ich legte eine Hand auf die Monometallstruktur des Sessels. »Das glaube ich nicht, Kapitän. Sendet die Informationen über die Evakuierung auf dem offenen Kanal in die Richtung des

Schildverbandes, ohne Anrede und ohne Absender.« Ich gestattete mir ein kleines Lächeln. »Wollen wir der Gilde doch ein wenig Kopfzerbrechen darüber bereiten, wen wir hiervon informieren.«

Er biss die Zähne zusammen, dass ich glaubte, es knirschen zu hören. »Wäre nur die K1 bei uns, wir würden sie atomisieren!«

»Hilfe ist unterwegs, Kapitän. Der Schildverband wird in weniger als einem Tag hier eintreffen und uns suchen. Übergebt das Schiff und wartet ab!« Ich wusste, es gab keinen Trost für ihn.

»Es ist wichtig, sie von uns abzulenken, Kapitän, damit wir den Planeten erreichen können und herausfinden, was sie hier vorhaben,« sagte ich.

Er sah mich wütend an. Ohnmächtig, als Kapitän die feindliche Übernahme seines Schiffes nicht verhindern zu können. Schließlich nickte er.

»Ich werde mein Bestes tun, Merkanteer!«

Ich verließ die Brücke.

»*Keleeze, wo bleibst du?*« Raanas Stimme meldete sich über meinen Kommunikationschip.

»Auf dem Weg,« antwortete ich. »Ich hole Hud Chitziin und unseren Kulturschützer ab. Wie geht's dem Schiff?«

»Macht sich gerade warm.« Ich hoffte, etwas Ironie aus seinen Worten herauszuhören.

»Starte den Ladevorgang der Fusionslinse, wir werden sie vielleicht brauchen!«

Ich erhöhte mein Tempo und sandte während des Laufens einen Löschimpuls aus meinem Kommunikationsring in meine Räume, um alle Aufzeichnungen von Torkrage Treerose unwiederbringlich zu beseitigen.

Die Korridore der Relion waren mittlerweile wie leergefegt. Leuchtmarkierungen wiesen den kürzesten Weg zum nächsten Fallschiff.

An einer Kreuzung bog ich in Richtung meiner Räume ab. Auf dem Schreibtisch stand ein kleiner Behälter mit wertvollem Inhalt: Der Konfigurator meiner Fingerringe.

Ich setzte mich auf den Stuhl und senkte meinen durch das Laufen beschleunigten Puls auf die Ruhefrequenz ab. Dann öffnete ich den Behälter und schob meine linke Hand in eine handschuhähnliche Halterung.

Mit der rechten Hand wählte ich die Bestückung für die in die Fingerknochen implantierten Ringplattformen. Eine Minute später öffnete sich die Halterung und ich zog die Hand heraus. Die feinen Blutfäden wischte ich an der Hose ab und zerstörte den Behälter mit einem kurzen Impuls des neuinstallierten Waffenringes.

»*Keleeze!*« Raanas ungeduldige Stimme mahnte mich zur Eile.

»Unterwegs!«, antwortete ich, bereits in Richtung der wissenschaftlichen Abteilung sprintend.

Hud Chitziin und Hudun Garoon standen gebeugt über einem komplexen Display und rührten sich nicht, als ich hereingerannt kam. Ihre Finger bewegten sich mit unglaublicher Schnelligkeit über nur für sie sichtbare Skalen und Tastaturen.

»Wo ist der Syncc?«, fragte ich sie.

Hud Chitziin beendete seine Eingaben, richtete sich auf und sah mich lächelnd an. »In Eurem Schiff, Höchster. Er meint, er kann es fliegen.«

Jetzt musste ich lachen. »Er ist immer für eine Überraschung gut! - Können wir?«

Seine Weisheit sah zu seinem Gehilfen hinüber. Hudun Garoon richtete sich ebenfalls auf, Schweißperlen auf der hohen Stirn. »Ja!«

»*Keleeze, sie sind im Hauptdock gelandet.*« Raana klang gefährlich ruhig in meinem Ohr. Er hatte sich in den Kampfmodus versetzt.

»*Z-Zemothy Kampftruppen. Ein Teil kommt zu Euch rüber. Sie haben Drohnen dabei.*«

»Wir sind fertig Raana, und auf dem Weg.« Ich schob Seine Weisheit vor mir durch die Tür. Hudun Garoon war bereits ein paar Meter vor uns.

»Kapitän!« Ich rief Annu Aroldi über meinen Kommunikationschip.

»Merkanteer?«, kam seine sofortige Antwort.

»Z-Zemothy ist an Bord. Haltet Euch bereit, auf mein Kommando die komplette Energie des Schiffes abzuschalten. Gravitation, Licht, Lebenserhaltung - *alles!*«

»Jawohl, Siir.«

Wir bogen um die nächste Ecke des Korridors und waren noch gut fünfhundert Meter vom wissenschaftlichen Dock entfernt. Ich hatte mich an die Spitze gesetzt und führte unseren kleinen Trupp zügig durch die verlassene Relion.

»Sie haben zweihundert Meter vor euch den Weg abgeschnitten, Keleeze. Da kommt ihr so nicht mehr durch. Wartet auf mich!«

Raanas Stimme ließ mich anhalten. Mit nach hinten ausgestreckter Hand drückte ich Seine Weisheit und Hudun Garoon an die Korridorwand.

Keinen Moment zu früh.

Ein leises Pfeifen und das gleichzeitige Summen meines Drohnendetektors verrieten mir, dass die Entertruppen uns entdeckt hatten.

Ich aktivierte mein Körperschutzfeld durch eine Drehung des entsprechenden Ringes und ließ die Handgelenke meiner beiden Begleiter los, damit sie sich nicht am Feld verbrannten.

»Wir kommen hier nicht weiter. Z-Zemothy ist vor uns«, informierte ich sie knapp. Hud Chitziin sah ängstlich an mir vorbei in den hell erleuchteten Korridor. Vor meinen Augen verschwamm seine Silhouette, als er sein eigenes Schutzfeld aktivierte.

Ich nickte ihm erleichtert zu. »Gut, dass Ihr daran gedacht habt!«

»Hudun Garoon war so aufmerksam«, antwortete er und ich sah die ebenfalls verschwommene Gestalt seines Gehilfen hinter ihm breit grinsen.

Ein harter Schlag drückte mich gegen die Korridorwand. Mein Schutzfeld glühte hellgelb an der Stelle, an der die Kampfdrohne in selbstmörderischer Absicht aufgeprallt und explodiert war.

»*Runter!*«, schrie ich den beiden zu, die sich eiligst flach auf den Boden pressten.

»*Raana, geht das auch schneller?*«, rief ich meinem Adjutanten zu, als sich weitere Kampfdrohnen auf uns stürzten und die Korridorwände durch die Explosionen zerfetzt wurden.

Seine Antwort ging im in einem lauten, abgehackten Schrei unter.

In die unerwartete Stille danach sprach eine ruhige Stimme in klarem Proc.

»Steht auf, Siir!«

Die Stimme kam auf einer Standardfrequenz in meinen Kommunikator.

Ich sah auf und erkannte drei flimmernde Silhouetten ein paar Meter vor uns im übel zugerichteten Korridor stehen. Z-Zemothy-Kampftruppen in getarnten Panzeranzügen. Ihre Waffen konnte ich nicht sehen, waren aber zweifelsohne innerhalb der Tarnung auf uns gerichtet.

Langsam erhob ich mich. Hud Chitziin saß immer noch auf dem Boden, den leblosen Oberkörper seines Gehilfen im Arm.

»Schaltet sofort Euer Feld ab, Siir!«, kam der nächste Befehl.

Ich sah frustriert zu Seiner Weisheit hinunter. Hudun Garoon war nicht mehr zu helfen. Beide Beine fehlten. Wahrscheinlich hatten die Drohnen sein Schutzfeld penetriert und es war zusammengebrochen. Danach war er den folgenden Angriffen ungeschützt ausgeliefert gewesen. Ein direkter Drohnentreffer war nicht zu überleben.

Wut stieg in mir auf. Ich dachte nicht daran, dem Befehl des Offiziers Folge zu leisten. Würden Hud Chitziin und ich das tun, wären wir den Z-Zemothy-Truppen ausgeliefert. Auch Raana konnte dann nichts mehr zu unserer Befreiung unternehmen, ohne uns zu gefährden.

»*Auf drei!*«, hörte ich Raanas flüsternde Stimme in meinem Ohr. »*Eins,...*«

Ich trat einen Schritt zurück und ergriff Hud Chitziin an den Schultern. Unsere Schutzfelder summten laut auf, als sie sich berührten. »*Zwei,...*«

Meine Handflächen brannten durch den intensiven Kontakt zum Schutzfeld von Seiner Weisheit. Er sah überrascht zu mir auf.

Während Raanas Stimme in meinem Ohr langsam *drei* sagte, warf ich mich mit aller Kraft zur Seite und riss Seine Weisheit mit mir zu Boden.

»Hört auf damit, Si...« Der Satz des Soldaten wurde nie vollendet.

Eine laute Explosion ertönte und rauschte über uns hinweg.

»*Steh auf, Keleeze, und komm endlich her!*« Ich öffnete die Augen. Schwarzverkohlte Stücke der Z-Zemothy-Soldaten lagen verstreut umher. Am unteren Ende des Korridors winkte eine massive, gebückt stehende Silhouette. Ich blinzelte. Jetzt verstand ich. Raana trug seinen Kampfanzug. Die beiden E-ruptionsflächen des Disruptors auf der Brust des Anzugs glühten blau.

Das musste er nicht zweimal sagen. Ich zog Seine Weisheit hinter mir vom Boden hoch. Als wir Raana in seinem fahlsilbernen Gebirge aus Monofasern erreichten, schlugen auf seinem Rücken weitere Drohnen ein.

»Wie lange reicht Euer Makrobot Sauerstoff?«, schrie ich Hud Chitziin über den Lärm der Explosionen zu.

Verwirrt sah er mich im flackernden Licht an. Dann antwortete er unsicher. »Ungefähr fünf Minuten!«

Das musste reichen. »Bring uns zum Schiff!« befahl ich Raana, der Seine Weisheit und mich bereits wie zwei kleine Kinder auf den Arm genommen hatte, während die auf seinen Schultern montierten Hochenergielaser weitere anfliegende Drohnen verdampften.

Über den Kommunikationschip rief ich Annu Aroldi. »*Kapitän, jetzt wäre ein guter Zeitpunkt, die Systeme auszuschalten!*«

Mein Körperfeld gab knatternd einen Teil Ladung ab, welche die Korridorwände rot aufglühen ließ, nachdem einer von Raanas Lasern meinen Schulterbereich gestreift hatte.

»*Zieh lieber den Kopf ein, Keleeze!*«, riet er mir überflüssigerweise.

Schlagartig ließ die Schwerkraft nach, als Kapitän Aroldi meine Befehle auszuführen begann. Gleichzeitig spürte ich, wie die Atemluft rapide dünner wurde. Hud Chitziin neben mir fing an zu keuchen.

Raana beschleunigte seine Antigravs und flog, so schnell es ihm in den engen Gängen möglich war, ohne uns umzubringen. Er schlug den direkten Weg in Richtung des Wissenschaftlichen Docks ein, wo uns die Gmersink hoffentlich unbeschädigt erwarten würde.

Nach ein paar mühsamen Atemzügen hielt ich die Luft an. Jetzt vertraute ich nur noch auf Raanas Schnelligkeit und auf einen ausreichenden Sauerstoffvorrat der Makrobots in meinem Blut.

Kurz vor der Bewusstlosigkeit glaubte ich die Schiffseinheit der Gmersink in der vollkommenen Dunkelheit vor uns erscheinen zu sehen. In dem weichen Licht von Schiffs-Antigravs erkannte ich ihre schlanke, ringähnliche und - hier im Dock nach vorn geklappte - Struktur der Fusionslinse.

Raana hatte im Dock endlich genügend Bewegungsfreiheit und raste auf die unter der Fusionslinse befindliche Schiffseinheit zu.

Er warf uns durch das geöffnete Schott der Schleuse, das sich hinter uns sofort schloss und unsere Schutzfelder automatisch deaktivierte. Zischend füllte sich die Kammer mit frischer Luft.

Gierig tat ich ein paar tiefe Atemzüge, um das Hämmern aus meinem Kopf zu verbannen. Der in den Makrobots gespeicherte Sauerstoff war so gut wie verbraucht.

Ich setzte mich erleichtert auf und lehnte meinen vom Sturz schmerzenden Rücken an die vibrierende Wand. Leises Dröhnen drang von außen in die Schleuse. Das intensive Licht einzelner Blitze zuckte durch das winzige Fenster im Schott und bewirkte seine sofortige, schützende Trübung.

»Das war knapp«, hörte ich Seine Weisheit stöhnen. Sein schweißnasses Gesicht glänzte im roten Licht der Schleusenbeleuchtung; den Mund weit geöffnet, atmete er mit geschlossenen Augen langsam aber tief. »Ich glaube, ich werde die Sauerstoffkapazität meiner Makrobots erhöhen.«

Das Dröhnen wurde eindringlicher, als die Gmersink ohne Warnung unter erheblicher Beschleunigung aus dem Wissenschaftsdock startete.

»*Merkanteer! Geht es Ihnen gut?*« Syncc Marwiins Stimme erklang laut und glasklar in meinem Ohr.

»Ja, danke, Syncc. Schreit bitte nicht so. Wo seid Ihr?«

»*Auf der Brücke. Ich könnte hier ein bisschen Hilfe gebrauchen. Wir werden verfolgt!*«

Hud Chitziin rang sich ein erschöpftes Grinsen ab. Er hatte offenbar mitgehört. Ich sprang auf und schlug auf den Schalter für die innere Tür. Die Schleusenkammer vollführte eine 180-Grad Drehung und öffnete sich in einen kleinen Gang.

Ich stürmte heraus und rannte eine leichte Schräge zur Brücke hinauf.

Die blonden Locken von Syncc Marwiin wippten über der Lehne seines Konturensessels, als er angespannt die Steuereinheit der Gmersink bediente.

Ich sprang auf den Platz des Kapitäns und orientierte mich mit einem Blick auf das zentrale Navigationsdisplay über unsere

Position, während sich der Konturensessel unter mir in Position brachte und die handbreiten, automatischen Schutzgurte meinen Körper fixierten.

»Wo ist mein Schatten-Offizier?«, erkundigte in mich bei ihm. Syncc Marwiin sah mich einen Moment lang erleichtert an, froh darüber, die Verantwortung abzugeben.

Dann verdüsterte sich sein Gesichtsausdruck und er schüttelte den Kopf. »Er befahl mir über Funk, zu starten, sobald Ihr an Bord wart, Merkanteer. Er hat sich ein paar Verfolgern gestellt, die Euch dicht auf den Fersen waren. Ich habe ihn seit dem Verlassen des Docks nicht mehr auf dem Schirm.«

Ein dumpfes Gefühl machte sich in mir breit. Raana hatte immerhin einen Kampfanzug angehabt, beruhigte ich mich. Er würde sicher einen Weg finden, den verfolgenden Z-Zemothy-Truppen Zeit zum Bedauern dafür zu geben, dass sie sich mit ihm angelegt hatten.

Der Autopilot riss das Schiff unerwartet und brutal nach rechts und der Schildstatus der Gmersink auf meiner Anzeige wechselte zeitgleich von *Intakt* zu *Implosionsgefahr*. Ich spürte, wie die Trägheitshülle des Schiffes ihr Limit erreichte und Schwerkraftwellen flatternd über mich hinwegrollten. Mein Magen machte sich bemerkbar.

Syncc Marwiin wurde von der Kurskorrektur ebenfalls überrascht und klammerte sich mit beiden Händen an seinen Sessel.

Ich legte meine Hand in den original restaurierten, aus dunkelblauen Monofasern bestehenden Steuergriff des Schiffes und übernahm mit seiner Aktivierung die Kontrolle zurück vom Autopiloten. Eine minimale Bewegung des Hebels nach vorn erhöhte die Geschwindigkeit, während ein leichter Tastendruck meines Zeigefingers einen gespeicherten Fluchtkurs abrief, der unsere Verfolger durch die Feuerlinie der Fusionslinse führen würde, sofern sie die Verfolgung nicht abbrachen.

Mit einem schweren Plumpsen ließ sich Seine Weisheit in einen Sessel neben Syncc Marwiin fallen. Aus dem Augenwinkel sah ich, wie er mit bleichem Gesicht die Schutzeinrichtung des Sessels bediente und mit ihm hinter einem sich aufbauenden, spiegelnden Kraftfeld verschwand.

Der Kulturschützer hatte das Letztere nicht bemerkt. »Wo ist Euer Gehil-...?«, begann er, bis er sein Spiegelbild in der schimmernden Oberfläche des Feldes sah.

Hilflos drehte er sich zu mir um. Ich begegnete seinem Blick und schüttelte den Kopf.

Bestürzt konzentrierte er sich wieder auf das Navigations-Holodisplay. Nach ein paar Sekunden der inneren Sammlung hatte er sich wieder im Griff.

»Sie fallen zurück, Siir. Offensichtlich haben sie Euer Manöver verstanden.«

»Ich hoffe, die Wirkung hält etwas länger an, Syncc«, entgegnete ich. »Zur Zeit bluffen wir nur.«

Ich betrachtete das Holodisplay genauer, das unsere Position bereits in mehreren Tausend Kilometern Entfernung von der Relion anzeigte.

Wir hatten immer noch drei Verfolger. Den Kenndaten des Displays zufolge, waren es zwei unbemannte Jagddrohnen von der Größe einer ausgewachsenen Quotaan-Kuh und eine der beiden Jagdkorvetten. Die Korvette hatte uns den schweren Treffer beigebracht, sich anschließend durch ein hartes Bremsmanöver an der Feuerlinie vorbei gerettet und dadurch den Anschluss verloren. Die Drohnen hatten die Gefahr ignoriert, die Linie überquert und befanden sich jetzt einige hundert Kilometer vor der Korvette, direkt an unserem Rockzipfel.

Ich drehte meine Hand langsam im Steuergriff und die Gmersink rotierte um ihre Horizontalachse, während die Ladungswerte der Fusionslinse weiter kontinuierlich stiegen. Auf einem in den Steuergriff integrierten Display priorisierte ich die Liste unserer Verfolger nach ihrer Gefährlichkeit für das Schiff und half dem Autopiloten damit, unseren Fluchtkurs zu optimieren.

»Ein bemerkenswertes Schiff habt Ihr da, Siir.« Syncc Marwiin schien beeindruckt. »Mir erscheint es nur ein bisschen alt für einen Kampf gegen hochmoderne Einheiten der Unsichtbaren Flotte.«

Ich grinste vor mich hin. »Ihr glaubt das, weil seit dem Ende der letzten Befriedungskriege im Königreich Metcalfe/Dominion vor über eintausendeinhundert Jahren keine Fusionslinse mehr abgefeuert wurde?«, ich sah kurz zu ihm hinüber, während ich den Status der drei Antriebseinheiten überprüfte, die wie die Schiffseinheit ebenfalls an magnetisch verankerten Gondeln auf dem Außenring der Fusionslinse saßen und dem gesamten Schiff das Aussehen eines fliegenden, übergroßen Halsreifs verliehen, an dem einige missgestaltete Edelsteine hingen.

Er lächelte mich an. »Ich habe bereits alle Komponenten überprüft Siir. Ihr habt das Schiff in hervorragendem Zustand erhalten.«

»Nun Syncc,« erwiderte ich, »genaugenommen ist kein Teil hier älter als zehn Jahre. Es ist eine Replik auf der Basis eines vor fünfzig Jahren gefundenen Wracks auf dem Hauptmond von Dominion. Original sind nur dieser Steuerhandschuh und die Wandverzierung dort drüben.« Sein Lächeln erlosch. Leise pfiff er bewundernd vor sich hin.

»Und wie vor eintausendeinhundert Jahren ist die Fusionslinse der Gmersink immer noch die leistungsstärkste Waffe auf Jägerbasis, die es gibt«, erklärte ich.

»Mit dem Nachteil der langen Ladezeit zwischen den Feuerstößen.« Er streichelte den Feuerknopf.

»*Kapitän!*«, rief ich Annu Aroldi über das Bordsystem der Gmersink. Rauschen war die einzige Antwort, die ich erhielt.

»Z-Zemothy hat das Schiff übernommen, Siir. Sie stören alle Kanäle.« Syncc Marwiin deutete auf ein paar Anzeigen am unteren Rand des Holodisplays. Die Silhouette der Relion wechselte, während wir hinsahen von Grün auf Rot.

CORUUM

»Die Linse benötigt noch fünf Minuten bis zur Feuerbereitschaft, Siir!« Seine Stimme zeigte erste Spuren von Anspannung. Ich nickte nachdenklich vor mich hin. Ich hatte es befürchtet. Natürlich hatte die Gmersink nicht mit aufgeladener Linse im Wissenschaftsdock der Relion auf das Entermanöver der Z-Zemothy Truppen gewartet, sondern war von Raana erst wenige Minuten vor dem Start aktiviert worden.

Das Schiff verfügte über einige zusätzliche Disruptoren in den Antriebsgondeln zur Bekämpfung kleinerer Ziele, doch anscheinend wussten die Drohnen das auch, denn sie hielten sich knapp außerhalb von deren Feuerreichweite.

Der Autopilot flog mit maximaler Beschleunigung Richtung Ruthpark. Die Korvette holte langsam auf, die Drohnen schwirrten um das Schiff herum und ärgerten uns mit ihrem leichten Sperrfeuer, konnten die Schilde der Gmersink jedoch ohne Unterstützung der Korvette nicht durchdringen.

Der Autopilot reagierte unerwartet auf diese Manöver und ein Aufglühen im Navigationsdisplay verriet mir, dass die Schiffsintelligenz der Gmersink den Kurs der Drohnen vorausberechnet und eine mit den Schiffs-Disruptoren erwischt hatte.

Blieben immer noch eine Drohne und die Jagdkorvette übrig, welche uns gnadenlos auf das Mutterschiff der Unsichtbaren Flotte zutrieb, das irgendwo vor uns, außerhalb der Reichweite unserer Sensoren, warten musste und uns den direkten Weg zum Planeten versperrte.

Das aufgeregte Summen unterschiedlicher Anzeigen sagte mir, dass die Korvette sich wieder dicht genug an uns herangearbeitet hatte, um das Feuer zu eröffnen. Der Autopilot rief weitere Ausweichmanöver ab, welche die Korvette jedes Mal zu massiven Kursänderungen zwangen, um nicht die Feuerlinie der Fusionslinse zu durchqueren. Die verbleibenden Minuten bis zur Feuerbereitschaft streckten sich endlos. Der Landsucher der Korvette unternahm immer geringere Anstrengungen, der Feuerlinie auszuweichen. Er kam offensichtlich langsam dahinter, dass wir - aus was für Gründen auch immer - noch nicht feuerbereit waren.

Trotzdem konnte die Korvette damit ein paar Minuten außerhalb ihrer Reichweite gehalten werden und der Autopilot setzte die Gmersink nach jedem Ausweichmanöver erneut mit Höchstbeschleunigung auf direkten Kurs zu unseren Zielplaneten, der sich beim Start gut 700 Millionen Kilometer von der Relion entfernt befunden hatte.

»Noch dreißig Sekunden!«, vernahm ich Syncc Marwiins Stimme. Die Korvette kam näher. Am Horizont des Navigations-Holodisplays, bei aktueller Auflösung in einer Million Kilometer Entfernung, tauchten zwei weitere rote Silhouetten auf. Das Mutterschiff und ein Versorger oder Truppentransporter der Unsichtbaren Flotte.

Ein erneuter Haken des Autopiloten riss die Gmersink in eine steile Aufwärtsbewegung und ließ die Schiffseinheit sowie die Antriebsgondeln in entgegengesetzter Richtung um neunzig Grad an der einhundert Meter hohen Linsenkonstruktion entlang torkeln. Der Schildstatus befand sich wieder nahe der Implosion.

»Syncc, ich benötige Ladung für einen Testschuss. *Sofort!*«

Die Jagdkorvette brachte sich hinter uns in Position für das Finale. Durch das enge Ausweichmanöver hatte uns der Autopilot zwar erneut ein paar Sekunden Abstand verschafft, aufgrund der überlegenen Antriebe würde das Schiff der Unsichtbaren Flotte jedoch in kurzer Zeit wieder hinter uns in Feuerreichweite sein.

Zwei Symbole erschienen pfeifend auf dem Display vor mir. Das Zeichen für die Kapitulation und das für den Notausstieg. Ein sicherer Hinweis dafür, das der Autopilot mit seinen Fähigkeiten am Ende war. Ich brauchte nur eines davon zu drücken, um entweder dem Landsucher der Korvette unsere Aufgabe zu signalisieren oder die Brücke mit den Lebenserhaltungssystemen vom restlichen Schiff abzusprengen.

»Ist bereit, Siir!«, unterbrach Syncc Marwiin meinen Gedankengang. Ich ignorierte die Meldung des Autopiloten und reaktivierte einen Angriffskurs. Die Fusionslinse rotierte von den Antriebseinheiten gesteuert um ihre drei Achsen und nahm die Schiffseinheit dabei mit, während sie ihre Feuerlinie genau auf die Korvette ausrichtete.

Wie erhofft, reagierte der Landsucher der Jagdkorvette nicht auf dieses Manöver und trat ohne zu Zögern in den Feuerbereich ein. Für ihn war das ein letzter Täuschungsversuch des Gejagten.

Der Autopilot löste den Testschuss aus. Das Navigations-Holodisplay zeigte, wie die Linse einer Sonnenkorona gleich aufglühte und einen lichtschnellen Fusionsimpuls Richtung Korvette schleuderte, die darin innerhalb von Millisekunden vollständig eingehüllt verschwand.

Leider trat sie auf der anderen Seite der Fusionswolke auch sofort wieder unbeschadet aus, nicht ohne einige überstürzte Brems- und Ausweichmanöver durchzuführen. Nach einigen Sekunden Orientierung, in denen die Besatzung die Systeme auf Schäden überprüfte und sicher feststellte, das sie erneut geblufft worden war, nahm die Korvette mit voller Geschwindigkeit und in direkter Linie wieder die Verfolgung auf.

»Ausgezeichnet, Merkanteer. Wir haben jetzt ungefähr drei Minuten Abstand. Und die Linse ist in einer Minute mit maximaler Ladung feuerbereit.« Syncc Marwiin gestattete sich ein kleines Lächeln.

»Die dürften da drüben inzwischen sehr wütend auf uns sein, Siir!«

Ich holte tief Luft. *Das hoffte ich*. Wir hatten *einen* Schuss und zwei Minuten Zeit, um an dem Mutterschiff der Unsichtbaren Flotte vorbeizukommen.

Mehrere Anzeigen gaben mir zu verstehen, das einiges an Waffen von dort bereits auf uns gerichtet war. Ich reaktivierte den Autopiloten, der nach einigen Millisekunden Situationsanalyse und Rücksprache mit der Schiffsintelligenz die Symbole für den Notausstieg und die Kapitulation löschte und die Gmersink auf einen Kurs steuerte, der sie knapp unterhalb des Sprungantriebes am Mutterschiff der Unsichtbaren Flotte vorbeibringen würde - sollten wir so dicht herankommen.

Die Korvette holte zügig auf. Ich startete parallel mehrere Simulationen, um den besten Angriffswinkel auf das Mutterschiff zu bestimmen. Ich sah eine hauchdünne Chance, mit beiden Schiffen fertig zu werden.

»Die Linse ist feuerbereit, Siir!«, meldete der Syncc.

Mittlerweile hatten wir die Korvette auf dem Navigations-Holodisplay genau hinter uns. Die berechnete Rendezvousdauer für den direkten Vorbeiflug am Kriegsschiff betrug weniger als eine zehntausendstel Sekunde. Nicht sehr viel Zeit zum Zielen und Feuern selbst für die Schiffsintelligenz.

»Sie schießen nicht auf uns«, bemerkte Syncc Marwiin unsicher. Er wusste nicht, ob er sich darüber freuen oder darin einen Hintergedanken vermuten sollte.

»Sicherlich steht der Kapitän des Mutterschiffes in Verbindung mit seiner Korvette«, erklärte ich ihm. »Er lässt ihrem Kapitän den Vortritt.« Der Syncc sah mich niedergeschlagen an.

Ein leises Piepen signalisierte mir die Beendigung der Simulation. Ich zögerte einen Moment, dann übertrug ich die Simulationsdaten mit der höchsten Erfolgswahrscheinlichkeit unbesehen auf die Schiffsintelligenz und aktivierte den Autopiloten.

»Jetzt geht es los, Syncc - bis nachher.« Er wollte protestieren, verschwand aber bereits hinter der spiegelnden Oberfläche des Kraftfeldes, dass ich für ihn ausgelöst hatte.

Die Korvette hatte sich wieder auf Feuerreichweite herangearbeitet. Meine Anzeigen signalisierten mir, dass ihre Geschütze die Gmersink erneut anvisierten.

Vor uns wurde der Fluchtvektor zwischen dem Mutterschiff und dem Transporter immer kleiner. Sie schnitten uns den Weg ab.

Dann geschahen mehrere Dinge beinahe gleichzeitig.

Die Jagdkorvette feuerte. Der Autopilot der Gmersink reagierte im gleichen Moment und bremste das Schiff so heftig ab, das die Trägheitshülle für einen Moment versagte und ich schmerzhaft in meine Gurte gepresst wurde.

Das Bremsmanöver hatte unsere Fluchtgeschwindigkeit auf ein Zehntel verringert. Die Disruptorstrahlen der Korvette griffen ins Leere und ihr Autopilot riss sie in ein eigenes Ausweichmanöver, um eine Kollision mit der vor ihr im Raum hängenden Gmersink zu verhindern.

Der Autopilot der Gmersink führte einige Korrekturmanöver aus, beschleunigte auf den vorher in der Simulation errechneten Kurs und die Schiffsintelligenz justierte die Linse. Bevor der Kapitän an Bord der Jagdkorvette bemerkt hatte, dass er sich mit seinem Schiff nun zwischen dem einstigen Verfolger und seinem eigenen Mutterschiff befand, wodurch er verhinderte, dass Letzteres das Feuer auf uns eröffnen konnte, realisierte sein Landsucher, dass es sich diesmal vielleicht nicht um einen Bluff handeln könnte, und versuchte die Korvette in einer irrwitzigen Rollbewegung aus der Feuerlinie der Fusionslinse zu bewegen.

Er schaffte es nicht.

Die Linse zündete.

Die unvorstellbare Energie einer kleinen Sonneneruption wurde als gleißende Fackel mit Lichtgeschwindigkeit auf die Jagdkorvette gerichtet, die sofort darin verdampfte. Zeitgleich hatte die Gmersink bereits das Heck des Mutterschiffes passiert. Die verbleibende Energie des Fusionsblitzes traf im Bereich des Sprungantriebs auf, der ebenfalls verglühte, und sorgte dann für eine Welle von Sekundärexplosionen, die sich Richtung Schiffsmitte fortsetzten.

Die Gmersink war wieder auf Höchstbeschleunigung. Mein inneres Triumphgefühl wurde nur durch den Gedanken an das ungewisse Schicksal von Raana gedämpft.

Ich holte den Syncc per Handbewegung wieder aus seinem Schutzkokon.

»Warum habt Ihr das getan, Siir?«, fragte er zerknirscht.

»Zu Eurer Sicherheit. Ihr könnt Euch die Aufzeichnung ansehen, Syncc«, antwortete ich trocken. »Wir sind noch lange nicht da.« Ich entspannte mich ein wenig, während wir beruhigende dreißig Lichtsekunden zwischen uns und das Mutterschiff legten.

»Wo wollen wir runtergehen, wenn wir den Planeten erreicht haben, Siir?« Syncc Marwiin strich sich mit einer Hand über das müde Gesicht. Seine Augen waren gerötet.

Die Frage riss mich aus meinen Gedanken. Ich drehte meinen Sessel in seine Richtung und sagte: »Ich habe über Umwege ein Koordinaten-Set im Organisations-Standard bekommen.«

Er sah meine erhobene linke Hand mit den Ringen kurz an und nickte verstehend.

»Sobald wir dicht genug dran sind, vermessen wir die Oberfläche des Planeten und landen mit der Schiffseinheit. Die Linse lassen wir oben.«

»Und wenn die Z-Zemothy-Truppen bereits auf Ruthpark sind?« Mit hoch gezogenen Augenbrauen sah er mich an.

»Davon gehe ich aus,« antwortete ich. »Schließlich hatten sie genug Zeit für einen ersten Besuch.«

Ein lautes Pfeifen lenkte meine Aufmerksamkeit auf das Holodisplay. Von vorn aus der Richtung von Ruthpark näherten sich erneut mehrere rote Silhouetten, von hinten eine einzige.

»Ladestatus ist bereits auf einhundert Prozent, Siir!« Ich lächelte in mich hinein. Der Kulturschützer war auf dem besten Weg zum Feuerleit-Offizier.

Ich betrachtete die Silhouette, die uns, von hinten kommend, sehr schnell einholte. »Da kommt eine weitere Drohne, Syncc.« Die Sensorendaten förderten keine Identifikation zu Tage.

»Ihr Kurs zielt auf den Planeten, nicht auf uns, Merkanteer!« Syncc Marwiin lehnte sich erleichtert zurück. Ihre prognostizierte Bahn würde die Drohne gut eine halbe Million Kilometer an uns vorbeiführen.

»Konzentrieren wir uns auf die anderen Schiffe«, sagte ich. Von vorn kamen elf kleinere Schiffe in einer weit auseinandergezogenen Formation - wahrscheinlich Landungsboote - auf uns zu.

»Da habt Ihr sie, Syncc, und bereits auf dem Rückweg.«

Die zurückkehrenden Landungsboote reagierten inzwischen. Offensichtlich hatten sie Anweisungen vom Mutterschiff erhalten und zerstreuten sich in eine weitverteilte Formation, in der wir nie mehr als ein Schiff gleichzeitig anvisieren konnten.

»Die haben Angst!«, stellte Syncc Marwiin befriedigt fest.

»Das ist gut so, wir wollen keinen Streit, sondern nur vorbei«, antwortete ich ihm, bereits den Autopiloten mit einer Durchbruchsstrategie ladend. Die Rendezvousgeschwindigkeit der Gmersink war bereits fünfzehnmal größer als die der Landungsboote. Wenn wir einmal vorbei waren, hatten sie keine Chance, uns jemals einzuholen.

»Ähhh, Merkanteer!« Ich hob den Kopf, verärgert über die Störung.

Er zuckte leicht zusammen, als mein Blick ihn traf. »Tut mir leid, Siir! - Aber kann dieses Schiff mit geladener Fusionslinse in die Atmosphäre des Planeten eintreten?«

Einen Moment lang wusste ich nicht, was er mit der Frage bezweckte. »Nein, natürlich nicht, Syncc. Aber wir werden uns von der Linse und von den primären Antriebseinheiten auch bereits deutlich vor den obersten Atmosphärenschichten trennen.« Sein fragender Blick blieb.

»Seid Ihr sicher, dass das keine Gefahr für uns darstellt?«, bohrte er weiter.

Endlich verstand ich, worauf er abzielte. Ich fror den Autopiloten ein und richtete mich auf.

»Ihr habt recht, Syncc, vielen Dank für den Hinweis.« Nachdenklich sah ich auf das Navigations-Holodisplay. In gut zwei Minuten würden wir durch die weit auseinandergezogene Wolke der zurückkehrenden Landungsboote fliegen.

»Können wir diese Drohne noch einholen?« fragte ich ihn.

Er betrachtete kurz ein kleines Holodisplay mit den Langstreckensensoren und schüttelte den Kopf. »Unwahrscheinlich, Siir, typische Beschleunigungskurve eines unbemannten Objekts. Die sehen wir nie wieder, wenn sie nicht aus mir unbekannten Gründen verlangsamen sollte.«

»Dann sollten wir die Ladung der Linse lieber sinnvoll verwenden,« sagte ich, reaktivierte den Autopiloten und gab der Schiffsintelligenz freie Hand bei der Zielauswahl.

Syncc Marwiin erstaunte mich immer wieder. Es war der Gmersink bauartbedingt unmöglich, sich von der Linseneinheit zu trennen, solange sie Ladung trug. Aufgrund der magnetischen Bindung der Schiffs- an die Linseneinheit bestand bei einem Entkopplungsmanöver die Gefahr einer Rückkopplung, welche die Energie der Linse auf die Schiffseinheit übertragen könnte - mit verheerenden Folgen. Daher mussten wir die Linse entladen, bevor wir uns von der Linseneinheit trennen und in die Atmosphäre absteigen konnten. Das hatte ich nicht bedacht.

»Zehn Sekunden!« Aufgrund des großen Geschwindigkeitsunterschiedes zwischen der Gmersink und den Landungsbooten entstand auf dem Holodisplay der Eindruck, die Gmersink würde in Kürze eine Wand aus roten Lichtmarken durchschlagen. - Was sie bildlich gesehen dann auch tat.

Der von der Schiffsintelligenz gesteuerte Strahl der Fusionslinse verdampfte in dem Augenblick zwei der Landungsboote, die sich als einzige in eine Linie mit der Linsenoptik bringen ließen.

Dann waren wir vorbei, hinterließen einen Haufen Unordnung, und uns trennten nur noch sechshundertfünfzig Millionen Kilometer von unserem Ziel.

Die Rückkehr der Landungsboote der Unsichtbaren Flotte hatte mich unruhig werden lassen. Ich hoffte, sie hatten nicht alles zerstört. Meine Befehle an den Autopiloten der Gmersink belasteten das Trägheitsfeld aufs Äußerste. Die Antriebseinheiten lieferten bis kurz vor Erreichen der hundertfachen

Monddistanz zu Ruthpark maximalen Schub, was längst jenseits jeder zulässigen Bremsbeschleunigung war.

Hud Chitziin kommentierte die blinkende Interpolationskurve der Verzögerungswerte im zentralen Navigationsdisplay nicht. Wir hatten ihn vor zehn Minuten aus dem Schutzfeld geholt, niedergeschlagen über den Tod seines Assistenten wie zuvor. Der Kulturschützer hatte ihm in leisem Ton die Ereignisse unserer Flucht erzählt, ohne jedoch eine Reaktion bei Seiner Weisheit auszulösen.

Jegliche Unterhaltung erstarb, als uns das automatische Bremsmanöver nach zweieinhalb Stunden maximaler Beschleunigung für gut fünfzehn Minuten tief in die nachgebenden Konturensitze presste. Der Status des Trägheitsfeldes erschien - fast schon gewohnheitsmäßig auf diesem Flug - nahe der Implosionsgefahr.

Dann reduzierte sich die Belastung auf ein normales Maß, und Ruthpark erschien hinter seinem Mond.

»Wir sind da,« informierte ich Seine Weisheit und Syncc Marwiin.

Unsere Schiffseinheit löste sich von der Linseneinheit und den Antriebsgondeln, die sofort auf eine Umlaufbahn um den Trabanten von Ruthpark einschwenkten.

Ich aktivierte die magnetische Vermessung des Planeten und stellte der Schiffsintelligenz die in den empfangenen Thieraport-Sendungen von Treerose enthaltenen, absoluten Senderkoordinaten zur Verfügung.

Nach wenigen Sekunden hatte sie die Position des Thieraport-Senders auf der Planetenoberfläche bestimmt und sie als neues Ziel an den Autopiloten übertragen, der die Gmersink augenblicklich in Richtung auf eine größtenteils von Wolkenformationen verdeckte, in Nord-Süd Richtung langgezogene Kontinentalkette in Bewegung setzte.

»Da unten tobt ein ausgewachsener Sturm, Höchster!« Hud Chitziin meldete sich mit der Bemerkung aus seiner bisherigen Apathie zurück. Ich registrierte das, was er sagte, nur am Rande, während meine Bestürzung über die nun sichtbaren Auswirkungen unseres Unfalls, beim Eintritt der Relion in das Ruthpark-System vor drei Tagen, wuchs.

Die Sensoren der Gmersink konnten auch aus der Nähe so gut wie keine Emissionswerte von der Planetenoberfläche aufnehmen. Alle größeren technologischen Anlagen zumindest auf der der Gammastrahlenwelle zugewandten Planetenhalbkugel mussten zerstört worden sein.

»Die Position des Senders liegt genau in der Mitte dieses sich langsam auflösenden Tiefdruckgebietes, Siir!« Syncc Marwiin deutete mit besorgter Miene auf das blinkende Symbol einer Thieraportanlage in einem vergrößerten Ausschnitt des zentralen Navigations-Holodisplays.

»In drei Minuten werden wir es genau wissen, Syncc. Wir landen direkt dort«, entgegnete ich und bestätigte die entsprechende Anfrage des Autopiloten.

Die Gmersink trat mit maximaler Trägheitsgeschwindigkeit in die oberen Atmosphäreschichten von Ruthpark ein.

»*Merkanteer!*«, ich sah verwundert über die plötzliche Aufregung zu Seiner Weisheit hinüber, als bereits ein harter Schlag das gesamte Schiff in eine heftige Schlingerbewegung versetzte, die der Autopilot erst nach endlosen Sekunden wieder in den Griff bekam. Die Schiffsintelligenz dokumentierte die Schäden in einer detaillierten Auflistung neben dem zentralen Holodisplay und meldete einen feindlichen Angriff, als ein weiterer Schlag - noch heftiger als der erste - mich wieder tief in meinen Konturensessel presste. Das Licht erlosch.

Jemand schrie.

⌒

Mit schmerzenden Muskeln dämmerte ich dem Aufwachen entgegen. Es war absolut still und ich spürte keinerlei Bewegung des Schiffes.

CORUUM

Ich öffnete meine Augen. - Schwärze!

Ich öffnete sie noch einmal und bewegte meinen Kopf schwerfällig. Neben meiner linken Hand entdeckte ich den schwachen Schimmer eines blinkenden, blauen Lichts. Ich drückte darauf und augenblicklich erschien die Brücke um mich herum.

Meine rechte Hand betätigte die Not-Entriegelung meines Sessels und die Gurte sowie der zu einer Kugel aufgeblähte Konturensessel gaben mich frei.

Die Lebenserhaltungssysteme summten leise vor sich hin. Das zentrale Navigations-Holodisplay zeigte eine Luftaufnahme eines dicht bewaldeten Gebietes, über dem turmhohe Gewitterwolken standen.

Neben mir war der Kulturschützer in seinem aufgeblähten Konturensessel nicht zu erkennen. Die Statusanzeige seines Lebenserhaltungssystems am Kopfende des Sessels blinkte rot-gelb.

Ich sprang auf und eilte zu ihm. Die Anzeigen signalisierten schwere innere Verletzungen. Zur Zeit waren seine Makrobots damit beschäftigt, seinen Kreislauf zu stabilisieren und die inneren Blutungen zu stillen. Es stand nicht gut um ihn.

Es gab nichts, was ich tun konnte, außer ihn in genau der Position zu belassen, in der er sich befand.

»Wie geht es ihm?« Hud Chitziin beugte sich über den Sessel des Synccs und betrachtete dann kurz die Anzeigen. Er schien unverletzt, wenn auch müde. Er veränderte einige der Einstellungen.

»Wir müssen seine Makrobots regenerieren, Siir. Sie sind beinahe erschöpft.«

Ich schüttelte bedauernd den Kopf. »Ich weiß, Hud. Leider haben wir keine Einrichtungen an Bord und kein Mederion-Wasser. Wie Ihr wisst, war unser Aufbruch alles andere als geplant.«

Er sah mich an. »Ohne Hilfe schafft er höchstens noch zwei Tage.«

»In zwei Tagen sind wir an Bord des Schildverbands«, antwortete ich ihm mit aufgesetzter Zuversicht. Es begannen hier einige Dinge massiv nicht so zu laufen, wie sie sollten.

»Warum hat sein Feld nicht funktioniert?«, fragte ich nachdenklich in die Stille hinein. Die betreffenden Anzeigen waren inaktiv.

Ich ging zurück zu meinem Sessel und rief Aufzeichnungsdaten vom Beginn unseres Abstiegs zum Planeten ab. Als sie auf dem Nebendisplay erschienen, schlug ich wütend auf die Steuereinheit. Ich hatte einen Fehler gemacht, der möglicherweise Syncc Marwiin das Leben kosten würde.

»Was ist, Siir?« Hud Chitziin war durch meinen Ausbruch aufmerksam geworden und kam herüber. Ich deutete auf das Display. Eine wohlbekannte Silhouette löste sich in der Aufzeichnung von der Linseneinheit, als diese sich nach ihrer Trennung von der Schiffseinheit auf die Umlaufbahn Richtung Ruthparkmond begab.

Die Kampfdrohne näherte sich der Gmersink in schnellem Tempo und verschwand nach wenigen Sekunden vom Display, nur um in dem Moment wieder zu erscheinen, als wir mit dem Eintauchen in die Atmosphäre begonnen hatten.

»Ich hatte eine kurze Warnung der Schiffsintelligenz bemerkt, kurz vor dem Angriff, Siir.« Hud Chitziin deutete auf die Silhouette der Kampfdrohne.

»Allein meine Schuld, Hud,« sagte ich zerknirscht. »Die hat uns schon von Anfang an verfolgt. Ich hatte angenommen, sie wäre zusammen mit der Jagdkorvette im Fusionsblitz zerstört worden.«

Er nickte. »Ich verstehe nicht, wieso die Sensoren sie übersehen konnten.«

»Zweifelsfrei ein sehr modernes Exemplar. Hoch ausgebildete Intelligenz. Sie hat sich versteckt, möglicherweise an unserer Außenhaut, unmittelbar über dem Trägheitsfeld«, dachte ich laut nach.

»Sie hat genau so lange gewartet, bis wir am verletzlichsten waren. - Beim Hochgeschwindigkeitseintritt in die Atmosphäre.« Ich ließ die Aufzeichnung ablaufen. »Hier! Die Sensoren dokumentieren eine plötzliche, punktuelle Überlastung des Trägheitsfeldes.«

Seine Weisheit nickte. »Sie hat ihre gesamte Energie auf einen Punkt konzentriert. Es entstand für zwei Sekunden eine Lücke, durch welche die extreme Außentemperatur von mehreren Zehntausend Grad unmittelbaren Kontakt zur Monostruktur des Rumpfes bekam und sie augenblicklich zerstört hat.«

»Das war die erste Erschütterung, die wir gespürt haben. Das hat der Autopilot aber noch in den Griff bekommen,« warf er ein.

»Ja, und dann hat sie genau diese Stelle gerammt und sich dabei selbst zerstört«, ergänzte ich.

Unglücklicherweise befand sich an der Stelle das Haupttriebwerk der Gmersink, ein um 270 Grad und um alle Achsen schwenkbarer Standardjet, die dadurch jegliche Kontrolle über unsere Flugbahn verlor.

»Warum sind wir nicht abgestürzt?« Hud Chitziin schien verwundert.

Ich sah mich demonstrativ auf der Brücke um. »Wie nennt Ihr das hier, Hud?«

Er schüttelte den Kopf. »Zum Zeitpunkt des Triebwerkausfalls waren wir immer noch sehr schnell und mehr als dreißig Kilometer hoch, warum sind wir nicht zerschellt?«

Ich rief weitere Daten ab, dann hatte ich es. »Die Antigravs haben uns in fünfzehn Kilometern Höhe abgefangen. Es hat nicht für eine Bilderbuchlandung gereicht, aber wir sind nur neun Kilometer von der Position des Senders entfernt runtergekommen.« Ich drehte mich zum Beobachtungsdom herum.

»Sehen wir uns mal an, wo das ist.«

Ein gut zehn Meter breiter, nahezu rechteckiger Teil der Deckenverkleidung im rückwärtigen Bereich der Brücke fuhr nach oben. Darüber kam eine transparente Balustrade zum

Vorschein, durch die trübes Tageslicht hereindrang. Wir gingen eine auf die Balustrade führende Rampe hinauf und sahen in einen tiefgrünen, tropfnassen Wald hoher Bäume, dessen undurchdringliches Unterholz in einer Wolke aus feinem Wasserdampf verschwand, die vom immer noch glühend heißen Rumpf der Gmersink stammte.

»Das war wirklich sehr knapp, Keleeze.« Hud Chitziin deutete auf die hellweißen Wolken. »Wenn sich der Rumpf so weit aufheizen konnte, lässt das auf einen immensen Schaden am Trägheitsfeld schließen.«

Ich nickte ihm gedankenverloren zu.

Ein unbestimmtes Gefühl hatte sich beim Anblick des endlosen und dichten Waldes eingestellt und schickte sich an, vollends von mir Besitz zu ergreifen. Es war von der Intensität her nur mit den Eindrücken aus der Zeit meiner Kindheit zu vergleichen, als ich für die alljährlichen Ferien für einen ganzen Monat aus der Isolation von Chrunus zurück nach Hause kam.

»Der Sturm hat sich noch nicht gelegt!« Hud Chitziin unterbrach mit seiner Bemerkung meinen innerlichen Gedankengang. Er stand neben mir und sah aufmerksam in die dichte Wildnis hinaus.

Schwere Äste, deren Blätter längst abgerissen waren, wurden von Sturmböen durch die Luft getragen. Büschel aus zusammenhängenden Zweigen und Sträuchern folgten ihnen und regneten in einer unaufhörlichen Flut auf die Umgebung und die Gmersink nieder.

Ich drehte mich um und blickte durch die repolarisierte Mono-Molekular-Struktur des Doms in Richtung des Standardjets der Gmersink. Das obere Drittel des Jets war schwarz verkohlt. Er war durch den Aufschlag der Drohne aus seiner magnetischen Fassung gedrückt worden und hatte zusätzlich den enormen Temperaturen des Atmosphäreneintritts ungeschützt vom Trägheitsfeld widerstehen müssen.

»Damit kommen wir hier jedenfalls nicht mehr weg.« Seine Weisheit legte eine leichte Besorgnis in seine Stimme, als er das sagte.

Mein Blick strich weiter über das konische Heck des Schiffes in den diesigen Wald hinein. Noch immer verdampfte der niedergehende Regen an den Stellen, an denen das Trägheitsfeld zerstört war, dicht über der Rumpfoberfläche und erzeugte eine Nebelsilhouette des Schiffes, die unsere Sicht nach hinten zusätzlich beeinträchtigte. Wenn sie von den häufigen Sturmböen aufgerissen wurde, erweiterte sich unser Ausblick auf eine mehrere hundert Meter lange und wenigstens zwanzig Meter breite Schneise, welche wir bei unserem kontrollierten Absturz in den Wald gerissen hatten.

Syncc Marwiin hatte seine Verletzungen sicherlich erst bei diesem Aufprall erlitten. Ich sah unzählige, zersplitterte Baumstämme von beträchtlichem Umfang in der Schneise liegen. Die intakten Reste des Trägheitsfeldes hatten ihre Masse davon abgehalten, das Schiff zu treffen, nicht aber die Schockwellen.

»Ich überprüfe die Antigravs,« sagte ich und ging die Rampe zurück zur Brücke.

Aus meinem Sessel rief ich den Status der intakten Schiffssysteme ab. Die Liste, welche die Schiffsintelligenz mir anzeigte, war ernüchternd kurz und die Antigravs waren nicht darauf.

Hud Chitziin stützte sich auf die Lehne meines Sessels.

»Ich muss da hin und sehen, was zu retten ist«, erklärte ich Seiner Weisheit, auf das blinkende Thieraportsymbol im Standbild des zentralen Holodisplays deutend.

Er kam um meinen Sessel herum und sah mich mit hochgezogenen Augenbrauen an. »Allein in diesen Urwald, Siir?«, bemerkte er in einem Tonfall, als wolle er sagen, ein geentertes Schiff, ein Toter, ein Schwerverletzter und ein Vermisster sind doch genug Verluste für einen Tag.

Ich konnte mir ein Grinsen nicht verkneifen. Seine Bemerkung spielte durchaus auf das gute aber respektvolle Verhältnis, das zwischen uns herrschte, an.

»Ich denke, ich werde es überleben, Hud, oder?«, fragte ich ihn provokativ.

Er zuckte kurz zusammen und duckte sich.

Meine Neugierde zog mich raus. Ich verspürte einen unaufhaltsamen Drang, dem nachzugehen, was mich auf dem Beobachtungsdom berührt hatte und ich musste erfahren, was es mit der geheimnisvollen Thieraport-Übertragung an Treerose und der von der Relion aufgefangenen, verstümmelten Nachricht auf sich hatte.

Wenn es hier irgendwelche Spuren von Harkcrow Treerose oder Hinweise über deren Zerstörung zu finden gab, würde ich sie finden.

»Nun gut, Siir«, Hud Chitziin räusperte sich. »Ich werde hier warten und mich um Syncc Marwiin kümmern.« Er blickte kurz zur reglosen Gestalt des Kulturschützers hinüber und kontrollierte die Anzeigen des Lebenserhaltungssystems.

Dann wandte er sich wieder mir zu. »Können wir die Position des Senders, die Ihr erhalten habt, auf das Display bringen, Siir?«

Das kleine, rotierende Thieraportsymbol auf der dreidimensionalen Landkarte rückte in den Mittelpunkt des Displays, als ich die Darstellung vergrößerte.

Das Standbild, von der Gmersink beim Anflug auf Ruthpark aufgenommen, zeigte dichten, dunkelgrünen Wald, vereinzelt von ein paar nackten Felsflächen unterbrochen, wo die wahrscheinlich dünne Humusschicht zerstört war.

Um die Markierung des Thieraportsymbols herum waren deutlich Spuren von größeren Bodenbewegungen zu erkennen. Eine ursprünglich wohl rechteckige Vertiefung von beachtlicher Größe war größtenteils zugeschüttet. Reste von metallenen Unterkünften und Fahrzeugen ragten an einzelnen

Stellen aus dem Boden, als würden sie immer noch versuchen, sich daraus freizukämpfen. Was war dort passiert?

Hud Chitziin verkleinerte den Maßstab des Ausschnittes, bis er ungefähr die zehnfache Fläche umfasste.

»Sehr Ihr das, Siir?« Ich blickte ein paar Sekunden suchend auf der Darstellung herum. Gerade wollte ich ihm sagen, das ich nicht wüsste, was er meinte, doch dann fiel es mir auch auf.

»Ihr meint diese konzentrischen Kreise, Hud?« Er nickte.

»Genau, Keleeze.« Ein Lichtstrahl aus einem seiner Fingerringe zuckte im Display herum. Wie Schatten ringförmiger Wolken über dem Wald, waren aus größerer Höhe dunklere Ringe in der Landschaft zu erkennen. Nicht immer vollständig, aber durchaus als Kreise auszumachen.

»Mir fiel auf, wie diese Fahrzeuge in Eurer Vergrößerung der Karte aus dem Boden ragten. Das erinnerte mich an eine geologische Formation auf einem äußerst instabilen Asteroiden, der unsere damalige Ausrüstung auf die gleiche Art verschluckte. Ich ermittelte als Ursache eine faszinierende Art von seismischen Wellen, die von mehreren Quellen gleichzeitig ausgingen und sich sternförmig in mehreren Zentren überschnitten. Die dabei entstehenden Interferenz-Frequenzen und -Amplituden verwandelten das umliegende Gestein bis in eine Tiefe von mehreren hundert Metern in eine Gel-ähnliche Masse, so als wenn der feste Boden sich unter Euren Füßen plötzlich in eine Art Treibsand verwandelt.«

Er folgte mit dem Lichtzeiger der Form einzelner bruchstückhafter Kreise, die sich alle in gleichem Abstand voneinander auf einer gedachten, äußeren Kreisbahn, mit dem Sender in ihrem Mittelpunkt, befanden.

Von dieser gedachten Kreisbahn nach innen gerichtet, befanden sich an den Schnittpunkten der sichtbaren Kreise beachtliche Verwerfungen des Geländes.

»Diese Abweichungen vom normalen Bodenniveau sind zu regelmäßig für eine natürliche Ursache. Außerdem haben sie exakt den gleichen Abstand zum Mittelpunkt dieser Grube.«

Er trat an die ringförmige Abgrenzung des Displays heran. »Merkwürdig ist nur diese...«, er suchte nach einem Begriff, »... *Störung* der Geometrie.« Auf ungefähr einem Drittel der den Sender umschließenden Kreisbahn fehlten die verdächtigen kreisförmigen Verwerfungen.

Ich setzte mich im Sessel aufrecht hin. »Wollt Ihr sagen, Hud, dass diese Art der Verwerfungen darauf hinweist, das Ruthpark ähnlich instabil ist?«, fragte ich ihn verwirrt.

Kopfschüttelnd drehte er sich zu mir um. »Nein, Siir, natürlich nicht.« Er machte ein paar Schritte auf mich zu.

»Ich will sagen, Siir, dass das Hinweise auf einen erfolgten Angriff auf den Sender oder zumindest seine Umgebung sind. Jemand hat versucht, diesen Teil des Waldes umzugraben, um genau die Spuren zu vernichten, nach denen Ihr sucht, Keleeze!«

»Die Drohne!«, warf ich ein.

Jetzt war es an Seiner Weisheit, einen Augenblick ratlos dreinzuschauen. Dann flackerte sein Blick auf.

»Natürlich, Siir!« Er ging zurück zum Sessel des Landsuchers und vertiefte sich für ein paar Minuten in die Aufzeichnungsdaten unserer Flucht von der Relion.

Ich betrachtete stumm die auffälligen Kreisformationen. An den Stellen, an denen sich benachbarte Kreise geschnitten hatten, den Interferenz-Zonen, waren die Schatten deutlich dunkler, teilweise schwarz. Das bedeutete, die Zerstörungen an der Planetenoberfläche waren hier besonders schwer.

Nur weil es beim Einsatz der Waffe offenbar eine Störung gegeben hatte, war das Zentrum der Kreisbahn - die unmittelbare Umgebung des Senders - nur leicht betroffen. Trotzdem war an einem intensiven Wechsel von Licht und Schatten abzulesen, dass auch dort die Schäden beträchtlich sein mussten. Bei einer korrekten Funktion der Waffe wären die Explosionswellen aller Kreise genau im Zentrum zusammengelaufen und hätten dort die schwersten Auswirkungen gehabt.

»Es würde zeitlich zusammenpassen, Siir«, meldete sich Hud Chitziin von seinen Untersuchungen zurück.

Eine Bahnkurve erschien im Holodisplay.

»Ausgehend von der gemessenen Beschleunigungskurve der Drohne, die uns kurz nach dem Start überholt hat, könnte sie gut eine Stunde vor uns hier eingetroffen sein. Das, was wir hier auf diesem Standbild sehen, zeigt eine Momentaufnahme der von ihr ausgelösten seismischen Wellen. Um dieses Muster an Zerstörungen hervorrufen zu können, hat sich die Drohne in mehrere Einzelteile zerlegt, die exakt auf dieser äußeren Kreisbahn eingeschlagen haben.«

Ich sah nachdenklich zu ihm hinüber. »Das heißt, der abschließende Grad der Zerstörung ist noch größer als auf diesem Bild?«

Er nickte. »Höchstwahrscheinlich.«

Ich stützte meinen Kopf in beide Hände. »Aber es passt zusammen,« erklärte ich es mir laut. »Z-Zemothy hat hier auf Ruthpark etwas gesucht. Wahrscheinlich das gleiche, weswegen wir hier sind. Dann tauchen wir auf und stören sie, bringen durch die Torkatastrophe ihren Zeitplan massiv durcheinander.« Seine Weisheit hörte mit hoch aufgerichtetem Körper zu.

Ich fuhr fort, und während ich sprach, entstand ein vollkommen klares Bild vor meinem inneren Auge: »Die Unsichtbare Flotte und Z-Zemothy geraten in Aufregung und unter Zeitdruck. Sie beschließen, die Relion zu übernehmen, um uns von Ruthpark fernzuhalten. Das misslingt, wir setzen einen Hilferuf ab, können mit der Gmersink entkommen und durchbrechen ihre Linie.« Ich erhob mich und ging langsam um das zentrale Navigations-Holodisplay herum.

»Die Unsichtbare Flotte befürchtet, dass wir etwas entdecken könnten, was die Organisation oder die Sieben Königreiche nicht erfahren dürfen, und beschließen es zu zerstören. Das gelingt jedoch nur zum Teil. Und jetzt sind wir hier!«

Wir schwiegen einen Moment, jeder über das Gesagte nachdenkend.

»Ich wusste nicht, dass Z-Zemothy oder die Unsichtbare Flotte eine solche Waffe besitzen. Ich hörte vor Jahren von Versuchen - sie nannten sie *Rumbler*.« Hud Chitziin sah mich ernst an, als er das sagte. »Da stellen sich mir zwei Fragen, Merkanteer.«

Ich drehte mich zu ihm um.

»Erstens,« setzte er an, » - was hat die Drohne an ihrer korrekten Funktionsweise gehindert und - zweitens - wie lange wird es dauern, bis Z-Zemothy davon erfährt und zurückkommt, um sicherzustellen, dass diesmal *alle* Spuren beseitigt werden?«

»Das macht es um so deutlicher, dass ich keine Zeit zu verlieren habe,« sagte ich.

»Ohne Ausrüstung?« Seine Weisheit zog die Augenbrauen hoch. »Ich meine, wollt Ihr zu Fuß gehen, Siir?«

»Ja genau, Hud. Wie auf Arkadia, wisst Ihr noch?«, antwortete ich ihm etwas heftiger. »Außerdem besitze ich eine gewisse Eignung als Merkanteer sowie eine Ausrüstung, in Form dieser hübschen Ringe und der Raver-Stop-Gun da hinten, die mich vor den ärgsten Angreifern beschützen sollten.«

Er erstarrte und verstand, dass er zu weit gegangen war.

»Bitte entschuldigt, Siir.« Sein Blick wanderte vom zweiteiligen, schwarzen Waffenring über den grün schimmernden Feldring, den fingerlangen, farblosen Blutring und den fast unsichtbaren Kommunikationsring hinüber zu der gedrungenen Assault-Waffe und wieder zu meinem Gesicht.

»Ich vergaß, Siir, entschuldigt bitte! Was habe ich für einen Unsinn geredet.« Er nestelte verlegen an einer kleinen Hüfttasche herum und gab mir einen gepolsterten, faustgroßen Beutel.

»Nehmt diese Wissenschaftsdrohne mit, Merkanteer. Sie ist sehr schlau und eine hervorragende Kundschafterin.«

Ich schüttelte die abgeflachte, mattgraue Kugel aus ihrem Schutzbeutel auf meine Hand. Es war die Drohne, welche auf Arkadia die Regenbogenkatze beschattet hatte.

Hud Chitziin ging zurück zum zentralen Holodisplay, tippte auf einer virtuellen Bedieneinheit ein paar Befehle und reichte mir ein schmales Armband. »Die Drohne sendet direkt auf Euren Kommunikator und auf diesen Zusatzempfänger.«

Er deutete auf den Oberflächenausschnitt der Thieraport-Umgebung. »Ich habe die Positionsdaten des Senders und des Schiffes auf sie übertragen. Sobald Ihr draußen seid, wird sie das bis zum Sender vor Euch liegende Gelände kartieren und den kürzesten und einfachsten Weg bestimmen. Folgt danach einfach dem angezeigten Weg, Siir.«

Ich legte mir das Monofaser-Armband um mein linkes Handgelenk und beobachtete, wie es sich schloss. Die Wissenschaftsdrohne heftete ich an eine kleine magnetische Ausbuchtung neben dem Display des Armbands.

Seine Weisheit stand unentschlossen vor mir, als sei er sich nicht sicher, ob er mich begleiten solle. Ich legte ihm die Hand auf die Schulter. »Danke Hud, das wird mir sicher helfen. Achtet auf den Syncc.«

Ich klopfte ihm zum Abschied vorsichtig auf den Rücken und verließ die Brücke, wobei ich im Vorbeigehen die Raver aus ihrer Halterung nahm und mir umhängte.

Die Atmosphärenanzeigen vor dem inneren Schott der Schleusenkammer waren gelb-grün hinterlegt. Meine Makrobots würden also mit den Keimen und Viren von Ruthpark fertig werden, ohne dass ich einen Schnupfen bekam.

Ich ging in den rot-beleuchteten Innenraum und drückte den Schalter für das Außenschott. Die Kammer verriegelte sich und vollführte eine Einhundertachtzig-Grad-Drehung. Dumpfes, nebelweißes Licht drang durch das winzige Fenster des Schotts. Ich aktivierte durch eine leichte Ringdrehung mein Körperfeld auf schwacher Leistung, um draußen wartende Insekten und andere Überraschungen von mir fernzuhalten.

Dann öffnete ich das Außenschott.

Feuchtwarme Luft drang ein. Die Kraft des Sturms war hier unten deutlicher zu spüren, als es aus dem Beobachtungsdom den Anschein gehabt hatte. In wenigen Sekunden waren der Boden der Schleusenkammer und meine Stiefel von einem feinen, grünbraunen Flüssigkeitsfilm bedeckt.

Intuitiv entnahm ich dem Ausrüstungsschrank eine Hochgeschwindigkeits-Seilwinde, befestigte sie an meinem Hüftgürtel und löste anschließend die Drohne aus ihrer Halterung an meinem Armband, um sie zu aktivieren. Sofort schwebte sie aus meiner Handfläche und erhob sich vor mir auf Augenhöhe in ihren Bereitschaftszustand.

Ich sah auf das kleine Display des Armbandes. Hud Chitziin hatte die Befehle bereits vorprogrammiert. Ich brauchte sie nur abzurufen. Unhörbar verließ die Drohne die Schleusenkammer und beschleunigte aus meinem Sichtfeld heraus, um mit ihrer Arbeit zu beginnen.

Ich betrat die Rampe, die sich mit leichtem Gefälle hinab in die wilde Vegetation absenkte, und blickte auf eine undurchdringliche, grün-braune Wildnis.

Die Gmersink hatte eine scharfe Schneise in den Wald gerissen. Zersplitterte Baumstämme von mehreren Metern Durchmesser ragten wie abgebrochene Zähne eines Ungeheuers aus dem Unterholz. Abgerissene Äste, an einigen Stellen noch glimmend von der Hitze, die von der Schiffshülle unter den zerstörten Teilen des Trägheitsfeldes ausging, vervollständigten das Bild einer das Schiff umgebenden Trümmerwüste.

Ich würde jeden Schritt mit Bedacht wählen müssen.

Hinter der Fläche der umherliegenden Bäume und Pflanzen begann im Nebel der Wald in seiner ursprünglichen Form. Mächtige Bäume auf Brettwurzeln, in etwa halb so hoch wie die Mendego-Riesen auf Arkadia, mit flechtenbewachsenen Stämmen versperrten den Blick in die Weite. Dichtes Unterholz aus ineinanderwachsenden Farnen von mehreren Metern Höhe dünnte das spärliche Tageslicht unter ihnen noch weiter aus.

CORUUM

Auf dem Weg die Rampe hinunter aktivierte sich mein Visier automatisch und zeigte mir das Aufnahmebild der Wissenschaftsdrohne, die mit hoher Geschwindigkeit über ein geschlossenes Blätterdach flog, während sie sich ihrem Ziel - der Position des Thieraports - näherte. Gebannt blieb ich stehen und verfolgte ihren Anflug.

Das Bild schwenkte auf eine große Grube ein, die vormals einen rechteckigen Grundriss gehabt haben musste und mir aus dem Luftbild bekannt war. Die einst wohl senkrechten Grubenränder waren abgebrochen und verliehen dem Ganzen jetzt mehr den Eindruck eines großen, unnatürlichen Kraters.

Nahe der Mitte ragte eine senkrecht stehende Steinsäule aus dem Geröll, auf welche die Drohne langsam zuflog. Ihre Sensoren registrierten keinerlei Bewegung im Aufnahmeradius. Sie umkreiste langsam die Säule, an der unscharfe Gravuren erkennbar wurden. Dann - von einem Augenblick zum anderen - verschwanden das Bild und alle Signale der Drohne gleichzeitig.

»Habt Ihr das gesehen Siir?« Hud Chitziins Stimme kam über den Kommunikationschip durch das Rauschen des Sturms um mich herum.

»Ja, etwas hat sie abgeschossen, vermute ich.«

»Ja, das auch, aber ich meine das Bild, das sie unmittelbar vorher übertragen hat.«

»Nein.«

»Hier ist es, Siir.« Ich hielt die Luft an. Das Display zeigte die Vergrößerung einer unscharfen Aufnahme eines langen zweispaltigen Textes, der in Hieroglyphenschreibweise verfasst dort stand. Die Schiffs-Intelligenz berechnete die Konturen der Zeichen und verbesserte die Darstellung, bis sie messerscharf zu erkennen waren.

Trotzdem konnte ich die Hieroglyphen nicht entziffern, wohl aber einen darunter stehenden Text.

Gründung Coruum 26926-7-14

Extraktion Coruum 29225-4-33

CORUUM

Zwei in Proc abgefasste Zeilen und Daten im Standardformat der Gilde. Mein Herz machte einen Sprung. *Ja!* Ein Beleg dafür, das ich auf dem richtigen Weg war. Meine Nackenhaare richteten sich auf.

»Könnt Ihr damit etwas anfangen, Siir?« Die Neugier in Hud Chitziins Stimme entlockte mir ein kurzes innerliches Lächeln.

»Das kann ich, Hud. Ich erkläre es später.«

29225. Das Jahr, in dem Harkcrow Treerose verschwand. Sicher war die Übereinstimmung des Datums noch kein Beweis dafür, das er hier gewesen war, oder dass es überhaupt einen Zusammenhang zwischen diesem Ort und dem Verschwinden des Overteers gab. In jedem Fall verstand ich es aber als einen deutlichen Hinweis darauf, weiterzusuchen.

»Auf der Rückseite ist noch ein anderer Text, Siir, der Euch interessieren wird!«

Das Bild vor meinen Augen wechselte.

Meine Hand suchte Halt am Geländer der Rampe. Ich fasste einmal daneben, zweimal - für einen kurzen Augenblick drohte ich das Gleichgewicht zu verlieren.

Das vergrößerte und nachberechnete Bild aus dem Anflug der Drohne zeigte drei Symbole, die übereinander in das Material der Steinsäule graviert waren.

Unter dem gut bekannten Logo der Gilde - dem stilisierten Vulkankegel von Cap del Nora - befand sich das deutlich seltenere Emblem des Extraktionscorps der Unsichtbaren Flotte - eine stilisierte Gruppe von Sklaven, umringt von der Flugbahn eines Raumschiffes.

Der Text und die Daten auf dem ersten Bild hatten eine Verbindung zum Extraktionscorps bereits angedeutet. Das Symbol auf diesem Bild war die Bestätigung dafür, dass es sich bei Ruthpark um einen der wohlbehüteten Zuchtplaneten des Zentrums handeln musste - nur dass mit der Geheimhaltung diesmal etwas schief gelaufen war.

Das dritte Symbol, ein Auge mit zwei übereinander stehenden Pupillen war mir vollkommen unbekannt, ebenso wie die Bedeutung einer darunter befindlichen, großen Vertiefung mit unregelmäßigem Umriss.

Es war unwichtig, was das untere Symbol und die Vertiefung zu bedeuten hatten. Der Inhalt der zwei bekannten Symbole reichte aus, um mir die aufgeregte Reaktion der Unsichtbaren Flotte auf unser Erscheinen zu erklären.

»Hud!«, rief ich Seine Weisheit auf der Brücke der Gmersink.

»Siir?«, antwortete er sofort.

»Ihr erkennt die beiden oberen Symbole so gut wie ich,« begann ich. »Ruthpark war ein geheimer Farmplanet des Zentrums und das erklärt, warum sie uns nicht hier in ihrer Nähe haben wollten.«

»Ja, Siir, das denke ich auch. Zu schade, dass Syncc Marwiin nicht ansprechbar ist, er könnte uns möglicherweise etwas zu dem dritten Symbol sagen.«

Ich behielt die bohrende Frage, warum von diesem Farmplaneten ein Signal im Organisationscode ausgesendet wurde und warum es hier einen Thieraport gab, der direkt in das Wohnzimmer des Overteers der Sieben Königreiche sendete, erst einmal für mich.

Eine Überprüfung der empfangenen Wegdaten der Drohne vom Anflug auf den Sender verstärkte meinen Entschluss, dorthin zu gehen.

»Hud, die Informationen der Sonde sind grob, aber vollständig. Ich denke, ich kann mit Hilfe der übermittelten Daten einen direkten Weg finden.« Mein Visier wechselte auf Restlichtverstärkung, als ich mich vorsichtig von der Rampe entfernte, und die ersten zehn Meter auf einem Baumstamm balancierte, der mich in das dichte, dunkle Unterholz des Waldes hinab führte.

Ich hielt an. »Versucht in stündlichen Abständen Kontakt zum Schildverband aufzunehmen. Es kann sein, dass wir ihn dringender brauchen, als angenommen«, instruierte ich Seine Weisheit und unterbrach die Verbindung.

Ob der Schildverband mich vor einem zweiten, möglicherweise noch intensiveren Rumblerangriff schützen könnte, in dessen wahrscheinliches Zentrum ich mich jetzt hineinbewegte, wollte ich zur Zeit gar nicht beurteilen. Wichtig war, dass ich Gewissheit erlangte.

Ich schaltete meinen Waffenring auf schwächste Leistung, und führte ihn wie eine überdimensionale Klinge vor mir hin und her, die Farne und umherliegenden Äste auf meinem Weg verdampfend.

Die Radardaten der Drohne über die Bodenbeschaffenheit und das Profil der vor mir liegenden Strecke wurden von meinem Visier in einen Kurs umgerechnet, der möglichst eben und dennoch ohne große Umwege zum Sender führte. Ich brauchte nur einer in mein Sichtfeld eingeblendeten, orange schimmernden Linie zu folgen, die wie ein sehr empfindlicher Kompass funktionierte.

Mein Weg verlief bereits nach kurzer Zeit in tiefer Dunkelheit. Ich verfiel in einen gleichmäßigen Laufstil, der mich in Anbetracht der heißen, unter den Bäumen stehenden, feuchtigkeitsgetränkten Luft nicht zu sehr erschöpfen würde. In unbestimmten Intervallen blieb ich stehen und sah mich um. Verirren konnte ich mich Dank des Visiers nicht, aber dieses sonderbare Gefühl, von einer sehr langen Reise wieder nach Hause zu kommen, hatte sich mit jedem anfänglichen Schritt verstärkt und ich suchte intuitiv nach etwas, von dem ich noch keine Vorstellung hatte.

Die größten Bäume ruhten auf mächtigen, mehrere Meter hohen Brettwurzeln, denen ich großzügig auswich. Waldbewohner sah ich nur auf dem Visier, anhand ihrer Körperwärme. Mit bloßem Auge reichte mein Blick gerade einmal wenige Meter durch das trübe Zwielicht.

Nach gut einer Stunde erreichte ich eine freie Fläche im Wald, an der die Humusschicht größtenteils durch Erosion verschwunden war und einer trostlosen Kalksteinoberfläche Platz gemacht hatte. Das Laufen wurde hier etwas einfacher, obwohl ich jetzt auf tückische Trittfallen achten musste, die in dem unebenen Untergrund immer häufiger auf mich lauerten. Gleichzeitig war ich nun ein leichtes Ziel für die immer noch kräftigen Sturmböen, die mich permanent mit einem Gemisch aus Wasser und Schmutzteilchen überschütteten.

Hud Chitziin hatte mir zwischenzeitlich mitgeteilt, das er erfolglos versucht hatte, mit dem Schildverband Kontakt aufzunehmen. Die gute Nachricht war, das Syncc Marwiin inzwischen aus seiner Bewusstlosigkeit erwacht war und sich sein Zustand weiter stabilisierte.

Bis jetzt hatte ich ein Viertel der Wegstrecke hinter mich gebracht und beschleunigte mein Tempo, soweit es der Laufuntergrund zuließ.

Nach einer weiteren halben Stunde, in der das Auftreten von tiefen Bodeneinschnitten deutlich zugenommen hatte, hielt ich am oberen Rand eines kreisrunden Kraters an, dessen Durchmesser ich mit dem Visier auf gut dreihundert Meter bestimmte.

Laut der Projektion der Einschlagpositionen der Rumblermodule auf die Kartendaten der Drohne, lag ein solcher Einschlagort genau vor mir.

Innerhalb des Kraters stand kein Baum mehr. In seiner Mitte befand sich ein tiefes Loch von fünfzig Metern Durchmesser, dessen Grund ich nicht sehen konnte. Hier hatte sich zweifelsfrei ein Rumbler in den steinigen Untergrund gebohrt, bevor er explodierte und seine seismischen Wellen in die Umgebung gesandt hatte.

Im übrigen Krater steckten starke Äste und ganze Bäume in alle Himmelsrichtungen weisend, teilweise bis zur Hälfte im Boden versunken.

Im Visier leuchtete das Gelände innerhalb dieses Kraters im unteren Wärmebereich. Seine Temperatur lag sieben Grad über der Umgebungstemperatur.

Ich drehte mich um und ging zu einem der wenigen noch stehenden Bäume, unmittelbar außerhalb des Kraters. Er hatte es seinen beindicken und meterlangen Brettwurzeln zu verdanken, dass er noch stand. Mein Blick folgte seinem Stamm in die Höhe, bis zum Ansatz der untersten Äste. Mir schien, der Stamm stehe nicht mehr ganz senkrecht.

Ich betrachtete die Blätter. An den Astspitzen hingen sie schlaff herab.

Der Baum starb.

Ein Trauergefühl erhob sich in mir. Auf seltsame Art fühlte ich mich mit dieser Gegend verbunden, obwohl ich hier noch nie zuvor gewesen war.

Die seismischen Wellen hatten die Bodenschichten angehoben und danach wieder abgesenkt – vergleichbar mit einer vorüberziehenden Hochwasserwelle über dem Meeresgrund, welche den Wasserspiegel kurzfristig anhebt.

Nur hatten sie im Gegensatz zur Wasserwelle sich in unterschiedlichen Bodentiefen mit unterschiedlichen Geschwindigkeiten bewegt, sodass größere, feste Körper im Boden zerrissen wurden - wie die Wurzeln dieses Baumes oder die Kalkfelsen unter meinen Füßen.

In wenigen Tagen würde keine höhere Pflanze in dieser Region noch am Leben sein. Die Zerstörung war gründlich. Meine Hoffnung, noch Überreste des Senders oder des Thieraports zu entdecken, schwand.

Langsam kehrte ich auf den Ringwall des Einschlagkraters zurück.

Ein leises Surren, verbunden mit einem Flackern meines Visiers, lenkte mich einen Moment lang ab.

Die Wissenschaftsdrohne meldete sich zurück.

Ich hörte die Statusmeldungen ihrer kleinen KI, und sah gleichzeitig auf den von ihr übertragenen Bildern, wie sie sich mit hoher Geschwindigkeit aus dem Bereich des großen, gravierten Steins entfernte.

Ich gab ihr meine Position als Richtung vor und befahl ihr, die zwischen uns liegende Gegend mit höchster Auflösung zu scannen. Dann setzte ich mich wieder in Bewegung, weiterhin mit größter Aufmerksamkeit den vor mir liegenden Untergrund beobachtend.

Ich lief einen drittel Kreis auf dem Kraterwall entlang und schlug anschließend einen direkten Weg zum Sender ein. Hud Chitziin meldete sich, hatte aber nicht neues zu berichten, außer, dass er Syncc Marwiin wieder in tiefe Bewusstlosigkeit versetzt hatte, um dessen schwachen Kreislauf zu schonen.

Nach einer weiteren Viertelstunde informierte mich ein eindringlich blinkendes Signal in meinem Visier über einen Kontakt der Drohne. Ich hielt an und setzte mich in den Windschatten eines großen Kalkfelsens, an dem noch die feuchte Humusschicht klebte, unter der er bis zum Einschlag des Rumblers verborgen gelegen hatte.

Genauer betrachtet waren es drei Signale, welche die Wissenschaftsdrohne für den Bruchteil einer Sekunde aufgefangen hatte, während sich die Objekte durch den Bereich ihrer Scanner bewegten.

Es war ein Zeichen für die Qualität der Drohne, dass sie diese Signale überhaupt entdeckt hatte. Während ich die Daten sichtete, erschien die Auswertung bereits in meinem Visier.

»Hud!«, rief ich seine Weisheit über den Kommunikationschip.

Er antwortete nicht. »*Hud Chitziin!*« Eine leichte Unruhe befiel mich.

Als er auch auf die folgenden Rufe nicht antwortete, wurde meine anfängliche Vermutung zur bitteren Gewissheit.

Die Auswertung der aufgefangenen Daten zeigte Spuren von drei soliden Körpern, die sich mit hoher Geschwindigkeit auf die Position der Gmersink zu bewegt hatten. Eine Analyse der mit diesen Körpern verbundenen Strahlung ergab klare Hinweise auf verwendete Antigrav-Repulsoren und Trägheitsfelder, wie sie die Truppen der Gilde in ihren Gleitschilden verwendeten.

Es waren also noch Truppen der Unsichtbaren Flotte auf Ruthpark. Vielleicht ein Hinterhalt, für den Fall, dass wir ihren Schiffen entkommen konnten.

»*Akua Seees!*« Ich fluchte vor mich hin.

Ich konnte und wollte keine Spekulationen über das Schicksal von Hud Chitziin und Syncc Marwiin anstellen. Ich hoffte nur, Seine Weisheit hatte sich zu keinen unüberlegten Handlungen hinreißen lassen. Jetzt, da das Trägheitsfeld der Gmersink stark beschädigt war, konnte er Eindringlinge dieser Art nicht mehr vom Betreten des Schiffes abhalten.

Im besten Fall würden die Eindringlinge mein Kommunikationssignal orten und das zum Anlass nehmen, mir zu folgen, im schlimmsten Fall hatten sie das bereits getan.

Ich konzentrierte mich eine Zeitlang auf das Display des Armbandes, mit welchem ich die Drohne steuerte, und unterbrach als erstes die Datenübermittlung der Drohne zur Gmersink. Sodann befahl ich sie zu mir.

Nachdem ich sie am Armband verriegelt hatte, isolierte ich das neuronale Netz ihrer KI und etablierte eine direkte Datenweiterleitung meines Kommunikators zur Drohne. Dadurch war ich in der Lage, die Drohne von nun an als Relaisstation zu verwenden und blieb selbst für Ortungsversuche der Gildentruppen unsichtbar.

Mein Plan war klar.

Ich würde zurück zum Schiff gehen und die beiden alten Männer befreien. Aber vorher musste ich den Sender finden und solange unentdeckt bleiben.

Die Wissenschaftsdrohne startete erneut und war sofort aus meinem Sichtfeld verschwunden. Ich dirigierte sie über meine Position in eine Höhe von gut einem Kilometer und ließ sie nach Hinweisen auf die Gildentruppen suchen.

Dann folgte ich erneut der orangefarbenen Linie in meinem Visier. Ich hatte noch gut 2 Kilometer vor mir.

Mein Weg führte mich durch eine umgepflügte und sterbende Gegend. Im trüben Licht der fahlen Sonne gab es so gut wie keine Schatten der umgestürzten Bäume und aufgerissenen Felsformationen. Die Landschaft wirkte sonderbar zweidimensional.

An vereinzelten Stellen trat Wasser aus dem Boden aus, teilweise in Form meterhoher Geysire, und hatte bereits begonnen, große Seen zu bilden. Die Rumblereinschläge hatten die unterirdischen Grundwasserläufe ebenfalls zerstört, so dass sich das Wasser jetzt neue Wege suchte.

Der Sturm hatte merklich nachgelassen. An einer Stelle, an der die Führungslinie mich um einen dieser Seen herumführte, traf ich auf eine große Öffnung im felsigen Boden, durch welche die größte Menge des Wassers in einem beeindruckenden Fall wieder unter der Erdoberfläche verschwand.

Am gegenüberliegenden Rand der Öffnung ragten zwei mächtige Baumriesen aus dem Erdreich. Sonderbar an ihnen waren meterlange, helle parallele Linien, die sich auf der dunkelbraunen Borke abzeichneten und in der Öffnung verschwanden.

An einer Stelle wurden die Linien von etwas verdeckt, was aus der Entfernung wie ein Umhang aussah. Ich lief hin.

In der Vergrößerung meines Visiers hatte ich längst erkannt, um was es sich in Wirklichkeit handelte.

Der Mann war tot.

Seine Kleidung hatte sich in der rauen Oberfläche des Baumes verhakt, kurze, dicke Äste bohrten sich durch seinen Körper und waren dann abgebrochen. Er musste mit großer Wucht gegen diesen Baum geschleudert worden sein - möglicherweise als Folge des Rumblereinschlags, der den Baum entwurzelt hatte. Der Körper des Mannes war furchtbar zugerichtet. Ein Bein fehlte unterhalb des Knies.

Mit der Mündung der Raver drehte ich ihn ein wenig, um sein Gesicht zu erkennen. Ich stutzte.

Durch die Bewegung waren die Reste seiner blutverkrusteten Kleidung vom Rücken gerutscht. Ein nahezu kreisrundes Loch mit stark gezackten Rändern kam zum Vorschein. Ich hätte meinen Arm hindurch stecken können.

Ich setzte mich auf den Stamm und betrachtete den Mann nachdenklich. Aus einer verborgenen Seitentasche meines Anzuges holte ich dünne Monofaser-Handschuhe und zog sie an.

Offenbar war ich viel zu spät dran. Die Truppen der Unsichtbaren Flotte und von Z-Zemothy hatten hier bereits aufgeräumt. Die Auswirkungen des Unfalls durch die Sprungtor-Implosion hatten sie nicht genug zurückgeworfen. Es war ihnen ausreichend Zeit geblieben, die notwendigen Exkursionen zur Planetenoberfläche durchzuführen und die Spuren, nach denen ich suchte, zu beseitigen.

Großer Zorn wallte in mir auf. Man mochte über die Zuchtpolitik des Zentrums denken, wie man wollte. Der Umgang mit den Folgen, wie er sich mir hier offenbarte, verdiente meine größte Verachtung. Dieser Mann war durch *Kill-Bees* gestorben, einer im Roten Nebel offiziell geächteten Waffe, die in den Auseinandersetzungen vergangener Jahrtausende unzählige Opfer gefunden hatte. Sie auf unterentwickelten Welten gegenüber wehrlosen Individuen einzusetzen, kam einem Todesurteil des verantwortlichen Offiziers gleich. Ich verstand das Engagement von Syncc Marwiin in diesem Moment nur zu gut.

Mein Blick folgte den Riefen im Stamm des einen Baumes in die Tiefe. Nach etwa fünfzehn Metern verschwand er in einer Gischtwolke, welche von den herunterstürzenden Wassermassen stammte. Der zweite Stamm war leicht gegen den ersten verdreht und schien sein Herunterrutschen zu blockieren.

Was hatte diese tiefen Spuren in dem Baumstamm hinterlassen? Hatte der Tote damit zu tun? Gab es womöglich weitere Individuen dort unten - lebend?

Ich entschied mich, hinabzusteigen. Es war gefährlich - trotz meines Körperschildes, und brachte mich nicht näher an den Sender heran.

Die Hochgeschwindigkeitsseilwinde verankerte sich im Holz des Baumes. Die beiden haarfeinen Seile rasteten magnetisch am Schulterverschluss meines Monofaseranzuges ein und zischten kurz auf, als sie in mein Körperschutzfeld integriert wurden. Ich vergewisserte mich, dass die Raver deaktiviert war, und deponierte sie unter dem Baumstamm. Sie würde mich beim Klettern nur behindern und ich bezweifelte, dass ich sie da unten brauchen würde.

Dann kletterte ich ein paar Meter auf dem Baumstamm hinunter, bis ich das Niveau der eingestürzten Geländeoberfläche erreichte, wobei ich die Furchen als Kletterhilfen nutzte. In Handreichweite rauschten die Wassermassen neben mir in die Tiefe.

Ich spielte kurz mit dem Gedanken, die Drohne vorauszuschicken, aber ich entschied, dass ich sie dringender als Aufpasser am Himmel benötigte, um mich vor ungebetenen Gästen der Gilde zu warnen.

Ich würde möglicherweise gesteigerte Reflexe benötigen, wollte ich dort unten nicht in Schwierigkeiten geraten. Mit einer leichten Drehung des Blutringes aktivierte ich die Botenfabriken auf schwacher Leistung.

Dann sprang ich.

Mein Visier schaltete beim Eintritt in den dunklen Spalt auf Wärmestrahlung und Ultraschall und ich entdeckte auf Anhieb eine Gruppe von drei Echos, die sich gut dreißig Meter unter der Oberfläche befanden. Ich stoppte die Winde auf der Hälfte der Distanz und setzte den Abstieg anschließend langsamer fort.

Diese Öffnung in der Erde war erst kürzlich geschaffen worden. Zerrissene Baumwurzeln und loses Erdreich rieselten ununterbrochen aus kleinen Spalten, herausgewaschen vom überall durchsickernden Oberflächenwasser. Die Decke konnte jederzeit weiter einbrechen und mich hier unten begraben.

Ich fokussierte auf die drei Wärmesignale. Es handelte sich ohne Zweifel um drei weitere Bewohner von Ruthpark. Zwei lagen regungslos auf einer massiven Felsplatte, nur wenige

Schritte vom Abgrund des Wasserfalls entfernt, an einer Stelle, an der ein unterirdischer Flusslauf aus einer breiten Wandöffnung trat und sich mit den von der Decke herabstürzenden Wassermassen vereinigte. Ein Dritter saß aufrecht an die Felswand gelehnt, den Kopf in beide Hände gestützt. Auf einem kleineren Vorsprung über ihnen lag eine verdrehte Metall-Gummi Konstruktion, wahrscheinlich ein Stück des Gefährtes, mit dem sie hier eingebrochen waren und von welchem die Spuren in den Baumstämmen an der Oberfläche stammen mochten.

Ich überprüfte meine Visiereinstellungen. Die Individuen konnten mich höchstwahrscheinlich nicht sehen, hier drin herrschte immer noch Zwielicht. Das Dröhnen des hinabrauschenden Wassers übertönte jegliches Geräusch, das ich selbst verursachen konnte. Ich musste aufpassen, sie nicht in Panik zu versetzen, wenn ich mich weiter näherte.

Ein flackerndes Symbol im Visier signalisierte mir einen kritischen Verlust in der Übertragungsleistung der Drohne durch die dicker werdende Gesteinsschicht über mir. Nun - das konnte ich im Moment nicht verhindern.

Ich ließ mich auf die Höhe des Absatzes der drei Individuen herab. Ich hing in gut zehn Metern Entfernung davon, auf der anderen Seite noch einmal genauso weit von den herabrauschenden Wassermassen entfernt, welche sich mit denen aus dem unterirdischen Fluss vereinten und gemeinsam über einen Treppenabsatz in einer tiefen, wolkenverhangenen Spalte verschwanden.

Bei dem aufrecht sitzenden Individuum handelte es sich um einen Mann. Die beiden anderen konnte ich in ihrer Position nicht erkennen. Sonderbarerweise erschien mir das Gesicht des Mannes nicht fremd, obwohl ich ihn nur im Profil und nur in der reduzierten Qualität der Sensoren erkennen konnte. Er schlief, der Kopf war auf die Brust gesunken.

Ich begann an beiden Seilen vor und zurück zu schwingen. Als ich eine ausreichende Pendelbewegung erreicht hatte, wartete ich den richtigen Moment ab, ließ mich von der Seilwinde ruckartig zwei Meter hochziehen und sofort wieder für den Sprung absenken und nutzte den dadurch gewonnenen Impuls, um mich weit auf den Felsvorsprung zu ihnen tragen zu lassen.

Es gab nur diese Schockmethode, wollte ich eine Gefährdung der drei Individuen durch ihre unüberlegten Abwehrhandlungen in dem schlechten Licht ausschließen.

Noch während ich auf dem Felsvorsprung abrollte, deaktivierte ich mein Körperschutzfeld und hechtete in einer fließenden Bewegung auf den an der Wand lehnenden Mann zu.

Im letzten Moment, kurz bevor ich ihn erreicht hatte, bewegte er leicht den Kopf in meine Richtung, als hätte er durch das Rauschen des Wasserfalls etwas gehört, doch da war ich bereits bei ihm und presste seine Arme fest an seinen Körper. Mein Visier wechselte auf Tageslichtprojektion und tauchte den Felsvorsprung und mich in weiche Helligkeit.

Der Mann brauchte nur Bruchteile einer Sekunde, um sich von der Überraschung zu erholen und sich mit aller Kraft zu wehren. Da ich ihn nicht verletzen wollte, ließ ich ihn los und richtete mich ein paar Meter von der Gruppe entfernt auf. Sie rührten sich nicht, sondern starrten mich mit vor der Helligkeit meines Visiers zusammengekniffenen Augen an. Bei den beiden anderen Individuen handelte es sich um Frauen, von denen eine schwer verletzt zu sein schien. Sie hatte blutgetränkte Kleidung und sich bis jetzt nicht bewegt. Die andere war aufgesprungen, stand Seite an Seite neben dem Mann, der angriffslustig in meine Richtung sah und sich überraschend schnell mit der geänderten Situation abzufinden schien.

Alle waren vollkommen durchnässt und sicher unterkühlt. Der Absturz in diese Höhle hatte deutlich sichtbare Schrammen und Schnitte an ihren Körpern hinterlassen. Der Mann hatte eine kleine Projektilwaffe auf mich gerichtet, welche zuvor neben ihm auf dem Felsen gelegen hatte.

Ich war ihm dankbar dafür, das er mir damit Gelegenheit bot, das Vorgehensmodell der Kulturbehörde für den Erstkontakt mit primitiven Kulturen fast lehrbuchartig durchzuführen.

Ich rotierte zu ihnen hin, nahm dem reglosen Mann die Waffe ab und begab mich wieder auf meine Ausgangsposition, bevor den Individuen bewusst geworden war, dass ich mich bewegt hatte.

Sie reagierten bestürzt. Die Frau sagte etwas. Der Klang ihrer Stimme ging im Rauschen des Wasserfalls unter. Der Mann starrte fassungslos auf seine Hände, die vor wenigen Sekunden noch die Waffe gehalten hatten.

Ich sah mir die Projektilwaffe kurz an, sicherte und entlud sie und legte die Waffe, das Magazin und das Projektil aus dem Lauf demonstrativ zwischen dem Mann und mir auf dem Felsboden ab.

Das hatte - wie erhofft - eine beruhigende Wirkung auf sie, wenn auch die gut einen Kopf kleinere Frau weiterhin auf den Mann zu ihrer Seite einredete und sich dabei auf die Zehenspitzen stellte.

Ich machte langsam einen Schritt auf sie zu und gab ihnen Gelegenheit, mich im reflektierten Licht meines Visiers in Ruhe zu betrachten. Ich versuchte möglichst ungezwungen zu lächeln und mich an all die Details des Vorgehensmodells zu erinnern.

Syncc Marwiin und die Kulturbehörde wären sicher sehr mit mir zufrieden.

Eine Zeitlang verharrten wir so, uns gegenseitig musternd. Im Licht des Standardspektrums betrachtet, erschien mir auch das Gesicht der Frau nicht unbekannt. Ihre schulterlangen, braunen Haare waren nass und in Unordnung. Ihr klarer Blick fixierte mich mit unverhohlener Neugier. Sie hatte nach der anfänglichen Überraschung jegliche Spuren von Angst abgelegt.

Irritiert durchsuchte ich meine Erinnerung, konnte mir aber auf Anhieb nicht erklären, wieso ich diese beiden Individuen von einem Planeten, den ich das erste Mal betrat, schon einmal gesehen haben sollte.

Ich deutete auf die am Boden liegende dritte Person, und bewegte mich langsam auf sie zu, mich absichtlich von der auf dem Boden liegenden Waffe entfernend. Der Mann betrachtete mich ernst, nickte mir aber zustimmend zu.

Die Frau kniete neben der Verletzten nieder und sah mich erwartungsvoll aus grünen Augen an.

Ich ging ihr gegenüber in die Hocke und strich mit dem Blutring an meiner linken Hand über den Körper der Verletzten. Die Außensensoren des Ringes lieferten augenblicklich Daten und in meinem Visier sah ich, dass die Frau bereits eine hohe Belastung durch Wundbakterien im Blut hatte und ihr Immunsystem sich an der Grenze der Leistungsfähigkeit befand. Sie war bewusstlos. Das kalt-feuchte Klima hier unter der Erde würde sie weiter schwächen. Sie musste nach oben und wenn möglich in einen Regenerationstank.

Ich erhob mich und signalisierte mit einer kreisenden Handbewegung vor meinem Ohr, dass es hier zu laut sei. Dann zeigte ich auf die am Boden liegende Frau und deutete anschließend nach oben. Beide nickten, wahrscheinlich gespannt darauf zu sehen, wie ich den Transport bewerkstelligen würde.

Die Seilwinde würde keine Schwierigkeiten damit haben, uns alle zusammen nach oben zu ziehen. Das Hinausklettern am oberen Ende wäre jedoch sehr gefährlich. Ich würde die gesunde Frau zuerst nach oben bringen, dann die bewusstlose und zuletzt den Mann. Es würde ihr Vertrauen zu mir auf eine harte Probe stellen, aber es gab für sie dazu nur die Alternative, auf diesem Felsen zu verhungern.

Ich bereitete mich innerlich auf einen langen Zeichensprachendialog mit ihnen vor, als ein lautes Knistern in meinem Kommunikationschip und das blinkende Gefahrensymbol in meinem Visier mich ablenkten.

»Achtung! Warnung! Angriff!«, schnatterte die synthetische Stimme der Wissenschaftsdrohne in mein Ohr. Gleichzeitig sendete sie mir die Positionssignale von zwei Objekten, die sich unmittelbar über mir befanden. Ihre Trägheitsfeldsignaturen ließen keinen Zweifel an ihrer Identität.

Die Soldaten der Unsichtbaren Flotte hatten die Drohne wohl beschossen, aber verfehlt. Das rettete mir möglicherweise das Leben. Noch während ich mich dafür beglückwünschte, die Drohne als Aufpasser zurückgelassen zu haben, waren sie in der Höhle.

Mein Körperschutzfeld aktivierte sich auf maximaler Stärke, und die Tageslichtprojektion meines Visiers erlosch. Die Gesichter der beiden Individuen drückten Verwirrung aus, bevor sie erneut im trüben Dämmerlicht der Höhle versanken. Ich drehte mich um 180 Grad und sah den ersten der beiden Soldaten bereits auf meiner Höhe, über dem Abgrund des tosenden Wassers schweben - mittig im Fadenkreuz meines Waffenringes. Meine Botenfabriken liefen auf Hochtouren. Mein Sichtfeld färbte sich rot.

»Ergebt Euch, Siir!« Eine weibliche Stimme in klarem Proc ertönte in meinem Ohr. Ich zögerte. Der Soldat vor mir hielt seinen Arm auf mich gerichtet. Ich hatte keinen Zweifel, dass in seinem Panzeranzug eine vollautomatische Waffe integriert war, mit der er auf mich zielte.

Ich würde mich womöglich durch das Körperschutzfeld retten könnten, die Individuen hinter mir aber dem sicheren Tod überlassen.

»*Bitte!*« Die Stimme klang gelangweilt, mit einem ironischen Unterton.

Ich senkte meinen Arm ohne den Waffenring zu deaktivieren.

Der zweite Soldat landete zwei Meter neben mir, ein insektengleicher Anzug, mit fluoreszierenden Gelenken - der klassische Außenskelett-Panzer des Gilden-Extraktionscorps.

»Schaltet Euer Feld ab!« Ich war mir sicher, das die weibliche Stimme zu dem Anzug gehörte, der direkt vor mir stand.

»*Bitte!*«

Ich rührte mich nicht. »Wie geht es den beiden an Bord meines Schiffes?«, fragte ich und versuchte gleichzeitig aktuelle Daten der Drohne abzurufen, bekam aber keine Verbindung.

»Sie ruhen sich aus,« kam die zynische Erwiderung, »ich bitte Euch, kein weiteres Mal, *Merkanteer!*«, eine unterschwellige Härte schwang in dieser Antwort mit, wie auch die Information, dass sie wussten, wer ich war.

Der Panzeranzug vor mir kam näher. Unsere Felder entluden sich in vielfarbigen Lichtbögen, als sie sich berührten. Die Masse des Panzeranzugs drängte mich gnadenlos Schritt für Schritt zurück.

Meine Sorge galt den Individuen hinter mir, die, überrumpelt und ohne jede Information, der neuen Situation hilflos ausgeliefert waren und der Panik nahe sein mussten. Ich aktivierte die Tageslichtprojektion meines Visiers erneut, um ihnen das Sehen zu erleichtern, und riskierte einen kurzen Blick zurück.

Der Mann und die Frau kauerten über der Verletzten, dicht an die Felswand gedrängt. Sie betrachteten den Panzeranzug der Soldatin fasziniert mit großen Augen.

»Sehr ergreifend, findet Ihr nicht, Siir?« Die Betonung der Soldatin vor mir straftre ihre Worte Lügen.

»Was wollt Ihr?«, ich versuchte eine deutliche Angriffslust durchklingen zu lassen.

Sie ließ mich eine Weile auf die Antwort warten, in der sie wieder einen Schritt in meine Richtung machte und mich weiter in Richtung der Individuen manövrierte.

»Nun, *Merkanteer*, das ist ziemlich einfach,« antwortete sie. »Sobald Eure Verstärkung hier ist, werdet Ihr uns zurück ins Zentrum bringen.«

Wieder ein Schritt in meine Richtung, wieder wurde ich durch das ungleiche Kräfteverhältnis des Feldes und der Masse ihres Kampfanzuges nach hinten gedrückt. Ich würde mir sehr schnell etwas einfallen lassen müssen, wollte ich die drei hinter mir nicht durch eine Berührung mit meinem Körperschutzfeld umbringen.

»Warum braucht Ihr meine Hilfe dazu?«, entgegnete ich. »Haben wir Euer Basisschiff so übel erwischt?«

Die Bemerkung schien sie nachdenklich zu machen. »Habt Ihr? Das würde mich freuen,« erwiderte sie, »sagen wir, ich benötige eine *unabhängige* Passage.«

Das bereitete mir einiges an Kopfzerbrechen. Warum war sie erfreut über eine Beschädigung ihres Schiffes?

Die dreieckige Mündung einer Railcannon erschien oberhalb ihres Panzerhandschuhs, mit dem sie auf den Mann hinter mir zielte.

Sie würde doch nicht! Meine Reflexe starteten automatisch. Ich prallte gegen ihr Schutzfeld, das hell aufflackerte, und drückte die Waffe aus der Richtung, bevor die Soldatin reagierte. Ich richtete den Waffenring auf ihre immer noch über dem Abgrund schwebende Rückendeckung und sandte einen Plasmastoß auf den Soldaten.

Er glühte auf, als das Plasma sein Trägheitsfeld erreichte und durch die Energie der automatischen Rückbeschleunigung des Anzugs noch weiter aufgeheizt wurde.

Das hatte ich erhofft, denn das Plasma hatte eine Sphäre um den Anzug geschaffen, aus der keine Energie entkommen würde.

Die Sekundenbruchteile, die das Feuerleitsystem des Exors benötigte, um zu erkennen, dass es die falschen Gegenmaßnahmen ergriffen hatte, reichten aus, die Temperatur so weit zu erhöhen, dass das Trägheitsfeld implodierte.

Ich hechtete vor die drei am Boden hockenden Individuen und fing mit meinem Feld den größten Teil der Druckwelle ab.

Dichte Nebelwolken voll verdunstetem Wassers wallten über den Abgrund und erreichten unseren Felsvorsprung. Ich zielte auf die Soldatin und erkannte die Falle, die ich mir selbst gestellt hatte. Sie war zu nah! Die Implosion ihres Trägheitsfeldes würde die Drei hinter mir mit Sicherheit umbringen.

Ich schoss nicht.

Der schrille Schrei der Soldatin erreichte mich, als ihre mit normaler Geschwindigkeit arbeitenden Nervenbahnen das Geschehen verarbeitet hatten.

Sie stabilisierte ihre Position und legte auf mich an.

»*Nein, Ashia! Tu es nicht! Wir brauchen sie - alle!*« Eine unbekannte, männliche Stimme in akzentuierten Proc kam über den Standardkanal.

»*Er hat Hafis getötet!*«, schrie sie außer sich.

»*Ashia!* Er hat sich gewehrt. Die Organisation ist nicht mehr unser Feind - das ist jetzt Ten O'Shadiif!« Die Stimme konnte an Eindringlichkeit nicht mehr zunehmen.

Ich registrierte verwirrt den Namen des Cektronns des Zentrums-Geheimdienstes. *Was ging hier vor sich?*

Die Soldatin verharrte bewegungslos, die schwach glühende Mündung ihrer Railcannon nur wenige Zentimeter von meinem Kopf entfernt. Dann schwenkte sie sie ruckartig auf den Mann, der hinter mir gebannt auf die Szene blickte, - abgeschnitten von der Kommunikation, - unfähig, sich ein eigenes Urteil über das Geschehen zu bilden.

»Merkanteer, schaltet sofort Euer Feld ab, oder diese Exemplare werden hier auf der Stelle sterben!« Sie kontrollierte ihre Stimme nur mühsam. Es war ihr letztes Ultimatum, ich spürte es.

»*Nein, Ashia. Bitte!*« Sie ignorierte das Flehen aus dem Kopfhörer.

Ich wollte mich nicht noch einmal darauf verlassen, dass sie durch Vernunft zu besänftigen war.

Ich hob meine linke Hand langsam in das Gesichtsfeld ihres Panzerhelms. »Ihr garantiert für die Unversehrtheit dieser Individuen«, sagte ich angespannt auf dem offenen Kommunikationskanal, erhob mich, trat in die Schusslinie und schaltete den Schildring ab.

Das Flimmern um mich herum verschwand mit der Deaktivierung des Ringes. Ich spürte die kühle Feuchtigkeit der Höhlenluft auf meinem Gesicht.

Der Exor machte einen Schritt auf mich zu. Aus dem Augenwinkel bemerkte ich eine unterdrückte panische Reaktion bei der Frau hinter mir.

Das gelbe Licht der fluoreszierenden Kraftverstärker spiegelte sich in der blauschwarz schimmernden Oberfläche des Exor-Anzuges. Ein Teil des dunklen Helms öffnete sich und ich blickte in die hasserfüllten, mandelförmigen Augen einer unglaublich schönen und zugleich unendlich traurigen Frau.

»Ich garantiere für überhaupt nichts!«, sagte sie.

Ich unterdrückte den übermächtig zu werden drohenden Kampfreflex und wartete auf den eintreffenden Schmerz. Der Schlag mit ihrer Railcannon traf mich schwer am Kopf. Ich ging in die Knie.

Vor mir hockte der Mann und verfolgte die Szene mit ohnmächtiger Wut.

Der nächste Schlag traf mich am Hinterkopf. Ich schlug mit der Wange auf dem Felsen vor den Ruthpark-Individuen auf. Ich spürte nur den Druck des rauen Steins im Gesicht - der Schmerz kam nicht mehr durch.

Mein letzter Blick traf auf die zitternden Augenlider der verletzten Frau, die mich verzweifelt und voller Mitleid ansah. Dann wuschen die auf Hochtouren in meinem Blut arbeitenden Makrobots mein Bewusstsein hinweg.

Wird fortgesetzt in Volume II.

CORUUM

Danksagungen und Quellen

Mein besonderer Dank gilt meiner Lektorin Eva Döring, München, für ihre unermüdliche Unterstützung bei der Arbeit am Text.

Ich danke meiner Familie dafür, dass sie mir von der ohnehin schon knappen „family time" so viel für das Schreiben abgegeben hat.

Die folgenden Bücher kann ich Interessierten der Maya-Kultur empfehlen – sie haben mir bei der Recherche und Konstruktion des Romans sehr geholfen:

- Grube: MAYA, Gottkönige im Regenwald
- Schele, Freidel: Die unbekannte Welt der Maya
- Sabloff: Archäologie einer Hochkultur
- Coe: Das Geheimnis der Maya Schrift
- Bandini: Der heilige Kalender der Maya

Michael R. Baier

Hamburg, Juni 2005